두보, 윤선도
그리고 바쇼
: 따로 또 함께

辛恩卿 지음

▶ 일러두기

1. 일본어 표기: 보통명사는 한국어 발음으로, 고유명사는 일본어 발음으로 나타내고 괄호에 한자를 표기함. 단, 논지와 직접 관련이 없는 경우는 일본어 발음 없이 한자 그대로 표기하는 방식을 병행함.
   (예) 쥬손사(中尊寺), 하이카이집(俳諧集), 도쇼궁(東照宮)

2. 일본 作品名은 번역하여 표기하는 것을 원칙으로 하되 경우에 따라서는 번역 없이 원어 그대로 표기함.

3. 하이쿠의 경우 필요에 따라 분절을 했음.

4. 중국어 고유명사는 한국어 발음으로 표기함.

5. 두보 시의 원문은 『杜詩詳註』, 윤선도는 『孤山遺稿』, 마쓰오 바쇼는 『松尾芭蕉集』에서 취했으며 작품 인용시 원전 표기는 생략하고 권수와 제목만 표기함.

6. 시작품 제목은 < >로, 산문 제목은 「 」로, 책은 『 』로 나타냄.

7. 참고문헌은 각주로 대신함.

서문

코로나 사태로 여전히 암울한 2021년 봄, 지난 20년에 걸쳐 써 온 논문 20편을 합하여 한 권의 책으로 묶어 내게 되었다. 이 중 13편은 학회지에 발표했던 것이고 나머지 7편은 써 두기만 하고 발표는 하지 않았던 것들이다. 그간 몇 권의 책을 펴냈지만, 이 책만큼 우여곡절을 겪은 적도, 필자가 부담을 느낀 적도 없었던 것 같다. 우선 집필한 시간이 2000년부터 최근 2020년 겨울까지 20년에 걸쳐 있기 때문에 논문들 간에 외형상의 체제는 말할 것도 없고 같은 논점에 대해서도 상당한 관점의 차이가 있는 경우도 있었고 심지어 논지 전개나 결론 면에 있어서 일치하지 않는 부분도 있었다. 출간 준비를 하면서 이런 점들을 재고해 보고 다듬고 정리하면서 정말 고심을 했고 이 작업에 시간도 많이 걸렸다. 또 한 가지 필자에게 부담이 되었던 것은 세 사람의 시문을 한 데 묶어 논한다는 점이었다. 각 시인에 대한 연구는 물론 셋 중 두 시인 간의 연구도 적지 않은 상황에서 세 시인을 한자리에 놓고 검토하는 일은 세 배의 보람도 있는 동시에 세 배의 질책도 있으리라 생각했기 때문이다. 이 외에도 미니멀리즘을 추구하는 시대에 이렇게 방대한 분량의 책을 출간하는 데서 오는 부담감도 적지 않았다.

동아시아 삼국의 문학을 비교의 관점에서 살피려는 필자의 노력은 오래 전부터 계속되어 왔지만 연구의 시발점으로 보면 아마 지금의 이 작업이 가장 먼저이지 않을까 생각한다. 이 일련의 연구의 최초 출발점은 한국과 일본을 대표하는 시문학인 시조와 하이쿠에 대한 관심이었고 이 관심은 자연스레 각각의 분야를 대표하는 윤선도와 바쇼의 비교로 이어지게 되었다. 그리고 두 시인의 문학세계에 관심을 기울임과 동시에 수면에 떠오른 것이 바로 두 시인에게 거의 같은 비중으로 영향을 끼친 두보의 존재였다.

2000년부터 처음 얼마 동안은 이 주제를 가지고 간헐적으로 논문을 발표했었는데 다른 연구과제에 집중하는 바람에 이 작업은 차일피일 미루어지게 되었고 어느새 10년이라는 시간이 훌쩍 지나고 말았다. 그러다가 몇 년 전 해묵은 과제를 하는 심정으로 그간의 논문을 꺼내어 읽어 보면서 세 시인을 한자리에 놓고 견주어 보니까 오히려 각 시인들의 문학세계의 면모가 더욱 선명하게 부각되어 온다는 것을 확인하게 되었다. 이것은 분명 필자에게 새로운 경험이었고 다시 연구에 박차를 가하는 계기가 되었다. 이런 의미에서 미발표 논문까지 합하여 최근 몇 년간 쓴 논문들은 三者 비교를 거쳐 다시 되돌아온 개별 시인론의 성격을 띤다고 해도 될 듯하다.

비록 부담을 느끼며 편치 않은 마음으로 출간을 앞두게 되었지만 해묵은 과제를 마친 듯해서 기분은 홀가분하다. 언제나 흔쾌히 필자의 저서를 출판해 주시는 보고사의 김흥국 사장님과 깔끔하게 편집을 마무리해 주신 이소희 선생님께 감사드린다.

2021년 7월
건지산이 보이는 서재에서
辛恩卿

차례

제1부 셋 함께 보기

尹善道와 芭蕉의 자연인식에 끼친 杜甫의 영향

제2부　둘 함께 보기

▶ 杜甫와 尹善道

두보와의 비교로 본 윤선도의 '理想鄕'

▶ 尹善道와 芭蕉

'슬카지'와 '와비'(侘び) – 윤선도와 바쇼의 美的 世界 –

윤선도와 바쇼에 있어 두보의 동일 시구 수용 양상 비교

제3부 셋 따로 보기

▶ 杜甫論

두보와 '拙'의 미학

두보의 시에 나타난 '長安'

▶ 尹善道論

자아탐구의 旅程으로서의 '山中新曲'과 '漁父四時詞'

漢詩에서의 상호텍스트성과 윤선도의 次韻詩

聯句와 하이카이(俳諧)의 구조적 특성 비교

– 〈城南聯句〉와 '쇼몬 하이카이'(蕉門俳諧)를 중심으로 –

蕉風 하이카이의 세계 – 쓰케아이(付合)를 중심으로 –

쇼몬(蕉門)의 도리아와세론(取合論)의 전개

바쇼 하이쿠에서의 '二物配合'과 '比喩法'의 관련 양상

총론

1. 문학연구방법론으로서의 '비교문학'

이 책에 수록된 20편의 논문들은 중국의 杜甫(712~770)와 한국의 尹善道(1587~1671), 일본의 마쓰오 바쇼(松尾芭蕉, 1644~1694)의 삶과 문학 세계를 둘씩 셋씩 또는 따로따로 한 자리에 놓고 읽어 보려는 시도의 결과물이다. 둘씩 셋씩 모아 읽는다는 점에서 본서의 작업들은 넓게는 비교문학의 범주에 속하면서도 다음과 같은 몇 가지 점을 염두에 두고 의도되었기에 종래의 비교문학과는 차별성을 지닌다.

첫째 본서의 작업들은 기본적으로 두보와 윤선도, 바쇼의 詩文을 대상으로 하는 '3항 비교'에 해당한다. 문학연구 방법론으로서의 비교문학은 작품과 작품, 장르와 장르, 작가와 작가 등 다양한 분야에 걸쳐 보통 2개의 항목을 함께 살피는 것이 주류를 이루어 왔다. 그러나 고래로부터 동아시아라는 지리적 여건, 한자문화권이라고 하는 문화적 특성을 공유하며 역사적으로도 밀접한 관련을 맺어 온 한국과 중국, 일본의 경우 이 동아시아 3국의 문화콘텐츠의 특성을 좀 더 면밀히 그리고 폭넓게 이해하기 위해서는 2항 비교를 넘어 '3항 비교'가 행해져야 할 필요성이 요구된다. 본서 2부는 2항 비교, 3부는 개별 시인론으로 전개되고 있지만 이 또한 궁극적으로는 3항 비교의 테두리 안에 놓이게 된다. 이에 대해서는 세 번째 사항에서 자세히 설명될 것이다.

두보와 윤선도, 바쇼의 3자 비교의 직접적 근거가 되는 것은 윤선도와
바쇼가 두보의 삶과 문학으로부터 큰 영향을 받았다는 점이다. 李白과 杜
甫는 중국뿐만 아니라 한국, 일본의 시인들에게 큰 영향을 끼친 인물들이
다. 특히 두보의 경우 시뿐만 아니라 그의 삶이 보여주는 성실성과 인간미,
유교적 忠의 실현 등의 면모로 인해 많은 시인들의 경모의 대상이 되어 왔
다. 이들이 두보를 특별히 경모하고 본받으려 했던 것은 문학적 감동에서
비롯된 것만은 아니며 多病과 貧寒, 漂泊, 고난으로 점철된 두보의 삶이
자신들의 처지와 흡사했기 때문이다. 윤선도와 바쇼는 그 누구보다도 두보
의 삶과 문학을 숭앙하고 본받고자 했던 시인들로서 바쇼가 일본에서의 두
보의 발견자[1]라 한다면, 윤선도는 한국에서의 두보 정신의 계승자라고 할
수 있다. 두보를 발신자로 하는 영향관계는 두 시인의 시문을 통해서 뚜렷
하게 감지해 낼 수 있을 뿐만 아니라, 무엇보다도 두 시인의 직접적 토로가
비교연구의 결정적인 발판을 제공한다.

둘째, 영향 관계가 성립되지 않는 두 항을 비교함에 있어 제3항을 연결고
리로 한다는 점에서 종래의 비교문학 방법과는 차별성을 지닌다. 종래의 비
교문학은 작품 간·작가 간·장르 간 직접적 영향관계가 확인되는 경우로
한정하는 프랑스식 관점과 영향관계가 없어도 작품 간·장르 간의 구조적
유사성이 인정되는 경우까지 영역을 확대하는 미국식 관점으로 크게 나뉘
어 전개되었다. 아래 (그림1)에서 실선 부분은 영향관계가 인정되는 두 항
간의 비교, 점선 부분은 영향관계가 없는 두 항의 비교를 나타내는데 後者
의 경우 두 항간의 유사성 규명에 집중하는 미국식 관점에서 논의가 전개되
어 왔다.[2]

---

1) 黑川洋一 注, 『杜甫』(東京:岩波書店, 1959).
2) 예를 들어 이어령의 『하이쿠의 시학: 하이쿠와 시조로 본 한일문학』(서정시학 신서4,

두보(A)

윤선도(B) 바쇼(C)

(그림1)

이에 비해 영향관계가 없는 두 항에 대하여 제3항을 개입시켜 연결고리로 삼는 본서의 방법은 아래 (그림2)와 같이 세 개의 원으로 이루어진 도형으로 나타낼 수 있다. A, B, C 세 원이 각각 세 시인을 나타낸다고 할 때 영향관계가 없는 윤선도와 바쇼의 교집합 중의 빗금 부분은 두보와의 공통 부분이기도 하다는 점에 주목해야 한다. 두 시인의 교집합에 걸쳐 있는 두보의 지분은 두 시인이 수용한 두보의 삶과 문학이라고 말할 수 있으므로 이 빗금 부분이 연결고리의 역할을 하는 것이다. 결국 윤선도와 바쇼의 비교는 두보로부터 받은 '영향의 비교'가 되는 셈이다.3)

2009), 川本皓嗣의 「단시형과 암시의 방법: 하이쿠와 시조와 프랑스 시」(≪수행인문학≫ 40집, 2010.6), 박영준의 「문화적 관점에서 본 시조와 하이쿠의 자연관 비교연구」(≪다문화콘텐츠연구≫ 12집, 2012.4), 송강과 바쇼의 문학을 대상으로 산, 바람, 물의 이미지를 비교 고찰한 강경하의 일련의 논문들(「송강과 바쇼의 시가에 나타난 '산'의 이미지 고찰」, ≪일본어교육≫ 70집, 2014.12; 「송강과 바쇼의 시가에 나타난 '바람'의 이미지 고찰」, ≪일본어문학≫ 64집, 2015.3; 「송강과 바쇼의 시가에 나타난 '물'의 이미지 고찰」, ≪한국일본어문학회 학술발표대회논문집≫ 2015.4) 등이 이에 해당한다. 윤선도와 바쇼의 경우 유옥희의 「윤선도와 바쇼」(『바쇼 하이쿠의 세계』, 보고사, 2002), 서정애의 「孤山 尹善道와 마츠오 바쇼의 문학에 나타난 自然觀 比較硏究」(동아대학교 교육대학원, 국어교육전공 석사논문, 2009.8.)를 들 수 있다.

3) 필자는 '비교' 대신 '경계 허물기'라는 말을 사용하여 문학의 비교연구를 행한 바 있는데 (『한국 고전시가 경계허물기』, 보고사, 2010) 이 작업은 한국의 고전시가와 그 주변을 둘러싼 많은 요소들 사이에 놓인 경계를 허물어 경계 안에서는 잘 보이지 않는 새로운 면을 발견하려는 시도였다. 경계를 허무는 작업 역시 '비교문학'이라고 하는 큰 범주에 속하는 것이지만 이 경우는 한국의 고전시가라고 하는 하나의 원을 상정하고 그 원과 경계를

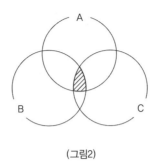

(그림2)

　이것을 비유적으로 설명하면 두보라고 하는 동일한 '씨앗'이 한국의 윤선
도와 일본의 바쇼라고 하는 상이한 '토양'에 뿌려졌을 때 모양과 색깔이 다
른 '꽃'을 피워낸 것이라 할 수 있다. 동일한 요소라 할지라도 그것이 배양되
는 환경에 따라 다르게 발현될 수 있다는 것은 의심의 여지가 없으며, 중요
한 것은 어떻게 달리 발현되는가를 살핌으로써 직접적 관계가 없는 두 項의
특성을 드러낼 수 있는 것이다. 이같은 시각으로 필자는 중국의 『詩經』이
동일한 원천·문학적 자극으로 작용하여 한국과 일본의 시가문학에 어떻게
달리 영향을 미쳤는가를 연구한 바 있다.4) 이처럼 제3항의 매개작용을 통
하여 윤선도와 바쇼의 문학세계 혹은 한국시가와 일본시가를 비교하는 방
법은 기존의 비교문학의 두 흐름을 수용 혹은 절충하면서도 어느 한 쪽으로
귀속시킬 수 없는 변별성을 지닌다고 하겠다.
　셋째, 본서에서 표방하는 3항 비교 연구의 이면에는 각 시인의 詩文을
합하여 각각 하나의 덩어리 즉 '거대담론'으로 인식하는 시각과 이들 담론
에 대해 분석·해석·자리매김을 시도한 결과물로서의 20편의 논문을 '메타

접한 다양한 요소들을 비교하는 방향을 취한 것이었고 이 경우 어디까지나 그 중심이
되는 것은 한국의 고전시가였다. 그에 비해 본서에서 행하는 것은 각각의 중심을 가진
세 개의 원을 전제로 한다는 차이가 있다.
　4) 신은경, 「『詩經』의 수용과 韓·日 詩歌의 전통」, 『고전시 다시읽기』(보고사, 1997)

담론' 즉 담론에 대한 담론으로 인식하는 시각이 개재되어 있다. 각 시인의 시문의 총합체로서의 거대담론을 각각 다홍·분홍·진홍의 세 면으로 나타낸다고 할 때 세 개의 거대담론은 이 세 면으로 이루어진 삼각뿔에 비유할 수 있다. 삼각뿔을 이루는 세 가지 색은 조금씩 차이를 지니지만 모두 '붉음'의 범주 안에 드는 것들이다. 이로 인해 전체로서의 삼각뿔은 붉은색 계열의 물체로 인식이 되어 푸른색 계열, 노란색 계열의 물체들과 구분이 이루어지게 된다. 세 면의 색을 '붉음 속에서의 變奏'로 보는 근거는 앞에서 언급한 本 연구의 차별점 중 첫 번째 항목에서 찾을 수 있다.

　이렇게 대상을 전체로서 관찰하면 한 면만 떼어 내어 볼 때는 드러나지 않는 요소 즉, 세 요소가 전체 안에서 갖는 의미와 역할, 비중과 위치가 드러날 수 있다. 세 시인들의 시문을 개별적으로 읽을 경우와 함께 모아서 읽는 경우, 개별적으로 분석하고 해석하여 메타담론을 생산하는 경우와 셋을 전제로 하여 메타담론을 생산하는 경우, 그리고 각 메타담론들을 별개의 지면에 따로따로 게재하는 경우와 이 한 권의 책에 수렴하는 경우 그 의미는 크게 달라진다고 본다. 시간·공간상으로 세 시인은 접점을 지니지 않지만 그들의 언어기술물은 이처럼 한자리에 모임으로써 서로의 존재를 의식하며 상호 울림을 주고받게 되는 것이다. 그리고 이 책은 세 시인의 언어기술물들간, 나아가서는 20개의 메타담론들 간의 상호 대화가 이루어지는 場의 역할을 하는 것이다.

　본서의 작업들은 3항 비교를 표방하면서도 표면상 3자 비교가 행해지는 것은 제1부 '셋 함께 보기'뿐이다. 제2부 '둘 함께 보기'에서는 2자 비교, 심지어 제3부 '셋 따로 보기'에서는 세 시인을 개별적으로 살핀 것이기에 일견 2부는 필자가 지향하는 '3항 비교'와는 거리가 멀어 보이고 개별 시인론에 해당하는 3부는 아예 '비교문학'의 범주를 벗어난 것으로 비칠 수 있지만 이와 같이 상호 대화의 관점에서 파악한다면 상황은 달라진다. 2항 비교의 경우 나머지 하나의 항이, 그리고 하나의 항에 주목하는 개별 시인론의 경우 나머지 두 개의 항이 주변에서 끼어들어 끊임없이 자신의 목소리를 내면서 간섭하고 대화를 시도함으로써 독자—세 시인의 언어기술물을 대하는 필자 또는 이 책의 독자—의 독서 과정에 수정을 가하는 양상으로 이해될 수 있는 것이다. 이렇게 하여 제2부의 兩項 비교 연구든 제3부의 한 개 項만의 독립적 연구든 '비교문학'의 대전제가 되는 '대화' '상호 간섭'의 요건을 획득하게 되어 결국 '3항 비교'의 성격을 부여받게 되는 것이다.

세 사람은 각 나라의 문학사에서 최고의 위치를 점하는 시인들인 만큼 개별 연구는 말할 것도 없고, 두보와 윤선도, 두보와 바쇼를 비교 연구한 논문도 적지 않다. 그러나 필자의 淺學의 소치인지는 몰라도 3자의 비교를 본격적으로 시도한 연구는 아직 행해진 바 없는 듯하다. 그리고 상당한 업적이 축적된 두보와 윤선도5) 두보와 바쇼의 비교 연구들을 보면 대개 영향관계가 인정되는 것으로 논의 범위를 한정하고 詩文 간의 유사 어구를 적출하는 데 논의를 집중하고 있는 것을 볼 수 있다. 이런 경향은 특히 두보와 바쇼의 관계를 논한 일본내 연구들에서 두드러지는데 양자 간의 유사한 표현과 바쇼의 시에 인용된 두보의 시구를 찾아내어 이를 중심으로 영향관계를 추적하는 데 그치는 경향이 있어 해석적 시각이 필요하다고 본다.6)

---

5) 두보와 윤선도의 비교연구로는 이병주의 『韓國文學上의 杜詩硏究』(二友出版社, 1979)와 李昌龍, 『韓中詩의 比較文學的 硏究』(一志社, 1984)에서 부분적으로 언급이 되었고, 文永午의 「孤山의 杜詩 受容論」(『孤山 尹善道硏究』, 태학사, 1983)와 董達의 『朝鮮 三大 詩歌人 作品과 中國 詩歌文學과의 相關性 硏究』(探求堂, 1995)에서 본격적인 연구가 이루어지기 시작했다.

6) 바쇼에 대한 두보의 영향 연구의 결정판이라 할 廣田二郎의 『芭蕉と杜甫』(東京: 有精堂, 1990)가 그 대표적인 예이다. 이외에 吉川幸次郎, 「芭蕉と杜甫」, 『日本古典文學大系』月報60(岩波書店, 1962年 6月); 飯野哲二, 『芭蕉辭典』(東京堂, 1959); 伊藤博之, 「芭蕉における詩의方法」, 井本農一, 「出典といふことについて-芭蕉出典考-」, 松尾靖秋, 「芭蕉俳諧의限界」, 『芭蕉·Ⅰ』(日本文學硏究資料叢書, 有精堂, 1969·1980); 石川八朗, 「芭蕉의杜甫受容小論」, 『芭蕉·Ⅱ』(日本文學硏究資料叢書, 有精堂, 1977·1984); 尾形仂, 『芭蕉의世界』(講談社, 1989); 尾形仂 編, 『別冊國文學·芭蕉必攜』(學燈社, 1980. 12) 등이 芭蕉와 杜甫의 관련을 다룬 주요 논저들인데 대개가 出典 및 유사어구 摘出의 한계를 벗어나지 못한

문면에 드러난 유사 어구 또는 인용 어구, 시인의 육성에 의한 토로가 영향의 확실한 근거로 제시될 수 있고 이것이 비교 연구의 실마리가 되는 것은 말할 나위가 없다. 그러나 이제 이런 작업이 축적되어 있는 지금의 시점에서는 이것이 연구의 출발점이 되어야지 도달점이 되어서는 곤란할 것이다. 유사 어구나 인용처럼 문면으로 직접 영향관계가 드러나지 않는다 하더라도 텍스트의 구조적 측면이나 시적 형상화 방법 면에서 두 항 간에 유사성이 발견될 때 그것을 규명하는 작업이 세 시인을 대상으로 한 비교 연구의 중심이 되어야 할 것이다. 또한 윤선도와 바쇼는 단순히 두보의 문학세계를 흠모하는 데 그치지 않고 삶, 인간적 면모 전반에 걸쳐 그를 본받고자 했기 때문에 문학관, 가치관, 미적 취향 등의 형성에까지 두보의 영향이 있었을 것은 분명하다. 詩句 인용이나 유사한 표현은 두보로부터 받은 영향의 '意識的 발로'이지만, 텍스트 간에 보이는 구조적 유사성, 형상화 방법의 유사성 그리고 문면에 드러나지 않는 내면세계는 수신자의 심층에 잠재되어 있던 영향의 '無意識的 발로'라 할 수 있으므로 이 부분까지 논의를 확장할 때 기존 연구의 한계를 극복할 수 있다고 본다.

한편 윤선도와 바쇼의 비교 연구[7]는 兩者 사이의 영향관계가 없기에 미국식 비교문학의 관점에서 행해져 왔다. 본서의 경우 두보라고 하는 매개항을 연결고리로 두 시인의 비교를 행한다는 점에서 이들 연구와는 차이가 있다. 이 점은 본서의 방법과 기존의 비교문학의 방법의 차별점을 제시한 것 중 두 번째 항에서 언급하였다.

아쉬움이 있다.

[7] 유옥희, 서정애의 앞의 글.

2. 시문 원전자료 및 譯註書

본서에서 주 대상이 되는 것은 두보의 경우는 詩, 윤선도의 경우는 漢詩
와 時調 그리고 非문학적 산문이며 바쇼의 경우는 하이카이(俳諧)나 하이
쿠(俳句)와 같은 시, 기행문·일기 또는 하이분(俳文)과 같은 文學的 산문이
다. 인용 작품들이 많기 때문에 이들 시문의 원 자료 및 역주서 등에 대해
개괄해 보기로 한다.

오늘날 전해지는 두보의 시는 약 1,400여 수8)로 北宋의 王洙(997~1057)
가 『王內翰注杜工部集』(보통 『杜工部集』으로 약칭)9)을 편찬한 이래 수많
은 주석본 문집이 출현하였다. 그중 가장 권위 있는 것으로는 淸의 仇兆鼇
(1638~1717)가 편찬한 『杜少陵集詳註』(보통 『杜詩詳註』로 약칭)가 꼽힌다.
『杜詩詳註』는 시 23권, 雜文 2권, 補註 2권으로 구성되어 있고 체제는 창
작 시기에 따른 편년체로 되어 있는데 본서에서 두보 시의 원문은 이에 의
거한다.10)

윤선도의 경우는 尹孤山文化事業會에서 간행한 『孤山遺稿』11) 바쇼의
경우는 『松尾芭蕉集』12)에서 원문을 취하였다. 이 기본 자료에서 원문이
인용된 경우는 권수나 작품 제목만 표시하고 이외의 책에서 원문을 인용한
경우만 원전을 밝히고자 한다.

이 세 시인의 작품에 대해 주해와 번역을 가한 譯註書는 수없이 많이
나와 있다. 특히 두보의 경우는 그 수를 헤아릴 수 없을 만큼 많은데 본서에
서는 주석서로 『杜詩詳註』 외에, 구조오가 저본으로 한 『杜少陵集』에서

---

8) 『唐書』 「杜甫傳」에 의하면 두보에게는 60권의 문집이 있다고 기록되어 있다.

9) 이 책에는 고체시 399수, 근체시 1,006수 도합 1405수가 수록되어 있고 이에 주석이 덧붙
어 있다.

10) 仇兆鼇 撰, 『杜少陵集詳注』(北京: 中華書局出版, 1979).

11) 南楊州文化院 尹孤山文化事業會, 1996.

12) 『日本古典文學全集』(小學館, 1972·1989).

시 23권만을 떼어『杜少陵詩集』이라 하고 여기에 譯註를 가한 스즈키 도라
오(鈴木虎雄)의『杜甫全詩集』全四冊[13])을 주로 참고하였다. 두보 시의 한
글 번역에 있어서는『(완역) 杜甫律詩』[14])『두보 초기시 역해』[15])『(정본완
역) 두보전집』[16]) 윤선도의 경우는『국역 고산유고』[17])와『고산유고』I~IV[18])
바쇼의 경우는『바쇼의 하이쿠 기행 1』[19])『마츠오 바쇼오의 하이쿠』[20])의
도움을 받았다.

인용한 작품의 한글 번역은 이들 역주서 중 어느 하나의 것을 그대로 따
른 경우도 있고 여러 버전을 참고하기도 하고 때로는 표현을 바꾸거나 필자
의 번역을 우선하는 경우 등 개개 인용 작품마다 차이가 있지만 기본적으로
이들 역주서를 충분히 활용하였음을 밝힌다. 작품 인용시 한글 번역에 대한
개개 서지사항은 생략하도록 한다.

---

13) 鈴木虎雄 譯註,『杜甫全詩集』全四冊(日本圖書センター, 1978).

14) 이영주 외 2인 역해(明文堂, 2005).

15) 이영주 외 4인 역해(솔, 1999).

16)『지덕연간시 역해』(강성위 외 7인 역해, 한국방송통신대학교출판부, 2001);『두보 위관시
기시 역해』(김만원 외 5인 역해, 서울대학교출판부, 2004);『두보 진주동곡시기시 역해』
(김만원 외 6인 역해, 서울대학교출판부, 2007);『두보 성도시기시 역해』(김만원 외 6인
역해, 서울대학교출판부, 2008);『두보 재주낭주시기시 역해』(김만원 외 6인 역해, 서울대
학교출판문화원, 2010);『두보 2차성도시기시 역해』(김만원 외 7인 역해, 서울대학교출판
문화원, 2016);『두보 기주시기시역해 1』(강민호 외 7인 역해, 서울대학교출판문화원,
2017);『두보 기주시기시역해 2』(강민호 외 7인 역해, 서울대학교출판문화원, 2019).

17) 이형대 외 3인 옮김,『국역 고산유고』(소명출판, 2004).

18) 이상현 옮김,『고산유고』I~IV(한국고전번역원, 2011).

19) 김정례,『바쇼의 하이쿠 기행 1』(바다출판사, 1998. 2).

20) 유옥희,『마츠오 바쇼오의 하이쿠』(민음사, 1998. 10).

제1부
셋 함께 보기

尹善道와 芭蕉의 자연인식에 끼친 杜甫의 영향

1. 비교문학에서의 영향의 문제

이 글은 중국의 시인 두보가 한국의 윤선도와 일본의 마쓰오 바쇼에게 어떤 영향을 미쳤는가를 자연관의 관점에서 살피는 데 1차 목적이 있다. 그러므로, 이 글은 영향의 수용자인 윤선도나 바쇼의 시세계를 규정하는 데 중점이 주어지는 수신자 연구이기보다는, 영향의 발신자인 두보에게 초점을 맞추어 그 영향이 두 시인에게 어떻게 파급되었는가를 살피는 발신자 연구에 가깝다. 만일 윤선도나 바쇼에게 초점을 맞춘다면, 두보만이 아니라 그들의 시세계 형성에 영향을 끼친 다른 원천들까지 탐색하는 양상을 띠게 될 것이다. 또한, 두보가 윤선도와 바쇼에게 어떤 영향을 주었나를 살피는 과정에서 영향의 수용양상이 윤선도, 바쇼에게 어떻게 달리 나타나는가도 다소 윤곽이 드러날 수 있을 것으로 기대된다.

이 글을 전개해 감에 있어 다음 몇 가지 사실이 전제된다.

첫째 이 연구의 주목적은 윤선도나 바쇼의 문학세계에 초점을 맞춰 이를 집중적으로 조명하는 것이 아니라, 두보라고 하는 동일한 문학적 원천이 같은 문화적 범주에 놓이는 일본, 한국의 시인에게 어떻게 달리 영향을 미쳤는가를 살피는 것이다. 그러므로, 두 사람의 문학세계는 두보와의 관련성이 인정되는 경우로 국한될 것이며, 그들에게서 공통적으로 발견되는 문학적 특징에 대하여 두보 이외의 또 다른 원천이 인정된다 할지라도 그 점은 이 글에서는 논의되지 않을 것이다.

둘째 한국과 일본에 두보의 영향을 받은 사람이 많은데, 그중 윤선도와 바쇼가 선택된 것은, 그들의 작품을 통해서 두보로부터의 깊은 영향을 감지해 낼 수 있을 뿐만 아니라, 무엇보다도 두 시인의 직접적 토로가 비교연구의 결정적인 발판을 제공하기 때문이다.

셋째 세 사람의 시를 전체적으로 검토해 보면 사상적 측면, 처세관, 자연관, 현실인식, 미의식, 시간·공간의식, 표현적 특성에서 두보의 영향이 크게 두드러진다는 것을 발견하게 된다. 이 글은 이 중 자연관에 초점을 맞춰 진행하게 되는데 이같은 영향의 범주는 연구자의 편의에 따라 임의적으로 선택된 항목이 아니라는 것을 밝혀두고 싶다.

넷째 영향관계에 바탕을 둔 비교연구에서 가장 큰 난점이 되는 것은 어디까지를 영향의 범주로 인정하며, 어디까지를 영향의 근거로 삼을 것인가 하는 문제일 것이다. 한 시인의 육성에 의한 토로, 직접적으로 인용된 시구는 영향의 확실한 근거로 제시될 수 있다. 그러나, 어떤 시인의 삶과 인간적 면모, 가치관 등 문면에 직접 드러나지 않은 잠재적 영역까지 영향의 범주로 고려해야 한다고 본다. 이같은 점을 감안하여, 본 연구는 자연을 소재로 한 시작품에서 유사어구나 인용어구 등 영향의 미시적 근거를 찾아내기보다는, 자연을 어떻게 바라보고 인식했는가 하는 거시적 측면에 더 비중을 두고자 한다.

이상의 사항을 전제로 하여 구체적으로 2장에서는 두보의 자연관을 살피고 3장에서는 두보의 자연인식 태도가 윤선도와 바쇼에게 각각 어떤 영향을 끼쳤는지를 검토하며 4장에서는 앞의 두 章의 결과를 바탕으로 두보라고 하는 문학적 자극이 두 시인에게 어떻게 달리 작용했는가를 조명하게 될 것이다.

2. 두보의 自然觀

동아시아에서 '자연'은 전통적으로 作詩의 동기를 부여하는 주요 소재이자, 시의 테마로서 중요한 의미를 지녀 왔다. 세 시인들에게 있어서도 마찬가지이다. 그러나, 이들에게 자연은, 사령운의 경우처럼 美的 玩賞의 대상만도 아니고, 도연명의 경우와 같이 생활의 터전으로서의 '田園'이기만 한 것도 아니며, 이백의 경우처럼 삶의 현장과 유리된 초현실적·신화적 공간도 아니다. 또, 죽림칠현들에게 있어서처럼 道의 구현체로서의 자연도 아니다.

자연관의 관점에서 이들이 하나로 묶일 수 있는 것은, 인생이 반영된 자연이라는 점이다. 이들의 시를 보면, 自然詩나 山水詩처럼 자연 자체에 내포된 아름다움·진리를 예찬하는 것이 없는 것은 아니나, 자연예찬으로 일관하는 시보다는 이를 배경으로 하여 궁극적으로 인생을, 그리고 인간사와 삶을 노래한 것이 더 많다. 이들에게 있어 자연은 어떤 형태로든 인간의 삶과 흔적, 그리고 시인의 내면이 투영된 대상이라는 점에서 공통적이다. 세 시인의 경우 삶과 자연은 그 누구의 경우보다 밀접한 관련을 맺고 있으며, 이들의 시는 자연과 인생의 상호조응에 대한 깊은 성찰의 결과라 할 수 있다. 이 세 시인 특히 윤선도와 바쇼에 대하여 自然詩人, 山水詩人이라는 호칭을 붙이기도 하나, 필자의 견해로는 오히려 인생시인으로 칭하는 것이 더 적절하다고 생각한다.

두보의 시를 자연인식이라는 측면에서 검토해 본 결과 자연을, 仕官의 반대항으로 인식하는 경우, 삶의 현장으로 인식하는 경우, 관념화된 공간, 생명활동의 무대로 인식하는 경우가 지배적이었다. 그래서 이 네 측면에서 두보의 시를 조명해 본 뒤, 그같은 자연인식태도가 윤선도와 바쇼의 시에 어떤 양상으로 수용되고, 그들의 자연인식에 어떤 영향을 끼쳤는지 살피고자 한다.

2.1. 仕官의 반대항으로서의 자연

'自然'을 仕官의 반대항으로 인식하는 것은 儒者에게 일반화된 자연관이라 할 수 있다.

(1) 吏情更覺滄洲遠　벼슬살이에 滄洲 멀리 있음을 새삼 깨닫나니
　　老夫徒悲未拂衣　다 늙어서 오로지 벼슬 못 버린 것이 서글플 따름이다
　　　　　　　　　　　　　　　　　　　　(<曲江對酒>, 제6권)[1]

(2) 巢許山林志　나는 소부·허유처럼 산림에 뜻을 둔 사람
　　夔龍廊廟珍　그대는 舜임금의 신하인 夔나 龍 같은 廊廟의 보배
　　　　　　　　　　　　　　　　　　(<奉贈蕭十二使君>, 제23권)

(3) 白鷗沒浩蕩　흰 갈매기는 아득한 煙波 사이로 나타났다 사라지는데
　　萬里誰能馴　만리 밖 먼 곳에서 누가 길들일 수 있으리오
　　　　　　　　　　　　　　　　　　(<奉贈韋左丞丈二十二韻>, 제1권)

(4) 非無江海志　강호로 물러나 유유자적하게
　　瀟灑送日月　세월을 보내고픈 뜻이 없는 것은 아니지만
　　　　　　　　　　　　　　　　(<自京赴奉先縣詠懷五百字>, 제4권)

이 시구들에서 (1)의 '滄洲' (2)의 '山林' (3)의 '갈매기가 자유롭게 노니는 곳' (4)의 '江海'는 모두 유가적 行藏의 구도에서 '隱居以求其志(『論語』「季氏」)'하는 공간이요, '用之則行 捨之則藏(『論語』「述而」)'에서의 '藏'의 공간, 즉 出仕의 반대항으로서의 자연을 의미한다. 이 문맥에서 자연은 出仕라는 굴레에서 벗어나 유유자적하게 자연의 道에 합치된 삶을 구가할 수 있는 공간인 것이다. 철두철미한 儒者였던 두보는 곳곳에서 강호에 돌아가

---

1) 여기서 숫자는 『杜詩詳註』의 권수이며 이하 권수만 표기하기로 한다.

그들처럼 살고 싶지만 人臣의 도리상 그럴 수 없음을 안타까워하는 심정을 토로하고 있다. 이런 두보에게 이상적인 모델로 여겨진 것이 허유·소부의 삶이었다.

그러나, 두보는 생계 문제, 경제적 문제 등 현실적 여건상 그리고 자신의 儒者로서의 신념 때문에 自意에 따라 관직을 버리고 江海에 은거할 수는 없었다. 두보의 경우 관직을 떠나 자연으로 물러나는 계기는 대개 전란, 기근, 타인의 음해 등 他意나 병에 의한 것이었다.[2] 나이가 들어 정치무대에서 은퇴한다고 하는 개념인 '致仕', 정치적 현실이 뜻에 맞지 않아 벼슬을 버리고 자연으로 돌아가는 '藏', 자의로 관직을 떠나 고향으로 돌아가는 '歸去來'는 두보와는 거리가 멀었다. 평생 이같은 염원을 가지고 있었지만 결국 두보에게는 실현되지 않은 이상으로 머물렀을 뿐이다.

2.2. 삶의 현장으로서의 자연: 幽居와 漂泊의 공간

두보의 삶은 '幽居'와 '漂泊'이라는 상반된 형태가 날실과 씨실을 이루고 있다. '유거'는 자연에 뿌리를 내리고 사는 삶이요, '표박'은 자연 속을 떠돌아다니는 삶이다. 자연은 두보에게 있어 이같은 상반된 삶의 패턴의 무대로서 의미를 가진다. 여기서 '隱居'라는 말 대신 '幽居'라는 말을 쓴 것은, 두보가 兩者를 의식적으로 구분해서 사용하였기 때문이다. 두보는 똑같이 자연 속에서의 삶이라 할지라도, 허유나 소부와 같은 옛 隱士나 도가적 隱者에 한해 '隱'이라는 말을 쓰고, 자신의 경우에 대해서는 '幽'라는 말을 즐겨썼다.[3] 그가 인식한 '隱'은 평생 벼슬길에 나아가지 않고 자신의 도를 추구한 사람의 자연 속에서의 삶을 가리키는 개념이었다. 한편 두보에게 있어

---

2) 이하 두보의 삶에 관한 전기적 사실은 이병주, 「杜甫小傳」(『韓國文學上의 杜詩硏究』, 二友出版社, 1979)에 의거함.

3) 이 점에 대해서는 본서 「두보·윤선도·바쇼에 있어서의 '隱'의 처세」에서 자세히 다루었다.

'幽'는 크게는 '세상에 쓰임을 받을 때는 나가서 도를 행하고(行), 자신의 뜻과 일치하지 않거나 버림을 받을 때는 물러난다(藏)'고 하는 유가적 처세의 구도에 속하되[4] 자의든 타의든 어떤 동기에 의해 자연으로 물러나 사는 것을 의미한다. '隱'과 '幽'의 근본적 차이는 처세의 태도가 정치논리에 입각해 있느냐의 여부에 의한 것이다.

이같은 관점에서 볼 때, 자연과 더불어 사는 두보의 삶은 은거보다는 유거에 가깝다는 것이 드러난다. 두보의 유거의 모습은 여러 면에서 그의 삶의 실상을 보여준다. 출사하여 군주를 보좌하여 經國濟民하는 것을 처세의 도리로 여기는 儒者로 자처하면서도 실제 그런 정치적 포부를 펼칠 기회는 적었다. 출사한 기간보다 野人으로 머문 기간이 훨씬 길었고, 또 겨우 차지한 벼슬자리도 미관말직일 뿐이었기 때문이다.[5] 그래서, 그는 自意와는 무관하게 생의 대부분을 자연 속에서 야인처럼 살아야 했던 것이다.

벼슬에서 물러나 다시 복귀하기까지 잠정적으로 자연에 머무는 것도 아니고, 그렇다고 허유나 소부처럼 평생 관직에 나아가지 않고 逸民으로 지낸 高士도 아닌 처지, 관직에 있다 하더라도 도회지나 중앙 조정보다는 지방의 미관말직에 지나지 않는 벼슬살이, 그나마 그것도 오래가지 못하고 좀 더 나은 생활여건을 찾아 여기저기 떠돌아다녔던 상황, 이것이 두보의 삶의 실상[6]이었으며 '자연'은 바로 이같은 삶의 배경이 되었던 것이다. 두보는 이런 자신의 삶의 처지가 옛 高士나 도가적 은일자와는 다르다고 여겼으며 따라서 '隱' 대신 '幽'로 표현한 것으로 보여진다. 두보에게 '자연'은 바로

---

4) "用之則行 捨之則藏"(등용되면 나아가 행하고, 버림을 받으면 물러가 숨는다.『論語』「述而」) "隱居以求其志 行義以達其道"(세상에 도가 행해지지 않을 때는 벼슬하지 않고 은거해서 그 뜻을 구하고 세상에 도가 행해질 때는 義를 행하여 그 뜻을 이룬다.『論語』「季氏」)

5) 이병주, 앞의 글.

6) 같은 곳.

삶의 무대, 생활의 場, 유거의 배경이었던 것이다.

(5) 野老籬前江岸回　시골 늙은이 집 울타리 앞으로 강 언덕이 굽이치고
　　柴門不正逐江開　사립문은 비뚤어졌지만 강을 향해 훤히 터져 있네
　　漁人網集澄潭下　어부들의 그물은 맑은 물로 모여들고
　　賈客船隨返照來　장사치의 배들도 석양 햇살 따라온다

(<野老>, 제9권)

(6) 清江一曲抱村流　한 굽이 맑은 강 마을을 감싸 흐르고
　　長夏江村事事幽　긴 여름 강마을은 일마다 한가롭다
　　自去自來堂上燕　유유히 오가는 지붕 위의 제비들
　　相親相近水中鷗　저희끼리 즐기면서 물위를 떠가는 갈매기

(<江村>, 제9권)

여기서 시적 배경이 되고 있는 江岸 부근, 江村은 모두 삶의 현장과 맞닿아 있는 자연이다. 이곳은 결코 인간세상을 등진, 그리고 인간세상으로부터 유리된 공간이 아니라, 제반 인간사가 함께 공존하는 삶의 터전의 일부이다. 즉, 두보에게 있어 '자연'은 벼슬의 속박을 벗어나 자유로운 삶을 영위하는 공간으로 인식되는 한편, 일상적 삶이 펼쳐지는 場으로 인식되기도 하는 것이다. 出仕의 반대항으로서의 자연이 유자적 처세가 이상화된 공간 또는 실제 삶으로 구현되었느냐의 여부를 떠나 '미래'에 언젠가 돌아가고자 하는 동경의 공간으로 그려진다면, 이 경우는 현실적 삶의 무대로서 '현재'의 공간으로 그려진다.

궁극적으로 이같은 인식에 기초한 텍스트들은 자연을 배경으로 '삶'을 노래한 것이라 할 수 있으며, 두보 시 전체에서 가장 큰 비중을 차지한다. 자연 자체에 내포된 아름다움, 진리를 예찬하는 순수 자연시도 없는 것은 아니나, 두보의 시를 총괄해 보면 자연예찬으로 일관하는 시보다는 '삶'의 무대로서의 자연을 노래한 것이 압도적으로 많다. 그래서인지 유거의 배경으

로서의 자연은 '深山幽谷'보다는 삶의 언저리에 위치한 자연이다. 바꿔 말
하면 심산유곡으로 대표되는 '脫俗'의 세계와, 仕宦까지를 포함한 제반 인
간사가 펼쳐지는 생활의 場으로서의 '俗'의 세계에 양다리를 걸치고 있는
공간인 것이다. 두보 시에서 유난히 많이 등장하고 또 중요한 의미를 지니
는 '江村'은 대표적인 유거의 무대이다. 成都 浣花溪 草堂은 두보에게 있
어 대표적인 '幽'의 공간이라 할 수 있다.

　　그러나, 한편 두보의 삶은 遊離漂泊의 연속이기도 했다. 그는 현실적으
로 좀 더 나은 여건, 다시 말해 경제적으로 좀 더 윤택하게 처자를 부양할
수 있는 환경을 찾아 여기저기 떠돌아다녔으며, 말년에는 舟居生活까지 하
다가 客死의 종말을 맞았던 것이다.7) 두보는 이같은 자기 신세를 곧잘 '다
북쑥'에다 비유하곤 하였다.

(7) 生涯獨轉蓬　　한평생 다북쑥처럼 떠돌고 있네
　　　　　　　　　　　　　　　　　(<投贈哥舒開府翰十二韻>, 제3권)

老去苦飄蓬　　늙어서도 다북쑥처럼 떠도는 신세가 괴롭기만 하구나
　　　　　　　　　　　　　　　　　(<往在>, 제16권)

　'轉蓬'이나 '飄蓬'이 지니고 있는 '여기저기 흩날리는 이미지'는 평생 떠
돌이 삶을 살았던 두보의 모습을 단적으로 말해주는 표상물이다.

　　따라서, 두보에게 '자연'은 비록 한 곳에 오랫동안 정착해 살지는 않았다
하더라도 뿌리박고 사는 삶의 場인 동시에, 떠돌아다니는 삶의 배경이기도
했던 것이다. 객지를 떠돌며 流浪漂泊하는 삶의 여정에서 잠시나마 자연
어느 한 곳에 뿌리를 내리고 정착해 사는 것을 두보는 '幽'라는 말로 표현하

---

7) 이 점에 대해서는 본서 「두보와 바쇼의 문학에 있어서의 '공간이동' 모티프」에서 자세히
　다루었다.

곤 했던 것이다. 두보의 시에 심심치 않게 등장하는 '故鄕' '故國'은 보통사
람의 경우처럼 태어나 자란 곳, 가족과 친척이 모여 사는 곳이라기보다는,
漂泊의 삶 가운데 잠시 정착해 살았던 곳의 대치개념으로 보는 편이 옳을
것이다.

　이처럼 두보에게 자연은 '幽居'와 '漂泊'이라는 상반된 삶의 패턴의 무대
가 되었으며, 이 두 상반된 삶의 양상이 가로세로 얽혀 두보의 인생을 이루
었던 것이다.

2.3. 관념화·추상화된 공간으로서의 자연

　자연에 대한 두보의 인식태도로서 세 번째로 들 수 있는 것은, '도교적
가치가 부여된 관념화된 공간'으로서의 자연이다. 종교로서의 道敎는 엄
밀한 의미에서 老子·莊子의 사상을 기반으로 하는 道家哲學-혹은 老壯
哲學-과는 크게 다르다. 노장철학의 핵심은 無爲自然 사상으로 우주질서,
즉 자연론에 근거를 두고 인간질서의 회복을 추구해간 것인 반면, 道敎는
전통적인 민간신앙을 기반으로 說生惡死와 심신의 안정, 불로장생, 현실적
복록을 희구하는 인간의 마음에 부응하여 종교의 형태로 체계화한 것이다.
魏伯陽의 『參同契』나 葛洪의 『抱朴子』는 복합다단한 제 사상을 도교의
이론으로서 집대성, 체계화한 저술로 평가되고 있다.[8]

　지금 여기서 언급하는 것은 도교적 가치와 관련된 것으로, 神仙世界로서
의 자연이다. 두보의 시에서 흔히 접할 수 있는 '滄洲' '玄圃' '蓬萊' 등은
모두 신선들이 산다는 전설적 공간으로서 도교적 신선사상에 의해 신비화
된 자연을 대표한다.

　(8) 安得仙人九節杖　　어찌 하면 仙人의 구절장을 짚고

---

8) 송항룡, 『東洋哲學의 문제들』(驪江出版社, 1987), 250쪽.

挂到玉女洗頭盆   옥녀가 세수했다는 세두분에 가볼 수 있을까

(<望嶽>, 제6권)

(9) 蓬萊如可到   봉래산에 갈 수만 있다면
    衰白問群仙   쇠잔한 흰 머리로 뭇 신선들에게 물어보리라

(<游子>, 제13권)

(10) 輕帆好去便   날랜 배를 타고 빨리 그곳에 가는 편이 좋을 듯
     吾道付滄洲   내 앞길은 창주에 의탁하고자 하나니(<江滄>, 제10권)

(8)은 華山의 웅장한 모습을 바라보며 쓴 것으로 이 시의 "洗頭盆", (9)의 "蓬萊" (10)의 "滄洲"는 모두 신선들이 노니는 공간이다. 여기서 예시된 자연은 모두 신선들의 세계 그 자체를 의미하며, 仙境은 도교적 이상향을 말한다. 그러나, 그것의 실재성 여부가 문제되는 것이 아니므로, 관념화·추상화된 공간으로서 의미를 지닌다. 이 경우 자연은 유거의 대표적 공간인 '江村'과는 달리, '深山幽谷' '海上' 등 인간세계에서 멀리 떨어진 곳으로 그려진다.

그런데, 두보의 시에서 세 번째 유형의 자연인식 태도는 몇 가지 변형되는 양상을 보인다. 하나는 신선세계가 도교적 이상향으로서의 仙境을 넘어 보편적인 '자연'의 개념으로 일반화되는 경우이고, 또 하나는 자연의 아름다운 풍광 즉 景勝地나 美景의 의미로 일반화되는 경우이다.

(11) 吏情更覺滄洲遠   벼슬살이에 滄洲 멀리 있음을 새삼 깨닫다니
     老夫徒悲未拂衣   다 늙어서 오로지 벼슬 못 버린 것이 서글플 따름이다

(<曲江對酒>, 제6권)

여기서의 "滄洲"는 出仕의 반대항으로서의 자연을 의미하는데, 원래 도교적 仙境이 자연 일반으로 의미의 확장을 이룬 경우이다.

(12) 得非玄圃裂   玄圃가 갈라져 날아온 것이 아니라면
　　　無乃瀟湘飜   소상강물이 치솟은 것이 아닐까
(＜奉先劉少府新畵山水障歌＞, 제4권)

이 시는 劉少府가 그린 그림 속의 山水를 보고 玄圃와 소상강물을 빌어 그 아름다운 경치를 찬탄한 내용이다. "玄圃"는 원래 崑崙山에 있는 仙苑인데, 그 한 자락이 갈라져 날아온 듯이 여겨질 만큼 아름답다는 것을 강조한 것이다. 어떤 쪽으로 의미의 확장을 이루든 두 경우 다 도교적 가치에 기반한 것임을 알 수 있다.

'자연'은 도교사상의 핵심에 놓인 것으로 '저절로 그러함'이라는 의미이며, 道의 구현체로서의 산수 공간, 또 때로는 道나 진리 그 자체를 의미하기도 한다. 그러므로 道의 구현체로서의 산수 자연이 신선들의 활동무대로 인식되는 것은 당연하다. 그리하여, 신선세계의 일부분인 '산수공간'이 '자연' 일반을 의미하는 것으로 '환유적 전이'가 일어나게 된 것이다. 또 신선들이 살 정도로 아름다운 곳이라면 경치가 빼어나게 아름다울 것이 틀림없으므로, '仙境'은 곧 美景·絶景을 의미하게 된 것이다. 어느 쪽으로 변형이 일어나든, 도교적 가치가 기반이 되고 있다는 점에서는 차이가 없다.

2.4. 생명활동의 무대로서의 자연

자연은 두보에게 있어 뭇 생물들이 생명을 구가하는 생명활동의 현장으로 인식되기도 한다. 두보의 시에는 짐승이나 곤충 같은 미물이 많이 등장하는데 이들이 본래의 모습대로 각각의 삶을 구가하는 場으로 그려지는 경우가 많다. 앞 項이 도교사상이 기반이 된 자연인식이라면, 이 경우는 도가사상 특히 莊子의 '物固自生' '齊物' '天鈞兩行'에 뿌리를 둔 자연인식태도를 엿볼 수 있다.

(13) 用拙存吾道　서투름으로 나의 도를 지켜 나가고
　　 幽居近物情　한적하게 사노라니 만물의 참된 情에 가까워진다
(<屏跡>, 제10권)

(14) 物情無巨細　物은 그 大小에 관계없이
　　 自適固其常　본래의 모습대로 그 이치를 드러낸다네
(<夏夜歎>, 제7권)

여기서의 "物情"은 만물이 본래부터 가지고 있는 본모습·實相을 의미하는데, '자연'은 바로 만물이 物情을 드러내며 각각의 생명을 구가하는 천연의 場으로 인식된다. 아래의 예 (15)(16)에는 이같은 자연인식태도가 좀 더 직접적으로 표명되어 있다.

(15) 寂寂春將晚　쓸쓸히 봄은 저물어 가는데
　　 欣欣物自私　세상 만물들은 혼연히 각각의 삶을 구가한다
(<江亭>, 제10권)

(16) 我何良歎嗟　내가 진실로 무엇을 한탄할 것인가
　　 物理固自然　만물의 이치가 본래부터 저절로 그러하거늘
(<鹽井>, 제8권)

이같은 자연인식태도는 莊子의 '物固自生' '自生自化'의 시각에서 비롯되며 이로부터 두보의 자연관 형성에 장자의 사상이 깊은 영향을 미쳤음을 짐작할 수 있다.

(17) 마음을 버리고 정신을 풀어 버리면 아득히 영혼도 없고 만물은 번성하여
　　 각각 그 근본으로 돌아가게 될 것입니다. … 중략 …그리하여 만물은 저절로
　　 그 생명을 구가하게 될 것입니다.　　　　　　(『莊子』「在宥」)[9]

(18) 만물은 본디부터 그렇게 될 요소를 담고 있으며, 또 그렇게 할 수 있는 요소
를 담고 있다.   (『莊子』「齊物」)10)

　여기서 장자가 말하는 '만물은 저절로 그 생명을 구가한다'("物固自生")든
가 '만물은 본래부터 그렇게 될 요소를 담고 있다'("物固有所然")든가 하는
언급은 無爲自然을 달리 설명한 것이며, 만물이 본래의 모습대로 생을 구가
하는 物皆自得의 양상을 표현한 구절이라 하겠다. 이같은 시각은 老子의
"道法自然"에 근원을 둔다.11) 이로써 두보의 위 인용시구 (14)의 "自適固
其常" (15)의 "物自私" (16)의 "物理固自然"은 바로 노자·장자의 자연관
을 그대로 수용하여 문학적 담론에 담아낸 것임을 확인할 수 있다.

(19) 繡羽銜花他自得　　새는 수놓은 듯 고운 날개로 꽃잎을 물고 즐겁게 노
　　　　　　　　　　　　　는구나　　　　　　　　　(＜淸明二首·1＞, 제22권)

(20) 沙上鳧雛傍母眠　　모래 사장 위 오리새끼들은 어미곁에서 잠자고 있네
　　　　　　　　　　　　　　　　　　　　　　　(＜絶句漫興九首·7＞, 제9권)

　여기서 묘사된 새나 오리들의 모습은 어떤 非자연적인 요소도 가해지지
않은 그들의 생태 그대로이며, 만물이 각각 본연의 모습대로 생을 구가한다
는 장자의 생각을 그대로 시로 옮겨 놓았다고 할 수 있다.
　한편 자연을, 만물이 각자의 본모습대로 생을 구가하는 생명활동의 場으
로 인식함에 있어 두보는 만물을 하나로 파악하는 시각을 보여준다.

---

9) "解心釋神 莫然無魂 萬物云云 各復其根…(중략)…物固自生."
10) "物固有所然 物固有所可."
11) 『道德經』 25장. "人法地 地法天 天法道 道法自然(사람은 땅을 본받고, 땅은 하늘을, 하늘
　　은 도를 본받으며, 도는 자연을 본받는다)"

(21) 盤飱老夫食   늙은 이 몸의 저녁밥을 덜어내어
　　 分減及溪魚   냇물 속 물고기들에게 나누어 준다

(<秋野五首·1>, 제20권)

(22) 築場憐穴蟻   타작마당 만들다가 개미집 허물어질까 가엾게 여기고
　　 拾穗許村童   내 밭에서 이삭줍는 아이를 보고도 못 본 척한다

(<暫往白帝復還東屯>, 제20권)

(23) 桃花細逐楊花落   복사꽃은 버들가지 따라 하늘하늘 떨어지고
　　 黃鳥時兼白鳥飛   꾀꼬리는 때때로 백로와 함께 날아다닌다

(<曲江對酒>, 제6권)

(21)(22)에서는 사물과 사람-물고기·개미와 자신-을 나란히 두고 사물을 파악하는 시선, 즉 '나'와 '物' 사이에 경계를 두지 않는 시선을, (23)에서는 사물과 사물-桃花와 楊花, 黃鳥와 白鳥-을 하나로 파악하는 시각을 엿볼 수 있다. 이는, 만물이 각각 내포하는 차이를 걷어내고 가지런하고 대등하게 바라봄으로써 사물과 사물, 사물과 인간 등 온 우주만물이 하나가 될 수 있다는 莊子의 齊物思想을 시로 보여준 것이라 하겠다.

또한 두보는 자연을 생명의 場으로 인식함에 있어, 四時變化의 측면에서 그 구체적 모습을 포착하고자 하는 시각을 보여 준다.

(24) 不獨避霜雪   남으로 나는 제비 눈과 서리 피하려 함만은 아니네
　　 其如儔侶稀   무리들이 점점 줄어드니 어찌할 것인가
　　 四時無失序   四時는 그 순서를 어기지 않고 운행하나니
　　 八月自知歸   팔월이 되면 돌아갈 줄 스스로 안다네(<歸燕>, 제7권)

(25) 陰陽一錯亂   음양이 한 번 흐트러져
　　 驕蹇不復理   두 기운의 조화가 균형을 잃고
　　 枯旱于其中   그 가운데 만물이 타들어갈 듯한 가뭄이 들어

炎方慘如燬　　남쪽은 그 열기가 마치 불에 데일 것 같다

(＜種萵苣＞, 제15권)

예 (24)는 제비의 시선으로 四時 운행대로 우주만물의 변화가 전개됨을 말한 것이고, (25)는 만물이 음양의 조화를 얻어 그 생명을 발휘한다는 생각을 바탕으로, 가뭄이 들어 만물이 타들어 가는 것은 그 균형과 조화가 깨졌기 때문이라는 것을 표현하였다. 구체적인 내용의 차이는 있지만 조화에 바탕을 둔 우주자연의 변화를 노래하고 있다는 점에서 공통적이다. 이는 천지만물의 調和的 變化를 말하는 장자의 天鈞兩行 사상의 영향을 반영하고 있다고 할 수 있다.

(26) 음양과 사철은 각각 올바르게 운행되어 질서를 잃지 않는다.

(『莊子』「知北遊」)12)

(27) 그러므로 성인은 시비를 조화시켜 균형잡힌 자연 속에서 쉬나니 이것을 일러 兩行이라 하는 것이다.　　　　　　　　(『莊子』「齊物論」)13)

(26)에서 음양과 사철이 질서 있게 운행된다는 장자의 생각은 두보 시 (24)에, 그리고 (27)에서 '균형 잡힌 자연'("天鈞")에 대한 생각은 시 (25)에 잘 반영되어 있다. 이 예들을 통해 자연을, 음양의 조화와 四時의 변화에 따라 만물이 제 모습을 드러내는 생명활동의 場으로 인식하는 두보의 자연관이 장자의 사상으로부터 깊은 영향을 받고 있음을 확인할 수 있다. 지금까지 두보의 시에서 읽어낼 수 있는 주된 자연인식 태도를 네 측면에서 검토해 보았는데, 이들이 종합되어 두보의 자연관을 형성한다고 할 수 있다.

---

12) "陰陽四時 運行各得其序."
13) "是以聖人和之以是非 而休乎天鈞 是之謂兩行."

3. 윤선도와 바쇼에 끼친 두보의 영향

3.1. 윤선도의 자연관과 두보의 영향

윤선도에 관한 기존의 연구업적 중 가장 큰 비중을 차지하는 것은 아마
도 자연관에 대한 언급일 것이다.14) 그의 처세를 유가적 은둔으로 보는 것
에 견해를 같이하듯. 윤선도의 자연인식에 대해서는 그가 누구보다도 자연
친화의식, 자연애호사상이 강했다는 점과 자연을 인간세상으로부터 격리된
곳으로 인식했다는 점을 공통적으로 지적하고 있다.

윤선도가 자연을 어떻게 바라보고 어떻게 인식했는가, 그리고 자연이 그
의 삶에 어떤 의미를 지니는가를 검토해 보면, 그의 자연인식은 거의 두보
의 궤적과 일치한다는 것을 발견하게 된다. 다음 구절들은 윤선도의 자연관
형성에 끼쳐진 두보의 영향을 짐작케 한다.

(27) 신이 일전에 杜甫의 "拙로써 나의 도를 지켜 나가며 한적하게 삶으로써
    物情에 접근한다"라고 하는 시구를 인용하였는데…

    (『孤山遺稿』 卷3·上, 「再疏」)15)

(28) 두자미의 시에 "강호로 물러나 유유자적하게 세월을 보내고픈 뜻이 없는
    것은 아니지만 이 세상 태어나서 요순 같은 임금을 만났으니 영구히 그 곁

---

14) 대표적인 것으로 최진원, 『國文學과 自然』(성대출판부, 1977); 文永午, 『孤山 尹善道研究』
    (태학사, 1983); 元容文, 『尹善道文學硏究』(국학자료원, 1889); 성기옥, 「고산 시가에 나타
    난 자연인식의 기본틀」, ≪고산연구≫ 창간호, 1987 등을 들 수 있다. 최진원은 賞自然,
    規範性, 餘白의 관점에서 고시가의 자연관 일반을 논의하였고, 문영오는 고산의 자연관
    을 현실도피, 자기구제, 윤리적 교훈, 修身의 통로로서의 자연에 비중을 두고 논의하였다.
    원용문은 윤선도의 시조에서 자연애호사상, 인간세상으로부터 자아를 격리시켜 주는 안
    식처, 다시 말해 도피와 은일의 장소로서의 의미, 풍류의 공간, 인격화된 대상으로서의
    자연의 의미를 규명하였고, 한시에서는 자연친화의식, 미적 대상으로서의 자연, 귀거래와
    은둔의 장소로서의 자연에 주목하였다.

15) "臣之頃日疏章 用杜甫用拙存吳道幽居近物情之語." 이하 권수와 제목만 표기함.

떠나는 일 차마 하지 못하겠네. 같이 배우던 늙은이들 비웃을 때면 내 노래가락 더욱 더 높아가네."라 하였다…(중략)… 동학들이 놀려대며 '자네 그 무슨 소리인가'하는 꾸짖음이 어찌 없을까마는, 그래도 내가 그만둘 수 없는 것은, 이른바 '옛사람을 생각하여 내 진심을 알았다.'고 한 까닭이다.

(「夢天謠跋」, 卷6·下)[16]

(29) 吾道付滄洲由來久　　滄洲로 가려는 내 뜻은 유래가 오래되었네

(<謝沈希聖辱和>, 卷1)

예 (27)에서는 두보의 <屛跡三首·2>[17]의 한 구절을 인용하였는데 여기서 '자연'은 한적하게 살며 물정에 접근하는 삶을 가능케 하는 공간이다. (28)에서는 두보의 <自京赴奉先縣詠懷五百字>[18]의 몇 구절을 인용하고 있는데 여기서 '江湖'는 出仕의 반대편에 위치한 공간을 의미하며, '옛사람'은 앞뒤 문맥상 두보를 가리킨다는 것을 알 수 있다. 그리고 (29)에서는 <江滄>[19]의 시구를 인용하였는데 여기서 '滄洲'는 이상향으로서의 자연 일반을 의미한다.

이상의 예들을 보면, 윤선도의 자연관 형성에 두보가 얼마나 크고 깊게 영향을 끼쳤는지 짐작할 수 있다. 두보에서 살핀 네 측면을 가지고 윤선도의 자연인식 태도를 검토해 보면, 특히 出仕의 반대항으로서의 자연, 幽居의 공간으로서의 자연인식에서 두보의 영향이 가장 크게 감지된다. 그러나 윤선도의 자연관 형성에 두보의 영향이 깊이 개입되어 있는 것은 틀림없는 사실이지만, 그와 더불어 두보와는 다른 일면도 또한 발견할 수 있다. 이들

---

16) "杜子美詩曰 非無江海志 瀟灑送日月 生逢堯舜君 不忍便永訣 取笑同學翁 浩歌彌激烈 (中略) 豈無同學咥咥之譏 子曰何其之誚也 然而自不能已者 是誠所謂我思古人實獲我心者也."

17) 작품 인용 예 (13) 참고.

18) 『杜詩詳註』 제1권. "非無江海志 瀟灑送日月 生逢堯舜君 不忍便永訣."

19) 『杜詩詳註』 제10권. "輕帆好去便 吾道付滄洲."

을 항목별로 구체적으로 살펴보기로 한다.

3.1.1. 出仕의 반대항으로서의 자연

(30) 萬里長風如未駕　만리장풍을 타지 못하면
　　 五湖煙浪是前程　오호의 내 낀 물결이 내 앞길일세
(<次奉柳尙州>, 卷1)

(31) 샹해런가 꿈이런가 白玉京의 올라가니
　　 玉皇은 반기시나 羣仙이 꺼리ᄂ다
　　 두어라 五湖煙月이 내分일시 올탓다　(<夢天謠·1>, 卷6·下)

여기서 (30)의 "五湖煙浪" (31)의 "五湖煙月"은 벼슬을 버리고 물러나는 자연공간을 대표하는데, 춘추시대 越나라 왕 句踐의 신하인 范蠡가 吳를 멸하고 관직에서 물러나 五湖에 들어가 노닐었다는 고사에서 유래한다. 이로부터 五湖煙月은 宦路에서 물러나 유유자적한 삶을 구가하는 공간의 대명사처럼 쓰이게 되었다. <次奉柳尙州>에서 "萬里長風"은 이와 반대로 벼슬길에 나아가 자기 뜻을 마음껏 펼치는 영달의 상황을 뜻한다.

(32) 何日脫身於世路　어느 때나 벼슬살이에서 몸을 빼내
　　 閑看天地替陰陽　천지의 음양이 바뀌는 걸 한가롭게 보게 될거나
(<次燧院壁上韻>, 卷1)

예 (32)에서의 "世路"와 "天地" 역시 出仕와 致仕의 대비에 대한 변주적 표현으로, 天地는 '自然'에 대한 提喩的 대치이다.

(33) 人間軒冕斷無希　인간 세상 벼슬은 바랄 수 없으니
　　 惟願江湖得早歸　오직 강호에 일찍 가게 되기를 원한다네

已向孤山營小屋　　孤山에 이미 작은 집을 마련했건만
何年實着荇荷衣　　어느 때나 실제로 은자의 옷을 입어 보려나
(<次韻謙甫叔丈詠懷二首·2>, 卷1)

여기서 '벼슬을 바랄 수 없다'고 한 것은 '벼슬길에 나가기를 원하지 않는다'는 것의 완곡어법이다. 이 시에서 '江湖'는 "軒冕"과 대비를 이루는 것으로, 역시 자연의 일부를 자연 전체로 대치하는 제유적 표현이다.

윤선도에게 있어 出仕의 반대항으로서의 자연은, 아직 실현되지 않은, 그러나 언젠가 실현되기를 바라는 자연 속의 삶의 배경으로 인식된다. 그러므로, 이때의 자연공간은 '미래'의 이상향이라 할 수 있으며, 이 점에서 '幽居'의 무대로서의 자연이 현실·현재의 공간인 것과 차이를 지닌다.

3.1.2. 幽居의 공간으로서의 자연

(34) 누고셔 三公도곤 낫다ㅎ더니 萬乘이 이만ㅎ랴
　　　이제로 헤어든 巢父許由ㅣ 냑돗더라
　　　아마도 林泉閑興을 비길곳이 업세라　　　　　　(<漫興>, 卷6·下)

(35) 金鎖洞中花正開　　금쇄동 안 꽃은 막 피어나고
　　　水晶巖下水如雷　　수정암 아래 물은 우뢰와 같네
　　　幽人誰謂身無事　　한적하게 사는 사람은 할 일이 없다고 누가 말했던가
　　　竹杖芒鞋日往來　　죽장망혜로 날마다 오고 가네　　(<偶吟>, 卷1)

(36) 長簑短笠跨靑牛　　긴 도롱이 짧은 삿갓으로 푸른 소를 타고
　　　袖拂煙霞出洞幽　　안개를 옷소매로 떨치며 깊은 골짜기를 나선다
　　　暮去朝來何事役　　무슨 일로 저녁에 갔다가 아침에 돌아오는가
　　　滄洲閑弄釣魚舟　　푸른 바다에 나가 한가로이 낚시질을 한다네
(<釣舟>, 卷1)

이 작품들은 윤선도가 보길도에 들어가 있을 때 지은 것들이다. 따라서 (34)의 '林泉', (35)의 '금쇄동' '수정암', (36)의 '滄洲' 등은 자연의 제유적 명칭으로서 자연 속에서 유유자적하게 살아가는 자신의 모습을 표현하고 있다. 여기서의 자연은 미래형 공간이 아니라, 실제 삶, 현재의 삶의 무대이다. 이 형태가 出仕의 반대항으로서의 자연과 다른 점은, 미래에 언젠가는 돌아갈 이상적 공간이 아니라, 자의에 의한 것이건 유배나 파직 등 타의에 의해 자연으로 떠밀려 온 것이건 현실화된 삶의 공간이라는 점이다.

浣花溪 草堂이 두보의 유거공간을 대표하듯, 보길도는 윤선도의 유거 공간을 대표한다. '漁父四時詞'는 보길도의 부용동, 금쇄동, 수정동 등을 오가며 자연을 벗 삼아 유유자적하는 삶을 형상화한 작품으로, 이때의 '漁父'는 은둔자라기보다는 '幽人'이며, 이같은 삶의 형태는 隱居이라기보다는 '幽居'라 하는 편이 타당하다.

(37) 醉하야 누얻다가 여흘아릭 ᄂ리려다
    落紅이 흘너오니 桃源이 갓갑도다
    人世紅塵이 언메나 가렷ᄂ니   (<漁父四時詞·春詞8>, 卷6·下)

(38) 水國이 ᄀ올이드니 고기마다 슬져읻다
    萬頃澄波의 슬ᄏ지 容與ᄒ쟈
    人間을 도라보니 머도록 더옥됴타   (<漁父四時詞·秋詞2>, 上同)

이 작품들은 유거의 공간으로서의 자연에 대한 윤선도의 인식태도를 잘 보여준다. 논자에 따라서는 '인세홍진이 언매나 가렷나니' '인간을 돌아보니 멀수록 더욱 좋다'와 같은 표현을 근거로 윤선도에게 자연은 '인간세상과 자아를 격리시켜 주는 안식처, 다시 말해 도피와 은일의 장소'로 인식되었다고 보기도 하는데, 이같은 해석은 무리가 있다고 본다.[20] 왜냐면 이때의 (37)의 "人世" (38)의 "人間"은 세속(俗塵), 좀 더 구체적으로 말해 관직·정치무대를 말하는 것이지 제반 인간사로 얽힌 일상의 삶을 말하는 것은 아니다. 따라서, 이때의 자연은 현실의 삶을 부정하고 이로부터 도피해 간 안식처라기보다는, 현실의 일상적 삶-비록 그것이 유거의 형태를 취한다 할지라도-의 배경이라고 보는 것이 옳다고 생각한다. 유거의 공간으로서의 보길도는 인간의 삶과 단절된 공간이 아니라, 삶과 자연이 어우러진 현실적 삶의 무대인 것이다.

자연을 인간의 삶과 조화를 이루는 幽居의 공간으로 인식한 것은 두보와 궤를 같이 하나, 두 시인의 유거의 동기 및 양상에는 다소 차이가 있다. 윤선도의 경우 유거의 계기는, 관직에 있던 사람이 정치무대에서 은퇴하여 고향으로 돌아간다는 의미의 歸去來, 致仕, 유배, 罷職 등 대개 정치와 관련이 되어 있다는 특징이 있다. 한편 두보의 경우 유거는 정치적 계기도 포함되나 그보다는 떠돌이의 삶을 멈추고 어딘가에 정착해 산다고 하는 의미가 더 크다. 두보는 평생 漂泊流浪하는 삶을 살았다. 따라서 그는, 꼭 정치적 계기가 아니더라도 자연 어딘가에 정착하여 가족과 함께 평범한 일상을 꾸려가는 것을 유거라 표현하고 있는 것이다. 두보 시에 등장하는 '故鄕' '故國'은 태어나 자란 곳이기보다는, 자연 속에 정착·유거했던 삶의 터전을 의미하는 경우가 많다.

또한, 인간과 자연이 어우러진 유거 공간이라 할지라도, 두보의 경우는 자연보다는 '인간' 쪽에 무게중심이 두어져 있는 반면, 윤선도나 뒤에서 볼 바쇼의 경우는 '자연' 쪽에 더 비중이 주어지는 양상을 보인다. 따라서, 두보의 시에 등장하는 유거의 공간은 사람들이 모여사는 마을과 이어져 있는 자연인 경우가 많음에 비해, 윤선도는 深山幽谷 쪽에 더 가깝다고 할 수 있다.

---

20) 문영오, 앞의 책, 99쪽; 원용문, 앞의 책, 125쪽; 이민홍, 『士林派文學의 硏究』(형설출판사, 1987), 205쪽.

3.1.3. 관념화된 공간으로서의 자연

윤선도가 자연을 어떻게 인식했는가 하는 문제를 출사의 반대항, 유거의 배경이라는 측면에서 살펴보았는데, 그에게 있어 자연은 어떤 구체적인 거주공간만을 의미하는 것은 아니다. 때로 관념화·추상화된 가치개념으로 인식되기도 한다. 두보의 경우, 도교적 가치에 의해 윤색된 자연, 즉 신선들이 사는 곳으로서의 자연이 중요한 의미를 지닌다는 것을 앞에서 지적하였는데, 윤선도 또한 신선세계·仙境으로서 자연을 인식했다는 점을 간과할 수 없다.

(39) 閬風玄圃高不極   낭풍 현포21)는 높아서 다다를 수 없고
　　 蓬海瀛洲渺無際   봉해 영주는 아득하여 끝이 없도다

(<用前韻戲作遊仙辭求和>, 卷1)

(40) 時來出入龍樓虎殿啓乃心   때로 龍樓와 虎殿을 출입하며 마음을 열고
　　 時去遊戲玄圃閬風淸興深   때로 玄圃 閬風에서 노니니 맑은 흥이 깊
　　　　　　　　　　　　　　　　도다 (<戲次方丈山人芙蓉釣叟歌>, 卷1)

이 두 인용 구절에는 똑같이 仙苑을 의미하는 "閬風" "玄圃"가 등장하는데, 각각의 맥락에서 의미하는 바는 차이가 있다. (39)의 경우는 신선들의 공간 그 자체를 의미하는 반면, (40)의 경우는 '玄圃' '閬風'으로 대표되는 '자연일반'을 가리킨다. 예 (40)에서 玄圃와 閬風은 宦路를 의미하는 "龍樓"와 "虎殿"에 대응되는 자연 전체를 가리키는 것이지, 꼭 신선들의 활동 무대로서의 그것에 국한되는 것은 아니다. 앞서 인용한 (36) "滄洲閑弄釣魚舟"에서의 '滄洲' 또한 신선의 세계를 넘어 자연 일반으로 의미의 확대를 이룬 예이다.

---

21) "玄圃"는 원래 崑崙山에 있는 仙苑을 말하는데 閬風이라고도 한다.

신선들의 세계로서의 '자연'이 의미의 변형을 이룬 또 다른 양상으로서
아래와 같은 예를 들 수 있다.

(41) 간밤의 눈갠後에 景物이 달랃고야
    압희는 萬頃琉璃 뒤희는 千疊玉山
    仙界ㄴ가 佛界ㄴ가 人間이 아니로다 (<漁父四時詞·冬詞4>, 卷6·下)

(42) 蓬萊誤入獨尋眞   봉래산 가려다 잘못 들어와 眞境을 찾았네
    物物淸奇箇箇神   사물마다 청아하고 기이하니 모두가 신비스럽구나
                    (<黃原雜詠三首·2>, 卷1)

(43) 鬼刻天慳秘一區   귀신이 새겨놓아 하늘도 아끼는 비밀스러운 곳
    誰知眞籙小蓬壺   秘記 속의 작은 蓬壺일 줄 누가 알았으랴
                    (<初得金鎖洞作>, 卷1)

(41)의 "仙界" (42)의 "蓬萊" (43)의 "蓬壺"는 자구 그대로의 신선세계
나 봉래산 그 자체를 가리키기보다는 시인이 마주하고 있는 자연의 아름다
움을 부각시키기 위한 소도구 역할을 한다. 즉, 仙界라 불러도 손색이 없을
만한 別天地·別世界라는 뜻이다. 즉, 신선들의 세계가 '美景'의 의미로 전
환을 이룬 것이라 볼 수 있다. 이들 예로부터, 어느 쪽으로 의미의 전환을
이루든 도교적 가치가 부여된 공간으로 자연을 인식하는 시각을 엿볼 수
있다. 또한, 그 공간의 實在性 여부가 문제되는 것이 아니라는 점에서 관념
화된 공간이라 할 수 있다. 여기서, 윤선도의 道敎的 자연관의 형성의 원천
에 대해 한 번 생각해 볼 필요가 있다. 윤선도의 시에 '鍊丹' '參同契' 등이
언급된 것으로 보아 그가 도교의 서책인『參同契』나『抱朴子』를 읽었음을
알 수 있다. 그러나, 도교사상의 세례를 받은 시인의 시, 예컨대 두보의 시를
통한 간접 수용의 가능성도 배제할 수 없을 것이다. 이들이 윤선도의 도교
적 자연관 형성에 종합적으로 작용했다고 본다.22)

'자연'을 관념화하여 인식하는 시각은 '五友歌'에서 그 전형을 보인다.

(44) 고즌 므스일로 퓌며셔 쉬이디고
　　플은 어이ᄒ야 프르ᄂ닷 누르ᄂ니
　　아마도 변티아닐ᄉ 바회뿐인가 ᄒ노라　　　　（<五友歌·石>, 卷6·下）

앞의 예들이 도교적 가치가 부여된 것이라면, 위의 예는 유교적 가치에
의해 관념화·추상화가 이루어진 경우이다. 이 경우 '石'이라는 자연물에
'불변성'이라는 가치가 부여되고 있다.

이처럼 유교적 가치를 부여하여 자연을 인식하는 시각은 두보나 바쇼의
자연관과 구분되는 점이며, 시조의 일반적 특징이기도 하다.23)

3.1.4. 생명활동의 무대로서의 자연

한편, 자연을 생명활동의 무대로 인식하고 있다는 점에서도 윤선도는 두
보의 깊은 영향을 받고 있다.

(45) 魚鳥自相親　　물고기와 새가 서로 친하고
　　 江山顔色眞　　강산도 본래의 모습 그대로이네
　　 人心如物意　　인심이 만물의 뜻과 같다면
　　 四海可同春　　四海가 봄을 함께 할 수 있으련만
　　　　　　　　　　　　　　　　　　　　　（<病還孤山舡上感興>, 卷1)

---

22) 다만 이 글에서는 두보와의 관련성에 초점을 맞추었으며 윤선도의 시문에 나타난 도교
의 면모에 대해서는 본서 「윤선도의 詩文에 있어 儒·道 역학관계 형성의 원천」에서 자
세히 다루었다.

23) 유교적 가치에 의한 자연의 관념화는 비단 윤선도에만 해당되는 것은 아니다. 시조와
와카라는 장르 전체의 자연관에 대한 검토는, 졸고, 「韓·日の傳統的短歌の比較研究-時
調と和歌の抒情性比較を中心に一」, ≪比較文學硏究≫ 67號, 東大比較文學會(『古典詩 다
시읽기』, 보고사, 1997에 재수록)에서 자세히 다루었다.

여기서 '物意'는 앞에 인용한 두보시 예 (14) <夏夜歎>에서의 '物情', 예 (16) <鹽井>에서의 '物理'에 상통하는 개념으로, 우주만물의 본래 모습을 말한다. 여기서 "江山" "四海"는 온 만물이 각각 생명을 구가하는 무대가 된다.

(46) 花落林初茂 꽃이 지면 숲은 무성해지고
    春歸日更遲 봄이 가면 해는 더욱 길어지네
    一元宜靜覿 천지의 근원을 가만히 살펴보니
    四序任遷移 사철은 어김없이 차례대로 변해간다
    燕語薔薇架 제비는 장미가지 위에서 지저귀고
    鶯歌楊柳枝 꾀꼬리는 버들가지에서 노래부르네(<次韻答人>, 卷1)

(47) 何日脫身於世路 어느 때나 벼슬살이에서 몸을 빼내
    閑看天地替陰陽 천지의 음양이 바뀌는 걸 한가롭게 보게 될거나
                                        (<次燧院壁上韻>, 卷1)

위 인용시구들을 보면 앞에서 살펴본 두보의 시 (19)<淸明二首·1>, (20)<絶句漫興九首·7>, (23)<曲江對酒>와 거의 흡사한 소재와 발상, 자연관에 기초해 있음을 알 수 있다. 이 예들에서는 우주만물이 四時陰陽의 조화에 따라 본래의 모습을 드러내는 것을 말하고 있다. 이때의 자연은 천지의 근원("一元")이요, 四時 變化의 이치가 구현되는 생명의 場이다. 이에 대해 두보는 "四時無失序"(예 24)라 했고, 莊子는 "陰陽四時 運行各得其序"(예 26)라고 했다.

위의 예들을 통해 두보와 마찬가지로 윤선도 역시 物皆自得, 物固自生의 시각, 四時運行의 관점에서 자연을 인식하고 있음을 알 수 있다. 이같은 윤선도의 자연관은 장자로부터의 직접적 영향으로 볼 수 있다. 윤선도의 시에 『道德經』이나 노자·장자의 이름이 직접 언급[24]되고 있다는 사실은, 그가 노장의 서책에 직접 접촉했다는 근거가 된다. 윤선도의 경우 여기에 두

보라는 필터를 통한 老莊的 자연관의 2차적 수용이 복합적으로 작용했다
고 보는 것이다.

이상 윤선도의 자연관을 읽어낼 수 있는 텍스트들을 중심으로, 여기에
수용된 두보의 영향을 추적해 보았다.

3.2. 바쇼의 자연관과 두보의 영향

바쇼가 자연을 어떻게 인식했느냐 하는 문제에 있어, 그간의 연구에서
광범하게 인정되고 또 깊이있게 연구되어 온 부분이 老莊思想과의 관련성
이다. 필자 이 점에 의견을 같이하지만 이 章에서는 바쇼의 자연관 형성에
있어서의 두보의 영향과 역할에만 초점을 맞추고자 한다.

두보와 윤선도에게 있어 '자연'은 관직에의 복귀가능성이 전제된 상태에
서 자의든 타의든 관직에서 물러나 있는 곳으로서의 의미가 컸다. 그리고
자연에 대한 이같은 인식이 유가적 은둔의 범주에 속하는 것임을 앞에서
살펴보았다. 그러나 바쇼에게 있어 이같은 자연인식 태도는 거리가 멀다.

또한, 도교적·유교적인 가치가 부여된, 관념화된 자연인식도 바쇼와는
거리가 멀다. 바쇼의 자연관은 도가사상에 뿌리를 둔 것이지, 道教의 신선
사상이나 연단술과는 무관하기 때문이다. 또한, 바쇼는 句作에 있어 있는
그대로의 자연을 포착할 것을 주장했으며, 추상화·관념화는 오히려 그가
크게 경계한 요소 중의 하나였다. 있는 그대로의 자연을 포착한다고 하는
시각은 '소나무에 관한 것은 소나무에게 배우고 대나무에 관한 것은 대나무
에게 배워라'[25]라는 구절에 확연히 드러나 있다.[26]

---

24) <次韻酬東溟>(『孤山遺稿』 卷1)에 "丹經(道德經)"이 보이고, <代嚴君挽人二首·2>에
  "莊叟" "老君子"라는 말이 보인다.

25) "松の事は松に習へ, 竹の事は竹に習へ." 服部土芳, 『三冊子』(赤), 『連歌論集·能樂論集·
  俳論集』(伊地知鐵·表章·栗山理一 校注·譯, 小學館, 1973·1989).

26) 그러나, 자연을 도덕적 가치가 부여된 관념화된 공간으로 바라보느냐, 아니면 私意를

　바쇼는 평생 자연 속을 漂泊·行脚하는 삶을 살았다. 이같은 삶에 비추어 볼 때, 바쇼가 자연에 대해 어떻게 느끼고 어떻게 인식했는가 하는 점은 자명해진다. '자연'은 그에게 있어 표박의 삶의 무대, 나아가서는 삶 그 자체였다. 그는 자연 속을 떠돌아다니면서 눈에 닿는 모든 것을 시로 읊었고, 자연으로부터 발견한 아름다움, 삶의 새로운 면모를 기행문으로 남겼다.

　(48) 日月은 百代에 걸쳐 여행을 계속해 온 것이고, 또 오고가는 한 해 한 해가 旅客이다. 배 위에 몸을 띄우며 일생을 보내거나, 말고삐를 잡고 생애를 보낸 뒤 老年을 맞는 사람은 하루하루가 여행이며, 여행 그 자체를 일상의 거처로 하고 있다. …(중략)… 나도 언젠가부터 한조각 구름을 날려 보내는 바람에 이끌려 표박에의 충동이 멈추지 않는다.　　　　　　『오쿠의 좁은 길』[27]

　이 인용문에 드러나 있듯, 바쇼에게는 여행 자체가 삶이었으며, 그 배경이 되는 자연은 바로 漂泊이라는 삶의 형태의 무대였던 것이다.

　(49) 涼しさを我宿にしてねまる也
　　　 (서늘한 바람을/ 내 집 삼아서/ 지내볼거나.『오쿠의 좁은 길』, 367쪽)

　(50) 조물주가 빚어놓은 놀라운 솜씨를 어느 누가 붓으로 그려내고 말로 표현할 수 있겠는가.　　　　　　　　　　　　　　　　　　　　　(『오쿠의 좁은 길』)[28]

되도록 개입시키지 않고 있는 그대로 바라보느냐 하는 시각의 차이를 꼭 윤선도나 바쇼 개인으로 국한할 수는 없다. 이는 時調와 와카·하이쿠, 나아가서는 한국인과 일본인의 자연인식의 차이일 수도 있고 개인의 차이일 수도 있다. 이에 대해서는 졸고,「韓·日 短歌文學의 전통 비교」(『古典詩 다시 읽기』, 보고사, 1997) 참고.

27)『奧の細道』"日月は百代の過客にして, 行かふ年も又旅人也. 舟の上に生涯をうかべ, 馬の口とらへて老をむかふる者は, 日日旅にして旅を栖とす…(중략)…予もいづれの年よりか, 片雲の風にさそはれて, 漂泊の思ひやます."『松尾芭蕉集』(東京: 小學館, 1972·1989), 341쪽. 이하 작품 인용시 서명은 생략하고 제목만 표기하기로 한다.

28) "造化の天功, いづれの人か筆をふるひ, 詞を盡さむ.", 361쪽.

둘 다 '오쿠의 좁은 길' 여행[29] 중 느낀 바를 적은 것으로 (49)의 하이쿠(俳句)는 오바나자와(尾花澤)의 세이후(清風)라는 사람의 집에서 머물 때 지은 것이며, (50)은 마쓰시마(松島)의 아름다운 풍광에 대한 감탄을 표현한 것이다. 그의 기행문과 수많은 하이쿠 작품들은 바로 이같은 遊離漂泊의 삶의 산물인 것이다.

자연이 漂泊으로 점철된 삶의 배경이 되었다는 점에서 바쇼와 두보는 일치한다.[30] 그러나, 떠돌아다니게 된 계기는 두 사람 크게 다르다. 두보의 경우 전란이나 경제적 빈곤 등 타의적·외부적 요인이 크게 작용했지만, 바쇼의 경우는 여러 글에서 엿볼 수 있듯 성격적으로 방랑벽이 있었던 듯하다. 그리고, 바쇼의 방랑벽을 부추긴 요소 중의 하나는 바로 이리저리 떠돌며 살았던 두보의 삶이었다. 그는 모든 면에서 두보를 자신의 삶의 모델로 삼았기에, 두보의 삶의 패턴으로부터 자신의 끊임없는 방랑, 표박에 의미를 부여할 수 있는 적절한 동기를 발견했다고 생각한다.

이외에 遊離漂泊에의 동기로 제시될 수 있으면서 바쇼의 자연관을 읽어낼 수 있는 중요한 단서가 되는 것은 '창작 자원의 확보'라는 측면이다. 바쇼에게 있어 여행은 창작활동의 원천이며, 자연은 창작의 素材이기도 했던 것이다. 새로운 소재를 찾아 문학스타일의 변화를 꾀하고 새로운 세계를 개척하는 데 있어 자연과의 만남은 최상의 기회를 제공했던 것이다.

(51) 스승께서 말씀하시기를 "천지자연의 변화는 모두가 하이카이의 소재이다."
라고 하셨다.   (『三冊子·赤』)[31]

---

29) 오쿠 여행을 가리킬 때는 ' '로, 이 여행의 결과물인 기행문을 가리킬 때는 『 』로 나타내기로 한다.

30) 사실 바쇼의 여행 양상은 '漂泊'보다는 '行脚'이라고 하는 편이 적절하다. 이에 대해서는 본서 「두보와 바쇼의 문학에 있어서의 '공간이동' 모티프」에서 자세히 다루었다.

31) "師のいはく, '乾坤の變は風雅のたね也'."

즉, 바쇼에게 있어 천지자연 변화하는 모든 것이 句作의 소재이자 대상
이며, 창작욕구를 불러일으키는 자극이었던 것이다. 이같은 자연인식태도
는 두보나 윤선도에게서는 볼 수 없는 바쇼 고유의 것이라 할 수 있다. 물론
그들도 자연 속에서 문학적 영감과 창작의 계기를 얻었지만, 창작활동과 문
학세계의 개척을 위해 자연 속을 떠돌아다닌 것은 아니었기 때문이다.

> (52) 하이카이를 짓는 일도 이제 그만해야지 하고 입술을 깨물지만, 詩情이 가슴
> 에 용솟음쳐 뭔가 알 수 없는 것이 눈앞에 어른거리니 이것이 틀림없이 風雅
> 의 귀신일 것이다. 이 魔心에 홀려 다시 모든 것을 떨치고 거처를 나서, 허리
> 에는 다만 100전 둘러차고 지팡이 한 개로 목숨을 부지하려고 한다. 하이카이
> 한 길에 생을 다 보냈는데 결국 거적을 쓰는 신세가 될 줄이야.
>
> (「栖去の弁」)32)

이 예문은, 자연 속을 떠돌고자 하는 그의 방랑벽, 漂泊에의 충동이 문학
창작과 불가분의 깊은 관련이 있음을 단적으로 시사한다. 이렇게 자연 속을
떠돌면서 두보를 비롯한 옛 시인들의 시구와 비슷한 풍경, 혹은 『源氏物語』
나 和歌에 기록된 내용이나 장소와 마주치면 그에 촉발되어 句를 짓곤 했던
것이다.

> (53) 아와지섬이 손에 잡힐 듯 보이고, 스마・아카시의 바다가 좌우로 나뉘어 있
> 다. '吳楚東南坼'라고 두보가 읊었던 풍경도 이런 곳이었을까.
>
> (『궤 속의 소소한 글』)33)

---

32) "風雅もよしや是までにして, 口をとぢむとすれば, 風情胸中をさそひて, 物のちらめくや,
    風雅の魔心なるべし. なを放下して栖を去, 腰にただ百錢をたくはへて, 桂杖一鉢に命を結
    ぶ. なし得たり, 風情終に菰をかぶらんとは" 531쪽.
33) 『笈の小文』, "淡路島手にとるやうに見えて, すま・あかしの海右左にわかる. 吳楚東南の
    詠もかかる所にや." 329쪽.

이렇게 볼 때, 자연은 단순히 문학적 소재를 제공하는 것만이 아니라, 그가 敬慕하는 대상과 조우하게 하는 場이 되었음을 알 수 있다. 요컨대, 바쇼에게 있어 자연은 표박의 삶의 무대가 된 동시에, 인생과 문학에 의미를 부여해 준 계기가 되었던 것이다. 그리고, 여기에는 두보의 삶을 본받고자 했던 바쇼의 의식적·무의식적 욕구가 개재되어 있음도 간과할 수 없다.

바쇼의 자연인식태도에 있어, 삶의 무대로서 자연을 인식하는 것 못지 않게 중요한 의미를 갖는 것은 '생명활동의 場'으로서 자연을 바라보는 시각이다.

(54) 牧丹蘂ふかく分出る蜂の名殘哉
　　(모란꽃술/ 깊은 곳에서 기어나오는/ 벌의 아쉬움이여.)[34]

이 句는 꿀과 향기를 찾아 다니는 '벌'과, 향기가 없는 모란꽃의 생태적 특질을 포착하여 시로 형상화한 것이다. 이것은 벌과 모란꽃의 본연의 모습이며, 바쇼는 이같은 작은 움직임 하나에서 우주만물의 物情을 포착해 내고 있는 것이다.

(55) 만물의 情을 포착해서 말로 그것을 나타낼 수 있는 사람은 詩歌의 達人이다.
　　　　　　　　　　　　　　　　　　　　　　　　　(「三聖圖贊」)[35]

위 예에서 '만물의 정'("其情")은 우주만물 본래의 모습을 말하며, 이 구절은 아무리 작은 것일지라도 본래의 모습대로 각각의 생명을 구가한다고 하는 物皆自得의 이치를 언급한 것이다. 이같은 인식은 '만물은 본디부터 그렇게 될 요소를 담고 있으며(物固有所然), 각자의 생을 구가한다(物固自生)'

---

34) 『松尾芭蕉集』 俳句篇 125번.
35) "其情を述て其ものをあはれむ人は, ことの葉の聖也." 539쪽.

고 하는 莊子의 자연관으로부터 큰 영향을 받은 것이라 할 수 있다.[36)

이 句는 老莊的 자연관에 기초해 있으면서도, 한편으로는 다음과 같은 두보의 시구와 큰 유사성을 보인다.

(56) 芹泥隨燕觜   미나리밭 진흙이 제비 깃을 따라오고
    花蘂上蜂鬚   꽃술이 벌의 촉수에 묻어있네   (<徐步>, 제10권)

(57) 穿花蛺蝶深深見   나비는 꽃을 탐내 꽃잎 속에 묻혀 있고
    點水蜻蜓款款飛   잠자리는 물위에 앉았다가 다시 물을 차고 날아오른다
                    (<曲江二首·2>, 제6권)

앞서도 살펴보았듯이 두보의 시 중에도 자연 속에서 만물이 각각의 생명을 구가하는 것을 읊은 것이 많으며, 그 또한 노장적 자연관에 깊이 영향받은 것이었다. 이렇게 볼 때, 바쇼의 자연인식이 노장사상에 뿌리를 내린 것이라 할지라도 두보로부터의 영향을 무시할 수 없다고 본다. 비록 위 시처럼 두보의 시와 직접적인 유사성이 발견되지 않는 경우라 할지라도 두보의 시를 통해 거기에 융해되어 있는 노장적 자연관을 간접적으로 수용했다고 말할 수 있는 것이다. 장자의 자연관이 영향의 제1원천이라 한다면, 두보는 제2의 간접적 원천이 되는 셈이다.

바쇼에게 자연은 생명활동의 場인 동시에, 만물이 변화해 가는 이치를 실제의 모습으로 구현하는 場이기도 하다. 그러나, 생명활동과 변화는 별개의 것이 아니다. 바쇼는 '천지자연의 변화하는 모든 것은 俳諧의 소재가 된다'고 하였는데, 여기에는 생명의 본질은 변화에 있다는 인식이 깔려 있다. 바쇼에게 있어 四時에 따른 계절의 변화, 천지만물의 변화는 곧 살아있음의 증거로 인식되는 것이다. 그리하여.

---

36) 앞 두보의 자연관 참고.

(58) 스승께서는 '사철이 저절로 옮겨가는 것처럼 만물은 변화하는 것이고, 모든 것이 이와 같다'고 말씀하셨다. (『三冊子·赤』)[37]

(59) 천지자연의 조화에 따라 四時의 變化를 벗으로 삼는다.

(『궤 속의 소소한 글』)[38]

라고까지 한 것이다. 바쇼는 이처럼 자연을 생명의 場·변화의 場으로 인식했는데, 여기서도 '만물이 나와 함께 하나가 된다'고 하는 莊子의 齊物思想의 영향을 엿볼 수 있다. 즉, 변화해 간다는 측면에서 우주만물 모든 것은 동일하다고 하는 생각을 서술한 것이다. 이 경우도 장자의 자연관을 1차적 원천으로, 두보의 자연인식 태도를 2차적 원천으로 볼 수 있다.

4. 윤선도와 바쇼

지금까지 자연관 및 자연의 형상화에 초점을 맞춰, 두보가 두 시인에게 어떤 영향을 끼쳤는지 살펴보았다. 이 결과를 비교해 보면, 두보라고 하는 영향의 동일한 원천이 두 시인에게 어떻게 달리 수용·반영되었는가가 드러날 수 있다고 본다.

두보가 자연을 어떻게 인식하고 있었는가를 네 측면에서 검토했었는데, 윤선도와 바쇼에게 가장 큰 영향을 끼친 부분은 각각 '出仕의 반대항으로서의 자연'과 '표박의 삶의 무대로서의 자연'이다. 그런데 아이러니칼하게도, 윤선도에게 가장 큰 영향을 준 부분이 바쇼에게는 가장 거리가 멀고, 또 바쇼에게 가장 의미깊은 부분이 윤선도와는 거리가 멀다는 사실에 주목해

---

37) "四時の押しうつるごとく物あらたまる, 皆かくのごとしともいへり."
38) "造化にしたがひて, 四時を友とす."『松尾芭蕉集』, 311쪽.

봐야 한다. 이것은, 윤선도는 儒者·人臣으로서의 두보의 면모를 수용하여 儒家的 처세의 구도 속에서 자연을 인식한 반면, 바쇼는 평생 자연을 무대로 遊離漂泊했던 두보의 삶이 자신의 경우와 흡사한 데 깊은 공감을 갖고 표박의 배경으로서 자연을 인식한 결과라 보여진다.

그러나 윤선도의 경우도 역시 자연은 '幽居'라는 삶의 형태의 주된 배경이었다. 漂泊과 幽居를 날실과 씨실로하여 짜여진 두보의 삶에서 바쇼는 표박의 측면에 비중을 두었고, 윤선도는 유거의 측면에 관심을 가졌던 것이다. 이같은 차이는 각각의 삶과 처지에 비추어 공통되는 부분에 공감을 느낀 데서 비롯된 것이라 할 수 있다.

자연인식에서 두 사람이 극명한 대조를 보이는 것은 비단 이것만이 아니다. 윤선도의 경우 자연에 인간적 가치, 특히 유교적 가치를 부여하여 관념화하는 것을 볼 수 있었는데 바쇼에게서는 이런 면모를 거의 찾아볼 수 없다. 어떤 면에서 윤선도는 두보보다 더 유교적 신념에 충실한 사람이라 할 수 있는데, 이는 朝鮮과 唐이라고 하는 시대의 사상적·문화적 풍조의 차이와 밀접한 관련이 있다고 본다. 두보는 儒者로 자처했지만 唐代는 유교보다 도교가 더 성행하여 당시의 지배적 사상풍조를 형성하였던 반면, 윤선도는 유교이념을 국시로 하는 시대적 풍토에서 활동하였기 때문이다.

한편, 바쇼의 경우 자연을 관념화·추상화하는 것은 창작에 있어 오히려 경계의 대상이 되었다. 오히려 바쇼는 자연을, 새로운 문학세계를 개척하고 새로운 소재를 얻는 등 창작활동의 밑거름을 제공하는 場으로 인식하고 나아가서는 이를 활용하였다. 윤선도의 경우도 자연이 시적 영감과 소재의 주 원천인 것은 사실이나 바쇼와 같은 창작에의 적극성은 보이지 않는다.

두보의 자연관을 형성하는 사상적 배경을 보면, 儒·道·佛39)이 상호 밀

---

39) 불교사상의 경우 윤선도와는 거리가 멀다. 물론 절을 소재로 한다거나 승려와의 증답시 등 불교와 전혀 관계가 없는 것은 아니나 사상으로서의 불교가 그의 자연관 형성에 크게 작용했다고는 보기 어려우므로, 三者 공통 영역을 다룬다는 원칙하에 이 글에서는 이를

접한 관련을 맺고 있는데, 여기서 '道'라 함은 道家와 道教를 모두 포괄한다. 자연을 소재로 한 윤선도와 바쇼의 시에서도 노자·장자의 영향의 흔적이 뚜렷이 드러난다. 여러 가지 자료로 미루어 이들은 노자 장자의 사상을 직접 수용했음을 알 수 있는데, 여기에 두보가 영향의 제 2원천으로 작용했다는 것이 드러난다. 그러나, 윤선도의 경우 道家·道教思想을 모두 수용하되, 특히 도교의 신선사상이 영향의 큰 비중을 차지하는 반면, 바쇼의 경우 道教의 영향은 거의 전무하다 할 수 있고 道家 특히 장자의 사상이 큰 영향을 미쳤다는 것을 알 수 있다. 이같은 차이는 두 사람의 노장사상 수용 배경과 직접적 관련이 있다.

윤선도의 경우 성리학의 거두인 주자도『參同契』를 아끼고 즐겨 읽었다는 점에서 주자가 노장수용의 필터 내지 기준치로 작용했던 것이고, 바쇼의 경우는 두보에의 경도의 계기에 장자가 개입해 있었던 것이다. 즉, 바쇼가 활동할 무렵 일본에서는 여러 장자 주석서 중 林希逸 주석본『莊子鬳齋口義』가 유행하고 있었다.40) 이 주석서는 宋代의 성리학자인 林希逸이 성리학적 입장에서 장자를 해석한 것으로, 주석 부분에 장자의 이론을 삶으로 실천한 사람으로서 두보를 거론한 대목이 있어 바쇼는 杜甫像을 장자를 통해 이해하고, 역으로 장자의 이론을 두보의 삶을 통해 이해했던 것이다.41)

이 글에서는 두 시인에게 끼친 두보의 제반 영향 중 자연관의 측면에만 초점을 맞추었는데, 다른 측면을 아울러 검토하여 종합할 때 영향의 면모가 더욱 선명하게 부각될 수 있으리라 본다.

---

40) 野野村勝英,「芭蕉と莊子と宋學」,『芭蕉·Ⅰ』(日本文學硏究資料叢書, 有精堂, 1969·1980).

41)『莊子』「齊物篇」에 "和之以天倪 因之以曼衍 所以以窮年也"란 구절이 있는데, '窮年'을 풀이하는 대목에서 林希逸은 "窮年 猶子美所謂「瀟洒送日月」也."라 하여 두보의 <自京赴奉先縣詠懷五百字>의 시구를 예로 들어 설명하고 있다. 林希逸 注,『莊子鬳齋口義』(嚴靈峯 編,『無求齋莊子集成初編』9, 臺北: 藝文印書館, 1972)

杜甫·尹善道·芭蕉에 있어서의 '隱'의 처세

1. 동아시아의 處世의 한 유형으로서의 '隱'

동아시아에서 자연 속에 몸을 감춘다고 하는 '隱' 사상은 단순한 어떤 특정행위 이상의 깊은 의미를 가진다. '隱'은 고래로부터 처세의 한 방편으로 간주되어 왔는데, 그 동기, 자연에서의 생활상, 은둔자의 사상적 성향 등에 따라 다양한 관점에서 접근이 가능하다. 이 글은 동아시아 문학인에게 있어 '은'이란 일종의 처세의 한 방편이라는 점을 전제하고 있다.

'처세관'이란 인간 세상에서 다른 사람들과 관계를 맺으며 인간의 도리를 지켜나가는 지침이 되는 생각 혹은 세상살이에 대응하는 자세를 말한다. 그러나, 세상에 어떻게 대처하느냐 하는 문제는 꼭 인간과 인간 사이의 문제에만 국한되지는 않는다. 俗塵을 떨치고 자연으로 물러난다고 하는 것, 다시 말해 인간 세상을 벗어난다고 하는 것 자체가 처신의 한 방편으로 이해될 수 있다. 초월자·창조자의 존재보다는 자연에 더 큰 의미가 부여된 것이 동아시아의 문화적 특성 중의 하나라고 볼 때, 자연 속으로 들어가는 것이 세상에 나와서 인간관계를 맺는 것 못지 않게 중요한 처세의 방편으로 간주되는 것은 당연하다. 그것이 현실도피의 형태를 취하건, 道를 추구하여 자연 속에서 道를 실현하고자 하는 적극적 삶의 형태를 취하든 간에 세상에 대한 대처의 방편인 것만은 틀림없다.

이같은 처세방식은 보통 '隱居' '隱逸' '歸去來' '遁世' 등 다양한 이름으로 불린다. 이 글은, 윤선도와 바쇼에게 끼친 여러 방면의 두보의 영향 가운데 '隱'이라고 하는 처세의 방편에 초점을 맞추어 그 구체적 양상을 살피고자 한다. 논자마다 이 용어들에 대한 이해가 조금씩 다르지만 그 중심에 '자연'으로 물러난다고 하는 개념이 놓인다는 점에서 공분모를 찾을 수 있다. '자연'은 出仕에 대응되는 공간 즉, 자의건 타의건 관직에서 물러나 자신의 뜻을 구하는 求志의 공간으로 인식되기도 하고, 道의 구현체로 인식되기도 한다. 전자의 경우, 정치적 현실이 자기의 뜻과 일치하지 않는 것에 불만을 품고 물러나 복귀의 때를 기다리는 공간으로, 후자의 경우는 아무런 정치적 동기 없이 무위자연의 삶을 실현하는 적극적 삶의 공간으로 이해된다. 전자는 보통 儒家的 은둔으로, 후자는 道家的 은둔으로 설명되기도 한다.

'은둔'의 전통적 개념과 기본원리는 『易』의 '遯'과 '蠱'의 卦에서 찾을 수 있다. 遯의 卦는 '어떻게 時勢에 대처할 것인가에 관한 道'[1]를 설명한 것으로, 여기서 '遯'은 '遁'과 같이 '숨는다(隱)' '피한다(逃)' '물러간다(退)'와 같은 의미이다.[2] 蠱의 卦 上九에는 '임금을 섬기지 않고 자신이 하는 일을 고상하게 여긴다'[3]는 내용이 있는데, 이는 벼슬길에 나가지 않는 처신을 말한 것이다. 요컨대 『易』에 기초한 '隱遁'의 의미는 王侯를 섬기지 않는 것, 즉 출사하지 않고 세속에 물들지 않고 고결한 삶을 유지하는 것이다. 堯임금 때의 전설적 逸士인 巢父와 許由는 이런 의미에서 전형적인 은둔자라 할 수 있다.

---

1) 예컨대 같은 遯卦 彖傳에 "剛當位而應 與時行也(剛이 제자리에서 응하는지라 '때'와 더불어 행한다)"에 대하여, "剛當位而應"은 '막고 맞서지 않는 것'으로, "與時行也"는 '때에 맞게 행하는 것'으로 풀이하고 있다. 王弼, 『주역 왕필주』(임채우 옮김, 도서출판 길, 1999), 261쪽.

2) 예컨대 「彖傳」에 "遯之爲義 遯乃亨也(遯의 의의는 도망해야 형통한다는 것이다)"가 이런 의미를 단적으로 보여준다.

3) "不事王侯 高尙其事", 王弼, 앞의 책, 163쪽.

'은둔'의 개념은 前漢 王莽의 혁명을 전후하여 상이한 두 경향을 드러내 보인다. 王莽 이전에는 사대부층, 식자층이 자신이 추구하는 도가 행해지지 않을 때 宮仕에서 물러나 몸을 숨기는 양상을 띠었는데 이것이 정치적 은둔 의 최초의 형태이다. 공자가 『論語』 「微子」에서 '逸民'이라 칭한 伯夷나 叔齊 및 虞仲, 夷逸, 朱張, 柳下惠, 少連 등이 이 형태의 은둔자에 해당한다.

그러다가 王莽의 혁명 이후 천하가 대란에 빠지자 관료들이 생명의 위험 을 느껴 관료생활에서 벗어나 안전한 장소-都會보다는 山野, 陸地보다는 海上-로 피신하는 새로운 형태의 은둔이 나타나게 되었다. 이러한 형태의 은둔은, 晉代 도가원리에 기반을 둔 죽림칠현과 같은 은둔형태가 시대의 유행풍조로 대두하기까지 계속 이어졌다. 前漢·後漢을 통해 통치원리를 제공한 것은 儒家思想이었고, 이같은 시대적 배경 속에서의 은둔은 어떤 형태로든 '정치적 동기'가 내재되어 있었다. 그리고, 이러한 형태의 은둔을, 정치적 동기와 무관한 道家的 은둔과 구별하여 儒家的 은둔이라 말할 수 도 있을 것이다.[4]

(1) (儒者는) 곤궁할 때 義를 잃지 않으며 榮達할 때 道를 떠나지 않는다.

(『禮記』 「儒行」)[5]

(2) 등용되면 나아가 행하고, 버림을 받으면 물러가 숨는다.(『論語』 「述而」)[6]

(3) 도가 행해지지 않으니, 뗏목을 타고 바다로 나가고자 한다.

(『論語』 「公冶長」)[7]

(4) 세상에 도가 행해지지 않을 때는 벼슬하지 않고 은거해서 그 뜻을 구하고 세상에 도가 행해질 때는 義를 행하여 그 뜻을 이룬다. (『論語』 「季氏」)[8]

---

4) 小尾郊一, 『中國の隱遁思想』(中央公論社, 1988), 2~17쪽.
5) "幽居而不淫 上通而不困."
6) "用之則行 捨之則藏."
7) "道不行 乘桴浮于海."
8) "隱居以求其志 行義以達其道." "求其志"에 대하여 주자는 '守其所達之道'로, "達其道"에

이는 유가적 입장에서 行藏의 도를 말한 것인데, 여기서 (1)의 원문 속의 "幽居"와 (4)의 원문 속의 '隱居'는 같은 개념으로 사용되고 있다. (2)와 (4)의 예는 물러나는 행위가 '他意'에 의한 것인가 '自意'에 의한 것인가의 차이는 있지만, 여기서 말하는 藏·隱居·幽居는 모두 不用之時, 즉 '정치일선에서 물러나 있는 것'을 의미한다. 그러므로, 유가적 은둔이란 어디까지나 仕官을 전제로 하고 있고 그 出仕의 場로부터 몸을 빼는 것을 가리키는 것이라 할 수 있다. 은거할 때의 생활은 도가의 그것과 크게 다를 바 없으나, 다시 行義의 기회가 주어지면 再出仕할 수도 있는, '몸은 江海에 있지만 마음은 朝廷에 있는' 심정으로 행하는 잠정적·유동적 은거라는 점에서, 인간사·세속으로부터 등을 돌리는 도가의 경우와 다르다.

漢代, 三國時代를 거쳐 晋代에 이르면 새로운 양상의 은둔이 사회풍조로 대두하게 된다. 정치적 동기나, 신변의 위협으로부터의 도피 등 현실적으로 특별한 사유없이 자연 속으로 들어가는 형태의 은둔이 유행하게 된 것이다. 이러한 풍조를 배양한 정신적 배경이 된 것이, 삼국시대부터 유행하기 시작한 노장사상이다. '竹林七賢'으로 대표되는 이런 풍조는 사회전반에 걸쳐 널리 퍼졌는데 이들은 세속을 떠나 자연 속에서 道와 진리를 추구하는 무위자연의 삶을 갈구했다. 이들은 출사를 세속적인 것으로 치부하여, 자발적 의사로 벼슬에 나아가지 않는 태도를 취했다. 이들이 말하는 '世俗'은, 유교적 정치원리에 바탕을 둔 관료세계를 의미하며 따라서, 이때의 은둔은 일종의 反儒敎運動의 성격을 띤다.9)

이 시기의 대표적 시인으로서 도가사상의 세례를 받은 陶淵明과 謝靈運은, 각각 '자연'을 진리 즉 道의 구현공간, 美的 玩賞의 대상으로 인식하여 각각 '田園詩'와 '山水詩'의 영역을 개척했다. 흔히 '은둔'과 같은 개념으로

대해서는 '行其所求之志'라 풀이했다.
9) 小尾郊一, 앞의 책, 8쪽.

쓰이는 '歸去來'는 유가와 도가의 양면성을 띤 은둔으로 보아야 하리라고
생각한다. 벼슬하던 사람이 벼슬을 내놓고 고향으로 돌아가는 것을 뜻하는
'歸去來'는 도연명의 <歸去來辭>에 근원을 두고 있다. 도연명이 처한 시
대적 상황을 보면, 新老莊學이라 할 玄學이 지식인들 사이에 유행하던 시
기였다. 따라서 도연명 역시 이같은 시대풍조를 외면할 수 없었다. 그러나,
그는 현실적으로 出仕하여 가족을 부양해야 하는 여건 하에 놓여 있었고,
이상과 현실 사이의 이같은 갈등하에서 은둔의 감행을 결심하였으며 그 선
언문에 해당하는 것이 <歸去來辭>라 할 수 있다.10) 따라서, 전원으로의
귀향은 꼭 유가적 은둔 혹은 도가적 은둔이라고 규정할 수 없는 복합성을
지니며 兩者의 성격이 혼합된 것으로 보는 것이 타당하다고 생각한다.
　　이상, 隱遁에 대한 개괄적 설명을 바탕으로, 은둔의 유형을 다음 몇 가지
로 구분해 보고자 한다.

　(가)『易』의 卦에 기초한 古代的 의미의 은둔: 出仕하지 않고 자연 속에서 자신
　　　의 道를 지키는 것. 허유・소부 및『논어』「微子篇」에 逸民으로 열거된 사람
　　　이 이에 해당.
　(나) 行과 藏의 처세관의 구도에서 '藏'에 해당하는 처세형태: 出仕를 전제로
　　　하여, 도가 행해지면 혹은 세상의 도가 자기 뜻과 일치하면 나가서 벼슬하고
　　　행해지지 않으면 혹은 자기 뜻과 어긋나면 벼슬에서 물러나는 처신으로 '政
　　　治論理'에 입각해 있다. 이것은 다시 다음과 같은 하위 유형으로 구분된다.
　　　(a) 藏의 동기가 자발적인 경우
　　　(b) 藏의 동기가 他意的인 경우; 귀양, 罷職 등
　(다) 정치적으로 신분의 위협을 느껴 피신하는 것: 일종의 망명
　(라) 무위자연의 삶을 실천하려는 道家的 생활방식: 脫정치논리

　　그러나, 유가적・도가적 성격의 은둔은 관직에 나아간 儒者들에게 상충

---

10) 小尾郊一, 앞의 책, 131~132쪽.

되거나 양립 불가능한 성격의 것은 아니었다. '行'과 '藏'의 때를 알아 安時處順하고 順理安命하는 것은 유자의 出處進退의 바람직한 처세로 간주되었다. 유자에게 있어 정치적으로 뜻을 펼 수 있는 영달의 시기 즉 '行'의 시기는 유가의 도에 따라 행동하고, 정치적 이상이 좌절되거나 물러남이 필요한 때는 脫政治의 논리를 제공하는 도가에서 정신적 위안처를 찾는 경향이 보편화되어 있었다. 꼭 도가를 자처하지 않더라도 外儒而內老佛의 이중적 태도를 가졌던 것이 유자의 처세의 일반적인 경향이었던 것이다. 이때 '自然'은 이들에게는 곧 '藏'의 공간이요, 물러나 때를 기다리는 安時處順, 順理安命의 공간이었다. 양자의 이같은 양립형태는 조선조나 漢代처럼 유가가 '官'의 사상의 위치에, 도가가 '在野' 사상의 위치에 놓이는 시기에 뚜렷해진다.

2. 두보의 처세관

두보의 시에서도 자연은 중요한 의미와 큰 비중을 지니기는 하지만, 문학사적으로 두보가 山水詩人이나 田園詩人으로 분류되지는 않는다. 오히려 그의 시는, 자연을 노래할 때조차도 거기에 삶의 흔적이 배어 있다는 점이 특징적이다. 그를 흔히 '詩經의 맥을 잇는 시인'이라 일컫는 것도 이와 무관하지 않다. 『詩經』의 시들은 결코 자연찬미의 노래가 아니며 궁극적으로 자연을 배경으로 하여 펼쳐지는 인간의 삶을 노래한 것이기 때문이다.

(5) 勳業頻看鏡   勳業의 일이 마음에 걸려 자주 거울을 보나니
    行藏獨依樓   行藏의 때마다 홀로 누대에 기대었노라
    時危思報主   時勢가 위태로우매 君의 은혜에 보답할 것을 생각한다
    衰謝不能休   나이들어 물러가 있어도 이 생각을 떨칠 수 없네

                                    (<江上>, 제15권)

(6) 非無江海志　　강호로 물러나 맑고 깨끗하게
　　瀟灑送日月　　세월을 보내고픈 뜻이 없는 것은 아니지만
　　生逢堯舜君　　이 세상 태어나서 요순 같은 임금을 만났으니
　　不忍便永訣　　영구히 그 곁 떠나는 일 차마 하지 못하겠네
　　　　　　　　　　　　　　　(<自京赴奉先縣詠懷五百字>, 제4권)

(7) 致君堯舜上　　우리 임금을 요순보다 훌륭한 성군이 되도록 보좌하고
　　再使風俗淳　　또 이 세상의 풍속을 순화시키고자 한다네
　　　　　　　　　　　　　　　(<奉贈韋左丞丈二十二韻>, 제1권)

이 시구들로부터, 두보는 철저하게 자신을 儒者로 인식하고 있고, 유자의 도리에 입각해 처신코자 한다는 것을 알 수 있다. 이런 맥락에서 사용된 (5)의 "行藏"이라는 말은, 時意를 알아 나아가고(行) 물러간다(藏)고 하는 전형적인 유가의 처세관을 반영한 것이다. 또, 같은 예의 '나이들어 물러가 있어도'라고 하는 것은, 물러가 再出仕의 기회를 기다린다는 의미의 '隱' '藏'과 상통한다고 할 수 있다. 여기서 "衰謝"의 공간은 직접 명시되지는 않았지만 '자연'을 가리킨다. 이로 볼 때, 두보의 처세관은 크게 보아 유가적 行藏의 논리에 뿌리를 둔 것이라 말할 수 있다.

그러나, (6)의 예를 통해 두보의 처세관이 私的 자아의 욕구와 公的 자아의 도리라고 하는 이중의 척도로 구축된 것임을 알 수 있다. 즉, 사적 자아의 주체로서의 '나'는 옛 은자들처럼 세상사 특히 출사와는 인연을 끊고 자연 속에 파묻혀 자신의 도를 추구하며 살고 싶은 욕망을 가지고 있다. 그러나, 유자로서 人臣의 도리를 다 하자면 '나'의 욕망을 억누르거나 밀쳐둘 수밖에 없는 것이다. 이로부터 사적 자아와 공적 자아 간의 갈등이 야기된다. 그러므로, 두보가 시로 읊은 자서전이라 할 <自京赴奉先縣詠懷五百字>(제4권)에서

　(8) 終愧巢與由　　끝내 소부와 허유에게 부끄럽긴 하지만
　　　未能易其節　　이제 새삼 절개를 바꿀 수는 없기에
　　　沈飮聊自遣　　술에 빠져 그저 스스로 근심을 달래보고
　　　放歌頗愁絶　　마음껏 노래불러 시름을 끊고자 하네

라고 표현한 것은 이같은 내면적 갈등의 솔직한 토로인 셈이다. 堯 임금이
불러도 끝내 벼슬길에 나가지 않고 고고한 삶을 산 巢父와 許由는 사적
자아의 이상형 인물이다. 두보의 시 도처에서 이 두 사람이 언급되고 있는
것은, 이들의 삶의 형태를 따르고 싶어도 자신의 처지상 그럴 수 없는 것에
대한 갈등의 표출인 동시에 대리만족의 표출이라 할 수 있다.
　두보의 行藏의 처세를 논함에 있어 먼저 그가 '隱'이라는 말을 어떤 맥락
에서 어떤 의미로 사용하고 있는지 살펴보는 것도 의미가 있으리라 본다.

　(9) 行歌非隱淪　　은자도 아닌데 걸으면서 노래를 부른다
　　　　　　　　　　　　　　　　　　(<奉贈韋左丞丈二十二韻>, 제1권)

　(10) 竄身跡非隱　　이렇게 몸을 숨기고는 있지만 은자의 행적을 본뜬 것은
　　　　　　　　　　아니라네　　　　　　　(<贈鄭十八賁>, 제14권)

　(11) 更議居遠村　　다시 깊은 곳에 들어가 살 것을 의논하며
　　　避喧甘猛虎　　시끄러운 세상 피할 수 있다면 호랑이도 감수한다고 하네
　　　足明箕穎客　　분명 許由나 巢父와도 같은 그에게[11]
　　　榮貴如糞土　　세간의 부귀영화는 糞土에 지나지 않는다네
　　　　　　　　　　　　　　　　　　　　　(<貽阮隱居>, 제7권)

---

11) 여기서 箕穎客은 許由와 巢父를 가리킨다. 堯임금 시절 許由와 巢父라는 은둔자가 있었
　　는데 요임금이 천자의 자리를 물려주려 하자 이를 거절하고 箕山穎水 지방에 가서 숨었
　　다는 고사에서 비롯된 것이다.

(12) 隱居欲就廬山遠　　숨어살며 혜원 같은 고승을 만나려 했더니
　　 麗藻初逢休上人　　탕혜휴처럼 글 잘 하는 그대 처음 만났지요
　　　　　　　　　　　　　　　　　　　　(<留別公安大易沙門>, 제22권)

(13) 有客傳河尹　　어떤 객이 전하기를 하남윤께서
　　 逢人問孔融　　사람들을 만나면 공융에 대해 물으신다 하더군요
　　 青囊仍隱逸　　青囊의 책을 뒤적이니 곧 隱逸의 모습이지만
　　 章甫尚西東　　章甫冠을 쓰고 아직도 이리저리 헤매고 있소이다
　　　　　　　　　　　　　　　　　　(<奉寄河南韋尹丈人>, 제1권)[12]

우선 (9)(10) 두 예에서 두보는 자신이 은자가 아님을 밝히고 있는데, 古代 은둔자들의 전형적인 행동인 '걸으면서 노래를 부르는 것'과 '몸을 숨기는 것'을 '隱'의 속성으로 파악하고 있음이 드러난다. (11)의 경우는 먼저 제목 '貽阮隱居'에서 '隱居'가 '숨어 사는' 행태가 아닌, 그런 행태를 취하는 '사람' 자체를 가리킨다는 점에 주목할 필요가 있다. 즉, 제목은 '阮隱居에게 주다'라고 풀이되기 때문이다.[13] 이 시 구절에서 두보는 阮昉을 허유나 소부 같은 高士에 비기면서 깊은 곳에 들어가 시끄러운 俗塵을 피해 살아가고자 하는 그를 '阮隱居'라 칭하고 있다. 이로 미루어 두보는 옛 高士들과 같은 삶의 양식을 '隱'으로 이해하고 있다는 것을 짐작할 수 있다.

(12)는 僧房으로 스님을 찾아갔을 때 지은 시인데, "廬山遠"은 東晉 때의 고승 '惠遠'을 가리킨다.[14] 이 시구에서 '숨어살며 혜원 같은 고승을 만

12) 이 시는 두보가 자신을 孔融에게 빗대어 당시 河南尹이었던 韋濟에게 소식을 전하는 내용으로 되어 있는데 인용 부분은 자신의 안부를 묻는 위제에게 근황을 전하는 내용이다.

13) 두보의 시에서 '隱居'가 '은거하는 사람'에 대한 별칭으로 쓰인 예로 같은 인물에게 보내는 시 <秋日阮隱居致薤三十束>(제8권)을 들 수 있는데 '은거의 이름은 昉이니 진주 사람이다'("隱居名昉秦州人")라는 原注가 붙어 있어 이같은 사실을 뒷받침함.

14) 혜원은 여산의 東林寺에서 오래 머물렀기 때문에 '廬山遠'이라 불린다.

나고자 했다'는 것은 바꾸어 말하면 '고승을 만나려면 세상을 피해 숨어산
다'고 하는 전제가 요구된다는 것을 의미한다. 그러므로 여기서의 '隱居'는
산속에서 수행하며 살아가는 승려들의 삶과 결부되어 있다고 할 수 있다.

(13)에서 "靑囊"은 晉代의 郭璞과 관계가 있는 책『靑囊中書』를 가리
키는데 이 책은 저자로 알려진 郭公보다는 곽박이 이를 얻어 五行·天文
·卜筮에 능통하게 되었다는 일화로 더 유명하다. 주지하는 바와 같이 곽박
은 14수의 '遊仙詩'로 유명한 진대의 학자이자 시인으로 그의 시에는 道家
的 풍모가 짙게 배어 있고 이『靑囊中書』또한 도가 계열의 전적으로 분류
된다. 이 점으로 미루어 두보가 이 책을 뒤적이는 것을 '隱逸'의 모습과 연
관 지어 표현했다는 것은 그가 이 말에 '道家的' 의미를 부여하고 있음을
시사하는 부분이라 하겠다.

이 시구들을 보면 '隱'의 쓰임에 어떤 공통점이 있음을 발견하게 된다.
허유·소부의 삶의 형태에서 보는 '은'이든, 도가적 의미가 부여된 '은'이든,
승려의 삶과 같은 형태의 '은'이든 간에, 出仕에 뜻을 두지 않고 자신의 뜻
을 추구하며 세속을 벗어나 자연 속에 사는 것을 '隱'이라는 말로 총칭하고
있다는 점이다. 다시 말해 두보가 사용하는 '은'은 '脫政治의 논리'에 근거
한 개념이라는 것을 추론할 수 있다.

자연 속에 물러가 뜻을 구한다고 하는 것은 넓게 유가적 은둔의 개념에
포함될 수 있는 것이지만, 두보 자신은 이에 대하여 '隱'보다는 '幽'라는 말
을 즐겨 사용한다. 아래의 예들을 통해 드러나듯, 두보는 출사를 전제로 하
는 行藏의 구도에서 어떤 동기로든 관직에서 물러나 자연에서 머무는 삶의
형태에 대해서는 '隱'보다는 '幽'를 선호해서 사용하고 있다.

(14) 居然絙章紱　　태연히 관장을 감고 있기는 하지만
　　　受性本幽獨　　타고난 성품은 홀로 한가로이 사는 걸 좋아한다네
　　　　　　　　　　　　　　　　　　　　　　　<客堂>, 제15권)

(15) 畏人成小築　사람이 두려워 작은 집을 짓고 사나니
　　　偏性合幽棲　강직한 이 본성은 물러나 한적하게 살기에 적합하다
　　　　　　　　　　　　　　　　　　　　　　　　　　　　　　　　　　(＜畏人＞, 제10권)

(16) 用拙存吳道　拙로써 나의 도를 지켜 나가며
　　　幽居近物情　자연 속에서 한적하게 삶으로써 物情에 접근한다
　　　　　　　　　　　　　　　　　　　　　　　　　　　　(＜屛跡三首·2＞, 제10권)

(17) 漸喜交游絶　사람들과의 교제가 끊어지는 것이 점점 더 기쁘고
　　　幽居不用名　한적하게 사노라니 이름이 필요없네
　　　　　　　　　　　　　　　　　　　　　　　　　　　　　(＜遣意二首·1, 제9권)

(18) 幽棲地僻經過少　한적한 거처 외진 곳에 있어 지나는 사람이 적고
　　　老病人扶再拜難　늙고 병들어 부축을 받는 신세, 客이 와도 예를 갖추
　　　　　　　　　　　　기 어렵네　　　　　　　　　　　(＜賓至＞, 제9권)

이 시구들에서 '幽'는 기본적으로 유자가 벼슬에서 물러나 있는 것을 의미한다. '隱'과 '幽'의 쓰임의 비교를 통해 알 수 있는 것은, 두보가 '은'과 '유'를 구분하려는 의식의 저변에 자신의 삶이 옛 은사들이나 도가적 은둔의 삶과는 다르다고 하는 인식이 깔려 있다는 점이다. 이 시구들을 통해 두보가 '한적하고 사람이 드문 곳'(18)에서 '사람들과의 교제를 끊고'(17) '홀로 한적하고 한가로이 사는 것'(14, 15, 16)을 '幽居'로 인식하고 있다는 것을 알 수 있다. 그러나 여기서 간과해서는 안되는 점은 '幽'라고 하는 '자연 속에서의 삶'이 인간세상을 등지고 자연으로 숨어들어간다는 개념이 아니라, 자연 속에 머물되 제반 인간사가 공존하는 일상적 삶의 형태를 영위하는 것을 의미한다는 점이다. 이때 자연은 삶을 영위하는 터전이며 삶의 현장의 일부이자 그 연장선상에 놓이는 개념이다. 아래의 예는 이같은 '幽居'의 개념을 잘 드러낸다.

(19) 我生何爲在窮谷　　내 인생 어찌하여 이 궁벽진 골짜기에 와 있는가
　　　中夜起坐萬感集　　한밤중에 일어나 앉으면 온갖 시름 모여드네
　　　　　　　　　　　　　　　　　　　(<乾元中寓居同谷縣七首·5>, 제8권)

　이 시는 759년 두보가 48세 때 지은 것으로 '同谷七歌'로 불리는 연작시의 다섯 번째 것이다. 이때 두보는 司功參軍이란 관직에 있었으나 기근이 닥쳐오자 관직을 그만두고 생계를 유지하기 위해 돌아다니다 동곡현으로 오게 된다. 시에 "窮谷"이라 표현한 것으로 보아 유거한 곳이 궁벽진 깊은 곳임을 알 수 있다. 자연 깊숙한 곳에 있으면서도, 시인은 인간사 제반 시름을 떨치지 못하고 있다. 이 시 외에 '同谷七歌' 나머지 6수에서도 중원에 돌아가지 못하는 근심(제1수), 飢餓에 허덕이는 가족들의 참상(제2수), 멀리 떨어져 있어 만나지 못하는 동생들 걱정(제3수)을 토로한다.

　이처럼, 관직에 나아가고 물러나는 유가적 行藏의 구도 하에서, 자연 속에서의 인간의 삶, 자연과 인간의 어우러짐을 함축한 개념이 바로 '幽'인 것이다.[15] 몸은 비록 자연 속에 있어도 제반 인간사의 희로애락을 경험하는 것, 우국애민의 염원을 품고 再出仕의 기회를 기다리며 자연 속에 머물러 사는 것, 이것이 두보가 생각하는 '幽居'였던 것이다. 요컨대, 두보는 '脫俗'과 出仕의 의미로서의 '俗'의 경계에 서서 양쪽에 한 발씩 걸친 삶의 형태를 유거로 인식하고 있었다. 여기서 '탈속'이라 함은 私的 자아가 이상으로 여기는 삶으로서 허유·소부로 대표된다. 이것은 仕官의 굴레에서 벗어나 자연 속에서 한적하게 사는 것이다. 그러므로, 자의든 타의든 관직에서 물러나 자연에 묻혀 있는 것은 부분적으로나마 이상적 삶의 한 켠에 발을 걸치고 있는 셈이 된다. 결국, 사적 자아의 이상적 삶의 형태를 '隱'으로, 공적 자아가 처한 상황 때문에 자연으로 물러나 있는 삶의 형태를 '幽'로 인식

---

15) 黑川洋一은 『杜甫の硏究』(創文社, 1977·1988, 399~419쪽)에서 '幽'의 쓰임을 집중적으로 분석한 바 있는데, 그는 단지 '자연미에의 傾倒' '자연에의 친화감'의 의미로 해석하였다.

했던 것이 두보의 처세관의 본모습이라 생각된다. 이런 점은 두보의 시를 '산수시' '자연시'보다는 '인생시' '사회시'로 읽게 하는 근거가 된다.

그러면, 두보의 유거의 계기, 그 실상은 어떠했는가. 전기적 사실에 비추어 볼 때, 두보의 인생에서 '藏'의 시기 즉 벼슬하지 않은 기간은 出仕한 기간보다 훨씬 길다. 또한 늘그막에 가까스로 미관말직에 나아갔을 뿐이었다. 그렇기에 출사도 하기 전에 그는 '스스로 자못 뛰어나다고 여겨 곧 요직의 높은 지위에 올라 임금을 요순 위에 이르게 하고 다시 풍속을 순후하게 하고자 했지만 이 뜻은 끝내 시들어 버렸다'16)고 토로했던 것이다. 그나마 벼슬에서 물러나 있을 때는 생계마저 잇기 어려워 도토리를 줍고 약초를 재배하면서17) 근근히 생활해야 했다. 그가 자발적으로 벼슬자리를 그만둔 적이 없는 것은 아니지만 관직을 떠나게 된 주된 계기는 주로 戰亂, 타인의 모함 등 외적 요인에 의한 것이다. 그가 벼슬에 뜻을 두었던 것은 꼭 儒者·人臣으로서의 도리를 다하려는 이유만은 아니었다. 두보에게 있어 관직은 최소한의 생계를 보장하는 것이었기 때문에, 현실적 요인도 작용했던 것이다.

3. 윤선도와 바쇼에게 있어서의 두보의 영향

3.1. 윤선도의 경우

윤선도는 君을 도와 經國濟民하는 데 정치적 이상을 둔 전형적 儒者였다.

---

16) "自謂頗挺出 立登要路津 致君堯舜上 再使風俗淳 此意竟蕭條."(<奉贈韋左丞丈二十二韻>, 제1권)

17) <乾元中寓居同谷縣七首·1>(제8권), <暮秋枉裴道州手札率爾遣興寄近呈蘇渙侍御>(제23권) 등에 이같은 生活苦가 잘 나타나 있다.

(20) 군자가 세상을 살아가는 데에는 벼슬에 나가는 것과 자연에 드는 두 가지 길이 있을 뿐입니다. '조정이 아니면 산림'이라고 하는 옛말도 있습니다. 저는 이제 쇠약하고 병들어 세상에 나아갈 수 없으니 산수간에서 소요하지 않으면 여생을 어디로 가서 보내야 한단 말입니까.　　　　(「上鄭判書書」, 卷4)18)

(21) 신이 비록 못나기는 하였으나 어렸을 적부터 학문을 수강하여 愛君憂國을 군자의 사업으로 여기고 奉公安民을 신하의 직무로 여겨 왔습니다.

(「再疏」, 卷3·上)19)

(22) 신하가 임금을 섬기는 도리는, 재주와 덕이 있어 능히 그 직책을 수행할 수 있으면 벼슬길에 나아가고, 재주도 없고 덕도 없어 그 임무를 수행할 수 없으면 물러나는 것입니다. 또한 진실로 동료들에게 받아들여져 서로 공경하고 합심할 수 있으면 나아가고, 사람들이 나를 알아주지 않고 세상이 내 뜻과 어긋날 때는 물러가는 것입니다.　　　(「辭工曹參議疏」, 卷3·上)20)

(23) 吾人經濟非無志　　내가 經國濟民의 뜻이 없는 것은 아니지만
　　　君子行藏奈有時　　군자가 나아가고 물러감에 어찌 때가 있으랴
　　　　　　　　　　　　　　　　　　(<病還孤山舡上感興>, 卷1)

(24) 行義求志非二道　　義를 행하고 뜻을 구하는 것이 두 길은 아니라네
　　　　　　　　　　　　　　　　　(<戲次方丈山人芙蓉釣曳歌>, 卷1)

때를 알아 관직에 나아가고(行) 자연으로 물러나는 것(藏), 그리고 나아갔을 때는 義를 행하고 물러났을 때는 뜻을 구한다고 하는 것은 儒者가

---

18) "君子之處世出與處二道而已. 非朝廷則山林乃古語也. 弟旣癃病 不能行於世路 則不逍遙
於水石以終餘年而更何往哉."『孤山遺稿』(南楊州文化院 尹孤山文化事業會, 1996). 이후
작품 인용시 권수와 제목만 표기하기로 한다.
19) "臣雖無狀自少講學 便以愛君憂國爲君子事業 直以奉公安民爲人臣職務."
20) "人臣事君之道 有材有德能擧其職則仕義也. 無才無德不能擧其職則去義也. 寔能容之同寅
協恭則仕義也. 人莫我知世與我違則去義也."

지켜야 할 바람직한 처신으로 간주되었다. (22)에서 세상이 내 뜻과 일치할 때는 나아가고(仕) 받아들여지지 않고 어긋날 때는 물러가는 것(去)이 人臣의 도리라고 한 윤선도의 표명으로부터 그의 처세관 역시 전형적인 유자의 그것임이 여실히 나타나 있다. 유자이자 人臣으로서의 그의 처세는 孔子·孟子의 사상에 기초한 것임은 말할 것도 없다. 그러나 윤선도는 또한 두보를 유자로서의 모범, 처신의 구체적인 모델로 삼고 있었다. 아래 예시 구문은 윤선도가 두보의 시를 인용한 것인데, 그가 얼마나 철저하게 두보의 행적을 본받고자 했는가를 뚜렷이 보여준다.

(25) 신이 일전에 杜甫의 "拙로써 나의 도를 지켜 나가며 한적하게 삶으로써 物情에 접근한다"라고 하는 시구를 인용하였는데, 어느 승지가 이를 싫어해서 標를 붙여 돌려보내 고치도록 했습니다. 신이 이를 고치지 않고 다시 올렸더니 네 번 올려서 네 번 다 물리침을 당했습니다. (「再疏」, 卷3·上)[21]

(26) 두자미의 시에 "강호로 물러나 유유자적하게 세월을 보내고픈 뜻이 없는 것은 아니지만 이 세상에 태어나서 요순 같은 임금을 만났으니 영구히 그 곁 떠나는 일 차마 하지 못하겠네. 같이 배우던 늙은이들 비웃을 때면 내 노래가락 더욱 더 높아가네."라 하였다. (중략) 동학들이 놀려대며 '자네 그 무슨 소리인가' 하는 꾸짖음이 어찌 없을까마는 그래도 내가 그만둘 수 없는 것은, 이른바 '古人을 생각하니 실로 내 마음을 아셨도다'라고 하는 것이다.

(「夢天謠跋」, 卷6·下)[22]

(27) 吾道付滄洲由來久　　　滄洲로 가려는 내 뜻은 유래가 오래 되었네
(<謝沈希聖辱和>, 卷1)

---

21) "臣之頃日疏章 用杜甫用拙存吾道幽居近物情之語 一承旨惡之附標還退而令改 臣不改更呈四呈四却矣."
22) "杜子美詩曰 非無江海志 瀟灑送日月 生逢堯舜君 不忍便永訣 取笑同學翁 浩歌彌激烈 (中略) 豈無同學咥咥之譏 子曰何其之誚也 然而自不能已者 是誠所謂我思古人實獲我心者也."

(28) 滄洲에 울이道를 녜붓터 닐럿는이   (<漁父四時詞·冬詞9>, 卷6·下)

(25)에는 두보의 <屛跡三首·2>(제10권)가, (26)에는 <自京赴奉先縣詠懷五百字>가, 그리고 (27)(28)에는 <江漲>(제10권)의 尾聯[23]이 각각 인용되어 있다. 이처럼 윤선도의 儒者로서의 처세태도는 두보의 그것에 놀라울 정도로 부합하며, 이것은 두보의 처세를 본받으려 한 윤선도의 마음가짐을 충분히 짐작케 한다. 특히 (25)의 인용에서 퇴각을 당하면서도 두보의 시구를 네 번씩이나 올렸다고 한 것은, 윤선도가 얼마나 이 구절을 마음에 깊게 새기고 자신의 처세의 지침으로 삼았는지 명시해 주는 구절이라 하겠다. 또한 (26)의 '古人' 이하 부분은 『詩經』「邶風」의 <綠衣>의 구절을 인용[24]한 것인데 여기서 '古人'이라는 말이 『시경』에 언급된 인물인 동시에 重義的으로 두보를 가리키는 것임은 말할 나위가 없다.

한편 두보와 윤선도의 경우 자연 속에서의 삶이 전체적으로 유가적 은둔의 범주에 속한다는 점에서 동일하며, 둘 다 유교적 隱遁·藏의 형태를 표현하는 데 '隱'보다는 '幽'를 선호했다는 점도 공통적이다.

(29) 吾非海隱非山隱   나는 산이나 바다에 숨은 隱者는 아니지만
     山海平生意便濃   평생 산과 바다에 뜻이 깊었네
     用拙自違今世路   인생살이 서툴러 지금 세상과는 어그러졌고
     幽居偶似古人蹤   조용히 살다보니 우연히 옛사람의 모습을 닮아간다네
                                (<次韻寄韓和叔>, 卷1)

이 시에서 "用拙"은 예 (16) 두보의 시구 "用拙存吾道"에서 따온 것인

---

23) "輕帆好去便 吾道付滄洲." (날랜 배를 타고 빨리 그곳에 가고 싶네/ 내 앞길을 창주에 의탁하고자 하나니)
24) <綠衣> 四章 중 제4장 "絺兮綌兮 凄其以風 我思古人 實獲我心"을 인용한 것이다.

데, 두보의 행적이 윤선도의 처세의 기본이 되었다는 것을 보여주는 좋은
예이다. 이 구절은 앞의 상소문에서도 인용이 되었는데, 이는 처신의 자세
에 있어 윤선도가 두보로부터 받은 영향에 대한 직접적 근거가 된다. 여기
서 그는 '幽居'의 동기를, 자신의 뜻이 세상과 어긋나기 때문이라는 것을
밝히고 있다. 이 점에서 자신의 현재 처지는 얼핏 隱者와 비슷해 보일 수도
있지만 은자는 아니라는 것을 분명히 하였다. 우리는 여기서, '隱'과 '幽'를
구분하는 그의 의도를 명확히 읽어낼 수 있고, 孤山이 '隱者'와 '古人'을 동
일한 개념으로 이해하고 있는 것도 아울러 확인할 수 있다. 이때의 '古人'은
허유·소부 같은 옛 은자이다.

이같은 구분의식은 아래의 예에서도 분명히 드러난다.

(30) 偶與白鷗親　　흰 갈매기와 짝하여 어울리지만
　　 吾非隱者眞　　나는 진짜 隱者는 아니라네
　　　　　　　　　　　　　　　　　　(＜解悶寮偶吟復用前韻·2＞, 卷1)

(31) 一室非爲小　　방 한 칸이 작다고 여기지도 않지만
　　 千山未覺多　　첩첩 둘러쳐진 산이 많다고 느끼지도 않는다네
　　 幽人欹枕臥　　자연 속에 고요히 사는 사람 베개를 베고 누워 있는데
　　 斜日在汀花　　지는 해는 물가 꽃 속에 있네
　　　　　　　　　　　　　　　　　　(＜解悶寮偶吟復用前韻·3＞, 卷1)

이 두 시는 같은 제목하에 지어진 3수 연작시 중 그 두 번째, 세 번째에
해당한다. 자신은 비록 갈매기를 벗 삼아 자연 속에 물러나 있지만 은자가
아니라는 것을 명백히 밝히고 있다. 주지하는 바와 같이 '갈매기'는 海上
隱者를 상징하는 전형적 소재인데 윤선도는 갈매기를 등장시켜 자신의 삶
이 은자와 비슷하나 은자는 아니라는 것을 말하면서 자신의 입장을 '幽人'
이라는 말로 표명하였다.

(32) 幽人無限滄浪趣 　　幽人의 끝없는 창랑의 홍취
　　只在瑤琴數曲中 　　다만 거문고 몇 곡조에 있을 뿐이네
　　　　　　　　　　　　　　　　　　　　　　(<秋夜偶吟次古韻>, 卷1)

(33) 滿酌玉泉和麥飯 　　맑은 샘물 가득 부어 보리밥에 말면
　　幽人活計不爲貧 　　幽人의 살림살이 가난하지 않다네 (<對案>, 卷1)

이 예들도 같은 맥락에서 이해할 수 있다. 윤선도는 여기서 '幽人'이라는 말을, 허유·소부처럼 평생 벼슬길에 나아가지 않은 古代的 의미의 隱者가 아니라 세상과 뜻이 맞지 않아 잠정적으로 물러나 있는 유가적 藏의 실천자의 의미로 사용하였다.

크게 보아 유가적 은둔의 범주에 든다는 점, 자신의 자연에의 入居 생활을 '隱' 대신 '幽'로 표현한다는 점에서 두보와 윤선도는 거의 완전히 부합하지만, 出仕의 기회와 기간, 유거의 동기, 관료로서의 위치와 역할, 경제적 여건 등에서의 차이는 유거의 생활에 적지 않은 차이를 야기하였다.

앞에서 언급했듯, 두보의 인생에서 出仕의 기회는 그리 많지 않았고 전체적으로 기간도 짧았다. '朝廷: 行=自然: 藏'이라는 유가적 처세의 구도로 본다면 그의 삶의 대부분은 '藏'의 양상에 해당한다. 그러므로, 관직으로 복귀하기까지의 잠정적 은거를 뜻하는 일반 유가적 은둔의 양상과는 성격이 다르다. '藏'의 동기를 봐도 두보 자신의 의지에 따라 자연으로 물러나기보다는 타의에 의한 것이 대부분이었으며, 관직에 나아갔다 해도 미관말직에 머물러 유자로서의 經國濟民의 이상을 펼치기는 어려운 위치였다.

윤선도의 삶도 참소와 유배, 복직의 연속이었으나, 그의 경우 자연에의 入居는 관직으로의 복귀가능성이 전제된 것이며 그때까지의 잠정적 기간을 의미하는 경우가 많았다. 유배나 파직 등 타의에 의한 은둔도 많았지만, 자신의 의사로 歸去來를 실천하거나 稱病하고 부름에 응하지 않은 경우도 적지 않았다.[25] 稱病하고 관직에서 물러나려 하거나 임금의 부름에 응하지

않은 것은, 정치현실이 자신의 뜻과 일치하지 않기 때문이었고[26] 이것은
유자에게 있어 '藏'(求志)을 위한 가장 전형적인 명분이었던 것이다.

두보에게 있어 '幽'의 계기가 꼭 정치적 부침과 관계되는 것은 아니었던
것에 비해, 윤선도의 경우는 어떤 형태든 정치적 계기가 작용하고 있다는
점도 큰 차이로 지적할 수 있다.[27] 또한, 윤선도의 경우 지위를 볼 때 유가
적 정치이상을 충분히 펼칠 수 있는 高官의 신분이었다는 점과 벼슬에서
물러나도 여유 있게 지낼 수 있는 富를 지녔다는 점에서도, 두보와 큰 차이
를 보인다.

유거 상황을 둘러싼 이같은 현실적 여건의 차이는 문학에도 여실히 반영
되고 있다. 앞서 <乾元中寓居同谷縣七首·5>에서 본 것처럼 두보는 유거
의 상황을 비관적 태도로 받아들여 침울하고 어두운 정서가 표출되는 것에
비해, 윤선도는 긍정적이면서 낙관적으로 수용하여 시작품에도 명랑하고
밝은 정서가 표출되고 있는 것이다. 유거 상황에 대한 이런 心的 반응, 문학
적 반영의 차이는 앞에서 거론한 현실적 제반 여건에서 비롯된다. 벼슬에서
물러나 보길도에서 생활할 때의 그의 일상을 구체적으로 보여주는 「甫吉島
識」[28]를 보면, 그곳에서의 윤선도의 유거생활이 얼마나 호사스러운 것이었

---

25) 尹承鉉 編著, 『實錄孤山尹善道』(사회복지저널사, 1993).

26) 인용 (25) 및 同 상소문 중 "是以臣長誦陶潛之辭 世與我而相違 復駕言兮焉求(그러므로
신은 도잠의 <歸去來辭>의 '세상이 내 뜻과 어긋나니 다시 나가서 무엇을 구하랴'라고
한 시구를 오래도록 읊조렸던 것입니다)"라는 구절에 이같은 그의 생각이 잘 나타나 있다.

27) 윤선도의 자연에서의 삶을, 유가적 은둔으로 보는 것이 그간의 연구에서 드러난 보편적
시각이다. 이렇게 보는 시각은, 자연으로 물러가는 것을 현실긍정에 기초한 '儒家的 隱
求'(『논어』 "隱居以求其志 行義以達其道"에 의거)와 현실부정에 기초한 '道家的 隱遁'으
로 구분한 데서 비롯되는 것이다(최진원, 『國文學과 自然』, 성대출판부, 1981, 32~33쪽).
후속 연구에서 대부분 이 관점을 이어받아 윤선도의 처세의 태도를 규명해 왔다. 필자도
윤선도의 처세를 유가적 은둔의 범주에 넣는 것은 동조하나 유가/도가적 은둔의 기준을
단지 현실긍정/부정으로 보는 점에 대해서는 다소 의견을 달리한다. 출사가 전제되는지
의 여부, 재출사에의 의지, 은둔의 동기(자의/타의), 기간(잠정적/영구적)과 같은, 정치/탈
정치의 논리가 양자를 구분하는 데 더 본질적인 기준이 된다고 생각한다.

는지 짐작할 수 있다.29) 하루하루가 歌舞와 詩文 創作, 漁翁의 즐거움으로
이어진 현실여건은 아무리 그가,

> (34) 보리밥 픗ᄂᆞ믈을 알마초 머근後에
> 바횟긋 믉ᄀᆞ의 슬ᄏ지 노니노라
> 그나믄 녀나믄일이야 부룰줄이 이시랴   (<漫興>, 卷6·下)

하고 가난을 의미하는 시어를 써서 표현한다 해도 시작품 전체가 '餘裕' '愉
快'의 정감으로 충만하기에 충분했던 것이다. 여기서 가난한 삶의 표상이
되고 있는 "보리밥 픗ᄂᆞ믈"은 실생활의 가난이 아닌, 미적 가치가 부여된
관념화된 '貧'이다.

윤선도에게 있어 유거 생활은 허유·소부와 같은 옛 은자들의 삶과 별다
름이 없었기에, 두보만큼 '隱'에 대한 동경이 크지는 않았다. 따라서, 두보의
시에 드러난 사적 자아의 욕구와 공적 자아의 당위적 도리 간의 갈등이 윤
선도의 시에서는 그리 첨예하게 표출되지 않는다는 점도, 유거의 현실 여건
이 빚어낸 兩者의 문학적 차이로 지적할 수 있다.

> (35) 何日脫身於世路   어느 때나 벼슬살이에서 몸을 **빼내**
> 閑看天地替陰陽   천지의 음양이 바뀌는 걸 한가롭게 보게 될거나
>   (<次燧院壁上韻>, 卷1)

> (36) 누고셔 三公도곤 낫다ᄒ더니 萬乘이 이만ᄒ랴
> 이제로 헤어든 巢父許由 냑돗더라

---

28) 尹承鉉 編著, 앞의 책, 464~474쪽.

29) 보길도 생활의 문학적 결산이라 할 <어부사시사>에 대하여 도가적 은둔사상에 기초한
것으로 보는 견해는 두 가지 관점으로 나누어 생각해야 한다고 본다. 즉, 이 작품에 도가
적 경향이 엿보인다는 것과, 보길도에서의 삶이 도가적 은둔의 처세라고 보는 것은 구분
해서 생각해야 한다.

아마도 林泉閑興을 비길곳이 업세라   (<漫興>, 卷6·下)

이 예문에서 보면 소부·허유를 거론했으면서도 그들에 대한 동경으로
발전해 가지 않고, 자신의 현 처지가 그들의 삶에 못지 않는다는 긍정론으
로 전환되고 있음을 본다.

이상 隱과 幽의 쓰임을 통해 윤선도의 처세관을 검토해 보았는데, 이는
말할 것도 없이 두보의 깊은 영향의 결과이다. 자연 속에 은둔하고 싶은
뜻은 있으나, 儒者이자 人臣의 도리 때문에 차마 그럴 수 없다는 입장을
표명하고 있다는 점에서, 두 시인의 처세의 궤적은 놀라울 만큼 부합하고
있음을 알 수 있다.

3.2. 바쇼의 경우

일본에서 杜甫나 李白은 헤이안(平安) 시대에는 白居易만큼 인기가 없
었으나, 近世 에도(江戶) 시대에 들어와 그들의 시가 널리 유행하게 되었다.
특히 두보는 그의 유가적 성향이 當代의 사상 풍조에 부합하였으므로 그의
시풍을 흠모하는 많은 추종자가 생겨났다. 그중 가장 두보를 존경하고 그
詩에 깊게 영향을 받은 사람이 바쇼였다. 두보가 숭상받는 시대풍조의 이유
도 작용했겠지만, 그보다는 多病과 貧寒한 현실, 평생 遊離漂泊으로 이루
어진 자신의 삶이 두보의 그것과 흡사하기 때문이었을 것이다. 바쇼의 경우
사상면에서는 莊子, 문학면에서는 杜甫가 깊은 영향을 끼쳤는데 바쇼를
'일본에서의 두보의 발견자'라 일컫는 것도 무리는 아니다. 평생 표박의 삶
을 산 바쇼의 바랑에는 언제나 두보의 시집이 들어 있었다고 한다. <憶老
杜>라는 제목이 붙어 있는 "바람에 수염을 휘날리며 暮秋를 탄식하는 건
누구인가"라는 句30)를 보면 그가 얼마나 두보의 영향을 깊게 받고 있는가

---

30) "髭風ヲ吹て暮秋歎ズルハ誰ガ子ゾ." 이 작품은 두보의 <白帝城最高樓>의 7, 8구 "杖藜

를 알 수 있다.

그러나, 바쇼는 두보가 가진 社會的·政治的·儒家的 성향에는 그다지 관심이 없었으며, 주로 그의 문학과 삶의 방식, 내면세계에 깊은 공감을 가졌던 것으로 보인다. 따라서, 관료로서의 두보의 행보와 儒者로서의 처신은 바쇼의 삶이나 문학에 별 영향을 주지 않았다고 봐도 될 것이다. 따라서, 그의 자연관이나 자연 속에서의 삶의 형태를 유가적 처세와 연관 지을 수는 없다. 하지만, 그가 出仕에의 염원을 전혀 가지지 않았던 것은 아니다.

(37) 또 언젠가는 세간에 나가 출세를 해볼까 하고 뜻을 세운 적도 있지만, 하이 카이가 방해가 되어 그것도 이루지 못했고… (『궤 속의 소소한 글』)[31]

(38) 한 때는 벼슬길에 나아가 주군을 섬기는 처지를 부러워하기도 했고, 또 한 때는 佛門에 들어 승려가 될까도 생각했지만, 목표가 정해지지 않은 여행길 의 풍운에 시달리며 花鳥에 마음을 뺏기고 그것을 시로 읊는 일이 한동안은 내 생계수단이 되기도 했기 때문에 드디어 능력도 재주도 없으면서 이 하이 카이 한 길에 매달리게 됐다. 백낙천은 시 때문에 오장에 탈이 날 정도였고, 두보는 시 때문에 몸이 수척해졌다고 한다. (「幻住庵記」)[32]

위의 예문에서 보듯, 젊은 시절 바쇼는 관직에 나아가 출세를 해보겠다는 꿈을 꾼 적도 있었으나, 방랑에의 충동, 하이카이에 대한 열정이 출사에의 염원보다 훨씬 더 강했기에 결국은 포기를 하고 말았던 것이다. 문학에 대

嘆世者誰子 泣血迸空回白頭"에 토대를 두고 있다.

31) 『笈の小文』 "しばらく身を立む事をねがへども, これが爲にさへられ,…" 이하 인용문은 모두 『松尾芭蕉集』에 근거한다. 이 책 이외의 책에서 인용한 경우만 書名을 표기하기로 한다.

32) "ある時は仕官懸命の地をうらやみ, 一たびは佛籬祖室の扉に入らむとせしも, たどりな き風雲に身をせめ, 花鳥に情を勞して, 暫く生涯のはかり事とさへなれば, 終に無能無才 にして, 此一筋につながる. 樂天は五臟の神をやぶり, 老杜は瘦たり."

한 그의 열정을 부추긴 사람이 바로 두보였다. 俳諧師로 일생을 마친 그의 처세 이면에는 두보의 영향이 깊게 자리하고 있는 것이다.

또한, 두보가 그랬듯이 바쇼도 자신이 심산유곡에 숨어 사는 隱者가 아님을 밝히고 있다.

> (39) 海棠花 나무위에 거처를 마련했던 徐佺이나 主簿峰에 암자를 얽어 지은 王翁과 같은 무리는 아니다. 그저 늘어지게 잠만 자는 산사람이 되어 산중턱에 발을 걸치고 빈 산에서 이를 잡고 앉아 있을 따름이다. (「幻住庵記」)33)

> (40) 오로지 한적만을 좋아하여 산야에 자취를 감추려고 한 것은 아니다. 조금 몸에 병이 있고, 인간관계가 피곤해서 세상으로부터 떠나 있는 참이다.
> (「幻住庵記」)34)

바쇼의 삶은 遊離行脚과 표박의 연속이었지만, 生의 중요한 계기에 암자로 入居하여 생활하기도 했다. 일본의 바쇼 연구자들은 이같은 암자 생활을 '隱栖'라는 말로 나타내고 있는데, 이것을 처세관과 연결지어 세상에 대처하는 한 방편으로서 바쇼가 취했던 '隱'이 과연 어떤 성격을 띠는 것인가에 대해 검토할 필요가 있다고 본다. 바쇼가 생각하는 '隱'이란 (40)에 명시되어 있듯이 '한적만을 좋아하여 산야에 종적을 감추는 일'이며, (39)에서의 王翁이나 徐佺은 바쇼의 기준으로 볼 때 전형적 은자라 할 수 있다.

그런데, (39)에서 '산사람'("山民")은 산에 숨어 사는 사람을 뜻하는데도 바쇼는 자신이 은자가 아니라고 표명하고 있는 점에 주목을 해야 할 것이다. 산에 숨어 산다는 점에서 자신은 王翁이나 徐佺와 다를 바가 없는데

---

33) "主簿峰に庵を結べる王翁徐佺が徒にはあらず. 惟睡辟山民と成て, 屛顔に足をなげ出し, 空山に虱を捫て座す."

34) "ひたぶるに閑寂を好み, 山野に跡をかくすむとにはあらず. やや病身人に倦で, 世をいとひし人に似たり."

왜 은자임을 부정한 것일까. 그것은 산에 들어와 사는 동기가 그 은자들과 다르기 때문이다. 기록에 의하면 徐佺은 道를 즐겨 藥肆 中에 은거하였고 王翁은 참선에 열중하였다고 한다.[35] 이에 비해 자신은 병 때문에 산에 들어와 늘어지게 잠이나 자고 이를 잡을 뿐이므로 감히 그들에게 견줄 수가 없다고 생각했던 것 같다. 즉, 入庵의 동기와 산사람으로서의 生活相이 자신이 생각하는 은자와는 거리가 있다고 생각한 것이다.

바쇼가 생각하는 '은' '은자'의 개념을 이해하는 데는, 그가 기행문이나 하이분(俳文)에 자주 사용했던 '古人' '風狂'이라는 말이 중요한 단서가 된다.

(41) 西上人의 초庵의 자취는 오쿠노인(奧の院)으로부터 오른쪽으로 두 구간쯤 가서 풀이 우거진 길을 헤치고 들어간 지점. 나무꾼만이 다니는 길만이 겨우 나 있고, 위험하게 깎아지른 듯한 골짜기를 사이에 두고 건너편 산에 마주해 있다. 그 심오한 모습에 정말 경모의 마음이 우러나온다. 그가 읊은 저 '똑똑 떨어지는 바위틈 맑은 물'이라는 句는 옛날과 달라진 게 없는 듯 지금도 똑똑 물방울이 떨어지고 있다. "똑똑 떨어지는 맑은 물방울로 속세의 티끌을 씻고 싶구나." 만일 우리나라에 백이가 있다고 한다면, 틀림없이 이 맑은 물로 입을 헹굴 것이다. 또 만일 허유에게 이 맑은 물에 대해 말해준다면 틀림없이 이 물로 귀를 씻을 것이다.　　　　　　　　　　(『들판에 뒹구는 해골』)[36]

(42) 古人의 자취를 찾으려 하지 말고, 그들이 추구하고자 했던 뜻을 구하라.
　　　　　　　　　　　　　　　　　　　　　　　(「교리쿠와 이별하는 글」)[37]

---

35)「幻住庵記」, 註25 참고.

36)『野ざらし紀行』, "西上人の草の庵の跡は, 奧の院より右の方二町計わけ入ほど, 柴人のが よふ道のみわずかに有て, さがしき谷をへだてたる, いとたふとし. 彼とくとくの淸水は昔 にかハらずとみえて, 今もとくとくと雫落ける. 「露とくとく心みに浮世すすがばや」. 若 是, 扶桑に伯夷あらば, 必口をすすがん. もし是, 許由に告ば, 耳をあらはむ."

37)「許六離別の詞」, "古人の跡をもとめず, 古人の求たる所をもとめよ."

(43) 스승께서는 '절대로 古人을 모방하는 것으로 끝나서는 안된다'고 말씀하셨다.
（『三冊子・赤』）38)

(44) "笹葉에 길이 파묻혀 재미있구나" 이 句는 隱者의 풍취를 읊은 것이다.
（『三冊子・赤』）39)

(45) "龜山이여 嵐山이여 취해 말위에 앉아 이 산에 안겨있다네." 이 句는 風狂
人의 풍취를 읊은 것이다.　（『三冊子・赤』）40)

　　예문 (41)에서 바쇼는 사이교(西行) 法師를 俗塵을 떠난 중국의 백이,
허유・소부와 같은 隱士・高士에 비견하고 그들에 대해 경모의 마음을 표
현하고 있다. 예문 (42) 앞에는 釋阿41)와 西行의 和歌의 뜻이 심오하고
진실하여 숭앙을 받으므로 그들이 추구하고자 한 뜻을 놓치지 말아야 한다
는 내용을 서술한 뒤, 그 뒤를 이어 弘法大師의 위 驚句를 인용하였다. 바
쇼는 이처럼 歌人이면서 法師인 사람에 대하여 '古人'이란 말을 사용하고
있다. (43) 역시 앞뒤 맥락에서 俳風을 개척하는 데 있어서 염두에 두어야
할 점을 문인에게 당부하는 내용이 서술되고 있는 것으로 미루어, 여기서의
'古人'은 옛 歌人을 말한다고 볼 수 있다. (44)는 '낙엽으로 덮인 길'로써
은자의 거처를 묘사하였는데, 낙엽으로 덮인 길은 관습적으로 속세와의 단
절을 상징하는 것이므로 '隱'에 대한 바쇼의 인식의 일단을 엿볼 수 있다.
예문 (45)의 '風狂人' 역시 속진을 떠난 사람으로 바쇼는 사이교(西行)・죠

---

38) "「かりにも古人の涎をなむる事なかれ」ともいへり." 원래『三冊子』는 한때 바쇼의 문인
　　이었던 핫토리 도호(服部土芳)가 지은 俳論書인데, 이 책에는 "師の日く(스승이 말씀하시
　　기를)"라는 형식으로 芭蕉의 이론이 많이 소개되어 있다. 인용 부분도 이에 해당한다.『三
　　冊子』（『連歌論集・能樂論集・俳論集』, 小學館, 1973・1989).
39) "「笹の葉に徑埋りて面白き」 この一句, 隱者の俤なり."
40) "「龜山や嵐の山やこの山や馬上に醉ひて抱へられつつ」 一句, 風狂人の俤なり."
41) 중세의 유명한 歌人인 藤原俊成의 法名.

메이(長明)·소기(宗祇) 등의 '風狂人'에게 경모의 마음을 품고 있었으며 바쇼는 이들을 은자와 거의 같은 개념으로 인식하고 있다.[42]

이상의 자료를 종합해 보면, 바쇼는 백이·허유·소부와 같은 중국의 옛 高士, 王翁·徐佺같이 산야에 몸을 숨긴 중국의 옛 遁世者, 西行·能因과 같은 일본의 法師歌人들을 '은자'로 인식하고 있었으며, '古人' '風狂者'까지 은자의 범위에 넣어 거의 대등하게 인식하였다는 것을 알 수 있다. 바쇼가 은자로 인식하는 사람들은 속된 세상에 나오지 않고 심산유곡의 자연[43] 속에서 청정 고요한 삶을 살았다는 공통점을 지닌다. 바쇼는 이들의 삶을 동경하여 깊은 경모의 念을 품었으며, 半僧半俗의 처지로 보낸 바쇼의 삶과 처세에 이들 古人·風狂人·隱者의 삶이 얼마나 큰 영향을 끼쳤는지 짐작할 수 있다.

여기서, '隱'이라는 처세에 대한 바쇼의 인식이 두보의 그것과 거의 흡사하다는 것을 확인할 수 있다. 위의 예문에서 출사에 대한 임금의 권유를 받고 이를 거절한 허유·소부의 고사를 인용한 것으로 보아, 바쇼는 '은'을 단지 깊은 곳에 숨어 사는 정도로만 생각한 것이 아니라, 자신의 道를 추구하기 위해 세상에 나오지 않은 高士들의 숭고한 삶의 방식으로 이해하고 있었다는 것을 알 수 있다. 이 점은 바로 두보가 생각한 '은' 개념에 일치하는 것이다.

그러면, 보통 '隱栖'라고 일컬어지는 온 바쇼의 庵子 入居生活은 구체적으로 어떻게 이해될 수 있는가, 그리고, 두보는 이에 어떠한 영향을 끼쳤는가를 살펴보도록 하자. 바쇼의 '隱栖'의 성격을 단적으로 보여주는 것이 芭蕉庵과 幻住庵에서의 入居生活이다.

---

42) 母利司朗, 「隱遁者の系譜から」, 『芭蕉を讀むための硏究事典』(≪國文學≫-解釋と敎材の硏究-, 1994年 3月號).

43) 네 인용문 중 첫 번째 西行上人의 거처를 묘사한 부분을 보면, 은거의 장소가 시중이 아닌 深山幽谷임을 암시하고 있다.

　바쇼는 1680년 37세의 나이에 후카가와(深川) 초암으로 들어가 芭蕉庵이라 이름을 붙였다. 그 동기에 대해서 다양한 견해가 제기되는데[44] 入居의 동기가 어쨌든 거기에는 두보의 삶을 본받고자 한 의도가 내재되어 있다. 바쇼암으로 입거한 다음 해에 쓰여진 「걸식하는 늙은이」(「乞食の翁」)라는 글은 두보의 <絶句四首·3> 두 구절을 인용하는 것으로부터 시작된다.[45]

　　　窓含西嶺千秋雪　　창으로 천년 동안 녹지 않는 西嶺의 雪色이 들어오고
　　　門泊東吳萬里船　　문으로는 만리 東吳를 향해 떠나려 하는 배가 보인다

　이 작품은 두보가 53세 때 成都로 돌아왔을 때 초당에서 浣花溪의 흐름을 조망하면서 지은 시다. 바쇼는 바쇼암에서 스미다가와(隅田川)를 조망하면서 두보의 상황과 자신의 처지를 클로즈업시키고 있음을 알 수 있다. 이 시 말미에 '泊船堂主'라고 署名한 것도 두보의 4구 "門泊東吳萬里船"을 염두에 둔 것이다. 두보 시구 인용에 이어,

　　(46) 나는 다만 이 詩句만을 알 뿐, 그 마음은 알지 못한다. 그 쓸쓸함만을 헤아
　　　릴 뿐 그 뒤에 있는 즐거움은 알지 못한다. 내가 두보보다 윗길인 것은 다만
　　　多病이라는 사실뿐이다.[46]

---

44) 그 동기에 대하여, 1)당시 유행하던 談林俳諧에 위화감과 혐오를 느껴 그것을 기피하려
　　는 의도 2)세속적인 俳諧 宗匠의 생활이 맞지 않았기 때문에 3)江戶市中에서의 俳諧 宗匠
　　으로서의 생활이 별로 성공적이지 못해 경제적으로 파탄상태에 이르렀기 때문이라고 하
　　는 의견이 제시되어 왔다. 富山奏,『芭蕉文集』(新潮社, 1978).
45) 두보의 해당작품은 "兩箇黃鸝鳴翠柳 一行白鷺上靑天 窓含西嶺千秋雪 門泊東吳萬里船"
　　(제13권)이며 바쇼는 제3, 4구를 인용하고 있다.
46) "我其句を識て, 其心を見ず. その侘をはかりて, 其樂をしらず. 唯, 老杜にまされる物は獨
　　多病のみ."

라고 서술하고 있어, 바쇼암에의 입거라는 결정의 이면에 두보의 삶을 본받고자 한 염원이 내재해 있음을 짐작케 한다. 즉, 쓸쓸하고 고적한 삶 가운데서 즐거움을 찾고자 한 두보의 삶을 의중에 두고 있는 것이다. 바쇼암으로의 입거 동기에는 '隱'으로 볼 만한 요소가 없지 않으나, 암자의 위치 및 그곳에서의 생활상은 은거생활로 보기 어려운 점이 많다.[47] 바쇼암은 시정의 생활권 안에 위치하며, 俳諧師로서 많은 제자들과의 교류도 계속되고 있어[48] 속세로부터 몸을 감춘 것으로 보기 어려우므로, 이는 '遁世'의 은거가 아니라 '市隱'이라 해야 옳다는 주장도 제기되고 있는 것이다.[49]

그런데, 우리는 위 인용문으로부터 유거 생활을 바쇼 자신은 어떻게 받아들이고 있는가 그 心的 태도를 읽어낼 수 있다. 여기서 '쓸쓸함'("侘")이라는 말은 특별히 주목을 요하는데, 자구적으로 '와비'("侘")는 '실의에 찬 모습'을 의미하지만, 바쇼의 문맥에서 이 말은 단순히 부정적 심리상태만을 의미하는 것이 아니라 '가난+無慾+閑寂'이 복합된 독특한 美感을 의미한다.[50] 그는 위 구절에서 '나는 그 쓸쓸함만을 헤아릴 뿐 그 뒤에 있는 즐거움은 알지 못한다.'고 했지만, 이것은 '그 이면의 즐거움까지도 헤아릴 수 있을 것 같다.'는 뜻을 완곡하게 그리고 뒤집어서 표현한 것이다. 바쇼암 入居 무렵 쓰여진 다른 글들에서도 이 말을 쉽게 발견할 수 있다.

(47) 山店子가 나를 위해 가지고 온 미나리밥은 옛날 두보가 읊었던 "飯煮青泥

---

47) 바쇼의 芭蕉庵 생활을 두고 隱栖인가 아닌가에 대한 의견이 분분하다. 이에 대한 그간의 견해에 대해서는 雲英末雄의 「芭蕉の傳記研究」와 母利司朗의 「隱遁者の系譜から」(『芭蕉を讀むための研究事典』, ≪國文學≫-解釋と敎材の硏究-, 1994年 3月號)에 종합·정리되어 있다.

48) 尾形仂, 『芭蕉の世界』(講談社, 1989), 20~22쪽.

49) 雲英末雄, 母利司朗의 앞의 글.

50) 바쇼의 '와비'에 대해서는 본서 「'슬카지'와 '와비'(侘び): 윤선도와 바쇼의 美的 世界」 참고

坊底芹"51)와 같은 미나리가 아닐까 하고 그 시절 두보의 씁쓸함을 이제 새삼
스레 느끼고 있는 것이다.　　　　　　　　　　　　　　　（「我ためか」詞書)52)

(48) 달을 보면 씁쓸함을 느끼고, 내 신세를 생각하면 씁쓸함을 느끼고, 자신의
　　無才無能함에도 씁쓸함을 느낀다. 옛날 在原行平에게 그랬듯이 누가 만일
　　내게 안부를 묻는다면, '씁쓸함만을 씹고 있을 뿐이네'라고 대답하련만 누구
　　한 사람 묻는 이가 없다.　　　　　　　　　　　　　　（「侘テすめ」詞書)53)

　인용문에서 보듯, '씁쓸함'으로 번역한 '와비'는 현재의 유거 생활에 대한
바쇼의 느낌, 심적 상태를 집약해서 보여준다. 우리는 여기서 두 가지 사실
을 확인하게 된다. 하나는 바쇼가 현재 자신의 처지와 느낌을 두보의 그것
과 동일시하고 있다는 점이고, 또 하나는 바쇼의 '와비'의 심정이 앞서 살펴
본 두보의 침울・우수의 정서와 기본적으로 일치한다는 사실이다. 다만, 두
보가 느낀 우수와 씁쓸함이 유거 생활의 경제적 궁핍 및 憂國・憂民・憂君
과 같은 현실적 여건에서 비롯된 것이라면, 바쇼의 와비의 느낌은 인생에
대한 고독감・무상감에서 비롯된 것이라는 차이가 있을 뿐이다. 이같은 차
이는 두 사람의 종교・사상적 배경과도 무관하지 않다. 두보는 철두철미한
儒者요, 바쇼는 사상적으로는 노장에, 종교적으로는 불교에 깊이 경도된 인
물인 만큼 비슷한 상황에 처해서 비슷한 감정을 느낀다 하더라도 그 심적
체험에는 자연히 질적 차이가 있을 수밖에 없는 것이다.
　한편, 幻住庵에의 은거는 47세 그의 삶의 말년에 이루어졌다. 그는 여기
서 4개월간 머무르며 「幻住庵記」를 썼는데, 그는 이 글에서 입거의 동기를
'다소 몸에 병이 있고 인간관계가 피곤해져서 잠시 세상으로부터 떠나 있을

---

51) 이 구절은 두보의 7언율시 <崔氏東山草堂>의 제 6구이다.
52) "金泥坊底の芹にやあらむと, 其世の侘も今さらに賞ゆ."
53) "月をわび, 身をわび, 拙きをわびて, わぶとこたへむとすれど, 問人もなし. なをわびわび
　　て, 「侘てすめ月侘齋が奈良茶哥」."

뿐'54)이라고 밝히고 있다. 그러나, 그는 이 암자에서의 생활이 '몸을 숨기는 행위' 즉, '隱'이 아니라고 말하고 있는 것이다. 그것은 앞서 언급했듯이, 입거의 동기가 삶에 대한 깊은 성찰이라든가 심오한 계기로부터 비롯된 것이 아니고, 또 4개월 정도의 한시적·잠정적 생활이었기 때문일 것이다.55)

또한, 그는 이 글에서 西行法師·杜甫·黃山谷 등의 시구를 떠올리고 있어 시인으로서의 면모를 여실히 보여주고 있는데, 이를 보면 바쇼는 동기야 어떻든 자연에서 머무르게 되었을 때 그것을 언제나 詩作 활동의 연장으로 인식하여 정진하는 계기로 삼는다는 것을 확인할 수 있다. 여행길이나 기타 자연에 접하게 되었을 때 그 상황과 비슷한 시구를 떠올리는 과정에서 그 시구나 시인의 문학적 특성, 기교 등을 저절로 익히게 되었을 것은 분명하다. 이럴 경우 가장 높은 빈도를 보이는 시인이 西行上人과 杜甫이다. 이 글에서도

(49) 혼은 악양루에서 "吳楚東南坼"하고 노래했던 두보에게 달려가고, 몸은 소상강과 동정호를 바라보며 서 있는 듯하다.　　　　　　(「幻住庵記」)56)

라고 하여 산마루에서 밑을 내려다보는 자신의 입장을, 악양루에 올라가 소상강과 동정호를 바라보며 시구를 읊조린 두보와 동일시하고 있다. 앞에서도 인용했듯 '두보보다 나은 것은 多病하다는 것뿐'이라고 토로한 바쇼이고 보면, 현재 身病으로 산에 들어와 있는 자신의 처지를 두보의 그것과 동일

---

54) 앞의 「幻住庵記」 인용 부분 참고.

55) 한시적인 경우 '隱'으로 인식하지 않았다는 것을 다음 能因法師의 예에서도 확인할 수 있다. "先, 能因嶋に舟をよせて, 三年幽居の跡をとぶらひ, (먼저 能因島에 배를 대고, 能因法師가 3년간 幽居했다고 하는 자취를 찾아… 『奧の細道』)"를 보면, 能因法師는 바쇼에 의해 전형적인 古人-바쇼가 隱者로 간주하는 부류-으로 거론된 인물인데, 能因島에서의 생활을 '幽居'라 표현한 것은, 그 기간이 한시적이었기 때문이다.

56) "魂吳楚東南にはしり, 身は瀟湘洞庭に立つ."

시하기에 충분한 상황인 것이다. 여행길 바랑에는 언제나 두보의 시집을 넣고 다녔다는 바쇼의, 두보에 대한 경모의 마음을 다시 한번 확인할 수 있다.

바쇼는 '隱'이나 '隱者'에 대해 직접적으로 언급하지는 않았지만, 이상의 자료들을 종합하여 그가 인식한 '은' 개념을 추론해 볼 수 있다. 우선 심오한 동기, 심산유곡과 같은 은거 장소, 속세의 번잡한 인간사를 벗어난 한적한 생활, 일시적으로 자연에 칩거하는 삶이 아닌 평생 자연 속에서 道를 추구하는 삶의 형태를 '은'으로 인식하고 있었던 것이다.

이렇게 볼 때, 芭蕉庵・幻住庵에서의 입암 생활은 그 동기, 생활방식, 기간 등에 있어 바쇼가 생각하는 '은'의 조건에 부합되지 않는다고 할 수 있으며 결국 '隱栖'나 '隱居'라는 말은 이에 어울리지 않는다고 생각한다. 그렇다면, 이를 어떻게 표현해야 적합할 것인가. 필자는 그의 입암 생활이 두보적 의미의 '幽居'에 해당한다고 생각한다. 여기서 '두보적 의미의 유거'라는 말에는 두 가지 내용이 포함되어 있다. 하나는 遊離漂泊의 삶이 기본이 되는 가운데 실현된 잠시의 정착생활이 두보의 '유거'의 본질이며 바쇼 역시 이에 해당한다는 점이고, 또 하나는 두 사람의 경우 모두 인간세상을 등지고 깊은 자연 속으로 몸을 숨기는 형태가 아니라, 脫俗과 俗 양쪽에 다리를 걸치고 있다는 점이다. 芭蕉庵에서의 생활은 물론이고, 幻住庵에 들었을 때도 그 주변 풍경을 보면서 '三上山은 富士山의 봉우리와 매우 비슷해서, 조석으로 富士山을 바라보곤 했던 武藏野 深川의 생활을 생각나게 한다'라고 서술하고 있어 몸은 脫俗의 세계에 있어도 마음은 俗의 세계에 걸쳐 있는 양상을 보여준다. 이는, 은자들의 일반적인 은거 양상과는 차이가 있는 것이다.

이처럼 그의 입암 생활의 동기나 성격, 그곳에서의 생활상은 두보의 유거와 깊은 관계가 있고 그 영향을 충분히 확인할 수 있다. 그러나, 두보의 유거는 근본적으로 정치 논리에 근거한 유가적 은둔의 범주에 든다는 점에서 바쇼와 큰 차이를 보인다.

4. 윤선도와 바쇼

지금까지 두보의 처세 태도가 윤선도와 바쇼의 처세관과 문학작품에 어떤 영향을 미쳤는지 '隱'의 개념을 중심으로 살펴보았다. 이같은 입론은 동아시아에서는 동기야 어쨌든 자연에 드는 것을 처세의 한 방편으로 여겨왔다는 사실을 전제로 한 것이다.

세 시인에 있어 '은'에 대한 인식은 거의 일치하며, 자연 속에서의 자신의 삶을 '은'으로 여기지 않는다는 점에서도 공통적이다. 바쇼는 '隱'과 '幽'의 구분을 안 했지만, 그의 입암 생활은 '隱居'보다는 두보나 윤선도의 경우와 같은 '幽居'에 가깝다는 것을 언급했다. '유거'라는 말을 직접 사용했건 안 했건, 세 사람 모두 자신의 삶이 인간세상을 등지고 깊은 자연 속으로 몸을 숨기는 형태가 아니라, 脫俗과 俗 양쪽에 다리를 걸치고 있는 형태로 인식한다는 점에서 공통적이다. 그리고, 두 사람의 인생관, 처세관은 근본적으로 두보로부터의 깊은 영향의 소산이라는 것도 확인할 수 있었다. 윤선도와 바쇼의 처세관 형성에 작용한 두보의 영향에 대해서는 앞에서 살펴보았으므로, 여기서는 같은 근원지에서 출발한 영향이 윤선도와 바쇼에게 어떻게 달리 파급되었는가를 살피고자 한다.

두보로부터의 영향이라는 관점에서 두 사람을 간접적으로 비교할 때 가장 두드러지는 것은 두보의 어떤 면을 수용하느냐 하는 점일 것이다. 윤선도가 儒者·人臣으로서의 두보 다시 말해 公人으로서의 두보의 처세에 비중을 두고 이를 본받고자 한 반면, 바쇼는 詩人으로서 자연에서 조용하게 살아가는 한 개인으로서의 두보의 처세에 비중을 두고 있다는 점을 알 수 있었다.

수용상의 이런 차이는 두 사람의 유거의 성격을 규정하는 요인이 된다. 윤선도의 유거가 정치적 계기가 직접·간접으로 관련된다는 점, 따라서 유가적 은둔의 범주에 들 수 있다는 점 등은 바로 그가 두보의 어떤 면에 깊이 공감하고 수용했는가 하는 문제와 직결되는 것이다. 바쇼의 유거는 정치적·사회적 계기가 개재되어 있지 않다는 점에서 윤선도와 큰 차이를 보이는데, 이는 바쇼가 두보의 私的·個人的 측면에서 더 큰 영향을 받았다는 것을 말해 준다.

또한, 전체 삶 속에서의 유거의 의미를 살펴볼 때, 두보나 바쇼의 삶은 '표박'과 '유거'라는 날실과 씨실로 짜여진 것인 반면, 윤선도의 경우 '표박'의 삶은 거리가 멀다. 그러므로, 두보처럼 바쇼의 유거도 遊離漂泊의 삶이 기본이 되는 가운데 실현된 잠시의 정착생활의 양상을 띠는 반면, 윤선도의 경우는 유거는 '유배'와 관련이 깊다.

유거의 동기를 비교해 보면, 윤선도의 경우 유배·귀거래 등 정치적 계기가 작용한 반면 바쇼의 경우는 개인적 계기가 우세하게 작용하고 있다. 두 사람 모두 유거생활이 창작활동의 좋은 기회가 되었다는 점에서는 공통적이지만, 바쇼의 경우 창작활동의 전기를 마련한다고 하는 적극적 의도가 개재되어 있는 반면, 윤선도의 경우는 창작을 위해 일부러 유거하는 정도의 적극성은 보이지 않는다.

'은자'에 대한 인식에 있어, 윤선도는 두보와 똑같이 세상에 나오지 않고 자기의 도를 추구해 간 옛 高士·遁世者의 의미로 인식했던 반면, 바쇼는 옛 高士는 물론이고 法師歌人을 지칭하는 '古人', 어디에 얽매임없이 바람처럼 떠도는 자유인을 뜻하는 '風狂者'까지도 은자와 대등하게 혹은 은자의 범위에 넣어 인식했다는 점을 간과할 수 없다. 두 사람이 모두 두보의 '은' 개념을 수용하였으되, 하나는 儒者·公人으로서의 두보의 모습에, 또 하나는 시인·개인으로서의 두보의 면모에 더 큰 비중을 두었다는 사실과 직접적 관련이 있다고 할 수 있다.

또한, 유거라는 상황에 처하여 두 사람이 보여주는 심적 반응의 차이도 주목해 볼 만하다. '슬카지(실컷)'와 '와비'라는 말로 농축될 수 있는 두 사람의 심적 반응은 이들을 둘러싼 현실적 유거 환경, 개인적 성향과 밀접한 관련이 있다. '은'의 처세에 있어 두 사람 모두 두보의 영향을 받았으면서도, 경제 여건이나 사상적 경향 등의 차이는 같은 상황에 처해서도 상이한 반응을 야기하는 직접요인이 되었던 것이다.

지금까지 처세관이라고 하는 측면에서, 한·중·일을 대표하는 세 시인의 삶과 문학을 비교해 보았다. 윤선도와 바쇼의 처세관이 형성되는 데 두보의 영향이 깊게 개입해 있음을 알 수 있었고, 또 비슷한 가운데 차이지는 부분도 있다는 것을 점검해 보았다. 두 시인에게 끼쳐진 두보의 영향의 전모를 규명하기 위해서는 처세관 이외에 다른 여러 측면의 검토도 아울러 이루어져야 할 것으로 생각된다.

제2부
둘 함께 보기

杜甫와 尹善道

두보와의 비교로 본 윤선도의 '理想鄕'

1. 윤선도의 삶과 이상향

윤선도의 50세 이후 후반기 삶의 중심이 되는 보길도 부용동과 해남 금쇄동·문소동·수정동은 단순히 '어부사시사'와 '산중신곡'의 창작 배경이 된다는 것을 넘어서 고산의 문학과 삶을 이해하는 데 있어 중요한 장소이다. 주지하는 바와 같이 보길도는 고산이 51세 되던 해 강화도에서 임금이 청나라에 항복했다는 소식을 듣고 울분을 참지 못하여 탐라에 들어가 은거하려고 항해를 하던 중 우연히 발견하여 정착한 곳이고, 금쇄동은 53세에 金鎖錫櫃를 얻는 꿈을 꾸고 며칠 안 되어 발견한 장소이다.

지금까지 이 장소에 대한 관심은 윤선도 문학의 배경이 되는 곳으로서, 다시 말해 문학이라는 主된 텍스트를 이해하기 위한 부수적 자료로서 언급하는 것이 주를 이루어 왔다. 본 연구는 관점을 달리하여 이 '장소'가 윤선도에게 있어 지니는 의미를 부각시키는 데 중점을 두며 그 부수적 자료로서 그의 시텍스트를 활용하고자 한다.

고산은 이곳을 즐겨 '神仙의 땅'(仙區), '蓬萊' 등으로 불렀으며 자신을 '芙蓉仙人'으로 일컫곤 했다. 蓬萊는 方丈, 瀛洲와 더불어 신선이 산다고 전해지는 三神山 중 하나이며, 三神山은 滄洲, 武陵桃源 등과 더불어 '理想鄕'으로 여겨지는 곳이다. 이상향이란 실제 세계에서는 존재하지 않는 곳으로, 행복을 추구하는 인간의 욕망이 빚어낸 가상의 공간이다.

그러나, 고산에게 있어 부용동은 가상의 공간이 아니라 이상향이 현실로 서 구현된 곳이다. 그리고 이상향에 대한 청사진, 밑그림은 이미 20여 년 전 시로 표현된 바 있으며 이것이 현실화된 공간이 부용동인 것이다. 이 장소를 둘러싼 그간의 언급이, 시조문학 창작의 산실이라는 전제하에 연구 의 출발점이 되어 온 것과는 달리, 본 연구는 이 장소가 오랜 세월 품어 온, 이상향에 대한 윤선도의 비전 혹은 밑그림이 현실의 공간으로 구현되는 '과정'에 초점을 맞추고자 한다. 그리하여, 그에게 있어 이상향은 어떤 의미 이며, 어떤 계기를 통해 이 구체적 장소가 고산의 삶에서 이상향으로 자리 잡게 되는지 그 '과정'을 살피는 데 목표를 둔다. 또한, 이 과정에 두보의 '浣花溪 草堂'이 중요한 역할을 한다는 점에서 두보와의 비교가 본 연구에 서 큰 몫을 차지하게 된다.

여기서 편의상 '부용동'으로 칭해지는 장소는 해남의 금쇄동, 문소동, 수 정동을 포괄한다. 연구자에 의해 부용동은 '어부사시사'의 창작 배경, 해남 일대는 '산중신곡'의 창작배경으로 나뉘어 연구되고 있으나, 윤선도가 이 두 지역을 합쳐 모두 '蓬萊' '蓬壺' '蓬海'로 부르고 있고[1] 그의 삶과 문학, 그 리고 그의 정신세계에서 이 장소들이 지니는 의미가 동일하기에 이 글에서 는 묶어서 다루고자 한다.

2. 이상향의 모델로서의 杜甫의 '浣花溪'

2.1. 〈題鄭仁觀巖 四首〉

아래에 인용하는 시작품 〈題鄭仁觀巖 四首〉는 이상향에 대한 윤선도

---

1) 금쇄동을 蓬壺로 부른 예는 〈初得金鎖洞作〉에서 볼 수 있다.

의 최초의 생각을 알 수 있는 단서가 된다는 점에서, 그리고 이상향에 관한
밑그림을 그리는 과정에 끼쳐진 두보의 영향을 간접적으로나마 감지해 낼
수 있는 근거가 된다는 점에서 매우 의미가 깊다.

(1) 長川一道直而斜   긴 시내 한 길로 곧게 흐르다가 굽어지고
    川口奇巖眼界華   시내 어귀 기이한 바위에 시야가 화려하네
    若使主人開小宇   만일 내가 여기에 작은 집을 짓는다면
    浣花流水不能誇   완화계 흐르는 물도 자랑할 수 없으리[2]

                                    <題鄭仁觀巖 四首>·2)

    眼中佳景極森羅   아름다운 경관 눈 속에 빽빽이 늘어섰으니
    笑殺山川伎量多   산천의 재주많음을 크게 웃노라
    若得茅齋巖上着   만일 띠집을 바위 위에 지을 수 있다면
    從他朝暮供吟哦   그로부터 아침 저녁으로 시를 읊게 되리라

                                    <題鄭仁觀巖 四首>·3)

    고산은 1616년 30세 되던 해에 예조판서 李爾瞻을 탄핵하는 「丙辰疏」
를 올리고 함경도 慶源으로 유배를 가게 되는데, 이것이 그의 생애 마지막
순간까지 세 차례에 걸쳐 당하게 되는 유배 중 그 첫 번째에 해당한다. 뒤에
서도 언급되겠지만, 윤선도는 정치적 세파와 질병에 시달릴 때마다 세속 잡
사를 떠나 조용한 곳에서 자연과 더불어 사는 삶을 꿈꾸곤 했다. 그리고
이런 염원이 시작품에서 신선세계를 동경하는 것으로 나타나며 보길도를
발견하여 정착한 뒤에는 더욱 仙界에 관계된 시어가 많이 등장하게 된다.
    이 작품은 첫 유배지인 경원도호부의 남쪽 45리에 있는 娛弄川 가의 누
대에 올라 지은 것으로 총 4수로 되어 있는데, 인용한 것은 그중 제2수와

---

2) 본 연구에서 인용하는 윤선도 작품 원문 및 연보는 『孤山遺稿』(尹孤山文化事業會, 1996)
   에 의거함.

3수이다. 제1수에 등장하는 '오농천'은 동으로 흘러 두만강으로 들어가는 물줄기이다.

이 시는 두 작품 모두 눈 앞에 펼쳐진 아름다운 경관을 노래하고 있는데, 아름다움을 구성하는 요소로서 '시냇물'과 '바위'를 들고 있음이 눈에 띤다.[3] 제1, 2구에서 자연의 아름다움을 읊고 3, 4구에서 그곳에 집을 지을 수 있다면 두보가 완화계 초당에서 시를 읊듯 자신도 시를 지으며 유유자적 할 수 있을 것이라 말하고 있다. 두 시를 살펴보면, 윤선도가 완곡하게 자신을 두보에 비견하고 있는 것을 발견하게 된다. 우리는 여기서, 그 비교의 대상으로서 두보의 초당이 있는 成都의 '浣花溪'를 들고 있음을 주목해야 한다. 윤선도는 '완화계 흐르는 물도 자랑할 수 없을 것'이라는 부정적 표현을 통해, 세 가지 사실을 드러내고자 하였다. 첫째는 '완화계'가 윤선도에게 있어서 아름다운 경치를 대표하는 곳으로 인식되고 있다는 점, 둘째는 만일 시내가 있고 바위가 있는 곳에 집을 지을 수 있다면 그 집은 완화계 못지않은 아름다운 장소가 되어 밤낮없이 시를 읊을 수 있을 것이라는 점, 셋째는 두보의 초당이 있었던 완화계를 비교대상으로 제시함으로써 자신을 두보에게 빗대고자 했다는 점이다. 이같은 추정은 아래 두 사람의 시를 비교 검토해 보면 어느 정도 타당성 있는 것으로 드러난다.

---

3) <曲水臺 三首>·1 또한 경원 유배시절에 지어진 것으로 훗날 부용동으로 실현된 이상적 유거지에 대한 밑그림이라 할 만한데 여기서도 고산이 생각하는 이상적 유거지의 한 조건으로 '시냇물+바위'의 조합을 볼 수 있다. 고산의 自註에 의하면 '曲水臺'는 '경원성 서쪽 5리 지점의 탁족대 옆에 있다'("在慶源城西五里濯足臺傍")고 설명되어 있는데 이는 훗날 부용동의 '曲水堂'이라는 이름으로 구현된다. 시는 다음과 같다.

曲水臺傍有小川　　곡수대 옆에 흐르는 작은 시냇물
眼中佳景不如邊　　눈 안의 멋진 경치가 변방 같지 않네
褰衣濯足坐巖上　　옷 걷고 발 닦으며 바위에 앉았노라니
戴飯何人餉野田　　누군가 들밥 이고 밭에 와서 먹이누나　（<曲水臺 三首>·1）

(2) 入戶靑山不待邀　　문에 드는 청산은 맞이함 기다리지 않고
　　滿山花卉整容朝　　산 가득한 화초는 용모 가다듬고 조회를 하네
　　休嫌前瀨長喧耳　　앞 여울 오래 귀에 시끄러워도 꺼리지 말라
　　使我無時聽世囂　　세상 떠드는 소리 내 귀에 들려올 때 없게 해주네
　　　　　　　　　　　　　　　　　　　　　　(<堂成後漫興>)

(3) 旁人錯比揚雄宅　　옆의 사람들은 잘못 알고 양웅의 집에 비기기도 하지만
　　懶惰無心作解嘲　　게으른 나는 解嘲를 지을 마음조차 없다
　　　　　　　　　　　　　　　　　　　　(<堂成>, 제9권)4)

　　(2)는 고산의 <堂成後漫興>인데 역시 경원 유배시절 쓰여진 것으로, 거
처할 작은 집을 지은 뒤의 흥취를 읊은 시이다. 비슷한 시기에 지어진 시구
'甑山5) 동쪽 기슭에 띠집 지어 내 몸을 부치네'("甑岳之東麓 茅窩貯我身"
<復用前韻>)를 함께 검토해 보면 <堂成後漫興>에서의 "堂"은 <復用前
韻>의 "茅窩"와 결국 같은 집을 가리키는 것으로 추정된다. 그렇다면 이
'집'은 <題鄭仁觀巖>에서 노래된 가상의 이상향의 1차적 실현인 셈이다.
　　예 (3) 두보의 <堂成>은 760년 成都에서 초당을 완성한 뒤의 감흥을
읊은 것이다. 두보 시에 나오는 揚雄의 자는 子雲이며 蜀郡 成都 사람이
다. 한 다락의 밭과 한 채의 집을 가지고서 대대로 농사와 잠업으로 생계를
꾸려 왔는데 哀帝 때 丁傅와 憧賢이 정권을 장악하자 '經典은 周易보다
더 큰 것이 없다'고 하여 『太玄經』을 지어 담박한 생활을 하였다. 어떤 사
람이 그를 "玄尙白" 즉 '검은 것이 아직 다 검어지지 않았다'고 하며 비웃었
는데, 이 말은 아직 심오한 경지에 도달하지 못했다는 뜻이다. 양웅은 이에
대해 해명하는 글을 썼는데 이것이 「解嘲」이다.

---

4) 두보의 시 원문은 『杜詩詳註』에 의거하고 이하 권수만 표기하기로 한다.

5) 증산은 경원도호부의 서쪽 31리에 있으며, 산꼭대기에는 시루와 같은 돌이 있기 때문에
　이러한 이름이 붙었다고 한다.

이런 배경을 이해하고 윤선도의 <堂成後漫興>을 읽어 보면 '세상 떠드는 소리'가 두보 시에서 '세상 사람들이 양웅을 비웃는 소리'로부터 轉化한 것임을 알 수 있다. 나아가 두보는 자신을 양웅에 비기고 있고, 윤선도는 자신을 그런 두보에 비기고 있다고 할 수 있다. 그렇다면 윤선도는 두보의 詩想을 빌어옴으로써 결국은 자신을 두보와 양웅에 견주고 있음이 드러나는 것이다.

또 예 (1) <題鄭仁觀巖 四首> 중 제3수의 3, 4구 '만일 띠집을 바위 위에 지을 수 있다면/ 그로부터 아침 저녁으로 시를 읊게 되리라'는 두보의 아래 시,

(4) 茅屋還堪賦　　초라한 띠집이지만 그래도 시를 지을 수 있으니
　　桃源自可尋　　무릉도원을 여기서 찾을 수 있다네

(<春日江村 五首>·1, 제14권)

에서 詩想을 따온 것임을 알 수 있다. <春日江村 五首>도 성도 초당 시절 지어진 것임을 감안할 때, 윤선도는 두보가 桃源으로 여기는 '완화계 초당'을 자기 시 <題鄭仁觀巖 四首>에 인용함으로써 가상의 띠집을 도원으로 그리고 있다는 것을 알 수 있다. 그리고 자신을 완곡하게 두보에 빗댐으로써 결국 완화계 초당이 자신에게도 도원, 즉 이상향의 모델로 자리 잡고 있음을 시사한다.

성도의 완화계는 두보의 居宅이 있던 곳으로 평생 유리표박하던 두보가 嚴武의 경제적 지원과 도움으로 제대로 된 집을 짓고 가족과 더불어 비교적 안정된 생활을 했던 곳이다. 두보는 여기서 48세 12월 말부터 54세까지 약 5년 5개월간을 살았는데, 이때 지은 작품들은 다른 시기의 것에 비해 자연친화적이고 시선을 밖에서 안으로 돌려 주변 경관의 아름다움과 가족·이웃과 함께 하는 단란한 일상사를 소재로 하고 있다는 특징을 지닌다.[6]

윤선도는 두보의 이런 사정을 잘 알고 있었으며 유배상황에 처해 평생 정치적 불운을 겪었던 두보와 그의 완화계 초당을 떠올리며 이런 시를 지음으로써 자신을 두보에 견주었던 것이다. 여기서 다음과 같은 대응관계가 성립된다.

두보: 成都: 浣花溪: 錦江: 草堂: : 윤선도: 경원: 오농천: 두만강: 巖上 茅齋

이 대응은 '두보의 완화계처럼 아름다운 경관을 이루는 곳에 작은 집을 짓고 유거하면서 詩作에 전념할 수 있는 곳'을 염원하는 고산의 마음을 명료하게 보여준다. 이런 곳이 바로 고산이 꿈꾸었던 이상향이었던 것이다. 여기서 '幽居'라고 하는 것은 세속을 피하여 자연 속에서 한적하게 살아가는 생활방식을 뜻하는 것으로, 出仕에 뜻을 두지 않고, 다시 말해 '脫政治의 논리'에 근거하여 자신의 뜻을 추구하며 자연 속에 사는 '隱居'와 구분되는 개념이다.[7]

이 시들을 검토함으로써, 고산은 첫째 경관이 아름다운 곳, 둘째 이상적인 幽居地, 셋째 세속의 잡사를 떠나 시작에 몰두할 수 있는 곳을 '이상향'으로 인식하고 있었다고 추정해 볼 수 있다. 그리고 두보의 완화계 초당을 그 모델로 하였다는 사실도 아울러 읽어낼 수 있다. 두보와 차이가 있다면 그가 다른 시기에 비해 상대적으로 경제적으로나 심신이 편안했던 시기였던 것에 비해, 윤선도의 경우는 '유배'라고 하는 고초를 겪고 있던 상황이라는 점이다. 그러기에 고산은 '만약'이라는 가정법을 사용하고 있는 것이다. 이때 품은 고산의 염원은 약 20여 년 후 현실 속에서 실현이 되는데, <題鄭仁觀巖>에서의 巖上 茅齋는 수정동의 '人笑亭'으로 현실화되는 것이다.

---

6) 이창룡, 『韓中詩의 比較文學的 硏究』(一志社, 1984), 189쪽; 全英蘭, 『杜甫, 忍苦의 詩史』(태학사, 2000), 73~75쪽.
7) 자세한 것은 본서 「杜甫·尹善道·芭蕉에 있어서의 '隱'의 처세」 참고.

시조에서는

  (5) 山水間 바회 아래 뛰집을 짓노라 ᄒ니
    그 모론 눔들은 웃는다 ᄒ다마ᄂᆞ
    어리고 햐얌의 뜻에ᄂᆞ 내 분인가 ᄒ노라   (〈山中新曲 · 漫興 1〉)

로 나타나 있다.8) "산수간 바회"는 '오농천 물가 기이한 바위'9)의 代置인
셈이다.
  이 시에 표현된 가상의 茅齋와 20여 년 뒤의 부용동 '동천석실', 수정동
'띠집'을 대응시켜 보면 아래와 같은 관계가 성립된다.

    경원   : 오농천(두만강) : 鄭仁觀巖上 茅齋
    보길도 · 해남   : 황원포   : 翠壁樓臺 洞天石室 · 바회 아래 띠집

  이로 볼 때, 윤선도의 유거지이자 거택이 있던 부용동은 두보의 초당을
1차 모델로, 경원의 띠집을 2차 모델로 하여 조성한 것으로 봐도 좋을 것이다.
  그런데, 한 가지 간과할 수 없는 것은 주거로서 완화계 초당의 성격이다.
비록 궁벽진 곳에 있고 주변 경관이 수려하기는 하지만 그곳은 어디까지나
생활의 터전이며 田舍로서의 성격이 강하다. 또한 이곳에서 지어진 두보의
시를 보면 주변의 아름다운 경관을 읊은 것이라도 산수의 아름다움 그 자체
보다는, 인간의 삶이 펼쳐지는 배경으로서의 자연을 노래한다는 특징을 지
닌다. 즉, 자연을 배경으로 가족 · 이웃과 어우러져 살아가는 생활상을 그려
내고 있는 것이다. 바로 이런 점 때문에 두보의 시는 田園詩的인 성격은

---

  8) 박준규는 이 시조의 중장 "그 모론 눔들은 웃는다 ᄒ다마ᄂᆞ"을 들어 띠집이 수정동의
    '人笑亭'을 가리킨다고 보았다. 박준규, 「孤山의 水晶洞苑林과 山中新曲」, 《孤山研究》
    2호, 1988.
  9) "娛儂川畔奇巖上", 〈出乾元贈人 二首〉.

떨지언정 山水詩로 규정되기는 어려운 것이다. 또한, 완화계에 대해 언급한 후대의 시인들도 대개는 초당 주변의 수려한 경관보다는 생활의 흔적에 중점을 두고 수용하는 양상이 주를 이룬다. 예를 들면 李穡의 <讀杜詩>10)

(6) 錦里先生豈是貧   금리선생11)은 어찌 이리 가난한가
    桑麻杜曲又回春   두릉의 뽕밭 삼밭에 다시 봄이 돌아왔네
    鉤簾丸藥身無病   발 드리우고 환약 지으니 몸에 병은 없고
    畫紙敲針意更眞   종이에 바둑판 그리고 바늘 두들겨 낚싯바늘 만드니
                     천진도 하구나

에서 보듯, '삼밭' '뽕밭' '환약' 등 '생계'와 관계된 것, '종이에 바둑판 그리는 늙은 아내'와 '바늘 두들겨 낚싯바늘 만드는 어린 자식'12) 등 '가족'에 관한 내용은 생활의 터전으로서의 완화계 초당을 염두에 둔 것이다.

그런데, 윤선도는 완화계 초당이 가지는, 생활의 공간으로서의 흔적은 捨象시키고 아름다운 '景觀'의 성격만 선택적으로 수용하고 있는 것이다. 이 점을 규명하기 위해서는 먼저 완화계 초당에 대한 구체적 이해가 선행되어야 한다고 본다. 그리고 완화계가 윤선도의 이상향의 한 모델이 된다는 점에서도 이곳에 대한 부가 설명이 필요하다고 본다.

2.2. '武陵桃源型' 이상향으로서의 '浣花溪'

완화계는 成都에 있는 물 이름이다. 두보는 엄무의 도움을 받아 759년 48세의 나이에 가족을 이끌고 이곳으로 오게 된다. 오랫동안 流轉하는 삶

---

10) 『동문선』 제16권 '칠언율시'

11) 여기서 금리선생은 두보를 가리킨다. 錦里는 錦官城이 있는 成都 浣花溪 땅을 가리키는
데 두보의 초당이 여기에 있었기 때문에 두보를 금리선생으로 부르기도 한다.

12) <독두시>의 제4구는 두보의 <江村>(제9권)에서 빌려 온 것이다.

을 산 두보에게 이 시절은 한곳에 정착하여 집다운 집을 짓고 생활고에서 벗어나 비교적 안정된 생활을 했던 시기이다. 이곳은 예로부터 아름다운 경관으로 유명하여 두보도 시에서 이를 곳곳에서 언급하고 있다.

<江村>은 이곳에서의 생활을 잘 그려낸 작품으로서, 완화계의 성격을 알아보는 데 중요한 자료가 된다.

(7) 清江一曲抱村流   맑은 강 한 구비 마을을 안고 흐른다
     長夏江村事事幽   긴 여름 강마을에는 일마다 한가롭다
     自去自來梁上燕   제비는 제멋대로 들보 위로 넘나들고
     相親相近水中鷗   갈매기는 물 위에 떠서 서로 노닌다
     老妻畵紙爲碁局   늙은 아내는 종이에 바둑판을 그리고
     稚子敲針作釣鉤   어린 아들은 바늘을 두드려 낚싯바늘 만든다
     多病所須惟藥物   잦은 병치레에 필요한 건 오직 약물뿐
     微軀此外更何求   보잘것없는 이 몸 이밖에 또 무엇을 구하랴
                           (<江村> 全文, 제9권)

이 시는 시선이 원거리로부터 점점 근거리로 옮겨지면서 중심에까지 클로즈업되는 양상으로 서술이 되고 있다. 먼저 가장 먼 곳에 '강물'이 흐르는 '景觀'이 제시되고 그 강물이 싸고 흐르는 '마을'이 언급되며, 이어 이리저리 날며 노닐고 있는 '갈매기'와 '제비'로 시선이 옮겨진다. 그리고 시적 화자 쪽으로 더 가까이 근접한 곳에 "老妻"와 "稚子"가 있고 바로 그 옆에서 "微軀"로 표현된, 병치레가 잦은 '나'가 이를 지켜 보고 있다. 이 시에 직접 드러나 있지는 않지만 가족이 함께 모여 있는 거주공간으로서 '草堂'이 전제되고 있는 것은 물론이다.[13] 강촌에서의 평화로운 한 때를 묘사하고 있는

---

13) 두보에게는 아들 셋과 딸 둘이 있었는데 아들 하나는 일찍 죽었고 남은 두 아들 중 큰아들도 두보보다 먼저 세상을 떠났다. 두보에게는 처자 외에 막내 남동생인 杜占의 식구까지 딸려 있었는데 두점은 늘 두보 식구와 함께 산 것으로 추정된다. <示獠奴阿段>(제15

이 시는 완화계 초당이 신선이 사는 선계가 아닌, 인간이 사는 생활의 현장임을 구체적으로 드러내고 있다. 그리고 이곳을 소재 내지 배경으로 하는 여타 두보 작품이 그러하듯, 이 작품에서도 그 장소의 한 중심에 '가족'이 존재하고 있다. 이를 보여주는 다른 작품으로 예 (4)에 일부 발췌한 <春日 江村 五首>·1 全文을 제시해 본다.

(8) 農務村村急　　농사일로 마을마다 바쁘고
　　春流岸岸深　　봄날 강물은 기슭마다 깊어졌다
　　乾坤萬里眼　　하늘과 땅 사이 만 리 아득한 곳에 눈을 두고
　　時序百年心　　한 평생 四時의 변화를 맞이하는 내 마음
　　茅屋還堪賦　　초라한 띠집이지만 그래도 시를 지을 수 있으니
　　桃源自可尋　　桃源의 세상을 여기서 찾을 수 있다네

(<春日江村 五首>·1 全文, 제14권)

이는 봄날 강촌의 생활을 읊은 것으로 765년 두보의 나이 54세에 지어진 것이다. 여기서도 성도에서의 삶이 여실히 드러나 있는데, 특기할 만한 점은 완화계 초당을 桃源으로 비유하고 있다는 사실이다.

'桃源'은 도연명의 <桃花源詩并記>의 산문부 記14)에 나오는 무릉땅의 도원, 이른바 무릉도원을 가리키는데 여기서 묘사된 무릉도원의 성격을 살펴볼 필요가 있다. 記에는 무릉땅의 어부가 발견한 그곳이 '토지는 평평하고 넓으며 가옥들은 번듯하고 논밭은 기름지며 아름다운 연못과 뽕밭·대나무밭이 있는 곳'("土地平曠 屋舍儼然 有良田美池桑竹之屬") '개와 닭소리가 여기저기서 들리고'("雞犬相聞") '노인이나 어린아이나 표정이 즐겁고 여유 있어 보이는 곳("黃髮垂髫 並怡然自樂")으로 묘사되어 있다. 이로부터 알

권)이라는 시를 보면 가족 외에도 阿段이라는 이름을 가진 獠族 출신의 노복까지 있었음을 알 수 있다.

14) 이를 독립시켜 「桃花源記」라 칭하기도 한다. 『陶淵明集』 6권.

수 있는 것은 이상향으로서의 무릉도원은 경제적 여유와 아름다운 경관, 그리고 마음의 여유를 기본 요소로 하고 있다는 점이다.

위 시에서 '농사일로 바쁜 마을'은 이곳이 생활의 터전임을 말하는 것인 동시에, 궁핍하지 않은 생활을 간접적으로 표현한 것이다. 비록 초라하지만 '집 한 칸' 지니고 있다는 것도 극심한 생활고에서 벗어나 있는 것을 암시한다. 두보는 여기에 '시를 지을 수 있는 집'이 있다는 점을 들어 이곳이 다름 아닌 '도원'이라 말하고 있다. 여기서 두보가 '桃源'의 조건으로 제시하고 있는 것은 '최소한의 경제적 안정'과 '시를 지을 수 있는 환경' '사람들과 한데 어우러져 사는 삶'이라는 것을 알 수 있다. 도원을 언급하고 있는 다른 시작품들을 살펴보면, 그에게 있어 '理想鄕'이라 할 '무릉도원'을 두보가 어떻게 인식하고 있는지를 알 수 있을 것이다.

(9) 故山多藥物　　고향에는 약물도 많고
　　勝槩憶桃源　　경관도 좋아 桃源을 떠올리게 한다
　　　　　　　　　　　　(<奉留贈集賢院崔國輔于休烈二學士>, 제2권)

　　山果多瑣細　　산속 과일은 조그만 것이 많고
　　羅生雜橡栗　　나란히 상수리나무나 밤나무가 섞여 자라고 있다
　　或紅如丹砂　　어떤 것은 마치 丹砂처럼 붉고
　　或黑如點漆　　어떤 것은 마치 칠을 한 듯 점점이 검다
　　雨露之所濡　　이들이 비와 이슬에 적셔져
　　甘苦齊結實　　단 것 쓴 것 똑같이 열매를 맺는다
　　緬思桃源內　　이런 곳을 지날 때면 아득히 桃源을 떠올리며
　　益歎身世拙　　세상살이 서툰 내 신세를 더욱 한탄한다
　　　　　　　　　　　　(<北征>, 제5권)

(9)에서 고향은 洛陽을 가리키며, '약물'과 '좋은 경관'이 도원의 요소로 제시되고 있다. (10)에서도 두보는 나무 중에서도 상수리나무나 밤나무 등

경제성이 있는 '有實樹'와 '과일' 등을 '桃源'의 요소로 인식하고 있음을 알
수 있다.

(10) 躋險不自安　　불안한 마음으로 險阻한 길을 걷다가
　　 出郊已淸目　　성 밖으로 나가니 눈앞이 맑아진다
　　 溪廻日氣煖　　계곡물은 굽이져 흐르는데 날은 따뜻하고
　　 逕轉山田熟　　작은 길은 구불구불, 山中 밭곡식은 잘 여물었다
　　 鳥雀依茅茨　　참새들은 띠풀로 인 지붕에 날아앉아 있고
　　 藩籬帶松菊　　울타리 일대에는 소나무와 국화가 심어져 있다
　　 如行武陵暮　　마치 저녁 무렵 무릉도원을 걷고 있는 듯
　　 欲問桃源宿　　어디가 桃源인지 물어 하룻밤 유숙하고 싶구나

(<赤谷西崦人家>, 제7권)

　이 시는 산속 깊이 들어갔다가 人家를 찾아 머무르려 했던 상황을 읊은
것이다. 인용 부분 제1구와 2구는 人家를 찾기까지 험한 길을 묘사한 것이
고, 제3와 4구는 그 과정에서 눈에 들어온 광경을 읊은 것이며, 제5구 이하
는 마을의 풍경을 나타낸 것이다. 5구에서 '지붕'은 인가를 제유적으로 표현
한 것이다. 마치 「桃花源記」에서 무릉 땅에 사는 어부가 도원에 들어갔던
상황을 재현하는 듯한 내용인데, 여기서 '밭에 있는 곡식' '아름다운 경관'과
더불어 '인가' 즉 '마을사람들과 함께 어울려 사는 것'이 도원의 요소로 제시
되고 있다. 이것은 바로 도연명이 「도화원기」에서 묘사하는 무릉도원의 구
성요소와 일치한다. 이런 점들로 미루어 볼 때, 두보에게 이상향은 '무릉도
원'이며 성도 완화계 초당은 이를 모델로 하여 무릉도원처럼 조성하려 한
두보의 의도가 반영된 결과라고 추정해 볼 수 있다.
　이 작품들 외에도 새로 지은 초당 주변을 가꾸기 위해, 知人에게 '복숭아
나무 100그루' '綿竹' '榿木' '소나무 묘목' '과실나무 묘목'을 浣花村으로
보내달라고 청하는 시15), 심지어는 '瓷盌'까지 부탁하는 시16)를 볼 때, 두

보에게 있어 완화계가 山水美를 감상하기 위한 장소가 아니라 생활의 터전
이었다는 점이 여실히 드러난다. 이들은 모두 '생계'에 도움이 되거나 적어
도 '생활'의 냄새가 물씬 풍기는 것들이다. 그리고 그 중심에 '가족'이 있는
것이다.

이상을 종합해 보면 '완화계 초당'은 '궁벽진 곳'에 위치해 있고 '아름다운
경관'을 지니며 '이웃'과 어울려 사는, 그리고 '시'를 짓기에 적합한 '생활터
전'으로서의 성격을 지닌다고 할 수 있다. 다시 말해, 무릉도원적 성격을 띠
는 이상적인 幽居地인 것이다.

두보는 시 곳곳에서 '桃源' 외에도 이상향으로서 '滄洲'에 관한 언급을
하고 있다.

(11) 吏情更覺滄洲遠   벼슬아치 노릇은 滄洲와 거리가 멀다는 것을 새삼
　　　　　　　　　　　깨닫는다   (<曲江對酒>, 제6권)

　　輕帆好去便   가벼운 돛단배를 타고 빨리 그곳에 가는 것이 좋을 듯하다
　　吾道付滄洲   나의 도는 滄洲에 의탁하고 있으므로
　　　　　　　　　　　　　　　　　　　　　　(<江漲>, 제11권)

　　孤負滄洲願   나는 滄洲에의 소망을 저버렸는데
　　誰云晚見招   누가 말했던가, 만년에 郎官으로 불려갔다고
　　　　　　　　　　　　　　　　(<奉贈盧五丈參謀琚>, 제22권)

무릉도원과 창주의 쓰임을 비교해 보면, 생활터전으로서의 이상적 공간

---

15) 각각 <蕭八明府實處覓桃栽>(제9권), <從韋二明府續處覓綿竹>(제9권), <憑何十一少府
　　邕覓榿木栽>(제9권), <憑韋少府班覓松樹子栽>(제9권), <詣徐卿覓果栽>(제9권)이 이에
　　해당한다.
16) <又於韋處乞大邑瓷盌>(제9권)이 이에 해당한다.

을 가리킬 때는 '桃源'을, 관직에 대응되는 곳으로서 자신의 도의 실현을
희구함에 있어 그 염원이 구현된 공간을 가리킬 때는 '滄洲'라는 말을 사용
하고 있음을 알 수 있다. 우리는 여기서 '인간중심'의 俗界的 이상향과 속계
를 떠난 '별세계'로서의 이상향으로 구분해 볼 수 있다. '무릉도원'이 전자를
대표한다면, '창주'는 후자를 대표한다고 할 수 있다.

이로 볼 때, 윤선도가 일찍이 이상향의 한 모델로 마음에 품었던 '완화계'
는 전형적으로 무릉도원의 성격을 띠는 것임이 분명하다. 그런데, 이를 밑
그림으로 하여 이룬 예비적 구현인 경원의 '茅窩'이나, 본격적 구현이라 할
부용동 '洞天 石室' 수정동 '띠집'은 무릉도원적 요소에서 '생활'의 요소가
빠진 채, '세속으로부터 멀리 떨어진, 아름다운 경관을 지닌 장소'로 변질되
어 있다. 그리고 보길도 정착 이후, 생활의 요소를 뺀 이상향을 봉래 또는
창주라는 표현으로 대치하고 있는 것이다.

3. '蓬萊山型' 이상향으로서의 '芙蓉洞'

윤선도에게 있어 이상향의 모델이었던 '완화계'가 '봉래'나 '창주'로 대치
되는 시점은 보길도 정착 이후이다. 처음으로 유배를 갔던 30세와 보길도에
정착한 51세를 분기점으로 그의 생애를 구분해 보면, 정치적 세파를 겪기
전인 30 이전의 1기, 30~50세의 2기, 51세 이후의 3기로 나눌 수 있다. 신
선세계에 관한 언급이 특히 빈번히 나타나는 것은 3기의 시에서이다.

고산은 평생 세 번의 유배에 다섯 군데 유배지를 전전했다. 첫 번째는
앞에서 언급한 대로이고, 두 번째는 병자호란 시 임금이 강화에 몽진해 있
을 때 때 강화도 근처까지 와서 어려운 상황에 처한 임금께 달려와 문안하
지 않았다는 이유로 탄핵을 받아 52세 되던 해 경상도 盈德에 안치된 것이
고, 세 번째는 효종의 죽음에 그 어머니가 입어야 하는 상복의 기간을 둘러

싸고「禮說」2편을 올린 것이 문제가 되어 74세 때 함경도 三水에 안치된
것이다. 이외에도 강직한 성품 때문에 반대파의 탄핵, 비방, 모해를 받아 관
직을 삭탈당하거나 파직당한 예가 부지기수였다. 그리하여 儒者로서 임금
을 도와 經世濟民하려는 본분을 다하고자 하는 염원을 품고 있었으면서도
정치적 현실에 혐오를 느끼고 仕宦의 길에 마음이 멀어져 관직을 제수받고
도 나가지 않거나, 자청하여 관직을 물러나는 경우도 적지 않았다. 여기에
평소 身病이 많은 것도 큰 몫을 하였다.

이런 요인들이 작용하여 윤선도는 일찍부터 出仕를 포함한 세속잡사를
벗어나 자연 속에서 유유자적하기를 꿈꾸었다. 이런 차에 강화도 사건이 하
나의 기폭제가 되어 고산은 세상을 등지기로 결심하였던 것이다. 이같은 사
정은 아래의 시 <偶吟>에 잘 나타나 있다.

> (12) 誰曾有仙骨　　뉘라 일찍이 선골을 지녔던가
> 　　　吾亦愛紛華　　나 또한 번화함을 좋아하였네
> 　　　身病心仍靜　　몸에 병이 드니 마음이 고요해지고
> 　　　途窮世自遐　　길이 막히어 세상과는 저절로 멀어졌다네

고산은 세상으로부터 마음이 멀어진 이유로 "身病"과 "途窮"[17]을 들고
있다. 그리고 '세상을 멀리 떠나 마음을 고요히 하며 사는 것'을 仙骨의 풍
도로 표현하고 있다.

현실 세파에 시달릴수록 신선세계에 대한 동경의 마음은 커지고, 신선의
삶을 실현할 유거의 공간을 소망하게 되었던 것이다. 정치적 파란을 겪기
전인 1기의 시에는 현실적 좌절과 세파를 크게 경험하지 않은 까닭에 신선
세계에 노닐고자 하는 욕망이 별로 드러나 있지 않다. 이런 점으로 미루어

---

17) 여기서 '길이 막혔다'고 하는 것은 儒者로서 임금을 도와 經世濟民의 포부를 펼치는 길
　　이 막혔다는 의미이다.

부용동에 정착하게 되는 과정에는 정치 현실에 대한 염증과 혐오가 큰 몫을 하고 있다는 것을 알 수 있다. 유거의 삶을 염원하는 마음을 그는 "吾道付 滄洲由來久"(滄洲로 가려는 내 뜻은 유래가 오래되었네. <謝沈希聖辱和>)로 또는 "창주 오도를 예부터 일렀더라"(<漁父四時詞·冬詞 9>)로 표현하였던 것이다. 이런 점에서 그가 仙界로 표현하고 있는 보길도 부용동은 1차적으로 이상적인 '유거지'로서의 의미를 지닌다고 할 수 있다. 고산은 시 곳곳에서 부용동·금쇄동을 신선세계로 묘사하고 있는데 이곳을 나타내는 말로 '滄洲'와 '蓬萊'가 가장 많이 사용되고 있다.

(13) 暮去朝來何事役   저물녘에 나가 아침에 오며 무슨 일 하나
　　 <u>滄洲</u>閑弄釣魚舟   창주에서 한가로이 낚싯배를 젓누나   (<釣舟>)

　　 時去遊戲<u>玄圃閬風</u>淸興深   때때로 현포·낭풍18)에 노니니 맑은 흥 깊
　　　　　　　　　　　　　　　　어라   (<戲次方丈山人芙蓉釣曳歌>)

　　 三公不換此<u>仙山</u>   삼공으로도 이 선산과는 바꾸지 않으리 (<遣懷>)

　　 仙界인가 佛界인가 人間이 아니로다   (<漁父四時詞·冬詞 4>)

　　 十年海上人   십 년간 바다 위에서 지내던 사람
　　 一日塵間客   하루만에 속세의 객이 되었네
　　 引領望<u>三神</u>   목 빼어 삼신산 바라보건만
　　 彈文何百謫   탄핵하는 글로 어찌 백 번을 견책하는가
　　　　　　　　　　　　　　　　　　　(<次韻方丈山人>)

'滄洲'는 바다에 있는 仙境을 말하는데, 여기서는 보길도 앞바다 黃原浦

---

18) 모두 신선들이 사는 곳으로 곤륜산에 있다.

를 가리킨다. 현포나 낭풍 또한 신선이 사는 곳을 가리키는 말이다. 이 시구
들을 보면 자신의 행동이 '신선세계'에서 이루어지는 것으로 표현함으로써
자신을 신선에 견주고 있다. (13)의 세 번째 인용구는 "三公不換此江山"를
따온 것으로 여기서 '仙山' 역시 부용동을 가리킨다. 네 번째 시조에서 인용
한 구절은 '仙界'를 '인간세상이 아닌 곳'으로 표현하고 있다. 마지막 예는
삼신산으로써 부용동을 지시하고 있다. 이처럼 윤선도는 부용동을 다양한
이름으로 부르고 있고 자신을 이곳에 사는 '芙蓉仙人'[19]으로 칭하고 있다.
이들 예로 볼 때, 고산은 '부용동:선계:仙人(자기 자신): :바깥 세계:塵世:俗
客'의 대응관계를 바탕으로 부용동을 인식하고 있음을 알 수 있다.

　우리는 여기서 '武陵桃源'과는 다른 또 다른 형태의 이상향을 만나게 된
다. 앞서 무릉도원의 전형으로 '완화계'에 대해 설명했는데 그곳이 '인간' 중
심의, 인간 냄새가 물씬 풍기는 생활의 터전이었다면, 고산의 시구를 통해
서 보는 이상향은 '神仙'이 사는 곳, '인간세상이 아닌 곳' '속세와는 멀리
떨어진 곳'으로 그려져 있다. 바깥세상과는 멀리 떨어진 곳에 위치해 있다
는 점에서는 무릉도원이나 완화계나 부용동이나 모두 마찬가지이지만, 부
용동의 주인은 '仙人' 또는 이에 비견되는 존재라는 점에서 큰 차이가 있다.
우리는 이 유형의 이상향을, '武陵桃源'型과 구분하여 '蓬萊' 型으로 나타
낼 수 있다. 이는 앞서 본, 신선세계를 가리키는 모든 이름들을 대표한다.
　'봉래'형 이상향은 속세로부터 멀리 떨어져 있다는 것 외에도, 아름다운
경치로 모든 俗人의 동경의 대상이 되는 곳이다.

(14) 南海仙區雖莫及　　남쪽 바다 신선의 땅에는 미칠 수 없지만
　　 東湖奇景亦無加　　동호의 기이한 경치 또한 더할 것이 없구나
　　　　　　　　　　　　　　　　　　(＜季夏復寄一律, 次韻以酬＞)

---

19) "又與芙蓉仙人石室較淸趣"(＜季夏用前韻賦臨鏡臺, 又次＞)

(15) 芙蓉城是芙蓉洞　　부용성은 바로 부용동
　　　今我得之古所夢　　지금 내가 얻었으니 옛사람 꿈꾸던 곳이라네
　　　世人不識蓬萊島　　세상 사람들은 봉래섬인 줄 알지 못하고
　　　但見琪花與瑤草　　다만 기이한 꽃과 아름다운 풀[20]만 보네

(<戱次方丈山人芙蓉釣叟歌>)

　인용구 모두 부용동을 봉래에 비기면서 그 아름다운 경관을 구체적으로
묘사하고 있다. 특히 두 번째 시구에서 고산은 '부용동 안에는 신선들의 자
취가 매우 많다. 또 기이한 봉우리들이 둘러 서 있어 그 모습이 완연히 부용
꽃잎같다. 아마도 이곳이 예부터 말하던 부용성인 듯하다.'[21]라고 註를 붙
여 설명하고 있다. 그 형세의 아름다움을 부용꽃을 들어 비유하고 있는 것
이다. 그 아름다운 경치가 특히 잘 묘사된 시로 <初得金鎖洞作>과 <黃原
雜詠 三首>를 들 수 있다.

(16) 鬼刻天慳秘一區　　귀신이 깎아놓고 하늘이 아낀 비밀스러운 한 구역
　　　誰知眞籙小蓬壺　　뉘 알았으리, 진록[22]의 작은 蓬壺[23]인 줄
　　　瓊瑤萬仞神仙窟　　옥 같은 신선굴 만 길이나 높은데
　　　山海天重水墨圖　　산 바다의 수묵화 천 겹이나 펼쳐졌네

(<初得金鎖洞作>)

(17) 玉槽飛瀑穿香霧　　옥구유에 나는 폭포 향기로운 안개 꿰뚫고
　　　石甕寒潭暎碧空　　돌단지의 차가운 못에 푸른 하늘 비치네
　　　十里蓬壺天賜履　　십 리의 蓬壺는 하늘이 내리신 영토이니
　　　始知吾道未全窮　　비로소 내 길이 완전히 막히지 않은 줄 알겠네

(<黃原雜詠 三首>·1 全文)

---

20) 琪花와 瑤草는 모두 仙境에 있다고 하는 아름다운 꽃과 풀이다.
21) "洞裡仙跡甚多. 且奇峰環立 其形宛似芙蓉花瓣. 疑是古所謂芙蓉城也."
22) 眞籙은 道敎의 符籙을 가리킨다.
23) 蓬壺는 蓬萊山을 가리킨다. 봉래산은 모양이 호리병같이 생겼으므로 蓬壺라고도 한다.

蓬萊誤入獨尋眞　　봉래에 잘못 들어 홀로 신선을 찾는데
物物淸奇箇箇神　　물마다 맑고 기이하며 낱낱이 신묘하네
峭壁默存千古意　　가파른 절벽에는 천고의 뜻 말없이 담겼고
穹林閑帶四時春　　드넓은 수풀에는 사철 봄이 한가롭게 둘렀네

(＜黃原雜詠 三首＞·2)

(16)은 금쇄동을, (17)은 부용동을 읊은 것인데, (16)의 '만 길이나 높은 신선굴' '귀신이 깎아놓은 듯한 신비한 지세' (17)의 '나는 폭포' '향기로운 안개' '가파른 절벽' 등은 신선세계를 묘사할 때의 전형적 소재들이다.

東晉의 孫綽이 지은 ＜遊天台山賦＞[24]에는 신선세계가 구체적으로 묘사되어 있는데 이를 통해 '蓬萊型' 이상향의 면모를 추정해 볼 수 있다. 우선 그곳은 아득하게 인적이 끊어진 깊은 곳에 있으며[25] 날아갈 듯 쏟아지는 폭포[26] 만 길이나 되는 깊은 계곡물과 이끼가 끼어 미끄러운 돌, 병풍처럼 첩첩이 둘러쳐진 산이 있고[27] 난새와 봉황이 날아다니며[28] 서리에도 시들지 않는 계수나무와 꽃을 머금은 다섯 색깔 靈草, 향기를 머금고 남쪽 숲으로 불고 있는 바람, 북쪽 굴에서 솟아나는 단 샘물, 길게 그림자를 드리우고 우뚝 서 있는 建木, 가지가 휠 정도로 구슬을 드리우고 있는 琪樹, 그리고 학을 타고 하늘 높이 오르는 王喬-仙人의 이름-[29]로 특징지어지

---

24) 孫綽, ＜遊天台山賦一首 幷序＞, 『文選』 11권(小尾郊一 編著, 集英社, 1974·1983). 幷序에 보면 '천태산은 뭇 산들 가운데 특히 신령스럽고 빼어난 것이다. 바다를 건너면 방장·봉래산이 있고, 육지를 오르면 사명·천태산이 있는데 모두 성인이 노닐면서 신선으로 화한 곳이요, 신선이 굴을 파고 거주했던 곳이다.'("天台山者 蓋山嶽之神秀也. 涉海則有方丈蓬萊 登陸則有四明天台 皆玄聖之所遊化 靈仙之所窟宅.")라고 하여 천태산을 三神山과 대등한 仙山으로 취급하고 있다.

25) "邈彼絶域 幽邃窈窕"

26) "瀑布飛流以界道"

27) "臨萬丈之絶冥　踐莓苔之滑石　搏壁立之翠屏"

28) "覿翔鸞之裔裔"

29) "八桂森挺以凌霜 五芝含秀而晨敷 惠風佇於陽林 醴泉涌溜於陰渠 建木滅景於千尋 琪樹璀

는 곳이다.

이같은 仙境의 요소는 위 윤선도 시에 드러나 있는 내용과 거의 동일하다. 이것은 부용동과 금쇄동의 경치가 아름답기 때문이기도 하지만, 그보다는 윤선도가 부용동이나 금쇄동을 별천지 또는 仙境으로 인식했기 때문이라고 보는 것이 더 타당하다. 두보가 완화계 초당을 무릉도원처럼 조성하려 했던 것과 마찬가지로, 윤선도는 부용동을 봉래산과 같은 선경처럼 조성하려 했던 것이다. 이것은 그가 처음 보길도를 발견하여 터를 잡고 집을 지었을 무렵 주변의 기이한 자연물들에 이름을 붙인 것을 보면 이런 의도가 확실하게 드러난다.

고산 연보에 의하면 51세 때 보길도 황원포에 내려 터를 닦아 '芙蓉洞'이라 이름 지었다는 기록[30]이 있다. 앞서 인용한 <戱次方丈山人芙蓉釣叟歌> 自註에 부용동을 가리켜 '이곳이 예부터 말하던 芙蓉城인 듯하다'고 하였는데, 여기서 부용성이란 옛날 전설에 나오는, 仙人이 사는 성을 말한다.[31] 게다가 고산이 자신을 '芙蓉仙人'으로 자칭한 것까지를 고려한다면,

부용성: 선인:: 부용동: 자기 자신

과 같은 관계로 인식했음이 분명해진다. 同 연보에 의하면 '동굴 북쪽 산허리 岩山은 그 형세가 매우 뛰어난데 여섯 겹으로 된 石門을 지나면 翠壁層臺가 있다. 그 위에 작은 집을 짓고 이름하여 洞天石室이라 했다.'[32]는 구절이 있다. 여기서 말하는 '洞天' 또한 신선이 사는 곳[33]으로 알려져 있다.

璨而垂珠 王喬控鶴以沖天"

30)「孤山先生年譜」1권,『孤山遺稿』(尹孤山文化事業會, 1996), 13쪽.

31) 諸橋轍次,『大漢和辭典』9권(東京: 大修館書店, 1958・1985).

32)『孤山先生年譜』. "洞北山腰巖山絶特 度六重石門 有翠壁層臺 作小屋於其上 命曰洞天石室."

33) 諸橋轍次, 앞의 책 9권. 大天 안에 洞天 36곳이 있는데 모두 眞仙이 살고 있다고 한다.

또 보길도의 '朗吟溪'[34] 동쪽 溪岸에는 장방형의 못이 있고 그 못 안에 원래 3기의 怪石이 있었다고 하는데, 이는 三神山島를 상징하는 것으로 추정된다.[35] 이처럼 윤선도는 보길도에 터를 잡을 때부터 '仙境'에 대한 像을 가지고 그에 의거하여 부용동이라고 하는 공간을 '창조'한 것이다.

어떤 의미에서는 정착하고 생활하기 위하여 자기에게 주어진 환경 속에서 하나의 장소를 선택하는 사람은 누구나 공간의 창조자라고 할 수 있다.[36] 이때 그는 목적에 따라 자신을 환경에 '동화'시킴과 동시에 환경으로부터 주어진 여러 가지 조건을 '조절'함으로써 자기의 환경에 의미를 부여한다.[37] 윤선도의 경우 보길도가 지닌 천혜의 환경에 약간의 인공적 변화를 주고 선계를 연상시키는 이름을 부여하는 정도에서 '조절'을 함으로써 부용동에 '선경'이라는 의미를 부여하고 있는 것이다. 즉, 그는 단지 수동적으로 보길도라는 환경에 종속하기만 한 것이 아니라, 이상적 유거지를 구현하겠다는 그의 의도 내지 계획에 따라 선경을 '창조'한 것이다. 이것은 杜甫의 경우도 마찬가지다. 공간의 내부는 인격의 내부에 대한 하나의 표현[38]이라 할 때 완화계 초당과 부용동 석실·수정동 띠집은 두 사람이 幽人으로서 자신의 삶을 디자인한 것에 대한 결과물로 볼 수 있는 것이다.

완화계 초당이나 부용동·금쇄동은 俗界에서 떨어진 궁벽한 곳에 있고 두보와 윤선도의 이상적인 幽居의 공간이 된다는 점에서는 공통적이지만, 이처럼 '인간이 사는 무릉도원'과 '신선이 사는 봉래산'을 모델로 하여 조성했다고 하는 큰 차이가 있다. 따라서, 두보의 시에서 완화계는 '나'와 더

---

34) 부용동의 主山인 격자봉 서쪽 세 번째 골짜기이다.

35) 鄭瞳旿, 「尹善道의 芙蓉洞苑林에 관한 研究」, 《孤山研究》 창간호, 1987.

36) C. Norberg-Schulz, 『實存·空間·建築』(김광현 역, 泰林文化社, 1991), 15쪽.

37) 피아제에 의하면 '同化'란 유기체가 그 주변에 있는 대상에 대하여 행하는 작용이고, '조절'은 유기체에 의한 환경의 수정을 말한다. 위의 책에서 재인용, 11~12쪽.

38) 같은 책, 50쪽.

불어 가족이나 이웃이 함께 등장하지만 고산의 시에서는 몇 편의 시조를 제외하고는 '나' 이외에 타인의 존재는 등장하지 않는다. 고산의 경우 海南에 本家가 있고 보길도 부용동은 별장의 성격을 띠지만[39] 고산의 연보 및 시작품, 기타 자료를 보면 그곳 樂書齋를 중심으로 몇 군데 건물에 자제 · 문인 · 노비 등 가솔이 거처했던 것으로 보인다. 그럼에도 가족이나 생활의 흔적은 삭제하고 仙人 및 선인의 삶만을 선택적으로 수용하여 시작품에 반영하고 있는 것이다. 결과적으로 두보의 완화계는 생활의 공간, 실용적 · 현실적 공간의 성격을 띠는 반면, 윤선도의 부용동 · 금쇄동은 일상적 행위가 일어나지 않는 超俗的 · 非現實的 공간의 성격을 지니게 되는 것이다.

4. 武陵桃源型 이상향과 蓬萊山型 이상향의 조성 배경

지금까지 <題鄭仁觀巖 四首>를 실마리로 하여 윤선도에게 있어 부용동 · 금쇄동이 지니는 의미를 살펴보았다. 그에게 이 장소는 단지 문학작품의 산실이기만 한 것이 아니라 후반기 삶의 구심점이자 평생 염원해 온 이상향이었다. 고산의 나이 30세에 경원으로 처음 유배를 갔을 때 기이한 형태의 鄭仁觀巖을 보며 두보의 초당이 있던 완화계를 모델로 이상적인 유거의 공간을 꿈꾸게 된다. 그 염원이 20년 후에 실현된 것이 바로 부용동 · 금쇄동이었던 것이다. 두보에게 있어 '완화계'와 윤선도에게 있어 '부용동'은 그들의 삶의 구심점이 되면서 치유 · 통합의 구실을 하고 시를 짓기에 적합한 환경을 제공하는 이상적 유거지 역할을 한다는 점에서 동일하다. 즉, 그들에게

---

39) <戲次方丈山人芙蓉釣曳歌>의 말미에 '부용동은 바로 이 늙은이가 사는 바닷가 별장의 골짜기 이름이다("芙蓉洞卽老儂所居海庄洞名")'라는 自註가 붙어 있다.

'이상향'이란 곧 이상적 유거지를 의미하는 셈이다.

그러나 완화계와 부용동은 각각 '武陵桃源'과 '蓬萊山'을 염두에 두고 조성된 유거 공간이라는 차이를 지닌다. 이같은 공간조성의 특성은 자신을 처자를 거느린 가장 혹은 생활인으로서 인식한 두보와, 仙人의 삶의 궤적을 표방하고자 했던 윤선도의 정신세계의 지향점의 차이로부터 야기한 것이다. 이 외에 두 사람의 경제적 기반도 그같은 차이를 유발한 큰 요인으로 지적될 수 있다. 즉, 평생 생계를 꾸려갈 만한 부나 지위를 지니지 못해 친지의 도움을 받아 가며 이곳저곳을 떠돌아다녀야 했던 두보는 산수를 美의 대상으로 하여 완상할 생활의 여유가 없었다. 그에게 자연은 생활터전의 일부였던 것이다. 이에 비해, 윤선도는 대대로 내려오는 집안의 재산 덕에 생계나 가족부양의 걱정을 할 필요가 없었고 자신도 밝히고 있듯 '山水癖'의 취향에 따라 유거의 공간을 선택할 수 있었다. 다시 말해 두보가 성도에 정착한 것은 자신의 염원이나 취향, 의도에 의한 것이기보다는 도움을 줄 만한 인물-嚴武-이 成道尹으로 부임했기 때문이었고, 윤선도의 경우는 자신의 의도와 취향에 따른 '선택'이었다. 이런 차이로 인해 완화계는 '俗界的 仙鄕'의 성격을 띠는 반면, 윤선도의 부용동은 말 그대로 '別世界的 仙鄕'의 성격을 띠게 된 것이다.

謝靈運(385~433)은 이같은 차이를 '衣食'과 '山水'라는 말로 구분하였다. 그에 의하면 衣食은 사람이 살아가는 데 필요한 것이고, 山水는 사람의 타고난 성품에 맞는 것이다.40) 여기서 타고난 성품-性分-은 달리 '취향'을 의미하는 것으로 볼 수 있다. 그렇다면 두보나 윤선도 모두 俗界의 雜事를 떠나 자연 속에서 유거하였지만 여러 조건이나 상황상 두보는 '衣食'의 추구에, 윤선도는 '山水'의 추구에 좀 더 비중을 두었다고 말할 수 있을 것이다.

---

40) "夫衣食 人生之所資 山水 性分之所適." 謝靈運,『游名山志』,『中國山水詩史』(李文初, 東高等教育出版社, 1991, 26쪽)에서 재인용.

두 사람의 이같은 차이는 연원을 거슬러 陶淵明으로 대표되는 田園詩와 謝靈運으로 대표되는 山水詩의 계보에 편입시킬 수 있는 가능성을 보여 준다. 이는 물론 두 사람의 시 전체가 아닌, 성도 시절과 부용동 시절에 쓰여진 시에 한정해서 말하는 것이다.

또한 이상향에 대한 두 시인의 수용에 있어 더 생각해 보아야 할 문제는, 그 기반이 되는 사상적 성향이다. 두보는 '내 몸은 반은 관리, 반은 은둔자'41)라 했고, 윤선도도 '평생에 배운 것은 임금과 백성의 일에 있으니/세상을 피했으나 세상을 잊은 것은 아니다'42)라고 했듯, 그들의 幽居는 노장적 성향에 기반을 두면서도 임금을 도와 경세제민하고 '致君堯舜上'43)에 뜻을 둔 전형적 儒者였기 때문에 완화계와 부용동에 유거해 있는 동안에 쓰여진 시도 이 두 사상적 성격이 혼합되어 있는 것이다. 이 점은 앞으로 더 논의할 문제로 남겨두고 지금은 그 가능성만 제시하고자 한다.

---

41) "肯信吾兼吏隱名"(<院中晚晴懷西郭茅舍>, 제14권)

42) "平生所學在君民 我雖避世非忘世"(<次韻酬李季夏>)

43) '임금을 요순보다 훌륭한 성군이 되도록 보좌한다'는 뜻으로, 두보의 시 <奉贈韋左丞丈二十二韻>(제1권)과 윤선도의 「夢天謠跋」(『孤山遺稿』別集)에 나온다.

두보와 윤선도에 있어서의
'집'의 의미작용

1. 들어가는 말

두보는 생계를 유지할 방도를 찾아서 평생을 떠돌이로 이곳저곳을 유리표박하며 살았다. 스스로를 '갈매기' '쑥'의 신세에 비유하면서 '나그네' 살이를 자신의 운명으로 표현하기도 했다. 이같은 삶의 여정 탓인지 두보의 시에는 영원히 고정된 장소로서의 '고향'과 현재 정착할 곳으로서의 '집'에 대한 남다른 애착이 잘 나타나 있다. '궁벽한 곳에 정착하고 싶어도 현실은 그것을 용납 안 한다'고 토로한 시구[1]는 그의 심정을 함축적으로 나타낸다. 윤선도는 사정이 다르긴 하지만, 그 또한 이곳저곳 옮겨다니는 삶을 살았다. 타인의 모함으로 자주 유배를 당했기 때문이다. 그의 후반기 시작품을 보면 속세를 피해 자연 속에서 신선처럼 살 수 있는 곳에 대한 갈망과 동경이 잘 표현되어 있다.

이처럼 생활고·정치적 모함 등 세파에 시달릴 때마다 그들은 세상살이의 잡다한 일과 인간관계를 벗어나 조용한 곳에서 幽居하고자 하는 소망을

---

1) "平生懶拙意 偶値棲遁跡 去住與願違 仰慚林間翮"(<發同谷縣>, 제9권) 이 글에서 인용하는 두보 시의 원문은 『杜詩詳註』에 의거하고 이후 권수만 표기하기로 한다.

품곤 했다. 따라서 인생 여정은 다르지만 특정 '장소'와 '공간'에 대한 애착, 즉 토포필리아가 그들의 시작품을 관통하는 공분모로 제시될 수 있다는 점에서 그들의 시를 같은 관점에서 비교할 수 있는 근거가 마련된다. 이같은 토포필리아에 근거하여 그들의 문학에서 떠남과 돌아옴, 流轉과 정착, 나아감과 멈춤을 중요한 문학적 테마로 추출하여 살피는 것은 매우 의미있는 작업이라 생각된다. 이 테마는, 대립항들 중 左項의 상징으로서의 '길'과 右項의 상징으로서의 '집'의 문제로 압축된다. 이 글은 '집'이라는 題材를 비교의 발판으로 삼아 두 사람의 문학세계를 조명하는 데 목표를 둔다.

그들은 모두 '滄洲吾道'와 '致君堯舜上'[2] 즉 임천으로 돌아가 유유자적하게 사는 삶과 자신의 군주를 요순 임금처럼 성군으로 만드는 것을 꿈꾸었다. 앞의 것이 한 개인으로서의 소망으로 현실과 세속을 벗어남으로써 가능한 것이라 한다면, 뒤의 것은 儒者로서의 본분을 다하려는 公的 자아의 소망으로 현실 속에서 이루어야 할 성질의 것이었다. 그러기에 두보도 '滄洲와 벼슬은 양립 불가'[3] '내 몸은 반은 관리, 반은 은둔자'[4]라고 토로했던 것이다.

두 사람은 끝내 '致君堯舜上'의 꿈을 이루지 못했다. 두보의 경우는 맡은 소임이 하찮은 벼슬이기 때문에, 그리고 윤선도의 경우는 정치적 모함으로 인해 잦은 유배길에 올랐고 파직·삭탈, 병 또는 세속에 대한 염증 등 자의·타의로 벼슬에 머문 기간이 그리 길지 않았기 때문이었다. 그러나 윤선도는 말년에 부용동과 금쇄동을 발견하여 터를 잡고 기거함으로써 자연과 더불어 사는 '滄洲吾道'의 꿈을 어느 정도 실현할 수 있었다. 이에 비해 두보는 끝내 '致君堯舜上'의 꿈도 '滄洲吾道'의 꿈도 이루지 못하고 마지막 순

---

2) "致君堯舜上 再使風俗淳"(우리 임금을 요순보다 훌륭한 성군이 되도록 보좌하고 또 이 세상의 풍속을 순화시키고자 한다네)이라는 두보의 시구에서 나온 말이다. (<奉贈韋左丞丈二十二韻>, 제1권)

3) "吏情更覺滄洲遠"(<曲江對酒>, 제6권)

4) "肯信吾兼吏隱名"(<院中晚晴懷西郭茅舍>, 제14권)

간까지 나그네로 떠돌며 타향살이의 신세를 벗어나지 못했다. 그를 불우한 시인으로 칭하고, 그의 시의 주된 정조를 '침울'로 보는 것도 이같은 삶의 역정과 깊은 관련을 지닌다.

그러나 그가 비록 창주오도의 염원은 이루지 못했다 해도, 생활고에서 잠시나마 벗어나 자연 속에 幽居한 시기가 있었으니, 바로 48세에서 54세까지 약 5년 반 동안 成都 浣花溪에서 보낸 시절이었다. 유자로서의 본분도 다하지 못하고, 가장으로서의 생계도 책임지지 못하는 자신의 무능에 대해 두보는 빈번히 '拙'이라는 말로 스스로를 평하여 왔는데, 성도 시절은 심산유곡의 자연환경 속에서 상처받은 자존심을 치유하고 가족과 더불어 비교적 평온하게 보냈던, 어찌 보면 그의 삶에 있어 황금기와도 같은 때였다.

두보에게 있어 성도 '완화계 초당'과 윤선도에 있어 '부용동 석실' '금쇄동 띠집' '수정동 人笑亭'5)은 이러한 소망 충족에 근접한 공간이다. 바슐라르도 지적했듯 '집'은 인간의 생활에 있어 가장 위대한 통합력을 지닌 것이다.6) 이 말은 '집'이 훼손된, 혹은 조각난 자기정체성의 회복과 발견7) 및 자기성찰이 이루어지는 치유의 공간이 될 수 있음을 암시한다.

두 사람의 생애나 문학세계를 언급할 때 그들이 거쳐간 수많은 장소 중 특히 이곳이 주목되는 이유8)도 바로, 이 공간이 자기 동일성을 확인할 수

---

5) 이 글에서 편의상 '부용동'으로 칭해지는 장소는 해남의 금쇄동, 문소동, 수정동을 포괄한다. 연구자에 의해 부용동은 「어부사시사」의 창작 배경, 해남 일대는 「산중신곡」의 창작배경으로 나뉘어 연구되고 있으나, 윤선도가 이 두 지역을 합쳐 모두 '蓬萊' '蓬壺' '蓬海'로 부르고 있고 그의 삶과 문학, 그리고 그의 정신세계에서 이 장소들이 지니는 의미가 동일하기에 본고에서는 묶어서 다루고자 한다.

6) Gaston Bachelard, *The Poetics of Space* (Boston: Beacon Press, 1969), p.6.

7) C. Norberg-Schulz, 『實存 · 空間 · 建築』(김광현 역, 태림문화사, 1991), 67쪽.

8) 이들의 문학세계에서 특정 공간이 중요한 의미를 지닌다는 점에 주목하여 이를 집중적으로 논의한 것으로 졸고, 「자아탐구의 旅程으로서의 <山中新曲>과 <漁父四時詞>: 공간의식을 중심으로」(≪한국문학이론과 비평≫ 21집, 2003. 12.) 및 「尹善道에게 있어서의 '理想鄕'의 의미작용 연구: 杜甫와의 비교를 중심으로」(≪한국언어문학≫ 57집, 2006. 6.)

있는 치유의 공간으로 작용하였기 때문이다. 두보를 '草堂'이라고까지 부른
예[9]나 윤선도가 스스로 '芙蓉仙人'이라 칭한 것을 보면 이곳이 그들의 삶
에 얼마나 중요한 의미를 지니는지 짐작하고도 남음이 있다. 성도 시절 두
보의 시를 개괄해 보면, 兵禍·반란의 무리에 신음하는 백성들의 고단한 삶,
나라 걱정 등 밖으로 향한 시인의 시선이 나-가족-친구-이웃 등 자기 주
변과 내면세계로 향하고 있음을 알게 된다. 자연 친화적인 내용이 많이 드
러나 있는 것도 특징이다. 부용동에 터를 잡고 난 이후의 윤선도의 시를
보아도 동일한 특징을 발견할 수 있다. 요컨대, 수많은 곳을 떠돌았던 두
사람에게 있어 성도와 보길도는 그 삶의 패턴이나 문학세계에 있어 특별한
징표를 지니는 것이다.

어떤 특별한 주거 환경이 한 개인에게 자기성찰의 계기를 마련해 주고
자기 정체성을 확인·회복케 하는 작용을 한다는 점에서 두 사람은 공통점
을 지니고 있는 것이다. 이 글에서 '집'의 문제를 실마리로 하여 두 사람의
문학세계를 비교하려는 것도 이런 이유 때문이다. 이때의 '집'은 거주하는
건물만을 의미하는 것이 아니라, 주변 환경까지를 포괄함은 물론이다.

2. '집'의 의미론

2.1. 세계의 '中心'으로서의 '집'

인간은 주변 대상이나 환경에 종속되어 그에 '同化'되기만 하는 수동적
존재가 아니라, 인간 자신이 갖고 있는 일정한 구조를 환경에 강요함으로써

이 있다.

9) 퇴계 이황의 시 <吟詩>에 "草堂改罷自長吟"이란 구절이 있는데 여기서 草堂은 두보를
가리킨다.

환경을 수정하는 '調節'의 능력도 지니고 있다.[10] '적응'이란 이같은 동화와
조절의 균형을 의미하며 '공간'에 대한 인간의 이해는 이 개념들을 바탕으
로 이루어진다. 슐츠는 인간의 육체적 행위의 공간인 실용적 공간, 한 개인
으로서의 동일성을 얻는 데 필요한 지각적 공간, 환경과 작용하여 인간을
사회적·문화적 전체로 귀속시키는 실존적 공간, 인간의 사고의 대상이 되
는 인식적 공간, 순수한 논리적 관계에 의한 추상적 공간 등 다섯 가지의
공간 개념을 제시하였다. 이 중 인간을 세계내의 존재로 이해할 때, 즉 환경
과 인간의 관계에 초점을 맞출 때 가장 부각되는 것이 실존적 공간이다.[11]

두보와 윤선도의 생애와 문학을 관통하는 공통주제로서 '집' 혹은 '주거'
의 문제를 논하는 데 있어서 먼저 이 실존적 공간에 대한 이해가 선행되어
야 할 것이다. 누군가가 어디에 '있다' 혹은 '존재한다' '산다'고 하는 것은
세계 내의 한 점으로서 어떤 장소를 전제하기 때문이다. 다시 말해 '거주한
다'고 하는 것은 실존의 기본원리인 것이다. 슐츠는 실존적 공간의 요소로
서 '중심' 또는 '장소', '방향' 또는 '통로', '구역' 또는 '영역'을 제시했는데
이 중 '중심'은 실존적 공간의 요소 중에서 가장 기본이 된다. 마치 모든
종교가 성역화된 장소로서 '세계의 중심'을 제시하며 그 중심에 도달하는
것이 통과제의를 성취하는 것, 공공적인 목표를 달성하는 것을 의미하는 것
처럼, 한 개인에게 있어 '집'은 종교에서 성역화된 장소와 비슷한 의미를 갖
는다. 즉, '집'은 그 사람의 '세계의 중심'을 이루는 것이며, 이 말은 어떤 사
람이라도 그의 개인적인 세계에는 '중심'이 있다는 것을 나타낸다.

'중심'은 인간이 생각하는 존재로서 그 공간 속에서 자신의 위치를 획득
하는 지점, 다시 말해 공간 속에서 '머물며' '생활하는' 점이다. 그러나 어떤

---

10) C. Norberg-Schulz, 앞의 책, 11~12쪽.
11) C. Norberg-Schulz, 같은 책, 13~15쪽. 이하 본 장에서 인용하는 실존적 공간에 대한
　　 설명은 C. Norberg-Schulz의 앞의 책 2장에 의거함.

공간이 단순히 생물학적 본능만 충족시키며 먹고 자며 머무는 장소로 그친다면, 우리가 지금 논하고자 하는 '중심'으로서의 집의 기능을 다 하는 것이라 할 수 없다. 한 개인에게 있어 이 중심은 자기 동일성과 가치관이 형성되는 곳, 자신에 대한 이해와 內省 및 삶의 디자인이 이루어지는 곳, 실존으로서의 의미작용을 갖는 사건을 체험하는 초점이다. 이때 '자기세계의 중심'으로서의 집의 관념은 어린 시절 형성된 것으로 '고향'의 개념과 맞물린다. 한 개인은 성장하면서 다양하고 복잡한 체험을 하게 되는데 그 과정에서 '새로운 중심'이 형성되며 이 새로운 중심은 본래의 어린시절의 '집'을 보완하게 된다. 두보에게 있어 원초적 집 다시 말해 '고향'은 낙양이며, 윤선도에 있어서는 서울이 이에 해당한다. 그리고 성도 초당이나 보길도 부용동은 경험에 의해 '보완된 고향'이라 할 수 있다.

장소의 특징은 어떤 일정한 '크기'로써 정해지는데, 어떤 영역이 '집'이 될 수 있으려면 그것이 '소규모'여야 한다. 즉, 정착지가 하나의 '집'이 되려면 그 규모는 상상할 수 있는 범위내에 있어야 하는 것이다. 장소는 그것을 둘러싼 '외부'에 대한 '내부'로써 체험되는데, 이미 알고 있는 장소는 크기가 한정되어 있으므로 자연히 중심과 주변으로 이루어진 '圓'의 형태로 인식된다. 그러므로 개인세계의 중심이라 할 '집'-중심-은 기본적으로 '求心性'을 전제한다.

실존적 공간은 구체적으로 器物, 가구, 住居, 도시적 단계-마을-, 景觀, 지리적 단계 등 몇 단계로 나누어진다. 이 중 '기물'은 최하위 단계로서 '손'에 의해 결정되며, '가구'는 인체의 치수에 의하여 결정된다. '주거'는 이보다 연장된 인체의 운동과 행위, 토지소유에 대한 요구에 의해 결정되고, '도시적 단계'는 공통적인 생활형태에 의해 결정되는 것으로 보통 '마을'을 의미하며, '경관'은 인간과 자연환경과의 상호작용에서 생긴다. '지리적 단계'는 최상위 단계로서 하나의 경관에서 다른 경관으로의 여행 혹은 세계에 대한 일반적 지식에 근거하여 발전된 개념이다.

논의의 대상이 되는 두보의 실존적 공간 즉 '草堂'으로 일컬어지는 주거는 '成都'라고 하는 도시, '錦里'라고 하는 마을, '浣花溪'라는 주변 경관 등 단계 간의 상호작용 속에서 그 특성이 드러나게 된다. 윤선도의 경우 역시 그의 주거 '洞天石室'과 '띠집'은 각각 보길도·해남, 부용동·금쇄동, 翠壁 層臺라고 하는 제 단계간의 상호작용 속에서 이해되어야 하는 것이다. 두보와 윤선도에게 있어서 '집'의 문제는 단순히 주거하는 건물로서만이 아니라, 그 건물을 둘러싸고 있는, 또는 실존의 중심으로서의 집을 규정하고 있는 상위의 단계와 아울러 함께 검토해야 함은 물론이다.

'집'에 대한 이상과 같은 설명을 바탕으로 두보와 윤선도에게 있어 '경관' '마을' 등을 포함하는 '집'의 개념이 어떻게 중심으로서 작용하고 있는지 살펴보자.

2.2. 완화계 초당과 부용동 석실의 기능

2.2.1. 구심성

求心性이라는 말은 원운동에서 중심으로 쏠리는 경향을 말하는 것이다. 원은 원주를 경계로 하여 '안'과 '밖'으로 구분되는데 두보나 윤선도에게 있어 완화계 초당과 부용동 石室은 외부세계에 대한 '내부'의 의미를 지닌다.

背郭堂成蔭白茅	성곽을 뒤로 하여 집을 짓고 흰 띠풀로 지붕을 이었다
緣江路熟俯靑郊	강가 길도 이제 익숙해져 푸른 들판을 굽어보며 서 있다
橾林礙日吟風葉	오리나무 숲이 해를 가리어 나뭇잎마다 바람을 탄다
籠竹和煙滴露梢	마디긴 대나무에 안개 어리고 댓잎마다 이슬이 맺힌다
暫止飛鳥將數子	잠시 머물던 까마귀가 몇 마리 새끼를 데려오고
頻來語燕定新巢	자주 와 지저귀던 제비들은 새 둥지를 틀었다

(<堂成>, 제9권)

<堂成>은 두보가 知人 엄무의 도움을 받아 성도에 정착하여 완화계 옆

에 草堂을 짓고 그 흐뭇한 기분을 시로 표현한 것이다. 평생 떠돌아다니던 그가 가족과 더불어 정착할 곳을 찾았으니 그 기쁨은 이루 말할 수 없는 것이었다. 여기서 그는 자신이 집터를 보아 집을 지은 것을 제비가 새 둥지를 트는 것과 병치시켜 나타내고 있다. 여러 면에서 볼 때 터를 잡아 집을 짓는 일과 새가 둥지를 트는 것과는 유사성을 지닌다.

우선 兩者는 확산되어 있는 우주 공간 안에 한 장소를 선택하는 일, 다시 말해 '정착'을 의미한다는 점에서 공통적이다. 둘째는, 새끼를 친다든가 처자를 거느린다든가 하여 '가족'의 공동생활의 공간이 된다는 점도 동일하다. 셋째, 그곳은 사색이나 유희, 취미 등을 위주로 하는 공간이 아니라 '생활'을 위한 공간이라는 사실을 지적할 수 있다. 넷째, 외부의 위험을 피할 수 있고 침입자의 공격으로부터 보호를 받을 수 있는 '안전'한 공간이 된다는 점이다. 다섯째, 둥지와 집을 짓는 것은 단순히 구조물을 축조하는 것에 그치는 것이 아니라 가족 구성원을 전제한 '家庭'을 의미한다.

江水流城郭　강물은 성곽 쪽으로 흘러가고
春風入鼓鼙　봄바람에는 전쟁터의 북소리가 섞여든다
雙雙新燕子　짝을 지어 새로이 날아온 제비들은
依舊已銜泥　옛집을 찾아 진흙을 물어 나른다

(<春日梓州登樓二首>, 제11권)

旅食驚雙燕　나그네 살이 내 신세, 한 쌍의 제비가
銜泥入北堂　진흙을 물고 북쪽 방으로 날아드는 것에 놀란다

(<雙燕>, 제12권)

이 시구들에서 '제비가 진흙을 물어 나르는 것'은 둥지를 짓기 위해서이다. 이 제비둥지는 '나그네' 신세인 시적 화자와 대비를 이루는데, 화자는 한 곳에 둥지를 짓고 '정착'하려 하는 제비를 보며 자기 신세를 절감하고 있다. 두보의 시에서는 유난히 새의 둥지에 관한 시어 내지 소재가 많이

등장하는데 이는 두보의 행적으로 보아 결코 우연한 일이 아니라 하겠다.
성도에 정착해서 처음 무렵 '卜居'에 관한 내용이 많은 것 또한 이와 무관하
지 않다.

> 患氣經時久　　나는 오랫동안 병을 앓아 왔지만
> 臨江卜宅新　　강 가에 새로이 집터를 잡았다　　　　　(<有客>, 제9권)
>
> 卜宅從兹老　　이곳에 터를 잡았으니 지금부터 여기서 늙어가고자 한다
> 　　　　　　　　　　　　　　　　　　　　　　　(<爲農>, 제9권)
>
> 浣花溪水水西頭　　완화계 흐르는 물 서쪽에
> 主人爲卜林塘幽　　숲과 연못 그윽한 곳에 집터를 잡았다
> 　　　　　　　　　　　　　　　　　　　　　　　(<卜居>, 제9권)

'집터를 잡는다'는 것은 새가 둥지를 치는 것과 같은 상징성을 갖는 것으
로 외부세계로부터 자신과 가족을 분리하고 안전하게 보호받을 수 있는 장
소를 마련하는 것을 의미한다.

또한 '집'이 구심성을 지니는 것은 그곳에 가족이 존재하기 때문이다. 두
보 시에는 객지에서 가족을 그리워하는 내용이나 妻子에 관한 언급이 많은
것이 특징인데, 이를 보면 그가 상당히 가정적인 인물이었다는 것과 '집'으
로 상징되는 가정이 그의 삶에서 구심점 역할을 한다는 것을 알 수 있다.

한편 윤선도의 경우 또한 부용동의 동천 석실, 人笑亭 등 또한 그의 삶에
서 중심의 역할을 한다.

> 松間 石室의 가 曉月을 보쟈 ᄒ니
> 空山 落葉의 길흘 엇지 아라 볼고
> 白雲이 좃차 오니 女蘿衣 므겁고야　　　　　(<漁父四時詞>·秋10)

山水間 바회 아래 뛰집을 짓노라 ᄒᆞ니
그 모론 ᄂᆞᆷ들은 웃는다 ᄒᆞᆫ다마ᄂᆞᆫ
어리고 햐얌의 뜻에ᄂᆞᆫ 내 분인가 ᄒᆞ노라   (＜山中新曲＞·漫興1)

傍日臨風若雲谷 해를 곁에 두고 바람에 임하니 구름 골짝같고
宅幽勢阻勝盤中 집은 그윽하고 지세는 험하여 바위 가운데 빼어나네
                                      (＜黃原雜詠 三首＞·1)

那知今日巖中客 어이 알랴 오늘 바위굴 속 나그네가
不是他時畫裏人 훗날 그림 속의 사람이 되지 않을는지
                                      (＜黃原雜詠 三首＞·2)

蝸廬君莫笑 달팽이집이라 그대 비웃지 마오
面面畫新成 면면마다 새롭게 화폭을 이룬다오
        (중 략)
窪樽留古意 돌웅덩이 술통에 옛 뜻이 머물렀고
石室愜幽情 바위 집에 그윽한 정이 흡족하네 (＜黃原雜詠 三首＞·3)

　여기서의 '집' 역시 두보의 경우처럼 외부와는 구분되는 '내부'로서의 공간인 것만은 틀림없다. 그러나 윤선도에게 있어 '집'은 여러모로 두보와 차이를 보인다. 윤선도에게 있어 서울의 本家에 대한 양주 고산의 별장과, 해남의 本家에 대한 보길도 부용동의 별장은 모두 같은 의미를 지닌다. 別莊은 '생활을 벗어난 별도의 용도를 위한 주거'인 것이다. 두보에게 있어서의 '둥지'와 같은 집은 본가가 있는 곳이겠지만, 그곳은 윤선도의 시에게 그리 중요한 의미를 지니지 않는다.

　기록에 의하면 실제로 부용동에는 낙서재, 무민당 등의 건물이 있고 가족, 자제, 문인, 노비 등이 여기서 거처하는 '생활'의 공간이었던 듯하나, 고산은 '부용동은 바로 이 늙은이가 사는 바닷가 별장의 골짜기 이름이다'[12]라고 하여 가족과 더불어 함께 하는 생활의 공간이 아닌, '일상사가 일어나

지 않는' 별장으로 표현하고 있다는 점에 주목해야 한다. 그는 부용동에서
생활 및 가족에 관한 흔적은 깡그리 지워버리고 혼자만의 내면공간으로 선
택적 수용을 한다.

따라서 윤선도에게 있어 '집'-혹은 '주거'-은 두보 시에서처럼 가족과 함
께하는 '둥지'의 이미지가 아니라 사색과 再生, 통과의례적 의미를 함축한
'동굴'의 이미지를 지닌다. 이곳에 가족은 존재하지 않으며 오직 사색과 인
지의 주체로서 '나'라는 개체만이 존재할 뿐이다. 이곳은 생계나 제사, 음식,
의복 등의 일상사를 벗어난 脫俗的 행위만이 펼쳐지는 곳인 것이다.

다음으로 완화계 초당과 부용동 석실이 가지는 구심적 기능으로서 외부로
나갔다가 다시 돌아오는 곳, 즉 回歸點으로서의 역할을 거론하고자 한다.

> 我遊都市間　　나는 저자거리에 놀러 나가지만
> 晩憩必村墟　　저녁에 돌아와 쉬는 곳은 언제나 완화계의 촌마을
> 乃知久行客　　이제야 알겠네! 오랜 나그네는
> 終日思其居　　종일토록 자신의 집을 생각한다는 것을 (<溪漲>, 제11권)

위 두보의 작품에서 '집'은 밖으로 나갔다가 '다시 돌아와 쉬는 곳', 외부
에 대한 '내부'로 그려져 있다. 우리는 여기서 '圓'을 생각해 볼 수 있는데
원의 한 가운데에는 '나'와 '가족' 그리고 '우리'가 거주하고 있는 집-吾廬-
이 있고 그 집은 "村墟"로 표현된 '마을' 안에 위치하며 그 주변에 완화계라
고 하는 경관이 감싸고 있다. 두보가 밖에 나갔다가 돌아와 쉬는 삶의 중심,
다시 말해 원의 내부는 단지 "吾廬"로 표현된 집 건물만이 아니라 그 주변
경관까지를 포함한다. 이 공간이 두보에게는 자기 존재의 중심과 내부로 체
험되고 있으며 '저잣거리'("都市間")는 이에 대응되는 '외부'로 체험되고 있

---

12) "芙蓉洞卽老儂所居海庄洞名." <戱次方丈山人芙蓉釣叟歌>의 말미에 붙어 있는 原註.

음이 드러난다. 그 중심을 떠나 있을 때도 항상 '그 거처를 생각한다'고 하는
것은 '집'이 지니는 '구심성'을 달리 표현한 것이라 할 수 있다.

時出碧雞坊	때때로 碧雞坊을 나서	
西郊向草堂	西郊를 지나 초당으로 향한다.	
市橋官柳細	市橋에는 官柳가 하늘하늘 늘어서 있고	
江路野梅香	강가 길에는 野梅가 향을 뿜는다	
傍架齊書帙	집에 돌아와 서가 옆에 나란히 책을 정리하고	
看題檢藥囊	標題를 보며 藥囊을 살핀다	(<西郊>, 제9권)

이 시에서 두보는 城中을 나가 西郊로부터 다시 초당으로 돌아오는 일
상의 일을 통해 여유있고 느슨한 삶의 한 단면을 표현하고 있다. 이런 자신
의 행동을 누구 하나 신경쓰는 이가 없으니 자유로와서 좋다는 내용이다.
여기서도 '草堂'은 밖으로 향했다가 돌아오는 구심점이 되고 있다.

우리는 성도에서의 두보의 생활이 '집'을 축으로 하여 중심화되어 있음을
발견한다. 이처럼 주거란 실존의 중심적인 장소, 즉 주체가 자기 자신이 세
계내 존재임을 이해하게 되는 장소이자, 밖을 향해 출발하여 다시 그곳으로
돌아오게 되는 장소인 것이다.

두보의 생활이 '집'을 축으로 하여 중심화되어 있는 것과는 다소 다르게,
윤선도의 후반기 삶은 '집'이라는 축조물 자체보다는 이를 포함하는, 부용동
이라는 좀 더 넓은 공간을 축으로 중심화되어 있다. 윤선도의 생애는 처음
으로 유배를 갔던 30세와 보길도에 정착한 51세를 분기점으로 세 시기로
구분할 수 있는데, 정치적 세파를 겪기 전인 30 이전의 1기, 30~50세의 2
기, 51세 이후의 3기이다. 1기와 2기의 삶을 전반기, 3기를 후반기라 할 때,
전반기 삶에서 서울에 本家가 있고 양주에 고산 別莊이 있듯, 후반기 삶에
서는 해남에 본가가 있고 부용동에 별장이 있었다. 두보와는 달리 물려받은
가산이 넉넉했던 윤선도는 슐츠의 실존적 공간의 제 단계 중 '집'-주거-자

체보다는 주변의 '山水景觀'-자연-에 대한 애착이 더 컸다. 그러기에 그의 후반기 삶은 부용동에 있는 천연 혹은 인공의 축조물로서의 주거보다는 이 들을 포괄하는 부용동을 축으로 중심화되어 있다고 봐야 할 것이다.

> 三公不換此仙山　삼공으로도 이 선산과는 바꾸지 않으리
> 遷謫惟愁去此間　謫所로 옮겨가던 때도 오직 이곳 떠난 것 시름겨웠네
> 蒙被隆恩來故里　극진한 은혜 입어 옛 마을로 돌아오니
> 不希官祿喜生還　벼슬도 봉록도 바라지 않고, 살아 돌아온 것만이 기쁘
> 　　　　　　　구나　　　　　　　　　　　　　　　　　(<遣懷>)

이 작품은 1667년 특명으로 사면되어 유배에서 돌아온 다음 해에 지은 것이다. 첫 구의 "仙山"이라는 표현으로 미루어 3구에서의 "故里"는 부용 동을 가리키는 것으로 볼 수 있다. '옛 마을로 돌아오니'라는 표현을 통해 우리는 부용동이 그의 후반기 삶의 중심이 되어 있고 밖에 나갔다가 다시 돌아오는 곳, 즉 回歸點이 되어 있다는 것을 확인할 수 있다.

> 謫日一千半已往　귀양온 날 천 일에다 오백 일이 이미 지나갔고
> 行年七十八將來　살아온 해 일흔 해에 여덟 해가 장차 다가오네
> 芙蓉洞裡何時去　부용동으로 어느 때나 돌아갈까
> 寄傲南窓對酒盃　남쪽 창가에서 상념에 잠겨 술잔을 마주하네
> 　　　　　　　　　　　　　　　　　　　(<癸卯歲暮有感>)

이 시는 1663년 고산의 나이 77세에 유배지인 함경도 三水에서 지어진 것으로, 부용동을 그리워하며 하루빨리 그곳으로 돌아가고 싶은 심정을 표 현한 것이다. 여기서도 부용동은 그의 삶의 중심, 돌아가야 할 회귀점이 되 어 있음을 본다.

위의 인용구들은 모두 유배지에서 지어진 것이므로 자신의 집으로 돌아 가고 싶어하는 것은 당연할 수도 있다. 그런데, 주목할 점은 돌아가야 하는

곳이 가족과 친척이 있고 일상적 삶의 본거지라 할 해남 본가가 아니라,
별장 성격의 부용동으로 그려져 있다는 사실이다. 이 작품들뿐만 아니라 아
래 시구에서도, 외부 어딘가로 나가 있을 때 그가 항상 돌아가야 할 곳으로
인지하는 장소는 부용동임을 확인할 수 있다.

去歲中秋在南海	지난 해 중추에는 남쪽 바다에 있으면서
茅簷待月水雲昏	水雲의 저물녘 초가집에서 달을 맞았네
那知此夜東溟上	어찌 알았으랴 오늘 밤 동해 바닷가에서
坐對淸光憶故園	맑은 달빛 마주한 채 옛 동산 그리워할 줄

(＜新居對中秋月 二首＞·1)

이 작품은 1638년 52세 때 유배지인 영덕에서 지어진 것인데, 인용 구절
중 '지난해에는 초가집에서 중추를 맞았다'는 표현으로 미루어 그가 현재
그리워 하고 있는 곳이 해남 본가가 아닌, 부용동의 蝸室임을 짐작할 수
있다.

해남 본가는 가족을 전제로 한 공간으로, 일상적 삶이 펼쳐지는 곳이고
부용동은 일상의 삶을 벗어나 '혼자'만의 滄洲의 도를 실현할 수 있는 공간
이라는 점을 고려할 때, 그의 마음에 돌아가야 할 구심점으로 각인되어 있
는 곳은 바로 이 脫俗의 세계, 幽居의 공간인 것이 분명해진다.

2.2.2. 치유·통합의 공간

지금까지 두보와 윤선도의 삶의 구심점으로서의 초당과 부용동의 의미
를 조명해 보았다. 그러나, 이 居宅들은 두 시인에게 있어 삶의 중심이나
回歸點으로서만 작용하는 것은 아니다. 자기 정체성(self identity)을 확인하
며 자아성찰 및 자기에 대한 정의와 규정이 이루어지는 곳이기도 하다.

주지하는 바와 같이, 두보는 평생 이곳저곳 떠도는 流轉의 삶을 살았기
에 그의 시에는 일관되게 遊離漂迫의 주제가 내재되어 있으며 이런 시들을

통해 우리는 그가 자신을 평생 '客遊'하는 존재로 인식하고 있음을 본다. 그러나 평생 떠돌이였던 그는 성도 시절 오랜 숙원대로 제대로 된 집을 짓고 정착하여 경제적으로 다소 안정된 생활을 할 수 있었기에 토지와 거택의 '주인', 한 가족의 '가장'으로서 한몫을 하고 있다는 자긍심과 안도감을 갖고 여유 있는 태도로 자신을 바라보고 있음을 시 곳곳에서 발견할 수 있다. 다른 시편들에서 '가족 하나 제대로 부양하지 못하는 생계에 무능한 사람'으로 자기비하를 하는 것과는 사뭇 다른 시선으로 자신을 바라보고 규정하고 있는 것이다. 이때의 시에도 여전히 자신을 '客遊' '成都老客星'(<戲題寄上漢中王三首>, 제11권) '南溪老病客'(<漢川王大錄事宅作>, 제12권)으로 규정하고 있고, '野老' 혹은 궁벽한 곳까지 와서 '爲農'하는 신세, 才德이 없고 졸렬한 사람(<獨酌>, 제10권), 늙고 병들어 부축을 받는 신세(<賓至>, 제9권) 등 일견 자기부정적, 자기비하적으로 느껴질 수도 있는 표현을 쓰고 있기도 하지만, 이는 자기 자신에 대해 완곡하게 표현하는 일종의 그의 시적 습관에서 비롯된 것이라 생각된다.

이 시절에 지어진 작품들에 유난히 자신의 '집'이나 주변 환경, 부속 건물 등에 대한 언급이 많고, 제목도 이와 관련된 것들[13]이 많은 것도 이같은 배경과 무관하지 않다.

<u>吾廬</u>獨破受凍死 　　　내 오막살이 부서져 얼어 죽어도 좋으리
　　　　　　　　　　　　　　　　　　(<茅屋爲秋風所破歌>, 제10권)

手種桃李非無主 　　　손수 심은 복숭아와 자두는 주인이 없는 것은 아니다.
野老牆低<u>還是家</u> 　　　이 촌 늙은이 집 담장은 낮지만 그래도 내 집인 것은 틀
　　　　　　　　　　　림이 없다 　　　　　(<絶句漫興九首·2>, 제9권)

---

13) 예를 들어 <寄題杜二錦江野亭>에서의 '杜二', <蜀相>에서의 '浣花村' '錦官城', <卜居>에서의 '浣花溪', <狂夫>에서의 '萬里橋' '百花潭', <西郊>에서의 '碧鷄坊' 등을 들 수 있다.

熟知茅齋絶低小　　내 집 서재가 몹시 낮고 작은 것을 잘 알기에
江上燕子故來頻　　강 위의 제비들은 짐짓 이곳으로 자주 날아든다

(＜絶句漫興九首·3＞, 제9권)

　우리는 이 시구들을 통해 새로 지은 집에 대한 뿌듯함과 대견함을 충분히 엿볼 수 있으며, 나아가 그 집 주인이 자기라고 선언함으로써 집에 대한 소유욕과 애착심 및 주인의식을 적나라하게 드러내는 두보의 모습을 만날 수 있다. 이것은 세상살이에 서툴러 가장 노릇을 제대로 못 했다는 자책으로부터 벗어난 심리상태를 반영한다. 우리는 여기서 완화계 초당이 그의 상처받은 자존심을 치유하는 공간으로 기능하고 있음을 발견하게 된다.

　이곳에서 사는 동안 두보의 시에서는 다른 시기와는 다른 두드러진 특징이 발견되는데 자연친화적인 시각으로 주변의 자연환경을 읊은 시가 많다는 것이다. 자연환경에는 山, 江, 나무, 숲과 같은 경관뿐만이 아닌, 곤충·새·동물 등이 포함된다.

浣花溪水水西頭　　완화계 흐르는 물 서쪽에
主人14)爲卜林塘幽　　숲과 연못 그윽한 곳에 집터를 잡았다
已知出郭少塵事　　이미 성곽을 벗어나 있어 세속의 일이 적고
更有澄江銷客愁　　게다가 맑은 강이 흐르고 있어 나그네 시름을 녹여준다
無數蜻蜓齊上下　　무수한 잠자리들이 가지런히 위아래로 날아다니고
一雙鸂鶒對沈浮　　한 쌍의 물닭은 마주 보며 떴다 잠겼다 노닐고 있다

(＜卜居＞, 제9권)

啅雀爭枝墜　　참새떼들은 쨱쨱거리며 가지를 다투어 내려앉고
飛蟲滿院遊　　뭇 벌레들은 뜰에 가득 날며 노닌다

---

14) 여기서 '主人'이 누구를 가리키는가에 대한 해석이 분분하다. 배면 혹은 엄무를 지칭한다고 보기도 하나, 문맥상 두보 자신을 가리키는 것으로 보는 것이 타당하다고 생각한다.

濁醪誰造汝　이 걸쭉한 막걸리는 누가 만들었는지
一酌散千愁　한 잔 술에 천 가지 근심을 날려 보낸다 (<落日>, 제10권)

整履步靑蕪　신발을 가지런히 신고 풀밭을 거닐고 있노라니
荒庭日欲哺　황량한 정원으로 해가 기울어간다
芹泥隨燕觜　진흙 묻은 미나리가 제비 부리를 따라 날고
藥粉上蜂鬚　꽃가루는 벌의 수염을 따라 솟아 오른다 (<徐步>, 제10권)

細雨魚兒出　가랑비에 새끼 물고기 물위로 떠오르고
微風燕子斜　미풍에 제비들 비껴 나른다
城中十萬戶　城中은 십만호나 된다고 하지만
此地兩三家　이곳은 인가가 두 세 집뿐이라네
(<水檻遣心二首・一>, 제10권)

　인용구에서 보는 것처럼 성도 시절 그가 즐겨 읊었던 자연물은 美의 대상 혹은 감상의 대상으로서의 자연이 아니라, 집 주변의 자연물이라는 점을 주목해야 한다. 즉, 인간의 삶이나 생활로부터 유리된 자연 자체를 시의 대상으로 한 것이 아니라 생활의 연장이자 삶의 한 부분으로서의 자연을 소재로 하고 있는 것이다.

　또한 이 시기의 두보 작품에는 山川뿐만 아니라 물닭·참새·제비와 같은 새, 벌·잠자리 같은 곤충, 물고기 등 다양한 생물이 등장한다. 중요한 것은 이들이 단순한 시적 소재로서가 아니라, 인간과 어우러져 우주 공간에 존재하는 '생명체'로서 그려져 있다는 사실이다. 시 작품에서는 人間事와 이들 생명체의 모습을 병렬적으로 표현함으로써 共生하는 양상을 나타낸다. 앞에서 예를 든 <卜居>에서는 '물닭·잠자리'와 '집터'가, <落日>에서는 '참새떼·벌레들'과 '막걸리'가, <徐步>에서는 '제비·벌'이 정원을 산책하는 '시적 화자'와, 그리고 <水檻遣心>에서는 '물고기·제비'와 '人家'가 각각 병치를 이루고 있다. 두보는 이처럼 산수같은 靜態的 자연뿐만 아니라 動態的인 뭇 생명체들을 등장시킴으로써 그들과 '함께 더불어 사는 삶'을 표

현하고 있다. 이를 통해 우리는 생활고에 상처받은 두보 자신의 마음이 치
유되고 통합되어 가는 것을 읽어낼 수 있다.

각종 전란으로 고통받는 백성들의 삶과 부패한 관리들에 대한 분노를 시
로 표현해 왔던 두보가 이처럼 유유자적한 태도로 주변 자연물에 시선을
돌렸다는 것은, 생계에 대한 걱정에서 벗어난 데서 오는 마음의 여유가 생겼
음을 말해 준다. 또한, 자연은 인간의 상처를 치유하고 조각난 정신세계를
통합해 주는 힘을 갖고 있기에, 이곳에서의 삶은 단지 생활고에서 벗어난
것만이 아니라 자기 정체성 확인의 계기가 되었다는 점에서도 의미가 깊다.

> 旁人錯比揚雄宅　　옆의 사람들은 잘못 알고 양웅의 집에 비기기도 하지만
> 懶惰無心作解嘲　　게으른 나는 解嘲를 지을 마음도 없다
>
> (<堂成>, 제9권)

인용 시구절에서 揚雄의 자는 子雲이며 蜀郡 成都 사람이다. 한 다락의
밭과 한 채의 집을 가지고서 대대로 농사와 잠업으로 생계를 꾸려 왔는데
哀帝 때 丁傅와 憧賢이 정권을 장악하자 '경전은 周易보다 더 큰 것이 없
다'고 하여 『太玄經』을 지어 담박한 생활을 하였다. 어떤 사람이 그를 "玄
尙白" 즉 '검은 것이 아직 다 검어지지 않았다'고 하며 비웃었는데, 이 말은
아직 심오한 경지에 도달하지 못했다는 뜻이다. 양웅은 이에 대해 해명하는
글을 썼는데 이것이 「解嘲」이다.

양웅은 말하자면 幽居 생활을 하면서 농사를 짓는 지식인이다. 두보는
<野老>(제9권) <爲農>(제9권) 등의 시에서 자신을 '궁벽진 곳에서 농사짓
는 시골 늙은이'로 표현하고 있는데 양웅 또한 이와 비슷한 처지의 인물이
므로 두보는 자신을 그에게 비기고 있는 것이다. 두보는 평생을 걸쳐 자신
의 존재를 '나그네'로 인식하고 있는데, 이는 달리 말하면 '나그네'로부터 자
신의 정체성을 파악하고 있다는 의미이다. 자신을 나그네로 인식하는 것은
그의 시에 일관되어 있는데, 성도 시절의 두보는 이에 더하여 '농부' '野老'

'幽人'으로 자신을 규정한다.

우리는 여기서 완화계 초당이라고 하는 장소가, 상처받은 자존심이 치유되고 망실되었던 자기 정체성을 확인하는 공간으로 작용한다는 것을 알 수 있다. 바슐라르가 말하는 것처럼 '집'이 하나의 큰 통합력을 지닌 요소로 작용하는 셈이다.

두보와 마찬가지로 윤선도의 경우도 부용동·금쇄동이라고 하는 특정 공간의 住居가 치유와 통합의 역할을 한다.

誰曾有仙骨	뉘라 일찍이 선골을 지녔던가
吾亦愛紛華	나 또한 번화함을 좋아하였네
身病心仍靜	몸에 병이 드니 마음이 고요해지고
途窮世自遐	길이 막히어 세상과는 저절로 멀어졌다네
雲山相誘掖	구름과 산은 서로 이끌어 부축해 주고
湖海與漸摩	호수와 바다는 함께 적시어 쓰다듬어 주네
鐵鎖何須羨	쇠사슬을 모름지기 누가 부러워하랴
蓬萊路不差	봉래 가는 길 어긋나지 않으리　　　(<偶吟> 전문)

이 시는 1645년 금쇄동에서 지어진 것이다. 고산은 "身病"과 "途窮"으로 세상과 멀어졌음을 말하고 있는데, 여기서 "身病"은 1644년 인조의 병이 위중해지자 고산을 불러 藥材를 의논하려 했으나 고산 또한 병 때문에 명을 받들지 못한 일을 가리키는 듯하다. 그리고 '길이 막혔다'고 하는 것은 儒者로서 임금을 도와 經世濟民의 포부를 펼치는 길이 막혔음을 가리킨다. 고산은 평소 강직한 성품 때문에 주변의 질시와 음해를 많이 받아 유배를 여러 차례 갔으며 이로 인해 정치 현실에 염증과 혐오를 느끼게 된다. 결국 부용동에 정착하게 되기까지에는 신병과 儒者로서 본분을 다하지 못한 것에 대한 죄책감, 자신을 음해하는 사람들에 대한 분노, 상처받은 자존심이 큰 역할을 했던 것으로 보인다.

위 작품에서는 세속의 벼슬살이를 '번화함'(제2구)과 '쇠사슬'(제7구)로, 자연과 더불어 유유자적하게 사는 것을 '仙骨'의 풍도로 나타내고 있는데, 후반부 네 句는 '번화한 생활'이 준 상처를 '자연'에 의해 치유받고 있음을 표현한 것이다. '서로 부축해 주고 쓰다듬어 주는' 관계는 구름과 산, 호수와 바다 사이에 형성되는 것으로 표현되어 있지만, 그것은 궁극적으로 자연과 고산 사이에 형성되는 관계이다. 이 자연물들은 고산이 '蓬萊'로 가는 길을 함께 하는 도반인 것이다.

부용동과 금쇄동의 수려한 자연 속에서 고산은 儒者로서 조각난 자존심과 상처의 치유 및 회복을 꾀하며 나아가 자기 정체성과 존재의 의미를 다시 한번 확인하는 계기로 삼는다.

雲錦屛高瑤席上   채색 구름의 취병은 요석 위로 높고
水晶簾迤玉樓傍   수정 주렴은 옥루 곁에 비끼어 있네
如何有此豪奢極   어찌 이렇듯 호사를 다하였나
自笑幽人忽濫觴   幽人의 홀연한 과분함에 혼자 웃노라
                    (<雨後戱賦翠屛飛瀑> 全文)

金鎖洞中花正開   금쇄동 안에 꽃은 피어나고
水晶巖下水如雷   수정암 아래의 물, 우레와 같구나
幽人誰謂身無事   幽人은 일이 없다 누가 말하는가
竹杖芒鞋日往來   죽장에 짚신으로 매일같이 오간다네 (<偶吟> 全文)

이 작품들에서 고산은 자신을 '幽人'으로 인식하고 있다. '幽居'는 隱居와는 구분되는 것으로 仕宦의 길을 잠정적으로 벗어나 자연과 더불어 사는 삶의 방식이다.15) 여기에는 벼슬살이에서 겪었던 갈등을 벗어나 오랜 숙원인 滄洲의 꿈을 이룬 데서 오는 만족, 기쁨, 충일된 정서가 잘 나타나 있다.

---

15) 본서, 「杜甫·尹善道·芭蕉에 있어서의 '隱'의 처세」 참고

그러나, 고산이 儒者로서의 자기 정체성을 망실했던 것은 아니다.

樂行憂違吟聖言　　성인의 말씀 읊조리며 행함을 즐기고 어긋남을 걱정하네
徜徉霞外忘人勢　　노을 바깥에서 노닐며 인간 세상 세력을 잊었네
　　　　　　　　　　(중략)
平生所學在君民　　평생 배운 것은 임금과 백성의 일에 있으니
我雖遯世非忘世　　내 비록 세상을 피했으나 세상을 잊은 것은 아니라네
　　　　　　　　　　　　　　　　　　(<次韻酬李季夏>)

　여기서 "霞外"는 '物外'와 같은 뜻으로 <偶吟>에서의 '번화함'과 '쇠사슬'을 벗어난 세계인데, 고산은 '노을 바깥'에서 노닐며 인간 세상의 부침을 잊었다고 말하고 있다. 이것은 "霞外"로 대표되는 자연 공간 속, 구체적으로는 금쇄동 골짜기에서 인간세상의 세력으로 빚어지는 갈등이 치유되었음을 나타낸다. 그러면서도 儒者로서 임금을 받들어 經國濟民하는 본분만은 잊지 않았다고 토로하고 있다. 우리는 여기서 고산이 幽人이면서 儒者로서의 자기 정체성을 재확인하는 모습을 엿볼 수 있다.
　나아가 그는 '芙蓉仙人' 혹은 '芙蓉釣叟'[16]로 자기 존재를 규정한다.

西湖淡粧濃抹旣可幷　　서호의 담장농말[17]이야 이미 겨룰 만하고
又與芙蓉仙人石室較淸趣　　또 부용선인의 석실과 맑은 의취 견줄 만하네
　　　　　　　　　　　　　　(<季夏用前韻賦臨鏡臺, 又次>)

이 시구는 경상도 양산군에 있는 臨鏡臺에 올라 그 경관을 읊은 것이다.

---

16) 고산의 작품 중에는 <戱次方丈山人芙蓉釣叟歌>가 있는데, 여기서 "芙蓉釣叟"는 자기 자신을 가리킨다.
17) '담장농말'은 여인의 옅고 짙은 화장을 뜻하는데 여기서는 서호의 아름다운 경치를 비유한 것이다.

여기서 "芙蓉仙人"은 자기 자신을, "石室"은 부용동 석실을 가리킨다.[18]

이처럼 두보와 마찬가지로 윤선도의 경우도 부용동의 住居가 세속삶에서 상처받은 자존심을 회복하고 幽人·儒者·芙蓉仙人으로서의 자기정체성을 확인하는 통합의 기능을 한다는 것을 알 수 있다.

3. '중심'의 '확대'와 '이동'

우리는 앞에서 실존적 공간의 제 단계 중 '居宅'과 '경관'을 완화계 초당과 부용동 석실을 규정하는 '집'의 요소로 보고 두보와 윤선도의 '자기세계의 중심'으로서 이 장소들의 의미를 살펴보았다.

우리가 '산다'고 하는 것은 어떤 구체적인 공간에서 존재하는 것을 의미한다. 그러므로 '어떤 곳에 있다'는 것은 바로 자기의 실존적 공간에 놓여져 있음을 의미하며 '길을 잃었다'고 하는 말은 이미 알고 있는 실존적 공간의 구조로부터 벗어난 것을 나타낸다. 지금 우리가 놓인 위치가 실존적 공간의 '중심'과 일치할 때는 '집에 있는 것'으로 체험되고, 불일치하면 '도중에' 있거나 '그 밖의 다른 곳에' 있거나, 또는 '길을 잃고 있는' 것으로 체험된다.[19] 다시 말해 '집'은 실존적 공간의 '중심'이 된다. 태어나서 자란 '고향'에 있는 집은 그 사람에게 최초의 중심이라 할 수 있다.

평생을 유리표박하는 삶을 살았던 두보는 누구보다도 그 '중심'이 불안정했던 사람이었다. 그가 어느 곳에 있든 자신을 타향살이하는 존재, '久客'으

---

18) 고산연보에 의하면 51세 때 보길도 황원포에 내려 터를 닦아 '芙蓉洞'이라 이름지었다는 기록이 있고, <戱次方丈山人芙蓉釣叟歌> 自註에 부용동을 가리켜 '이곳이 예부터 말하던 芙蓉城인 듯하다'고 하였는데, 여기서 부용성이란 옛날 전설에 나오는, 仙人이 사는 성을 말한다.

19) C. Norberg-Schulz, 앞의 책, 74~75쪽.

로 규정했다고 하는 것은 바로 중심의 불안정성에 대한 단적인 근거가 된다. 이것은 달리 말하면 '집이 아닌 다른 곳에' 있는 존재로 자신을 체험했다는 것을 뜻한다. 두보에게 있어 고향, 즉 최초의 실존적 공간은 洛陽이다. 두보는 '낙양'을 평생동안 자신의 삶의 중심으로 인식했다. 그런데 여기서 한 가지 특기할 만한 사실은, 시간이 흐름에 따라 두보에게 실존의 '중심'으로서 체험되는 범위가 洛陽과 長安으로, 그리고 成都까지 확대된다는 점이다.[20]

고향을 나타내는 말인 '故園'이나 '故林'으로 지시되는 대상으로 가장 빈도수가 높은 것은 낙양이며 그다음이 장안이다. 그는 낙양과 장안을 '京洛'으로 함께 묶어 부르며 평생을 그곳으로 돌아갈 염원을 품으며 살았다. 성도의 경우 직접 이런 말로 지시하는 예는 그리 흔치 않으나,[21] 京洛을 제외하고 그가 떠돌아다닌 무수한 장소 중 '故園'으로 지칭하고 있는 곳이 성도라고 할 때, 그의 삶에서 성도 시절이 차지하는 비중이 얼마나 큰가를 짐작할 수 있다. 평생 遊離漂迫의 생을 보낸 두보에게 있어 한 곳에 붙박혀 5년 반을 산 성도 시절은 그래도 긴 시간에 해당하는 것이었다.

두보의 시를 보면, 처음에 어떤 새로운 곳으로 옮겨가게 되었을 때는 그곳을 타향으로 여기다가 점점 실존적 공간의 중심으로 여기는 것을 보게 된다. 두보에게 최초의 실존적 공간 즉 고향은 洛陽이다. 성도 초당은 원초적 중심이 아니라 살면서 경험에 의해 고향을 '보완'하는 장소이다. 타향이었던 성도가 실존적 공간으로 되어가면서, 즉 삶의 중심이 되어가면서 고향을 보완하는 장소가 되는 것이다. 본고에서는 이를 '중심의 擴大'라는 말로 나타내고자 한다.

賢有不黔突　　현자 중에는 방구들을 그을릴 틈이 없는 사람도 있고

---

20) 두보에게 삶의 중심이 '장안'으로 확대되는 양상은 본서 「두보의 시에 나타난 '長安」에서 자세히 다루었다.

21) 그 예로 뒤에서 인용할 <將赴成都草堂途中有作 先寄嚴鄭公 五首>·2를 들 수 있다.

聖有不煖席　성인 중에는 자리를 따뜻하게 할 틈이 없는 사람도 있다
況我飢愚人　그런데 나처럼 굶주리고 어리석은 사람이
焉能尙安宅　어째서 자신의 집에 정착할 수가 없는 것인가
　　　　　　　(중략)
平生懶拙意　평생 생계를 꾸려가는 일에 게으르고 서툴러
偶値棲遁跡　우연히 이곳 세상을 피할 만한 땅에 둥지를 틀었는데
去住與願違　살던 곳을 떠나게 되니 내 바램과는 어긋났구나
仰慚林間翮　숲속의 새들을 올려다보며 부끄럽게 여긴다

(<發同谷縣>, 제9권)

<發同谷縣>은 乾元 二年(759년) 十二月 一日에 동곡현을 떠나 성도에 이르기까지의 여정을 읊은 '成都紀行 12수' 중 첫수에 해당한다. 모처럼 궁벽한 곳에 둥지를 틀었는데 그곳마저도 떠나야 하는 상황을, 한 곳에 보금자리를 정하고 사는 새들과 대비하면서 자신의 신세를 한탄하고 있다. '내 바램과는 어긋났구나'라는 표현에서의 그의 願望이 무엇이었던가 하는 점은 앞뒤 문맥을 살펴볼 때 분명해진다. 그것은 숲속의 새들처럼 한곳에 정착하여 가족과 안정되게 살아가는 것이다. 앞서 2.2.1절에서 두보에게 있어 집은 '둥지'의 이미지를 지니며, 집이라는 공간이 정착, 가족 구성원을 전제한 가정의 의미, 안전한 공간, 생활의 공간이 된다는 점을 언급한 바 있다. 이 시만 보아도 두보는 '붙박이형' 인간으로서 한곳에 정착하여 가족과 단란하게 살고 싶어하는, 지극히 가정적인 사람이라는 것을 알 수 있다. 다시 말해 그에게 있어 '집'은 단순히 비를 피하고 잠을 자는 장소가 아니라 '가족'과 함께하는 생활의 공간이라는 점을 중시해야 한다.

성도는 그의 삶에서 원초적 중심인 '낙양'을 보완하는 곳으로까지 비중이 커지지만, 성도에 도착하기 전 이곳에 대한 감정은 부정적으로 그려진다.

喧然名都會　과연 이름난 도회답게 떠들썩하고
吹簫間笙簧　퉁소부는 음이 생황 소리와 섞여 들리니

信美無與適   정말 좋은 곳이긴 하나 내 마음에는 들지 않는다
(<成都府>, 제9권)

成都萬事好   성도가 좋다 하나
豈若歸吾廬   어찌 고향 옛집-낙양-에 돌아감만 하겠는가
(<五盤>, 제9권)

羈棲負幽意   조용히 자연에 머물려는 뜻을 이루지 못하고 나그네 신세가
              되어
感嘆向絶跡   탄식을 하며 성도 같은 궁벽진 땅으로 향한다
(<石櫃閣>, 제9권)

위 인용구들은 '成都紀行 12수'에 포함된 것들이다. 우리는 여기서 성도로 향하는 그의 마음이 결코 편하지도 즐겁지도 않으며 오히려 성도 같은 곳에서 살게 된 것을 불운하게 여기는 마음을 엿볼 수 있다. 이같은 불편한 마음은, 현재의 위치와 실존적 공간의 중심이 불일치하는 데서 오는 느낌이다. 이러한 마음은 성도에 정착하여 살기 시작한 초기 무렵에도 여전히 시 문면에 드러나 있다.

客裏何遷次   나그네로서 어쩌다 여기까지 옮겨와 살게 되었나
江邊正寂寥   강변은 정말로 적막하구나
(<王十五司馬弟出郭相訪 遺營草堂貲>, 제9권)

그러나 시간이 흐르면서 성도에 대한 감정은 점차 긍정적인 것으로 바뀌기 시작한다. 두보 시에서 성도 초당을 가리키는 말은 완화촌, 錦官城, 江上舍, 浣花 草堂, 錦里, 蜀城, 錦江野亭 등 다양한데 이 표현들은 성도를 애정어린 시선으로 보는 마음의 한 반영이라고 볼 수 있다.

아래의 시에서 두보는 成都를 고향으로 표현하고 있다.

處處淸江帶白蘋   맑은 강 곳곳에 白蘋이 떠 있으니
故園猶得見殘春   고향에 돌아가면 아직도 늦봄의 경치를 볼 수 있겠지
雪山斥候無兵馬   척후병이 있는 설산에는 적의 군대 보이지 않으니
錦里逢迎有主人   금리 마을엔 집집마다 나를 반기는 주인이 있겠지
                    (<將赴成都草堂途中有作 先寄嚴鄭公 五首>·2, 제13권)

762년 7월 두보의 후원자였던 嚴武가 조정으로 돌아가자 두보 또한 성도를 떠나 2년 정도 다른 지방을 돌아다녔는데, 764년 엄무가 다시 성도의 태수로 나감에 따라 두보도 성도로 돌아가게 된다. 위 작품은 성도에 돌아가는 도중 지은 5수 중 두 번째 작품으로 자신이 초당에 도착할 때쯤에는 늦은 봄의 모습을 볼 수 있을 것으로 생각하여 그 기쁨을 표현한 것이다. 여기서 '錦里'는 성도를 가리키며 두보는 성도를, 낙양이나 장안에 대해서만 사용한 '故園'이라는 표현을 사용하여 칭하고 있다. '故園'이란 말이 자구대로 '옛 동산'을 의미한다고 볼 수도 있겠으나 두보 시의 맥락에서는 '고향'과 동격으로 사용된다는 점을 감안할 때 이 표현은 성도에 대한 두보의 마음이 긍정적인 것으로 바뀌었음을 말해주는 징표로 보아도 무방하다.
  여기서 나아가 두보는 성도를 '桃園'으로까지 표현한다.

農務村村急   농사일로 마을마다 바쁘고
春流岸岸深   봄날 강물은 기슭마다 깊어졌다
乾坤萬里眼   하늘과 땅 사이 만 리 아득한 곳에 눈을 두고
時序百年心   한 평생 四時의 변화를 맞이하는 내 마음
茅屋還堪賦   초라한 띠집이지만 그래도 시를 지을 수 있으니
桃源自可尋   桃源의 세상을 여기서 찾을 수 있다네
                    (<春日江村 五首>·1, 제14권)

비록 '초라한 띠집'이라고 표현은 했지만 성도 및 초당에 대한 애정어린 마음을 읽을 수 있다. 이러한 시구들은 두보에게 있어 성도 초당이 세계의

중심으로서 자리잡으며, 원초적 중심인 洛陽과 동일한 비중을 지니게 됨을
말해 준다. 말하자면 경험에 의해 보완된 고향인 셈이다. 그러나, 성도에 대
한 마음이 애정어린 것으로 바뀌었다 해서, 결코 낙양을 대신할 수 있는
것은 아니었다.

　接輿還入楚　　접여가 楚에 돌아가듯 나는 성도에 돌아오고
　王粲不歸秦　　왕찬이 고향인 秦川에 돌아가지 못한 것처럼 나도 객지를 떠
　　　　　　　　돌고 있다　　　　　(<贈王二十四侍御契四十韻>, 제13권)

　위 시구는 764년 두보 나이 53세 때, 성도를 떠난 지 2년여 만에 다시
성도로 돌아와 지은 시의 일부를 발췌한 것이다. 이 시구는 楚의 狂者인
'접여'와 後漢 말기 인물로 '建安七子' 중 한 사람인 '왕찬'의 고사를 수용하
여 현재 성도에 돌아온 자신의 입장을 두 사람의 상황에 빗대어 우회적으로
표현하고 있다. 즉, 접여가 고향인 초로 돌아간 것처럼 자신은 성도에 돌아
왔지만 왕찬이 고향인 秦(秦川)22)으로 돌아가지 못한 것처럼 자신도 고향
으로 돌아가지 못하고 객지를 떠돌고 있다고 말하고 있는 것이다.

　우리는 여기서 '고향으로 돌아왔지만 고향에 돌아가지 못하고 있다'고 하
는 역설을 만나게 된다. 이 역설적 표현에서 앞의 고향은 실제 고향은 아니
지만 '마치 고향과도 같은 성도'를 가리키고 뒤의 고향은 실제 고향인 '낙양

---

22) 인용 시구의 '秦'에 대해서는 두 가지 해석이 가능하다. 첫 번째로는 두보의 시 여기저기서
　　'長安'을 秦으로 지칭하는 예가 많다는 점에 근거하여 장안을 가리키는 것으로 보는 관점
　　이다. 한편 『杜詩詳註』에서는 이 구절에 대해 謝靈運이 지은 <擬魏太子鄴中集詩八首・
　　王粲> 序를 소개하면서 사령운이 그 서에서 "家本秦川貴公子孫 遭亂流寓自傷情多"라고
　　하여 왕찬의 本鄕이 '秦川'이라고 한 점을 들어 '秦'을 '秦川'으로 보고 있다. 여기서는 『杜詩
　　詳註』의 해석을 따른다. 두보는 해당 작품 외에도 <一室>(제10권) <通泉驛 南去通泉縣十
　　五里山水作>(제11권) <春日江村五首・5>(제14권) <西閣二首・1>(제17권) <久客> (제22
　　권) 등에서 왕찬을 언급하고 있는데 모두 고향을 그리워하는 주지를 표현하는 데 왕찬의
　　고사를 활용하고 있다. 그것은 왕찬이 자신의 작품 <登樓賦>를 통해 고향을 절실하게
　　그리워하는 마음을 표현하였기 때문이다.

을 가리킨다. 왕찬이 고향인 진에 돌아가지 못한 것을 자신이 낙양에 돌아
가지 못한 것과 병치시킴으로써 결국 성도를 타향으로 인식하고 자신은 타
향을 流寓하는 존재라고 표현하고 있는 것이다. 이같은 이율배반적인 마음
은, 성도가 두보에게 있어 고향인 동시에 타향으로 자리 잡고 있었음을 말
해 준다고 하겠다.

성도에 대한 이같은 이중적 감정은 다른 곳에 가 있다가 성도로 돌아와
서 지은 시들을 보면 명백히 드러나 있다.

客裏有所適　　나그네살이면서 또다시 다른 곳에 가 있다가
歸來知路難　　돌아와 인생살이의 어려움을 알게 되었다

(<歸來>, 제13권)

위는 764년 閬州에서 성도 초당으로 돌아온 것을 읊은 것으로 성도는
나그네살이를 하는 곳이지만 다른 곳에 갔다가 '돌아오는 곳'으로 그려져
있다. 성도의 초당은 그곳을 떠나 있다가 돌아옴으로써 세상살이 혹은 인생
살이의 험난함을 알게 해 준 곳이라는 점에서 두보의 삶의 중심으로 작용한
다고 볼 수 있다. 낙양에 대해서는 '타향'이지만, 다른 지방에 대해서는 '고
향'인 성도의 의미를 읽어낼 수 있는 것이다. 앞서도 언급했지만 두보에게
원초적 고향은 낙양이며 그에게 세계의 중심이라 할 '고향'이나 '집'은 언제
나 '가족'이 있는 곳으로 인식되고 있다.

이런 의미에서 비단, 낙양이나 장안 나아가 성도만이 아니라 가족이 모여
살고 있는 곳은 두보에게 늘 고향이자 집으로 자리매김될 수 있을 것이다.
그러기에 두보에게 있어 어떤 특정 장소가 고향으로 인식되기 위해서는 그
곳이 시간상으로 '과거'여야 하고, 공간상으로 그곳을 떠나 있어야 한다는
전제가 필요하다. 훗날 두보가 완전히 성도를 떠나 그 시절을 회고하는 시
점에 이르렀을 때, 성도를 생각하며 지은 시들을 살펴보면 이 점이 분명해
진다.

天險終難立　천연의 험한 땅이라 反軍이 自立하기는 어렵지만
柴門豈重過　草堂의 사립문을 어찌 두 번 다시 밟을 수 있으랴
朝朝巫峽水　매일 아침 巫峽을 향해 흐르는 물에는
遠逗錦江波　멀리 錦江의 물결이 섞여 흐르고 있겠지
(<懷錦水居止二首·1>, 제14권)

惜哉形勝地　아! 애석하도다 景勝의 땅이여
回首一茫茫　머리를 돌려 바라보니 그저 아득하기만 하구나
(<懷錦水居止二首·2>, 제14권)

두보는 765년 5월 성도를 떠나게 되는데 이 작품은 그 해 9월 雲安에 도착한 이후 지은 것이다. 여기서 제목 속의 '錦水 居止'는 성도에서 살던 곳 즉 초당을 가리키며 '어찌 초당의 사립문을 다시 밟을 수 있을까?'라는 표현이라든가 '경승의 땅을 아쉽게 여기는 마음'에서 초당에서의 삶을 소중하게 여기는 두보의 마음을 읽을 수 있다. 이처럼 처음에는 부정적으로 생각하던 성도지만 정착하며 사는 동안 두보에게 있어 제1의 고향인 낙양을 보완하는 삶의 중심으로 자리 잡게 되었음을 알 수 있다.

이상 논의를 종합할 때 '집'과 관련하여 한 가지 두드러지는 사실은 두보에게 최초의 중심은 고향 낙양이며 그것이 성도까지 확대된다는 것이다. 그 과정에서 처음에는 부정적으로 인식되던 장소가 긍정적으로, 고향을 대치 혹은 보완하는 장소로 바뀌는 것을 보았다.

우리가 살아간다고 하는 것, 태어나 자란 고향 밖으로 나가 다양한 경험을 한다고 하는 것은 또 다른 고향을 발견하는 일이라고 해도 좋을 것이다. 그리하여 거기에 세계의 중심으로서 '집'을 지어 실존공간을 창조함으로써 원초적 고향을 보완하는 일이라고 할 수 있는 것이다. 그러나, 두보는 고향을 떠나 제2, 제3의 고향 다시 말해 새로운 실존공간인 '집'을 제대로 확보하지 못했다. 다시 말해, 그는 실존공간의 창조에 실패한 사람의 표본을 보여 주는 것이다. '집'이 삶의 구심점이라 할 때, 유리표박으로 생을 보낸 두

보는 삶의 구심점이 불안정했다고 하겠고, 그의 시에서 유난히 고향에 대한 언급이 많은 것도 한곳에 정착해서 안정된 삶을 누리고 싶어 했지만 현실이 뜻대로 되지 않았던 한 인간의 중심 회귀 본능의 대리충족 혹은 구심지향적 욕구의 보상심리가 작용한 것으로 보여진다. 그나마 成都 완화계 초당은 그의 삶에 있어서 본래의 중심을 보완하는 새로운 중심으로서의 역할에 가장 근접한 의미를 지닌 장소이기에 그의 삶과 문학을 이야기할 때 항상 표면으로 부각되는 것이다.

한편, 윤선도의 경우 본고향은 서울이다. 그는 8세에 伯父인 尹惟幾의 養子로 가게 되는데 친부나 양부의 집이 모두 서울에 있었던 탓에 그는 서울에서 나고 서울에서 자랐다. 31세에 경원으로 1차 유배를 가서 37세에 解配될 때까지, 그리고 해배된 뒤 해남에 내려갔다가 41세에 다시 서울로 올라오기까지의 몇 년간 서울을 떠나 있다가 48세에 가족이 해남으로 이사할 때까지 서울은 그에게 있어 원초적 중심이자 생활의 터전이었다. 그 후 51세에 보길도를 발견하고 여기에 터를 잡으면서 이곳은 그의 삶에 있어 제2의 중심이 된다. 그에게 있어 삶의 공간은 생활을 위한 공간과 滄洲의 도를 추구하는 공간으로 크게 양분되는데 전자는 가족이 있는 本家이고 후자는 別莊이나 別墅이다.

그의 생애는, 처음으로 유배를 갔던 30세와 보길도에 정착한 51세를 분기점으로 하여 세 시기로 구분될 수 있다. 즉, 정치적 세파를 겪기 전인 30세 이전의 1기, 30~50세의 2기, 보길도에 정착한 51세 이후의 3기이다. 1기와 2기를 전반기, 3기를 후반기라 할 때 전반기는 서울에 本家가 양주 고산에 別墅가 있었으며, 후반기의 삶에서는 海南에 본가가 보길도에 別莊이 있었던 것이다. 그의 시에서 서울이나 해남의 본가는 '부모님'과 가족이 있는 곳으로 일상의 생활이 펼쳐지는 곳이며, 양주 고산이나 보길도는 일상을 벗어난 세계로 그려진다. 그의 실존적 공간의 중심은 전반기는 서울이었으나 후반기에는 보길도로 옮겨지게 된다. 이를 '중심의 移動'이라는 말로 나타낼 수 있을 것이다.

'집'이라고 하는 문제를 두고, 윤선도 삶의 전반기 서울이나 양주 고산이 삶의 半徑을 이룰 때 읊은 시들을 보면 후반기의 보길도 권역에서 지어진 것들과는 상당한 차이를 보인다.

뫼흔 길고길고 믈은 멀고멀고
어버이 그린 뜯은 만코만코 하고하고
어듸서 외기러기는 울고울고 가느니   (<遣懷謠 五首>·4)

遙想高堂安穩未   멀리서 부모님 안부 생각하여
三千里外首空擡   삼천 리 밖에서 부질없이 머리를 들어보네
                                              (<睡覺思親 二首·1)

遙知此夜高堂上   멀리서도 알겠으니, 오늘 밤 부모님께서는
坐對兒孫說遠人   손자들과 마주 앉아 멀리 있는 이 이야기하겠지
                                              (<對月思親 二首>·1)

楸城明月擧頭看   추성의 밝은 달 머리 들어 바라보네
月照東湖也一般   달은 동호에도 이렇듯 비추겠지
姮娥若許掀簾語   항아가 발을 치켜들고 말하길 허락한다면
欲問高堂宿食安   부모님 숙식이 편안한가 묻고 싶다오
                                              (<對月思親 二首>·2)

居夷禦魅豈余娛   궁벽한 땅의 유배살이가 어찌 나의 즐거움이랴만
戀國懷先每自虞   나라 사랑, 선조 생각에 매양 스스로 근심하네
莫怪踰山移住苦   산 넘어 옮겨가는 고달픔일랑 괴이히 여기지 마소
望京猶覺一重無   서울을 바라보매 오히려 막힘이 없음을 깨닫네
                                              (<病中有懷>)

시조와 <睡覺思親 二首> <對月思親 二首>는 1617년 고산이 31세 때

경원에 유배가서 고향에 계신 부모님을 생각하며 지은 것이고, <病中有
懷>는 1621년(35세) 기장으로 移配되어 있을 당시 임금과 先祖를 생각하며
지은 것이다. <對月思親 二首>에서 "高堂"은 '집'을 나타내는 언어 징표인
데 제1수에서는 부모님이 계신 집 즉 서울 본가를 가리키며, 제2수에서는
부모님 자체를 가리킨다. "東湖"는 별장이 있는 양주 권역에 있는 경승지로
『孤山遺稿』[23]에는 이곳을 "東湖卽孤山"이라 명백히 표기하고 있다.

이 인용 시편들을 보면 삶의 구심점으로서의 '집'이나 '고향'(서울)은 부모
님이 계신 곳, 임금이 계신 京師이기에 그립고 중요한 장소로 나타나 있다.
즉, 그의 전반기 삶의 구심점이 되는, 서울·양주 권역의 주거는 가족과 벼
슬살이 등 세속의 삶 및 일상생활의 터전이 된다. 가족의 흔적이 捨象되어
있고 벼슬길과는 반대의 항에 위치한 보길도 삶의 패턴과는 큰 대조를 보이
는 것이다.

51세 때 보길도에 터를 잡고 정착한 뒤 윤선도의 삶의 구심점은 이곳으
로 옮겨지게 된다. 보길도 정착 후에도 서울이나 고산을 읊은 시편이 다수
있지만, 더 이상 '고향'으로 지칭되지도 않고, 단지 경치가 좋은 곳, 현재 유
람하고 있는 곳, 용무가 있어 머물게 된 곳으로 그려진다. 두보의 경우 낙양
이 평생의 삶의 구심점이 된 것과도 다르고, 보길도 주거가 윤선도에게 있
어 지니는 의미 및 기능과도 다르다.

> 南舡幾日來京口　　남으로 배 타고 며칠 만에 서울 어귀에 들어오니
> 興在煙波掛席時　　안개 낀 물결에 돛을 달 때 흥취가 일어나네
> (<初到孤山偶吟>)

이 시를 짓던 해인 1652년 66세에 윤선도는 관직을 삭탈당하고 해남으로

---

23) 『孤山遺稿』 1권, 28쪽 및 『고산유고』 부록 「孤山村 發見 資料」 참고.

내려오게 되는데, 이 시구는 그 전에 지어진 듯하다. 여기서 서울은 삶의 중심을 둘러싼 내부세계가 아니라, 중심으로부터 밖으로 나온 외부세계에 해당한다. 말하자면 어딘가 밖으로 나갔다가 돌아오는 곳이 아니라 밖에 나와 있는 곳, 客地인 것이다.

何哀疲苶孤山客　　어찌나 슬픈지 고산의 나그네 지치고 나른하여
竟未從遊道岳中　　마침내 道岳의 가운데에서 따르며 노닐지 못하네
(＜輓麟坪大君＞)

이 작품에서 "孤山客"은 '고산에 와 있는 나그네'라는 뜻으로, 이 또한 고산이 객지로 그려지고 있음을 본다. 이 외에 ＜孤山獨不降＞ ＜病還孤山舡上感興＞ ＜解悶寮偶吟＞ 등도 모두 孤山에서 지어진 것들인데 여기서도 이곳은 더 이상 삶의 중심이 아닌, 외부세계로 그려지고 있다. 그리움이나 강한 구심력이 투영되지 않은 제 3자적 입장에서 고산을 읊고 있는 것이다. 윤선도의 후반기 삶에 있어 고향인 서울의 집이나 양주 고산의 별장은 더 이상 삶의 구심점으로 작용하지 않으며 圓의 중심이 아닌 주변에 위치하는 장소가 되고 있다. 그것은 그 중심이 보길도로 옮겨졌기 때문이다.

그러나, 삶의 중심이 보길도로 옮겨진 뒤에 이곳의 주거를 생각하며 읊은 시를 보면 크게 양상이 다르다는 것을 발견한다.

東湖濁浪正峥嶸　　동호의 흐린 물결 정히 거세어지고
三角陰雲日復橫　　삼각산 먹구름에 햇살 다시 비끼네
竹葉飛車誰乞與　　竹葉舟와 飛車는 누가 구해 주리오
洗然揮手眼中生　　세연정과 휘수정이 눈에 선하네
(＜病滯東湖 江水大漲 有懷故園＞)

이 시는 1652년 양주 고산에서 지어진 것이다. 윤선도는 세연정과 휘수정에 대한 自註에서, '세연정은 부용동에 있으며, 사천과 석담이 있다. 휘수

정은 금쇄동에 있으며, 취병과 비폭이 있다. 모두 비 온 뒤 물이 불어난 때
에 아름답다.'24)라는 설명을 붙이고 있어 이곳에 대한 각별한 애정을 드러
내고 있다.

우리는 여기서 몸은 고산에 와 있으면서 보길도·금쇄동 권역을 "故園"
즉 고향이라 부르며 그곳을 떠올리고 그리워하는 시인의 모습을 만날 수
있다. 이것은 그의 삶의 구심점이 이미 보길도 권역으로 이동해 있음을 보
여주는 단적인 근거이다.

長憶芙蓉洞裡家　　멀리 부용동에 있는 집을 생각하네 (<復次季夏韻>)

那愁旅泊食無魚　　어찌 나그네 길 숙식에 먹을 생선 없음을 근심하랴
　　　　　　　　　(중략)
何時揮手高亭上　　언제나 높은 휘수정에 올라
林靜鳥鳴人意舒　　수풀 고요하고 새 울 때 내 뜻 펼거나
　　　　　　　　　　　　　　　(<孤山松林 聞琴邃有感>)

南海仙區雖莫及　　비록 남쪽 바다 신선의 땅만은 못하지만
東湖奇景亦無加　　동호의 기이한 경치 또한 더할 것이 없구나
　　　　　　　　　　　　　　　(<季夏復寄一律 次韻以酬>)

이 인용 시편들도 모두 같은 해(1652년) 孤山에서 지어진 것들인데 이
작품들은 그의 삶의 중심의 이동에 대한 또 다른 근거를 제공한다. 두 번째
인용시구에서는 이미 고산이라는 장소가 나그네가 되어 머무는 곳으로 변
질되어 있음을 알 수 있다. 그리고 세 번째 인용구를 보면, 동호-고산-와
부용동을 비교하고 있는데 여기서도 부용동에 대한 윤선도의 깊은 애착이
드러나 있어, 이미 이곳이 더 비중 있는 곳이 되어있다는 것을 알 수 있다.

---

24) "洗然亭在芙蓉洞 有沙川石潭. 揮手亭在金鎖洞 有翠屏飛瀑. 皆宜於雨後水肥之時."

이처럼 보길도 정착 후 윤선도의 시편에서는 원초적 고향인 서울을 그리워하는 내용이 별로 발견되지 않고, 혹 서울·양주 권역에 가 있다 해도 마음은 언제나 부용동에 있다는 것이 드러나 있어 두보와 큰 대조를 보인다. 이것은 윤선도의 경우 원초적 중심이 보길도 부용동과 해남 금쇄동에 의해 성공적으로, 그리고 자연스럽게 보완될 수 있었기 때문이다.

4. 나가는 말

두보와 윤선도의 삶의 공통점은, 그 이유야 달랐지만 이곳저곳을 流轉하였다는 것이다. 따라서 그들의 시작품을 보면 특정 공간에 대한 각별한 애정이 공통적으로 표현되어 있음을 알게 되는데, 성도 완화계 초당과 보길도 부용동이 그에 해당한다. 이곳은 그들에게 이상향과 같은 곳이면서 거택이 있던 주거 공간이기도 하다. 본고는 이들의 문학에서 '떠돎'과 '정착'이 중요한 테마 중 하나가 되고 있음에 주목하여, '정착'을 상징하는, '집'이라는 題材를 비교의 발판으로 삼아 두 사람의 문학세계를 조명하는 하는 데 목표를 두었다.

'집'은 한 개인의 실존의 중심이며 자기정체성의 형성 및 통합이 이루어지는 공간으로서 '고향'은 원초적 중심이 된다. 두보의 경우 원초적 중심은 낙양이고 윤선도의 경우는 서울이다. 성도 초당과 보길도 부용동은 모두 외부세계에 대한 '내부'로서의 기능 즉 구심적 성격을 띠며 떠났다 돌아오는 回歸의 장소가 된다. 또한, 세속 잡사에서 오는 갈등을 완화하고, 파편화된 자기정체성의 치유와 통합이 이루어지는 공간으로서 작용한다는 점도 공통적이다.

그러나, 두보의 경우 실존의 중심은 처음에는 낙양에 국한되다가 성도까지 확대되는 양상을 보이는 반면, 윤선도의 경우는 서울 圈域-양주 고산 포함-에서 보길도 권역-해남 금쇄동 포함-으로 옮겨지는 양상을 띤다. 이 글에서는 이를 중심의 '확대'와 '이동'으로 차별화하여 고찰하였다.

杜甫와 芭蕉

바쇼의 두보시 수용의 몇 국면

1. 두보와 바쇼

　마쓰오 바쇼의 작품세계 형성에 큰 영향을 끼친 사람으로 보통 일본 와카 시인 사이교(西行), 중국 시인 두보, 사상가 장자가 꼽힌다. 바쇼는 23세이던 1666년 무렵부터 12년간 교토에서 伊藤宗恕로부터 한학을 배운 것으로 알려져 있는데 그가 한시문의 영향을 크게 받은 시기는 延寶(1673~1680) 天和(1681~1683) 교체기 무렵이다.[1] 중국 시인 중에서도 바쇼에게 가장 큰 영향을 끼친 사람은 杜甫였는데 바쇼를 비롯한 당시 문인들은 寛永 20년(1643년) 교토 風月宗智刊本을 필두로 貞享(1684~1687) 연간까지 무려 28회나 간행되어 이 시대 일본 문학인에게 압도적인 영향력을 행사했던 『杜律集解』를 통해 주로 두시를 읽고 익혔던 것으로 보인다.[2]

　바쇼와 두보의 문학을 비교할 때, 두보에게 초점을 맞춰 바쇼에게 끼친 영향을 살피는 관점과 바쇼에 초점을 맞춰 그가 두보의 문학을 어떤 식으로 수용했는가를 살피는 관점이 가능한데 이 글은 후자의 관점에 입각해 있다. 후자의 관점 또한 크게 두 가지 접근 방향을 생각해 볼 수 있다. 하나는

---

1) 仁枝忠, 『芭蕉に影響した漢詩文』(東京: 教育出版センター, 1972), 339쪽.
2) 廣田次郎, 『芭蕉と杜甫』(東京:有精堂, 1990), 83쪽.

바쇼가 두보의 '어떤' 작품을 차용했느냐를 검토하는 관점이고 다른 하나는
그 작품들을 '어떤 방식으로' 수용했느냐 하는 것을 살피는 관점이다. 주로
일본의 바쇼 연구자에 의해 행해진 前者의 작업은 바쇼와 두보의 관계를
둘러싼 그간의 연구의 주류를 이루는데, 바쇼에 의해 차용된 두보 작품의
목록과 구절을 세세한 부분까지 제시함으로써 이 분야 연구의 기초적 자료
를 제공해 왔다.3) 본 연구는 이같은 방식으로 전개된 전자의 연구들을 토대
로 하여 두 번째 방향에서 바쇼의 시와 산문을 검토하는 데 목적을 둔다.
즉 바쇼가 두보의 시를 어떤 관점에서 수용하여 어떤 변형을 거쳐 자기의
구로 구현하였느냐를 살피려는 것이다.

구체적으로 2장에서는 바쇼의 하이쿠를 중심으로, 3장에서는 기행문과
하이분(俳文) 등의 산문을 중심으로 살피고자 한다. 이 글에서 사용될 '受
容'이란 말은 바쇼가 두보의 시구를 빌려 쓰는 借用이나 引用을 넘어 그것
을 재료로 하여 자기의 구로 재탄생시키는 것까지를 포괄하는 개념이다. 杜
詩 자료는 바쇼의 시대에 일본에서 널리 유포된『杜律集解』4)와『(刻)杜少
陵先生詩分類集註』5)-이후『杜詩集註』로 약칭-에서 인용하였다.

---

3) 이와 관련된 대표적인 연구로 廣田二次郎의 위의 책, 同 저자의『芭蕉の藝術』(東京: 有精
   堂, 1968) 및仁枝忠의 앞의 책,『芭蕉必攜』「典據」(尾形仂 編, 東京: 學燈社, 1980) 등을
   들 수 있다.

4) 이 글에서는 1670년 清水玄迪의 頭注가 있는 鼇頭本을 改刻하여 元祿 9년(1696년)에 간
   행한『杜律集解 鼇頭增廣本』(『和刻本 漢詩集成』第三輯, 長澤規矩也 編, 東京: 汲古書院,
   1974)을 대상으로 하였다. 이 간본에 붙어 있는 蘐庵의 跋에 의하면 '이십여 년 전(1670년)
   清水玄迪의 頭注가 있는 刊本이 있었으나 版이 마멸되어 改刻하는 바'라고 하였다. 이상
   『杜律集解』에 관한 서지사항은 이 책 解題에 의거함. 이후『杜律集解』의 서지사항은 생
   략함.

5) 杜甫(撰)·明 邵寶(集註)·明 過棟(參箋),『(刻)杜少陵先生詩分類集註』(『和刻本 漢詩集成』
   3·4輯, 長澤規矩也 編, 東京: 汲古書院, 1978). 和刻本『刻杜少陵先生詩分類集註二十三卷』
   은 일본의 鵜飼信之 等이 句讀하여 明曆 2년(1656)에 간행한 것이다. 이후『杜詩集註』의
   서지사항은 생략하고 권수만 표기하기로 한다.

2. 하이쿠에서의 두보시 수용

바쇼가 두보의 시를 재료로 하여 어떻게 자신의 구로 재탄생시켰는지를 보기 전에 차용의 '단위'에 대해 개괄해 볼 필요가 있다. 바쇼의 구에 차용된 두보 시작품 혹은 시 구절의 목록을 제시한 기존의 연구를 살펴보면 한 개의 '句'나 '聯'을 단위로 하여 차용하는 예가 대부분이고 경우에 따라서는 하나의 '단어'가 선택되기도 하며 한 작품 전체가 차용되는 경우는 발견하기 어렵다. 차용의 대상이 되는 두보의 시는 절구나 율시가 대부분인데 5언 절구라 해도 최소 20자, 7언 율시일 경우 최대 56자로 17자 하이쿠에 비하면 대단한 장편에 속한다. 더구나 표의문자인 한자와 음절문자인 가나의 성격을 감안하면 각각의 시 한 편에 담기는 '내용'과 '정보'의 양의 차이는 실로 엄청나다고 할 수 있다. 그러므로 바쇼가 두보의 어느 한 작품 전체를 차용하여 하이쿠 한 편으로 재탄생시키는 것은 거의 불가능하며 이처럼 두보 시에서 극히 일부를 '摘出'하는 과정이 요구되는 것이다.

한 개의 句나 聯이 적출될 경우 그 구나 연은 대개 시에서 주제를 구현하는 소재, 즉 '題材'를 포함하는 것인 경우가 많다. 또한 해당 두보 시가 율시일 경우, 적출되는 구나 연이 物과 我, 景과 情, 自然事와 人間事의 대구를 이룰 때는 我보다는 物, 情보다는 景, 人間事보다는 自然物을 읊은 구가 대상이 되는 경향이 농후하다. 이것은 하이쿠가 관념보다는 감각을 중시하는 '卽物詩', 감지하는 주체보다 감지의 대상에 우위권을 두는 '事物詩'(object poem)로서의 성격이 강하기 때문이다. 이로 인해 두보 시에서 구체적인 내용이나 표현 또는 설명이 이루어진 부분보다는 제재를 중심으로 한 '發想'이나 '모티프'가 차용의 대상이 되는 것을 볼 수 있다. 또한 長型의 한시를 短型인 하이쿠에 수용하기 위해서는 기본적으로 원문의 확대보다는 축소와 축약, 첨가보다는 생략과 삭제, 부연보다는 응축과 斷片化의 과정이 요구된다고 할 수 있다. 그러면 바쇼에 의해 두보의 시구가

수용되어 어떻게 한 편의 하이쿠 작품으로 재생산되는지 구체적으로 살펴
보기로 한다.

2.1. 〈明ぼのや〉의 예: '주제의 선택적 수용'

"明ぼのやしら魚しろきこと一寸"
(새벽녘이여/ 흰 뱅어 하얗기가/ 겨우 한치)6)

이 구는 1684년에 행해진 여행 때 10月 무렵 구와나(桑名)에서 지은 작품이
다.7) 이 여정을 기록한 기행문『들판에 뒹구는 해골』(『野ざらし紀行』)에서는,

　낯선 곳에서의 나그네 잠에도 질렸기에, 아직 날이 다 새기 전에 일어나 어둑어
둑한 해변 쪽으로 나가 보니8)

라는 산문 서술 다음에 이어진다.9) 주 소재인 뱅어는 원래 투명한 색으로
가늘고 길며 크기가 작은 어종인데 이 구에서는 뱅어의 이같은 속성 중 '희
고 작은' 특징을 포착하여 함축적으로 표현하고 있다. '一寸'이라는 명사로
구가 마무리되는 '체언종지법'은 뱅어가 지닌 이미지를 선명하게 부각시키

---

6) 분절은 필자에 의함.
7) 바쇼가 제자 보쿠인(谷木因, 1645~1725)과 함께 桑名에 왔을 때 읊은 것이다. 이 구의
　초안은 〈雪薄し白魚しろきこと一寸〉(희고 가느다란/ 뱅어들 하얗기가/ 겨우 한치)로
　되어 있었다고 한다. 초안의 경우 '눈'과 '白魚'가 모두 흰색이므로 이미지의 중복으로 시
　적 가치가 떨어지는 면이 있었다. 현재와 같은 형태로 퇴고한 탓에 季題는 '雪'의 '겨울'에
　서 '明ぼの'의 '봄'으로 바뀌었다. 松尾芭蕉,『芭蕉句集』(大谷篤藏・中村俊定 校注, 東京:
　岩波書店, 1962), 36쪽 주 74번.
8) "草の枕に寝あきて, まだほのぐらきうちに濱のかたに出て"
9)『松尾芭蕉集』(『日本古典文學全集』41, 小學館, 1972・1989), 294쪽. 하이쿠는『芭蕉句集』
　에 74번으로 수록되어 있다. 이하 바쇼의 하이쿠와 산문을 같이 인용할 경우는『松尾芭蕉
　集』을, 하이쿠만 단독으로 인용할 경우는『芭蕉句集』을 대상으로 하며 이후 두 책에 대한
　서지사항은 생략한다.

는 효과를 지닌다. 뱅어를 본 시간과 장소는 새벽녘의 해변가로서 새벽 무렵이기에 그 색이 더 뿌옇게 보였을 것이고 드넓은 해변가이기에 그 크기가 더 작아 보였을 것임을 짐작할 수 있다.

뱅어를 소재로 한 바쇼의 하이쿠로는 이 외에도 <明ぼのや>보다 3년 앞선 1681년에 지어진 <藻にすだく>가 있다.

"藻にすだく白魚やとらば消ぬべき"
(물풀 속의/ 뱅어떼 잡고 보면/ 홀연 사라지네)10)

이 구는 손가락 사이로 **빠져나갈** 만큼 작고 섬세한 뱅어의 모습을 표현한 것으로 <明ぼのや>는 여기에다가 '흰' 성질까지 부가적으로 한 구에 담아내고 있어 시적 함축성을 높인 작품이라 할 수 있다.

이 두 구 창작의 자원으로 거론되는 두보의 작품은 <白小>이다. 이 시는 『杜律集解』에는 수록되어 있지 않고 『杜詩集註』 20권 '五言律'에 <鸚鵡> <孤雁> <鷗> <猿> <麂> <雞> <黃魚> 등과 함께 '鳥獸類'로 분류되어 실려 있다.

白小羣分命	하얗고 작지만 하늘로부터 부여받은 생명
天然二寸魚	본래 두 치밖에 안되는 물고기라네
細微霑水族	가늘고 섬세하여 다른 물고기의 먹이가 되어 주고
風俗當園蔬	민속에 야채를 대신하는 먹거리가 되어 왔다
入肆銀花亂	시장에 내놓으면 은색 꽃잎 나풀거리는 듯
傾筐雪片虛	광주리를 기울이면 눈송이가 흩날리는 듯
生成猶拾卵	삶의 섭리로 보면 알도 주워 보호해야 하거늘
盡取義何如	다 잡아 버리니 생명의 도리 어쩔 것인가　(<白小>)

---

10) 『芭蕉句集』 73번.

시 본문 앞에는 '白小卽今麵條魚'라는 짧은 序가 붙어 있어 '白小'가 麵條魚라고도 불리는 뱅어임을 말해 준다. 뱅어는 모양이 면발처럼 가늘고 길며 투명한 색을 띠고 있어 '실치' '銀魚'라고도 불린다. 따라서 '白小'는 물고기의 이름인 동시에 그 물고기의 외관을 형용하는 표현이기도 하다. '鳥獸類'로 분류된 다른 작품과 마찬가지로 題材가 되는 사물로써 제목을 삼고 그 사물의 가장 두드러지는 특성을 묘사한 뒤 그것을 관찰하는 화자의 느낌을 시로 표현하고 있다. 이 작품군은 공통적으로 해당 사물에 대한 묘사-'景'-와 그 사물을 보고 느낀 화자의 느낌-'情'-이 조화를 이루어 情景融合의 표본이 되고 있다. 위 시의 경우 首聯과 頷聯, 頸聯은 '경'의 묘사에 해당하고 맨 끝 尾聯은 '정'의 표출에 해당한다. 수련에서는 '희고 작은' 뱅어의 속성을 총괄적으로 제시한 뒤 함련에서는 '小', 경련에서는 '白'의 이미지를 구체화했다. 미련에서는 모든 사물은 아무리 작은 것이라도 각각의 생명의 도리가 있는데 이를 어기고 다 잡아버리는 인간의 행동에 대한 경계의 뜻을 표현하고 있다.

이 한 편의 시에는 '살아 있는 모든 존재는 본래부터 각각의 고유한 속성을 지니고 있고 이에 따라 살아간다'고 하는 '物皆自得'[11]의 주제와 더불어 인간에 대한 경계, 미물에 대한 안쓰러움, 생명에의 경외감 등 다양한 주제가 구현되어 있다. 17자밖에 되지 않는 하이쿠의 속성상 이처럼 주제가 여럿일 때 그중 하나를 선택하는 것은 지극히 자연스러운 현상이라 할 수 있다. 바쇼는 이 주제들 중 '物皆自得'의 主旨에 초점을 맞춰 뱅어의 본질적 특징인 '희고' '작은' 속성을 선택적으로 수용하여 <明ぼのや>라는 구로 담아내고 있다. 이보다 앞서 지어진 <藻にすだく>에서는 단지 '小'의 속성만을 포착한 것에 비해 한 단계 진전을 보인 것이라 할 수 있다. 교훈적 요소

---

11) 『莊子』「齊物論」에는 子遊가 南郭子綦에게 '天籟'에 대해 묻자 子綦가 이를 설명하는 대목이 나오는데 이 설명에 郭象이 '物皆自得'이라는 표현을 써서 주를 붙인 데서 유래한다. 『莊子』(郭象 註, 臺北: 藝文印書館, 2000).

의 배제, 景物과 人情 중 경물에 비중을 두고 적출이 이루어지는 경향을
여실히 보여준다고 하겠다.

2.2. 〈瓜作る〉의 예: '두 주제의 결합'

"瓜作る君があれなと夕涼み"
(오이 키우던/ 그대가 있을까나/ 시원한 저녁바람)12)

이 작품은 1687년 여름에 지어진 것으로 『續蕉影余韻』所收 眞蹟에는
'古園'이라는 마에가키(前書)가 붙어 있다.13) 제목과 같은 구실을 하는 이
마에가키는 이 작품을 화자가 고향을 찾아 시원한 저녁 바람을 쐬며 옛날
오이를 키우던 知人을 회상하는 내용으로 읽게 하는 단서가 된다. 이 하이
쿠는 '오이'와 '고향'14)을 결합한 시적 발상을 토대로 하여 지어진 것으로
두보의 〈解悶十二首〉·1이 作句의 자원이 되고 있다.

一辭故國十經秋　　고향 한 번 떠나 열 번이나 가을 지나니
每見秋瓜憶故丘　　가을 외를 볼 때마다 고향이 생각나누나
今日南湖采薇蕨　　지금은 남호에서 고사리나물 캐고 있으니
何人爲覓鄭瓜州　　그 누가 나를 대신하여 정과주를 찾으리오15)

이 시에서 '故國'은 長安을 가리키며 두보는 이를 '故丘'라는 말로 표현
함으로써 '고향'의 이미지16)를 부각시키고 있다. 두보가 장안을 떠나와 肅
宗을 알현한 것이 757년이므로 이 시를 지은 것은 그로부터 10년이 지난

---

12) 『芭蕉句集』 278번.
13) 『芭蕉句集』 278번 頭註.
14) 일본어 '오이'에 해당하는 'きゅうり'는 '고향'이라는 뜻의 '舊里'와 음이 같다.
15) 『杜詩集註』 卷十五, 288쪽.
16) 여기서 '고향'이란 꼭 나고 자란 곳을 가리키기보다는 '그리운 곳'이라는 의미가 더 강하다.

766년 무렵 혹은 그 이후로 볼 수 있다. 제2구에서 '외'를 보면서 고향을 떠올린다고 하는 발상은 바쇼 하이쿠 창작에 직접적 동기를 부여하고 있다. '외'와 '장안'의 연관성은 장안의 지리와 풍속 등을 자세히 기술한『三輔黃圖』의 다음 기록에서 찾을 수 있다.

　　장안성의 동남쪽의 제1문은 霸城門이라 하였는데 그 문이 파란색이므로 靑城門 혹은 靑門으로 불리기도 했다. 옛날부터 문 밖에서는 맛있는 오이가 자랐다. 광릉 사람 소평은 秦의 東陵侯였는데, 진이 멸망하자 평민이 되어 靑門 밖에 오이를 심었다. 그 오이가 맛이 좋아서 당시 사람들은 이를 '東陵瓜'라 일컬었다.17)

　이로써 1, 2구는 장안을 떠나와 있는 두보가 가을 오이를 보면서 고향을 떠올리는 상황을 표현한 것임이 분명해진다.18)

　제4구의 "鄭瓜州"에 대해 두보는 原注에 '鄭審'이라 명기하고 있는데 이는 일반적으로 '鄭瓜州'라는 별칭으로 불리는 사람이 정심의 숙부인 '鄭虔'이기 때문에 오해를 피하기 위해서라고 생각된다. 두보의 친구인 정심은 鄭州 滎陽19) 사람으로서 唐 肅宗 乾元 年間(758~760)에 袁州 刺史를 지냈는데, 768년 무렵 荊州府 江陵縣20) 少尹으로 좌천되어 있었다. 제3구의 "南湖"는 이곳 남쪽에 있는 호수인데 이 일대는 瓜州村이라고도

---

17) "長安城東出南頭第一門霸城門, 民見門色靑, 名曰靑城門或曰靑門. 門外舊出佳瓜. 廣陵人邵平, 爲秦東陵侯, 秦破爲布衣種瓜靑門外, 瓜美故時人謂之東陵瓜."『三輔黃圖』1卷「都城十二門」(孫星衍·莊逵吉 校定, 北京: 中華書局, 1985).『三輔黃圖』라는 책은 누가 지었는지 알 수 없으나 孫星衍은 漢末人에 의해 初本이 이루어진 것으로 보고 있다. 이 책은 漢代 三輔 지역의 古跡을 主로 삼고 있는데 특히 長安을 가장 충실히 기술했다.

18) 그 문 남쪽에 下杜城이 있었는데, 두보는 天寶 13년(754)에 下杜城에 거주한 적이 있었다고 한다.

19) 오늘날 허난성(河南省) 滎陽.

20) 오늘날 후베이성 장링현(湖北省 江陵縣).

불리었으며 정심이 강릉 소윤으로 좌천되어 있으면서 이 주변에 정자를
지었다고 한다. 3구에서 '(정심이) 지금 남호에서 고사리나물을 캐고 있다'
고 한 것은 백이·숙제의 고사를 빌려와 謫地에서의 정심의 빈한한 삶을
표현한 것이라 하겠고 제4구는 '누가 내 대신 정과주를 찾으리오'라고 함
으로써 멀리서 친구의 貧居의 처지를 안타까워하는 심정을 표현한 것이라
할 수 있다.

그런데 여기서 주목해 볼 점은 1, 2구에서는 '오이'를 보고 고향-장안-을
떠올렸는데 3, 4구에 묘사된 정심의 상황은 고향과는 관계가 없다는 점이
다. 즉, 산시성(陝西省)에 있는 장안과 후베이성(湖北省)에 있는 남호는 지
리적으로 거리가 멀고 정심은 허난성(河南省) 출신이므로 '고향'으로 인식
된 장안과 관련하여 정심을 떠올리지는 않았다는 것이다. 이에 대한 단서는
정심을 지칭하는 '鄭瓜州'의 '瓜'라는 글자에서 찾을 수 있다. 두보는 '오이'
라는 사물을 보면서 고향으로 새겨진 장안을 떠올리는 한편, 오이에 해당하
는 '瓜'라는 글자를 통해 친구인 정심을 떠올리고 있는 것이다. 이 시는 이
처럼 '오이'라는 제재가 야기한 二重의 作詩 의도를 토대로 '오이를 보면서
고향-장안-을 생각'하고 '瓜라는 글자로써 친구 정심을 연상'한다고 하는
별개의 두 주제를 구현하고 있는 셈이다.

다시 바쇼의 하이쿠로 돌아가 살펴보면 이 두 주제를 결합하여 하나의
구에 담아내고 있음을 보게 된다. '古園'이라는 마에가키 하에 '오이 키우던
/그대가 있을까나/시원한 저녁바람'이라고 읊음으로써 '오이'라는 제재가
연상시키는 장소와 사람, 즉 '고향'과 '오이키우던 그대'를 하나로 결합하여
구로 형상화하고 있는 것이다. 여기에 시원한 저녁바람이 불고 있는 상황까
지 부가하여 짧은 구 안에 풍성한 내용을 담아내고 있음을 본다.

바쇼의 구를 두보의 시와 비교해 보면 原詩에서는 화자가 '오이'로부터
연상되는 대상들을 멀리서 떠올리는 시적 상황이 설정되어 景보다는 '情'에
초점이 맞춰진 반면, 바쇼의 구는 화자가 직접 그 장소에서 실물의 오이를

보면서 옛날의 지인을 회상하는 설정으로 되어 있어 '情'보다 '景'이 강조되는 결과를 낳는다. 그리하여 두보의 시에 비해 卽物的이고 선명한 이미지가 부각되는 효과를 낳는다.

이처럼 바쇼는 두보의 시에서 시적 자원을 빌려 왔으면서도 자기 나름의 변화를 주어 '情'보다 '景'을 강조한 작품으로 재탄생시킴으로써 '事物詩'로서의 면모를 여실히 보여주고 있다고 할 수 있다.

2.3. 〈牧丹藥〉의 예: '새로운 주제의 창출'

"牡丹藥ふかく分出る蜂の名殘哉"
(모란 꽃술 속/ 헤치고 나온 벌의/ 아쉬움이여)

이 구는 바쇼의 첫 여행인 '들판에 뒹구는 해골' 여행 때 도요(桐葉)[21]의 집에서 묵고 에도로 돌아오려 할 때의 심정을 표현한 것이다. 구 앞에는 '또다시 도요의 집에 머물고 나서 이제는 에도로 돌아가려 함에'[22]라고 하는 산문 서술이 있어 하이쿠 해석에 실마리가 된다.

이 하이쿠 작품은 꽃가루를 실컷 먹고 나온 벌의 모습을 그리고 있는데 여기서 '벌'은 바쇼 자신을, 모란 꽃술은 도요와 그의 가족을 비유한 것이다. 모란 꽃술에서 나온 벌의 '아쉬움'을 통해, 머무는 동안 후한 대접을 해준 林氏 일가와 헤어지는 자신의 섭섭한 마음을 표현하고 있는 것이다. 이 구에서와 같은 '꽃'과 '벌나비'의 조합은 사실 동서고금 모든 시인에게서 발견할 수 있는 것이므로 두보의 시에서만 아이디어를 빌린 것이라 하기는 어렵다. 그러나 이 하이쿠의 성립에 있어 유력한 시적 자원의 하나로서 두보의 아래 시작품들을 상정하는 데는 무리가 없다고 본다.

---

21) 熱田의 문인 林七左衛門을 가리킨다. 바쇼는 이 여행에서 두 번 그의 집에서 묵었다.
22) "二たび桐葉子がもとに有て, 今や東に下らんとするに," 『松尾芭蕉集』, 298쪽.

藹藹花藥亂　　우거진 꽃술 어지럽고
飛飛蜂蝶多　　이리저리 나는 벌나비 많구나
幽棲身懶動　　깊숙한 곳에서 살아가매 몸 움직이기 게으르니
客至欲如何　　손님이라도 찾아오면 어찌할거나　　(<絶句六首>·2)23)

整履步青蕪　　신발을 신고 푸른 숲 걷고 있노라니
荒庭日欲晡　　거친 뜰에 비치는 햇살은 점점 저물어간다
芹泥隨燕觜　　제비의 부리에는 미나리 흙이 묻어 있고
藥粉上蜂鬚　　벌의 수염에는 꽃가루가 묻어 있네
把酒從衣濕　　옷이 젖은 채 술잔을 들고
吟詩信杖扶　　지팡이에 의지하여 시를 읊조린다
敢論才見忌　　나의 재주가 남의 시기를 받는다고 말하지 말라
實有醉如愚　　그저 취하여 바보처럼 되었을 뿐이니　　(<徐步>)24)

　앞의 것은 <絶句六首> 중 두 번째 것이고 뒤의 것은 5언 율시 <徐步>
다. 절구 작품에서 1·2구는 벌나비라는 자연물을, 3·4구는 인간사를 표현
하였다. 對仗을 특성으로 하는 율시의 작시법의 면모가 이 절구에도 반영되
어 있다. 서두르거나 바쁠 일이 없어 매사 게을러진 화자의 모습을 표현한
3·4구의 내용과는 대조적으로 1·2구는 '어지러운 꽃술'과 '벌나비떼'를 조
합하여 꽃술 사이를 헤집고 다니며 花粉을 취하는 벌나비의 모습을 묘사하
였다. 벌나비의 '부지런함'과 인간의 '게으름'이 대조를 이루고 있는 것이다.
　한편 율시 <徐步>의 경우는 首聯과 尾聯의 인간사와, 頷聯과 頸聯의
자연사가 對仗을 이루고 있다. 함련은 '제비', 경련은 '벌'이라는 자연 경물
을 제재로 하고 있는데 '흙이 묻어있는 제비'와 '꽃가루가 묻어있는 벌'은
각 존재에 있어 본연의 모습을 포착하여 형상화한 것이다. 이와 마찬가지로

---

23) 『杜詩集註』卷十五, 270쪽.
24) 『杜詩集註』卷十六, 307쪽.

경련에 그려진 '술 마시며 시를 읊조리는 모습'은 두보의 가장 두보다운 모습이라 할 수 있다. 그러니 누군가의 시기를 받아 이렇게 지낸다고 오해하지 말라는 뜻을 尾聯에서 피력하고 있는 것이다. 즉 함련에서 말하는 '자연의 섭리'와 '두보 자신의 천명'을 병치시켜 '物皆自得'이라는 주제를 구현하고 있다.

바쇼의 하이쿠를 두보의 이 두 작품과 비교해 보면 '벌나비가 꽃을 탐하는 모습'을 두고 두보는 <絶句六首·2>에서는 그 '부지런함'의 주제로, <徐步>에서는 '物皆自得'이라는 주제로 구체화하고 있는 반면, 바쇼는 두보의 세계를 벗어나 '이별의 아쉬움'이라는 새로운 주제를 창출하고 있음을 본다.

2.4. 〈其玉や〉의 예 : '주제의 轉換'

"其玉や羽黒にかへす法の月"
(아름다운 혼/ 하구로에 불러오는/ 眞如의 달빛)[25]

바쇼는 1689년 동북지방 여행 중 6월 3일에서 13일 사이에 하구로산(羽黒山)에 체재했는데 이 구는 하구로산의 50대 別當을 지낸 덴유호인(天宥法印)을 추모하며 지은 것이다. 기행문 『오쿠의 좁은 길』(『奥の細道』)에는 실려 있지 않으나 하구로 神社에는 덴유호인을 추도하는 글이 적힌 眞蹟懷紙가 남아 있다. 추도문 뒤에 위 하이쿠가 있고 맨 끝에 '元祿二年季夏'라는 年記가 적혀 있다. 덴유호인은 하구로산의 중흥의 시조라고 일컬어지는 승려인데 모함을 받아 1668년에 이즈오시마(伊豆大島)에 유배를 갔다가 1674년 유배지에서 세상을 뜬 인물이다.

해당 하이쿠는 '佛法의 靈山인 하구로산에 떠오른 달은 그 佛法의 힘으

---

25) 『芭蕉句集』 495번.

로 유배지에서 억울하게 죽은 덴유호인의 원혼을 이곳으로 불러온다'는 내
용을 담고 있다. 여기서 체언종지[26]로 마무리된 '月'은 季語이자 題材로서
이 구의 의미의 초점이 놓인 부분이다. 그리고 '다마'(たま)로 발음되는 '玉'
은 '魂魄'과 '보석'의 두 가지 의미를 나타내는 重意的 표현이다. 이처럼 '달'
과 '혼백'을 결합시킨 발상의 원천으로 두보의 시 <詠懷古跡五首>·3이
거론된다.

羣山萬壑赴莉門	뭇 산과 골짜기가 형문산으로 달리는 곳에
生長明妃尚有村	왕소군이 나고 자란 마을 아직도 남아 있네
一去紫臺連朔漠	궁궐을 한 번 떠나 북녘 사막으로 갔는데
獨留靑塚向黃昏	이제는 무덤만 남아 황혼을 향해 있다
畫圖省識春風面	그림으로는 봄바람 같은 고운 얼굴 알 수가 없었기에
環珮空歸夜月魂	環珮만 달밤에 넋이 되어 허망하게 돌아왔네
千載琵琶作胡語	천년 동안 비파에 담긴 오랑캐의 말
分明怨恨曲中論	분명 그 곡조는 원한을 말하고 있겠지

(<詠懷古跡五首>·3)[27]

바쇼의 하이쿠는 위 시의 제6구를 차용한 것이다. 여기서 "環珮"는 장신
구로 사용되는 '佩玉'을 가리키는데 이는 소지품으로써 그 소유주를 나타내
는 제유법적 표현에 해당하며 '環佩 → 왕소군 → 왕소군의 넋'으로의 의미
의 전이가 일어난다. 왕소군의 혼백이 달밤에 돌아왔다고 함으로써 '달'과
'혼백'을 결합시키는 발상을 선보이는 한편, 혼백을 '패물'과 연결시키는 수
법을 활용하고 있다. 이 점 또한 바쇼의 하이쿠에도 차용되어 있다. 이러한
발상법을 기반으로 혼백의 주인이 왕소군에서 덴유호인으로 대치가 된 것

---

26) '체언종지'(体言止め)는 하나의 구가 명사나 대명사, 수사와 같은 체언으로 종결되는 것
   을 가리키는데 주로 명사로 끝나는 경우가 많으므로 '명사종지'라고도 한다.
27) 『杜律集解』, 202쪽; 『杜詩集註』 卷二十二, 490쪽.

을 볼 수 있는데 두 사람 모두 억울하게 일생을 마감한 인물이라는 공통점
을 지닌다.

그러나 바쇼에 있어 '달+혼백'의 전개는 두보의 경우와 세부적 차이를
지닌다. 두보 시의 경우 텍스트의 초점은 '왕소군'에 맞춰져 있고 따라서 왕
소군의 '넋'이 主가 되고 '달'은 從이 되는 반면, 바쇼 하이쿠에서는 '달'이
주가 되고 덴유호인의 '넋'은 종이 된다는 점이다. 두보의 시에서 '環佩'로
비유된 왕소군의 혼백은 달밤이 되었을 때 돌아온다고 했으므로 달밤은
'왕소군의 혼백'이라고 하는 주체가 어떤 행위를 펼치는 시간이 되는 셈이
다. 결국 작품의 主旨는 왕소군의 억울한 사연을 드러내는 것으로 볼 수
있다.

한편 바쇼 하이쿠에서 '달'은 먼 곳에 잠들어 있는 덴유호인의 혼까지 불
러올 만큼의 강력한 힘을 지닌 사물로 표현된다. '眞如의 달'이라는 표현은
체언종지법으로 처리되어 있는데 이런 종결법은 서술어를 생략함으로써 해
당 사물의 이미지를 부각시키는 시적 효과를 낳는다. 이 하이쿠의 텍스트
지향점은 바로 이 '달'이라 할 수 있으며 달은 덴유호인의 혼을 불러오는
주체로 작용하고 있다. 결국 이 하이쿠는 '사람'-덴유호인-으로부터 '사물'-
달-로 초점의 이동이 이루어진 '事物詩'의 특성을 지니게 되는 것이다.

이처럼 바쇼의 구는 두보의 시에서 '혼백+달'의 발상을 빌려 왔으면서도
'사람'으로부터 '사물'-달-로 제재의 비중이 옮겨가, '억울한 혼백에 감정이
입을 하는 것'→'신비한 달의 힘을 표현하는 것'으로 '주제의 전환'을 이루
고 있는 것이다. 결과적으로 두보의 시 제목이 말해 주듯 '詠懷詩'로부터
하이쿠 특히 바쇼 하이쿠의 특성이라 할 '事物詩'로 텍스트의 본질이 바뀌
는 양상을 보인다.

2.5. 〈糸遊に〉의 예: '두보 시구의 轉寫'

"糸遊に結びつきたる煙哉"
(저 아지랑이/ 전설과 하나가 된/ 연기일거나)28)

이 구는 1689년 바쇼가 제자인 소라와 함께 동북지방 여행 중일 때 3월 무렵 무로노 야시마(室八島)에서 지은 것이다. 이 여행에 대한 기행문『오쿠의 좁은 길』에는 실려 있지 않으나 수행했던 소라가 별도로 기록한『俳諧書留』29) 첫 부분에 수록되어 있다.『오쿠의 좁은 길』에는 무로노 야시마에 관계된 이야기가 기록되어 있다. '고노하나 사쿠야'라는 여신이 '니니기노' 神의 자식을 낳으면서 자신의 결백을 증명하기 위해 스스로 방에 불을 질렀다고 한다. 그리고는 불 속에서 무사하게 세 명의 자식을 낳았으므로 부뚜막 神의 이름을 따서 '무로노 야시마'라고 불리게 되었다는 것이다. 이후 '무로노 야시마' 하면 와카에서는 '연기'를 읊게 되어 있다는 내용이다.30) 바쇼는 이 이야기를 토대로 위 구를 지었으므로 하이쿠에서 '연기'는 전설과 연관된 것임이 자명하다. "糸遊"는 아지랑이를 가리키는데 여기서 '실'이라는 뜻의 '糸'와 '묶는다'는 뜻의 '結'은 緣語31) 관계에 놓인다.

이 구는 무로노 야시마 주변의 들에 아른거리는 아지랑이의 모습과 이야기의 내용을 결합하여 아지랑이가 연기처럼 피어오르는 모습을 형상화한 것이다. 이처럼 '아지랑이'와 '연기'를 결부시키는 발상은 두보의 아래 시

---

28)『芭蕉句集』39번.
29) 동북지방 여행에 바쇼를 수행한 소라는 자신들이 읊은 하이쿠 및 여행 중 행해진 하이카이 興行의 기록 등을『隨行日記』와는 별도로 기록해 두었는데 이 기록을『俳諧書留』라 한다.『오쿠의 좁은 길』에 수록된 하이쿠 작품들의 初案 형태 등을 알 수 있다는 점에서 바쇼 연구의 중요한 자료가 되고 있다. 可合曾良,『俳諧書留』(『おくのほそ道: 付曾良旅日記·奥細道菅菰抄』(萩原恭男 校注, 東京: 岩波書店, 1979), 131쪽.
30)『松尾芭蕉集』, 343~344쪽.
31) 두 단어가 서로 관련이 있는 말.

<宣政殿退朝晚出左掖>에서 빌려온 것이다.

天門日射黃金榜	대궐문 황금의 편액에 햇빛 비치고
春殿晴曛赤羽旗	봄날 전각 붉은 깃발에 맑은 빛이 빛난다
宮草霏霏承委珮	궁궐 풀은 무성하여 늘어진 패옥에 닿고
爐煙細細駐游絲	향로의 연기는 가늘게 아지랑이에 머문다
雲近蓬萊常五色	봉래궁 가까운 구름은 항상 오색빛을 띠고
雪殘鳷鵲亦多時	鳷鵲觀에는 녹다 만 눈이 아직도 남아 있다
侍臣緩步歸青瑣	임금을 모시는 신하는 느린 걸음으로 청쇄문을 나와
退食從容出每遲	퇴청을 서두르지 않으니 매번 늦어지네

(<宣政殿退朝晚出左掖>)[32]

위의 시는 어느 봄날 46세의 늘그막에 좌습유의 벼슬자리를 얻은 두보가
임금의 은혜에 보답하고자 하지만 항상 능력이 부족한 자신으로 말미암아
본심과 어긋나 걸음이 내키지 않아 머뭇거리며 천천히 걸어 나오는 것을
읊은 작품이다. 주 제재인 '宣政殿'을 중심으로 하여 1~6구는 대궐문을 들
어섰을 때 눈에 들어오는 풍경을 묘사하였고 7~8구는 퇴청하는 신하의 모
습을 그렸다. 바쇼 시의 자원이 된 제4구는 전각의 뜰을 묘사한 부분으로
3구와 더불어 '宮草'와 '爐煙', '霏霏'와 '細細', '委珮'와 '游絲'가 상호 대응
을 이루고 있다. 4구에서 '游絲'는 '아지랑이'로서 원래 '絲游'라고 해야 하
지만 '絲'가 2구의 '旗', 6구의 '時'. 8구의 '遲'과 더불어 '支'韻에 속하므로
운자를 맞추기 위해 '游絲'로 표기하였다.

두보의 시 제4구 '향로의 연기는 가늘게 아지랑이에 머문다'에 비추어 바
쇼의 해당 구를 살펴볼 때, 앞서 예시한 몇 하이쿠 작품들과는 달리 해당
하이쿠에서는 '아지랑이'를 '연기'와 결합시킨 두보의 발상을 그대로 차용하

---

32) 『杜律集解』, 155쪽; 『杜詩集註』 卷二十二, 494쪽.

였고 전체적인 주제나 내용은 물론 표현상으로 어떤 변형을 가한 흔적도 보이지 않는다. 다만 지명에 얽힌 일본 고유의 전설을 관련시키고 있을 뿐이다. 바쇼가 기행문 『오쿠의 좁은 길』에 이 작품을 수록하지 않은 것도 이처럼 原詩의 발상과 표현을 그대로 베낀 것 같은 느낌을 스스로 가졌기 때문일 것으로 보인다.

3. 산문에서의 두보시 수용

3.1. 기행문 『鹿島詣』의 예: '인용'

낮부터 비가 끊임없이 내려 달은 볼 수 없을 것 같았다. 전에 곤본사(根本寺)에서 살았던 화상[33]께서 속세를 피해 다시 이곳으로 돌아와 머물러 계신다는 말을 듣고 방문하여 이곳에서 묵게 되었다. '사람으로 하여금 깊이 성찰하게 한다'고 두보가 읊었다던가 하는 것처럼 잠시 마음이 청정해졌다. (下略) "절에서 묵으며/ 진실한 얼굴이 되어/ 달구경하네."[34]

위 인용은 1687년 8월 바쇼 나이 44세 때 행해졌던 가시마(鹿島) 여행을 기록한 기행문 『鹿島詣』-혹은 『鹿島紀行』-의 일부를 발췌한 것이다. 1687년, 가시마의 곤본사에 돌아온 붓초(佛頂) 화상으로부터 달구경하러 한번 오라는 편지를 받은 바쇼는 소라(曾良)와 소하(宗波)를 데리고 달구경 겸 가시마 神宮 참배겸 해서 스님을 방문하게 된다. 인용문에서 달은 中秋

---

33) 바쇼의 禪의 스승인 붓초(佛頂) 화상을 가리킨다.

34) "ひるよりあめしきりにふりて, 月見るべくもあらず. ふもとに, 根本寺のさきの和尙, 今は世をのがれて, 此所におはしけるといふを聞て, 尋入てふしぬ. すこぶる人をして深省を發せしむと吟じけむ, しばらく淸淨の心をうるににたり. (下略) <寺にねて誠がほなる月見哉.>", 『松尾芭蕉集』, 305쪽.

의 보름달을 가리킨다. 사실 이날 날이 흐려 달을 보지 못했으나 달구경을
하는 것으로 설정하여 하이쿠35)를 읊었다.

위 하이분의 경우 두보의 동일 시구가 산문 서술과 하이쿠에 모두 차용
되어 있다는 점에 주목할 필요가 있다. 인용된 두보의 시는 5언 율시 <遊龍
門奉先寺>의 끝구인데 全文은 다음과 같다.

已從招提遊	이미 다른 절에서 노닐다가
更宿招提境	또다시 절집에서 잠을 자네
陰壑生靈籟	북쪽 골짜기에서는 바람 소리 일고
月林散淸影	달빛 쏟아지는 숲속 나무 그림자 일렁인다
天闕象緯逼	하늘을 찌르는 산봉우리는 별에 닿아있고
雲臥衣裳冷	구름 속에 누우니 옷은 차갑다
欲覺聞晨鐘	잠깨려 할 쯤 들려오는 새벽 종소리
令人發深省	사람으로 하여금 깊은 반성을 하게 하는구나

(<遊龍門奉先寺>)36)

이 예에서 보듯 타인의 시구를 빌려와 자신의 산문 텍스트의 일부로 이
식하는 가장 보편적인 방법은 '인용'이다. 위 하이분에서 밑줄 부분 '두보가
읊었다던가'에 해당하는 원문의 "けむ"는 자신이 직접 경험하지 않고 남에
게서 전해 들은 과거의 사실을 서술할 때 사용하는 조동사인데 여기서는
두보의 시구를 인용하는 데 사용되고 있다. 위의 예에서 두보 시 제8구와
바쇼 하이분에 인용되어 있는 부분을 비교해 보면 원문 그대로를 인용하지
않고 일본어로 풀이하여 인용하고 있음을 본다. 둘의 공통점은 '깊은 산중
의 절'을 배경으로 하고 있으며 그 절에서 묵는 동안 마음이 경건해지고 자

---

35) 和尙이 와카를 읊고 뒤를 이어 바쇼가 '桃靑'이라는 俳名으로 두 구의 하이쿠를 읊었으
며 바쇼를 수행했던 소라와 소하도 각각 한 구씩 하이쿠를 읊었다.

36) 『杜律集解』, 10쪽.

신을 깊이 성찰하게 되었다는 내용으로 전개되고 있다는 점이다.

그러나, 구체적으로 사람을 깊이 성찰케 하는 동인은 두보 시의 경우 '새 벽녘의 종소리'인 반면 바쇼 하이분에서는 '경건한 절의 분위기'로 나타나 있는데 그 절이 청정한 느낌을 주는 것은 그곳에 도가 높은 붓초 선사가 머물고 있기 때문이다. 붓초 스님과 그가 머무는 산사는 환유관계에 놓이므 로 결국 바쇼가 사람으로 하여금 반성을 하게 하는 대상이라고 여기는 존재 는 '붓초 스님'이 되는 셈이다. 다시 말해 바쇼의 마음이 청정해진 직접적 동인은 붓초 선사라 할 수 있다.

두보의 동일 시구를 빌려 오면서도 산문 서술에 있어서는 원문의 내용에 변형을 가하지 않은 채 가나로 번역하여 인용하고 있는 반면, 하이쿠의 경 우는 '진실한 얼굴이 되어'와 같이 생략과 응축이라는 변형의 절차를 거치 고 있음을 본다. 그리하여 두보 시구의 모티프만 빌려와 새롭게 재생산하는 양상을 보인다. 이것은 텍스트 길이가 어느 정도 확보되어 있는 산문과 그 렇지 못한 하이쿠의 문학 양식의 차이에서 비롯된 것이라 할 수 있다.

3.2. 하이분(俳文) 「걸식하는 늙은이」(「乞食の翁」)의 예: '의미 부여'

"두 마리 꾀꼬리 비췻빛 수양버들 속에 우짖고/ 백로는 일렬로 푸른 하늘로 날아오르네." 나는 다만 이 詩句만을 알 뿐, 그 마음은 알지 못한다. 그 쓸쓸함만 을 헤아릴 뿐 그 뒤에 있는 즐거움은 알지 못한다. 내가 두보보다 윗길인 것은 다만 多病이라는 사실뿐이다. 초라한 오두막의 파초잎 그늘에 숨어 스스로 '乞 食하는 늙은이'라고 부른다.[37]

이 하이분은 芭蕉庵으로 入居한 다음 해에 쓰여진 「걸식하는 늙은이」라

37) "<臆含西嶺千秋雪 門泊東吳萬里船>. 我其句を識て, 其心を見ず. その侘をはかりて, 其 樂をしらず. 唯, 老杜にまされる物は獨多病のみ. 閑素茅舍の芭蕉にかくれて, 自乞食の翁 とよぶ" 『松尾芭蕉集』, 410～411쪽.

는 글인데 첫머리에 제시한 두보의 구는 <絶句四首·3>의 제3구와 4구로
全文은 다음과 같다.

両箇黃鸝鳴翠柳　　두 마리 꾀꼬리 비췻빛 수양버들 속에 우짖고
一行白鷺上靑天　　백로는 일렬로 푸른 하늘로 날아오르네
牕含西嶺千秋雪　　창은 서산의 천 년 눈을 품고
門泊東吳萬里船　　문에는 동오의 만리선 정박해 있네[38]

　　이 시는 두보가 成都에 있을 때 지은 것으로 초당의 창과 문을 통해서
바라본 한가로운 바깥 풍경을 묘사한 것이다. 성도 시절은 두보의 삶에서
가족과 함께 비교적 안정된 생활을 하던 시기로 이 시에도 안정감에서 오는
평화로운 심적 상태가 반영되어 있다. 제1구와 2구의 '꾀꼬리'와 '백로'가 '비
췻빛 수양버들'과 '푸른 하늘'과 어우러져 색깔의 대비를 보이면서 對仗을
이루고 있다. 제3구의 창밖으로 보이는 '西嶺'은 사시사철 눈이 녹지 않으므
로 "千年雪"이라는 표현이 사용되었고 이 설산을 창을 통해 보면 마치 창틀
안에 산이 담겨 있는 것 같은 형상이므로 "窻含"이라고 표현이 사용되었다.
또 제3구 '천 년설'에 나타난 시간적 장구함은 제4구 '만리선'에 나타난 공간
적 광대함과 대를 이루어, 절구로써 율시가 갖는 對句의 효과를 내고 있다.
　　바쇼는 두보 시의 제3구와 4구를 자신의 하이분 첫머리에 인용한 뒤 이
시구의 경지를 '와비'("侘")로 파악하고 와비의 시적 세계를 다음과 같이 하
이쿠 네 편으로 구체화하였다.

　　"艪聲波を打って腸凍る夜や涙"
　　(노 젓는 소리/ 뱃속까지 얼어붙는/ 밤의 눈물)

---

38) 『杜詩集註』卷十五, 287쪽.

“貧山の釜霜に鳴く聲寒し”
(가난한 절/ 서릿발에 솥이 우는/ 소리 들릴듯한 추위)
“氷苦く偃鼠が喉をうるほせり”
(얼음조각 힘겹게/ 두더쥐가 목을 축이듯/ 삼키고 있네)
“暮れ暮れて餅を木魂の侘寢哉”
(한 해가 저물어/ 떡방아 소리 들으며/ 쓸쓸히 잠드네)

　여기서 바쇼가 의미하는 '와비'의 세계는 '樂'과 대조를 이루는 것, "多病"으로 암시된 '쓸쓸함', "草舍"로 암시된 '가난'의 요소로 설명될 수 있으며 바쇼는 이런 삶을 영위하는 자신을 '결식하는 늙은이'로 규정하고 있다. 네 편의 하이쿠도 모두 '와비'라는 말로 함축되는 이같은 의미 요소들을 형상화한 것이다. 첫 번째 구는 '노 젓는 소리'로써 두보 시 제4구의 '배'를 이어받아 '추운 밤의 쓸쓸함'을 표현하였고, 두 번째 구는 '(가난한 절이 있는) 산'으로써 두보 시 제3구의 '西嶺'을 이어받아 '추위'와 '가난'을 읊었으며, 세 번째와 네 번째 구는 '가난'과 '쓸쓸함'을 표현하고 있어 내용은 조금씩 다르지만 이들이 구현하는 시적 세계는 '와비'라는 말로 총괄될 수 있는 것이다.

　그런데 여기서 생각해 보아야 할 점은 과연 해당 두보의 시가 바쇼가 이해한 것처럼 '와비'의 詩境을 표현한 것일까 하는 점이다. '와비'는 '사비'와 더불어 바쇼의 시적 세계를 농축한 개념이라 할 수 있는데 '사비'가 한적과 여유를 수반하는 '쓸쓸함'의 요소가 강조되는 것이라면 '와비'는 여기에 '가난'의 요소가 부가된다는 차이가 있다.39) 두보의 삶이 바쇼가 의미하는 와비의 세계에 완전히 부합하는 것이라 하더라도 인용한 시는 와비와는 다소 거리가 먼 여유로움과 포근함, 윤기가 느껴진다.

　여기서 중요한 것은 두보의 시가 '어떤' 세계를 담고 있느냐 하는 점이

---

39) '와비'에 대해서는 본서 「'슬카지'와 '와비' : 윤선도와 바쇼의 美的世界」 참고.

아니라 바쇼가 그 시를 '어떻게' 이해·수용하고 있느냐 하는 점이다. 바쇼
는 창밖으로 보이는 여유롭고 한가로운 풍경을 묘사한 두보의 <絶句四首
·3> 중 두 구를 摘出한 뒤 자신의 문장의 첫머리에 배치하여 여기에 '와비'
라는 시적 의미를 부여한 다음 네 편의 하이쿠로써 이 詩境을 구현한 것이
라 할 수 있다.

3.3. 하이분 「홀로 잠드는 草庵」(「獨寢の草の戶」)의 예:
'메타텍스트적 요소의 제시'와 '독자 반응 유도'

두보에게는 '茅舍破風'의 노래가 있다. 동파는 이 구에서 쓸쓸한 감흥을 느껴
다시 '屋漏'의 句를 지었다. 그때의 비를 생각하게 하는 비가 芭蕉 잎에 떨어지
는 소리를 들으며 이 초암에서 홀로 잠이 든다. "芭蕉잎이/ 거센 바람에 흔들릴
제/ 대야에 떨어지는 빗소리를 듣는 밤."[40]

이 글은 1681년 쓰여진 것으로 하이분 중에서도 어떤 하이쿠 작품이 쓰
여진 배경이나 작구의 동기 등을 간단하게 서술하는 글인 마에가키(前書)에
해당한다. 여기서는 두보와 소식의 시구로부터 암시를 얻어 <芭蕉野分し
て>라는 구를 짓게 되었음을 밝히고 있다.

여기서 언급된 두보의 '茅舍破風歌'의 원제목은 <茅屋爲秋風所破
歌>[41]로 이 시는 비바람조차도 제대로 막지 못하는 草屋, 날아가는 지붕
을 붙잡으려고 이리 뛰고 저리 뛰는 두보의 늙고 초라한 모습, 그것을 비웃
는 아이들 등을 묘사함으로써 극도의 가난한 생활상을 그려낸 작품이다.

---

40) "老杜, 茅舍破風の歌あり. 坡翁ふたたび此句を侘て, 屋漏の句作る. 其世の雨をばせを葉
にききて, 獨寐の草の戶. <芭蕉野分して盥に雨をきく夜哉>." 『松尾芭蕉集』, 409쪽.

41) 이 작품은 『杜詩集註』 卷十三 「歌行」에 실려 있는 총 24구의 장시이다. 이 작품은 두보
가 만년에 成都에 있는 浣花溪 가에서 살 때 가을바람에 지붕이 날아가 추운 밤을 지내면
서 느낀 감회를 노래한 시로 제목은 '가을바람에 띠집이 부서졌다'는 뜻이다.

牀頭屋漏無乾處　　침대맡에 지붕이 새 마른 곳이 없는데
雨脚如麻未斷絶　　삼대 같은 빗발은 끊어질 줄 모른다
自經喪亂少睡眠　　난리를 겪은 뒤로 잠마저 줄었으니
長夜沾濕何由徹　　긴긴 밤을 축축하게 어찌 지낼꼬

위 시구는 <茅屋爲秋風所破歌> 제15~18구를 발췌한 것으로 '비로 인해 지붕이 새는'("屋漏") 극한 상황이 생생하게 묘사된 부분이다. 바쇼는 이같은 '屋漏'의 상황을, 새는 빗물을 받으려고 놓아둔 '대야'("盥")로 대치하고, 그 위에 그 소리를 들으며 홀로 잠드는 '고독'한 생활상을 클로즈업시키고 있다.

두보시의 수용과 관련하여 이 하이분에서 눈여겨보아야 할 점은 두보 시의 '제목'을 제시했다는 것과 蘇軾의 시구 일부를 인용하고 있다는 것이다. 먼저 '詩題' 문제를 살펴보면 일반적으로 시 제목은 주제를 함축적으로 드러내는 문학적 장치라 할 수 있는데 「걸식하는 늙은이」의 예처럼 詩題 없이 시구 일부만을 인용하는 경우는 수용자 즉 바쇼가 원시를 나름대로 해석하여 자신의 글에 융해시킬 수 있는 융통성이 커진다. 반면 「홀로 잠드는 草庵」의 예처럼 제목을 명시할 경우 원작자가 의도한 주제의 범위 내에서 해당 시구를 자신의 문장에 활용할 수밖에 없는 제약이 있다. 이 하이분은 비록 약간의 변형은 가했지만 두보시의 제목을 명시함으로써 그 안에 함축된 '貧寒'의 삶이라는 주제까지 수용하게 되는 것이다.

「홀로 잠드는 草庵」에서 시 본문을 인용하지 않은 것에 대해서는 두 가지 이유를 생각해 볼 수 있다. 하나는 <茅屋爲秋風所破歌>가 총 24구의 長詩이기 때문에 어느 한두 구절을 적출하기가 어려웠을 것이라는 점이고 또 하나는 제목만으로도 시의 대체적인 내용과 주제를 파악할 수 있기 때문인 것으로 보인다.

한시의 제목이나 序, 와카의 고토바가키(詞書), 하이쿠의 마에가키(前書)처럼 텍스트 본문과는 별도로 본문의 내용을 지시하고 제약을 가하는 요소를 '메타텍스트'라 할 수 있는데 바쇼의 경우 이처럼 선행 텍스트 특히 한시의 메타텍스트적 요소를 수용하여 자신의 작품에 활용하는 방식은 그리 보편적인 양상은 아니다. 와카의 경우는 제목이 없으므로 시구의 일부를 인용하게 되는데 이럴 경우 선행 텍스트의 일부를 가지고 그 텍스트 자체를 지시하는 양상을 띠게 되어 인용 시구가 메타텍스트적 기능을 행한다고 볼수 있다.

이 하이분에서 두 번째로 주목할 점은 '와비'의 시구를 읊는 데 있어 두보의 <茅屋爲秋風所破歌>만으로도 作句의 동기를 충분히 드러낼 수 있는데도 다시 蘇軾의 시구까지 끌어들여 거론하고 있다는 점이다. 바쇼는 소식이 두보의 해당 시구를 '씁쓸하게 여겨'("此句を侘て") 이를 바탕으로 '屋漏'의 구를 지었다고 하였는데 이와 관련된 소식의 시로는 <張作詩送硯反劍乃和其詩卒以劍歸之>와 <連雨江漲二首>·1을 들 수 있다. 각각의 시에서 해당 구절을 발췌해 보면 다음과 같다.

詩成劍往硯應笑　시 다 지어 검을 보내면 벼루가 웃으리니
那將屋漏供懸河　어찌 지붕에서 새는 물이 폭포수에 보탬이 되리
　　　　　　　　　　　　　　　　　　(<張作詩送硯反劍>)42)

浦浦移家蜑子船　이 포구 저 포구 집을 옮겨 수상 생활하는 사람들의 배
床床避漏幽人屋　새는 빗물을 피해 침상을 이리저리 옮겨 놓는 은자의
　　　　　　　　　거처　　　　　　　　(<連雨江漲二首>·1)43)

소식이 張近이라는 사람에게 그가 가진 좋은 벼루를 자신의 劍과 바꾸자고 하자 장근이 벼루만 주고 시와 함께 검을 돌려보냈으므로 소식이 다시

---

42) 蘇軾, 『蘇東坡全詩集』 卷二十三 (小川環樹·山本和義 編譯, 筑摩書房, 1983).
43) 『蘇東坡全詩集』 卷三十九.

시로써 화답하여 검을 그에게 돌려주었다고 하는데 <張作詩送硯反劍>은 바로 그 화답시이다. 여기서 '지붕에서 새는 빗물'은 장대한 '폭포수'와 대를 이루어 같은 물이지만 상대적으로 미미하고 하찮은 상태를 나타낸 것으로 張根의 시를 '폭포수'에, 소식 자신의 시를 '지붕에서 새는 빗물'에 비유한 표현이다. 즉, "屋漏"라는 표현은 실질적 빗물이 아닌, 관념적 빗물로 '가난'의 객관적 상관물로서의 '屋漏'와는 거리가 멀어 보인다. 그러나 이 시 앞부분에 소식이 가난한 자신의 처지를 '두릉의 가난하고 병든 노인'("杜陵貧病叟") 즉 두보와 비교하는 내용이 있어 바쇼가 이 시를 염두에 두었을 가능성도 충분하다.44)

한편 <連雨江漲 二首>·1은 소식이 59세부터 62세에 海南島로 옮겨 오기까지 廣東省 惠州에서 머무는 동안 지은 것으로 이 지역은 東江 유역의 저습지인 탓에 강물이 범람하는 일이 많아 이때 겪었던 홍수 경험을 詩化한 것이다. 실제 홍수 경험을 소재로 했다는 점에서 이 <連雨江漲>이 두보의 시의 분위기와 주제, 정서에 더 근접한 '屋漏'의 구라 할 수도 있다.

바쇼가 뜻하는 '와비'가 '가난 + 쓸쓸함'의 복합 미감이라 할 때, 두보의 시구를 '쓸쓸히 여겨' 지었다고 바쇼가 생각한 소식의 '屋漏'의 구45)는 위두 작품 각각을 모두 염두에 둔 것이 될 수도 있고, 두 작품의 정서와 주제를 하나의 이미지로 융합한 것일 수도 있다. <張作詩送硯反劍> <連雨江漲二首>·1 모두 '가난'한 삶이 전제되어 있는데, <張作詩送硯反劍>에는 비록 관념적 비유의 수단이기는 하지만 두보의 작품에 들어 있는 "屋漏"라는 어구가 직접 사용되어 있고, <連雨江漲二首>·1에는 홍수로 인해 '지

---

44) 해당 구절은 다음과 같다. "豈比杜陵貧病叟 終日長鑱隨短蓑."

45) 仁枝忠은 『芭蕉に影響した漢詩文』(東京: 教育出版センター, 1972, 356쪽)에서 <張作詩送硯反劍>을 바쇼 구의 자원이 된 '屋漏'의 구로 보았고, 『芭蕉句集』(180쪽 주 612번)에서는 <連雨江漲二首>·1을 해당 작품으로 보았다. 한편, 『松尾芭蕉集』(409쪽 주 14번)에서는 둘 다를 바쇼 구의 원천으로 제시했다.

붕에서 빗물이 새는' 실질적 상황이 적나라하게 묘사되어 있으므로, 필자의 생각으로는 바쇼가 이 둘을 합하여 '屋漏'의 구로 기억했을 것으로 보는 것이 더 적절할 듯하다.

이처럼 바쇼는 두보의 시구에 대한 소동파의 반응을 '와비'라는 말로 수용함으로써 소동파를 통해 자신의 생각을 대변하고 있다. 그런데 여기서 간과할 수 없는 것은 바쇼가 소동파를 언급함으로써 단지 자신의 구 <芭蕉野分して>의 作句의 동기 및 배경을 제시하는 것으로 그치지 않고 독자로 하여금 두보의 시와 자신의 시구를 '와비'의 시로 읽도록 인도하고 있다는 점이다. 즉, 作句의 동기를 설명하기 위해서는 두보의 작품을 소개하는 것으로 충분한데도 소동파의 시구 일부를 인용한 것은 독자의 반응을 유도하려는 의도가 포함되어 있다고 보는 것이다. 그리하여 두보에게서 발원한 '貧寒+屋漏'의 주제는 다음과 같은 과정을 거치면서 최종 수신자인 독자에게 '와비'의 주지로 수용되는 것이다.

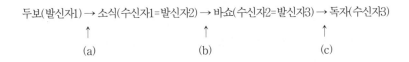

여기서 (a)는 두보의 <茅屋爲秋風所破歌>, (b)는 소식의 <張作詩送硯反劍>과 <連雨江漲二首>·1, (c)는 바쇼의 「홀로 잠드는 초암」을 가리키는데, 독자에게 '와비'의 주제가 수용되는 양상은 단순히 (a) → (b) → (c)의 단선적 진행이 아니라 (a) → (a)+(b) → ｛(a)+(b)｝+(c) → ｛(a)→(b)→(c)｝의 적층적 진행이라는 점을 놓치면 안 될 것이다.

종합하면 하이분 「홀로 잠드는 草庵」에서 두보의 시를 수용하여 자신의 작품으로 탄생시키는 과정에는 제목과 같은 '메타텍스트' 요소를 도입하는 방법과 '독자의 반응을 유도'하는 방법이 활용되어 있다고 하겠다.

두보와 바쇼의 문학에 있어서의
'공간이동' 모티프

1. '길' 위의 시인들

두보와 바쇼는 활동한 시대와 무대는 달라도 삶의 궤적에서 많은 공통점을 지니고 있다. 바쇼는 '일본에서의 두보의 발견자'라 불릴 정도로 두보로부터 큰 영향을 받았는데 그것은 두보의 문학도 문학이지만 그의 삶의 歷程에서 보이는 '多病'과 '가난' 그리고 이곳저곳을 떠돌았던 '나그네'로서의 모습이 큰 공감대를 형성했기 때문일 것이다. 이 글은 두보와 바쇼를 연결짓는 이 세 키워드 중 '나그네'의 항목에 초점을 맞춰 그들의 삶 전체를 통틀어 뚜렷하게 부각되어 있는 이 '나그네'의 모습이 문학에 어떻게 반영되어 있는지 살피는 데 목표를 둔다.

'나그네'는 길을 가는 길손, 자기가 사는 곳을 떠나 다른 곳에 머물거나 떠도는 사람, 여행객 등 다양하게 정의될 수 있지만 공통적으로 자신의 거주지를 떠나 있는 사람이라는 의미를 지닌다. 그러므로 '나그네'라는 말은 기본적으로 현재 자신이 머무는 공간에서 다른 곳으로 옮겨간다고 하는 '공간이동'의 요소와 이 공간이동을 가능케 하는 '길'이라는 매체를 전제로 하여 성립된다.

주지하는 바와 같이 두보는 생활터전을 찾아 이곳저곳을 떠돌아다니며 살았고 바쇼의 경우는 하이카이의 길을 모색하기 위한 방편으로 이루 헤아릴 수 없을 만큼 수없이 여행길을 떠났다. 두보는 58세 만년의 작품에서 '해마다 이전의 물색이 아니고 곳곳마다 궁한 길이라네'[1]라 하였고 한평생을 회고하는 내용으로 된 생전 최후 작품 <風疾舟中伏枕書懷>에서 '떠도는 나그네에게 병은 해마다 닥치네'[2]라고 하여 지병으로 고생하면서도 매년 낯선 곳을 전전하는 상황을 드러내었다. 평소 병치레를 많이 했던 바쇼 역시 세상을 뜨기 4일 전 읊은 '병든 여행길/ 꿈은 고야산을/ 맴돌고 있네'[3]라 하였고 '궤 속의 소소한 글'('笈の小文')[4] 여행길에서 '나그네라고/ 불리고 싶구나/ 초가을 비'[5]라고 하여 남들에게 나그네로 불리고 싶은 심정을 읊고 있어 평생을 길 위에서 생을 보낸 시인의 면목을 여실히 보여 준다. 더구나 두보와 바쇼 모두 여행길에서 생을 마감한 시인이라는 점[6]에서 길은 그들의 삶에서 떼려야 뗄 수 없는 관계를 지닌다고 할 수 있다.

이처럼 두보와 바쇼는 그 양상은 다르지만 평생에 걸쳐 길을 떠나고 길 위에서 시간을 보내다가 길을 통과하여 다른 곳으로 나아가는 공간이동의 양상이 누구보다 두드러지게 부각되는 시인들이라는 공통점을 지니며 그들도 스스로를 '나그네'로 인식하고 이를 문학에 적극적으로 표현하였다. 길·나그네·공간이동이 그들의 삶과 문학을 특징짓는 요소 중 중요한 논점이

---

1) "年年非故物 處處是窮途"(<地隅>,『杜詩詳註』제23권). 앞으로 두보 시 원문은 이 책에서 인용하고 이후는 권수만을 나타내기로 한다.

2) "羈旅病年侵"(제23권)

3) "旅に病で夢は枯野をかけ廻る",『芭蕉句集』(大谷篤藏·中村俊定 校注, 東京: 岩波書店, 1962) 758번.

4) 여행을 가리킬 때는 ' '로, 그 결과물로서의 기행문을 기리킬 때는 『 』로 표기하기로 한다.

5) "旅人とわが名呼ばれん初しぐれ"(『芭蕉句集』684번).

6) 두보는 770년 겨울 나이 59세에 湘江의 배 위에서 죽어 岳州에 묻혔으며, 바쇼는 元祿 7년(1694년) 9월 29일 여행길에서 이질이 발병하여 10월 12일 세상을 떠났다.

된다고 할 수 있는 것이다.

두 시인의 삶과 문학에 나타난 '공간이동'의 행보는 그것이 여행의 성격을 띠든 떠돌이 삶의 표본이 되든 산수유람을 하며 음풍농월하는 식의 동시대 문학인의 공간이동 패턴과는 분명히 다르다고 할 수 있으며, 이를 단순히 '여행'이라는 말로 포괄하여 '기행문학'의 관점에서 접근하기에는 부족한 점이 있다고 생각한다. 이 점에 주목하여 필자는 이들을 '길 위의 시인'으로 규정하고 그들의 행보를 '공간이동'이라는 범주로 포괄하여 그 구체적 양상을 검토하고자 하는 것이다.

문학에서 '모티프'란 보통 '작품에 자주 반복되어 다루어지는 제재나 내용, 또는 文句나 낱말'로서 '작품의 주제를 구성하고 통일감을 주는 중요한 단위'로 정의된다. 두보 개개 시작품들의 총합 그리고 바쇼의 시와 산문들[7]의 총합을 각각 하나의 거대담론으로 볼 때, 필자는 '길'이라는 제재 그리고 이를 토대로 한 '공간이동'의 모티프가 이 거대담론에서 빈번하게 반복되어 나타난다는 점에 주목한다. 이 글에서는 공간이동의 모티프가 담긴 작품들을 '길담론'이라 칭하고자 하는데 개별적 길담론에서 이 공간이동 모티프는 조금씩 변주를 보이면서 주제를 구현한다. '모티프'가 가치중립적·의미중립적인 것이라면 '주제'는 작가에 의해 의미부여가 이루어진 것이라 할 수 있으므로 공간이동 모티프에 의미부여가 이루어진 것이 길담론 개개 작품의 '주제'가 되는 셈이다.

이 글에서 대상으로 하는 '길담론'은 일반적인 기행문학의 개념과는 다르며 '공간이동'의 모티프를 담고 있는 작품들을 가리킨다. 구체적으로 현재의 공간이동의 내용을 담고 있는 것 즉 일반적인 기행문학의 범주에 포함되는 작품들은 물론, '나그네' '타향'과 같은 시어를 사용하여 과거에 행해진 공간

---

7) 바쇼의 텍스트 중에서 기행문·서간문·일기와 같은 산문은 하이쿠 못지않게 큰 비중을 차지하므로 바쇼 문학에서 산문을 빼놓고 논의할 수는 없다. 더구나 공간이동의 구체적 양상은 산문에 더 자세히 나타나 있다.

이동을 시사함으로써 자신이 '길 위의 존재'임을 암묵적으로 드러내는 작품
들, '수레' '말' '배' '숙박' '삿갓' 등과 같이 공간이동에 관계된 소재나 어휘가
사용된 것, 공간이동에 대한 시인의 생각이 담겨 있는 것, 텍스트 본문에는
공간이동의 내용이 직접 드러나 있지 않아도 제목에 공간이동을 암시하는
요소가 포함된 경우 등이 해당된다. 그러므로 길담론은 꼭 기행시나 기행문
이 그 대상이 되는 것은 아니며 또한 여행 중에 지어진 작품이라 하더라도
공간이동 모티프가 구체적으로 드러나 있지 않는 것은 논의 대상에 포함되
지 않는다. 두보의 경우 755년 그의 나이 44세에 발발한 安祿山의 亂 이후
공간이동이 급격히 빈번해지는데 이 글에서는 주로 이 시기 이후의 작품을
대상으로 한다.

구체적으로 2장에서는 '길'과 '공간이동'이라는 모티프가 함축하고 있는
의미요소들을 검토하고 두 시인의 공간이동의 형태를 어떤 말로 포괄해야
할 것인지 생각해 보며, 이 글의 중심 부분을 이루는 3장에서는 두 시인의
삶과 문학에서 공간이동의 양상이 어떤 同異點을 보이며 전개되는가를 비
교·검토해 보고자 한다. 그리고 4장에서는 두 시인의 공간이동 양상의 차
이가 어떻게 텍스트성의 차이로 이어지는지를 살피고자 한다.

2. 通路로서의 '길'과 '공간이동'

2.1. '길'의 의미론

길은 어떤 지점과 또 다른 지점을 연결하는 '통로'로서의 의미를 갖는다.
문학에서의 '길'이 특별한 의미를 갖게 되는 것은 길이 내가 있는 '이곳'과
바깥세상에 해당하는 '저곳'을 이어주는 구실을 하기 때문이다. 그 통로를
이용하는 주체의 입장에서 보면 '길을 간다'고 하는 것은 '이곳'으로부터 '저
곳'으로 이동을 하는 것을 의미한다. 따라서 길은 공간이동의 전제 혹은 필

수조건이 되며 '길'과 '공간이동'은 동전의 양면과 같은 관계에 놓인다. 통로로서의 길이 성립하기 위해서는 길을 인식하고 이용하는 주체가 속해 있는 '이곳'이 있어야 하고 그 주체가 '저곳'을 향하여 이동을 한다고 하는 전제가 필요하다. 이동의 주체는 어떤 장소에 속해 있어야 하며 그곳은 이동의 '중심' 구실을 한다. 이 중심으로부터 길이의 '연장'이나 '확장'이 이루어질 때 다른 곳을 향해 나아간다고 하는 길의 기능성이 확보된다. 요컨대 길은 '중심성'과 '연장성'이라는 두 요소를 갖추어야 한다. '중심성'이 어떤 장소에 대한 주체의 종속을 말해주는 것이라면, '연장성'은 다른 곳을 향한 방향성·개방성·역동성을 나타낸다. 이 방향성과 개방성, 그리고 역동성은 물리적인 것일 수도 있고 정신적인 것일 수도 있다.[8]

슐츠는 환경에 관하여 인간에게 안정된 이미지를 형성시키는 공간을 실존적 공간으로 규정하고[9] 이를 포괄 범위가 작은 것부터 器物-住居-도시(마을)-경관-지리의 다섯 단계로 구분하였다.[10] 이 중 '공간이동'이라는 본고의 논지와 관계된 것은 집-마을-경관이다. 길은 집과 집, 마을과 마을, 경관과 경관 등 동일 차원의 공간이동만이 아닌 집에서 마을로, 마을에서 경관으로의 더 큰 범위의 공간이동을 가능케 한다.

두 지점 혹은 두 단계를 연결하는 통로로서의 '길' 그리고 길을 매체로 하여 행해지는 '공간이동'은 구체적으로 한 지점을 출발하여 다른 지점을 향해 나아가다가 어떤 지점에 도착을 한 뒤 경우에 따라 이동을 잠시 멈추고 그곳에 머문 후에 다시 원 지점으로 돌아오는 과정으로 구성된다. 이

---

8) 이상 중심성(centralization)과 연장성(longitudinality)의 개념은 C. Norberg-Schulz, 『實存·空間·建築』(김광현 역, 태림문화사, 1991, 53쪽). 번역자는 longitudinality를 '長軸性'이라는 용어로 번역하였다.

9) 슐츠는 실존적 공간 외에 육체적 행위의 실용적 공간, 직접적인 定位로서의 지각적 공간, 물리적 세계에 대한 인식적 공간, 순수한 논리적 관계에 의한 추상적 공간 등 다섯 가지의 공간개념을 제시했다. 위의 책, 13쪽.

10) 같은 책, 55~70쪽.

세부적인 행위들을 '떠남'(혹은 '출발') '나아감'(혹은 '진행') '도착' '머묾' '돌아옴'(혹은 '복귀')이라 할 때 '길담론' 중에는 이 모든 과정이 다 나타나 있는 경우도 있고 이 중 몇 요소가 조합되어 나타나는 경우도 있으며 때로는 하나의 요소만이 유독 강조되어 주제로 발전하는 양상을 보이기도 한다. 두보와 바쇼의 '길담론'에 국한할 때 이 全 과정이 다 드러나 있는 경우는 전무하다 해도 과언이 아니며 하나 이상의 조합으로 이루어진 것이 대부분이다.

문학에서 활용되는 공간이동의 가장 대표적인 예는 '여행'이고 가장 대표적인 길담론은 '기행문학'이라 할 수 있지만, 때로는 목적지 없는 방랑의 성격을 띠기도 하고 또 때로는 삶의 터전을 옮겨가는 이사나 移住의 성격을 띠기도 하는 두 시인의 공간이동의 패턴을 단순히 '여행'이라는 말로 포괄하는 것은 적절치 않다고 생각한다. 두보와 바쇼의 공간이동 양상의 자세한 면모에 대해서는 3장에서 검토하기로 하고 다음 2절에서는 이들의 공간이동의 패턴을 어떤 용어로 포괄할 것인가의 문제를 생각해 보기로 한다.

2.2. 두 시인의 삶과 문학에 있어서의 공간이동의 형태: '漂泊'과 '行脚'

두 시인을 '길 위의 시인'으로 규정하는 근거는 그들에게 있어 공간이동이 일회적인 것이 아니라 평생을 두고 되풀이되었다는 점, 그리고 한 번의 공간이동이 있고 난 뒤 다시 새로운 공간이동을 행하기까지의 주기가 짧았다는 점이다. 이같은 상황은 곧 그들의 공간이동이 결과적으로 이곳저곳을 '떠도는 양상'을 띠는 것으로 인식하게 되는 요인이 된다.

'떠돎' 혹은 '떠돌이'의 의미소를 포함하는 단어들은 流離, 流轉, 漂泊, 遊行, 行脚, 流浪, 放浪 등 매우 다양하다. 두보는 여기저기 떠도는 자신의 삶을 다양한 말로 표현하였는데 그중 가장 빈도수가 높은 것은 '旅'로 총 51회가 사용되었고 '飄零'과 '漂泊'이 각각 15회, 10회, '羈旅'가 7회 사용되었으며 이외에 '羈棲' '漂寓' 등도 보인다. 그리고 떠도는 자기 자신을 가리키는 말로서는 '客'이 압도적으로 많고 '遊子'라는 표현도 19회 사용되었다.
이 중 일반적으로 많이 사용되는 '旅'를 제외하고 빈도수가 높은 것은 '飄
零'과 '漂泊'인데 둘은 거의 같은 의미를 지닌다.

(1) 支離東北風塵際　　동북 지역 먼지바람 날리는 곳을 헤매다가
　　漂泊西南天地間　　서남 지역 하늘과 땅 사이를 정처 없이 떠돌았네
　　　　　　　　　　　　　　　　　　　(＜詠懷古跡五首·1＞, 제17권)

(2) 憑將百錢卜　　　　그대에게 부탁해 백전의 복채 보내어
　　漂泊問君平　　　　군평에게 표박하는 이 신세 물어나 봤으면
　　　　　　　　　(＜公安送李二十九弟晉肅入蜀 余下沔鄂＞, 제22권)

(3) 多少殘生事　　　　남은 생 얼마나 될까
　　飄零任轉蓬　　　　떠도는 삶은 구르는 쑥대에 맡겨 두었는데
　　　　　　　　　　　　　　　　　　　　　　(＜客亭＞, 제11권)

이 중 두보의 공간이동의 형태를 가장 잘 드러내는 말은 '漂泊'이라고
생각한다. 원래 '漂'는 물 위를 떠도는 것, '泊'은 운항을 멈추고 물가에 배를
대는 것 다시 말해 '漂'를 잠시 멈추는 것을 의미하는 글자라는 점을 감안할
때 공간이동에서 배를 이용하는 예가 많았던 두보의 삶, 그리고 '배'나 '강',
'물결' 등에 대한 표현이 많은 두보의 '길담론'에 비추어 이 말이 적절하다고
본다. 또한 표박은 流離漂泊의 준말로 '流離'라는 말은 있던 곳에서 떨어져
나와 존재한다는 뜻이므로 한 군데에서 오래 머물지 못하고 다시 다른 곳으
로 삶의 터전을 옮겨가는 두보의 공간이동의 양상을 잘 나타낸다고 본다.
　한편 바쇼의 경우도 자신의 공간이동의 행위를 '旅', 행위 주체인 자신을
'旅人' 혹은 '客'으로 나타내는 예가 가장 많다. '정해진 주거가 없이 계속
여행을 하며 세월을 보내는 사람'이라는 뜻을 지닌 '다비가라스'('旅烏')라는
말로 떠돌아다니는 자기 자신을 칭하기도 한 것[11]은 매우 특이하다. 누구에

게나 보편적으로 쓰이는 '旅'라는 말을 제외하고 바쇼의 시문에서 자신의
공간이동을 나타내는 말로 빈번하게 쓰인 말은 '行脚'이다.

    (4) 大和の國に行脚して, 葛下の郡竹の内と云處は…
         (야마토 지방을 돌아다니며 가츠라기 아래쪽에 있는 다케노우치라는 곳에
         갔는데 이곳은…)12)

    (5) 一とせみちのく行脚および立て
         (어느 핸가 행각할 것을 생각하고)13)

    (6) ことし元祿二とせにや, 奧羽長途の行脚, 只かりそめに思ひたちて…
         (올해가 아마 1689년이던가. 동북 지방으로의 길고 아득한 행각을 결심하고
         길을 떠나)14)

'행각'이란 원래 불교에서 '여기저기 돌아다니며 수행하는 것'을 가리키는
말로 '遊行'과 같은 의미로 쓰이며 이로부터 '어떤 목적이나 의도를 가지고
여러 곳을 돌아다니는 것'이라는 의미가 파생되었다. 일본에서는 '승려가 여
러 곳을 걸어 다니며 수행'한다는 불교적 의미로부터 '여러 곳을 도보로 여
행하는 것' 또는 '순례여행'의 의미15)로 사용되고 있어 '도보' '순례'의 의미
가 강조되고 있음을 본다. 바쇼는 여러 군데에서 자신을 半僧半俗의 존
재16)로 표현하고 있으며 공간이동 때의 行裝을 보면 외관상으로는 승려와

---

11) 『芭蕉句集』 87번 주석.
12) 「들판에 뒹구는 해골」, 『松尾芭蕉集』, 291쪽.
13) 「移芭蕉詞」, 『松尾芭蕉集』, 533쪽.
14) 『오쿠의 좁은 길』, 『松尾芭蕉集』, 343쪽.
15) 金田一春彦, 『新明解古語辭典』(東京: 三省堂, 1991), 58쪽.
16) 예를 들면 기행문 『鹿島詣』에서 '나는 승려도 아니고 俗人도 아닌 신분으로 새라고 할
   수도 없고 쥐라고 할 수도 없는 저 '박쥐'와도 같이…'("僧にもあらず, 俗にもあらず, 鳥鼠

다를 바가 없어 神社의 신전 출입을 거절당하기도 하고 사람들로부터 승려로 오해받기도 했다.

(7) 나는 허리에 단도도 차지 않고 목에는 책 등을 넣은 주머니를 걸었으며 손에는 염주를 들고 있다. 승려처럼 보이겠지만 승려이기보다는 속인에 가깝고 속인처럼 보이겠지만 삭발을 했다. 그리하여 승려가 아님에도 삭발을 한 나는 승려와 같은 무리로 취급되는 바람에 신사의 신전에 들어가는 것을 허락받지 못했다.　　　　　　　　　　　　　　　　　　　　(『들판에 뒹구는 해골』)17)

(8) 도대체 어떤 부처님이 이 혼탁하고 험난한 세상에 현신하셔서 이렇게 승려 모습을 한, 거지인지 순례자인지 모를 우리 같은 사람을 도와주시는 것일까 하고 주인의 행동을 주의 깊게 살펴보니 …　　　　　　　(『오쿠의 좁은 길』)18)

(7)과 (8) 예에서도 알 수 있듯 공간이동 시 바쇼의 옷차림은 승려의 모습을 방불케 하는 것이어서 사람들의 오해를 사기도 했다. 또한 바쇼는 공간이동을 할 때 수레와 배를 이용한 두보와는 달리 주로 도보로 이동하며 가끔씩 현지에서 말을 빌리는 방식을 취했다. 이로 볼 때 바쇼의 공간이동은 승려의 차림으로 우타마쿠라(歌枕)라 불리는 와카의 명소를 여기저기 도보로 돌아다니는 양상을 띠었다고 말할 수 있다. 하이카이 시인들에게 우타마쿠라는 종교인에게 있어 聖地와 같은 의미를 지니기 때문에 바쇼의 공간이동은 일종의 '聖地巡禮'와도 같은 성격을 띤다고 할 수 있다.

이처럼 '배 vs 도보' '생활터전을 찾아 떠도는 것(移住) vs 순례'로 대비되

の間に名をかうぶりの"(『松尾芭蕉集』, 303쪽)라 표현하고 있다.

17) "腰間に寸鐵をおびず, 襟に一囊をかけて, 手に十八の珠を携ふ. 僧に似て塵有, 俗に似て髪なし. 我僧にあらずといへども, 浮屠の屬にたぐへて, 神前に入事をゆるさず."『松尾芭蕉集』, 289쪽.

18) "いかなる仏の濁世塵土に示現して, かかる桑門の乞食順礼ごときの人をたすけ給ふにやと, あるじのなす事に心をとどめてみるに"『松尾芭蕉集』, 344쪽.

는 두 시인의 공간이동 양상을 포괄하는 말로 '표박'과 '행각'이 적절할 것으로 생각한다.

3. '漂泊'과 '行脚'의 구체적 양상

이제 길을 무대로 펼쳐지는 두 시인의 공간이동의 양상을 '표박'과 '행각'이라는 말로 구분하여 차이점을 중심으로 그 구체적인 양상을 살펴보도록 한다. 두보와 바쇼의 공간이동의 양상은 여러 면에서 차이를 보이지만 몇 가지 공통점도 지닌다. 우선 공간이동에서 다음 공간이동까지의 주기가 짧다는 것, 또 하나는 고통과 고난과 위험으로 점철된 여행길이었다는 점이다. 두보의 경우 병과 추위로 고통을 겪고 곰과 범과 표범, 독사를 만나기도 하고 길이 험하여 수레가 수렁에 빠져 갈 길에 진척이 없거나 말이 뼈가 부러질 지경으로 힘든 상황이었으며, 바쇼의 경우 역시 長途에 병이 나고 살아 돌아오기만 해도 더 바랄 것이 없고 야위어서 뼈만 앙상한 어깨에 짊어진 짐이 고통스러우며[19] 강도를 만날까 벌벌 떨며[20] 들판의 해골로 뒹굴리라고 죽기를 각오하고 떠난[21] 고난의 여행이었다는 점이다. 이처럼 고통과 고난과 위험으로 점철된 것을 예상하고도 행한 공간이동이었다는 점에서 일반 용무여행이나 산수유람 여행과는 성격이 다른, 일종의 모험 혹은 미션 수행과도 같은 성격을 띠었다고 볼 수 있다.

두보와 바쇼의 삶의 궤적에서 드러나는 공간이동 양상의 차이는 텍스트

---

19) 『오쿠의 좁은 길』(『松尾芭蕉集』, 343쪽).

20) 『오쿠의 좁은 길』(『松尾芭蕉集』, 366쪽).

21) <野ざらしを心に風のしむ身哉>(『들판에 뒹구는 해골』, 『松尾芭蕉集』, 287쪽) "武藏野を出づる時, 野ざらしを心におもひて旅立ければ, <しにもせぬ旅寢の果よ秋の暮>"(『들판에 뒹구는 해골』, 『松尾芭蕉集』, 294쪽).

성의 차이로 이어진다는 점에서 자세히 살펴볼 필요가 있다.

3.1. 공간이동의 동기

두보나 바쇼 모두 고난을 감수하고 행했던 공간이동이라는 점에서 그것이 그들에게 가치 있는 것 또는 그들이 염원하는 것을 찾아 나서는 미션 수행의 성격을 띤다고도 할 수 있는데 각각에 있어 염원하는 것이 무엇이었는지 그리고 그 공간이동이 어쩔 수 없는 상황에서 자의와는 무관하게 떠밀려 행한 것인지 아니면 자신의 자발적 의지에 의한 것인지 동기 면에서 차이를 보인다.

(9) 無食問樂土　　밥이 없어 낙원을 물으며
　　無衣思南州　　옷이 없어 남쪽 고을을 그리노라 　(<發秦州>, 제8권)

(10) 始來茲山中　　처음 이 산 중에 왔을 적에
　　休駕喜地僻　　수레를 멈추고 외진 땅을 기뻐하였는데
　　奈何迫物累　　어이할까 세상사에 내몰려
　　一歲四行役　　일 년에 네 번이나 옮아가게 되었네
　　　　　　　　（중략）
　　平生懶拙意　　평생 게으르고 모자란 뜻
　　偶値棲遁跡　　우연히 보금자리 만나 은거하려 했는데
　　去住與願違　　가고 머무는 것 내 뜻과는 어그러져
　　仰慚林間翮　　숲 사이 새들을 우러러 부끄럽구나(<發同谷縣>, 제9권)

이 글에서는 두보의 공간이동이 급격히 빈번해지는 안녹산의 난 이후의 작품이 대상이 되는데 이때의 공간이동의 상황을 보면 대개는 10여 인의 가족과 함께 수레나 배로 이동을 했던 것으로 보인다.[22] (9)와 (10)은 모두 759년에 지어진 것인데 예 (10)에서도 드러나듯 이 해는 洛陽 → 華州 →

秦州→同谷→成都로 네 번씩이나 삶의 터전을 옮겨다녀야 했던 힘든
시기였다. (9)는 두보가 관직을 그만두고 가족들과 함께 秦州에서 同谷縣
으로 가면서 지은 기행시 '乾元二年自秦州赴同谷縣紀行' 12수 중 첫 번째
작품 일부이고 (10)은 같은 해 12월 동곡을 떠나 성도로 가며 지은 기행시
'乾元二年十二月一日自隴右赴成都紀行' 12수 중 첫 번째 것의 일부이다.
(9)에서는 두보 가족의 공간이동의 동기가 '밥'("食")을 얻기 위해서라는 것
이 분명히 드러난다. 또한 '밥'은 두보가 생각하는 '낙토'의 기준이라는 것도
아울러 나타나 있다. 결국 두보는 생계 수단을 마련하기 위해 가족을 거느
리고 공간이동을 행하고 있는 것이다. (10)에서는 희망과 기대를 안고 왔던
동곡이었건만 한 달 여 만에 다시 다른 곳으로 옮겨가야 하는 심정을 그렸
는데 '가고 머무는 것 내 뜻과는 어그러져'라는 구절을 통해 두보의 빈번한
공간이동이 그의 희망이나 의지와는 무관하게 어쩔 수 없이 내몰리는 상황
에서 행해진 것임을 알 수 있다.

(11) 汨汨避羣盜　　여러 도적 피해 급히 달아난 뒤로
　　　悠欲經十年　　아득히 10년의 세월이 지났는데
　　　不成向南國　　남국을 향하지 못하고
　　　復作遊西川　　다시 서천으로 가야 하다니
　　　　　　　　　　　　　　(<自閬州領妻子卻赴蜀山行 三首>·1, 제13권)

(12) 多壘滿山谷　　병영의 堡壘가 산과 골짝에 가득하니
　　　桃源何處求　　도화원을 어디서 찾을까　　　　(<不寐>, 제17권)

---

22) 두보의 시 <自京赴奉先縣詠懷五百字>(제4권) 중 "老妻寄異縣 十口隔風雪"의 '十口'는
당시 두보의 가족이 열 명인 것을 추측케 하는 단서가 된다. 두보에게는 아들 셋과 딸
둘이 있었는데 아들 하나는 일찍 죽었고 남은 두 아들 중 큰아들도 두보보다 먼저 세상을
떠났다. 두보에게는 처자 외에 막내 남동생인 杜占의 식구까지 딸려 있었는데 두점은 늘
두보 식구와 함께 산 것으로 추정된다. <示獠奴阿段>(제15권)이라는 시를 보면 가족 외
에도 阿段이라는 이름을 가진 獠族 출신의 노복까지 있었음을 알 수 있다.

(13) 儵生長避地　　살아보자고 늘 난리의 땅을 피하며
　　　適遠更霑襟　　멀리 가면서 다시금 옷깃을 적시나니(<南征>, 제22권)

(11)~(13)은 생계를 위해 삶의 터전을 찾아가는 것 외에 두보 생전에
빈발했던 크고 작은 전쟁을 피하기 위한 것이 공간이동의 중요한 동기가
되었음을 말해 주는 예들이다. (11)은 764년의 작품으로 여기서 언급된 '도
적'은 안녹산의 무리를 말한 것이고 10년의 세월이 자났다는 것은 755년
안녹산의 난으로부터 10년이 지났음을 말한 것이다. (12)는 766년 55세 무
렵 기주에 客居할 때 지은 것으로 당시 崔旴의 난이 그치지 않아 이를 근심
하며 지은 것이다. (13)은 769년 봄 59세의 두보가 潭州를 떠나 長沙市로
가는 도중에 지은 만년의 시 <南征>의 3구와 4구를 인용한 것이다. (13)을
통해 두보가 가족들과 여기저기 전전하며 찾아 헤맨 것이 결국 '도화원'이
었다는 것이 명백히 드러난다. 도화원이 은거를 위한 산림 속 자연 공간이
아니라 풍요로운 삶의 터전을 가리킨다고 할 때 그가 원했던 것은 살기 좋
은 어느 마을에 정착하여 보금자리를 꾸리고 가족과 안정된 삶을 누리는
것이었다는 것을 알 수 있다.

이상 두보의 길담론을 통해 그가 갈망했던 것이 삶의 터전을 찾아 '정착'
하여 '보금자리'를 꾸리고 가족과 함께 '안정된 생계'를 이어가는 것이라는
것을 알 수 있다. 그러므로 그의 길담론에 나타난 공간이동은 삶의 터전을
옮기는 '移住'의 성격을 띤다고 하겠다. 그리고 이것이 자의가 아닌 他意
즉 어쩔 수 없는 외부 상황에 의해 행해진 것이었음을 알 수 있다.

한편 바쇼의 공간이동은 그 동기 측면에서 여러모로 두보와 대조적 양상
을 보인다.

(14) 50세 가까이 된 나는 도롱이 벌레가 껍질을 벗고 달팽이가 집을 깨고 나오
　　　듯 거주지를 떠나 오슈 기사가타의 뜨거운 햇빛에 얼굴을 그을리고 거친 길
　　　을 걸으며 …　　　　　　　　　　　　　　　　　　　　　（「幻住庵記」)[23]

(15) 옛날부터 와카에 읊어져 명소가 된 우타마쿠라는 오늘날까지 많이 전해
내려오고는 있지만 이들 와카의 명소를 찾아가 보면 …(중략)… 세월이 흐르
고 시대가 변하여 그 흔적이 확실하지 않은 것이 대부분이었다. 그런데 이곳
쓰보 석비에 와서 천 년의 세월을 담고 있음에 틀림없는 유적을 마주하고
보니 지금 눈앞에서 생생하게 선인들의 마음을 보는 듯한 느낌이 든다. 이는
진정 이 고된 행각의 덕택이며 오래 살아남은 은총이리라. 그 기쁨을 참을
수가 없어 긴 여로의 피곤함도 잊은 채 감동의 눈물만 흘리고 있을 뿐이었다.
(『오쿠의 좁은 길』)24)

(16) 여기저기 걸어서 떠돌아다니다가 다치바나 마치라는 곳에서 겨울을 보내고
2월이 되었다. 하이카이도 이것으로 됐다 여기고 句도 읊지 않고 입을 다물고
있으려 했는데 詩情이 가슴 속에서 용솟음쳐 뭔가 알 수 없는 것이 눈앞에
어른거리니 이것은 틀림없이 풍아의 귀신일 것이다. 이 풍아의 귀신에 홀려
거처를 떠나 허리에 동전 100문을 차고 지팡이 하나와 바리때 하나에 목숨을
걸려는 것이다. (「栖去之弁」)25)

(17) 제자 로쓰(路通)가 여행길에 나섬에, "험한 여행길/ 참된 풍아의 꽃을/ 보고
오게나"라는 句를 보냈다. (「茶の草子」)26)

(14)에서는 바쇼 자신이 힘든 여행길을 마다하지 않고 끊임없이 계속하

---

23) "五十年やや近き身は, 蓑虫の蓑を失ひ, 蝸牛家を離れて, 奥羽象潟の暑き日に面をこが
し, 高砂子歩み苦しき北海の荒礒にきびすを破りて, 今歳湖水の波にただよふ"『松尾芭蕉
集』, 501쪽.

24) "むかしよりよみ置る歌枕, おほく語伝ふといへども, (中略) 時移り, 代変じて, 其跡たし
かならぬ事のみを, 爰に至りて疑なき千歳の記念, 今眼前に古人の心を閲す. 行脚の一徳,
存命の悦び, 羇旅の労をわすれて, 涙も落るばかり也."『松尾芭蕉集』, 358~359쪽.

25) "ここかしこうかれありきて, 橘町といふところに冬ごもりして, 睦月きさらぎになりぬ.
風雅もよしや是までにして, 口をどぢむとすれば, 風情胸中をさそひて, 物のちらめくや,
風雅の魔心なるべし. なを放下して栖を去, 腰にただ百錢をたくはへて, 桂杖一鉢に命を結
ぶ."『松尾芭蕉集』, 531쪽.

26) "路通がみちのくに赴くに, <草枕まことの華見しても來よ>"『芭蕉句集』, 167번.

는 것을 '벌레가 껍질을 벗고 나오는 것'에 비유했는데 이것은 현실에 안주
하지 않고 매일 새로워지고자 하는 '日新又日新'의 마음가짐을 표현한 것
으로 보인다. 그가 여행을 통해 舊態를 벗고 새롭게 발전해 가기를 원했던
것이 무엇인지는 (17)의 예에 잘 나타나 있다. (17)은 1690년 제자 야소무라
로쓰(八十村路通)가 여행을 떠난다는 소식을 듣고 출발에 즈음하여 보낸 餞
別의 구인데 바쇼는 이 구를 통해 로쓰가 이번 여행을 기회로 삼아 하이카
이의 진수를 경험하고 오기를 당부하고 있다. 이것은 제자에게 보낸 구이지
만 여행과 하이카이의 관련에 대한 바쇼 자신의 생각을 표현한 것으로 보아
도 무방하다. 이 예문을 통해 바쇼가 여행을 하이카이 수련의 한 방편으로
보고 있다는 것을 알 수 있으며 예문 (14)에서 나날이 새로워지기를 바란
것이 바로 하이카이의 길임을 확인하게 된다.

　예문 (15)는 그의 공간이동의 주된 동기 중 하나가 바로 '우타마쿠라'(歌
枕)의 탐방이었다는 것을 말해 준다. 우타마쿠라는 와카(和歌)에 읊어져 명
소가 된 곳으로 하이카이 시인들에게는 일종의 聖地와도 같은 곳이다. 위
의 예문 둘 외에도 바쇼의 하이분(俳文)이나 기행문에는 우타마쿠라를 방문
하고 난 뒤의 소감을 피력한 구절이 무수히 등장하는데 이로써 와카의 명소
를 찾아보고 시적 영감을 얻고 옛 시인들의 발자취를 돌아봄으로써 하이진
(俳人)으로서의 다짐을 새롭게 했다는 것을 짐작할 수 있다. 예 (16)은 공간
이동이 어떤 알지 못할 힘에 이끌려 이루어진 것임을 명시하고 있다. 바쇼
는 그것을 '풍아의 귀신'("風雅の魔心")이라는 말로 표현했는데 바쇼의 글에
서 '風雅'는 하이카이를 가리킨다. 그것이 알지 못할 어떤 힘에 이끌려서건
하이카이 공부나 수련을 위한 것이건 우타마쿠라를 탐방하기 위한 것이건
하이카이의 興行27)을 위한 것이건 바쇼에게 있어 공간이동은 어쩔 수 없는

---

27) 문학적 성향이나 친분, 유파 면에서 동질성이 있는 사람들이 모여 동일한 시간·장소를
　공유하며 정해진 격식-式目-에 따라 하이카이 한 권을 완성하는 것을 '興行'이라 한다.

외부적 상황 혹은 타의에 의한 것이 아니라 순수하게 자발적 의지에 의한 것임을 확인할 수 있다. 그리고 공간이동의 중심에는 언제나 '하이카이의 연마를 위한 의지'가 있었다고 할 수 있다. 사실 바쇼는 위와 같은 하이카이를 위한 동기 외에도 아버지의 기일이라든가 어머니의 장례 참석 등 개인적 용무로 여행을 한 경우도 적지 않으나 그 용무만으로 끝나지 않고 항상 하이카이와 관련된 용무를 겸하고 있음이 확인된다.

두 시인의 공간이동의 주된 동기를 '삶의 터전을 찾아서' 그리고 '하이카이의 길을 모색하기 위하여'라고 할 때 그들의 공간이동은 슐츠가 말하는 실존적 공간의 단계 중 각각 '마을'과 '경관'의 단위에서 행해진다고 말할 수 있다. 즉, 두보의 공간이동은 주로 마을에서 마을로 이동하는 양상을, 바쇼의 경우는 경관에서 경관으로 이동하는 양상을 보여 주는 것이다. 여기서 '경관'은 '자연'으로 대치해도 큰 무리가 없다.

(18) 栗亭名更嘉　　율정 이름도 어여뻐라
　　下有良田疇　　아래에 좋은 밭도 있도다
　　充腸多薯蕷　　참마가 많아 배를 채울 만하고
　　崖蜜亦易求　　벼랑의 꿀 쉬 얻으리로다　　　　(<發秦州>, 제8권)

(19) 形勝有餘風土惡　　빼어난 풍경은 많아도 풍토가 나쁘니
　　幾日回首一高歌　　어느 때나 고향 돌아보며 소리높여 노래 부를까
　　　　　　　　　　　　　　　　　　　　　　　(<峽中覽物>, 제15권)

(18)은 앞서 인용한 예 (9)와 같은 시 <發秦州>의 일부분으로 먹을 것을 찾아 남쪽 고을로 가면서 그곳에 대한 기대와 희망을 표현한 것이다. 여기서 '밭'과 '참마' '꿀'은 먹거리의 이미지를 환기하고 이는 사람들이 삶을 영위하는 마을 혹은 촌락의 제유적 표현으로 이해할 수 있다. (19)를 보면 잦은 공간이동에서 두보가 희망했던 곳은 경치가 좋은 곳보다는 살기 좋은

곳이었다는 것이 명백히 드러난다.

한편 바쇼의 경우 그의 글에서 현지 마을과 마을사람들에 대한 기술이 상당 부분을 차지하고 있으나 그것이 바쇼의 궁극적인 공간이동의 목적지였다고 말할 수는 없다.

(20) 이런저런 감회에 젖어 시라카와 관문을 넘어서 걸어가다가 아부쿠마강을 건넜다. 왼쪽에 아이즈네로 알려진 반다이산이 높이 솟아 있고 오른쪽으로는 이와키·소마·미하루의 장원으로 이어진다. 조금 전에 지나온 이 이와키 지방과 히타치·시모츠케 지방과의 경계는 산으로 이어져 있다.

(『오쿠의 좁은 길』)[28]

(21) 산과 들, 바닷가의 아름다운 경치에서 조물주의 공덕을 생각하고 혹은 모든 집착을 버린 사람들의 발자취를 따르며 풍아를 사랑한 사람들의 마음을 엿본다.
(『궤 속의 소소한 글』)[29]

예 (20)은 바쇼의 기행문에서 가장 흔히 볼 수 있는 묘사 방식이라 하겠는데 경관에서 경관으로 이어지는 공간이동의 양상이 잘 나타나 있다. 이렇게 자연경관에 관한 것이 주를 이루는 것은 이것이 하이카이의 주된 소재가 되기 때문이다.

이처럼 두 시인의 공간이동의 동기는 그 공간이동이 각각 移住와 巡禮의 성격을 띠게 하는 요인이 되고 自意性 여부와도 직접 연결되는 부분이라 할 수 있다. 그리고 이 점은 두 시인의 길담론의 텍스트성의 형성에 크게 기여한다.

---

28) "とかくして越行ままに, あぶくま川を渡る. 左に會津根高く, 右に岩城·相馬·三春の庄, 常陸·下野の地をさかひて山つらなる."『松尾芭蕉集』, 351쪽.
29) "山野海濱の美景に造化の功を見, あるは無依の道者の跡をしたひ, 風情の人の實をうかがふ."『松尾芭蕉集』, 324쪽.

3.2. 현지인들과의 교류양상

길담론은 장소의 이동을 전제로 하여 성립하는데 두보나 바쇼 모두 이동해 가는 장소에서 그곳의 인물들과 교류하는 내용을 글에 담는 경우가 많다. 그러나 해당 장소의 현지인들과 어떤 관계하에 어떤 방식으로 교류하느냐에 있어서는 두 사람이 큰 차이를 보인다. 두보의 공간이동은 우선적으로 의탁할 지인이 있는 곳을 향해 나아가서 그에게 의지하거나 도움을 받는 형태를 취한다. 두보의 떠돌이 생활이 본격화되는 乾元期 이후 화주에서 진주로 이주함에 있어 조카 杜佐와 贊公 스님의 도움에 힘입었고 진주에서 동곡현으로 옮아가게 된 배경에는 시 <積草嶺>에 '佳主人'으로 표현된 현령의 호의가 있었으며 또 成都 시절 두보에게 큰 도움을 준 嚴武와 夔州 시절 경제적 지원을 해 준 都督 柏茂林도 있었다.[30] 이처럼 경제난에 허덕이던 두보는 친척, 지인, 벗 등 주변 사람들로부터 지원과 도움을 받으면서 수많은 곳을 전전했던 것이다.

(22) 客睡何曾著   나그네 선잠을 어찌 붙일 수 있으랴
    秋天不肯明   가을 하늘은 도무지 밝으려 하지 않네
              (중략)
    計拙無衣食   주변머리 없어 의식도 해결 못하고
    途窮仗友生   길 막다라 벗에게 의지한 신세   (<客夜>, 제11권)

(23) 世亂鬱鬱久爲客   어지러운 세상, 울적하게도 오래도록 나그네 신세인데
    路難悠悠常傍人   험난한 길, 시름겹게도 항상 남에게 의지한다
                          (<九日>, 제12권)

(24) 五馬舊曾諳小徑   수레 끄는 말들은 일찍이 초당가는 작은 길 익숙한데

---

30) 이상 두보의 전기는 김영란의 『杜甫, 忍苦의 詩史』(태학사, 2000, 68~98쪽)를 참고함.

幾回書札待潛夫　　편지 보내 숨어 사는 나를 기다리심이 몇 번이시던가
　　　　　　　　(＜將赴成都草堂途中有作 先寄嚴鄭公 五首＞·1, 제13권)

生理秖憑黃閣老　　살아가는 일은 오직 황각로[31]에게 의지할 뿐이요
衰顔欲付紫金丹　　늙은 얼굴에 바라는 것은 불로약뿐
　　　　　　　　(＜將赴成都草堂途中有作 先寄嚴鄭公 五首＞·4, 제13권)

(22)와 (23)은 두보가 梓州에 머물 당시 762년, 763년에 지은 것이다. 762년 51세의 두보는 장안으로 돌아가는 嚴武를 배웅하러 갔다가 徐知道의 반란으로 가족이 있던 成都로 돌아가지 못하고 梓州에 가서 杜濟에게 의탁[32]하게 된다. 762년 늦가을 두보는 성도에 와서 가족을 데리고 다시 재주로 가게 되는데 (23)은 그다음 해 763년에 지은 것이다. 그리고 (24)는 764년작으로 이 무렵 劍南節度使가 되어 성도에 이미 도착해 있던 嚴武의 초청을 받아 성도로 가는 길에 지은 것이다.

(22)는 두보 혼자, (23)은 가족과 함께 한 상황에서 남에게 의지하는 자신의 신세를 표현한 것이다. (22)에서는 이같은 상황을 초래한 것을 자신이 못난 탓으로 돌리며 자책하고 있는 모습을 볼 수 있고 (23)의 인용 구절을 통해서는 이번 뿐만 아니라 오랜 나그네 생활 동안 남에게 신세를 지고 있는 것에 대한 두보의 울적한 심사를 엿볼 수 있다. 또 (24)는 두보가 번번이 엄무의 도움을 받았음을 시사한다.[33] 이렇게 생계를 남에게 의탁하는 시간이 길어짐에 따라 가장으로서 두보의 자존감은 낮아지고 삶에 대한 비관적

---

31) 당대에는 문하성을 '黃閣'이라 불렀다. 이 시에서는 문하성 소속의 給事中을 지낸 적이 있는 嚴武를 가리킨다.

32) 김영란, 『杜甫, 忍苦의 詩史』(태학사, 2000), 「杜甫年譜」. 그러나 스즈키 도라오(鈴木虎雄)는 시구에서의 '벗'("友生")은 재주의 武官 章彛를 가리키는 듯하다고 주해하였다. 2책 12권, 545쪽.

33) 엄무는 두보보다 15세 연하로 두보는 원래 엄무의 아버지인 嚴挺之와 면식이 있었으므로 일찍부터 엄무의 후원을 받았다. 김영란, 같은 책, 62쪽.

태도가 형성되었을 것으로 보인다. 이같은 자기비하는 그의 작품에 비장미
를 조성하는 한 요인으로 작용했다고 본다.

(25) 그사이 미노·오가키·기후 근처의 풍류인들이 찾아와서 가센이나 한카센[34]
    을 읊는 일도 종종 있었다.   (『궤 속의 소소한 글』)[35]

(26) 오바나자와에서 세이후라는 사람을 방문했다. 이 사람은 큰 부자인데 흔히
    부자에게서 보기 쉬운 천박한 마음씀이 없다. 또 교토에도 가끔 왕래하고 있
    는 만큼 여행의 고단함과 나그네의 심정도 알고 있어서 우리를 붙잡아 며칠
    씩이나 묵게 하고는 긴 여행의 피로를 위로해 주는 한편 정성을 다하여 대접
    해 주었다.   (『오쿠의 좁은 길』)[36]

(27) (오이시다 지역 사람들이) '요즘은 새로운 풍이 좋은지 옛것이 옳은지 잘
    몰라서 헤매고 있는 중입니다. 아무래도 적당한 지도자가 없기 때문이지요'라
    고 하여 하는 수없이 이 고장 사람들과 렌쿠 한 권을 읊었다. 이 여행의 풍류
    가 하이카이 지도를 하기에까지 이른 것이다.   (『오쿠의 좁은 길』)[37]

  한편 바쇼의 경우는 위의 예에서 보듯 가는 곳마다 극진한 향응과 환대를
받으며 하이카이 지도자로서 그곳의 지인들에게 도움을 주는 모습을 보여
두보와는 대조적인 양상을 띤다. (27)을 보면 해당 지역의 하이카이 동호인
들에게 도움을 준 것에 대해 俳人으로서 뿌듯함을 느끼고 있는 바쇼의 모

---

34) 가센(歌仙)은 렌쥬(連衆)가 36구를 읊는 하이카이를 가리키고 원문 중 '히토오리'(一折)
   는 18구를 읊는 한카센(半歌仙)을 가리킨다.
35) "此間, 美濃·大垣·岐阜のすきものとぶらひ來りて, 歌仙あるは一折など度度に及." 『松
   尾芭蕉集』, 316쪽.
36) "尾花澤にて淸風と云者を尋ぬ. かれは富るものなれども志いやしからず. 都にも折折か
   よひて, さすがに旅の情をも知たれば, 日比とどめて, 長途のいたはり, さまざまにもてな
   し侍る." 『松尾芭蕉集』, 367쪽.
37) "'新古ふた道にふみまよふといへども, みちしるべする人しなければと', わりなき一卷殘
   しぬ. このたびの風流, 爰に至れり." 『松尾芭蕉集』, 368쪽.

습을 엿볼 수 있다.

　이처럼 현지인과의 교류양상이 두보에게는 자신의 열등성을 확인하는
계기가 되고 바쇼에게는 하이카이 지도자로서 자긍심을 느끼는 계기가 되
었다고 할 수 있으며 이 점은 그들의 길담론의 텍스트적 차이를 빚어내는
한 요인으로 작용하게 된다.

3.3. '線'의 여행과 '圓'의 여행

　두보와 바쇼의 길담론에서 드러나는 공간이동의 가장 큰 차이는 출발지
로의 복귀 여부이다. 앞서 2장 1절에서 두 지점을 잇는 것을 길의 본질로
제시하면서 길의 의미는 '떠남-나아감-도착-멈춤/머묾-돌아옴'이라는 세
부적 행위의 과정으로 이루어진다고 언급한 바 있다. 그런데 두보의 길담론
을 보면 '돌아옴'의 요소가 결여되어 있다는 특징을 지니고, 바쇼의 경우 공
간이동은 출발지로 다시 돌아오는 것으로 마무리된다는 특징을 지니고 있
어 대조를 이룬다.

(28) 秋盡東行且未廻　　가을이 다 가도록 동쪽 여행길에서 돌아가지 못하는데
　　　茅齋寄在少城隈　　초가는 여전히 작은 성 모퉁이에 기대 있겠지
　　　　　　　　　　　　　　　　　　　　　　　　　　　　　　　　　　(<秋盡>, 제11권)

(29) 滄江白髮愁看汝　　강가의 백발노인 시름겨워 너를 보니
　　　來歲如今歸未歸　　내년 이맘때면 고향에 돌아가 있으려나
　　　　　　　　　　　　　　　　　　　　　　　　　　　　　　　　　　(<見螢火>, 제19권)

(30) 敝裘蘇季子　　갖옷 해진 소진처럼
　　　歷國未知還　　여러 나라 돌아다니며 아직 돌아갈 줄 모르네
　　　　　　　　　　　　　　　　　　　　　　　　　　　　　　　　　　(<遠遊>, 제22권)

위 세 예 모두 타향살이 신세로 고향 또는 집에 돌아가지 못하는 심정이 드러나 있는데 이 예들이 말해주는 것은 두보의 여행이 어느 지점에서 다른 지점으로 이동하여 머문 뒤 그곳을 또 다른 공간이동의 출발점으로 삼는 패턴을 보인다는 점이다. 즉, 출발지로의 돌아감 없이 '출발1-도착1-머묾1(=출발2)-도착2-머묾2(=출발3) … 머묾n(=출발n+1)과 같은 형태를 띠고 있는 것이다. 결과적으로 한 공간이동의 도착점은 또 다른 곳을 향하는 경유지가 되는 셈이다. 이에 비해 바쇼의 경우는 공간이동 후 출발지로 돌아왔다가 다시 다른 곳을 향해 나아가는 양상을 띤다.

(31) 어느 해부터인가 나도 조각구름을 몰아가는 바람결에 이끌려 방랑하고 싶은 생각이 끊이지 않아 해변을 떠돌다가 지난해 가을 스미다 강가에 있는 오두막으로 돌아와 오래된 거미줄을 걷어냈다.　　　(『오쿠의 좁은 길』)38)

(32) 음력 4월 말, 에도의 오두막에 돌아와 여행의 피로를 풀고 있는 사이 …
　　　　　　　　　　　　　　　　　　　　　　　　(『들판에 뒹구는 해골』)39)

위의 인용들은 바쇼가 공간이동을 행한 뒤 출발점인 바쇼암으로 돌아왔음을 말해주는 예이다. 바쇼의 고향은 이가우에노(伊賀上野)인데 고향을 떠나 에도(江戶)-현, 東京-로 나온 이래 세 번 바쇼암(芭蕉庵)으로 불리는 정주지를 갖게 된다.40) 그러나 바쇼에게 있어 공간이동의 귀착지는 고향이 아닌 바쇼암이며 그는 그 공간을 '집'이라는 말 대신 '古巢' '庵', 거처라는 뜻의 '스미카'(栖)라는 말로 나타내고 있다. 이것은 이 바쇼암이 그의 삶의

---

38) "予もいづれの年よりか, 片雲の風にさそはれて, 漂泊の思ひやまず, 海浜にさすらへ, 去年の秋江上の破屋に蜘の古巣をはらひて…"『松尾芭蕉集』, 341쪽.

39) "卯月の末, 庵に歸りて旅のつかれをはらすほどに…"『松尾芭蕉集』, 299쪽.

40) 첫 번째는 天和2년(1682년) 화재로 소실되었고 두 번째 것은 元祿5년(1692년)에 매각을 했으며 이어 세 번째 바쇼암에서 집필활동을 하게 된다. 「移芭蕉詞」, (『松尾芭蕉集』, 534쪽).

중심 혹은 心的 보금자리이기보다는 공간이동에 있어 出發地와 歸着地로 서의 의미를 지닐 뿐이라는 것을 말해 준다.

결국 두보의 공간이동이 앞으로 나아가기만 하는 '線'의 속성을 지닌다면 바쇼의 경우는 定住地를 떠났다가 다시 원래의 지점으로 돌아오는 '圓'의 속성을 지닌다고 할 수 있다. 두 시인이 이같은 차이를 보이는 것은 두보에 게는 공간이동 후 돌아갈 곳이 없었고, 바쇼에게는 바쇼암이라고 하는 定住 地가 있었다는 점과 직결된다.

이로 인해 두보의 시는 어딘가를 향해 떠나는 내용만 있지 돌아가는 내 용은 매우 드물다. 출발지점을 향한 귀로의 내용을 담은 것이라 해도 돌아 가는 길은 험난하거나 막혀 있거나 방향을 잃어 헤매는 것으로 그려진다.

(33) 歸路從此迷　　고향가는 길 여기서부터 헤매는데　　(<逃難>, 제23권)

(34) 漠漠舊京遠　　아득히 옛 경사는 멀고
　　　遲遲歸路賒　　더디더디 돌아가는 길 아득한데　　(<入喬口>, 제22권)

(35) 羣盜無歸路　　뭇 도적들 때문에 돌아갈 길 끊어졌을 적에
　　　　　　　　　　　　　　　　(<戲題寄上漢中王三首>·3, 제11권)

(36) 三川不可到　　삼천에 이르지 못하려나
　　　歸路晚山稠　　돌아가는 길, 저문 산이 빽빽하여라(<晚行口號>, 제5권)

(33)에서는 고향으로 돌아가는 길이 순탄치 않고 미로처럼 헤매는 길이 라는 것을 말했고, (34)에서는 더디게 가는 길이라는 것을, (35)와 (36)에서 는 각각 도적들과 빽빽한 숲으로 인해 나아가기 어려운 길이라는 것을 말하 고 있다. 즉, 두보의 시에서 '歸路'는 온갖 장애가 가로막고 있는 험난한 여 정으로 그려져 있는데 이것은 곧 물리적 장애인 동시에 심리적 장애이기도

한 것이다. 길이란 일반적으로 뚫리고 통하는 속성을 지니지만 두보시에서의 귀로는 '막힌 것'으로 그려지고 있는 것이다. 이런 점에서 安祿山의 난이 종식되었다는 소식을 전해 듣고 고향을 갈 수 있게 된 기쁨을 표현한 아래의 시는 (33)~(36)과는 큰 차이를 보인다.

> (37) 白首放歌須縱酒　　머리 허연 몸이지만 노래도 부르고 맘껏 술을 마셔야지
> 　　　青春作伴好還鄕　　푸른 봄이 동행이 되어주니 고향 가기 딱 좋구나
> 　　　卽從巴峽穿巫峽　　당장 파협에서 출발해서 무협을 뚫고 들어가
> 　　　便下襄陽向洛陽　　바로 양양으로 내려갔다가 낙양으로 향해야지
> <闻官軍收河南河北>, 제11권)

여기서 '뚫고 가다'(穿) '곧바로 내려가다'(便下) '향하다'(向)와 같은 동사는 장애를 딛고 나아가는 모습을 나타내며 이는 곧 고향을 향하는 기쁨에 그간의 막힘이 뚫리게 된 心的 상태를 반영한다. 더구나 고향으로 가는 길은 희망과 새 출발을 상징하는 '봄'까지도 동행이 되어 주는 것으로 묘사되어 있다.

두보의 삶과 문학을 통해 나타난 공간이동의 최초 출발지는 예 (36)에 나타나 있듯 고향 '洛陽'이며 이곳이 두보의 삶과 문학의 핵심을 이루는 공간이동의 원점으로 작용한다. 두보의 삶에서 成都에서의 5년, 夔州에서의 2년은 비록 客居의 형태지만 그런대로 보금자리를 꾸리고 비교적 안정적 생활을 했던 시기인데 이 시기에 지은 시조차도 항상 자신을 '나그네'로 인식하여 떠돌이 즉 '집'이 아닌 '길' 위의 존재로 표현하는 예가 많다. 그의 의식의 이면에는 제1의 고향 '낙양'과 제2의 고향이라 할 '장안'으로 돌아가 정착하지 않는 한 공간이동의 마무리는 이루어질 수 없다는 생각이 자리하고 있었던 것이다. 그러나 그것이 현실적으로 불가능한 것을 알기에 제3의 삶의 터전, 혹은 삶의 중심을 꿈꾸며 계속 공간이동을 행했던 것이다.

한편 바쇼의 경우는 공간이동의 도달점이 있고 그곳에 도착한 뒤에는 다

시 출발점으로 복귀하는 패턴, 즉 '떠남-도착-돌아옴'을 되풀이하는 양상을 띤다. 단 그에게 있어 공간이동의 출발점은 동일한 장소이다. 바쇼에게 있어 정주지라 할 바쇼암은 보금자리이기보다는 다음 여행을 위해 잠시 쉬어가는 곳의 역할을 하는 곳이기에 공간이동의 요소 중 '돌아옴'은 별 의미를 지니지 못한다. 역설적으로 그의 '돌아옴'은 또 다른 '떠남'을 위한 전제가 되는 것이다.

3.4. '붙박이형'과 '떠돌이형'의 인간상

이상을 종합해 보면 두보와 바쇼 모두 '길 위의 시인'이라 할 수 있지만 '길'이 함축하는 의미요소 중 두보는 공간이동 후 돌아갈 수 있는 곳을 찾아 헤맨 것이라면, 바쇼는 현재 머물고 있는 곳에서 끊임없이 새로운 '떠남'을 갈구했다는 차이를 보인다. 두보의 공간이동이 '중심을 찾아 떠나는 여행'이라 한다면 바쇼의 경우는 '(잠정적) 중심으로부터 이탈을 꿈꾸는 여행'의 속성을 띤다고 할 수 있다. 이로 볼 때 두보는 '길에서 죽는 것이 두렵다'[41]고 한 데서 드러나듯 한곳에 정착하지 못하고 떠돌다가 생을 마감하는 것에 두려움을 가졌던 반면, 바쇼는 '마치 소조로 神이 들린 듯 마음이 뒤숭숭하던 차에 도조 神이 부르는 듯한 느낌이 드니 아무것도 손에 잡히지 않고'[42]라는 기행문의 한 구절, '가라앉지 않는/ 여행에의 이끌림/ 이동식 고다츠'[43]라는 시작품에서 드러나듯 끊임없이 어디론가 떠나고 싶은 충동을 느끼며 평생을 보냈다.

---

41) "常恐死道路 永爲高人嗤"(늘 두려운 건 길에서 죽어/ 길이 고상한 사람들 웃음거리 되는 것). (<赤谷>, 제8권).

42) "そぞろ神の物につきて心をくるはせ, 道祖神のまねきにあひて取もの手につかず"(『오쿠의 좁은 길』,『松尾芭蕉集』, 341쪽) 소조로 신은 여행을 떠나고 싶은 마음이 들도록 유혹하는 신이고, 도조 신은 여행을 하는 사람들의 안전을 지켜 주는 신이다.

43) "住みつかぬ旅の心や置炬燵"(『芭蕉句集』772번).

우리는 이처럼 두 시인의 공간이동의 양상을 통해 귀소본능이 강한 '붙박이형 농경민'의 성향을 지닌 두보의 모습과 방랑벽이 있어 한곳에 정주하기를 싫어하는 '떠돌이형 유목민'의 성향을 지닌 바쇼의 모습을 엿볼 수 있다. 붙박이 성향이 강하면서도 당시 현실적 여건으로 인해 어느 한 곳에 정착하지 못하고 자신의 뜻과는 달리 이곳저곳을 떠돌아다녀야 했던 두보의 삶과 자신의 성향대로 마음껏 평생을 떠돌아다니며 하이카이의 길을 모색한 바쇼의 삶은 모두 길 위를 떠돈 것이었다는 점에서는 동일하다. 그러나 '길 위의 삶'이라는 것을 떠도는 삶을 '止揚'했느냐 아니면 '志向'했느냐 하는 의지의 방향성과 결부지어 볼 때 두 사람에게서 보이는 차이는 정반대의 것이라 해도 무방하며 이로 인해 야기된 심리적 상태와 문학적 특성의 차이 또한 적지 않을 것임은 충분히 짐작할 수 있다.

4. 공간이동의 양상과 길담론의 美意識

앞 장에서 살펴본 대로 두보의 공간이동은 자의와는 무관하게 어쩔 수 없는 상황에서 행해진 것이었다. 정착할 수 있는 생활터전을 찾아, 먹을 것을 찾아, 또는 전쟁을 피하기 위해 끊임없이 이곳저곳을 전전하면서 가는 곳마다 지인의 도움을 받아야 했던 것이 두보의 삶이었다. 자신이 어딘가에 속해 있다는 느낌을 갖게 하는 장소를 그 사람의 '삶의 중심(공간)'이라 할 때 보통 그곳은 '고향' 혹은 '집'으로 그려진다. 그러나 두보의 길담론에는 중심을 찾아 나서는 모습만 그려졌을 뿐 원래의 출발점으로 복귀하는 내용은 거의 드러나 있지 않으며 이것은 곧 두보가 삶의 중심이 되는 공간을 갖지 못했다는 것을 말한다. 한편 바쇼의 경우 공간이동의 동기는 궁극적으로 하이카이의 길을 모색하기 위한 방편이었고 가는 곳마다 현지인들의 환대를 받고 하이카이 지도자로서 그들에게 도움을 주는 양상을 띤다. 그리고 긴 기간이든 짧은 기간이든 원래의 출발지로 복귀한 뒤 다음 길 떠남을 준비하는 패턴을 보인다. 공간이동에 있어 두 사람이 보이는 이같은 차이는 텍스트의 美感을 조성하는 요인 중의 하나로 작용했을 것으로 본다. 필자는 이같은 공간이동 양상의 차이가 각각 '비장미'와 '우아미'의 우세로 이어진다는 점에 주목하고자 한다.

보통 두보 시의 특성을 '침울' '悲慨'의 어조로 설명하는데 이같은 미감이 형성되는 근거를 거시적 관점과 미시적 관점에서 생각해 볼 수 있다. '거시적 관점'에서 본다면 크고 작은 전쟁이 빈발하는 상황에서 나라의 안위를 근심하는 우국충정, 부패한 관리와 고통을 겪는 백성들을 목도하면서 느낀 연민이 문학에 반영되었다고 말할 수 있고, '미시적 관점'에서 본다면 한 가장으로서 가족들을 궁핍과 위험, 고난 속에 내모는 자신에 대한 자괴감이 문학에 반영되었다고 말할 수 있다. 그러나 어느 쪽의 해석이든 그 근저에는 자신의 뜻과는 무관한 빈번한 공간이동의 현실이 자리하고 있다.

이 글은 주로 미시적 관점에서 길담론을 조명하는 입장이라 하겠는데, 길담론과 미의식의 관계는 거시적 관점을 대표하는 작품에서도 크게 다르지 않다. 거시적 관점에서 비장미를 언급할 수 있는 대표적 작품 <三吏·三別>을 보아도 이 작품들이 758년 두보가 華州司功參軍으로 좌천되었을 때 겨울에 洛陽에 갔다가 華州로 돌아오는 길에 백성들이 처한 현실을 목도하고 쓴 길담론들이라는 점에 주목할 필요가 있다. 그가 만일 붙박이 형태의 삶을 살았더라면, 그리고 타의에 의한 공간이동의 계기가 적었더라면 참담한 백성의 삶을 마주할 기회도 적었을 것이다.

이로 볼 때 '의지와는 무관한 잦은 공간이동'의 현실이야말로 그의 시에 침울과 비개의 미감을 조성한 주요 기반이 된다고 할 수 있다. 이것은 곧 삶의 중심이 되는 공간을 갖지 못한 데서 오는 '뿌리뽑힘' 현상의 문학적 발로라고 생각한다. 두보에게 있어 1차적 뿌리뽑힘은 고향 낙양을 떠난 것이겠지만 그의 시를 관통하는 비애감은 단순히 고향을 떠난 데서 오는 상실

감에서 비롯된다기보다는 생계나 전란 때문에 이곳저곳을 떠돌아다닌 데서
오는 좌절감에서 비롯된다고 보는 것이 타당할 듯하다.

지금까지는 공간이동의 양상을 보여주는 작품들의 일부를 들어 설명해
왔으나 이제 길담론 한 편 全篇을 대상으로 미의식의 측면을 검토해 보기
로 한다.

(38) 汨汨避羣盜   도적의 무리를 피해 급히 달아난 뒤로
   悠欲經十年   아득히 십 년의 세월이 지났는데
   不成向南國   남국을 향하지 못하고
   復作遊西川   다시 서천으로 가고 있다네
   物役水虛照   이 몸은 外物에 부려지는데 물은 덧없이 비추고
   魂傷山寂然   영혼은 상처를 입었는데 산은 적막하구나
   我生無倚著   나의 삶은 의지할 곳 없어
   盡室畏途邊   온 가족이 두려운 길 가운데 있구나
            (＜自閬州領妻子卻赴蜀山行 三首＞·1, 제13권)

위 시는 예 (24)와 같은 764년작으로 劍南節度使가 되어 성도에 가 있던
嚴武의 초청을 받아 성도로 가는 길에 지은 것이다. 위 시에서 '남국'은 荊
州 지방을 가리키는데 원래 두보는 梓州로부터 강을 건너 남쪽의 형주로
가려고 했었다. 그런데 엄무가 낭주에 있는 두보에게 몇 차례 편지를 보내
성도로 돌아올 것을 청했으므로 발길을 돌려 성도로 향했던 것이다.

제목을 풀이해 보면 '낭주로부터 처자를 데리고 뜻하지 않게 촉으로 산길
을 가면서'라 할 수 있는데 제목 속의 '卻'이라는 글자는 자신의 뜻과는 다르
게 일이 전개될 때 사용된다는 점에서 蜀으로 가는 길을 내켜하지 않는 두
보의 심사를 엿볼 수 있다. 시에 직접적으로 나타나 있지는 않지만 촉으로
향하는 두보의 발걸음이 무거웠던 이유는 일이 뜻대로 안 되는 것, 언제까지
이렇게 떠돌아야 하는가 하는 참담한 생각, 그리고 또 이 나이가 되어서까지

남의 신세를 져야 하는가[44] 하는 데서 오는 자괴감 때문이었을 것이다.

　首聯과 尾聯은 과거와 현재를 대비시켜 10년이라는 시간차가 있음에도 여전히 길 위를 떠도는 신세임을 토로하였다. 頷聯에서는 형주를 '남국'으로, 촉지방의 성도를 '서천'으로 표현하여 '南'과 '西'라는 방위를 대비시킴으로써 이번 여행이 자신의 뜻과 어긋난 것임을 드러냈다. 미의식과 관련하여 주목할 부분은 頸聯이다.

　제5구에서 '外物에 부려지는 이 몸'은 좁게는 두보 자신의 일 넓게는 인간사를 대표하면서 '강물'이라는 자연물과 대조를 이룬다. 같은 패턴으로 제6구에서도 인간사를 나타내는 것으로서 '상처 입은 혼령'이 자연물을 대표하는 '산'과 대조를 이룬다. 이렇게 하여 제5구와 6구는 대응관계에 놓이게 된다. 제5구에서 '덧없이'라고 번역한 '虛'자가 단순히 '비다' '부질없다' '헛되다'의 의미를 지니는 것이 아니라 私心과 욕망, 이기심, 分辨作用이 멈춰 있는 상태를 가리킨다고 할 때, '덧없이 경물을 비추는 강물'은 경제난과 전란, 병 등과 같은 외적 조건 즉 外物에 부려지는 두보의 현실에 대비되는 이상적인 경계를 표현한 것이라 할 수 있다.

　마찬가지로 제6구에서의 '寂'은 '고요하다'는 뜻을 넘어 욕망이 차분히 가라앉은 상태를 가리키며 '적막한 산'은 '상처 입은 영혼'이라고 하는 두보의 현실과 대비되는 이상적인 경지를 나타낸다고 하겠다. 즉 頸聯은 고요하고 평안한 '자연물'을 내세워 1차적으로는 온갖 번뇌와 근심, 좌절의 상태에 놓인 두보 자신의 현실을 대비시키면서 2차적으로는 변화무쌍의 곡절 속에서 살아가는 모든 인간의 삶을 대비시킨다고 할 수 있다.

　이처럼 頸聯은 자연물과 인간사의 대비를 평행의 상태로 보여 주는데 尾聯에 이르면 그 균형이 깨져 이상이 현실에 의해 좌절되는 모습이 그려

---

44) 같은 때, 같은 상황에서 지어진 예 (24)의 '살아가는 일은 오직 황각로에게 의지할 뿐이요'라는 구절을 통해 이같은 심정을 추측해 볼 수 있다.

진다. 자신을 둘러싼 외적·내적 번뇌를 벗어나 강이나 산처럼 평온하게 살고 싶은 것이 두보가 바라는바 '이상'이라 할 수 있지만 현재 두보가 처한 상황은 '의지할 곳 없이 온 가족이 길 위를 떠도는 현실'이다. 이와 같이 이상을 추구하되 그것이 현실에 의해 좌절됨으로써 야기되는 비애의 미감을 '비장미'라 하는데 이 비장미가 두보 시를 관통하는 미의식을 이룬다고 보는 것이다.

위 (38)에서 보듯 두보의 시 특히 그의 길담론에 일관되는 비장미는 원하지 않는 떠돌이 삶을 살아야 했던 데서 오는 비애감, 바꾸어 말하면 붙박이로 살고 싶은 이상이 좌절된 데서 오는 비애감을 기조로 한다고 할 수 있다.

한편 바쇼의 경우 길담론의 미감은 두보와 큰 차이를 보이며 이 차이는 공간이동의 양상에서 드러나는 차이와 맞물려 있다. 앞에서 본 것처럼 바쇼의 공간이동은 우타마쿠라를 탐방한다든가 하이카이의 새로운 방향을 모색하는 방편으로서 행해졌고 가는 곳마다 지인들의 환대를 받으며 그들에게 하이카이 지도를 하기도 하면서 자긍심을 느끼는 양상을 보인다. 앞에서는 공간이동의 양상에 초점을 맞추었으므로 주로 산문을 대상으로 했지만 이제 공간이동의 모티프를 담은 하이쿠 작품을 대상으로 하여 미적 특성을 살펴보기로 한다.

(39) おもしろや今年の春も旅の空
　　　(흥이 나도다/ 올해 봄철에도/ 여행길 하늘)45)
(40) 藥欄にいづれの花を草枕
　　　(약초밭의/ 어떤 풀꽃을 베고/ 잠을 잘거나)46)
(41) 世を旅に代掻く小田の行きもどり
　　　(평생 여행길/ 밭을 써레질하며/ 오가고 있네)47)

---

45) 『芭蕉句集』 202번. 시구의 분절은 필자에 의함.
46) 『芭蕉句集』 619번.

하이쿠는 극도의 短詩 형태이므로 율시와 같은 長型의 형태와 견주었을 때 시인의 생각이나 감정이 직접적으로 표출되기 어렵다는 특징을 지닌다. 그러므로 함축된 표현 속에서 행간의 생략된 부분을 보충해 가며 의미를 파악할 수밖에 없다. 이때 그 구가 지어진 배경이나 동기를 설명한 산문서 술인 고토바가키(詞書)가 해석의 실마리를 제공하기도 한다.

(39)는 1689년 바쇼가 제자인 무카이 교라이(向井去來)에게 보낸 서신에 포함된 구인데 이로써 자신의 동북지방 여행 계획[48]을 알린 것이다. 첫 부분 "おもしろ"는 '사랑할 만하다' '예술품 등에 이끌리다' '흥이 나다' '유쾌하다'라는 의미의 단어로 앞으로 있을 여행에의 기대감을 드러낸 표현이다. 우리는 이 구를 통해 도조 神의 부름에 응하여 여기저기 떠도는 것을 좋아하는 자신의 성향대로 봄철의 여행을 기쁜 마음으로 기다리는 바쇼의 모습을 엿볼 수 있다.

(40)은 元祿2년(1689년) 바쇼가 '오쿠의 좁은 길' 여행 당시 에치고(越後)의 다카다(高田)에 살고 있던 의사 細川春庵의 집에서 일박을 했을 때 지은 것이다. 원문에서 '풀베개'("草枕")는 '여행에서의 잠자리'를 가리키는 환유적 표현으로 이 구를 길담론으로 읽게 하는 단서가 된다. 집주인은 화초에 조예가 깊은 사람으로 집 정원에 많은 꽃들을 심어 이것을 꽃꽂이할 때 사용했다고 한다.[49] 바쇼는 그 집에 묵으면서 꽃들을 구경했을 것으로 추측할 수 있는데 주목할 점은 이를 '약초밭'으로 특정한 뒤 그중 어떤 꽃 옆에서 잠을 잘까 하고 표현했다는 사실이다. 이 행간에서 우리는 평소 잔병치레가 많고 여행 중에도 병이 나는 일이 잦았던 바쇼가 자신의 처지를 반영하여 약초밭을 강조했을 것이라는 암묵적 사실을 추정해 볼 수 있다. 제대

---

47) 『芭蕉句集』 267번.
48) 일명 '오쿠의 좁은 길' 여행이다.
49) 『芭蕉句集』 619번 주석.

로 된 숙소가 아닌 길섶의 풀밭과 같은 부실한 여행의 잠자리를 가리키는 "草枕"이나 병치레가 잦은 자신의 처지를 반영한 '약초밭'("藥欄")은 결코 바람직한 현실이라 할 수 없다. 그러나 우리는 여기서 부정적 현실에 좌절한 시적 화자의 모습 대신 수많은 꽃들 중 어떤 꽃 옆에서 잠을 잘까 하고 설레는 모습을 발견하게 된다.

(41)은 1694년 세상을 떠나기 1년 전에 쓴 것으로 바쇼는 자신의 평생이 여행으로 점철된 것이었음을 밝히고 그것을 농부의 '써레질'에 비유하였다. '써레질'이란 써레로 논바닥을 고르거나 흙덩이를 잘게 부수는 일로 단조롭고 힘든 중노동이지만 농부라면 하지 않으면 안되는 일이다. 그것은 방랑벽이 있는 바쇼에게 있어 자신의 성향상 피할 수 없는 여행과도 같은 것이다. 그러므로 이 구에서는 '농부: 써레질 = 바쇼: 여행'의 관계가 성립한다. 농부의 써레질이 단조롭고 반복적이며 결코 유쾌하지 않은 노동이듯 바쇼에게 있어 여행은 목숨까지도 걸어야 할 정도의 험난한 여정이었다. 그러나 우리는 이 구를 통해 농부가 힘든 써레질을 묵묵히 행하듯 자신이 선택한 현실을 담담히 수용하는 바쇼의 모습을 엿볼 수 있다.

이처럼 긍정적이지 않은 현실을 긍정적으로 받아들여 이상과 조화를 이루도록 하는 데서 '우아미'가 조성된다. 위의 예들뿐만 아니라 산문이든 시이든 바쇼의 길담론에는 자신의 성향대로 떠돌이 삶을 살면서 풍아의 길을 실현한 데서 오는 충족감과 현실긍정의 태도가 일관되게 나타나 있다. 그리고 이 점은 현실에의 부정적 인식이 내재한 두보 길담론의 '비장미'와 대조되는 부분이라 하겠고 이같은 차이는 공간이동의 양상에서 보이는 차이와 맞물려 있다고 할 수 있다.

5. 두 시인에 있어 '길'이 의미하는 것

이 글은 두보와 바쇼가 '길 위의 시인'이라는 공분모를 지닌다는 사실로부터 출발했다. 그러나 두보에게 '길'은 정착을 향해 가는 불안정하고 불확실한 공간이고 바쇼의 경우는 자신의 떠돌이적 성향을 마음껏 펼쳐낼 수 있는 이상적 공간이 된다는 점에서 차이를 보인다. 두보에게나 바쇼에게나 길은 직선 같은 지름길이 아닌 고통과 험난한 여정과 열악한 여건, 불투명한 앞날로 이어진 곡선과도 같은 '굽이길'이었다.

두 시인이 마주했던 빈번한 공간이동의 현실은 궁극적으로 그들에게 어떤 의미를 지닌 것일까. 필자는 그같은 현실이 시인으로서 내적 성장을 이룬 계기가 되었다고 본다. 길은 이중적 의미를 지닌다. 이곳과 저곳을 이어주는 통로로서의 물리적인 길과 어떤 주체가 앞으로 나아가야 하는 방향성을 지시하는 상징적인 길이다. 두보와 바쇼에 있어 통로로서의 길은 혹독한 고난을 통한 인생수련, 자기의 발견과 자기인식의 계기 혹은 새로운 세계의 발견과 경험의 확장을 이루는 계기가 되었다고 할 것이며, 이 전자의 의미의 길을 통해 중국의 詩史로서의 입지 그리고 일본 하이카이계의 거장이라는 문학사적 위상으로서의 길로 나아가게 되었다고 할 수 있다. 두보와 바쇼를 '길 위의 시인'이라 한다면 그것은 전자의 의미의 길을 통해 후자의 의미로서의 길을 간 시인이라는 의미가 될 것이다.

두보 개개 시작품들의 총합 그리고 바쇼의 시와 산문들의 총합을 각각 하나의 거대담론이라 할 때, 길을 소재로 하여 공간이동의 모티프를 담은 '길담론'은 그 거대담론에서 큰 줄기를 이룬다 하겠고 '공간이동을 통한 자기성장의 과정'을 보여주는 것이 그 길담론의 최상위 주제(hypertheme)라 할 수 있다.

尹善道와 芭蕉

'슬카지'와 '와비'(侘び)

- 윤선도와 바쇼의 美的 世界 -

1. 문제제기

이 글은 윤선도와 마쓰오 바쇼 두 시인이 보길도와 후카가와(深川)에서 幽居 생활을 하는 동안 쓴 글들을 대상으로 하여, '幽居'[1]라고 하는 유사한 문학환경 혹은 유사한 현실여건 속에서 그들이 어떻게 달리 독특한 미적 세계를 형성했는지를 살피는 데 목적이 있다. 일반적으로 美學은, 대상 특히 예술작품의 미적 가치를 규명하는 것을 본령으로 한다. 미적 가치는 크게 감각적 가치(Sensuous values), 형식적 가치(Formal values), 그리고 삶의 가치(Life values or Associational values)로 구분된다.[2] 앞의 두 가지가 매체 자체에 내재된 성질로부터 형성되는 가치인 반면, 세 번째 것은 매체 밖에

---

1) '幽居'의 뜻, '隱居'와의 차이 등에 대해서는 본서 「杜甫·尹善道·芭蕉에 있어서의 '隱'의 처세」 참고

2) 감각적 가치는 매체 자체의 질감이나 색채, 토운 등에서 형성되는 아름다움을 통해 규정되는 미적 가치이고, 형식적 가치는 매체를 구성하는 부분적 요소들의 긴밀하고 유기적인 배합에서 오는 아름다움과 관련되는 미적 가치이다. 삶의 가치란 매체 자체가 아닌, 매체를 통해 전달된 내용, 느낌을 통해 연상되는 미적 가치를 말한다. "Problems of Aesthetics," *Encyclopedia of Philosophy I*, edited by Paul Edwards(New York: The Macmillan company & The Free Press, 1967).

존재하는 삶의 가치를 예술작품이 얼마나 잘 재현 내지 표현하고 있느냐에 관련된다. 모든 예술장르가 어느 정도 이 삶의 가치문제와 조금씩 다 관련 되지만, 특히 '문학'은 이와 가장 밀접한 관련을 가진다. 이 글이 두 시인의 작품에 구현된 미적 세계를 규명하고자 함에 있어 '현실' 문제에 천착하는 것도 바로 이런 이유 때문이다.

윤선도는 1637년 51세에 처음 보길도를 발견하여, 이때부터 52세 때 영 덕으로의 몇 개월간의 짧은 유배기간을 빼고, 효종의 등극 후 출사하는 해 1652년까지 보길도에서 유거 생활을 하게 된다. 52세 때 영덕으로 유배 가 기 직전에 쓰여진 「供辭」,[3]에는 10여 년간의 유거생활에 들어갈 무렵의 사 정이 잘 나타나 있다. 이 글은 세인의 비방과 참소에 대하여 자신의 입장을 변호하는 일종의 진술서이다. 당시 고산은 병자호란 때 임금께 문안 한 번 드리지 않은 불충을 범했고, 사사로이 피난하는 妻子를 약취했다는 억울한 누명을 쓰고 있었다. 대간이 그를 잡아다 국문할 것을 임금에게 청함에 따 라 고산은 이 글을 올려 병자호란 당시의 상황과 부녀자 약취문제를 자세하 게 진술하고 있다.

이 글에서 그는 '저는 타고난 성질이 우둔하고 세상살이가 서툴러 한 번 벼슬한 뒤부터는 내직에 있으면 번잡스러운 말이 있고, 외직에 나가면 비방 이 쌓여…'[4]라고 자신의 심정을 토로하고 있다. 이상의 내용을 종합해 보면, 임금이 적에게 무릎을 꿇는 치욕의 상황, 사사로운 문제에까지 걸친 세인들 의 참소와 비방, 지나치게 강직해서 타인과 원만하게 지내지 못하는 고산 자신의 성품, 본디 산수를 사랑하는 마음 등이 복합적으로 작용하여 10여 년간의 긴 유거생활에 들어가게 된 것이라고 볼 수 있다. 유거기간 동안

---

3) 『孤山遺稿』 卷5·下(南楊州文化院, 1996), 879쪽. 앞으로 인용되는 윤선도 시문의 원문은 이 책에 의거하고 서지사항은 생략하기로 한다.

4) "身賦性愚下 行世齟齬 一自筮仕之後 在內則有煩言 補外則有積謗."

쓴 시 중 '인생살이 서툴러 지금 세상과는 어그러졌고'5)라는 구절은 이같은
사정을 함축적으로 표현한 것이라 할 수 있다.

한편 바쇼는 1680년 37세의 나이에 에도(江戶) 市에서 교외 후카가와 초
암으로 들어가 '芭蕉庵'이라 이름을 붙이고 1684년 '들판에 뒹구는 해골'
('野ざらし紀行') 여행을 떠나기까지 수년간 유거하게 된다. 입거 동기에 대
해서, 당시 유행하던 단린 하이카이(談林俳諧)에 위화감과 혐오를 느껴 그
것을 기피하려는 의도, 세속적인 하이카이 소쇼(宗匠)6)의 생활이 맞지 않았
기 때문에, 그리고 시중에서의 소쇼로서의 생활이 별로 성공적이지 못해 경
제적으로 파탄상태에 이르렀기 때문이라고 하는 의견이 유력하게 제시되어
왔다.7)

후카가와 바쇼암 입거 직후에 쓴 것으로 추정되는 「사립문」(「柴の戶」)8)
에서 바쇼는 '市中에서의 삶에 지쳐서9) 에도를 떠나 주거를 후카가와 근처
로 옮겼다'는 서두에 이어 '長安은 옛날부터 명예와 利欲의 땅이다. 가진
것도 없고 돈도 없는 사람에게는 行路難이다'라는 白樂天의 시구를 인용
한 뒤 '이 백낙천을 현명한 사람이라고 느끼는 것은 본래 나 자신이 가난하
기 때문일까?'라고 서술하고 있다. 여기서 長安과 백낙천은 각각 에도와 바
쇼 자신의 비유임은 말할 나위도 없다. 우리는 이 글을 통해, 바쇼의 유거가
'세속의 삶이 힘겨워' '현실에의 좌절감' 때문이라는 것을 짐작할 수 있다.

---

5) "用拙自違今世路"(<次韻寄韓和叔>, 卷1).

6) '소쇼'(宗匠)란 하이카이의 興行이 이루어지는 '座'의 長을 가리키는 말로 전문 俳諧師들
   가운데 뛰어난 사람이 선택되는데 소쇼가 되면 어떤 유파의 리더로 문단을 거느리며 하
   이카이 작품에 대하여 우열의 판정 혹은 비평을 행하는 点者나 判者로서 활동할 수 있게
   된다. 伊地知鐵男, 『俳諧大辭典』(明治書院, 1981), 403쪽.

7) 富山奏, 『芭蕉文集』(東京:新潮社, 1978).

8) 『松尾芭蕉集』, 407쪽.

9) "市中に住佗て". 여기서 "佗て"는 다양한 의미로 해석될 수 있는데(이에 대해서는 본고
   3.2 "바쇼와 '와비'의 미" 참고) 앞뒤 문맥으로 미루어 '江戶 市中에서의 삶에 지쳐 피곤해
   진 상태'로 해석하는 것이 타당하다고 본다.

우리는 여기서 유거생활을 전후한 구체적 상황은 다르다 하더라도, 유거
생활을 결심한 두 사람의 근본 동기가 아주 흡사하다는 것을 발견하게 된
다. 표면적으로 윤선도는 세인의 참소와 비난, 바쇼는 ‘경제난’을 내세우고
있지만, 실은 ‘세속의 삶에 대한 회의’가 유거의 직접적·심층적 동기임을
알 수 있다. 그리고, 두 사람 모두 표면상으로는 ‘자발적 의지’에 의한 유거
임을 명시하고 있다 하더라도 그것이 세속적 삶에 성공한 사람의 ‘금의환향’
같은 성격의 것이 아님이 분명하다. 그것은 비록 실패의 양상이 영구적인
것은 아니라 할지라도 일종의 세속적 삶에의 ‘실패자’가 내세우는 변명으로
해석될 수도 있다고 본다.

윤선도는 평소 기회 있을 때마다 ‘愛君憂國’을 군자의 사업으로 여기고
‘奉公安民’을 신하의 직무로 여긴다고 하는 儒者의 기본 도리를 강조해 왔
다.10) 이같은 그의 평소 소신에 비추어 볼 때, 그의 유거에 현실적 삶에의
‘실패’ 혹은 그로부터의 ‘도피’라고 하는 부정적 요소가 개입해 있음을 간과
할 수 없다고 본다.

바쇼의 경우도 마찬가지다. 후카가와 유거로부터 꼭 10년 뒤 1690년 바
쇼는 幻住庵에 다시 입거하게 되는데 이때 쓰여진 「幻住庵記」에는 그 동
기를 ‘오로지 한적만을 좋아하여 산야에 자취를 감추려고 한 것은 아니다.
조금 몸에 병이 있고, 인간관계가 피곤해서 세상으로부터 떠나 있는 참이
다’11)라고 밝히고 있다. 이 기록 역시 바쇼의 유거가 현실에의 실패감을 바
탕으로 하고 있다는 것을 입증해 준다. 요컨대 그들의 유거는 행복과 만족
의 삶의 연장선상에서 ‘선택’된 것이기보다는 암울하고 진퇴양난의 어려운
상황에 처한 사람의 ‘도피행위’로 이해될 수도 있다는 것을 지적해야 할 것

10) 예컨대 「再疏」(卷3·上)에서 “臣雖無狀自少講學 便以愛君憂國爲君子事業 直以奉公安民
爲人臣職務”라 한 것을 들 수 있다.
11) “ひたぶるに閑寂を好み, 山野に跡を隱さむとにはあらず. やや病身, 人に倦んで, 世をい
とひし人に似たり.”『松尾芭蕉集』, 504쪽.

이다.

그러나, 그들의 유거가 암울한 현실여건에서 취해진 것이고, 그 동기에 현실에 대한 부정적 인식요소가 개입해 있다 하더라도, 유거생활 동안 그들이 성취한 문학적 성과는 아무리 강조해도 지나침이 없을 것이다. 윤선도의 경우 이 시기에 지은 '漁父四時詞' '山中新曲' 등을 통해 한글이 지닌 아름다움을 최대로 드러냈으며, 아울러 시조의 문학적 가치를 한 단계 높이는 역할을 했다고 할 수 있다. 한편, 바쇼의 경우 후카가와 바쇼암 유거시기는 당대 유행하던 단린 하이카이풍의 輕薄浮華를 벗어나 바쇼 독자적인 蕉風을 구축하려 했던 시기로서 하이카이(俳諧)[12] 발전 과정에서 중요한 의미를 지닌다.

그들이 유거기간 동안 이룬 이같은, 보편적으로 지적되는 성과 외에, 이 글에서 관심을 갖는 것은 이 '유거'라고 하는 문학환경이 이 시기의 그들 작품의 미적 세계를 구축하는 데 결정적인 계기가 된다는 사실이다.

2. 부정적 현실의 긍정적 전환

그렇다면, '세속의 삶에 대한 회의와 좌절'이라고 하는 공통의 동기에서 취해진 '幽居'의 상황에 대하여 두 사람은 어떻게 반응했는가? 우선 구체적 작품을 예를 들어 살펴보기로 한다.

(1) 보리밥 픗느믈을 알마초 머근 後에

---

12) 하이카이란 하이카이노렌가(俳諧の連歌)의 준말로 純正·古雅한 전통적 렌가에 대하여 일상생활에서 소재를 취하여 '재미'의 요소를 가미한 새로운 스타일의 렌가를 말한다. 렌가란 두 사람 이상이 참여하여 '5·7·5' 17자로 구성된 구와 '7·7' 14자로 구성된 구를 번갈아 읊는, 일종의 집단창작의 시양식이다. 하이카이에서 첫구를 홋쿠(發句)라 하는데 이것이 독립하여 오늘날 보편적으로 일컬어지는 하이쿠(俳句)를 이루게 되었다.

바횟 긋 묽ᄀ의 슬ᄏ지 노니노라
그 나믄 녀나믄 일이야 부롤 줄이 이시랴

(<山中新曲·漫興2>, 卷6·下)

우리는 이 작품에서, 어느 면에서는 세상살이에 실패했다고도 볼 수 있는
사람의 암울한 어조를 전혀 감지할 수 없다. 작은 행복에 만족하며 현실에
自足하는 사람의 여유를 느낄 수 있을 뿐이다. 여기서 "그 나믄 녀나믄 일"
은 그가 떠나온 세속적 삶, 벼슬살이, 혹은 세인들이 부러워할 만한 높은
지위와 명예 등을 의미한다고 보아도 좋을 것이다.

(2) 山海千重水墨圖   산과 바다는 겹겹이 한 폭의 그림 같고
　　兎躍鴉騰窺短嶂   뛰고 나는 토끼와 까마귀 산봉우리를 엿본다
　　登臨記得前宵夢   여기 올라와 보니 전날 밤 꿈이 생각나네
　　玉帝何功錫與吾   옥황상제는 무슨 공으로 내게 이런 곳을 내려주셨나

(<初得金鎖洞作>, 卷1)

이 시구에서도 또한 우리는 세상과 어그러져 임천으로 물러나 있는 자신
의 처지를 암담하게 여기는 목소리를 느낄 수 없다. 오히려 유거의 상황이
'형벌'이나 '징계'가 아닌 옥황상제의 '襃賞'으로, 그리고 '꿈같은 현실'로 그
려져 있음을 본다. 經世濟民에 이상을 둔 儒者에게 있어 유거의 삶은 어느
면에서는 정치적으로 암울한 현실이라고 할 수 있다. 그러나, 윤선도는 그
같은 현실을 부정적으로 인식하지 않고, 평소의 염원인 귀거래의 꿈이 실현
된 것으로 받아들임으로써 긍정적 가치를 부여한다. 아래의 시구는 이같은
긍정적 전환의 과정을 분명하게 보여준다.

(3) 吾非海隱非山隱   나는 산이나 바다에 숨은 隱者는 아니지만
　　山海平生意便濃   평생 산과 바다에 뜻이 깊었네

用拙自違今世路　　인생살이 서툴러 지금 세상과는 어그러졌고
幽居偶似古人蹤　　조용히 살다보니 우연히 옛사람의 모습을 닮아간다네
(<次韻寄韓和叔>, 卷1)

그는 '幽居'의 동기를, 자신의 뜻이 세상과 어긋나기 때문이라고 밝히고 있다. '지금 세상과 어그러졌'고 말한 것은 기본적으로 윤선도가 세속의 삶을 부정적으로 인식하고 있음을 말해 준다. 그렇지만, 그 현실을 떠나왔기에 지금은 오히려 道를 실현해 갈 수 있다는, 긍정적 현실수용태도를 발견하게 된다. 여기서 한 가지 주목할 사실은, 이같은 긍정적 전환의 과정에 杜甫의 영향, 특히 그의 '拙'의 정신이 깊게 개입해 있다는 점이다.[13]

이같은 양상은 바쇼의 경우도 크게 다르지 않다. 유거의 현실에서 특별한 의미를 발견하여 긍정적으로 전환시키는 양상은 이 시기의 바쇼의 시문을 특징짓는 요소 중의 하나이다.

 (4) 쓸쓸함을 견디며 마시는 거친 차 한 잔, 그 맛이 더욱 깊구나
(『田舍の句合』21番)[14]

이 시구에서 우리는 혼자 외롭게 살고 있기에 더욱 깊은 차맛을 음미할 수 있다는 긍정적 사고방식을 접하게 된다. 여러 사람들과 어울려 흥겨운 대화를 나누며 차를 마신다면, 대화나 타인의 존재에 관심이 이끌려 차맛 자체를 깊이 음미할 여유가 없을 것이라는 생각이 이면에 깔려 있다. 아래 「걸식하는 늙은이」(「乞食の翁」)라는 제목의 하이분(俳文)[15]에서도 유거의

---

13) 예 (3)에서 "用拙"은 두보의 시구 "用拙存吾道(拙로써 나의 도를 지켜나가며 <屛跡三首
 ·2>)"에서 인용한 것이다. 두보의 '拙'에 대해서는 본서 「두보와 拙의 미학」 참고. 두보의
 '拙'의 정신이 윤선도의 시세계, 미적 세계에 끼친 영향에 대해서는 본서 「윤선도와 바쇼
 에 있어서의 '못남'」 참고.
14) "侘に絶て一爐の散茶氣味ふかし."『芭蕉文集』(日本古典文學大系46, 岩波書店, 1959), 291쪽.

현실을 긍정적으로 전환시키는 태도를 확인할 수 있다.

> (5) 나는 다만 이 詩句만을 알 뿐, 그 마음은 알지 못한다. 그 쓸쓸함만을 헤아릴
> 뿐 그 뒤에 있는 즐거움은 알지 못한다. 내가 두보보다 윗길인 것은 다만 多病
> 이라는 사실뿐이다. 초라한 오두막의 파초 잎 그늘에 숨어 스스로 '乞食하는
> 늙은이'라고 부른다.16)

이것은 芭蕉庵으로 입거한 다음 해에 쓰여진 「걸식하는 늙은이」(「乞食
の翁」)라는 글인데 이 앞에 두보의 <絶句四首·3> 두 구절이 인용되어 있
다.17) 여기서 바쇼는 '나는 그 쓸쓸함만을 헤아릴 뿐 그 뒤에 있는 즐거움은
알지 못한다.'고 했지만, 이것은 '그 이면의 즐거움까지도 헤아릴 수 있을
것 같다.'는 뜻을 완곡하게 그리고 뒤집어서 표현한 것이다. 다시 말해 쓸쓸
한 현실이기에 맛볼 수 있는 고즈넉한 즐거움을 말하고자 한 것이다. 또한
스스로를 '乞食하는 늙은이'라고 표현한 대목은 표면적으로는 자기비하인
것처럼 보이지만, 多病·빈곤·漂迫遊離로 점철된 두보의 삶에 자신의 현
재 처지를 견주는 고도의 수사적 표현이라고 보는 편이 타당하다. 여기서
우리는 부정적 현실을 긍정적으로 전환시킴에 있어 바쇼 역시 두보로부터
그 모델을 찾고 있음을 발견하게 된다. 바쇼가 두보를 숭앙했던 것은 삶의
역정이 자신과 비슷하기도 했지만, 그보다도 어두운 현실 속에서도 즐거움
을 찾고자 했던 두보의 정신세계에 깊은 공감을 느꼈기 때문이다.

---

15) '하이분'이란 俳意를 포함한 일종의 詩的 散文, 俳諧的 美文이다.『古文眞寶』의 산문양식
을 모델로 하였으며 독특한 리듬을 가지고 있는 것이 특징이다. 대부분의 경우 하나 이상
의 하이쿠 작품을 포함하고 있다.『日本古典文學大辭典』v.5 (東京:岩波書店, 1984)

16) "我其句を識て, 其心を見ず. その侘をはかりて, 其樂をしらず. 唯, 老杜にまされる物は獨
多病のみ. 閑素茅舍の芭蕉にかくれて, 自 乞食の翁とよぶ."『松尾芭蕉集』, 410쪽.

17) 두보의 해당작품은 "兩箇黃鸝鳴翠柳 一行白鷺上青天 牕含西嶺千秋雪 門泊東吳萬里船"
이며 바쇼는 제3, 4구를 인용하고 있다.

지금까지 살펴본 것처럼 윤선도와 바쇼는 세속적 삶과의 불협화음이 빚어낸 결과인 유거의 현실에서, 세속적 기준을 초월한 특별한 가치를 발견해냄으로써 부정적 현실을 긍정적으로 전환시킨다는 공통적 태도를 보여준다. 그리고 이 과정에 두보의 영향이 깊게 개입하고 있다는 것도 공통점으로 지적될 수 있다.

그러나 이같은 공통점과 아울러, 그들의 작품세계는 적지 않은 차이를 보여주고 있으며 이 차이점까지 규명할 때 비로소 두 시인의 개성이 분명하게 부각될 수 있을 것이라고 본다.

3. '슬카지'와 '와비'

앞장에서 예를 든 몇 작품들에서도 어느 정도 드러났다고 보지만, 윤선도의 작품이 밝고 즐겁고 명랑한 정서를 고양된 어조로 표현하는 반면, 바쇼의 경우는 가라앉고 어둡고 쓸쓸한 정서를 다소 무거운 어조로 표현하고 있음이 눈에 띈다. 부정적 현실을 긍정적으로 전환시킨다는 공통의 토대 위에 이같은 차이가 배합되어 구축된 것이 그들의 독특한 미적 세계라고 할 수 있다.

일본의 美的 전통에 비추어 볼 때 바쇼에서 보이는 것과 같은 긍정된 가난을 '와비'라고 부르는 것에 별 이의가 없을 것이다. 그러나, 일본과는 달리 예술작품의 美에 대한 논의가 활발하지 않은 우리의 전통 속에서 윤선도에서 보이는 특성을 어떤 미적 용어로 나타내야 할 것인가가 문제로 제기된다. 이에 필자는, 유거기간 동안의 윤선도 작품의 미적 세계를 가장 함축적으로 나타내는 용어로서, 그의 시조작품에 사용된 '슬카지'라는 말에 주목하고자 한다.

하지만 '슬카지'와 '와비' 사이에는 용어상 불균형이 존재하는 것을 부인

할 수 없다. '와비'는 그간 일본 학자들의 연구에 의해 미유형으로서의 위치
가 확고히 다져졌고 그 미적 특성도 여러 각도에서 규명되었다. 반면, '슬카
지'는 미적 관점에서 조명된 바가 없다. 그럼에도 불구하고 필자는 이 말이
윤선도의 미의식을 가장 함축적으로 특징짓는 말이라 보고 미유형, 혹은 미
적 범주로 보편화하고자 하는 것이다.

3.1. 윤선도와 '슬카지'의 미

'슬카지'를 미유형으로서 보편화함에 있어 먼저 이 말이 시어로 쓰인 예
부터 검토해 보기로 한다.

(6) 보리밥 풋ᄂᆞᄆᆞᆯ을 알마초 머근 後에
　　바횟 긋 믉ᄀᆞ의 <u>슬ᄏᆞ지</u> 노니노라
　　그 나믄 녀나믄 일이야 부룰 줄이 이시랴
　　　　　　　　　　　　　　　　　　　(<山中新曲·漫興2>, 卷6·下)

(7) ᄇᆞ람 분다 지게 다다라 밤 들거다 불 아사라
　　벼개예 히즈려 <u>슬ᄏᆞ지</u> 쉬여 보쟈
　　아ᄒᆡ야 새야 오거든 내 줌 ᄭᆡ와스라
　　　　　　　　　　　　　　　　　　　(<山中新曲·夜深謠>, 卷6·下)

(8) 水國에 ᄀᆞ올히 드니 고기마다 술져 읻다
　　萬頃澄波에 <u>슬ᄏᆞ지</u> 容與ᄒᆞ쟈
　　人間을 도라보니 머도록 더욱 됴타　　　　　(<漁父四時詞·秋2>)

이들 시조에서 '슬카지'는 "노니노라" "쉬여 보쟈" "容與하쟈"와 같은 동
사를 한정하는 부사어로 작용하면서, 어떤 일-대개는 즐겁고 유쾌하고 밝
고 좋은 일-을 앙금이나 석연함, 아쉬움 없이 하고 싶은 대로 마음껏 누리
려는 심적 상태를 강조하는 데 쓰여지고 있다. 이 말의 어원은 "슳(厭)+ᄀᆞ장

(盡)"에서 비롯되는데18) 어떤 일을 싫증이 일어나는 그 지점까지 계속한다는 의미를 내포한다. 시조작품에서도 보이듯이 여기에는 어떤 결핍이나 불만, 어둠이 개입할 여지가 없다. 그 행위의 결과는 오직 만족과 기쁨과 편안함 뿐이다.

(8)에서 "容與"는 '매인 데가 없이 한가롭고 편안하다'19)는 뜻으로 '슬카지'와 의미상으로 밀접한 관련을 가지는 말이다. 또한 "낫대를 두러메니 기픈 興을 禁 못홀돠(<漁父四時詞>·夏1)" "긴 날이 져므는 줄 興에 미쳐 모르도다(<同>·夏6)" "孤舟 簑笠에 興 계위 안잣노라(<同>·冬7)"에서 보이는 '興'도 '슬카지'와 의미상 조화를 이루는 말이다. '질펀하다' '넘쳐흐르다' '멋대로'의 의미를 지니는 '漫'은 '슬카지'에 가장 가까운 한자어일 것이다. 요컨대 시어로서의 '슬카지'는 긍정적이고 즐거운 정서 혹은 상황을 그 極까지 확장시킨다는 내용을 표현할 때 사용되는 되는 말이라 할 수 있다.

그러나, '슬카지'는 어떤 동작이나 상태가 '싫증'이 일어나는 지점까지 이르기는 해도, 그 경계를 넘는 放逸, 무질서의 의미를 내포하지는 않는다. 우리는 '슬카지'를 하나의 미의식으로 자리매김할 수 있는 근거를 「甫吉島識」20)와 趙龍洲(조경)에게 보낸 서간 「答趙龍洲別幅」21)에서 찾아볼 수 있다.

(9) 공은 늘 무민당에 거처하면서 첫닭이 울면 일어나서 경옥주 한 잔을 마셨다. 그리고 세수하고 단정히 앉아 자제들에게 각각 배운 글을 읽고 토론케 했다. 아침 식사 뒤에는 사륜거에 풍악을 대동하고 曲水에서 놀기도 하고 혹은 石室에 오르기도 했다. 일기가 청화하면 반드시 세연정으로 향하되, 곡수

---

18) 김민수 편, 『우리말 어원사전』(태학사, 997).

19) 한글학회 지음, 『우리말 큰사전』(어문각, 1992).

20) 이 글은 1748년 고산의 5대손인 尹愇(1725~1756)가 지은 것으로 보길도에서의 고산의 삶의 양상을 자세히 기술한 것이다. 여기서는 尹承鉉의 『實錄孤山尹善道』(사회복지저널사, 1993, 468쪽)에 실린 글을 인용하기로 한다.

21) 『孤山遺稿』 卷五·上.

뒤산 기슭을 거쳐 靜成庵에서 쉬곤 했다. 학관-고산의 5남-의 어머니는
오찬을 갖추어 소거를 타고 그 뒤를 따랐다. 정자에 당도하면 자제들은 시립
하고, 妓姬들이 모시는 가운데 못 중앙에 작은 배를 띄웠다. 그리고 남자아
이에게 채색옷을 입혀 배를 일렁이며 돌게하고, 공이 지은 漁父水調 등의
가사로 완만한 음절에 따라 노래를 부르게 했다. 당 위에서는 관현악을 연주
하게 했으며, 여러 명에게 동·서대에서 춤을 추게 하고 혹은 긴 소매 차림으
로 옥소암에서 춤을 추게도 했다 이렇게 너울너울 춤추는 것은 음절에 맞았
거니와 그 몸놀림을 못 속에 비친 그림자를 통해서도 볼 수 있었다. 또한
칠암에서 낚시를 드리우기도 하고 동·서도에서 연밥을 따기도 하다가 해가
저물어서야 무민당에 돌아왔다. 그 후에는 촛불을 밝히고 밤놀이를 했다.
이러한 일과는 공이 아프거나 걱정할 일이 없으면 거른 적이 없었다 한다.
이는 "하루도 음악이 없으면 성정을 수양하며 세간의 걱정을 잊을 수 없다"
는 생각에서였다.

(10) 세속에서는 음악이 마음을 다스린다는 것은 알지 못하고 歡樂을 돕는 것만
알아 淫亂하고 더럽고 방탕하고 번잡하고 촉급한 소리를 듣는 것만 좋아하
고 음악이 갖는 和莊, 寬密, 中正의 뜻에는 전혀 어두우니 이것은 제가 평소
잘못된 것으로 여기는 바입니다. (중략) 稀音을 조용히 듣고 마음에 거두어
고요히 생각하여 樂하되 淫하지 않고 哀하되 傷하지 아니하며 不急不慢의
뜻을 얻으면 배우는 사람에게 있어 그 유익함이 고금에 무엇이 다르겠습니
까? 주자의 <琴詩>에 "中和의 氣運을 고요히 기르고 忿慾의 마음을 없앤
다"는 구절이 있는데 저는 항상 이 말을 깊이 음미하여 후학들이 음악을
통해 養中消忿할 수 있다면 이 또한 주자의 가르침을 따르는 무리라고 생각
해 왔습니다.[22]

예 (9)는 '즐거움'의 극을 다한 고산의 보길도 생활을 생생하게 묘사하고

---

22) "末俗不之樂之治心 只知樂之助歡愛聽淫哇流蕩繁促之聲 全昧和莊寬密中正之義 此則鄙
人之素病也. (中略) 稀音靜聽收心寂慮 得樂不淫哀不傷急不得慢不得之意 則其有益於學者
今古何間. 朱子琴詩曰靜養中和氣 閑消忿慾心 愚常深昧斯言以爲後學苟能養中消忿 於此
則是亦朱子之徒也."

있다. 우리는 이 글을 통해 노래와 음악, 춤, 낚시, 뱃놀이 등을 아무 아쉬움이나 미련이 없을 만큼 마음껏 즐기며 생을 구가하는 고산의 모습을 만날 수 있다. 충족과 여유, 풍요, 경쾌, 자유로움만이 느껴질 뿐, 不如意한 정치 현실에의 좌절이나 유거생활에 대한 불만은 전혀 감지할 수 없다. 그러나, 이러한 생활이 단지 환락 자체를 추구하는 데 목적이 있는 것이 아니라 성정을 수양하기 위한 것이었음을 이 글은 밝히고 있다.

이같은 그의 예술론은 예 (10) 「答趙龍洲別幅」에 더욱 분명히 드러나 있다. 이 글은 고산이 삼수로 유배가 있을 때 조용주가 '孤山絃歌不撤'이란 소문을 듣고 보낸 편지에 대하여 고산이 변론하는 내용으로 되어 있는데 歌樂에 대한 그의 견해를 상세히 밝히고 있어 주목된다. 이 인용 구절에서 和莊, 寬密, 中正, 樂而不淫, 哀而不傷, 不急不慢은 모두 '中和'를 다양하게 표현한 것이다. 『中庸』은 이를 '喜怒哀樂之未發謂之中 發而皆中節謂之和'라 설명하였는데, 고산은 중용에 제시된 의미를 바탕으로 하여 음악이 가져오는 효과, 이상적 음악의 기준을 가리키는 말로 사용하고 있다. 우리는 이 구절을 통해 朱子의 '中和' 사상이 고산의 美意識의 핵심을 이루고 있음을 알 수 있다. 즉, 고산의 미의식은 '中'의 원리에 의해 조준되어 있다고 할 수 있는 것이다.

예 (9)가 '슬카지'에 내포된 '충족의 극치'가 어떠한 상태인가를 보여주는 것이라면, 예 (10)은 그같은 충족상태가 방일의 성격을 지니는 것이 아니라 적정선에서 멈추어 균형감각을 유지하는 그런 상태임을 방증해 준다. 이 둘을 종합하여 우리는 '中의 원리에 의해 조준된 충족·有餘感'이라고 하는, '슬카지'의 기본성격을 이끌어낼 수 있다. 우리는 이로부터 '슬카지'를 단순히 '실컷'이라는 의미를 지닌 시어 이상으로서 자리매김할 수 있는 근거를 발견하게 된다. 구체적 맥락에서의 개별적 쓰임을 넘어 특수한 미적 가치와 보편성을 획득한 개념, 고산의 미의식이 잘 드러나 있는 용어, 나아가서는 미유형의 하나로서 의미의 上昇轉移을 꾀할 수 있는 가능성을 발견하게 되는 것이다.

이상을 종합하여 미의식으로서의 '슬카지'의 특징을 아래와 같이 요약해 볼 수 있다. 우선 '슬카지'는 암울한 현실, 고산의 경우 특히 세속적 생활에 좌절과 염증을 느끼고 보길도에 유거하게 된 현실에서 탄생한 미의식이라는 것을 기본 특징으로 한다. 그러나, 그것을 긍정적으로 전환시킨다는 점에 '슬카지'의 미적 본질이 있다.

둘째, (9)「보길도지」인용 구절로부터 '슬카지'를, 生의 밝은 면을 포착하는 것에 주안점이 두어지는 미로 규정할 수 있는 근거를 찾을 수 있다. '실컷 운다' '실컷 때린다'와 같은 부정적 의미로 사용될 수도 있지만, 미의식으로서의 '슬카지'는 밝고 즐거운 정서나 상황과 밀접한 관계를 가진다. 이 점에서 '슬카지'는 '陽'의 미감으로 특징지어질 수 있으며 '陰'의 원리를 내재하는 '와비'의 미와 대비시킬 수 있다.

셋째, '슬카지'는 관념적이고 추상적이기보다는 실제적·구체적·감각적인 대상과 관련된다. (9)에서 제시된, 아름다운 자연경관·음악·뱃놀이·낚시 등은 '슬카지'의 미를 성립시키는 대표적 대상이 될 수 있다. 고산의 경우 특히 '歌樂'은 '슬카지'의 미적 대상의 한 중심에 놓인다. 그리고 보길도에서의 幽居 환경이 '슬카지'의 미를 탄생시킨 산실이 되었다고 하는 사실은, '슬카지'가 '자연과의 親和思想'을 미적으로 구현한 것임을 간접적으로 증명한다. 이로 볼 때 '슬카지'는 '有'의 세계의 아름다움을 구현하는 미유형이라 할 수 있고, '無'의 세계와 친연성을 지니는 '와비'의 미와 대조된다.

넷째, 구체적이고 감각적인 대상에서 환기된 밝은 정서를 최대한 확장하되, 정서의 발산이 극으로 치닫지 않고 中和의 균형감각에 의해 절제되는 미라는 특징을 지적할 수 있다. 이 점에서 '슬카지'의 미의 형성에는 朱子의 영향이 크게 개입해 있다고 할 수 있다. 이 근거를 예 (10)「答趙龍洲別幅」에서 마련할 수 있다.

다섯째, '슬카지'의 미는 무갈등·무긴장을 특징으로 한다. 암울한 현실이

'슬카지'를 형성시키는 배경이 되기는 하지만, 美유형으로서의 '슬카지'는 현실과의 투쟁이라든가 不如意한 여건으로 인한 심적 갈등이라든가 하는 긴장의 요소와는 무관하다.

여섯째, 예 (9)에서 우리는 '슬카지'가 부정적 현실에 대한 '적극적 반응'의 소산이라는 사실을 유추해 낼 수 있다. 不如意한 현실이 주는 '不快'의 감정을, 그와는 반대인 '快'의 감정을 최대화함으로써 줄여나가는 적극적 현실적응 태도가 '슬카지'의 미의 형성기반이 되는 것이다. 이 점에서 '不快'의 감정을 최소화하고 억제함으로써 현실을 극복하려는 태도가 기반이 되는 '와비'와 큰 대조를 이룬다.

마지막으로 '슬카지'는 '흥'계, '恨'계, '無心'계로 분류한 동아시아의 미적 체계에서 '흥'계의 하위유형으로 범주화될 수 있다는 점을 지적하고자 한다.23) 말하자면 '슬카지'는 '흥'의 美의 윤선도式 구현인 셈이다.

지금까지 「甫吉島識」와 「答趙龍洲別幅」를 근거로 '슬카지'가 미유형으로 성립될 수 있는 가능성을 탐색해 보았다. 이제 '슬카지'의 미가 구체적으로 작품에 어떻게 구현되는지를 살펴보자.

(11) 구즌비 머저 가고 시낼믈이 몱아 온다
　　　빗떠라 빗떠라
　　　낫대를 두러메니 기픈 興을 禁 못홀돠
　　　至匊悤 至匊悤 於思臥
　　　煙江 疊嶂은 뉘라셔 그려낸고　　　　　　　(<漁父四時詞·夏1>, 卷6·下)

(12) 낙시줄 거더 노코 篷窓의 들을 보쟈
　　　닫디여라 닫디어라

---

23) 필자는 『풍류:동아시아 미학의 근원』(보고사, 1999)에서 동아시아의 미적 체계를 '흥'系, '無心'系, '恨'系로 분류하고 이에 해당되는 일본의 미유형으로서 각각 '오카시' '유겐(幽玄)' '모노노아와례'를 대응시킨 바 있다.

ᄒᆞᆷ 밤 들거냐 子規 소리 ᄆᆞᆰ게 난다

至匊悤 至匊悤 於思臥

나믄 興이 無窮ᄒᆞ니 갈 길홀 니젓맛다 (＜漁父四時詞·春9＞, 卷6·下)

'漁父四時詞'는 全篇이 '슬카지'의 미를 구현하고 있다고 해도 과언이 아닙니다. 예 (11)은 비가 멎은 뒤 그림 같은 "煙江 疊嶂"을 배경으로 맑은 물에서 낚시질하는 즐거움을 노래하고 있다. 이 시조에서 노래되고 있는 것은 추상이나 관념의 세계가 아니라 낚시, 강물, 겹겹이 둘러쳐진 산봉우리 등으로 대표되는 감각의 세계, 즉 '有'의 세계이다. 우리는 이 시조에서 즐거움, 흥겨움, 만족, 여유, 경쾌함 등 '陽'의 정서만을 감지할 뿐, 긴장이나 불만, 불쾌 등 부정적 정서는 전혀 느끼지 못한다. "기픈 興을 禁 못ᄒᆞᆯ돠"라는 구절은 陽의 정서가 최고조에 달한 상태를 표현한 것이며, "빈떠라 빈떠라" "至匊悤 至匊悤 於思臥"는 助興의 효과를 통해 이같은 정서를 최대화하는 역할을 한다.

예 (12)는 낚시질을 잠깐 멈추고 봉창[24]에 비친 달을 보고 子規 소리를 들으며 봄밤의 정취를 흠뻑 즐기고 있는 모습을 그리고 있다. 우리는 여기서 '슬카지'의 미가 자연친화사상을 기본전제로 하고 있다는 사실을 다시 확인하게 된다. 인간사의 모든 갈등, 긴장, 불행의 요소를 떨쳐 버리고 자연의 아름다움을 마음껏 구가하는 데서 오는 충만감, 즐거움, 여유가 바로 '슬카지'의 본질임을 이 시조는 보여 주고 있다.

시조에 구현된 '슬카지'의 미적 특성을 우리는 漢詩 및 산문기록에서도 찾아볼 수 있다.

(13) 雲錦屛高瑤席上   화려한 병풍바위 요석암 위로 높게 솟아 있고
　　 水晶簾迤玉樓傍   수정 발 같은 물줄기 누대 위까지 뻗쳐 있네

---

24) 배에 있는 작은 창.

<pre>
如何有此豪奢極   이같은 호사의 극치는 어떤 영문인가
自笑幽人忽濫觴   나 홀로 웃으며 술잔을 띄운다
                        <雨後戲賦翠屏飛瀑>, 卷1)
</pre>

<pre>
(14) 金鎖洞中花正開   금쇄동에 바야흐로 꽃은 활짝 피고
     水晶岩下水如雷   수정암 아래 물소리 천둥과 같네
     幽人誰謂身無事   한적하게 사는 사람 할 일이 없다고 누가 그랬나
     竹杖芒鞋日往來   죽장에 짚신 신고 날마다 오간다네(<偶吟>, 卷1)
</pre>

이 예들에서 우리는 아름다운 자연경관에 취하여 이를 '호사의 극치'라고
까지 표현하는가 하면 그 경치를 보러 '날마다 오가느라' 한가할 틈이 없다
고 말하는 시적 화자의 흥분된 목소리를 듣게 된다. 여기서 자연은 흔히
'林泉' '江湖' '山林' 등으로 표현되는 관념적 자연과는 거리가 멀다. 자연은
'道'가 소재하는 엄숙한 공간이기보다는 바위와 폭포, 꽃 등 감각을 즐겁게
해주는 실질적 대상으로 형상화되어 있다. 이 작품들을 통해 우리는 '슬카
지'의 미가 봉오리보다는 활짝 핀 꽃, 그것도 한두 송이보다는 무더기를 이
룬 꽃, 아담한 물줄기이기보다는 천둥 같은 소리를 내는 시원한 폭포, 자그
마한 돌보다는 기기묘묘한 모습의 바위로 묘사될 때, 다시 말해 감각적 有
의 세계가 최대치로 포착, 형상화될 때 그 최대의 미적 효과를 발휘한다는
것을 확인하게 된다.

(15) 이 집은 나로 하여금 낚시질하고 밭 가는 흥취와 거문고 타고 그릇을 두
     드리는 즐거움에 몰두하게 하고 마침내 나로 하여금 선인들의 향기로운
     발자취를 우러르게 하고 선왕의 유풍을 노래 부르게 하였으니 어찌 이것이
     마음에 부합하는 것이 아니겠는가?   (<金鎖洞記>, 卷五·下)25)

---

25) "此堂 (中略) 固能使我 專釣水耕山之興 彈琴鼓缶之樂 而終亦使我 景仰前哲之芳躅 歌詠
先王之遺風此非會心者歟."

위 예 (15)는 슬카지의 미가 '中'의 원리에 기초하고 있음을 보여준다. 여기서 낚시질하고 밭 갈고 거문고 타는 흥취, 그릇을 두드리는 즐거움과 선인들의 유풍을 따르는 즐거움은 대등한 비중으로 서술되고 있다. 儒家的 맥락에서 선인들의 유풍은 곧 중용의 道에 기초한 가르침을 말한다. 이렇게 볼 때, 슬카지는 감각적 즐거움을 기본전제로 하면서도 '中'의 원리를 그 안에 내재한 미의식이라는 것을 확인하게 된다.

3.2. 바쇼와 '와비'의 미

바쇼의 '와비'는 고독과 빈곤으로 특징지어지는 후카가와 草庵 생활을 바탕으로 형성되었다. 한자어 '侘'로 표기되는 '와비'는 원래 '기대가 어그러 진다든가 슬픈 경험을 한다든가 해서 기력을 상실한 것'을 의미하며 '와비 진(わび人)'라고 하면 '세간의 출세 경쟁에서 탈락해서 실의에 빠진 사람'을, '마치와비(待ちわび)'는 '사람을 기다리고 기다리다 지쳐 기다릴 기력마저 탕진한 것'을 가리킨다.26) '와비'는 때때로 失意의 원인이 된 不如意, 빈곤 을 의미하기도 한다. '와비'의 다양한 내포 중 핵심을 이루는 것은 '貧'인데, 이 물질적 빈곤 가운데 정신적 풍요를 찾아 거기서 새로운 風雅를 발견하 려는 자세가 미의식으로서의 '와비'를 성립시키는 토대가 된다.27)

(16) "暮暮てもちを木玉の侘寐哉"
(한 해가 저물어/ 여기저기서 떡만드는 소리/ 그 소리 들으며 쓸쓸히 잠이 든다네)28)

이 구는 앞서 인용한 예 (5)「걸식하는 늙은이」뒤에 제시된 것이다. 자신

---

26) 尾形仂,「芭蕉の"わび"とその成立」,『續 芭蕉・蕪村』(東京:花神社, 1985).
27) 같은 곳.
28)『松尾芭蕉集』, 411쪽. 이하 작품 인용시 서명은 생략하고 제목만 표기하기로 한다.

은 떡을 만들지 못하고 남이 떡만드는 소리를 들으며 쓸쓸하게 잠들어야 하는 바쇼의 가난한 처지가 노래되고 있다. 스스로를 '乞食하는 늙은이'라고 부르는 것에서도 명시되듯, 후카가와 초암에서의 생활은 고독 빈궁의 생활 그 자체였다. 우리는 이로부터 '와비'의 미가 물질적 '빈곤'이라고 하는 암울한 현실로부터 탄생한 것이라는 사실을 시사 받게 된다. 아래의 예는 '빈곤'이 와비의 미를 구성하는 핵심 요소가 된다는 것을 확인해 준다.

> (17) 두보에게는 '茅舍破風'의 노래가 있다. 소동파는 이 구에서 <u>쓸쓸한 감흥</u>을 받아 다시 '屋漏'의 句를 지었다. 그때의 비를 생각하게 하는 비가 芭蕉 잎에 떨어지는 소리를 들으며 이 초암에서 홀로 잠이 든다. "芭蕉잎에 거센 바람 불어올 제/ 대야에 떨어지는/ 빗소리를 듣는 밤" (「홀로 잠드는 초암」)[29]

여기에 인용된 두보의 「茅屋爲秋風所破歌」는 비바람조차도 제대로 막지 못하는 草屋, 날아가는 지붕을 붙잡으려고 이리 뛰고 저리 뛰는 두보의 늙고 초라한 모습, 그것을 비웃는 아이들 등을 묘사함으로써 극도의 가난한 생활상을 그려낸 작품이다. 바쇼는 빈곤의 생활상을, 새는 빗물을 받으려고 놓아둔 盥으로 대치하고, 그 위에 그 소리를 들으며 홀로 잠드는 '고독'한 생활상을 클로즈업시키고 있다. 여기서 동사형태를 취하고 있는 '와비'는, 두보의 시구에 대한 소동파의 반응을 나타내는 데 사용되고 있다. 즉, 소동파는 이 시구를 '쓸쓸하게 여겨' 이를 바탕으로 새로운 구를 지었다고 하였다. 소동파가 이렇게 느낀 것은 바로 두보의 시구가 '극빈'의 상황을 그려내고 있기 때문이고, 이로부터 우리는 고독과 빈궁이 '와비'를 탄생시킨 기본적 현실여건, 나아가서는 '와비'의 미를 구성하는 핵심 요소가 된다는 것을 다시 한번 확인하게 된다.

---

29) 「獨寝の草の戸」. "老杜, 茅舍破風の歌あり. 坡翁ふたたび此句を侘て, 屋漏の句作る. 其世の雨をばせを葉にききて, 獨寐の草の戸. <芭蕉野分して盥に雨をきく夜哉>."

그러나, 부족한 것이 부족한 것으로 머문다면 그것은 단순한 물질적 빈곤일 뿐이지 독특한 미적 가치를 지닌 개념이라 할 수는 없다. 바쇼는 빈곤함 속에서도 자신의 처지를 두보의 그것과 동일시하여 이면의 '즐거움', 다시 말해 정신적 풍요를 찾으려 하고 있다. 이렇게 해서 빈곤이라고 하는 부정적 현실이 긍정적으로 전환을 이루고 비로소 '와비'의 미를 논의할 수 있게 되는 것이다.

아래의 고토바가키(詞書)30) 및 句는 바쇼의 '와비'의 미의 진수를 보여주는 것으로 주목할 만하다.

> (18) 달을 보면 쓸쓸함을 느끼고, 내 신세를 생각하면 쓸쓸함을 느끼고, 자신의 無才無能함에도 쓸쓸함을 느낀다. 누가 만일 내게 안부를 묻는다면, '쓸쓸함 만을 씹고 있을 뿐이네'라고 대답하련만 누구 한 사람 묻는 이가 없다. "쓸쓸한 달빛/ 홀로 사는 사람의/ 奈良茶와 노래."
>
> 　　　　　　　　　　　　　　　　　　　　　　（「쓸쓸한 삶」 詞書. 밑줄은 필자)31)

(17)과 (18)은 '산문(고토바가키)+句'로 이루어진 전형적인 하이분의 예인데 구를 떼어내어 독립적인 한 편의 句로 읽을 수도 있고 구와 고토바가키를 합하여 한 편의 하이분으로 읽을 수도 있다. (18)에서 "스메(すめ)"는 '住'와 '澄'을 이중으로 의미하는 가케코토바(掛詞)32)로서, "侘て(쓸쓸하게)"를 받아 '齋'와 '月'을 동시에 한정해 주는 역할을 한다. 여기서 "齋"는 隱棲者에게 붙여지는 雅號로서33) 바쇼 자신을 가리킨다. '奈良茶'는 마시는 茶뿐만 아니라 茶에 쌀을 넣어 끓인 죽 같은 음식인 '奈良茶飯'을 포괄적으로

---

30) 句가 지어진 배경, 경위 등을 설명한 글.
31) 「侘てすめ」. "月をわび, 身をわび, 拙きをわびて, わぶと答へむとすれど, 問ふ人もなし. ＜侘てすめ月侘齋がなら茶哥＞."
32) 일종의 동음이의어로서 양쪽 句에 걸쳐 시구의 의미를 풍부하게 하는 수사법.
33) 復本一郎, 『芭蕉俳句16のキーワード』(東京: 日本放送出版協會, 1992), 15쪽.

가리키는데 이 음식에 들어가는 조미료라고는 '소금'뿐이다.[34] 은서자의 건강에는 좋을지 모르나, '와비'의 이미지에 걸맞은 지극히 소박한 음식이 아닐 수 없다.

그러나 우리는 이 시구 및 詞書에서 고독하고 가난하게 살아가는 幽人의 모습을 느낄 수 있을지언정, 결핍의 상황에 불만을 토로하거나 이를 불행하게 여기는 목소리는 감지할 수 없다. 오히려 청빈하게 욕심 없이 살기에 한 그릇의 奈良茶飯도 더욱 맛있게 느껴질 것이며, 고즈넉한 곳에서 고독하게 살기에 달빛의 아름다움을 더 깊게 향수할 수 있고, 바로 이같은 여건이기 때문에 '와비'의 극을 다할 수 있다는 마음가짐을 엿볼 수 있는 것이다. 다시 말해, 부정적 상황에서 세속적 가치를 넘어서는 정신적 풍요를 발견함으로써 이를 긍정적으로 전환시키는 것을 본질로 하는 '와비'의 미적 특성을 우리는 여기서 발견하게 되는 것이다.[35]

우리는 (16)의 '歲暮에 남들이 떡만드는 소리', (17)의 '대야에 떨어지는 빗물소리'를 들으며 잠이 들고 (18)에서 소박하기 짝이 없는 奈良茶를 마시고 있다고 말하는 話者의 목소리에서 현실에 대한 갈등이나 첨예한 긴장을 느낄 수 없다. 그러기에 '와비'의 미는 애초의 갈등 상황혹은 부정적 현실이, 세속적 가치를 초월하고자 하는 정신작용에 의해 제로化되는 지점에 위치한다고 할 수 있다. 무갈등의 美라는 점에서 '와비'는 '슬카지'와 공통점을 지니며, 荒·寂 및 脫俗의 세계를 지향하는 미감이라는 점에서, 일본 中世의 예술을 특징짓는 '幽玄美'의 맥을 잇고 있다고 할 수 있다.[36]

---

34) 復本一郎, 위의 책, 15쪽. 원래 奈良 東大寺나 興福寺의 스님들이 먹던 음식이라고 한다.

35) 와비를, '마이너스적 상황을 가치전환 하는 것에 의해 긍정하는 미학'으로 파악하는 견해는 復本一郎(같은 책, 16쪽)외에도, 尾形仂의 앞의 글, 井手恒雄의「日本人の貧困とわび·さび」(『中世日本の思想』, 世界書院, 1964)에서 찾아볼 수 있다.

36) 미유형으로서의 '幽玄'에 대해서는『풍류·동아시아 미학의 근원』참고. 니시오 미노루(西尾實)는「中世的なものとしての'さび」(『中世的なものとその展開』, 岩波書店, 1961)에서 와비·사비의 모태로서 유우겐을 제시하고,『徒然草』에서 萌芽하여 世阿彌의 能에서 확

와비에 내포된 脫俗性은 다음 구절에서도 확인할 수 있다.

(19)『쭉정이 밤』(『虛栗』)이라고 부르는 책에는 음미할 만한 것이 네 가지 있다. (중략) 와비와 풍아의 아취가 있어 세간의 句와는 다른 점이 있는데, 이는 사이교(西行) 법사가 은서했던 山家에까지 가서 아무도 줍지 않는 벌레먹은 밤까지 줍는 것처럼, 그의『山家集』37)의 미묘한 맛을 취하고 있기 때문이다.
(「『쭉정이 밤』 跋」)38)

인용부분은『쭉정이 밤』39)의 네 가지 감상할 만한 점 중 세 번째에 해당하는 것이다. 여기서 말하고자 하는 것은, 이 책에는 '와비'와 '풍아'의 아취가 있어 세간의 句와는 다르다고 하는 점이다. 바꿔 말하면, 와비와 풍아는 어떤 句를 세속적인 것과 다르게 만드는 요소라는 것을 강조하고 있는 것이다. 脫俗性은 '幽玄美'의 본질적 요소라 할 수 있고 이 점에서 와비는 幽玄의 맥을 잇고 있다고 하겠다. 그리고 동아시아의 미적 범주에서 볼 때, 유우겐은 '無心'계 미유형의 일본적 대응체라 할 수 있으므로 크게 보아 '와비'는 '無心'계 미적 범주에 속한다고 할 수 있다.40)

또한 앞에 인용한 몇 예문들은 와비의 미적 특성이 많은 것보다는 적은 것, 有보다는 無, 화려한 것보다는 질박한 것, 여럿보다는 혼자, 시정인보다는 幽人(隱棲者), 떠들썩한 도시보다는 한적한 심산유곡과 친연성을 지닌

립된 유우겐의 미가, 바쇼에서 와비·사비의 형태로 정점을 이룬다고 하였다. 그리고 오가타 츠토무(尾形仂)는 앞의 글에서 중세에는 헤이안 시대의 귀족적 優美가 퇴조하고 荒, 閑寂, 枯淡의 색채를 띤 종교적 余情美인 사비(さび)가 등장하였다고 하였다.

37) 西行法師의 家集.

38) "栗と呼ぶ一書, 其味四あり. (中略) 侘と風雅のその生にあらぬは, 西行の山家をたづねて人の拾はぬ蝕栗也."

39) 芭蕉의 門人 기카쿠(其角)가 지은 책. 바쇼는 이 책의 跋文을 썼다.

40) '無心'과 '幽玄'의 미적 특성 및 兩者의 관련 양상 등에 관한 구체적 내용은『풍류·동아시아 미학의 근원』참고.

다는 것을 보여 준다. '매화의 쓸쓸함, 벚꽃의 홍겨움'("梅の佗, 櫻の興")41)
이라는 구절은 와비의 이같은 특징을 이해하는 데 중요한 단서가 된다. 이
구절에서 바쇼는 와비를, '興'과 대조를 이루는 개념으로 사용하고 있는데,
매화와 벚꽃의 차이는 와비와 興의 차이와 직결된다. 매화는 늦겨울 추위와
스산한 바람 속에서 앙상한 가지에 많지 않은 꽃송이를 피워내지만, 그 깊
은 향기는 은은하게 멀리까지 퍼진다. 반면, 벚꽃은 따뜻한 봄날 화려한 자
태를 자랑하며 흐드러지게 피지만 향기가 거의 없다. 이로 볼 때, 바쇼의
와비는 枯淡, 閑寂, 脫俗, 深遠의 특성을 기본적으로 내포하고 있다는 것
을 알 수 있다.

뿐만 아니라, 위의 예문들을 통해 우리는 와비가 명랑하고 밝고 경쾌한
감정보다는 가라앉고 어둡고 침울한 정서와 밀접한 관련이 있는 미감이라
는 것을 깨닫게 된다. 이같은 와비의 미적 특성은 '슬카지'의 미와 크게 대조
를 이루고 있어 '와비'를 '陰'의 미, '슬카지'를 '陽'의 미라 규정할 수 있는
근거가 마련된다.

또한 정서를 표현함에 있어서도 '와비'의 미는 '슬카지'와 명백한 대조를
보인다. '슬카지'의 경우 예 (6) "그 나믄 녀나믄 일이야 부릴 줄이 이시랴",
예 (8) "人間을 도라보니 머도록 더욱 됴타"에서 보듯, 현재 주체의 경쾌한
기분을 적극적으로 표출하여 감정의 팽창을 꾀한다. 반면, 예 (18)을 보면
'쓸쓸한 기분을 속으로 곱씹고 있는' 시인의 모습을 연상하게 되며 이로부
터 우리는 '와비'의 특징이 주체의 감정을 내면으로 수렴 및 절제시키는 데
있음을 확인하게 된다. 이런 논지는 다음 인용 구절에서도 그 근거를 찾을
수 있다.

(20) (a) "佗に絶て一爐の散茶氣味ふかし" (쓸쓸함을 견디며/ 마시는 거친 차

---

41) 『續の原』 句合 跋, 『松尾芭蕉集』, 438쪽.

한 잔/ 그 맛이 더욱 깊구나.『田舍の句合』[42] 21番)
(b) 거친 차, 거친 밥을 기꺼이 즐기고 있는 사람, 그 취미가 얼마나 깊은
가.[43]

위는 바쇼의 문인 중 하나인 기카쿠(其角)의 句(a)에 대하여 바쇼가 評價
(b)를 한 것이다. 評語 중 '~을 기꺼이 즐기고 있는 사람'("와비스케, 侘助")
은 '와비를 감내하며 오히려 그것을 즐기는 사람'을 말한다. 기카쿠의 句에
서 "侘に絶て"란 '쓸쓸하고 외로운 상황을 참고 견디는 것'을 의미한다. 추
운 날 쓸쓸함을 감내하며 거친 차 한 잔을 마시는 현실은 결코 즐거운 상황
은 아니다. 이런 부정적 현실에 대하여 불만이나 갈등을 느끼지 않고 오히
려 그것을 즐기는 시적 화자에 대하여 바쇼는 "侘助"라고 하는 찬탄어린
평을 하고 있는 것이다. 결코 바람직하지 않고 또 자신이 원하지도 않았던
부정적 상황에 대하여 '참고 견디는' 태도는, 달리 말해 욕구를 내면으로 억
누르고 감정을 수렴시키는 것을 의미한다. 이는 不快의 상황을 벗어남에
있어 快의 요소를 증가시키기보다는, 不快의 요소를 최소화하는 방향을 취
하는 것으로 볼 수 있다. 다시 말해 이는 현실에 대한 소극적·내향적 반응
의 한 예를 보여주고 있어, 현실에 대한 적극적·외향적 반응의 양상을 보여
주는 '슬카지'의 미와 큰 대조를 이룬다.

한편, 예 (18)은 우리가 간과해서는 안 될 중요한 사실을 시사한다. 그것
은 바로 '와비'의 미와 '茶'와의 밀접한 관련성이다. 원래 '와비'라는 말은
다양한 내포를 가지고 와카라든가 고대 문헌에 많이 쓰여왔었다. 그것을 미
적 이념으로 승화시킨 사람이 바로 茶道로 유명한 릿큐(利休)였다. 당대의
俳人에게 있어 릿큐의 茶의 세계는 대단한 관심사였고, 그중에서도 특히
소도(素堂)와 바쇼가 쌍벽을 이루었다.[44] 바쇼의 茶의 세계에 대한 경도는

---

42)『芭蕉文集』, 291쪽.
43) "ソ茶淡飯の樂はいかなる侘助にや."

'西行의 和歌, 宗祇의 連歌, 雪舟의 繪畵, 利休의 茶에 있어서 관통하는 道는 매 한 가지 風雅이다'45)라는 말에서 명백히 드러난다. 또한 아래의 글도 바쇼의 와비의 미의 형성에 茶道가 큰 영향을 끼쳤음을 보여준다.

> (21) 또한 이곳 洒落堂에는 茶室 같은 것이 둘 있는데 利休나 紹鷗46)의 와비를 이어받아…　　　　　　　　　　　　　　　　　　　　　　　　(「洒落堂記」)47)

릿큐의 손자인 소탄(宗旦)의 저서로 알려진『禪茶錄』에서는 '와비'의 본질을 "부자유한 것, 부족한 것, 不調和한 것을 부자유하다거나 부족하다거나 부조화하다고 생각하지 않는 것"이라고 규정하고 있다.48) 이런 점들을 종합해 볼 때, 릿큐에서 발아하여 바쇼에서 예술적 이념으로 개화한 '와비'의 미는『禪茶錄』에서 제시한 개념을 기본으로 하고 있으며, 바쇼의 '와비'가 '茶道'의 그것과 밀접한 관련이 있다는 것을 알 수 있다. 이 점은, 윤선도의 '슬카지'의 미의 한 중심에 '歌樂'이 자리하고 있는 것과 대조를 이룬다.

4. '陽'과 '陰'의 미학

'슬카지'와 '와비'는 부정적 현실 속에서 세속적 가치를 넘어서는 정신적 풍요를 발견함으로써 이를 긍정적으로 전환시키는 것을 기본 특성으로 한다는 점에서 공통성을 지닌다. 이 외에도 '슬카지'와 '와비'는 無葛藤·無緊

---

44) 復本一郎, 앞의 책, 17쪽.
45)『궤 속의 소소한 글』(『笈の小文』),『松尾芭蕉集』, 311쪽.
46) 조오(紹鷗)는 利休의 스승이다.
47) "且それ簡間にして方丈なるもの二間, 利·紹二子の佗を次て…"
48) 復本一郎, 같은 곳.

張의 미감을 바탕으로 한다는 점에서도 공통점을 지닌다.

한편, 兩者는 여러 면에서 적지 않은 차이를 보인다. 우선 부정적 현실이 긍정적으로 전환되는 과정을 볼 때, '슬카지'의 미가 부정적 현실에 대한 적극적 반응의 결과라 한다면, '와비'의 미는 소극적 반응의 결과라는 점을 지적할 수 있다. 다시 말해 '슬카지'가 긍정적 요소(快)를 최대화함으로써 부정적 요소(不快)를 최소화하는 적극적 현실적응 태도를 기반으로 한다면, '와비'는 불쾌의 요소를 최소화하는 소극적 태도를 기반으로 한다고 하겠다. '슬카지'가 밝고 명랑한 정서의 외향적 발산을 특징으로 한다면, '와비'는 다소 침울하고 어두운 정서의 내향적 수렴, 억제를 특징으로 한다. 이런 점에서 '슬카지'는 陽의 성격을, '와비'는 '陰'의 성격을 내재하고 있다고 할 수 있다.

'슬카지'가 넉넉함, 여유, 경제적 풍요 속에서 배태된 미학이라면, '와비'는 빈곤의 환경에서 배태된 미학이라는 것도 간과할 수 없는 차이점이다. 윤선도가 부용동 8경에서 자연의 미를 '실컷' 향수하는 동안, 바쇼는 어느 겨울밤 후카가와 바쇼암에 모인 벗들과 '深川八貧'을 얘기한다.[49] 또한 '슬카지'가 감각적 '有'의 세계를 최대화하는 데서 형성된 미의식이라 하면, '와비'는 有의 최소치로서의 '無'의 세계를 지향하는 미의식이라 할 수 있다. 이런 점에서 볼 때, '흥' '무심' '한'의 미적 범주에서 '슬카지'는 '흥'계 미유형에 속하고 '와비'는 '無心'계 미유형에 속한다고 할 수 있다. 말하자면, 전자가 '흥'의 세계를 구현하는 윤선도식 방법이라 한다면, 후자는 '무심'계 미의 일본적 대응항이라 할 '유우겡'의 세계를 구현하는 바쇼식 방법이라 할 수 있다.

또한, '슬카지'의 미는 '歌樂'과, '와비'의 미는 '茶道'와 결합되었을 때 그 최대의 미적 가치가 구현된다는 것도 중요한 차이점 중 하나이다. 그리고, 兩者의 미적 기반이 형성된 배경에는 각각 '朱子'와 '릿큐'의 미적 이념이

---

49) 「深川八貧」(『松尾芭蕉集』, 466쪽).

큰 영향을 끼쳤다는 차이점도 지적되어야 할 것이다.

그렇다면, 이러한 차이는 어디서부터 비롯되는 것일까? 첫째, 儒者인 윤
선도와 노장·불교와 더 밀접한 관련을 갖는 바쇼의 사상적 기반의 차이를
들 수 있다. 經世濟民을 이상으로 하는 유자에게 있어 관직에 나아가는 것
은 '行'의 道를, 자연으로 물러가 幽居하는 것은 '藏'의 道를 실현하는 계기
가 된다. 유자의 이같은 처세 구도로 볼 때, 보길도에의 入島는 정치적 부침
과 직접적으로 관련이 있다고 할 수 있다. '藏'의 도를 구현하는 데 있어
자연친화사상은 그 핵심을 이룬다 할 수 있고, 이것이 '슬카지'의 미의 특성
을 형성하는 데 직접적 요소가 되었다고 본다. 바쇼에게서도 자연친화사상
을 엿볼 수 있지만, 그것은 유가적 근원을 지닌 것이라기보다는 노장적 자
연관에 밀접한 것이라고 할 수 있다. 그리고, 바쇼의 '와비'의 미는 자연보다
는 인간사와 더 깊은 관련을 갖는다.

둘째, 사회경제적 측면에서 생각해 볼 수 있다. 대대로 물려받은 재산이
많았던 윤선도는 비록 관직에서 물러나 자연 속에 유거하고 있다고는 하지
만 그 실제 생활상은 호사의 극을 다했다. 한편, 바쇼는 초라한 초암에 기거
하면서 절에서나 먹는 간소한 음식을 먹으면서 승려와 다름없는 청빈·금욕
생활을 했다. 부와 빈곤의 극명한 대조가 아닐 수 없다. 또한 延寶~元祿
年間은 바쇼 한 개인뿐만 아니라 일본의 역사상 유례가 없는 경제적 곤궁의
시대였다.[50] 이런 시대적 조류 속에서, 에도에서의 하이카이 소쇼(宗匠)로서
의 생활이 성공적이지 못해 경제적 파탄상태에 이르렀던 바쇼는 새로운 방
안을 모색할 필요를 느꼈던 것이다. 바쇼의 '와비'는, 욕구의 억제를 요구하
는 이러한 시대적 조류에 부응한 결과라고 할 수 있다. 이같은 상이한 여건들
이 자연스럽게 '슬카지'와 '와비'라는 미의 형태로 나타나게 된 것이다.

셋째, 여기에 두 사람의 성격적 요인도 큰 몫을 차지했다고 본다. 公人으

50) 廣田次郎, 『芭蕉と杜甫(東京:有精堂, 1990), 28~29쪽.

로서의 윤선도는 성품이 강직하고 타협을 싫어해서 주변으로부터 질시를 많이 받는 반면, 한 개인으로서의 성품은 지극히 따뜻하고 효도와 우애가 깊으며 음악에 조예가 깊고 흥과 정이 많은 사람이었다.51) 청년 시절의 바쇼는 다정다감한 성격이었지만, 하이카이에 자기 삶을 투신한 뒤로는 세속에 휩쓸리지 않고 고독과 금욕적 생활을 통해 자기성찰을 게을리하지 않은 사람이었다. 하이카이를 위해서라면 어떠한 고된 문학적 수련과 자기단련도 마다하지 않는 정열을 지닌 사람이기도 했다.52) 이같은 성격적 요인도 '슬카지'와 '와비'의 미 형성에 한 변수요인으로 작용했으리라 짐작할 수 있다.

이 글은, 유거라고 하는 공통의 현실 속에서 윤선도와 바쇼라고 하는, 여러모로 공통점이 많은 두 시인이 어떻게 달리 각자의 독특한 미적 세계를 형성했는가를 살피는 것에 1차적 목표를 두었다. 그리고 이 시기 두 시인의 작품의 미적 세계를 가장 적확하게 드러낼 수 있는 말로 '슬카지'와 '와비'를 포착, 이를 구체화하였다. 한편, 이 글은 '슬카지'를 동아시아 미적 범주의 하나인 '흥'계 미의 하위유형으로 자리매김할 수 있는 가능성을 탐색하는 것에 2차적 목표를 두었다. 말하자면, '슬카지'를 '흥'의 미를 구현하는 윤선도식 방법으로 본 것이다. 그러나, 이 글은 '슬카지'에 대한 기존의 미학적 연구토대가 전혀 없는 상태에서 전개된 만큼, 논지가 연역적인 경향으로 흐른 것을 부정할 수 없다. 그리고, 이 글은 '슬카지'와 '와비'가 그들의 유거기간 동안 쓰여진 글의 미적 특징을 함축적으로 나타내는 말이라 보고 이의 특성을 밝히는 데 치중한 만큼, 이 미적 특징이 그들의 전체 작품에 통용될 수 있는 것인지, 전체 작품 속에서 어떤 비중을 차지하는지에 대해서는 논의가 미치지 못했다.

---

51) 이같은 사실은 尹承鉉의 앞의 책에 잘 나타나 있다.

52) 바쇼에 관한 전기적 사실은 志田義秀의 『芭蕉傳記研究』(東京:河出書房, 1938); 阿部正美의 『芭蕉傳記考說』(東京:明治書院, 1982)에 자세히 기술되어 있다.

윤선도와 바쇼에 있어
두보의 동일 시구 수용 양상 비교

1. 비교문학에 있어 '영향'의 비교

윤선도와 바쇼는 한국과 일본의 最短形 서정시 양식인 시조와 하이쿠를 대표하는 시인이라는 점에서 한일 문학사에서 차지하는 위상이 매우 비슷하다. 그리고 이 점은 두 시인을 비교 연구할 수 있는 한 근거가 된다. 그러나 곧바로 시조와 하이쿠를 가지고 두 시인을 비교하려는 시도는 결국 윤선도와 바쇼의 문학세계가 아닌 '시조'와 '하이쿠'라는 시양식의 비교로 끝날 가능성이 크다. 직접적인 영향관계가 없는 두 시인을 비교 연구하는 효과적인 방법 중 하나는 제3의 매개항을 설정하는 것이다. 이 글에서는 제3의 매개항으로서 두 시인에게 공통적으로 큰 영향을 끼친 '杜甫' 혹은 그의 문학작품에 주목하고자 한다. 두보가 두 시인의 비교에 있어 제3의 매개항이 될 수 있는 것은 두 시인이 중국의 여러 시인들 가운데 두보로부터 가장 큰 영향을 받았다는 공통점을 지니기 때문이다.1) 즉, 두보라는 제3의 매개

---

1) 조선시대의 대표적 시인 정철·박인로·윤선도 세 시인의 작품을 중국 시가문학과의 상관관계의 관점에서 집중 연구한 『朝鮮 三大 詩歌人 作品과 中國 詩歌文學과의 相關性 研究』(董達, 탐구당, 1995)에 의거하면 중국 시인의 시가 윤선도의 작품에 수용되어 있는 횟수는 唐代의 시인 중에서는 두보가 92회, 宋代의 시인 중에서는 소식의 시구가 105회로

항을 설정하여 두 시인이 두보 혹은 그의 문학으로부터 어떻게 달리 영향을
받았는지를 비교하고자 하는 것이다. 직접적인 영향관계를 주고받은 두보
와 윤선도, 두보와 바쇼 간에는 그 영향관계를 규명하는 것만으로도 비교
연구가 성립되지만 이처럼 상호 영향관계가 없는 윤선도와 바쇼의 경우 두
보에 의한 '영향의 차이'를 규명함으로써 간접적 비교 연구의 길을 모색할
수 있는 것이다.

두보로부터의 영향의 차이를 비교함에 있어 이 글이 취하고자 하는 구체
적인 방향은 두 시인이 동일한 두보의 시구를 어떻게 달리 각자의 글에 수
용했는가를 견주어보는 것이다. 그 대상이 되는 텍스트는 윤선도의 경우 주
로 '漢詩', 바쇼의 경우 '하이분'(俳文)이나 '한시'(判詞) 그리고 하이쿠(俳句)
이다. 이처럼 비교의 대상이 되는 텍스트들이 문학 양식상의 차이를 지니기
때문에 이 글은 모든 텍스트가 지니는 두 면, '표현'과 '내용' 중 주로 '내용'
의 측면에서 비교를 행하고자 한다. 그 대상이 되는 텍스트가 몇 편 되지
않기 때문에 이것을 가지고 두 시인 간에 보이는 수용 태도의 차이를 일반
화하기는 어렵다고 할 수도 있지만 어떤 시인 혹은 작가의 한 작품이 담고
있는 그 사람의 문학적 특징은 n개의 작품 편수의 $1/n$이 아니라 전체 그
자체라는 점을 간과해서는 안 된다고 본다. 즉, 작품 하나하나에 그 시인의
문학세계의 특징과 경향이 오롯이 담겨 있다는 의미이다.

압도적인 빈도수를 보인다(650~651쪽). 한편 바쇼 시문에 수용된 각종 典據 자료를 제시
한 『芭蕉必携』(尾形仂 編, 學燈社, 1980)는 바쇼의 작품에 인용된 두보의 시구 27편의 목
록을 제시하여 중국 시인 중 가장 높은 빈도수를 보인다는 점을 말해주고 있는데, 두보
시구 하나가 바쇼 시문의 여러 편에 수용되어 있는 것까지 감안하면 인용 횟수는 훨씬
많아질 것이다.

2. 〈茅屋爲秋風所破歌〉의 "破屋"의 예

八月秋高風怒號	팔월 가을 하늘 높은데 바람이 거세게 불어
卷訝屋上三重茅	지붕 위 세 겹 띠를 말아 올린다
茅飛渡江灑江郊	띠는 날아 강을 건너 강가의 들에 흩어져
高者挂罥長林梢	높게는 우거진 숲의 가지 끝에 걸치고
下者飄轉沈塘坳	낮게는 깊숙한 못의 웅덩이에 박힌다
	(중략)
牀頭屋漏無乾處	침대맡에 지붕이 새 마른 곳이 없는데
雨脚如麻未斷絶	삼대 같은 빗발은 끊어질 줄 모른다
自經喪亂少睡眠	난리를 겪은 뒤로 잠마저 줄었으니
長夜沾濕何由徹	긴긴밤을 축축하게 어찌 지낼까
安得廣廈千萬間	어찌하면 고대광실 천 간 만 간 얻어서
大庇天下寒士俱歡顔	추운 사람 다 보호하여 모두 환한 얼굴로
風雨不動安如山	풍우에도 산처럼 끄덕 않고 편히 지내게 해줄꼬
嗚呼	아아
何時眼前突兀見此屋	언제나 눈앞에 이런 집이 우뚝 솟은 모습을 볼 수 있을까
吾廬獨破受凍死亦足	그렇게 되면 내 집이 무너져 얼어 죽어도 좋으련만

〈茅屋爲秋風所破歌〉[2]는 두보가 50세 되던 761년에 成都 浣花溪 가에서 살 때 가을바람에 지붕이 날아가 추운 밤을 지내면서 느낀 쓸쓸한 심정을 표현한 총 24구의 장시이다. 浣花 草堂은 두보가 만년에 가까스로 마련하고 기뻐했던 집이었던 만큼 띠로 이은 지붕이 날아갔을 때의 절실하고 참담했던 심정은 짐작하고도 남음이 있다. 위는 이 작품의 첫 5개 구와 끝 10개 구를 인용한 것으로 첫 다섯 구는 비바람조차 견디지 못하고 지붕이

---

2) 『杜詩詳註』 제10권. 이 작품은 두보가 만년에 成都에 있는 浣花溪 가에서 살 때 가을바람에 지붕이 날아가 추운 밤을 지내면서 느낀 감회를 노래한 시로 제목은 '가을바람에 띠집이 부서졌다'는 뜻이다.

날아가 버린 草屋을 묘사했고, 끝 10개 구는 폭풍우로 인한 고통 특히 축축한 잠자리에서 잠을 자는 괴로움을 언급한 뒤 많은 사람들이 풍우로 인한 고통 없이 편히 지낼 수 있었으면 하는 간절한 바람을 표현하였다.

윤선도는 38구의 장편 시 <喜晴>에 두보의 해당 시구를 담아내고 있다. '날이 갠 것을 기뻐한다'는 뜻의 <희청>은 윤선도가 26세이던 1612년에 지은 것으로 이 해 정월 봄 오랫동안 계속 눈비가 내려 날이 궂다가 2월 들어 해가 나고 하늘이 맑아진 것을 기뻐하는 내용으로 되어 있다. 일부를 발췌하여 인용하면 다음과 같다.

叢叢萬類悅者幾	총총한 만물에 기뻐하는 자 얼마인가
不暇細說吾略評	자세히 말할 겨를 없으니 내 간략히 평하노라
懸鶉背上得朝陽	해진 옷 걸친 등위에 아침볕을 얻으니
翁媼共賀綿襖生	늙으신 부모님은 함께 솜옷 같은 해 경하하네
歡顔何用突兀屋	얼굴에 기쁨이 가득하니 어찌 솟을대문 좋은 집이 필요하겠나
破廬牀乾聞鼾聲	부서진 초가 마른 잠자리에서 코 고는 소리 들리네
農夫往田耒耜便	농부가 밭에 나가 쟁기 보습 쓰기 편하고
行客登途車馬輕	나그네 길에 오르니 수레와 말은 가볍네
汲泉處處濯衣裳	곳곳에서 샘물 길어 의복을 빨고
布席家家乾粟秔	집집마다 멍석 깔고 곡식을 말리네3) (밑줄은 필자)

위는 제13구~22구까지를 인용한 것인데 인용구 중 다섯 번째 구의 '솟을대문 좋은 집'("突兀屋")과 여섯 번째 구의 '부서진 초가'("破廬") 그리고 '마른 잠자리'("牀乾")에 <茅屋爲秋風所破歌>의 모티프들이 원래 시구 그대로 혹은 약간의 변형을 거쳐 인용되어 있다. 시간적 배경으로 볼 때 두보 시에서는 가을바람으로 인한 파옥인 반면 윤선도의 경우는 늦겨울 초봄의

---

3) 『孤山遺稿』 卷1.

눈비로 인한 것임이 다르다. 여기서 주목할 점은 고산의 시구에서 주안점이 놓인 것은 '파옥'이 아닌 '마른 침상'(牀乾)으로, 이것은 두보의 시에서 '마른 곳이 없는 (축축한) 침상'이 지닌 이미지에 대한 반전이라는 사실이다. 고산이 표현하고자 한 것은 눈비로 인한 파옥의 참상이 아니라 힘든 시기가 지나고 난 뒤의 기쁨, 즉 뽀송뽀송한 잠자리에서 편히 자는 일상의 삶인 것이다. 그리고 이같은 일상의 기쁨은 '눈비'라고 하는 고난을 겪고 난 뒤이기에 더 크게 체감되었을 것이다.

여기서 '부서진 초가'("破廬")는 앞 구 '솟을대문의 좋은 집'("突兀屋")과 대비되어 있는데, 이처럼 '집'의 형태를 가지고 가난과 부를 대비시키는 양상은 原詩의 모티프를 그대로 수용한 것이다. 그러나 윤선도의 시에서는 두보 시와는 다른 발상의 전환을 보인다. 두보 시에서의 '破屋'은 屋漏와 축축한 잠자리의 전제가 되는 반면, 고산의 시에서는 '부서진 집의 마른 잠자리'로 반전을 이룬다. 두보 시에서 '가난' '고난'의 의미를 함축하는 '파옥'이 윤선도 시에서는 '마른 잠자리'와 어우러져 기쁨을 주는 원천이 되고 있는 것이다. 같은 여건이라도 고난 뒤의 기쁨은 고난이 있기 전보다 더 클 것이기 때문이다. 또한 두보 시에서 희구의 대상이 되는 '솟을대문집'이 윤선도 시에서는 '비가 개어 기쁜데 이런 집이 왜 필요한가'라고 하여 '무의미하고 가치 없는 것'으로 치부됨으로써 시의 주제와 분위기의 반전을 보인다.

요컨대 윤선도의 경우는 두보의 시구 혹은 발상을 빌려오되 원시와는 다른 방향으로 의미나 주제의 변화를 꾀한다는 것을 발견할 수 있다. 아울러 그 변화는 두보 시에서의 부정적이고 음울한 요소를 긍정적이고 밝은 에너지로 표출하는 방향으로 전개된다는 것도 확인할 수 있다.

위의 예에서 또 한 가지 주목할 점은 시의 리얼리티에 관한 것이다. 두보는 백성들과 함께 자신이 직접 경험한 것을 시로 표현하였기에 소설에서의 '1인칭 주인공'과 같은 입장에서 경험을 표현하는 반면 윤선도의 경우는 백성들이 비가 걷힌 것을 기뻐하며 삶을 이어가는 모습을 목도한 뒤 시의 화자로서 '1인칭 관찰자'와 같은 입장에서 서술을 행하고 있다. 인용 두 번째 구의 '자세히 말할 겨를 없으니 내 간략히 평하노라'라는 표현은 관찰자적 서술 관점을 적나라하게 보여주는 부분이다. 이와 같은 경험의 직접성 및 서술 관점의 차이는 시의 리얼리티와 직접적 관계를 지닌다. 자신이 직접 경험한 것을 1인칭 주인공과 같은 시점에서 서술하는 쪽이 시의 사실감과 현장감, 생동감이 높아질 것은 당연하다.

윤선도는 풍우로 인한 고난이 지나간 뒤 백성들의 기쁨을 표현하는 데 <茅屋爲秋風所破歌> 외에 <乾元中寓居同谷縣作歌 七首>·2의 일부를 인용하고 있어 함께 살피는 것이 도움이 된다. 해당 부분은 인용 구절 중 다섯 번째 구의 '쟁기와 보습'(未耟)을 중심으로 한 표현이다. 그동안 눈비에 땅이 젖어 농기구를 쓰기 어려웠으나 해가 나서 농부가 이를 쓰기 편하게 되었다는 내용인데 '눈비'와 '보습'을 결합하여 백성의 삶의 단면을 표현하는 발상은 두보의 <乾元中寓居同谷縣作歌 七首>·2에서 빌려온 것으로 보인다.

'同谷七歌'로도 일컬어지는 이 작품은 총 7수로 된 歌行體 연작시로서 두보의 고단한 삶의 면모가 잘 나타나 있는 작품으로 꼽힌다.[4] 이 중 제2수는 농기구인 보습을 의인화하여 자신의 참담한 현실을 노래한 것이다.

長鑱長鑱白木柄	보습아 보습아
我生託子以爲命	내 삶은 너에게 기대어 목숨 부지하는구나
黃獨無苗山雪盛	산에는 눈이 쌓여 황독이 보이지 않고
短衣數挽不掩脛	짧은 옷을 당기고 당겨도 정강이를 가리지 못하네
此時與子空歸來	오늘도 너와 함께 빈손으로 돌아오니

---

4) 두보는 47세 되던 758년 12월 成都로 이주하여 정착하기까지 몇 개월간을 이곳 同谷에서 지내면서 '同谷七歌'를 짓게 되는데 이 작품을 통해 安祿山의 난 동안 여기저기 떠돌면서 자신이 목도한 암울한 현실, 멀리 떨어져 있는 형제들에 대한 걱정, 눈 앞에 펼쳐진 곤고한 삶 앞에서 무기력한 자기 자신에 대한 회의 등을 생생한 필치로 묘사해 내고 있다.

男呻女吟四壁靜　　썰렁한 방안에는 아들딸의 신음소리뿐
嗚呼二歌兮歌始放　　아아, 두 번째 노래 부르기 시작하자
閭里爲我色惆悵　　이웃들도 내 생각하여 쓸쓸한 낯빛을 짓네[5]

여기서 '황독'은 토란과 비슷한 일종의 구황작물로 8월에서 11월 사이에 수확을 한다. 두보가 동곡에 머문 시기를 생각하면 한창 황독을 수확할 때인데 시에서는 "黃獨無苗"라고 표현한 점에 주목할 필요가 있다. '苗'는 보통 식물의 '싹'을 가리키는 경우가 많지만 '곡식' '곡물'의 의미도 지니고 있다. 이 시를 지을 무렵은 황독의 수확기인데 싹이 보이지 않는다고 하는 것은 어폐가 있으므로 "苗"를 곡물로 보아 '황독' 그 자체를 가리키는 것으로 이해하는 것이 타당할 듯하다. 즉, 산에 눈이 쌓여 있어 황독의 줄기와 잎이 보이지 않는 것으로 풀이하는 것이다. 따라서 제3구는 자신의 목숨줄을 유지해 주는 보습을 가지고 황독을 캐야 하는데 눈이 쌓여 있어 그조차 사용하지 못하고 빈손으로 돌아올 수밖에 없는 현실을 그린 것으로 볼 수 있다.

이런 배경을 이해해야 윤선도 시에서 '농부가 밭에 나가 쟁기 보습 쓰기 편하고'라는 구절의 본뜻을 파악할 수 있다. 오랜 눈비 끝에 해가 나니 농부가 쟁기와 보습을 가지고 밭일을 하기 쉽다는 의미인 것이다. 두보의 시에서 '보습'을 둘러싸고 조성된 부정적이고 어두운 정서가 윤선도의 구에서는 긍정적이고 밝은 느낌으로 전환되어 있어, <茅屋爲秋風所破歌>의 수용 양상에서 살핀 것과 같은 면모를 보인다.

한편 바쇼는 「홀로 잠드는 초암」(「獨寢の草の戸」)이라는 하이분에서 두보의 해당 어구를 인용하고 있다.

　두보에게는 '茅舍破風'의 노래가 있다. 동파는 이 구에서 <u>쓸쓸한 감흥</u>을 느껴 다시 '屋漏'의 句를 지었다. 그때의 비를 생각하게 하는 비가 芭蕉 잎에 떨어지는

---

5) 『杜詩詳註』 제8권.

소리를 들으며 이 초암에서 홀로 잠이 든다. "芭蕉잎이 거센 바람에 흔들릴 제,
대야에 떨어지는 빗소리를 듣는 밤"   (「홀로 잠드는 초암」)6)

바쇼는 <茅屋爲秋風所破歌>의 본문은 인용하지 않은 채 '茅舍破風歌'
라는 축약된 제목의 형태로 두보의 시를 수용하고 있는데 두보의 해당 시를
'貧寒'의 주제로 파악하여 자신의 글에 수용하고 있다. 그리고 가난의 상황
을 '屋漏'라는 어구로 집약시킨 蘇軾의 관점을 제시하여 자신의 생각을 대
변케 하고 있다. 글의 맨 끝에 위치한 하이쿠는 빈곤의 생활상을, 새는 빗물
을 받으려고 놓아둔 '대야'("盥")로 대치하고 그 소리를 들으며 홀로 잠드는
'고독'한 상황으로 구체화하였다. 또한 바쇼 역시 두보와 마찬가지로 자신이
직접 겪고 있는 가난한 삶을 1인칭 주인공의 입장에서 서술하고 있다. 다만
두보의 경우 '나'로부터 '타인'-백성-으로 시야가 확대되는 것과는 달리 바
쇼의 경우 자신의 체험에 국한하고 있다는 차이가 있다.
 여기서 바쇼는 두보 시구에 대한 소식의 평을 '와비'(侘)라는 말로 나타내
고 있는데 이 말은 '가난'이 바탕이 된 '쓸쓸함'을 내용으로 하는 미적 범주
이다.7) 결국 바쇼는 두보의 시에서 '破屋'을 둘러싼 어둡고 음울한 정서를
그대로 수용하여 '비바람에 부서진 집-새는 지붕-가난'의 주지를 자신의
작품에 구현하고 있음을 본다. 어두운 상황을 밝고 긍정적인 상황으로 전환
시키는 윤선도의 경우와는 큰 대조를 보인다는 것을 알 수 있다.
 이 외에 두보의 시구를 수용함에 있어 두 시인이 차이를 보이는 것은 빈
한한 삶의 체험의 직접성 여부에서 오는 텍스트의 리얼리티의 문제다. 두보

---

6) "老杜, 茅舍破風の歌あり. 坡翁ふたたび此句を侘て, 屋漏の句作る. 其世の雨をばせを葉
 にききて, 獨寐の草の戶. <芭蕉野分して盥に雨をきく夜哉>." 『松尾芭蕉集』, 409쪽.

7) '사비'(さび)가 단순한 쓸쓸함의 정조라면 와비는 여기에 가난의 요소가 부가된 쓸쓸함
 이다. 바쇼의 와비에 대해서는 본서, 「'슬카지'와 '와비'(侘び):윤선도와 바쇼의 美的 世界」
 참고.

와 바쇼의 경우 비바람으로 인해 지붕이 새는 빈한한 삶의 현장을 직접 체
험하는 데서 오는 리얼리티와 현실감이 독자에게 전달되는 반면 윤선도의
경우는 자신이 직접 체험한 것이 아니므로 리얼리티가 감소되는 결과로 이
어진다.

두보의 같은 시구를 인용하면서도 윤선도와 바쇼의 시에서 이와 같이 차
이를 보이는 것은 '가난'에 임하는 태도가 다르기 때문이 아닐까 생각한다.
두보에게 있어 경제적 빈곤은 그의 의지와는 무관하게 '주어진' '피할 수 없
는' 상황이며, 바쇼에게 있어 가난은 자신의 의지로 '선택한' 빈곤이다.[8] 이
에 비해 윤선도는 가난을 경험한 적이 없는, 오히려 경제적 풍요 속에서
삶을 보낸 인물이다. 그러므로 윤선도에게 있어 풍우로 인하여 집이 부서지
고 가난으로 인해 해진 옷을 입는 것은 일반 백성의 몫이고 그는 제3자의
입장에서 그 상황을 지켜보며 다만 안쓰러워하고 걱정할 따름이다. 그에게
있어 가난은 '憂民'과 '憂國'의 정을 유발하는 요소들 중 하나인 것이다. 그
렇기 때문에 같은 '憂民'의 심정을 토로하면서도 두보의 시와는 달리 가난

---

8) 에도(江戶) 지역의 신진 소쇼(宗匠)로 활약하던 바쇼가 돌연 한적한 후카가와(深川) 초
  암으로 옮겨간 것은 1680년 그의 나이 37세 무렵인데 그 이유는 점점 상업화, 직업화되어
  가는 덴샤(点者) 생활에 회의를 느꼈기 때문이다. '소쇼'란 하이카이의 興行이 이루어지는
  '座'의 長을 가리키는 말로 전문 俳諧師들 가운데 뛰어난 사람이 선택되는데 소쇼가 되면
  어떤 유파의 리더로 문단을 거느리며 하이카이 작품에 대하여 우열의 판정 혹은 비평을
  행하는 点者나 判者로서 활동할 수 있게 된다. 이 경우 일종의 심사료 혹은 하이카이 지
  도에 따른 보수라 할 수 있는 点料를 받게 된다. 당시 신흥 도시인 에도에는 하이카이
  点者가 많았으며 이들이 생계를 유지하기 위해서는 하이카이 애호가나 부유한 상인, 武
  家와 같은 고객을 확보하여 그들의 기분을 맞춘다든가 기호에 영합한다든가 할 필요가
  있었다. 바로 이러한 점에 혐오감이 생겨 자신이 추구하는 하이카이의 길을 가기 어렵다
  고 판단한 바쇼는 '덴샤노릇을 할 바에는 차라리 乞食을 하겠다'("点者をすべきよりは乞
  食をせよ")는 각오로 点者로서의 생활을 청산하고 후카가와의 초암에 들어갔던 것이다.
  당시 직업인으로서 点者의 수입은 상당한 고소득으로 연봉 50석 정도의 武士와 비교해도
  생활형편이 좋았다. 伊地知鐵男, 『俳諧大辭典』(明治書院, 1981), 403면; 雲英末雄·高橋治,
  『松尾芭蕉』(東京: 新潮社, 1990·1995), 30쪽; 雲英末雄, 「俳諧師としての實像」, 『芭蕉研
  究事典』(≪國文學≫ 1994年 3月號, 學燈社), 91쪽.

이나 자연재해 등으로 인한 비참한 현실보다는 그것을 벗어난 상황을 묘사
하는 데 더 중점이 놓이지 않나 생각한다.

3. "人生七十古來稀"의 예

'인생칠십고래희'는 예부터 나이 칠십까지 산 사람이 드물다는 뜻으로 여
기서 70세를 나타내는 '古稀'라는 말이 나왔다. 이 구절은 두보의 <曲江
二首> 중 두 번째 시에서 나온 것으로 이 시 전문을 인용하면 다음과 같다.

朝回日日典春衣	조회를 마치면 봄옷 저당 잡혀
每日江頭盡醉歸	날마다 곡강에서 흠뻑 취해 돌아온다
酒債尋常行處有	술빚은 가는 곳마다 늘 있기 마련
人生七十古來稀	사람이 칠십까지 사는 일은 예부터 드문 일이라네
穿花蛺蝶深深見	나비는 꽃잎을 뚫을 듯 깊숙이 파묻혀 있고
點水蜻蜓款款飛	잠자리는 물방울을 튀기며 유유히 날고 있네
傳語風光共流轉	전하노니 사람과 풍광은 함께 흘러가는 것
暫時相賞莫相違	잠시나마 서로 어울려 어긋나지 말자고9)

두보는 나이 46세에 左拾遺라는 벼슬을 얻게 되어 장안에서 1년가량 머
무르면서 몇 편의 시를 지었는데 위 시도 그중 하나다. 두보는 47세가 된
758년 6월에 華州의 司功參軍으로 좌천되는데 위 시는 그 해 늦봄 아직
좌천되기 전에 지은 것이다. 曲江은 장안 중심지에 있는 연못 이름으로 두
보는 이곳을 자주 찾아 술을 마시며 자연과 더불어 시간을 보냈다.
두보가 위 시에서 '인생칠십고래희'라는 표현을 통해 의도한 바는 <曲江

---

9) 『杜詩詳註』 제6권.

二首>·1의 1·2구 '꽃잎 하나 질 때마다 봄날 줄어들거늘/ 바람에 만점 꽃
잎 흩날리니 진정 시름겹구나'("一片花飛減却春 風飄萬點正愁人")와 함께
읽을 때 더욱 분명해진다. 이 두 구에는 봄날이 빨리 지나가는 것에 대한
두보의 아쉬움이 잘 나타나 있으며, 이러한 심정은 <曲江>·2에서 더욱 구
체화되고 있다. 즉, <曲江>·1에서의 '봄날'이라는 시간적 배경은 <曲江>
·2에서 '세월' 혹은 '인생'이라는 단위로 확장되어, '삶이란 금방 흘러가 버
리는 것이니 남은 여생 좋아하는 술을 마시며 자연과 함께 유유히 보내자'
는 시인의 의도를 드러내는 데 기여한다.

　<曲江>·2는 '인생무상'과 '현재를 즐기려는 마음' 이 두 의미 요소가 결
합하여 주제를 구현하고 있는데, 제4구 '인생칠십고래희'는 '인생무상'의 요
소보다는 '현재를 즐기려는 마음'의 요소를 부각시키는 데 활용되고 있다.
이 시는 두보 나이 47세에 지은 것으로 이 시와 비슷한 시기에 지어진 <同
谷七歌>·7에서 그는 자신을 '늙은이'로 인식하고 있음을 본다.10) 이 점을
염두에 두고 위 시를 읽으면 '인생칠십고래희'가 단순히 인간 수명이 그다지
길지 않다든가 인생이 무상하다든가 하는 것을 말하는 것이 아니라 '(늙은이
로서) 인생 얼마 남지 않았으니 자신에게 가장 잘 맞는 일을 하면서 현재를
즐기자'고 하는 생각을 드러내기 위한 전제가 되고 있다는 것을 알 수 있다.
나비가 꽃잎 속에 파묻혀 있고 잠자리가 물방울을 튀기며 유유히 나는 것이
그들에게 가장 자연스러운 습성이듯 자연을 벗하여 술을 마시고 흠뻑 취하
는 것이 '늙은' 자신에게 가장 잘 어울리는 일이라고 생각하는 것이다.

　이 시구는 윤선도의 시 <挽洪進士慈親>과 바쇼의 하이분 「閉關之說」
에 인용되어 있는데 각각의 문맥에서 상이한 양상으로 수용되어 있음을 본
다. 먼저 윤선도의 경우를 보도록 한다.

---

10) '남자로 태어나서 이름도 못 이룬 채 몸은 이미 늙었고'("男兒生不成名身已老").

七十古來稀	인생 칠십은 예로부터 드무니
況此加五歲	하물며 이에 다섯 해를 더함에랴
而壽不滿德	수를 누림이 덕을 채우지 못한다시며
爲遂歸室誓	드디어 歸室의 맹서로 삼으셨지
平生棣棣儀	평생 위의있는 모습
每懼先人廢	매양 선인께서 폐해짐을 근심하셨다네
餘慶不爲虛	넉넉한 경사 빈말이 아니니
兒孫皆孝悌	자손이 다 효도하고 우애하네
二郞刷勁翮	둘째 아들은 勇力이 뛰어났고
一郞富淸製	큰아들은 좋은 시문을 잘도 지어냈네
列戟[11]在靑春	청춘에 貴官이 되었으니
莫恨二郞逝	둘째의 죽음을 한하지 마소
底屈一郞才	어찌 첫째의 재질에 굽히리
吾欲問春桂	내 春桂에게 묻고자 하네
孫曾十二人	손자 증손자가 열두 명인데
執紼來次第	차례로 벼슬길에 올랐구나
誰唱薤露[12]歌	누가 인생의 덧없음을 노래 부르나
足以詫當世	족히 당대에 자랑할 만하네[13]

고산이 이 시를 지은 것은 두보가 <曲江>을 지었을 때와 같은 47세다. 시 제목의 '홍진사'가 누구를 가리키는지는 분명치 않으나 이 작품은 그 모친의 죽음을 애도하여 고산이 지은 輓詞이다. 고산은 이 작품 외에 28명에 대한 28篇 32首의 만사를 남기고 있는데 여기에는 부인, 아들, 손자 등 가족을 비롯하여 친척, 친구, 지인 등이 포함되어 있다. 이는 결코 적지 않은 수이며 이 수치는 타인의 죽음을 애도하는 고산의 마음을 반영하기도 하지

---

11) 威儀를 드러내기 위해 貴官의 집 문 앞에 죽 늘어 세워놓은 창을 말하는데 전하여 '貴官'의 뜻으로 쓰인다.
12) '薤露'는 인생의 덧없음을 나타내는 말.
13) 『孤山遺稿』卷1.

만 고산이 85세로 장수한 사실에 비추어 보면 지극히 자연스러운 결과라 볼 수도 있다.

'칠십고래희'라는 말은 첫 구에 나오는데 만사의 주인공은 이에 다섯 해를 더했다 했으므로 75세에 죽은 것임을 알 수 있다. '인생칠십고래희'라는 말은 칠십까지 산 사람이 드물다는 점이 강조되어 두보를 비롯한 많은 시인들의 시구나 문구에서 보통 '사람에게 주어진 목숨은 그리 길지 않다'는 점을 부각시키는 데 사용된다. 그런데 이 만사의 대상은 당시로서는 75세까지 장수한 것이므로 '칠십고래희'의 '稀'에 초점이 맞춰져 있다. 그리고 만사의 주인공은 장수에 더하여 덕과 위의를 지닌 데다 온화하고 고상한 성품을 갖추었으며 자식 복도 있고 자손이 번창하여 모두 벼슬길에 올라 두루두루 洪福을 갖춘 인물로 그려져 있다. 이처럼 두보 시구 '인생칠십고래희'는 윤선도의 시에서 많은 사람들이 희구하는 이상적인 삶의 요소인 '장수'의 시각에서 수용되어 있는 것이다.

두보의 경우 '칠십까지 산 사람이 드물다'는 표현에서 칠십까지 살지 못한 '대부분의 사람'에 초점을 맞춰 삶의 부정적인 면과 연관시킨 반면, 윤선도의 경우는 칠십 혹은 그 이상을 산 '드문 사람'에 초점을 맞춰 인간이 누릴 수 있는 삶의 홍복 중 하나인 '장수'의 문제로 반전시키고 있는 것이다. 이처럼 삶의 부정적 측면을 드러낸 두보의 시구를 수용하여 긍정적인 면을 부각시키는 요소로 활용 내지 반전시키는 관점은 앞서 살핀 <茅屋爲秋風所破歌>와 같은 맥락에서 이해할 수 있다. 59세에 세상을 떠난 두보는 47세에 늙음을 절감하며 남은 생을 즐기려는 마음으로 이 시를 쓰고, 85세를 일기로 세상을 뜬 윤선도는 같은 47세의 나이에 다른 사람의 홍복을 기리는 마음으로 해당 시구를 활용했다는 점이 아이러니컬하다.

한편 바쇼의 경우는 윤선도와는 물론 두보와도 다른 양상으로 해당 시구를 인용한다.

예부터 칠십까지 사는 사람은 드물다 하였는데 게다가 신체가 왕성한 것은
겨우 20여 년에 불과하다. 初老의 나이 40세가 되는 것은 하룻밤 꿈 사이의 일과
같다. 오십, 육십 이렇게 나이가 들어감에 따라 보기 흉하게 늙어가면서 초저녁
잠이 많아지고 아침엔 일찍부터 눈이 떠진다. 잠들고 일어나는 일, 이외에 무엇
을 욕심낼 것인가? (중략) 어리석은 사람은 그 한 가지 재능을 세상살이의 수단
으로 해서 탐욕의 魔界에 마음을 괴롭히면서 결국은 밭 사이의 도랑처럼 좁은
세계에 빠져 죽어갈 뿐인 것이다. 莊子가 말한 것처럼 다만 이해를 버리고 젊고
늙음의 분별을 잊고 조용한 경지에 이르는 것이야말로 늙음의 즐거움일 것이다.
(중략) 孫敬처럼 출입문을 잠가 통행을 막고 杜五郎처럼 문을 닫아거는 것이
가장 좋으리라. 벗이 없는 것을 벗으로 삼고, 가난한 것을 재산으로 여기면서
오십 세 된 완고한 남자가 이 글을 써서 스스로의 경계로 삼고자 한다. "나팔꽃이
여/ 낮에는 닫아거는/ 문의 담벼락"   (「閉關之說」)14)

이 글의 제목은 '문을 닫아건다'는 뜻의 「閉關之說」이다. 인용 부분 앞에
는 색욕에 관한 내용이 전개되는데 '인생칠십고래희'를 기준으로 새로운 내
용으로 접어든다. '인생 칠십 사는 사람이 드문데 그것도 신체왕성한 시기
는 잠간이며 40이 넘으면 초로에 접어든다'고 하여 두보의 시구가 '늙음'을
말하기 위한 전제로 활용되고 있음을 본다. 한 마디로 이 글 후반부의 주제
는 '늙음'이라 할 수 있으며 구체적으로는 늙어가는 사람이 취해야 할 바람
직한 태도가 무엇인가에 대하여 서술하고 있다. 제목 '閉關'은 바쇼가 생각
하는 가장 이상적인 태도를 나타낸 표현으로 여기서 '문을 닫아건다'고 하
는 것은 단지 타인과의 교류를 삼간다는 의미로 끝나지 않고 문밖의 세속적

14) "人生七十を稀なりとして, 身を盛なる事は, わづかに二十餘年也. はじめの老の來れる事,
一夜の夢のごとし. 五十年六十年のよはひかたぶくより, あさましくくづをれて, 宵寐がち
に朝をきしたるね覺の分別, なに事をかむさぼる. (中略) (おろかなる者は) 是をもて世の
いとなみに當て, 貪慾の魔界に心を怒し, 滿洫におぼれて生かす事あたはずと, 南華老仙
の唯利害を破却し, 老若をわすれて閑にならむこそ, 老の樂とは云べけれ. (中略) 尊敬(孫
敬)が戸を閉て, 杜五郎が門を鎖むには. 友なきを友とし, 貧を富りとして, 五十年の頑夫自
書, 自禁戒となす. <あさがほや晝は鎖おろす門の垣.>"『松尾芭蕉集』, 545쪽.

인 욕망을 차단하는 것 나아가서는 '門' 혹은 '關'으로 상징된, 이것과 저것의 경계를 넘어서는 경지까지를 함축한다. 말미의 하이쿠는 세속으로부터 문을 닫은 자기 자신을 낮이 되면 꽃잎을 오므리는 나팔꽃에 비유한 것으로 산문의 주제를 句 하나로 응축시킨 것이다.

바쇼는 51세에 세상을 떠났는데 이 하이분은 50세에 쓰여진 것이다. 이로 볼 때 바쇼에게 있어 '문을 닫아거는' 행위는 세속의 욕망을 차단하고 이면과 저면을 구분하는 분별심을 넘어서야 하는 늙은이의 태도를 표명한 것일 뿐만 아니라, 죽음의 문턱을 넘어서는 것 즉 '생을 마감하는 것'을 의미하는 것으로 읽을 수도 있다. 이처럼 바쇼의 글에 수용된 두보의 시구는 단지 '장수'의 기준 혹은 '인간 수명'의 문제나 '인생의 덧없음'을 말하기 위한 것이 아니라 '늙음'의 문제 나아가서는 '죽음'을 맞이하는 사람의 마음가짐을 피력하기 위한 전제로 작용한다.

여기에 莊子의 사상, '孫敬閉戶'의 고사[15]와 삼십 년 동안 문을 닫아걸고 밖에 나가지 않았다는 杜五郞의 고사[16]가 덧붙여져 '인생칠십고래희 → 늙음 → 閉關'으로 의미의 발전이 이루어지는 것이다. 보통 산문으로 내용이 서술되다가 끝에 하이쿠 한 편을 두어 주제를 압축하는 방식은 하이분의 일반적 패턴이라 할 수 있는데 위 하이쿠에서는 '나팔꽃'의 습성을 통해 '鎖門'의 주제를 다시 한번 강조하고 있음이 눈에 띈다. 결국 이 하이분의 주제는 제목이기도 한 '閉關'으로 귀착된다고 할 수 있으며 그 실마리를 제공한 것이 두보의 시구 '인생칠십고래희'인 것이다. 앞에서 두보는 '칠십까지 산 사람이 드물다'는 표현에서 칠십까지 살지 못한 '대부분의 사람'에 초점을

---

15) '孫敬이 문을 닫아걸었다'고 하는 고사는『蒙求』1卷,「楚國先賢傳」에 나온다. "孫敬字文寶 常閉戶讀書 睡則以繩繫頸 懸之梁上. 嘗入市 市人見之 皆曰 閉戶先生來也. 辟命不至."

16)『宋史』「杜五郞傳」, "潁昌陽翟縣 有一杜生者 不知其名 邑人但謂之杜五郞. 所居去縣三十余里 唯有屋兩間 其一間自居 一間其子居之. 室之前有空地丈余 卽是籬門 杜生不出籬門凡三十年矣."

맞추고 있고 윤선도는 칠십 혹은 그 이상을 산 '드문 사람'에 초점을 맞춰 인간이 누릴 수 있는 삶의 홍복 중 하나인 '장수'의 문제로 반전시키는 양상을 보인다고 하였는데, 바쇼는 명백히 두보의 관점을 이어받아 삶의 부정적인 면을 표현하는 데 이 시구를 활용하고 있음을 알 수 있다.

이상 보아온 것처럼 '인생칠십고래희'라는 표현은 두보, 윤선도, 바쇼의 작품에서 각각 그 강조점이 다르게 나타나며 인생과 관련하여 다음과 같이 다양한 의미를 파생시킨다는 것을 알 수 있다. 우선 70세를 장수의 기준으로 보는 일반적 관점이 형성되었고 70세를 나타내는 관용어 '古稀'라는 말이 파생하였으며, 두 번째로 인생이 덧없이 짧고 세월이 빨리 흐른다고 하는 '인생무상'의 의미와 연결되고, 셋째 남은 생이 얼마 되지 않은 '늙음'의 문턱에 이르렀다는 아쉬움의 의미를 지니며, 넷째 종국에는 얼마 안 남은 인생이니 현재를 마음껏 즐기자는 방향으로 발전하기도 한다.

두보의 경우 이 표현은 두 번째의 의미를 바탕으로 결국 네 번째 의미로 귀착되고 윤선도의 경우는 두 번째 의미를 반전 시켜 인간의 홍복 중 하나인 '장수'의 요소를 부각시키는 데 이 시구를 활용하였으며, 바쇼의 경우는 세 번째 늘그막에 있어 가져야 할 마음가짐의 문제를 언급하는 데 두보의 시구를 인용하였다. 두보와 바쇼는 '인생칠십고래희'를 인생의 부정적 측면과 연관시킨 반면, 윤선도는 긍정적인 면으로 수용하는 차이를 보이는 점이 흥미롭다. 두보가 59세, 바쇼가 51세를 일기로 세상을 뜬 반면, 윤선도는 85세까지 장수했다는 사실도 이와 무관하지 않다고 본다.

4. 〈春望〉의 예

755년 두보 나이 44세 때 安祿山의 난이 일어나고 이듬해 두보는 반군에 사로잡혀 장안에 억류되기에 이른다. 〈춘망〉은 757년 3월에 지어진 것으로 이 시는 윤선도와 바쇼의 시에 모두 인용되어 있다.

國破山河在	나라는 무너졌어도 산과 강은 그대로인데
城春草木深	성안에는 봄이 와 초목만 무성하네
感時花淺淚	시절을 슬퍼함에 꽃이 눈물을 흘리게 하고
恨別鳥驚心	이별을 한스러워 함에 새조차 마음을 놀라게 한다
烽火連三月	봉화는 삼월까지[17] 계속 피어오르고
家書抵萬金	집에서 온 편지는 만금처럼 값지다
白頭搔更短	흰머리 긁으니 숱이 더욱 줄어들어
渾欲不勝簪	다 모아도 비녀조차 꽂을 수 없네[18]

이 시에서 1·2구는 반란군에 의해 폐허가 된 모습을 표현하였고, 3·4구는 주변의 꽃과 새들까지도 슬픔을 일으킨다고 함으로써 전란 속에서 느끼는 불안한 심정을 실감 나게 표현했으며, 5·6구는 헤어져 있는 가족에 대한 그리움을 표현하였다. 그리고 7·8구는 난리를 겪으며 부쩍 老衰해 가는 자신에 대한 한탄의 마음을 표현하였다. 이처럼 이 시는 憂國의 정을 기본 주제로 하면서, 가족에 대한 그리움과 늙음에 대한 탄식을 2차 주제로 하여 그물망처럼 촘촘하게 구성되어 있다. 시에 묘사된 내용들은 두보가 직접 경험한 사실에 기반해 있기 때문에 생생한 현장감과 사실감을 전해 준다.

이 시에서 논란이 되는 것은 첫구의 '나라'(國)를 어떻게 풀이하느냐 하는 점인데, 윤선도와 바쇼의 시에도 이 말이 다른 의미로 수용되어 있어 각각의 텍스트의 주제가 달라지는 것을 보게 된다. 논자에 따라 '나라'로 풀이하기도 하고, 國都인 '장안'으로 풀이하기도 하는데[19] 이 글에서는 두 가지

---

17) 이를 '3개월'로 풀이하기도 한다. 『杜甫全詩集』 1冊(鈴木虎雄 註解), 372쪽.

18) 『杜詩詳註』 제4권.

19) 『杜詩詳註』에서 仇兆鰲는 "國破"의 용례로 『齊國策』에 나온 王蠋의 말 '國破君亡 吾不能存'을 들고 있어 '國'이 '나라'를 가리키는 것으로 풀이하고 있다. 한편 鈴木虎雄은 근거

해석을 염두에 두고 윤선도와 바쇼의 작품에서 해당 두보의 시구가 어떻게 달리 수용되는가를 살피고자 한다.

윤선도의 경우 <春望>의 시구가 수용되어 있는 작품은 <次三閭墓>이다.

鄢郢無遺址　　언영에는 남은 자취 사라졌고
章華草木深　　장화에는 초목만 우거졌네
誰知屈子廟　　누가 알았으랴 굴원의 사당이
千載映江林　　천년토록 강가 수풀에서 빛을 발할 줄[20]

여기서 '언'과 '영'은 초나라 두 도읍의 이름이고 '장화'는 춘추시대 楚나라 靈王이 지은 離宮인 章華宮[21]을 가리킨다. 이 시는 唐代의 시인 戴叔倫(732~789)의 시 <過三閭廟>에 차운한 시인데 제2구에 <춘망> 둘째 구의 "草木深"이 차용되어 있다. <次三閭廟>의 이해를 위해 먼저 대숙륜의 시를 보도록 한다.

는 제시하지 않은 채 이 단어를 '國都' 즉 '장안'으로 보아 안녹산의 난으로 장안이 쑥대밭이 된 것을 표현한 구절로 풀이하였다. '國破'의 '國'을 '나라'로 볼 경우 둘째 구의 '城'은 '장안성'과 대구를 이룬다고 풀이할 수 있다. 필자는 다음 예를 근거로 '국'을 '國都' 즉 장안으로 해석하는 것이 더 적절하지 않나 생각한다. 해당 예는 두보의 시 <解悶十二首>·1 중에 "一辭故國十經秋"('고향 한 번 떠나 열 번이나 가을 지나니')라는 구절인데 시가 지어진 상황상 여기서 '고향' 혹은 '그리운 곳'을 뜻하는 '故國'은 장안을 가리키기 때문이다. 이로써 두보가 나라의 기둥이 되는 도읍-장안-을 '國'으로 나타내는 경향이 있음을 알 수 있다. 이를 근거로 首聯의 첫 구는 폐허가 된 장안 '전체'의 모습을, 둘째 구는 장안의 '일부'인 '城門' 안-사람이 모여 사는-의 풍경을 그린 것으로 풀이할 수 있게 되는 것이다. 특히 둘째 구 "城春草木深"은 성 안에 초목이 무성하다는 표현을 통해 '사람으로 북적여야 할 성 안에 인적이 끊어진 것'을 강조하는 표현으로 이해할 수 있다.

20) 『孤山遺稿』 卷1.
21) '章華'는 章華宮, 章華臺 모두를 포함한 것이다. 그 옛터는 지금의 湖北省 監利縣 서북면에 남아 있다.

沅湘流不盡　沅水와 湘水는 흘러 다함이 없어
屈子怨何深　굴원의 원한이 어찌 그리도 깊던가
日暮秋風起　해는 지고 가을바람 일어나
蕭蕭楓樹林　단풍 숲에 쓸쓸히 불어오누나

대숙륜의 시는 굴원의 사당을 지나면서 그를 회고하는 내용으로 되어 있다. 여기서 굴원의 원한의 '깊이'는 강물의 '유구함'과 짝을 이루면서, 굴원의 사적을 회고하는 시적 화자의 쓸쓸한 심정을 부각시킨다. 굴원은 '과거'의 인물이고 그 사적은 시적 화자 앞에 '현전'해 있는 사물이다. 대개 차운시는 原詩의 韻만 빌려오는 것이 아니라 주제까지도 함께 수용하는 경우가 많은데 위 윤선도 시의 경우도 예외는 아니다. 原詩의 주제를 수렴하여 '굴원에 대한 회상'과 더불어 자취조차 사라진 '과거'의 인공물-도성, 宮과 臺 등-과 길이길이 이어져 '현전'하는 인물의 事跡을 묘사함으로써 과거와 현재를 대비시키는 한편 인간사의 무상함이라는 주제까지 부가하고 있다.

이처럼 대숙륜의 원시와 차운시는 '굴원: 시적 화자' '과거: 현재' '사라진 것: 현전하는 것'의 대응을 시에 담아 궁극적으로 '인간사의 무상함'을 표현했다는 공통점을 지니는데, 이 점이 바로 윤선도의 <次三閭墓>가 두보의 <春望>과 크게 다른 점이다. 두보의 시에는 '현재의 경험'만 있을 뿐 '과거에의 회상'은 없고 인간사에 있어 '무상함'보다는 현재 겪고 있는 '전란의 긴박함'이 그려져 있기 때문이다. "草木深"은 두보의 시에서는 '현재' 장안성의 황폐한 광경을 묘사[22]하고 있는 반면 윤선도 시에서는 '과거'의 영화는 사라지고 황폐해진 풍경을 묘사하고 있는 것이다. 윤선도 시 첫 구에도 '國破'의 의미가 담겨 있는 것은 사실이지만 그 또한 자신이 경험하는 '國破'가 아니라 역사 속으로 사라진 어떤 나라의 '國破'인 것이다.

---

22) 원래 성 안은 사람으로 북적여야 하는데 '초목만 무성하다'고 표현하여 성 안에 인적이 끊어진 것'을 강조하고 있다.

그렇다면 윤선도는 '國破'의 '國'을 어떤 의미로 수용했을까. '鄢'과 '郢'은 춘추전국시대 초 나라의 두 柱都였기 때문에 얼핏 '國都'의 뜻으로 받아들이지 않았을까 추정하기 쉽다. 그러나 여기서 '언'과 '영'은 '초나라'를 提喩的으로 대치한 표현으로 보는 것이 타당하다. 즉, 윤선도는 초나라 때의 여러 고을들 중 특별히 두 도읍의 자취가 사라진 것을 표현한 것이 아니라, 두 도읍으로 대표되는 '초나라'의 흔적이 남아 있지 않은 것을 표현한 것이라고 보는 것이 적절한 것이다. 둘째 구의 '장화궁에 초목만 우거졌다'는 표현 역시 이러한 해석을 뒷받침한다. 따라서 윤선도는 두보 시에서 해석 가능한 '國'의 두 의미 중 '나라'의 개념을 수용한 것으로 본다.

시작품을 이해할 때 우리는 실제 '시인'과 작품 속의 '시적 화자'를 구분한다. <次三閭墓>의 '시적 화자'는 눈앞에 펼쳐져 있는 굴원의 사당을 보면서 과거 초나라의 흥망성쇠를 회상한다. 그러나 이 시가 기존의 시를 차운한 것이라고 하는 텍스트 외적 상황을 고려하여 작품을 대할 때, '시인' 윤선도는 굴원의 사당에 직접 가지도 않았고 과거 초나라의 영화의 자취가 사라지고 풀만 남아 있는 장면을 목도하지도 않았으며 따라서 흥망성쇠의 무상함이나 쓸쓸함을 직접 느낀 것도 아니다. 만일 시인이 언영이나 장화에 관한 기록을 읽고 상상을 하여 이 시를 썼다면 그 또한 간접 경험이므로 나름대로 최소한의 리얼리티를 획득했다고도 볼 수 있을 것이다. 그러나 이 시는 이미 지어진 시에 차운한 것이기 때문에 상상작용은 크게 제한되었을 것이고 시가 가지는 리얼리티 또한 반감되기에 이르는 것이다. 과거 인물에 대한 회상이라는 점과 기존의 시에 대한 차운시라고 하는 점은 윤선도의 시를 현장성이 결여된 시, 리얼리티가 격감 된 시로 읽게 하는 이중의 요인이 된다.

반면 두보의 시는 자신이 직접 목도한 현실, 직접 경험한 전란의 비참함, 가족에 대한 현재의 절절한 그리움, 피부에 와닿는 육신의 노쇠 등을 형상화한 것이기 때문에 현장감과 사실감이 크게 증폭되어 있다. 따라서 작품이 궁극적으로 지향하는 의미의 종착점, 즉 주제 역시 달라지게 되는 것이다.

다음 바쇼의 경우를 보도록 하자.

그렇다 쳐도 요시츠네를 비롯한 정의로운 무장들이 이 성에서 굳게 버티면서 장엄하게 싸웠건만 생각해 보면 그 공명도 한순간의 꿈에 불과하고 지금 그 자취는 무성한 풀로 남아 있을 뿐이다. '나라는 망했어도 산하는 남아있고/ 성터엔 봄이 와 풀빛만 무성하다'고 한 두보의 시구를 떠올리며 삿갓을 깔고 앉아 언제까지나 懷舊의 눈물을 흘리고 있을 뿐이다.
"여름풀이여/ 무사들의 꿈만이/ 남아있는 자취"
"여름의 병꽃/ 노장 가네후사23)의/ 백발이런가" (소라)(『오쿠의 좁은 길』)24)

이 글은 바쇼의 동북지방 여행 당시 히라이즈미(平泉)를 방문한 감회를 서술한 것의 일부이다. 히라이즈미는 헤이안 시대 동북지방의 호족인 후지와라(藤原) 가문의 3대에 걸친 영고성쇠의 유적지이자 제3대 히데히라(秀衡)에게 충성을 바쳤던 비운의 영웅 미나모토 요시츠네(源義經)25)의 사적지이기도 하다. 바쇼는 무성한 풀만 남은 유적을 보면서 두보의 <春望> 1, 2구를 떠올려 이 여정의 기행문 『오쿠의 좁은 길』에 인용하고 있는 것이다. 우리는 여기서 바쇼가 일본 동북지방 호족의 근거지인 '히라이즈미'를 國都가 아닌 '나라' 개념으로 인식하여 두보 시구를 인용했다는 것을 짐작할 수 있다.

바쇼 기행문과 하이분의 특징은 산문과 운문-한시, 와카, 하이쿠 등-을

---

23) 요시츠네의 충성스러운 武將.
24) "偘も義臣すぐつて此城にこもり, 功名一時の叢となる. 國破れて山河あり, 城春にして草青みたりと, 笠打敷て, 時のうつるまで泪を落し侍りぬ. <夏草や兵どもが夢の跡> <卯の花に兼房みゆる白毛かな>(曾良)『松尾芭蕉集』, 364쪽.
25) 3대인 히데히라는 아들 야스히라(泰衡)에게 요시츠네를 중심으로 일족이 단결할 것을 유언으로 남겼으나 야스히라는 요시츠네를 배신하고 후에 가마쿠라(鎌倉) 막부를 연 미나모토 요리토모(源賴朝)와 결탁하여 요시츠네를 죽이게 된다. 그리고 야스히라 역시 요리토모 측에 의해 죽임을 당함으로써 후지와라 가문은 완전히 패망하게 된다.

섞어 텍스트를 구성하는 것인데 운문 중 하이쿠는 보통 산문 뒤에 위치하여
하나의 텍스트를 종결시키는 역할을 하는 경우가 많다. 위 인용에서는 자신
의 구 대신 여행에 수행했던 제자 소라(曾良)의 구 두 개로 마무리했다. 확
실한 이유는 알 수 없으나 옛 유적지에 앉아 '懷舊의 눈물만 흘리고 있을
뿐이다'라는 구절에서 드러나듯 감정이 너무 북받쳐 올라 구를 짓지 않았을
수도 있다고 본다. 바쇼는 자신의 구에서 감정의 절제를 중시했기 때문이다.

   산문에서 '과거의 영화'와 '目前의 잡초'는 對를 이루는 동시에 '과거의
자취가 오늘날 풀로 남아 있다'고 함으로써 '과거 영화의 자취 = 풀'이라는
등식관계를 성립시킨다. 이 대와 등식관계를 토대로 '무상'의 주제가 형성되
며, 이는 다시 소라 하이쿠에서 '무사의 꿈 = 여름풀', '노장의 백발 = 하얀
병꽃'의 등식관계로 변주되면서 주제가 더욱 구체화된다. '무상'과는 무관한
두보의 구를 인용하여 윤선도나 바쇼 모두 '인간사의 무상함'이라는 主旨로
전환시키고 있음을 본다. 한편 산문 서술 부분의 '무성한 풀' 하이쿠의 '여름
풀'과 '병꽃'은 '자연물'에 속하는 것이고 이들은 시간이 지나도 다시 피고
지고를 되풀이하는 '悠久性'을 지닌 것이므로 '찰나성'을 지니는 인간사와
대비된다. 이로부터 '자연의 유구함: 인간사의 무상함'이라는 하위 주제가
파생된다.[26]

   이 글은 바쇼가 역사의 현장을 직접 방문하여 자신이 목도한 장면과 거
기서 일어나는 절실한 느낌을 서술한 것이므로 어느 정도 현장감과 리얼리
티-사실감-를 획득하고 있다. 그러나 전란의 비참함과 그로 인한 '國破'의
상황을 직접 경험하고 그것을 詩化한 두보의 경우에 비하면, 바쇼의 경우
는 그 상황을 다만 회고만 할 뿐 직접 경험한 것이 아니라는 점에서 리얼리
티의 강도는 매우 약화되어 있다고 할 수 있다. 그러나 직접 과거 사적지를

---

26) 마루야마도 이 단락의 주제를 필자와 동일한 시각으로 파악하고 있다. 丸山茂, 「杜甫詩
    <春望>と芭蕉句」, 『芭蕉と奧の細道論』(新典社, 1995), 55~56쪽.

방문한 것도 아니고 이미 지어진 시에 차운하여 자신의 시를 지은 윤선도의
경우에 비하면 그 리얼리티의 정도는 훨씬 크다고 할 수 있다. 텍스트의
리얼리티라고 하는 것은 그 텍스트 생산자의 실제적 경험에 입각해 있을
때 커지게 된다. 이런 점에서 누군가가 지은 시를 전제로 하여 자신의 시를
지은 차운시는 경험과 표현 사이에 간접화 현상이 일어나게 된다. 따라서
차운시의 형식을 취하여 두보의 시를 인용한 윤선도 시의 경우 세 시인 중
사실감이 가장 최소화된다고 볼 수 있다. 그리고 결과적으로 '관념화'의 경
향을 야기한다. 요컨대 '國破'의 상황 혹은 경험에 대한 텍스트의 사실감의
강도는 두보> 바쇼> 윤선도의 순으로 점점 약화된다고 말할 수 있다.

이상의 내용을 표로 정리해 보면 다음과 같다.

	두보	윤선도	바쇼
'國'의 내포 의미	나라 혹은 국도	나라	나라
주제	憂國, 가족에의 그리움, 전란의 비참함, 늙음에 대한 탄식	인간사의 무상함	자연의 유구함에 대비되는 인간사의 무상함
내용	현재 당면한 현실의 긴박함	과거 인물(사적)에 대한 회상	과거 인물(사적)에 대한 회상
시간성	현재	과거와 현재의 대비	과거와 현재의 대비
사건('國破')현장의 목도	직접적	간접적	직접적
사건('國破')에 대한 경험의 직접성 여부	직접적	간접적	간접적
텍스트의 리얼리티	강한 사실감·현장감	관념적	어느 정도의 사실감·현장감

두보의 같은 시를 차용하여 자신의 텍스트에 융해시킨 점은 같더라도 위
에서 보는 바와 같이 윤선도와 바쇼는 그 수용 양상이 상당히 다르다는 것
이 드러난다. 두 시인은 두보 시에서 '國破'라는 모티프를 빌려 왔음에도
텍스트가 빚어내는 基調나 主題의 면에서 두보와는 상당한 차가 있다는
것을 알 수 있고 오히려 윤선도와 바쇼가 서로 근접해 있는 양상을 띤다.

특히 윤선도의 경우는 "草木深"이라는 표현만 두보 시와 동일할 뿐 내용
면에서 이질적인 점이 더 많아 두보의 시에서 멀어진 정도가 바쇼보다 더
크다고 할 수 있다.

5. "伐木丁丁"의 예

春山無伴獨相求	봄 산길 벗도 없이 그대 찾아 홀로 나선다
伐木丁丁山更幽	쩡쩡 나무 베는 소리[27]에도 산은 오히려 적막하네
澗道餘寒歷冰雪	시냇길에는 아직도 추위 남아 얼음과 눈을 밟고 걷는데
石門斜日到林丘	석문산에 해 기울어서야 숲 우거진 언덕[28]에 이르렀다
不貪夜識金銀氣	욕심내지 않으니 밤에도 금은 기운 알아채고
遠害朝看麋鹿遊	해하는 마음 멀리하니 아침엔 사슴 노는 걸 본다네
乘興杳然迷出處	흥에 겨워 묘연하니 나가는 곳 헤매고
對君疑是泛虛舟	그대를 대함에 마치 빈 배가 물에 떠 있는 듯

위 시는 두보의 <題張氏隱居 二首>중 제 1수이다. 『杜詩詳註』에 의하
면 위 시는 736년 이후 두보가 高適·李白과 더불어 齊·趙에서 노닐던 때
지은 것이라고 한다.[29] 장 씨가 누구인지는 분명하지 않으나 앞 4구는 두보
가 깊은 산속에서 은거하는 그를 방문하기까지의 내용을, 뒤 4구는 탐심을
멀리한 그의 인품에 탄복하는 내용을 담고 있다.[30]

위 시에서 제2구 "伐木丁丁山更幽"은 '쩡쩡 나무 베는 소리'와 '적막하
고 고요한 산'이라는 상반된 내용을 병치하여 산이 깊고 고요하다는 것을

---

27) "伐木丁丁"은 도끼로 나무베는 소리를 나타내는 의성어이다.

28) 이 구에서 '林丘'를 장씨 은거지가 있는 곳의 지명으로 보기도 한다.

29) 『杜詩詳註』 제1권, 21쪽.

30) 제8구에서 두보는 탐심을 버린 장씨의 인품을 '虛舟'에 비유하고 있는데 虛舟에 관한
것은 『莊子』「山木」에 나온다.

강조한 역설적 표현이다. "伐木丁丁"은 원래『詩經·小雅』<伐木> 三章 중 1장 첫구에 나오는 구절로, 윤선도의 <次韻酬張子浩>와 바쇼의 '常盤屋の句合'에서 5번 左句에 대한 判詞 및『들판에 뒹구는 해골』(『野ざらし紀行』)에 수용되어 있다. 이 시구가 두 시인의 시에 어떻게 달리 수용되어 있는가 살피기 전에 먼저『시경』<벌목>에 나타난 의미부터 알아보도록 한다.

伐木丁丁 鳥鳴嚶嚶	나무 찍는 소리 쩡쩡 울리고, 새들은 지저귀며
出自幽谷 遷于喬木	깊은 골짜기에서 나와 높은 나무 위로 자리를 옮겨 앉도다
嚶其鳴矣 求其友聲	재잘재잘 옮이여, 그 벗을 찾는 소리로다
相彼鳥矣 猶求友聲	저 새들을 보아도 서로 벗을 부르는데
矧伊人矣 不求友生	하물며 사람이 벗을 찾지 않을쏜가
神之聽之 終和且平	벗을 친히 하면 신이 들어주어 마침내 화평케 되리라

朱熹는 이를 '興'으로 분류하고 새가 우는 것을 벗을 찾는 소리라고 보아 새도 벗을 찾는데 하물며 사람으로서 벗을 찾지 않을 수 있겠는가 하고 풀이했다.[31] 요컨대 이 시를 朋友와 故舊를 그리워하는 노래로 보고 있는 것이다. 이 주해에 의거하여 '새들이 지저귀는 것'을 '벗을 찾는 소리'에 비유한 것으로 이해한다면, '나무 찍는 소리가 쩡쩡 울리는 깊은 골짜기'는 벗을 찾는 주체인 '새'가 이리저리 날아다니는 공간이 되는 셈이다. 이처럼『시경』의 '伐木丁丁'이라는 표현은 朱熹의 주해에 의해 '깊은 산'의 배경을 전제하면서 '친구 간의 우정' '벗에 대한 그리움'에 대한 '객관적 상관물'로 자리잡게 된 것이다.

다음은 총 56구로 되어 있는 윤선도의 <次韻酬張子浩>[32] 중 제37구~

---

31) 성백효 譯註,『詩經集傳·上』(전통문화연구회, 1993), 365~366쪽.

42구까지 발췌한 것이다.

北風其涼歲云暮　　북풍이 차가워져 한 해가 저무는데
遙望長安江水隔　　멀리 장안을 바라보니 강물이 가로막았네
春秋寺裏獨坐時　　춘추사 안에 홀로 앉아 있노라니
伐木丁丁山向夕　　쩡쩡 나무 베는 소리에 산속은 저물어 가네
夢中見之夢中別　　꿈속에 만나보고 꿈속에 헤어지는데
了了容顏空在目　　분명한 얼굴 모습 부질없이 눈에 남아 있네

　　발췌한 시구들 중 제4구에 '伐木丁丁'이라는 구절이 인용되어 있는데 먼저 이것이 『시경』으로부터의 직접 수용인지 두보를 거친 수용인지 검토해 볼 필요가 있다. 우선 문장구조를 보면 『시경』은 '伐木丁丁' 다음에 '鳥鳴嚶嚶', 두보의 경우는 '山更幽', 윤선도의 경우는 '山向夕'라는 구절이 이어지고 있어 윤선도 시구는 표현면에서 두보 시구를 직접 수용한 것임을 알 수 있다. 윤선도의 시는 어릴 적 동향의 친구로 보이는 張子浩라는 인물에 대한 그리움과 그에 얽힌 추억을 회고하는 내용으로 되어 있어, '伐木丁丁'을 두고 두보의 시에서 보여지는 '우정' '벗에 대한 그리움'이라는 주지를 이어받고 있음을 확인하게 된다. 문장구조나 시의 主旨 면에서 두보 시의 직접 계승인 것은 분명하나 세부적인 면에서 변화를 주고 있음이 눈에 띈다.

　　우선 두보의 시에서는 상대를 직접 찾아가는 내용이지만 윤선도의 경우는 멀리서 홀로 벗을 그리워하는 내용이라는 점, 그리고 두보의 시에서는 계절상으로 '봄'인 것에 반해 윤선도 시에서는 '겨울'이라는 점이 다르다. 또한 두보의 시에서 '깊은 산'은 '벗'이 있는 공간으로 설정되어 있는 반면, 윤선도의 시에서는 벗을 찾는 주체인 '시적 화자'가 처한 공간으로 설정되어 있다는 점도 주목할 필요가 있는데 이는 『시경』<벌목>과 동궤에 놓인다.

---

32) 『孤山遺稿』 卷1.

	벗을 찾는 주체	주체가 있는 공간	벗이 있는 공간
詩經 <伐木>	새	깊은 산	
杜甫 <題張氏隱居>	시인(시적 화자)		깊은 산
尹善道 <次韻酬張子浩>	시인(시적 화자)	깊은 산	

결국 윤선도 시에서의 '벌목정정'은 두보 시의 핵심이 되고 있는 '벗'과 '우정'의 주지를 계승하여 동일한 문장구조로 이를 담아 내고 있으면서도 두보의 시가 '깊은 산에 살고 있는 벗을 찾아가 우정을 나눈다'고 하는 주제를 구현하고 있는 반면, 윤선도의 경우는 『시경』의 모티프33)를 부가하여 '화자가 깊은 산속에 머물면서 벗을 그리워하는 마음'으로 변화를 꾀하고 있다고 할 수 있다. 이같은 윤선도의 수용태도를 두보의 주지에 『시경』의 모티프를 부가한 것으로 볼 것인지 아니면 두보 시구에서 구현하고 있는 '깊은 산에 살고 있는' '벗과의 우정'이라고 하는 두 의미요소 중 후자를 선택적 혹은 부분적으로 수용한 것으로 볼 것인지에 대하여는 관점의 차이가 있을 수 있다. 그러나 두보 시구를 수용하면서도 이를 그대로 인용하기보다는 세부적 변화를 가한다는 점은 앞에서 본 예들과 같은 맥락에 놓인다고 하겠다.

윤선도 시에서 한 가지 주목할 점은 지금 시적 화자가 홀로 앉아 벗을 그리워하는 공간은 중국에 있는 절인 '춘추사', 벗이 있는 곳은 '장안'으로 설정되어 있다는 점이다. 여기에 인용은 하지 않았지만 앞부분에도 '回溪34) 垂翅' '匡廬35)磨杵' 등 중국의 지명이 들어간 故事도 빈번히 등장하고 있

---

33) 정확히 말하면 주희의 주까지 포함한 시경 <벌목>의 주지이다.

34) '回溪'는 중국 河南省 洛寧縣에 있는 곳으로 일시적인 좌절을 의미하는 '回溪垂翅'라는 고사가 유래하였다. 이것은 後漢 建武 때의 인물인 馮異와 관계된 고사로 그가 赤眉와 싸워 처음에는 패배했으나 다시 싸워 상대를 패퇴시키자 광무제가 '처음에는 날개를 회계에 늘어뜨렸으나 마침내 澠池에 날개를 떨쳤도다'라고 한 데서 유래했다.

35) '匡廬'는 중국 殷·周 교체기에 匡裕 형제 7인이 초막을 짓고 살았던 廬山이라는 뜻으로, '廬山'의 별칭으로 쓰인다. '匡廬磨杵'는 다시 뜻을 가다듬고 공부에 매진하는 것을 말한다. 이백이 젊은 시절에 독서를 하다가 그만두고 여산을 내려올 때 한 노파가 공이를 갈

어 이들은 텍스트의 리얼리티를 약화시키는 한 요인이 된다. 장자호라는 인물은 중국인이 아니고 그가 있는 곳도 중국이 아님에도 중국의 지명과 연관되어 의미작용이 이루어지고 있기 때문이다. 여기에 이 시가 기존의 시를 전제로 한 차운시라는 점 역시 텍스트의 리얼리티를 감소시키는 또 다른 요인으로 작용한다. 시인의 직접적·실제적 경험에 토대를 두고 텍스트가 생산될 때 리얼리티가 강화된다고 한다면, 이미 지어진 시를 전제로 하여 시가 지어지는 경우 해당 시는 기존 原韻의 필터를 거침으로써 경험이 간접화되는 결과로 이어지는 것이다. 이 점은 앞서 살핀 <春望>과 일맥상통하며 윤선도가 두보의 시구를 수용하는 태도의 일면을 말해 주는 부분이라 할 수 있다.

　이제 바쇼의 작품에 수용된 '伐木丁丁'의 예를 보도록 한다. 바쇼는 '도키와야의 구아와세'('常盤屋の句合')[36]에서 스기야마 산푸(杉山杉風)의 作인 아래의 5번 左句,

　　青わさび蟹が爪木の斧の音
　　(게가 와 있는/ 山 고추냉이 잔 가지/ 베는 도끼 소리)

에 대한 한시(判詞)[37]에서 바쇼는 다음과 같이 평하고 있다.

　　내가 언젠가 시골의 촌로에게서 들은 말인데 '산 고추냉이를 심어둔 곳에는 반드시 게가 그것을 먹으러 온다'는 것이다. 이 句를 지은 이는 이 사실을 알고

고 있으므로 그 이유를 물어보니 바늘을 만들기 위해서라고 답하였는데 이백이 이 대답을 듣고는 반성하며 다시 돌아가 열심히 공부했다는 磨杵成針의 고사와 같은 의미를 담고 있다.
36) '구아와세'(句合)란 '左'와 '右'로 두 팀으로 나누어 각각 훗쿠(發句)를 한 구씩 읊고 심사위원이 이를 판정하여 우열을 가리는, 일종의 문학 경연대회이다.
37) '구아와세'에서 심사위원이 판정하면서 평가를 하는 말을 '한시'(判詞)라고 한다.

구를 지은 듯하다. 게다가 句作의 기법이 교묘해서 '게가 산고추냉이를 먹으러
와 있는 나무 잔 가지를 베어내는 도끼 소리'라는 표현에 두보의 시구 '나무 베는
소리 쩡쩡 울려 퍼지는데 산은 오히려 적막하다'고 한 뜻이 담겨 있다.[38]

바쇼는 이 判詞에서 두보의 "伐木丁丁山更幽"을 인용하여 산푸의 구를
높이 평가하고 있는데 그것은 이 구가 두보 시구의 역설적 묘미를 함축하고
있기 때문이다. 주변이 시끄러울 때는 나무 베는 소리쯤은 묻혀 버리기 쉽
다. 그러나 주위가 고요한 경우에는 작은 소리도 크게 들린다. 그러므로 두
보 시구는 나무 베는 소리를 들어 역설적으로 산속의 고요함을 강조하고자
한 것이고 산푸의 구가 바로 그 핵심을 포착했다고 보아 바쇼가 칭찬을 한
것이다.

이로 볼 때 바쇼가 말하는 '伐木丁丁'은 『시경』보다는 두보의 시구에 토
대를 둔 것임을 알 수 있다. 그러나 '벗을 찾아간다'고 하는 두보 시의 궁극
적 주제와는 무관하게, 그 벗이 은거하는 곳의 주변 환경 즉 '깊고 고요한
산속'이라는 공간적 모티프만 차용했다는 것도 확인할 수 있다.

바쇼의 작품에서 '伐木丁丁'의 모티프가 수용되어 있는 또 다른 텍스트
는 기행문 『들판에 뒹구는 해골』 '요시노'(吉野) 산 부분이다.

> 홀로 요시노산 깊은 곳에 들어가니 그야말로 산이 깊고 흰 구름은 산봉우리에
> 겹겹이 걸쳐 있다. 안개비가 자욱하게 골짜기를 메우고 있는데 벌목꾼이나 숯
> 굽는 사람들의 집이 곳곳이 조그맣게 보인다. 서면에서 나무 찍는 소리는 동면으
> 로 울려 퍼지고 여기저기 산사에서 들리는 종소리는 마음 깊숙이까지 스며든다.
>   (밑줄은 필자)[39]

---

38) "予, 日外かた田舎の老夫の語りしを聞くに, わさびうへ置くかしこに必ず蟹來てこれを
    喰ふと. 此作者此事をしるや. しかも其作工にしてかにが爪木の丁丁たるひびき, 山更に幽
    也." 松尾芭蕉, 「評語」, 『芭蕉文集』(杉浦正一郎·宮本三郎·荻野清 校注, 岩波書店, 1959
    ·1962), 299~300쪽.

이 부분에 수용된 '伐木丁丁'은 앞에서 언급한 判詞의 연장 선상에서 이해할 수 있는 것으로 '고요하고 깊은 산'을 묘사하는 서술의 한 부분을 이루고 있다. 그러나 判詞에서 언급한 '벌목정정'은 '고요함'을 강조하기 위한 포일(foil)[40]로 작용하는 것에 비해, 위 인용 구절에서는 '흰 구름' '안개비' '조그맣게 보이는 집' '산사의 종소리' 등과 더불어 깊은 산의 풍경을 구성하는 한 요소가 될 뿐 역설적 기법의 묘미는 발견할 수 없다. 요컨대 이 구절은『시경』<벌목>이 보여 주는 '벗을 찾는' 모티프나 두보 시가 구현하는 역설적 기법과는 무관하게, 단지 그 구절의 표면적 의미-나무 찍는 소리-만 차용해 왔을 뿐인 것이다.

요약하면『시경』<伐木>이나 두보의 시구에서 '伐木丁丁'은 '깊은 산'과 '벗' '우정'의 주지를 조합한 표현인데 윤선도의 경우는 이 두 의미 요소를 모두 수용한 반면, 바쇼는 '깊은 산'의 요소만 선택적으로 수용했다는 차이를 보인다.

6. "令人發省深"의 예

이 시구는 두보의 <遊龍門奉先寺>의 한 구절로 윤선도의 <海村朝烟>과 바쇼의 기행문『鹿島詣』-혹은『鹿島紀行』-에 수용되어 있다. 편의상 두보의 시와 바쇼의 기행문의 해당 부분을 먼저 인용해 보도록 한다.

---

39) "獨よし野のおくにたどりけるに、まことに山ふかく、白雲峯に重り、烟雨谷を埋ンで、山賤の家處々にちいさく、西に木を伐音東にひびき、院々の鐘の聲は心の底にこたふ"『松尾芭蕉集』, 292쪽.

40) 포일(foil)이란 주인공(혹은 어떤 사물)의 좋은 점을 더 돋보이게 하는 인물(혹은 다른 사물)을 가리키는데 예를 들어 '놀부'는 '흥부'의 선함을 돋보이게 하는 포일의 구실을 한다.

已從招提遊	이미 다른 절에서 노닐다가
更宿招提境	또다시 절집에서 잠을 자네
陰壑生靈籟	북면 골짜기에서는 바람 소리 일고
月林散清影	달빛 쏟아지는 숲속 나무 그림자 일렁인다
天闕象緯逼	하늘을 찌르는 산봉우리는 별에 닿아있고
雲臥衣裳冷	구름 속에 누우니 옷은 차갑다
欲覺聞晨鐘	잠깨려 할 쯤 들려오는 새벽 종소리
<u>令人發深省</u>	사람으로 하여금 깊은 반성을 하게 하는구나

(<遊龍門奉先寺>)[41]

낮부터 비가 끊임없이 내려 달은 볼 수 없을 것 같았다. 전에 곤본사(根本寺)에서 살았던 화상께서 속세를 피해 다시 이곳으로 돌아와 머물러 계신다는 말을 듣고 방문하여 이곳에서 묵게 되었다. '사람으로 하여금 깊이 성찰하게 한다'고 두보가 읊었다던가 하는 것처럼 잠시 마음이 청정해졌다. (下略) "절에서 묵으며/ 진실한 얼굴이 되어/ 달구경하네."[42]

위 인용은 1687년 8월 바쇼 나이 44세 때 행해졌던 가시마(鹿島) 여행을 기록한 기행문『鹿島詣』의 일부를 발췌한 것이다. 1687년, 가시마의 곤본사에 돌아온 붓초(佛頂) 화상으로부터 달구경하러 한 번 오라는 편지를 받은 바쇼는 소라(曾良)와 소하(宗波)를 데리고 달구경 겸 가시마 神宮 참배 겸해서 스님을 방문하게 된다. 인용문에서 달은 中秋의 보름달을 가리킨다. 사실 이날 날이 흐려 달을 보지 못했으나 달구경을 하는 것으로 설정하여 하이쿠[43]를 읊었다.

---

41)『杜詩詳註』제1권.

42) "ひるよりあめしきりにふりて, 月見るべくもあらず. ふもとに, 根本寺のさきの和尚, 今は世をのがれて, 此所におはしけるといふを聞て, 尋入てふしぬ. すこぶる人をして深省を發せしむと吟じけむ, しばらく淸淨の心をうるににたり. (下略) <寺にねて/誠がほなる/月見哉>"『松尾芭蕉集』, 305쪽.

43) 和尚이 와카를 읊고 뒤를 이어 바쇼가 '桃靑'이라는 俳名으로 두 구의 하이쿠를 읊었으

위의 예에서 두보 시 제8구와 바쇼 하이분에 인용되어 있는 부분을 비교해 보면 원문 그대로를 인용하지 않고 일본어로 풀이하여 인용하고 있음을 본다. 둘의 공통점은 '깊은 산중의 절'을 배경으로 하고 있으며 그 절에서 묵는 동안 마음이 경건해지고 자신을 깊이 성찰하게 되었다는 내용으로 전개되고 있다는 점이다. 그러나, 구체적으로 사람을 깊이 성찰케 하는 동인은 두보 시의 경우 '새벽녘의 종소리'인 반면 바쇼 하이분에서는 경건한 절의 분위기로 나타나 있는데 그 절이 청정한 느낌을 주는 그곳에 도가 높은 붓초 선사가 머물고 있기 때문이다. 붓초 스님과 그가 머무는 산사는 환유 관계에 놓이므로 결국 바쇼가 사람으로 하여금 반성을 하게 하는 대상이라고 여기는 존재는 '붓초 스님'이 되는 셈이다. 즉, 바쇼의 마음이 청정해진 직접적 동인은 붓초 선사라 할 수 있다.

한편 위 하이분의 경우 두보의 시구가 산문 서술뿐만 아니라 하이쿠에도 차용되어 있다는 점에 주목할 필요가 있다. 두보의 동일 시구를 빌려 오면서도 산문 서술에 있어서는 원문의 내용에 변형을 가하지 않은 채 가나로 번역하여 인용하고 있는 반면, 하이쿠의 경우는 '진실한 얼굴이 되어'와 같이 생략과 응축이라는 변형의 절차를 거치고 있음을 본다. 그리하여 두보 시구의 모티프만 빌려와 새롭게 재생산하는 양상을 보인다. 이것은 텍스트 길이가 어느 정도 확보되어 있는 산문과 그렇지 못한 하이쿠의 문학 양식의 차이에서 비롯된 것이라 할 수 있다.

윤선도의 경우 "令人發深省"이라는 구절이 인용된 것은 <海村朝烟>이다. 이 시는 <次鄭子羽韻 詠黃閣老松棚八景>이라는 제목하에 '八景'을 읊은 3편의 연작 차운시44)들 중 하나이다.

며 바쇼를 수행했던 소라와 소하도 각각 한 구씩 하이쿠를 읊었다.

44) 두 번째, 세 번째 차운시는 각각 '再次' '又次'라는 제목하에 '八景'이 읊어져 있다. 해당 시구는 '又次' 중 다섯 번째 景을 읊은 것이며, 여기서 읊어진 '팔경'은 이 '海村朝烟' 외에 '金剛爽氣' '大屯嵐光' '東峰霽月' '西嶺落照' '城門暮角' '前郊農歌' '後溪水聲'이 있다.

村壚烟起曉溪潯　　연무 이는 마을에 새벽 시냇가
看此令人發省深　　이를 보니 사람을 깊이 성찰케 하네
如火始燃今更驗　　불이 처음 타오르는 것 이제 다시 징험하는 듯
初生一縷竟千林　　처음에 한 가닥이더니 마침내 온 숲에 번지네[45]

(밑줄은 필자)

위 시는 바닷가 마을의 새벽에 안개가 피어오르는 모습을 그린 것이다. 두보 시 구절은 제2구에 인용되어 있는데 여기서 '사람으로 하여금 깊이 성찰케 하는' 대상은 바닷가 마을의 새벽 풍경이다. 그 대상이 두보의 시에서는 '절의 종소리', 바쇼의 글에서는 '붓초 선사'이던 것이 윤선도의 경우는 크게 변화를 보이고 있다. 다시 말해 두보나 바쇼의 경우 '절' '스님' 등 불교와 관계된 것이었는데 윤선도의 경우는 이와 전혀 무관하게 '바닷가 마을의 새벽 풍경'으로 방향 전환을 하고 있는 것이다. 공간적 배경 역시 두보 시의 '산사'에서 '바닷가 마을'로 바뀌었고 유일한 공통점은 '새벽'이라는 시간적 배경뿐이다.

우리는 여기서 왜 윤선도가 두보의 원 시구가 지니는 불교적 맥락과는 판이한 양상으로 해당 구를 자신의 시에 차용하였는가를 생각해 볼 필요가 있다. 이는 '儒者'로서 불교에 대한 윤선도의 입장과 관련이 있을 것으로 생각된다. 조선시대 유자들은 공식적으로는 유학을 표방하면서도 사적으로는 道家나 佛敎에 호의적인 경우가 많았다. 그러나 그 호의적 태도는 산사를 배경으로 혹은 산사의 풍경을 소재로 하는 시를 짓는다거나 스님들과 교유하면서 그들과 시를 주고받는 정도로 제한되어 있었으며 자신의 시에 심오한 불교적 교리나 교훈을 담아 시의 주제로 삼는 경우는 흔치 않았다. 윤선도 또한 이같은 일반적 범주에서 벗어나지 않는 전형적 유자의 면모를 보여 준다고 할 때, 그가 어떤 山寺나 禪師의 감화로 자신의 내면을 깊이

---

45) 『孤山遺稿』 卷1.

성찰한다고 하는 내용을 피력한다는 것은 유자로서의 정체성이 용납하기 어려웠을 것으로 보인다.

이에 비해 두보나 바쇼는 불교의 외형적 측면-산사, 승려와의 교유 등- 뿐만 아니라 교리나 교훈과 같은 내면적 요소까지를 자신의 작품에 수용하는 것에 전혀 거부감이 없었고 오히려 적극적인 면모를 보였다. 唐代는 도교와 불교가 성행했던 시기였기 때문에 이는 자연스러운 결과라 할 수 있고 바쇼 또한 스스로를 半俗半僧의 존재46)로 인식했던 만큼 불교의 가르침을 자신의 작품에 담아내는 것에 거부감이 없을 뿐만 아니라 오히려 그것을 지향하는 태도를 보인다. 그리하여 두 시인의 경우 자신을 깊이 성찰케 하는 대상으로 절과 붓초 선사를 지목할 수 있었던 것이다.

7. 두보 시구 수용에 있어 윤선도와 바쇼

지금까지 동일한 두보의 시구를 윤선도와 바쇼 두 시인이 어떻게 달리 수용했는가를 살펴보았다. 兩者의 차이를 다음 몇 가지로 요약해 볼 수 있다.

첫째, 윤선도는 두보 原詩 맥락의 의미를 그대로 수용하기보다는 두보 시구의 내용과 반대되는 상황으로 전개시키든가 그렇지 않으면 '伐木丁丁'의 예처럼 세부적인 변화를 주든가, '令人發深省'의 예처럼 완전히 새로운 맥락에 끼워 넣든가 해서 변화를 도모하는 것을 보게 된다. 이에 비해 바쇼는 원시의 의미에 충실하게 그 뜻을 이어받아 자신의 시문에 수용하는 양상을 보인다.

이같은 차이에 대해 다음과 같이 생각해 볼 수 있다. 윤선도는 시조시인으로 유명하지만 그의 본령은 어디까지나 한시문에서 찾을 수 있는 만큼,

---

46) 기행문 『들판에 뒹구는 해골』(『松尾芭蕉集』, 289~290쪽)에서 자세히 기술하고 있다.

기존 고사나 타인의 한시 구절을 인용하는 것에는 전혀 어려움이 없었으므로 주어진 시구를 가지고 자유자재로 내용을 반전시키거나 새로운 맥락에 끼워 넣을 수 있었을 것으로 본다. 이에 비해 바쇼의 경우 한문 구사 능력이 어느 정도인지 확실하게 가늠할 수는 없으나 그는 문학활동에 있어 漢詩文 전문가가 아닌 俳人이었다는 점, 그리고 중국의 한시 문구를 인용할 때 당시 유행한 『고문진보』와 같은 책에서 재인용 하는 사례도 적지 않았다는 점 등으로 미루어 한문에 정통했다고 보기는 어렵다.47) 그러므로 인용할 시구의 내용에 첨삭이라든가 반전을 시도하기보다는 원래 의미 그대로 수용하는 것이 그에게 용이하지 않았을까 추측해 볼 수 있다.

둘째, 시의 전체적인 분위기나 정서 면에서 볼 때 윤선도의 시구에서는 두보 시가 지니는 어두운 '陰'의 정조와 삶의 부정적인 면이 밝고 긍정적인 '陽'의 상황으로 반전되는 것을 보게 된다. 이에 대하여 바쇼는 두보의 '음'의 정서를 그대로 이어받는 양상을 보인다.48) 이런 양상은 특히 "破屋" (<茅屋爲秋風所破歌>)의 예와 "人生七十古來稀"(<曲江二首>·2)의 예에서 뚜렷하게 나타나는데 이는 평생 가난을 모르고 85세까지 장수한 윤선도와 비록 선택적인 가난이지만 평생 유복함과는 거리가 먼 생활을 하면서 51세에 생을 마감한 바쇼의 傳記的 사실과도 무관하지 않다. 실제로 가난한 상황에 처하여 고통을 겪은 사람과 가난이라는 상황을 제3자로서 지켜보는 사람의 입장은 큰 차이가 있을 수밖에 없다. 이런 점은 두보나 바쇼와 달리 윤선도가 어두운 분위기를 밝게 그리고 삶의 부정적인 면을 긍정적으로 전환시킬 수 있었던 한 요인으로 작용하지 않았을까 생각한다.

셋째, 텍스트 리얼리티의 측면에서 두 시인은 차이를 보인다. 윤선도의

---

47) 太田靑丘, 『芭蕉と杜甫』(『太田靑丘著作選』, 櫻楓社, 1992), 73쪽.

48) 이 점은 본서 「'슬카지'와 '와비'(侘び): 윤선도와 바쇼의 美的 世界」에서도 논의한 바 있다.

경우 가난에 대한 경험의 부재로 인해, 고단한 삶과 불우한 현실 속에서 탄생한 두보의 시구를 인용할 때 현장감과 리얼리티가 감소되는 결과가 야기되는 것을 보았다. 게다가 윤선도의 경우 차운시가 차지하는 비중49)이 크다는 점도 리얼리티를 감소시키는 요인이 된다. 어떤 장면을 詩化했어도 자신 직접 경험한 내용이나 소재를 바탕으로 하기보다는 기존의 시를 전제로 한 것이기 때문에 경험이 간접화되는 결과가 야기된다.

한편 바쇼는 방랑시인이라는 별칭답게 평생 끊임없이 여행을 했다. '紀行'과 '幽居'는 그의 삶을 지탱하는 두 개의 축이라 할 수 있는데 특히 '기행'은 와카의 명소인 우타마쿠라(歌枕)를 탐방한다든가 새로운 하이카이의 길을 모색하기 위한 문학적 동기에서 시도된 경우가 많았다. 앞에서 예를 든 작품들 두보의 시구 "國破山河在 城春草木深"(<春望>) "令人發深省"(<遊龍門奉先寺>)의 인용에서 본 것처럼 여행 중 자신이 직접 보고 들은 체험들을 문학작품으로 형상화했기 때문에 윤선도의 시와 비교해 볼 때 현장감과 사실감이 크다는 점을 확인할 수 있었다.

넷째, 윤선도와 바쇼의 사상적 기반 혹은 그들이 활동하던 당대의 분위기에 따라 동일한 두보의 시구를 수용하면서도 각각의 텍스트에서 다른 양상으로 구현되는 것을 살핀 바 있다. 이 점은 "令人發省深"(<遊龍門奉先寺>)의 예에서 두드러지게 드러나는데 윤선도의 시에서는 두보 시에 담긴 '불교적 요소'가 사라지고 전혀 다른 맥락으로 전환되는 것에 비해 바쇼의 경우는 불교적 요소를 그대로 수용하면서 세부적으로 약간의 변화만 가하는 것을 보았다. 이 점은 앞서 언급했으므로 생략하도록 한다.

---

49) 총 378수 중 차운시는 137수로 약 36.2%를 차지한다. 윤선도의 차운시에 관해서는 본서 「한시에서의 상호텍스트성(intertextuality)과 윤선도의 次韻詩」 참고.

윤선도와 바쇼에 있어
'못남'에 대한 인식의 비교

1. 문학에서의 '못남'

'못남'이라는 말은 외양의 不美함을 포함하여 내면적으로 남보다 뒤떨어
지고 부족한 것을 모두 포괄한다. 이 중 이 글에서 다루어질 것은 내면적인
못남에 관한 것인데 이 말은 처세나 대인관계가 서툰 것, 가장이나 신하로
서의 역할을 제대로 하지 못하는 것, 경제적으로 생활능력이 부족한 것, 재
능이나 솜씨가 없는 것 등 넓은 범위에 걸쳐 사용되며 이 의미를 담고 있는
한자로는 愚, 不敏, 拙, 迂闊, 無能, 無才 등이 있다. 이 중 내적인 '못남'을
가리키는 대표적인 한자 '拙'은 '巧'의 반대로, '못나다' '뒤떨어지다' '계산에
둔하다' '약삭빠르지 못하다' '서투르다' '무능하다' '쓸모없다' '곤궁하다' '불
우하다' '융통성 없다' '둔하다'는 뜻을 지닌다.[1] '못난 존재'로 인식되는 대
상은 자신이나 타인 등 사람뿐만 아니라 사물을 포함하며 때로는 '증오' '탐
욕'과 같은 추상적 속성 자체가 대상이 되기도 한다. 사람들이 대상을 '못난
존재'로 인식하는 계기와 기준은 모두 다르지만 그 대상이 자기 자신일 때
기준은 더 엄격해지기 마련이다. 특히 내적 성찰의 경향이 강한 문학가들은

---

1) 김민수 편, 『우리말 어원사전』(태학사, 1997).

자신의 못난 점을 더 깊이 인식하는 경향이 있으며 시문에 이를 표현함에 있어 액면 그대로 부정적 의미로 사용하는 것이 아니라 그것에 높은 가치와 의미를 부여하는 경우도 적지 않다는 점에 주목할 필요가 있다.

이 글은 주로 내면적인 못남을 중심으로 윤선도와 바쇼가 자신들을 비롯하여 대상의 '못남'을 어떻게 인식하고 이를 시문에 어떻게 표현하는가를 비교하는 데 목표를 둔다. '못남'에 관한 인식의 문제를 두고 이 두 시인을 비교하는 것은 杜甫의 '拙' 개념이 공통적으로 개재해 있다는 판단 때문이다. 본서 「두보와 '拙'의 미학」에서는 두보 시에서의 '졸'의 의미범주를 개인의 성격의 부정적 측면을 나타내는 경우(제1부류), 긍정적 의미가 부가된 경우(제2부류), 미적 含意를 지니는 경우(제3부류)로 구분하였는데2) 윤선도와 바쇼의 경우에도 자기 자신과 여타 대상의 '못남'을 표현함에 있어 '拙'이라는 말이 특별한 함의를 지니면서 사용되고 있어 주목을 요한다.

이 글에서 '못남'의 개념을 두고 두 시인이 어떻게 인식·표현하는가를 비교 검토해 봄에 있어 '못남'이라는 基底意를 지닌 다양한 표현들 중 '拙'에 1차적 관심을 두지만 그 외에 愚, 不敏, 拙, 迂闊, 無能, 無才, 촌스러움, 투박함 등과 같은 표현도 함께 검토하고자 한다. 그리고 바쇼의 경우 하이카이(俳諧)나 하이쿠(俳句)와 같은 시보다는 하이분(俳文)이나 서간, 평어 등 산문을 대상으로 하고자 하는데 그 이유는 하이카이의 長句-5/7/5구-나 短句-7/7구-, 하이쿠와 같은 운문은 표현이 최소화된 극단적인 短詩 형태를 취하고 있어 '못남'에 대한 인식내용이 잘 드러나지 않기 때문이다.

2. 윤선도에 있어 두보의 '拙'의 수용과 '못남'의 표현

먼저 '拙'이라는 말로써 '못남'을 표현한 예를 살피기로 한다. '拙'이라는

---

2) 자세한 것은 본서 「두보와 '拙'의 미학」 참고.

말은 拙稿, 拙作, 拙僧 등 문학인을 포함한 많은 사람들이 자신을 겸허하게 표현할 때 흔히 사용되지만 두보의 경우 자신의 처지나 성격 등을 묘사하는 말을 넘어 보편성을 지닌 용어로 발전시키는 양상을 보인다는 점을 논한 바 있다. 윤선도의 시문을 보면 '못남'의 인식 대상이 주로 자신의 처지·성격·처세태도 등이고 이를 '拙'이라는 말로써 표현하는 예가 많아 두보의 경우와 큰 차이가 없음을 발견할 수 있다. 윤선도 시문에서의 '졸'의 용법은 그가 얼마나 두보를 그 자신의 삶의 거울로 하려 했는가, 바꿔 말해 두보로부터 얼마나 큰 영향을 받았는가를 말해 주는 결정적 단서가 된다.

> (1) 신이 일전에 杜甫의 '拙로써 나의 도를 지켜 나가며("用拙存吾道") 한적하게 삶으로써 物情에 접근한다"라고 하는 시구를 인용하였는데, 어느 승지가 이를 싫어해서 標를 붙여 돌려보내고 고치도록 했습니다. 신이 이를 고치지 않고 다시 올렸더니 네 번 올려서 네 번 다 물리침을 당했습니다.[3] (이하 밑줄은 필자)

여기서 윤선도가 언급하고 있는 두보의 시는 <屛跡三首·2>[4]이다. 이 시구를 네 번씩이나 올렸다고 하는 인용문의 내용을 통해 두보 및 두보의 '졸'이라고 하는 가치가 윤선도의 삶에 있어 중요한 좌표가 되었음을 감지할 수 있다.

아래의 예들은 윤선도에게 있어 '졸'이 어떤 개념으로 사용되는지를 보여준다.

> (2) 재주 있고 건강한 사람으로 하여금 백성을 기르고 나라를 부강하게 하며,

---

3) "臣之頃日疏章 用杜甫用拙存吾道幽居近物情之語 一承旨惡之附標還退而令改 臣不改更呈四묘 四却矣.「再疏」,『孤山遺稿』卷3·上. 이하 서명은 생략하고 제목과 권수만 표기하기로 한다.

4) 全文은 다음과 같다. "用拙存吾道 幽居近物情 桑麻深雨露 燕雀半生成".

무능하고 병든 사람("拙者病者")으로 하여금 산에 들고 바다를 밟고자 하는
뜻을 지키게 한다면 (「供辭」, 卷5·下)5)

여기서 '才'와 '拙', '健'과 '病'이 대를 이루고 있는 것으로 보아 '졸'은 자
구적 의미 즉 '재주 없고 무능하다'는 뜻으로 사용된 것임을 알 수 있다.
이는 두보의 '졸'의 용법 중 제1부류, 즉 부정적인 의미로 사용한 예에 해당
하는 것이다.

(3) 行行忽憶去年約　　머뭇머뭇 걸으며 지난 언약 생각하고
　　暮宿茅山處士室　　날 저물어 모산 처사 댁서 묵는다
　　茅山處士何所爲　　처사님 요샌 무얼 하시오 하니
　　杜門讀書人謂拙　　문닫고 글만 읽으니 남들은 어리석다 한다오
　　　　　　　　　　　　　　　　　　　　　　　　(<南歸記行>, 卷1)

이 시구에서는 "杜門讀書"를 '졸'로 규정하고 있는데 "杜門"이라 함은
바깥세상을 향해 난 문을 닫아거는 것, 세상 사람과의 접촉을 끊는 것을
말한다. 그러나 이 말이 "讀書"와 조합을 이룰 때는 단지 문을 닫아거는
행위만을 가리키는 것이 아니라, '세상 돌아가는 이치에 어둡다'는 의미로
확장된다. 왜냐면, '책을 읽는' 행위는 현실적인 것에 대한 비현실적인 것,
구체적인 것에 대한 추상적인 것, 실제와는 거리가 먼 이론적인 것, 변화에
둔감한 행위로 인식되기 때문이다. 그러나 한편 그것은 고상하고 가치 있는
선비 본연의 일로 간주되기도 하기 때문에 '문을 닫고 책을 읽는다'는 것은
세속의 이해타산에 눈을 돌리지 않고 자기 본연의 길을 꿋꿋하게 걸어가는
자세를 의미하기도 한다. 이 시구에서 윤선도가 '茅山處士의 집에서 묵어

---

5) "使才者健者 爲生聚敎訓之謀 使拙者病者 守入山蹈海之志則…"「供辭」는 1638년(인조
16년 戊寅年) 4월에 고산이 자신의 행동을 해명하기 위해 낸 진술서이다.

간다'는 표현을 통해 두 사람이 매우 가까운 사이임을 짐작할 수 있으며,
이로 미루어 남들은 부정적인 의미의 '졸'로써 처사를 평가하지만 윤선도는
긍정적인 의미의 '졸'로 그를 높게 평가하고 있다는 것을 알 수 있다. 즉,
모산 처사의 태도를 자신의 것과 동일시하고 있다고 볼 수 있는 것이다.
이러한 '졸'의 용법은 두보의 시 <自京赴奉先縣詠懷五百字>에서 자신을
稷과 契에 견주어 간접적으로 '졸'에 가치를 부여하는 양상과 매우 흡사하
다고 하겠다.6)

(4) 吾非海隱非山隱　　나는 산이나 바다에 숨은 隱者는 아니지만
　　山海平生意便濃　　평생 산과 바다에 뜻이 깊었네
　　<u>用拙</u>自違今世路　　인생살이 서툴러 지금 세상과는 어그러졌고
　　幽居偶似古人蹤　　조용히 살다보니 우연히 옛사람의 자취를 닮아간다네
　　　　　　　　　　　　　　　　　　　(<次韻寄韓和叔>, 卷1)

지금 세상과 어그러진 이유가 자신의 '졸'한 처세 때문이라고 서술하는
이면에서, 우리는'바로 그러한 까닭에 古人들처럼 한적하고 여유 있는 삶을
살 수 있다'고 하는 反語的 목소리를 들을 수 있다. 이는 앞서 상소문에서
그가 인용한 두보의 시구 "用拙存吾道 幽居近物情"을 염두에 둔 것이라
고 생각하며, 이같은 반어적 어법은 두보 시에서 제2부류의 '졸'의 용법, 즉
긍정적 의미가 부가된 경우에 근접해 있다는 것을 발견하게 된다.

　한편, 윤선도의 시문에서는 '못남'의 내용을 '졸' 아닌 다른 말로 표현하는
예가 많이 발견된다.

(5) 저는 타고난 성질이 <u>어리석고 천하여</u>("愚下") 세상살이가 뜻 같지 않고
　　　　　　　　　　　　　　　　　　　　　　　　(「供辭」, 卷5·下)7)

---

6) <自京赴奉先縣詠懷五百字>(『杜詩詳註』 제4권)의 해당 부분은 다음과 같다. "杜陵有布
　衣 老大意轉拙 許身一何愚 竊比稷與契."

(6) 世棄我實愚　　세상이 버린 것은 나 실로 어리석은 탓인데
　　我笑谷名愚　　우습구나 골짜기 이름도 '愚'라네
(<己卯仲春初三日~>, 卷1)

(7) 吾事固非時　　나의 일이 실로 시절과 어긋났음을
　　汝知吾不知　　그대는 아는데 나는 알지 못했구나
　　讀書不及汝　　책을 읽었어도 그대에게 미치지 못하니
　　可謂天生癡　　타고난 바보라 해야 할 듯하구나 (<戲贈路傍人>, 卷1)

(8) 憐我牢癡違世路　　세상사와 어그러진 바보를 그대는 동정하고
　　愛君標格出風塵　　풍진을 벗어난 의젓한 그대를 나는 사랑했소
(<次韻寄呈松坡居士 辛卯>, 卷1)[8]

위 네 예는 '愚'와 '癡'를 써서 자신의 못남을 표현한 것들인데 그 못남으로 인해 '세상살이가 뜻대로 되지 않고 세상이 나를 버렸으며 시절과 어긋나게 되었다'는 내용을 피력하고 있다. 이 예들에서 '愚'와 '癡'는 자구대로 '못남'을 의미하며 여기에 긍정적 의미는 부가되지 않아 두보의 '졸'의 용법 중 제1부류로 분류될 수 있다.

(9) 敢許宏材扶大廈　　감히 큰 재목이 되어 큰 집 떠받들까도 했지만
　　自安蹇劣臥幽居　　못난 것을 편히 여겨 외딴곳에 살고 있다네
(<和李政丞 三首>·1, 卷1)[9]

위 예에서 "蹇劣"은 '둔하고 못나다'라는 뜻으로 일반적으로 많이 쓰이는 '拙劣'과 바꾸어 쓸 수 있는데 잘 쓰이지 않는 표현을 사용한 것이 눈에 띠

---

7) "身賦性愚下行世齟齬."
8) 여기서 송파거사는 李海昌을 가리킨다.
9) 여기서 李政丞은 당시 珍島에 유배되어 와 있던 白江 李敬輿를 가리킨다.

며 이는 윤선도 漢詩文의 한 특징으로 지적할 수 있다. 이 예문 첫 행에서의 "大廈"는 '큰 집'을 뜻하는데 여기서는 '대궐'을 가리키며 따라서 '감히 큰 재목이 되어 큰 집 떠받들까' 했다는 것은 '벼슬길'에 뜻을 두었다는 의미이다. 이 예를 통해 우리는 자신의 '못남'에 긍정적 의미를 부가하여 결국 이로 인해 '時俗에 물들지 않고 살 수 있음'("幽居")을 다행으로 여기는 윤선도의 속마음을 읽어낼 수 있다.

> (10) (a)신이 비록 천하여 보잘것이 없기는 하지만("下無狀") (b)어렸을 적부터 학문을 수강하여 바로 愛君憂國을 군자의 사업으로 여기고 다만 奉公安民을 신하의 직무로 여긴 나머지, 이해를 가리지 않고 내딛거나 물러서고, 화복을 따지지 않고 나아가거나 그만두었으며 발언인즉 목숨을 내걸고 할 말을 다 하고 행신인 즉 앞뒤를 가리지 않고 엎치락뒤치락하면서 나이 젊고 벼슬할 만한 때에도 이 세상에 적응을 못 한 채 외로운 길만을 걸어왔습니다.
>
> (「再疏」, 卷3·上)10)

여기서 윤선도가 자신의 성품을 묘사하는 데 사용하고 있는 '천하여 보잘 것이 없음'("下無狀") 역시 '못남'에 대한 또 다른 표현으로서 '拙'의 변주적 어법이라 할 수 있다. 이 인용문을 편의상 (a)와 (b) 두 부분으로 나누어 보면 자신이 '보잘것없다'고 한 (a)부분과 '보잘것없음'의 구체적 내용을 서술한 (b) 사이에 톤의 괴리가 있음을 발견하게 된다. 표면상으로는 못났다고 하면서 사실상 자신의 성품에 긍지를 지니고 있음을 확인할 수 있는 것이다. 결국 못남을 언급한 (a)부분은 (b)를 강조하기 위한 先抑後揚의 수사법에 기초해 있다고 할 수 있으며 두보의 '졸'의 용법 중 제2부류에 해당하는 것으로 분류할 수 있다. 이상 (5)~(10)에서의 '못남'에 대한 윤선도의

---

10) "臣雖下無狀 自少講學 便以愛君憂國爲君子事業 直以奉公安民爲人臣職務. 不擇利害爲前却 不計禍福 爲趍捨 發言則匪舌是出 惟躬是瘁 行身則相道不察 七顚八倒 年少之日强壯之時 不能爲斯世也 只任踽踽凉凉."

자기인식의 내용은 '못난 성품 탓에 처세가 서툴고 세상과 어긋나게 되었다'
는 것으로 요약된다.

'못남'의 내용을 '졸'이 아닌 다른 어휘로써 나타내는 용례는 특히 우리말
의 아름다움을 최대한으로 부각시켰다고 하는 그의 시조 작품들에서 두드
러진다.

(11) 내 일 망녕된 줄을 내라 ᄒ야 모롤손가
  이 ᄆᆞᆷ 어리기도 님 위ᄒᆞᆫ 타시로쇠
  아ᄆᆡ 아ᄆᆞ리 닐러도 님이 혜여 보쇼셔   (<遣懷謠·二>)[11]

(12) 산수간 바회 아래 뛰집을 짓노라 ᄒ니
  그 모론 ᄂᆞᆷ들은 웃는다 ᄒᆞ다마ᄂᆞᆫ
  어리고 햐암의 뜻에ᄂᆞᆫ 내 분인가 ᄒ노라   (<山中新曲> 중)

(13) 내 셩이 게으르더니 하늘히 아ᄅᆞ실샤
  人間 萬事를 ᄒᆞᆫ 일도 아니 맛뎌
  다만당 ᄃᆞ토리 업슨 江山을 딕희라 ᄒ시도다   (<山中新曲> 중)

(11)의 '어리다'는 '어리석음'을, (12)의 '햐암'은 '鄕闇'의 한글표기로 '시
골에 있어 사리에 어둡고 어리석은 사람'을 뜻한다. 여기에 (13)의 '게으른
성품'까지 더하여 모두 '못남'의 내용을 구체적으로 나타낸 한글 표현들이라
할 수 있다. 윤선도는 이같은 자신의 성격 및 처신이 님-임금-을 위하는
마음 때문에(11), 자신의 분수에 맞기 때문에(12), 그리고 江山을 지키라는
하늘의 뜻에 따른 것(13)이라고 토로함으로써 액면 그대로의 '못남'이 아닌
긍정적 의미를 부가하고 있다. 이는 두보 시에서의 '졸'의 용법 중 제2부류
에 해당한다고 할 수 있다. 시조의 초·중장에서 이런 부정적 표현을 씀으로

---

11) 이하 인용하는 시조 작품은 『孤山遺稿』 卷6·下에 실려 있다.

써 자기비하를 하고 있는 것처럼 보이지만, 종장에서 이를 긍정적 가치로 전환시킨다는 점에서 예 (10)과 같은 先抑後揚의 수사법에 기반해 있다고 할 수 있다.

이상의 예들에서 (2)와 (5)~(8)은 두보 졸의 용법 중 제1부류로, (3)(4)와 (9)~(13)은 제2부류로 분류할 수 있다. 제1부류든 제2부류든, 한자표현이든 한글표기든 간에 그 내포와 용법은 두보의 경우와 별 차이가 없으며 자신의 처지를 두보와 동일시하고 그를 닮고자 하는 염원에서 두보의 '졸'의 정신을 그대로 계승하였음을 알 수 있다.

그러나, 한편으로 차이점도 발견된다. 두보의 경우 '졸'이 개인성을 여과시켜 보편성을 획득하는 데까지 나아가고 있는 반면, 윤선도의 경우는 보편적 미감으로 발전하지 못하고 개인적 차원에서 자신의 성품의 부정적 측면을 묘사하거나(제1부류) 이를 합리화하기 위하여 '졸'과 그 변주적 표현에 긍정적 가치를 부여하는 용법(제2부류)에 머물고 있는 것이다. 이는 윤선도가 '졸'의 미감 자체에 의미를 부여하기보다는, 두보를 닮고자 하는 열망에서 그의 삶의 좌표가 되었던 '졸'의 정신을 받아들여 자기 삶과 처세의 지표로 삼은 것이 아닌가 하는 추정을 낳는다.

또 다른 차이점으로서 '拙'을 비롯한 각종 '못남'의 표현들에서는 老莊的요소, 특히 『道德經』과 『莊子』의 '大巧若拙'[12]의 개념은 함축되어 있지 않다는 점을 들 수 있다. 두보의 시에서 '졸'이라는 말이 미적 함의를 지니게 되는 과정에는 반악의 <閑居賦>에 사용된 '졸' 개념이 1차적 원천으로, 노장의 담론에서의 '졸' 개념이 2차적 원천으로 작용하고 있음을 규명한 바 있다.[13] 그런데 윤선도의 시문에서 '졸'을 비롯한 '못남'에 관계된 다양한 표현들 중 이 '大巧若拙'의 '拙' 개념으로 사용된 예를 발견할 수 없다는

---

12) 『道德經』 45장, 『莊子』 「胠篋」.
13) 본서 「두보와 '拙'의 미학」 참고.

것은 윤선도에 있어 '졸'이 하나의 미감·미적 경험으로서 보편화된 개념이
아닌, 단지 자신의 못남을 표현하는 말, 도덕적 가치나 삶의 좌표 혹은 처세
의 태도를 가리키는 개념에 머무르고 있음을 말해주는 근거가 된다.

　여기서 한 가지 짚고 넘어가야 할 점은 윤선도가 '졸'의 정신을 수용함에
있어 반악의 <한거부>의 영향이 개입해 있는지 아니면 두보에 의해 걸러
진 '졸' 개념만을 수용하고 있는지에 관계된 것이다. 無能者의 처세를 말하
는 데 쓰이는 '周任言'이 그 한 단서가 될 수 있다. 주임의 격언은 원래『論
語』「季氏」篇에 나오는데14) 반악은 <한거부>에 이를 인용하여 자신의 拙
함을 말하는 데 사용하였다. 이로부터 '潘生拙'과 '周任言'은 후세의 문인들
이 자신의 무능함을 내세워 벼슬에서 물러나고자 할 때의 명분이 되어 왔
다. '周任言'에 관한 윤선도의 문구와 반악의 <한거부> 중 '나는 진실로 쓸
모가 적고 재능도 뒤떨어지니 주임의 격언을 받들 뿐, 감히 능력을 펴서
벼슬에 나아가고자 한다면 아마도 이 누추한 몸을 보전할 수 없을 것이다.
더욱 어찌 옛 현인들의 明哲保身에 견줄 수 있으랴'라는 구절15)을 비교 검
토해 보면, 그 유사성이 금방 드러난다.

　　(14) 저는 타고난 성품이 어리석고 천하여 세상살이가 뜻과 어긋나고, 한 번 벼
　　　　슬한 뒤부터는 내직에 있으면 번잡스러운 말이 있고, 외직에 나가면 비방이
　　　　쌓여, 서로 일컫는 잘못을 뉘우치지 않는 바 아니나, 오히려 뜻을 고칠 수
　　　　없으니, 이것은 곧 주임이 말한 不能者입니다. 　　　(「供辭」, 卷5·下)16)

---

14) 周任은 옛날의 어진 史官인데 그의 격언이란 곧『論語』「季氏」篇의 아래 내용을 말한
　　것이다. '孔子曰 求周任有言曰 陳力就列 不能者止 危而不持 顚而不覆扶 則將焉用彼相
　　矣.'(공자께서 말씀하시기를, "求야! 주임이 말하기를, '능력을 펴서 대열에 나아가고 능히
　　할 수 없는 경우에는 그만두라.'고 하였으니, 위태로운데도 붙잡지 못하며 넘어지는데도
　　부축하지 못한다면 장차 저 相-도와주는 신하-을 어디에다 쓰겠느냐?"고 하셨다.)
15) "信用薄而才劣 奉周任之格言 敢陳力就列 幾陋身之不保 尙奚擬於名哲." 본서 「두보와
　　'拙'의 미학」에서 언급한 <한거부> 참고.
16) "身賦性愚下 行世齟齬 一自筮仕之後 在內則有煩言 補外則有積謗 非不悔相道之不察 而

그러나 제가 처신하고자 하는 바는 감히 옛사람의 높은 뜻에 부합하려는 것이 아니라, 다만 주임이 말한 대로 '힘을 다하여 반열에 나아가다가 할 수 없으면 그만둔다'라는 것입니다.   (「答人書」, 卷4)[17]

이는 윤선도에 있어 '졸' 개념 형성에 있어 반악의 직접적 영향을 상정할 수 있는 한 근거가 된다.

윤선도에 대한 반악의 직접적 영향의 또 다른 근거로서 '재주있는 사람은 조정에, 무능한 사람은 산과 바다에'라고 하는 이원적 발상을 들 수 있다. 앞서 인용한 예문 (2)의 "使才者健者 爲生聚敎訓之謀 使拙者病者 守入山蹈海之志"를 아래 <한거부>의 구절과 비교해 보면 이 유사성이 쉽게 드러난다.

지금은 준걸이 관직에 있고 백관 모두가 직무에 모자람이 없는 때이니 세상살이에 서툰 사람은 榮達에의 소망을 끊어야 한다.[18]

'무능한 사람은 산과 바다에'라는 직접적 언급은 없지만, '정치적 영달에의 욕망을 버려야 한다'고 하는 말은 '정치일선에서 물러나야 한다'는 것을 의미하고 儒家的 맥락에서 물러나는 공간은 묵시적으로 '자연'을 가리킨다.

이외에 동시대의 다른 시인에 있어 '졸'이라는 말이 어떻게 사용되고 있는가를 살피는 것 또한 한 단서가 될 수 있다. 송강 정철과 노계 박인로의 예를 보자.[19]

猶不能改其所操 則此正周任所謂不能者也."
17) "然弟之所處 非敢窃附於古人之高義也. 周任所謂 陳力就列 不能者止者也." 周任에 관한 것은 「供辭」에도 나온다.
18) 본서 「두보와 '拙'의 미학」에서 언급한 <한거부> 중 단락(4) 참고.
19) 여기에 제시한 예들은 董達, 『韓國漢詩分析索引-松江·蘆溪·孤山作品을 中心으로-』(太學社, 1995)에 의거함.

· 謀生計<u>拙</u>敢求全　　생계를 도모하는 건 서툴건만 감히 온전함을 구한다네
· 終當守吾<u>拙</u>　　길이 <u>拙</u>을 지켜 가리라
· 閉門生太<u>拙</u>　　문을 닫아걸고 <u>拙</u>하게 살아간다
· 行藏聊守<u>拙</u>　　벼슬에 나아가나 물러나나 오로지 <u>拙</u>을 지킬 뿐

(이상 정철의 예, 밑줄은 필자)

· 甘心守<u>拙</u>無塵慮　　기꺼이 <u>拙</u>을 지켜 마음에 티끌이 없다네
· 窮巷蕭條甘守<u>拙</u>　　가난한 살림살이 스산하지만 기꺼이 <u>拙</u>을 지켜 간다

(이상 박인로의 예)

이 예들에서 보다시피 '拙' 개념을 표현함에 있어 반악의 '養拙'보다는 도잠의 '守拙'에 더 의존하고 있음이 드러난다. 물론 이것이 송강이나 노계가 반악의 <한거부>를 접하지 않았다는 증거는 되지 못하지만, 우리는 여기서 도잠의 영향을 더 크게 감지할 수 있다. 이와 비교할 때 윤선도의 경우는 '用拙' 쪽을 선호하고 있어 반악으로부터의 영향을 추정케 한다.

이상을 종합해 보면, 반악의 <한거부>는 두보를 비롯한 수많은 후세의 시인들이 질곡 많은 벼슬살이에서 물러날 때, 혹은 처세에 서툰 성격 탓에 정치적 영달을 이루지 못했을 때의 자위의 변이나 명분 내지는 처세의 방편을 제시하는 길잡이 역할을 한 것이라 할 수 있다. 윤선도의 경우 두보로부터의 영향이 더 큰 비중을 차지하기는 하지만 그 역시 반악의 직접적 영향권 안에 있던 시인 중의 하나라고 생각된다.

3. 바쇼에 있어 두보의 '拙'의 수용과 '못남'의 표현

바쇼의 경우도 두보나 윤선도와 마찬가지로 '못남'의 인식 대상이 주로 자신의 성품, 능력, 처세방식에 집중되는 양상을 보인다. 그리고 '못남'의 인식과 표현에 두보의 '拙' 개념이 개입해 있음을 감지하게 된다. 두보와의

연관성이 윤선도의 경우에 비해 덜 직접적이고 덜 명시적이기는 하지만 아래의 예들을 통해 추정이 가능하다.

> (15) 슬픔이나 쓸쓸함은 말할 필요도 없고 가을이라고 하면 다소나마 내 마음의 한 자락을 표현할 수 있을 것이라 생각했지만 그것도 나의 詩的 기량이 부족함("心匠の拙なき")을 깨닫지 못한 데서 비롯된 생각인 듯하다. 아와지섬(淡路島)이 손에 잡힐 듯이 보이고 스마(須磨)와 아카시(明石)의 바다가 좌우로 나뉘어 있다. 두보가 <登岳陽樓>에서 '오나라와 초나라가 동과 남으로 나뉘어 있다'("吳楚東南坼")고 읊은 풍경도 이곳과 같았을까? 박식한 사람이 보았다면 여기저기 명소를 떠올려 이곳을 그곳에 견주어 봤을 것이다.
>
> (『궤 속의 소소한 글』)[20]

이것은 1687~1688년 사이 바쇼 나이 44~45세에 쓰여진 기행문의 일부로 위 예문에서 '心匠'은 마음속으로 시를 구상하는 것을 가리킨다. '가을'이라는 계절에 마주하여 시심이 고양되고 이를 한 편의 句로 잘 표현해 낼 수 있을 것 같았는데 이는 자신의 시적 기량이 부족한 것을 미처 생각지 못한 데서 비롯된 것임을 말하고 있다. 자신의 詩才가 모자란 것을 표현하는 데 '拙'이라는 말을 사용하고 있는데, 여기서 주목할 것은 시적 능력이 '拙'한 자신에 대비되는 존재로 杜甫를 등장시키고 있다는 점이다. 시심을 고양시키는 상황 속에서 '두보는 저렇게 인구에 회자되는 훌륭한 시를 읊었는데 拙한 나는 그렇지 못하다'는 생각이 문장 이면에 자리하고 있는 것이다. 위 예문은 바쇼의 '拙'의 용법 혹은 의미요소가 두보로부터의 영향이라는 것을 직접적·명시적으로 드러내지는 않으나 바쇼가 자신의 시적 재능의

---

20) 『笈の小文』, "かなしさ, さびしさいはむかたなく, 秋なりせば, いささか心のはしをもいひ出べき物をと思ふぞ, 我 心匠の拙なきをしらぬに似たり. 淡路島手にとるやうに見えて, すま・あかしの海右左にわかる. 吳楚東南の詠もかかる所にや. 物しれる人の見侍らば, さまざまの境にもおもひなぞらふるべし." 『松尾芭蕉集』, 329쪽.

부족을 표현하는 데 '拙'이라는 표현을 사용하면서 두보를 염두에 두었다는 점만은 분명하다. 이때의 '졸'은 두보의 용법 중 제1부류 즉 자신의 못남을 못남 그 자체로 인식하는 부정적 의미에 해당한다.

바쇼가 시인으로서 못난 자신을 나타내는 말로 '拙'을 사용한 예는 다음 인용에서도 발견된다.

> (16) 달을 보면 쓸쓸함을 느끼고, 내 신세를 생각하면 쓸쓸함을 느끼고, 자신의 拙함("拙き")에도 쓸쓸함을 느낀다. 누가 만일 내게 안부를 묻는다면, '쓸쓸함 만을 씹고 있을 뿐이네'라고 대답하련만 누구 한 사람 묻는 이가 없다. "쓸쓸 한 달빛/ 홀로 사는 사람의/ 奈良茶와 노래."   (「쓸쓸한 삶」 詞書)21)

여기서 필자가 '拙함'으로 번역한 원어 "拙き"는 '쓰타나키'(つたなき)라고 읽으며 '서투르다' '졸렬하다' '변변찮다' '어리석다' '무능하다' '운수가 나쁘다' '불운하다'의 뜻을 갖는 단어이다. 위 인용 산문 부분의 원문에서 '와비'("わび)라는 말은 '쓸쓸하게 여기다'22)라는 뜻의 타동사로 사용되었는데 그 목적어가 되는 대상들은 '맑은 달빛' '자신의 신세' 그리고 '자신의 拙함'이다. 여기서 '자신의 신세'와 '拙함'이 구체적으로 어떤 내용을 가리키는가를 파악하는 데 있어 말미의 하이쿠가 중요한 단서가 된다. 보통 하이분은 작시 동기 등을 설명하는 산문이 있고 그 뒤에 하이쿠가 배열되는 것이 기본을 이루는데 하이쿠는 산문의 내용을 요약·함축하는 양상을 띤다.

말미의 하이쿠를 산문으로 풀어 설명해 보면 '쓸쓸한 느낌을 줄 정도로 맑은 달빛을 보며-혹은 달빛 아래에서- 홀로 나라차를 마시며 노래를 읊조

---

21) "月をわび、身をわび、拙きをわびて、わぶと答へむとすれど、問ふ人もなし。<侘てすめ月侘齋がなら茶哥>"『松尾芭蕉集』, 408쪽.

22) '와비'라는 말에는 단순히 '쓸쓸하다'는 뜻 이상의 의미가 함축되어 있어 이 글에서는 '쓸쓸하게 여기다'로 번역하였다.

린다'는 내용이라 할 수 있다. '齋'는 隱棲者에게 붙여지는 雅號[23]이므로 하이쿠 원문의 "侘齋"는 '쓸쓸하게 홀로 사는 사람' 즉 바쇼 자신을 가리킨다고 볼 수 있다. 이로 볼 때 산문에서 '와비'의 대상이 되는 세 요소 중 '자신의 신세'는 '隱者처럼 홀로 사는 신세'를 가리킨다는 것을 알 수 있다.

한편 산문에서의 세 번째 와비의 대상인 '자신의 拙함'을 이해하는 데는 하이쿠의 '나라차'와 '노래'가 실마리가 된다. '奈良茶'는 茶뿐만 아니라 차에 쌀을 넣어 끓인 죽같은 음식인 '奈良茶飯'까지도 포함하는데 이것은 조미료라고는 오직 소금만이 들어간 초라한 먹거리로서 원래 나라 東大寺나 興福寺의 스님들이 먹던 음식에서 유래한다. 그러므로 '奈良茶'는 가난하고 儉朴한 삶을 대변하는 요소라 할 수 있다. 그리고 '맑은 달빛 아래서 홀로 나라차를 마시면서 읊조리는 노래'는 앞뒤 문맥으로 미루어 가난하고 혼자 살면서 짓는 노래이기 때문에 '남에게 자랑할 만한 훌륭한 것'이기보다는 '부족하고 변변찮고 서툰 것'을 의미했을 때 더 자연스러울 수 있다고 본다. 바쇼는 이처럼 거친 나라차와 서툰 시-또는 서툰 시를 쓰는 자기 자신-에 대한 총괄적 표현으로 '拙'이라는 단어를 사용하고 있는 것이다. 즉, '경제적 무능으로 인한 가난'과 '詩的 재능이 부족하여 보잘것없는 시를 쓰는 자신'을 '拙'로 나타내어 그것을 쓸쓸하게 여긴다는 것이 바로 "拙きをわびて"에 담긴 眞意라 할 수 있다.

그렇다면 이 경우의 '拙'은 단순히 '서툼' '보잘것없음' '무능함'과 같은 부정적 내용만을 의미하는 것일까. 이때의 '拙'의 용법은 '와비'("わび)라는 특별한 의미를 지닌 어휘와 어우러짐으로써 (15)의 예와는 다른 성격을 띠게 된다는 점을 놓치면 안 될 것이다. '와비'(わび)는 바쇼의 문학에서 특별한 의미를 갖는 미의식으로 '가난'과 '한적함'을 동반하는 쓸쓸한 정조를 바탕으로 성립된다.[24] 앞서 나라차는 단출하고 소박하며 소금만 넣은 맛없는

---

23) 復本一郎, 『芭蕉俳句16のキーワード』(東京:日本放送出版協會, 1992), 15쪽.

먹거리로서 가난에 대한 표상으로 이해할 수 있다고 했는데, 관점을 바꾸어 생각하면 맛에 대한 모든 군더더기를 배제하고 최소한의 것만을 남겨놓은 '단순함'과 사치스러움에 대비되는 '검소함'의 미덕을 지닌 음식으로 볼 수도 있다. 따라서 '맑은 달빛' '단순소박의 미덕을 지닌 나라차'와 어우러지는 '서툰 시'는 단지 부정적인 의미로서의 함량 미달의 시라기보다는 화려한 기교와 수식을 가하지 않은 조촐한 시의 의미로 이해하는 것이 타당할 듯하다. 예 (15)의 경우와는 달리 긍정적 시각이 반영된 것으로 두보의 '졸'의 용법의 제2부류에 해당하는 것으로 분류할 수 있다.

아래의 예에서 보이는 '拙'의 용법 또한 긍정적 의미를 띤다는 점에서 예 (16)과 비슷하다.

(17) 곰곰이 지나온 세월 못난 나 자신("拙き身")의 허물을 생각해 보니 한때는
벼슬길에 나가 주군을 모시는 처지를 부러워하기도 했고 또 언젠가는 佛門에
들어 승려가 될까도 생각했으며 정처 없는 여행길을 떠나 風雲에 몸이 시달리
기도 했다. 꽃과 새에 마음을 빼앗기고 한동안은 그것이 나 자신의 삶의 방편
이 되기까지 했기 때문에 결국은 무능하고 재주도 없으면서("無能無才にし
て") 오직 이 하이카이 한 길에 매여 왔던 것이다. 詩作에 苦心하느라 백낙천
은 오장이 상하고 두보 또한 몸이 쇠약해졌다고 한다. 현명하고 어리석으며
詩才가 있고 없는 차이("賢愚文質の等")는 있지만 인간은 누구라도 幻影과
같은 삶을 사는 것뿐이라고 생각하고 자리에 눕는다.   (「幻住庵記」)[25]

이 「幻住庵記」는 바쇼의 산문 중에 백미로 꼽히는 것으로 1690년 그의

---

24) 이에 대해서는 본서 「'슬카지'와 '와비' : 윤선도와 바쇼의 美的 世界」 참고.

25) "つらつら年月の移り來し拙き身の科を思ふに, ある時は仕官懸命の地をうらやみ, 一た
びは佛籬祖室の扉に入らむとせしも, たどりなき風雲に身をせめ, 花鳥に情を勞じて, しば
らく生涯のはかりごととさへなれば, つひに無能無才にしてこの一筋につながる. 樂天は
五臟の神を破り, 老杜は瘦せたり. 賢愚文質の等しからざるも, いづれか幻の住みかなら
ずやと, 思ひ捨てて臥しぬ."『松尾芭蕉集』, 504쪽.

나이 47세에 쓰여진 것이다. 바쇼가 쇼몬(蕉門)의 일원인 교쿠스이(菅沼曲水)의 백부의 소유였던 幻住庵에 들어가 과거를 돌아보며 자신의 삶을 총괄적으로 써 내려간 것이 바로 이 글이다. 바쇼는 이 글에서 자신의 허물로 네 가지를 들고 있다. 벼슬에 뜻을 두었던 것(①), 승려가 되고자 했던 것(②), 정처 없이 여행길을 떠나곤 했던 것(③), 그리고 재주도 없으면서 하이카이 한 길에 매진해 온 것(④)이 그것이다.

이 글에서 주목할 점은 거론된 네 가지의 허물이 동등하게 같은 비중을 지닌 것은 아니라는 사실이다. 한때 벼슬에 뜻을 두었던 것이 가장 큰 허물이고 순서대로 비중이 작아진다. 끝까지 半僧半俗의 신분으로 살아왔고 하이카이 風雅의 길을 모색하고자 평생을 떠돌아다녔던 바쇼의 생을 생각할 때 한때 승려가 되고자 했던 것이나 정처 없는 여행길을 떠나곤 했던 것을 바쇼가 정말 자신의 허물이라고 여겨 이렇게 서술했다고는 생각하기 어렵다.

특히 네 번째 바쇼가 '무능무재함에도 불구하고' '하이카이 한 길에 매진해 온 것'을 허물로 들고 있는 부분에 대해서는 좀 더 면밀한 고찰이 필요하다. 두 부분으로 분절해 볼 때 하이카이 한 길에 매진해 온 것은 긍지를 가질 만한 것이되 '무능무재함에도 불구하고'라는 조건이 전제되어 있기에 바쇼는 이것을 허물로 치부하고 있는 것이다. 허물로서는 이 네 번째 것이 가장 작은 허물이라 할 수 있으나 글의 맥락과 서술의 분량으로 볼 때 이 항목이 가장 큰 비중을 차지한다. 앞의 세 가지 허물은 네 번째 것을 기술하기 위한 밑거름이며 전체 서술은 이 네 번째 것으로 집약되는 양상을 보인다. 이렇게 보는 이유는 앞의 세 가지와는 달리 자신의 무능무재함을, 詩作을 위해 몸을 헤쳐가면서 고심을 한 백낙천과 두보의 일화로까지 확대하여 서술하고 있기 때문이다.

여기서 나아가 바쇼는 '賢愚文質'이라는 표현을 통해 두 시인의 '현명함'과 자신의 '어리석음', 그리고 두 시인의 '詩才'("文")와 자신의 '鈍才'("質")를 대비시키고 있다. 이처럼 바쇼는 시인으로서 자신의 못남을 표현하는 데

無能無才·愚·質라는 말을 사용하고 있다. 그리고 이 글 첫 부분 '못난 자신'("拙き身")에서의 '拙'은 네 가지 허물에서 비롯된 자신의 못남 및 無能無才·愚·質 등의 의미요소를 총괄하면서 특히 시인으로서의 못남에 큰 비중을 두고 사용한 말이라고 할 수 있다.

이 경우 자신의 '못남'에 대한 총괄적 표현으로서의 '졸'은 (16)의 예와 마찬가지로 못남, 열등함 자체에 머무는 것이 아니라 긍정적인 방향으로 선회하게 되는데 그 결정적 계기가 되는 것이 '하이카이 한 길에 매진'해 온 자신의 삶에 대한 고백이다. 정말로 시인으로서 무능무재하다고 확신을 했다면 그 길에 총력을 기울일 수는 없었을 것이기 때문에 '무능무재'나 '졸'이라는 말을 액면 그대로 받아들일 수는 없는 것이다. 이 글을 통해 바쇼가 드러내고자 한 진의는 벼슬길에 나아가기엔 처세가 서툴고 승려가 되기엔 깨달음의 그릇이 작고 시적 재능도 부족하여 '拙'하기 그지없지만 그래도 하이카이 한 길만을 보고 걸어온 자신에 대한 긍지라고 할 수 있다.

앞의 몇 예를 통해 알 수 있듯 바쇼에 있어 '졸'의 용법은 '못남'의 의미요소들 중 특히 시적 기량의 부족을 강조하는 데 사용되는 경향이 있다. 그러나 '拙' 외에 바쇼가 자신의 詩才의 부족을 표현하고자 할 때 '無能無才' 혹은 여기서 글자만 약간 바꾼 단어를 사용하는 예가 다수 발견된다.

> (18) 한동안은 출세를 하는 일에 뜻을 두기도 했으나 하이카이가 방해가 되어 하지 못했고 한때는 佛道를 배워 어리석음을 깨달아가는 일을 생각해 보기도 했지만 역시 하이카이 때문에 뜻을 버렸다. 결국은 무능하고 재주도 없으면서 ("無能無藝") 이 하이카이 한 길에 묶여왔던 것이다.
>
> (『궤 속의 소소한 글』序)26)

---

26) "しばらく身を立むことをねがへども, これが爲にさへられ, 暫ク學で愚を曉ン事をおもへども, 是が爲に破られ, つひに無能無藝にして只此一筋に繫る."『松尾芭蕉集』, 311쪽.

여기서는 '無能無才'가 '無能無藝'로 바뀌는 등 표현에 약간의 변화가 있을 뿐 핵심 내용은 예문 (17)과 동일하다. 앞에서 언급했듯이 (17)에서는 네 가지 허물을 이야기하면서 네 번째 허물 즉 위 (18)의 내용에 중점을 두었다는 점을 주목해 보아야 한다. 예 (17) 「幻住庵記」는 바쇼에게 있어 人生白書와 같은 성격을 띠는 글로 평소 자신이 깊은 관심을 가졌거나 가치를 두고 있는 문제들을 중심으로 서술한 것이라는 점을 감안하면 (17)과 중복되는 위 (18)의 내용이야말로 바쇼 삶의 핵심을 이루는 부분, 환원하면 바쇼의 자기인식의 핵심을 이루는 부분이라 할 수 있다. 하이카이 시인으로서의 자신을 '무능하고 재주가 없는' 사람으로 묘사하고 있지만 '못남'에 대한 이같은 표현 이면에는 그 한 길을 걸어온 자신에 대한 긍지가 엿보인다는 점에서 (17)과 차이가 없다.

(19) 애초에 기행문이라고 하는 것은 紀貫之·鴨長明·阿佛尼 등이 文才를 발휘하여 旅情을 곡진히 써 내려간 이래 그 후는 모두 비슷비슷해져 선인들이 이루어놓은 것을 개선하고 새롭게 하지 못하고 있다. 하물며 나처럼 우둔하고 재능도 부족한 사람("淺智短才")이 쓴 것이라면 도저히 미칠 수가 없는 것이다.　　　　　　　　　　　　　　　　　　　(『궤 속의 소소한 글』)27)

(20) 송나라의 두 시인 徐佺과 王道人에 관한 것은 黃山谷의 시에 나오는 것으로 기억하네만 한 편의 시에 두 사람의 이름을 거론하는 것은 유감이라 여기기 때문에 왕도인 대신 어느 한 사람을 따로 인용하고 싶소. 하지만 수중에 참고할 만한 책이 없고 더욱 재주도 없는 사람("無才")이라 찾아볼 만한 의지처도 없으니 이분들에 관한 자료 그대의 힘을 빌리고 싶구려.
　　　　　　　　　　　　　　　　　　　　　　　　（「去來宛書簡」)28)

---

27) "抑, 道の日記といふものは, 紀氏·長明·阿佛の尼の, 文をふるひ情を盡してより, 餘は皆俤似かよひて, 其糟粕を改る事あたはず. まして淺智短才の筆に及べくもあらず."『松尾芭蕉集』, 313쪽.

28) "除老·王翁が事は山谷の口の方に有之かと覺申候. 一連の詩に二人の名をとる事無念に

(19)는 바쇼의 여행 및 기행문에 대한 생각이 잘 나타나 있는 기행문『궤속의 소소한 글』의 일부이고 (20)은 바쇼가 제자인 무카이 교라이(向井去來)에게 보낸 편지의 일부다.

예 (17)과 (18)이 '못남'의 표현에 긍정적 의미를 담고 있는 경우라면 (19)와 (20)은 액면 그대로 무능함을 뜻하고 있고 긍정적 가치에 부여되었다는 단서는 발견되지 않아 두보의 '졸'의 용법 세 가지 중 제1부류에 해당하는 것으로 분류할 수 있다.

지금까지의 예들에서 주목할 만한 부분은 바쇼가 자신의 '못남'을 인식하는 계기나 상황이 두보나 윤선도와는 사뭇 다른 양상을 보인다는 점이다. 두보와 윤선도의 경우 처세가 서툰 데서 오는 여의치 않은 결과에 마주했을 때 자신을 '못난 사람'으로 인식한다는 공통점을 지닌다. 단 두보의 경우는 세상살이에 서툴러 가족들의 생계마저 책임지지 못하는 데서 오는 '가장'으로서의 자책이 큰 부분을 차지하고[29] 윤선도의 경우는 처세가 서툴러 자신의 충직함이 임금의 뜻과 어그러졌다는 데서 오는 '신하'로서의 자책이 큰 부분을 차지한다. 그러나 바쇼의 경우는 家長도 아니고 人臣도 아니기에 타인과의 관계에서 오는 자기인식이 아니라 한 개인으로서의 자기 자신 그 중에서도 '俳人'으로서 자신이 기대에 못 미친다고 생각할 때 못난 사람으로 인식하는 경향이 있는 것이다.

아래의 예문은 시적 재능이 아닌 자신의 성격적인 못남을 '졸'이나 '무능무재' 이외의 말로 표현한 예이다.

(21) 아아, 게으름뱅이 늙은이("物ぐさの翁")여. 평소 사람이 찾아오는 것도 귀

候. 王翁が替り入替度候へ共, 手前一冊之書なし. 尤無才にしてさがすべき便り無御座一候間, 是等の方御力ヲ可被加候."『註解芭蕉書簡集』(阿部喜三男 註解, 東京: 新地社, 1952), 113쪽.

29) 본서「두보와 '拙'의 미학」참고.

찮아서 사람을 만나지도 않고 만나지도 않고 초대하지도 않으리라 몇 번이나 마음으로 다짐을 하지만 달이 든 밤이나 눈이 내리는 아침에는 벗이 그리운 것을 어찌할 도리가 없다. 이럴 때는 혼자 술을 마시며 마음속으로 나 자신에게 말을 건넨다. 일어나 초암의 문을 열고 눈을 바라보기도 하고 또 술잔을 잡고 붓을 들어 글을 쓰다가 흥이 다하면 붓을 던진다. 아아, 미친 것 같은 늙은이여.   (「閑居の箴」)30)

이 글은 1686년 바쇼 나이 43세에 쓰여진 것이다. 여기서 '모노구사'("物ぐさ")란 '매사 귀찮아하는 데서 오는 무력감' '어떤 일에 의욕이 없거나 열심히 하고 싶은 마음이 들지 않는 것' '성질이나 됨됨이가 느리고 야무지지 못한 모양'을 나타내는 말로 한자 '懶' '怠' '惰' '慵' '慢', 한글로는 '게으름뱅이' 정도가 이에 해당한다. 어떤 단어를 취하든 자신의 성격의 부정적인 면 즉 '못남'을 말하는 것이라는 점에서는 차이가 없으나 '매사 게으르고 귀찮아하는 성격'이 번잡한 인간관계에 국한되고 있다는 점에 주목할 필요가 있다. 그리고 이러한 성격으로 인해 자연을 벗삼을 수 있게 되었다는 점을 피력하고 있어 진술의 겉과 속이 다른 반어법(irony)을 취한다는 것이 드러난다. 즉, 겉으로는 자신의 성격의 '못남'을 말하면서 안으로는 자연을 벗삼는 즐거움을 누리게 해 준 '바람직한 동인'을 강조하고 있는 것이다. 문장 말미의 '모노구루호시'("物ぐるほし")는 '제정신이 아닌 것 같다' '미친 것처럼 보이다' '우습게 보이다' '어리석고 시시하게 생각되다'의 뜻으로 한자 '狂', 한글표현으로는 '미치광이' 정도가 이에 해당하는데 이 역시 겉으로는 자신의 '우스꽝스럽고 미치광이 같은 못난 모습'을 말하면서 안으로는 자연과 하나 되는 즐거움을 말하고 있다는 점을 간과할 수 없다.

---

30) "あら物ぐさの翁や. 日比は人のとひ來るもうるさく, 人にもまみえじ, 人をもまねかじと, あまたたび心にちかふなれど, 月の夜, 雪のあしたのみ, 友のしたはるるもわりなしや. 物をもいはず, ひとり酒のみて, 心にとひ心にかたる. 庵の戸をおしあけて, 雪をながめ, 又は盃をとりて, 筆をそめ筆をすつ. あら物ぐるほしの翁や."『松尾芭蕉集』, 434쪽.

이 예문에서 또 한 가지 주목할 점은 '게으름'을 중핵으로 하는 '못남'에 대해서 서술한 이 구절이 두보의 시구에서 다수 발견되는 '懶拙'의 바쇼적 버전이라는 사실이다.

> 我衰更懶拙　늙어갈수록 게으르고 융통성이 없어져
> 生事不自謀　생계조차 스스로 꾸려나가지 못하네 (<發秦州>, 제8권)[31]
>
> 平生懶拙意　평소 게으르고 세상살이 서툰 탓에
> 偶値棲遁跡　우연히 隱棲할 곳을 만났다 여겼네 (<發同谷縣>, 제9권)

'拙' 못지않게 '懶' 또한 두보가 생활에 무능하고 세상살이에 서툰 자신의 못남을 말하는 데 자주 사용한 시어[32]로 위 두 예에서도 생계조차 꾸려가지 못하고 세상 속에 남들과 섞이지 못해 세상과 떨어진 곳을 찾고자 했던 자신의 모습을 표현하는 데 사용하고 있다. 바쇼 역시 '게으름뱅이'라는 말로써 남들 속에 섞여 어울리는 것이 서툰 자신의 성벽을 표현하고 있는 것이다. 단 두보의 경우 이 말이 자신의 무능함이라는 부정적인 의미 그 자체로 쓰인 것에 비해 바쇼의 경우는 긍정적 의미가 부가되었다는 점에서 차이가 있다.

아래 (22)도 '拙'이나 '無能無才'가 아닌 말로써 자신의 성격적 못남을 말하는 것으로 두보와의 연관성을 상정해 볼 수 있다.

(22) 벗이 없는 것을 벗으로 여기고, 가난한 것을 부로 여기면서 쉰 살의 융통성 없는 남자("頑夫")가 自書하여 스스로의 경계로 삼는다. (「閉關之說」)[33]

---

31) 『杜詩詳註』. 이하 권수만 표기함.
32) 『杜詩詳註』에 '懶'는 총 28회 사용되어 있다.
33) "友なきを友とし, 貧を富りとして, 五十年の頑夫自書, 自禁戒となす." 『松尾芭蕉集』, 546쪽.

위 예문은 1693년 바쇼 나이 50세에 쓰여진 「閉關之說」의 끝부분인데 이 글은 앞에서 예를 든 「幻住庵記」와 더불어 말년의 자신의 심정을 솔직하게 서술한 문장으로 꼽힌다. 이 글에서 바쇼는 자신을 '頑夫'로 칭하고 있는데 이 말은 자구상으로 '융통성이 없고 완고한 남자'를 가리킨다. 그러나 '頑'은 원래 통나무를 뜻하는 '槶'과 통하는 글자로 잘게 쪼개진 나무가 날카로운 것에 비해 통나무는 둔한 속성을 지닌다는 점에서 이 글자는 '鈍' '愚魯'의 의미를 지닌다고 할 수 있다.34) 이로 볼 때 '頑'에는 고집불통이고 융통성이 없으며 고체처럼 딱딱하여 타인과의 타협이 어렵다는 뜻의 '頑固함'과 더불어 '魯鈍' '愚鈍'의 의미가 내포되어 있다고 할 수 있다. '拙'이 '巧'와 대를 이루는 것처럼 '頑'은 '工'과 대를 이루는 글자인데 바쇼가 스스로를 '벗이 없는 것을 벗으로 여기고, 가난한 것을 부로 여기는' 성격으로 묘사한 것에 정확하게 부합하는 표현이라 하지 않을 수 없다. 이는 아래 두보의 시구에서의 '頑'의 쓰임과도 일치한다.

鄕里兒童項領成　　향리의 아이들은 목을 **뻣뻣**이 하고
朝廷故舊禮數絶　　조정의 옛 지인들은 예의를 차리지 않는다
自然棄擲與時異　　나는 자연스레 버려져 세상과 어긋났으니
況乃疎頑臨事拙　　하물며 우활하고 완고하여 일에도 서투름에야
(<投簡咸華兩縣諸子>, 제2권)

인용 구절 끝 행에 사용된 '疏' '頑' '拙'은 공통의 의미를 지니는 글자로 두보가 인간관계에 서툰 자신의 못난 성격을 묘사하는 데 쓰이고 있다. 이는 바쇼가 자신을 '인간관계와 세상살이에 서툰 사람'으로서 '頑夫'라 칭한

---

34) 段玉裁 注, 『說文解字注』(光緖14, 1888년) "(頑)槶頭也. 木部曰槶 梡木未析也. 梡 槶木薪也. 凡物渾淪未破者皆得曰槶 凡物之頭渾全者 皆曰槶頭. 析者銳槶者鈍 故以爲愚魯之偁. 左傳曰 心不則德義之經爲頑."

것과 같은 맥락이라 할 수 있다. 그러나 위 예문을 보면 자신을 '頑夫'라 칭하는 근거가 '벗이 없는 것을 벗으로 여기고 가난을 부로 여기는' 것으로 되어 있어 역설적으로 자신의 태도에 대한 긍지가 담겨 있다는 점을 발견할 수 있다. 이 점에서 예 (22)는 예 (21)과 마찬가지로 두보와 차이를 보이는 부분이라 하겠다.

이상 '못남'을 基本意로 하는 대표적인 한자 '拙' 그리고 '졸'의 의미범주 안에 속하는 '무능무재' '모노구사'("物ぐさ") '頑' 등의 용법을 보았는데 이 예들은 모두 바쇼가 자기 자신을 '못난 사람'으로 인식하고 이를 언어화한 것들이라 할 수 있다. 이에 비해 아래의 예들은 '못남'의 대상이 자기 자신이 아닌 다른 대상으로 확대되는 양상을 보여 준다.

(23) 두 번째로 소도가 「蓑蟲說」에서 도롱이벌레가 아무런 능력과 재주를 지니지 않은 점("無能不才")에 깊이 感心하고 있는 것은 다시 한번 莊子의 마음을 생각해 보라고 한 의도일 것이다. (「'蓑蟲說' 跋」)[35]

(24) 마음속에 아무것도 없는 것을 존귀하게 여기고 능력도 없고 지식도 없는 것("無能無智")을 최상으로 여긴다. 정해진 거처도 없고 草庵 하나도 가지지 않는 것은 그다음으로 존귀하다. (「移芭蕉詞」)[36]

(23)은 1692년 바쇼 나이 49세에 쓰여진 것으로 바쇼의 友人인 야마구치 소도(山口素堂)가 도롱이벌레에 관한 산문 「蓑蟲說」을 쓰고 이에 대하여 바쇼가 跋文을 붙인 것의 일부를 인용한 것이다. 소도는 「蓑蟲說」에서 도롱이벌레에 대해 세 가지를 말하고 있는데 첫째는 이 벌레가 순임금의 환생이라는 것[37] 둘째는 그 벌레가 아무런 장점이 없다는 것, 셋째는 이 벌레가

---

35) "其無能不才を感る事は, 南花の心を見よとなり。"『松尾芭蕉集』, 437쪽.
36) "胸中一物なきを貴(尊)しとし, 無能無智を至とす. 無住無庵又其次也."『松尾芭蕉集』, 534쪽.

'玉虫姬'라는 여인을 사모했다는 것이 그것이다.[38] 바쇼는 소도의 글솜씨를 칭찬하면서 이 세 가지의 내용에 대해 자신의 의견을 곁들였는데 위 인용 구절은 그 두 번째 '도롱이벌레의 쓸모없음'에 해당한다. 소도는 '송충이'는 소리가 곱기 때문에 대나무통에 갇히는 신세가 되고 '누에'는 실을 토해내다가 천한 백성의 손에 죽는다는 것[39]을 말함으로써 도롱이벌레는 아무런 소용가치가 없기 때문에 해도 입지 않는다는 사실을 암묵적으로 시사하고 있다.

(24)는 1687년 바쇼 나이 44세에 쓰여진 것으로 '無能無智'라는 추상적속성의 미덕을 말한 것이다. '마음속에 아무것도 없는 것'은 '아무것에도 집착하는 것이 없다' 혹은 '생각이 없다'는 뜻으로 해석 가능하다. 능력과 지혜, 물질을 소유하는 것이 '잘남'의 산물이라면 무능하고 지혜도 없고 거처조차 변변히 없는 것은 분명 '못남'의 징표라 할 수 있다. 그런데 이 글에서는 이같은 '못남'의 상식적인 기준을 벗어나 그 미덕을 강조하고 있는 것이다.

(23)의 '無能不才'나 (24)의 '無能無智'는 앞서의 '無能無才'의 변주적어법으로 '拙'과 더불어 '못남'을 표현하는 대표적 단어이다. 그러나 '못남'의 대상이 도롱이벌레든 無能無智라고 하는 관념이든 이 표현들은 (17)~(20)의 경우와는 그 성격이 매우 다르다는 것이 드러난다. (17)~(20)에서의 '무능무재'는 두보의 '拙' 개념에 기초해 있는 것임에 비해 (23)과 (24)는 莊子의 '無能'의 개념과 연관되어 있는 것이다.

大公任이 공자에게 말했다. "제가 죽지 않는 道에 대해 말해 보겠습니다. 동해에 이름이 '意怠'라고 하는 새가 있었는데 그 새는 푸드득 푸드득 날기만 해서

---

37) 이같은 발상은 헤이안시대 세이쇼 나곤(淸少納言)의 수필 『枕草子』 50단(東京: 小學館, 1974·1992, 136쪽)에서 온 것이다.
38) 山口素堂,「蓑蟲說」,『風俗文選』(『近世俳句俳文集』, 東京: 岩波書店, 1964), 307~308쪽.
39) 같은 곳.

아무 능력도 없는 것 같았습니다("似無能"). 다른 새가 이끌어 주어야 날며 ⋯⋯
음식을 먹을 때는 감히 다른 새보다 먼저 맛보지 않으며 반드시 다른 새가 먹은
나머지를 먹습니다. 이 때문에 무리의 새들은 그 새를 배척하지 않았고 사람들도
끝내 해치지를 못했으며 이로 인해 환난을 면했던 것입니다. 곧은 나무는 먼저
베어지고 단 샘물은 먼저 마르게 됩니다.40)

  교묘한 사람은 수고롭고 지식이 많은 사람은 근심이 많으나 무능한 사람("無
能者")은 추구하는 바가 없어 배불리 먹고 유유히 노닐며 매이지 않은 배처럼
떠다니면서 마음을 비워 마음껏 노닌다.41)

위 두 예문은 『莊子』에서 '無能'의 미덕에 대해 서술한 부분을 발췌한
것인데, 첫 번째 것은 소도와 바쇼가 도롱이벌레의 무능을 논한 예 (23)과,
두 번째 것은 無思·無所有의 가치를 언급한 예 (24)와 그 내용이나 논조가
거의 일치한다. (23)이나 (24) 모두 쓸모가 있는 것, 유능한 것이 결국 화를
부르고 쓸모없고 못난 것이 保身을 할 수 있는 道라고 설파한 莊子의 생각
에 그 뿌리를 두고 있다고 하겠다.

아래 (25)는 '無能無才' 및 그 변주적 표현들과는 다른 어휘를 사용하여
일반 사물의 '못남'을 표현한 예이다.

(25) 그 술잔은 보통의 것보다 한 뼘은 더 커 보이고 漆器 표면에 금은 가루로
  어설프게("ふつつかなる") 무늬가 찍혀 있다. 도회 사람들은 이런 것은 운치
  가 없다 하여 돌아보지도 않았지만 나에게는 섬세한 기교가 가해지지 않은
  것이 오히려 생각지도 않게 마음에 들어 옥으로 된 자기나 술잔 같은 느낌이
  들었는데 이는 산중의 장소 탓인 듯하다.　　　　　　　　　(『更科紀行』)42)

---

40) "任曰 予嘗言不死之道. 東海有鳥焉 其名曰意怠. 其爲鳥也 翂翂翐翐而似無能 引援而飛
　(中略) 食不敢先嘗 必取其緒. 是故其行列不斥 而外人卒不得害 是以免於患. 直木先伐 甘
　井先竭." 『莊子』「山木」.

41) "巧者勞而知者憂 無能者無所求 飽食而敖遊 汎若不繫之舟 虛而敖遊者也." 『莊子』「列御寇」.

위는 1688년 바쇼 나이 45세에 쓰여진 기행문『更科紀行』의 일부를 인
용한 것이다. 여기서 '후쓰쓰카'("ふつつか, 不束")란 말은 '졸렬함' '못생김'
'사리에 어두움' '불민' '거칠고 투박함' '세련되지 못하고 촌스러움' '완고함'
등의 의미를 갖는 일본어로, '못남'을 대표하는 단어인 '拙'과 그 의미영역이
거의 겹친다. 단 이 경우 '못생김'이라고 하는 외관상의 不美함이 포함된다
는 차이가 있다. 그리고 이 말의 수식을 받는 '마키에'(蒔繪)란 漆器 표면에
금·은 가구로 무늬를 새기는 일본 특유의 공예를 가리킨다.

지금 이 글에서 바쇼가 묘사하고 있는 '마키에'는 세련되지 못하고 투박
한 것으로서 인용 끝부분의 '옥으로 된 자기나 술잔'("碧碗玉卮")은 그 반대
가 되는 것을 가리킨다. 대상이 된 마키에를 다른 사람들은 촌스럽다 하여
돌아보지도 않았지만 바쇼는 오히려 無技巧의 소박함에 더 매료되고 있는
것이다. 우리는 이 인용문 속의 '후쓰쓰카'란 말이 老子와 莊子가 말하는
'大巧若拙'[43]의 '拙' 개념과 흡사하고 '옥으로 된 자기와 술잔'의 아름다움
과 세련됨은 '巧' 개념과 흡사하다는 것을 발견하게 된다.

우리는 (23)~(25)의 예들로부터 바쇼의 '못남'에 대한 인식 및 그 표현이
윤선도의 경우와 다른 점을 발견하게 된다. 윤선도의 경우 '拙' 및 그 변주
적 표현들의 용법이 '老莊'과는 무관하며 潘岳이나 周任[44]의 고사 등을 인
용함으로써 儒家와 친연성을 드러내는 반면 바쇼의 경우는 '無能' '大巧若
拙'[45]과 같은 莊子의 사상으로부터의 영향이 크게 드러난다. 이는 바쇼가

42) "世の常に一めぐりも大きに見えて, ふつつかなる蒔繪をしたり. 都の人は, かかるものは
風情なしとて, 手にも触れざりけるに, 思ひもかけぬ興に入りて, 碧碗玉卮の心地せらるも
所がらなり."『松尾芭蕉集』, 335쪽.
43) '大巧若拙'은 노자가『道德經』45장에서 처음 언급한 것이지만 장자 또한『莊子』「胠篋」
에서 이에 대해 논하였다.
44) 周任에 관해서는 주 14) 참고.
45) '大巧若拙'은 노자가『道德經』45장에서 처음 언급한 것이지만 장자 또한『莊子』「胠篋」
에서 이에 대해 논하였다.

사상의 측면에서 장자의 영향을 가장 크게 받았다는 사실로 미루어 볼 때 자연스러운 결과라 할 수 있다.

4. 두 시인에게 있어 '못남'에 대한 인식의 차이

'자신의 못남 때문에 세상과 어긋나게 됐다'는 생각은 윤선도나 바쇼에게 있어 공통적으로 드러나는 자기인식의 한 부분으로서 이같은 생각의 기저에는 두보의 '졸' 개념이 자리한다는 것을 살폈다. 그리고 '못남'에 관한 표현이 자구 그대로 부정적인 면의 언급으로 그치는 경우, 즉 두보의 '졸'의 세 용법 중 제1부류와 긍정적인 어조로 전환되는 경우 즉 제2부류의 두 면모를 다 보여준다는 점에서도 공통적이다. 또한 '못남'이라는 인식이 자기 자신에게 향할 때 두 사람 모두 융통성이 없는 성격, 서툰 처세 그리고 능력의 부족을 들고 있다는 점도 공통된 요소라 할 수 있다.

그러나 '못남'의 인식 대상과 그 구체적 내용, 표현 등 여러 면에서 두 시인 간에는 다른 점이 많이 발견된다. 먼저 못남의 인식 대상이 무엇인가 하는 점을 볼 때 '자기 자신' '사물', 못남이라는 '추상적 관념'이라는 대상 중 두 시인 모두 자신이 그 대상이 되는 경우가 많지만 윤선도는 '人臣'으로서의 능력 부족을, 바쇼는 '하이진'(俳人)으로서의 시적 재능의 부족을 자신의 '못남'으로 인식하는 경향이 강하다는 차이를 보인다. 이것은 두 사람의 일생, 처한 상황 등에서 비롯된 자연스러운 결과라 할 수 있으며 家長으로서 무능력을 토로하는 두보와 대비되는 점이기도 하다. 또한 '못남'의 인식 대상이 윤선도의 경우는 '자기 자신'에 국한되는 반면 바쇼의 경우는 일반 '사물'에까지 확대되고 있다는 차이를 지니기도 한다.

둘째, '못남'에 대한 인식에 있어 부정적인 태도와 긍정적인 태도 양면을 다 보인다는 점에서는 두 시인 동일하나 윤선도의 경우는 13개의 예 중 제1

부류에 속하는 것과 제2부류에 속하는 것이 거의 동일한 비중을 보이는 것에 비해 바쇼의 경우는 11개의 예 중 (15)와 (19)만 제1부류에 해당할 뿐 나머지는 모두 제2부류에 속하는 것이어서 바쇼에게 있어 '못남'은 궁극적으로 긍정적 가치를 지닌 것으로 전환되는 경향이 있다는 차이를 보인다.

　세 번째로 지적할 것은 두 시인이 어떤 대상의 '못남'을 인식하고 표현하는 과정에 개재해 있는 사상적 원천의 차이다. 두 사람 모두 '못남'의 인식과 표현의 중심에 '두보'의 '졸' 개념이 공통적으로 자리하면서도 윤선도는 潘岳과 周任으로 대표되는 儒家思想이, 바쇼의 경우는 노장 특히 莊子의 '無能' '大巧若拙'의 사상이 '못남'의 개념 형성의 중요한 원천으로 작용한다는 차이를 보인다.

제3부
셋 따로 보기

杜甫論

두보와 '拙'의 미학

1. 문학에 있어서의 '拙'

　어떤 시인의 작품세계를 이해하는 데는 여러 가지 방법이 있지만, 그 시인이 즐겨 쓰는 어휘를 단서로 하여 접근해 들어가는 것도 효과적인 방법이 될 수 있다. 더구나 그 어휘가 그 시인의 성격·주변환경·현실·처지 등에 관계된 것일 때 그 효용성은 더욱 커진다고 할 수 있다. 杜甫의 경우 '拙'이라는 시어가 바로 그에 해당한다.[1]

　두보에 관한 많은 연구 및 전기물이 보여주듯 두보의 삶은 多病, 貧困, 정치적 불우함, 끊임없는 떠돌이생활 등으로 점철되어 있다. 두보는 불우한 자신의 처지가 융통성 없는 성격에서 비롯된다고 생각하였고 시작품 곳곳에서 이를 명백히 토로하고 있다. 두보는 이러한 자신의 성격을 묘사하는 데 '拙'이라는 말을 사용하였던 것이다.[2] '拙'은 이처럼 두보의 부정적 자기인식에서 출발한 언어표현이지만, 이에 머무르지 않고 특별한 삶의 가치나

---

1) 이 말에 처음 주목한 것은 安藤俊六이다. 그는 「'懶'と'拙'」(『杜甫研究』, 東京:風間書房, 1996)이라는 논문에서 이 두 어휘가 두보의 시에서 특히 빈번하게 사용됨을 지적하고 두보 시에서 이 시어들이 지니는 비중·의미 등을 논했다. 본고는 이 연구에 힘입은 바 크다. 그러나 安東俊六의 연구는 두 시어를 비교하는 데 중점을 둔 나머지 두보 시에서의 '拙'의 의미를 충분히 드러내지 못했다고 생각된다.

2) 제목에 쓰인 1용례까지 합쳐 『杜詩詳註』에 이 말이 27회 사용되고 있다.

태도를 함축한 긍정적 의미로 사용되기도 한다. 나아가 이 말은 두보의 시에서 특별한 美的 內包를 지니는 데까지 발전되는 것을 확인할 수 있다. 뿐만 아니라 '質朴' '非人工性' '무기교' 등 '拙' 개념 안에 내포된 의미요소는 '淡' '閑' '自然' '疎野' 등과 같은 후대의 評語·詩品이 형성되는 데 있어 중요한 미적 기반을 제공한다. 따라서 '拙'의 용법을 검토하는 일은 비단 두보의 시세계를 이해하는 데 실마리를 제공할 뿐만 아니라, 몇몇 중요한 시품들의 개념을 이해하는 데도 관건이 된다고 하겠다.

이 글은 이처럼 중요한 의미를 지니는 '拙'이라는 말에 주목하여 두보의 시에서 어떻게 이 말이 사용되는가(2장), 이 말이 두보의 시에서 특별한 의의를 가지고 쓰이게 된 배경에 어떤 영향이 작용하고 있는가 즉 이 말의 美的 원천은 무엇인가(3장)를 검토하는 데 목표를 둔다.

2. 두보에 있어서의 '拙'의 의미범주

두보의 시에서는 '拙'이라는 말이 다양한 의미를 가지고 사용되는데 이를 세 부류로 나누어 살펴보도록 한다. 첫 번째 부류는 字句대로 부정적 의미로 사용되는 경우이고 두 번째는 '拙'이라는 말에 긍정적 가치가 부여되는 경우, 그리고 세 번째는 이 말이 '보편성'과 '美的 含意'를 지니게 되는 경우이다. 이 세 용법을 구체적으로 살펴보기로 한다.

2.1. '拙'의 字句的 用法

원래 '拙'은 '巧'의 반대로, '못나다' '뒤떨어지다' '계산에 둔하다' '약삭빠르지 못하다' '서투르다' '쓸모없다' '곤궁하다' '불우하다' '융통성 없다' '쓸모없다' '둔하다'는 뜻을 지닌 형용사이다.[3] 두보는 시에서 자신을 늙고, 병들고, 융통성이 없으며 현실적으로 무능하여 여기저기 떠돌아다니는 인물로 묘사하곤 하는데, 이는 자구적 의미의 '졸' 개념을 그대로 수용한 것이다.

(1) 楚岸行將老   楚 땅에서 늙어가는 몸이건만
   巫山坐復春   巫山에는 다시 봄이 왔네
   病多猶是客   잦은 병마에 아직도 나그네 신세
   謀拙竟何人   방책에도 궁하니 결국 이 누구겠는가
                          (＜太歲日＞, 제22권, 밑줄은 필자)4)

(2) 計拙百寮下   세상살이 서툴러 벼슬은 맨 말단
                          (＜湘江宴餞裴二端公赴道州＞, 제22권)

(3) 計拙無衣食   생계에 어두워 의식을 마련 못 하고
   途窮仗友生   방도가 궁하여 친구에게 의지해 산다 (＜客夜＞, 제11권)

두보는 예 (1)에서는 자신을 늙고 병들어서까지 나그네 신분을 벗어나지 못하는 사람, (2)에서는 미관말직에나 머물러야 하는 무능한 사람, (3)에서는 생활 대책을 마련 못 하여 知人에게 의탁해야 하는 처지에 놓인 사람으로 인식하고 있음을 보여준다. 여기서 '拙'은 경제적 무능력, 처세의 우활함, 융통성 없는 성격 등 두보가 자신의 부정적인 면을 표현하는 말로 사용되고 있음을 알 수 있다.

이외에도 수많은 작품에서 두보는 자신을 비바람조차 제대로 가리지 못하는 草屋에서 사는 가난한 사람(＜茅屋爲秋風所破歌＞, 제10권), 미관말직에 머물러 백성들의 細利나 헤아리는 신분(＜鹽井＞, 제8권), 老醜한 시골 늙은이(＜醉時歌＞, 제3권), 변변한 벼슬자리 하나 얻지 못하고 나그네 신세가 되어 부잣집이나 기웃거리는 신세(＜奉贈韋左丞丈二十二韻＞, 제1권), 처자

---

3) 김민수 편, 『우리말 어원사전』(태학사, 1997).

4) 본고에서 인용한 두보 시의 원문은 『杜詩詳註』에 의거한다. 이후 제목과 권수만 표기한다.

를 궁핍 속에 내몰고 자식까지도 굶주림과 병으로 죽게 만드는 무능한 사람 (<自京赴奉先縣詠懷五百字>, 제4권) 등으로 묘사한다. 두보는 이같은 암담한 현실이 아부를 못 하고 불의와 타협할 줄 모르는 융통성 없는 성격에서 비롯된다고 생각하고 있는데, 이런 자신의 처지 및 성격을 표현하고자 할 때 즐겨 사용한 말이 바로 '拙'인 것이다.

여기서 한 가지 주목할 점은 자신의 무능력함을 나타내는 '졸'이라는 말이 衰·老醜·白髮·白頭 등과 같은 관련어를 포함한 '老'와 '多病'5) '貧' '客' 등과 함께 쓰이는 일이 많다는 사실이다. 위에 인용한 예 (1)이 그 전형적 예라 할 수 있고 이 외에도 "我衰更懶拙"(<發秦州>, 제8권), "<上水遣懷>, 제22권)6) 등 많은 작품에서 그 예를 찾아볼 수 있다. '老'와 '多病'은 자신의 외모나 신체적 측면, '貧'과 '客'이 현실적 측면에 관한 표현이라면 '拙'은 주로 자신의 내면적 모습 즉 성격을 묘사하는 데 주로 쓰인다. 그러나, 두보는 자신의 불우한 처지-심지어는 老·病 같은 자연현상까지도-가 모두 計拙의 성격 때문에 야기된 것으로 인식한다. 이런 점에서 볼 때 두보에게 있어 '졸'은 1차적으로 자신의 불우한 처지를 포괄적으로 일컫는 말, 다시 말해 모든 불행의 요소를 總攝하는 말로 사용되고 있음을 알 수 있다.

또 한 가지 주목할 점은 제1부류의 용법에서 '拙'이 주로 '計'와 조합을 이룬다는 사실이다. '計'란 생계, 방책, 대책, 계획, 궁리, 계산 등의 의미를 함축한 말로 '졸'이 이 말과 어울려 쓰임으로써 현실적 측면 특히 경제적 대책, 생활방편을 꾀하는 데 있어서의 자신의 무능력을 강조하려는 의도가 숨어 있다고 할 수 있다.

---

5) 두보 평전에 의하면 두보는 폐병, 천식, 학질 등을 앓았으며 이로 인해 早老現象을 보였다고 한다. 이병주, 「杜甫小傳」, 『韓國文學上의 杜詩 研究』(二友出版社, 1979), 12쪽.

6) "我衰太平時 身病戎馬後 蹭蹬多拙爲 安得不皓首".

2.2. '拙'에 긍정적 가치가 부여되는 경우

첫 번째 부류가 개인적 차원에서 '졸'의 부정적 측면을 지시하는 용법이라면, 아래의 예들은 긍정적 가치가 부여된 용법을 보여준다. 이를 제2부류로 분류해 볼 수 있다.

(4) 杜陵有布衣　　두릉에 한 野人이 있어
　　 老大意轉<u>拙</u>　　늙어가면서 世情은 더욱 疏拙해지고
　　 許身一何愚　　자신을 파악함에 어찌 이리도 어리석은지
　　 竊比稷與契　　저으기 나 자신을 稷과 契에 견주어보네
　　　　　　　　　　　　　　　　(<自京赴奉先縣詠懷五百字>, 제4권)

이 시구에서 우리는 자신을 낮추는 듯하면서도 순임금 때의 名臣인 직과 설에 비유하는 두보의 자긍심을 읽을 수 있다. 세정에 소졸한 삶을 살았기에 오히려 직과 설에 견줄 수 있다는 반어적 표현은 두보가 '拙'에 긍정적 의미를 부가하고 있음을 시사한다. 여기서 '세상살이에 서툴다'라든가 혹은 '이해타산에 밝지 못한 것'은 세속적 가치에 영합하지 않는 올곧음, 강직하여 불의와 타협하지 않는 굳건한 자세와 상통한다. 우리는 자신을 '拙'하다고 비하하는 이면에서, 비록 세속적인 출세는 못했지만 평생 직과 설에 부끄럽지 않을 만한 뜻을 가지고 살아왔다는 두보의 자부심을 읽을 수 있는 것이다. 이같은 반어적 톤은 아래의 시구에서도 발견된다.

(5) <u>拙</u>被林泉滯　　拙한 탓에 林泉에 묻혀서
　　 生逢酒賦欺　　하루하루 술과 시부에 속는 삶과 마주한다
　　　　　　　　　　　　　　　　(<夔府書懷四十韻>, 제16권)

'술과 시부에 속아 산다'고 하는 자기비하적 표현의 이면에서 우리는 '졸한 탓에 비록 임천에 묻혀 살기는 하지만 그래도 술과 시부가 있어 삶의

보람이 된다'고 하는 두보의 목소리를 들을 수 있다. 그렇다면, 자연과 술과
시부가 어우러지는 삶은 그의 '拙'한 처세 덕이라는 아이러니가 성립되는
것이다. 여기서 우리는 자신의 '졸'한 처세를 비하하는 듯하면서도 실은 그
에 긍정적 가치를 부여하고 있는 두보의 관점을 확인하게 된다.

2.3. '拙'에 보편성과 美的 含意가 부여되는 경우

아래의 시는 여기서 한 걸음 나아가 '졸'이 개인적 차원을 넘어 '보편성'을
획득하고 있는 양상을 보여 준다. 이같은 용법을 제3부류로 범주화해 볼
수 있다.

(6) 杖藜尋巷晚	명아주 지팡이 짚고 마을 골목으로 나가는 저녁 무렵	
炙背近牆暄	등에 햇볕쬐이는 담장머리 따뜻하구나	
人見幽居僻	남들은 한적한 생활이 너무 궁벽지다 하지만	
吾知拙養尊	나는 拙을 기르는 것의 존귀함을 안다네	
朝廷問府主	조정의 일은 府主에게 묻고	
耕稼學山邨	농사일은 산마을 사람에게 배운다	
歸翼飛棲定	새들은 돌아와 보금자리에 깃들고	
寒燈亦閉門	나도 등불을 끄고 문을 닫는다	(<晚>, 제20권)

이 시는 '졸을 기른다는 것은 매우 존귀한 일인데, 바로 이 궁벽진 곳에서
유거생활을 하기 때문에 그게 가능하다'라고 하는 두보의 생각을 표현하고
있다. 우리는 이 시를 통해 두보가 '졸'에 긍정적 가치를 부여하고 있다는
것을 확인할 수 있다. 나아가 '졸'이 성격, 불우한 처지, 처세 등 개인적 여건
을 가리키는 말로 사용되지 않고, 어떤 보편적 가치를 내포한 말로 사용되
고 있음을 알 수 있다. 그렇다면, 두보에 의해 지지되고 있는 '졸'의 긍정적
·보편적 가치란 무엇일까? 그것은 명예·부·정치적 영달 등 세속적 가치에
영합하지 않고 자기 본연의 성품을 그대로 지켜나가는 것이다. 따라서 '졸'

은 도덕성, 청렴한 생활태도, 인위적 허세가 배제된 고매한 정신세계 등을
지향하는 삶의 좌표가 되고 있는 것이다.

(7) 此邦千樹橘　　이 고장에서는 천 그루의 귤나무를 심어도
　　不見比封君　　封君과는 비교될 수 없다네
　　養拙干戈際　　다만 병란의 와중에서 졸을 길러
　　全生麋鹿羣　　사슴의 무리에 섞여 생을 보존할 뿐
(<暮春題瀼西新賃草屋五首·二>, 제18권)

　처음 두 구에서는 아무리 귤나무를 많이 심는다 해도 부자인 봉군에는
미칠 수가 없음을 말하고 이를 통해, '하물며 세상살이에 서툰 자신은 더
말할 나위가 없음'을 간접적으로 시사하고 있다. 제3구에서는 자신이 할 수
있는 일이 오직 '졸'을 기르는 것뿐임을 말하고 있는데, 우리는 여기서 '졸'
이 전란과 같은 세파 속에서 삶을 보전할 수 있는 明哲保身의 지혜로 격상,
인식되고 있음을 알 수 있다. 두보는 이 시에서 자기 한 개인의 궁핍한 삶을
언급하는 대신 '此邦'에서의 일반적 삶의 양상을 서술함으로써(제1, 2구) '
졸'의 가치를 자기 자신에만 한정시키지 않고 보편적 가치로 확대하고 있는
것이다.

　이처럼 '졸'이 두보 한 개인의 성격이나 처지를 묘사하는 것을 넘어 보편
성을 띤 말로 확장되고 있다는 점은, 이 말이 어떤 특수한 '미적 경험'을
함축한 말로 사용되고 있음을 시사한다. 미학에서 미적 태도란 어떤 대상을
바라볼 때 실제적 목적과는 무관하게 대상을 그 자체로서 감지하고, 지식을
얻는다고 하는 인식적 측면보다는 감각적 경험을 풍부하게 하는 원천으로
서 그 대상을 받아들이는 자세를 말한다.[7] 또한 개인적 감정이나 연민 등

---

7) Paul Edwards (ed.), *Encyclopedia of Philosophy I*(New York: The Macmillan
　Company & The Free Press, 1967), pp.36~38.

주관성에 함몰되지 않은 공평무사한 시선으로 그 대상의 보편적 가치를 포착하는 것8)을 의미하기도 한다. 요컨대 '보편성'은 어떤 경험을 美的인 것으로 인식하게 하는 중요한 요소가 되는 것이다.

> (8) 養拙江湖外　　　강호에서 拙을 기르고 있노라니
> 　　　朝廷記憶疎　　　조정의 기억은 희미해지네 　(<酬韋韶州見寄>, 제22권)

여기서 '拙'은 어떤 특수한 가치개념을 함축한 말로 사용되고 있다. 즉 '조정의 기억'이 세속적 삶을 대변한다면, '拙'은 이에 대응되는 脫俗的 삶의 양식과 밀접한 관계가 있음이 드러난다. '拙'의 가치가 형성되는 공간으로서의 '강호'는 '조정'과 대를 이루며 탈속적 삶을 함축적으로 드러내는 구실을 한다. '拙'이란 말이 자연을 나타내는 '江湖'라는 말과 어울려 쓰임으로써, 개인성을 벗어나서 '脫俗性'이라고 하는 보편적 가치를 나타내게 되는 것이다. 우리는 이로부터 '拙'을 하나의 美感으로 자리매김할 수 있는 근거를 마련하게 된다.

> (9) 度堂匪華麗　　　집을 지을 때 화려한 것을 헤아리지 않았고
> 　　　養拙異考槃　　　拙을 기르는 것 또한 현인의 考槃과는 다르지만
> 　　　草茅雖薙葺　　　풀을 베어 스스로 초가집 지붕을 이으니
> 　　　衰疾方少寬　　　노쇠함과 병마는 오히려 조금 누그러지네
> 　　　　　　　　　　　　　　　　　　　　　　　(<營屋>, 제14권)

여기서 '考槃'은 『詩經』 「衛風」의 한 篇名으로서, 옛 현인들이 자연으로 물러나 산수간에 노닐며 '즐거움을 이루는 것'을 의미한다. 이 시에서 자신

---

8) 이런 태도는 달리 심미적 거리(aesthetic distance), 심리적 거리(psychical distance), 초연함(detach-ment) 등으로 설명된다. 같은 곳.

의 養拙이 옛 현인의 '考槃'과는 다르다고 한 것은, 자신의 삶이 고반의 방식을 표방한다는 것을 완곡하게 표현한 것이다. 따라서 이 말은 '졸'의 미적 내포를 이해하는 데 중요한 단서가 되므로 부연설명이 필요하다.

(10) 考槃在澗   은거하는 집이 시냇가에 있으니
    碩人之寬   옛 현인의 마음이 넉넉하도다
    獨寐寤言   홀로 자고 깨어 말하나
    永矢不諼   길이 이 樂을 잊지 않기로 맹세하도다

(「衛風」, <考槃> 1장)

<考槃>은 총 3장, 각 장 4구로 이루어져 있는데 3장 모두 제1·2구에서 考槃의 위치와 거기 사는 隱者의 마음상태를 서술하고, 3·4구에서는 고반에서의 고독한 삶과 그에 대한 은자의 각오를 서술하는 구조를 지니고 있다. 1장에서는 고반의 삶이 쓸쓸하기는 하지만 그 즐거움을 잊지 않으리라 맹세하고, 2장에서는 그 이상의 즐거움을 바라지 않을 것을, 그리고 3장에서는 그 즐거움을 아무에게도 말하지 않을 것을 맹세하는 내용으로 되어 있다. 朱子는 '考槃'에 대하여 '考는 이루는 것이요 槃은 떠나지 않고 머뭇거리는 것이니, 은거하는 집을 이룸을 말한다.'[9]라고 풀이하고 있다. 우선 고반의 위치가 시냇가("澗", 제1장), 언덕("阿", 제2장), 높은 육지("陸", 제3장)[10] 등 市井과는 떨어진 자연이라는 점에 주목해야 한다. 이 속에서 세속적 가치를 추구하지 않고 사는 현자는 비록 그 삶이 쓸쓸하기는 하지만 마음은 넉넉하고 여유가 있으며 그런 삶을 낙으로 여기고 있다. 그리고 그 이상의 즐거움을 바라는 욕심을 갖지 않는다. 우리는 여기서 無慾淸淨, 無心素朴한 태도를 엿볼 수 있다. 이로 볼 때, 두보가 말하는 '졸'은 바로 이

---

9) "考成也 槃盤桓之意 言成其隱處之室也."『詩傳』(明文堂, 1988), 75쪽.
10) 제2장에서는 '고반'의 위치를 "考槃在阿"으로, 제3장에서는 "考槃在陸"으로 나타내고 있다.

'考槃'의 미적 내포에 근접한 것이라고 봐도 무리가 없다.

아래의 시구에서도 '고반'에 밀착한 '졸'의 개념을 읽어낼 수 있다.

> (11) 用拙存吾道   拙로써 나의 도를 지켜나가며
>   幽居近物情   한적하게 삶으로써 사물의 이치에 접근한다
>   桑麻深雨露   뽕나무와 삼은 비와 이슬에 무성해지고
>   燕雀半生成   제비와 참새는 벌써 반쯤 자랐다
>
> <屏跡 三首·2>, 제10권)

화자의 삶을 묘사한 3·4구로 미루어 1구의 '拙로써 지켜나가는 道'란 부귀영화, 명예, 권력 등과 같은 세속적 가치와는 무관한 것임을 알 수 있으며 이로써 '졸'이 '脫俗的' 미감을 내포하는 개념임을 다시 한번 확인하게 된다. 『杜律集解』에는 첫 두 구에 대하여 '졸을 지키면 마음이 고요하고 안정된다. 그러므로 저절로 도가 보존되는 것이다. 고요하게 사물을 바라보고 유유자적하는 고로 사물의 이치에 근접할 수 있는 것이다.'라고 풀이가 되어 있다.11) 우리는 이 주석을 통해, 여기서 '졸'이 단순소박성, 물욕이나 사심이 없는 虛靜한 마음을 뜻하며, 자연 속에서 유유자적하는 삶은 '졸'의 미를 성취하는 데 없어서는 안될 기본여건이 된다는 것을 확인할 수 있다. 앞에서 예를 든 시구들도 모두 '拙'이 자연에서 길러지는 것임을 말하고 있어 '拙'과 '幽居'의 삶의 형태 사이에 긴밀한 관계가 있음을 보여준다.12)

이상 용례들을 종합해 보면, 자아나 현실에 대한 부정적 인식을 내포한 개인적 '졸' 개념이 미적 가치를 지닌 보편적 개념으로 확장·상승되는 양상을 확인할 수 있다. 위의 시구들에서 한 가지 두드러지는 점은, '졸'이라는

---

11) "守拙靜定 故道自存 靜觀自得 故近物情." 陳學樂 校, 『杜律集解』(臺灣:大通書局, 1974), 134쪽.

12) 두보에 있어서의 '幽居'의 삶과 그 의미에 대해서는 본서, 「두보·윤선도·바쇼에 있어서의 '隱'의 처세」 참고

말이 미적 경험을 나타낼 때 '養' 혹은 '用'이라는 글자와 조합을 이룬다는 사실이다. '기른다' '사용한다'라는 말은 그 행위의 대상이 되는 '拙'이 특별한 가치를 지닌 말로 의미화되게 하는 토대를 제공한다.

지금까지 두보에게 있어 '拙'이 세상살이에 서툴고 이해타산에 빠르지 못한 자신의 성격을 묘사하는 말로부터 긍정적인 가치가 내포된 말로, 다시 개인성을 넘어 보편적 가치·미적 경험을 내포하는 말로 확장되는 양상을 살펴보았다. 미적 경험의 한 형태로서의 '拙'은 두보의 시에서 삶을 온전히 보전케 하는 처세의 방편, 無慾의 도덕성, 자연과 융화된 생활, 탈속적 美感 등의 의미를 총체적으로 함축하는 복합적 미의식으로 자리 잡고 있다고 말할 수 있을 것이다.

그렇다면, 두보의 시에 있어 '拙'의 이같은 미적 함의를 형성시킨 근원은 무엇일까? 그 원천으로서 필자는 潘岳의 <閑居賦>와 노장 특히 老子의 담론에 주목하고자 한다.

3. '拙'의 미학과 그 원천

3.1. 潘岳의 〈閑居賦〉

'拙'은 '養'과 어울려 쓰임으로써 특수한 미적 개념을 내포한 말로 의미의 확장을 이루는데, 이 '養拙'이란 말은 西晉의 문인 潘岳(247~300)의 <閑居賦>13) 중의 "逍遙를 궁구히 하여 拙을 기른다."에서 비롯된다.14) 두보시에서의 '拙'의 용법이 반악으로부터 직접적 영향을 받은 것이라는 사실은 아래의 시구로써도 증명이 된다.

---

13) 『文選』 卷16 「志下」.
14) "終優遊以養拙."

(12) 潘生雲閣遠　　나는 반악과 같아 구름처럼 이어진 高閣과는 거리가 먼데
　　　黃霸璽書增　　그대-劉伯華-는 黃霸처럼 천자로부터 璽書를 받는구려
　　　　　　　　　　　　　　　　　　<寄劉峽州伯華使君四十韻>, 제19권)

(13) 官序潘生拙　　나는 반악처럼 拙하여 벼슬의 서열이 보잘 것 없지만
　　　才名賈傅多　　그대-鄭監-는 貶謫되었어도 賈誼처럼 才名이 높구려
　　　　　　　　　　　　　　　　　　<秋日寄題鄭監湖上亭三首·二>, 제20권)

　　이 시들은 각각 劉伯華와 鄭監에게 보낸 것인데, 상대방을 정치적 영달
을 이룬 黃霸와 才名이 높은 賈誼에 비유하고 자신을 불우한 처지의 반악
에 비유한 점이 눈에 띈다. 이로써 두보가 자신의 처지를 반악과 동일시하
고 있음이 분명해진다고 하겠다.
　　<한거부>는 '拙'의 예찬론이라고 해도 좋을 만큼 '졸'의 성립여건, 이에
기반한 삶의 양상 등을 구체적으로 서술하고 있어 '졸'의 美學的 근거를 제
공한다. 이 작품은 앞부분에 '序'가 있고 그 뒤에 辭가 이어지는데, 반악은
序에서 <한거부>를 짓게 된 배경·경위 등을 서술하고 있다. 이 글에서 '졸'
이라는 말은 序에 6회, 本辭에 2회 등장하는데 한 가지 흥미로운 점은 序에
서는 이 말이 반악 개인의 성품·불우한 처지 등을 부정적으로 묘사하는 데
사용되는 데 반해, 本辭에서는 부정적 어조가 거의 사라지고 긍정적·보편
적 시각에서 졸의 가치를 서술하고 있다는 점이다.
　　序의 내용을 '拙'에 초점을 맞춰 요약해 보면 다음과 같다.[15]

　(a) 네 번씩이나 九卿의 자리에 오른 司馬安을 巧臣으로 보고, 교묘하게 관직을
　　　얻는 것과는 거리가 먼 자신을 '拙'로 묘사, 巧의 반대개념으로 이 말을 사용
　　　하였다.

---

15) 이 단락들은 논의의 편의를 위해 필자 임의로 분절한 것이다.

(b) '정치적 榮達과 零落에는 운이 있다고 하지만, 이를 이루지 못한 나의 처지를 보면 결국은 세상살이에 서툰 것을 증명한다'[16]라고 하여, '拙'을 '처세에 서툰 것'으로 인식하고 있다.

(c) 和長興가 나를 가리켜 '다방면에 쓸모가 많은가 어떤가 하는 관점에서 보면 쓸모가 별로 없는 사람'이라고 했는데, 다방면이라는 말을 감히 감당할 수는 없지만, '쓸모가 없다'고 한 것은 나에게 꼭 들어맞는 말이다.[17]

(d) 지금은 준걸이 관직에 있고 백관 모두가 직무에 모자람이 없는 때이니 세상살이에 서툰 사람은 영달에의 소망을 끊어야 한다.[18]

(e) 이에 자신의 분수에 만족하고 부귀영달을 뜬구름처럼 여기며 逍遙自得한 삶을 살고 있다.[19]

(f) 자연 속에서 밭을 갈고 씨뿌리고 나무 심고 고기잡으며 부모에게 효도하고 형제간에 우애하는 일, 이 모두가 세상 물정에 어두운 사람의 政事이다.

(g) 이와 같은 이유로 한거부를 지어내 심정을 서술하고자 한다.

이어 辭에서는 '閑居'의 내용을 구체적으로 서술한다.

(h) 寧武子나 蘧伯玉 같은 옛 현인들은 나라에 도가 있으면 지혜롭게 행동하고 도가 없으면 물러나 바보처럼 지낸다고 했는데,[20] 나는 도가 있을 때는 벼슬하지 않고 도가 없을 때도 바보처럼 지내지 못했으니 이 얼마나 拙하단 말인가.

(i) 이에 자연으로 물러나 한거하며 逸民이나 마찬가지 신분이 되어 野人처럼 살아간다.[21]

(j) 仁의 도리가 아름다운 마을에 집을 정하고 꽃과 과실나무, 물고기, 온갖 나무들이 어우러진 곳에서 가족 친척과 유유하게 살아간다.

---

16) "雖通塞有遇 抑亦拙者之效也."
17) "和長興之論余也 固謂拙於用多. 稱多則吾豈敢. 言拙信而有徵."
18) "方今俊乂在官百工惟時 拙者可以絶意乎寵榮之事矣."
19) "覽止足之分 庶浮雲之志."
20) 寧武子·蘧伯玉에 관한 얘기는 『論語』 「公冶長」에 나온다.
21) "退而閑居于洛之涘 身齊逸民名綴下士."

(k) 나는 진실로 쓸모가 적고 재능도 뒤떨어지니 周任의 격언22)을 들 뿐, 감히 능력을 펴서 벼슬에 나아가고자 한다면 아마도 이 누추한 몸을 보전할 수 없을 것이다. 더욱 어찌 옛 현인들의 明哲保身에 견줄 수 있으랴.23)

(l) 이에 衆妙를 앙모하여 俗念을 끊고 몸을 마치도록 유유하게 '拙'을 기르고자 한다.24)

요약된 내용을 통해서 드러나듯, 序에서의 '拙'은 주로 '巧'와 반대되는 의미로서 자신의 융통성 없고 세상살이에 서툰 성격을 나타내는 말로 사용되다가, 本辭에서는 반어적 어법을 통해 어지러운 세상에서 자기 몸을 보전하는 처세의 방편을 나타내는 말로 사용된다. 즉, 단락 (h)는 寧武子나 蘧伯玉을 들어 자신의 행동이 그들과 비견될 수 있음을 겸양의 어조로 완곡하게 표현한 것이고, 단락 (k)에서 周任의 말을 받들겠다고 하거나 옛 현인들의 명철보신에 어찌 미칠 수 있겠는가 하고 반문한 것 역시 간접적으로 자신을 그들에게 비기는 완곡어법으로서 이 모두 반어적 수사법에 기초해 있다고 할 수 있다. 따라서 '拙'에 대한 서술이 序에서와같이 부정적 어조를 띠지 않고, 오히려 긍정적 관점에서 이루어지고 있음을 발견할 수 있다.

'拙'에 대한 긍정적 가치부여는 단락 (l)에서 극대화되는데, '拙'을 기르는 것을 衆妙를 앙모하여 俗念을 끊는 행위와 병치 시켜 서술함으로써 兩者에 등가적인 의미를 부여하는 것으로 글을 맺고 있다. 이에 이르면 '拙'은 일신을 보전하는 처세의 방편이라는 의미를 넘어서 특수한 미적 가치를 나타내는 말로 상승된다.

---

22) 周任은 옛날의 어진 史官인데 그의 격언이란 곧 『論語』「季氏」篇의 아래 내용을 말한 것이다. "孔子曰 求 周任有言曰 陳力就列 不能者止 危而不持 顚而不覆扶 則將焉用彼相矣"(공자께서 말씀하시기를, "求야! 주임이 말하기를, '능력을 펴서 대열에 나아가고 능히 할 수 없는 경우에는 그만두라.'고 하였으니, 위태로운데도 붙잡지 못하며 넘어지는데도 부축하지 못한다면 장차 저 相도와주는 신하을 어디에다 쓰겠느냐?"고 하셨다.)

23) "信用薄而才劣 奉周任之格言 敢陳力就列 幾陋身之不保 尙奚擬於名哲."

24) "仰衆妙而絶思 終優遊而養拙."

반악의 <한거부>는 기본적으로 '仁'이라고 하는 유가적 이념을 그 주된 사상적 배경으로 하면서도 노장적 사고 특히 老子의 사상을 상당 부분 수용하고 있다.25) 반악은 西晉 시대의 인물인데 역사적으로 이때는 정치적 혼란기로 인식된다. 수많은 인물들이 환란의 소용돌이 속에서 정치적 부침을 겪었고 반악도 그중 하나였다. 이에 지식인들은 불안한 상황 속에서 일신을 보전하기 위한 방편으로 현실을 떠나 자연 속에 유유자적하면서 老莊을 정신적 의지처로 삼았다. 이것이 후한 말기에 시작되어 兩晉時代에 성행한 玄學의 성립배경이다. 따라서 자연으로 물러나 어리석은 듯, 세상살이에 서툰 듯 살아가는 것은 정치적 혼란의 시기에 保身의 효과적 방편이 될 수 있었던 것이다. 반악이 말하는 '拙'의 처세는 바로 이같은 시대적 배경과 맞물려 있다.

그러나 한편 처세의 방편으로서의 '拙' 개념에는, '등용되면 나아가 행하고 버림받으면 물러가 숨는다'26)거나 '세상에 도가 행해지지 않을 때는 벼슬하지 않고 그 뜻을 구하고 도가 행해질 때는 義를 행하여 그 뜻을 이룬다'27)고 하는 儒家的 行藏의 의미 역시 내포되어 있다. 단락 (k)의 '周任의 격언'은 바로 이런 맥락에 놓인 구절이라고 할 수 있다. 이로써 우리는 보신의 처세로서의 '拙'에는 노장적 개념과 유가적 개념이 복합되어 있다는 것을 알게 된다.

반악의 <한거부>를 통해 읽어낼 수 있는 '拙'의 또 다른 속성으로서 '자연'과의 친화성을 들 수 있다. 반악이 말하는 '한거'란 '拙'의 정신을 바탕으로 자연 속에서 살아가는 유유자적한 삶을 가리킨다. 우리는 위 요약된 내용을 통해서도 '拙'과 '閑居'의 개념 한 중심에 '자연'의 요소가 자리하고 있다

---

25) 마지막 단락에서 '衆妙'란 '道'를 의미하며 이 외에도 수많은 老莊의 어휘를 차용하고 있음을 볼 수 있다.

26) 『論語』「述而」篇.

27) 『論語』「季氏」篇.

는 점을 확인할 수 있다. 그러나 혼란한 정치현실에서 몸을 보전하기 위해 정치적 영달에의 염원을 끊어 버리고 자연 속에서 유유자적하게 살아가는 것을 의미하는 반악式 '閑居'는 옛 은자들의 '隱居'와는 구분되어야 한다.

은거가 세속의 현실 특히 정치현실에 대하여 영구적으로 등을 돌리고 자연 속에서 도를 추구하며 살아가는 삶의 방식을 의미한다면, 한거는 세속을 등지는 일이 '잠정적'인 성격을 띤다는 점에서 그 차이를 발견할 수 있다. 말하자면, '한거'는 정치일선만을 잠정적으로 떠나 여타 일상의 생활을 자연 속으로 옮겨 오는 삶의 방식이라고 할 수 있다.[28] 따라서 '拙'이나 '한거' 개념의 핵을 이루는 '자연'은 미적 완상의 대상 혹은 '人世'와는 반대항에 위치한 道의 구현체를 의미한다기보다는 생활의 터전으로서의 자연공간을 의미하며, 이 점에서 陶潛(365~427)이 말하는 '田園'에 가까운 개념이라 할 수 있다. 반악과 비슷한 시기, 비슷한 정치적 현실 속에서 살다 간 도잠이 歸去來의 명분으로 내세운 '守拙'[29]이란 말은 이런 의미에서 반악의 '養拙'과 거의 흡사한 개념이라고 할 수 있다.

또한 '세속적 욕심을 버린다'는 개념까지 함축하고 있는 반악의 '拙'은 후대의 시품, 평어 중 '淡'이나 '閑'을 의미의 핵으로 하는 것들-예컨대 '沖澹(淡)' '枯淡' '平淡' '恬淡' '閑寂' '閒味淸適' '閒遠' 등-에 그 미적 기반을 제공한다는 점에서도 간과할 수 없는 중요성을 지닌다. 『全唐詩典故辭典』의 '潘生拙' 항목을 보면, 반악이 <한거부>에 자신을 仕宦에 서툰 사람으로 칭하면서부터 이 말은 벼슬살이에 서툰 것 혹은 榮祿에 淡淡한 것을 비유적으로 가리키는 말로 사용된다고 설명되어 있다.[30] 이는 '拙'이 평어

---

28) 이런 의미에서 반악이 말하는 '한거'는 '幽居'와 비슷하다고 할 수 있다. 隱居와 幽居에 대한 구체적 논의는 본서, 「두보·윤선도·바쇼에 있어서의 '隱'의 처세」 참고

29) 이 말은 <歸田園居六首·1>(『陶淵明集』 卷1)에 나온다. "少無適俗韻 性本愛邱山 誤落塵網中 一去三十年 羈鳥戀舊林 池魚思故淵 開荒南野際 守拙歸園田."

30) "後因用潘生拙 比喩拙于爲官 或淡于榮祿." 范之麟·吳庚舜 主編, 『全唐詩典故辭典』下

로서의 '淡' 개념 형성에 토대가 된다는 것을 말해 준다. 원래 '淡'은『道德經』의 '음악이나 음식은 사람의 감각을 자극하여 발을 멈추게 하지만 道는 입에서 나와도 담담하여 無味하다(제35장)'에 근원을 두고 있다.[31] 여기서 '無味'는 五味나 조미료가 첨가되지 않은 본래의 맛, 바탕이 되는 맛을 가리키며 '養拙'이 내포하는 '본래의 성품을 그대로 보전한다'는 의미와 상통한다는 것을 알 수 있다.

한편, 唐代의 승려시인 皎然은 '辨體 十九字' 중 '閑'을 '情性疏野曰閑'[32]이라 설명하고 있는데 여기서 '疏野'는 '拙' 개념 안에 함축되어 있는 기본적 의미요소를 지적한 것이다. 이율곡도『精言妙選』의 選詩 기준의 하나로 '閑味淸適'을 제시하고[33] 이 말이 '권세와 이익, 화려한 것을 보기를 소원하게 하는 것'을 특징으로 한다고 밝히고 있다. 허균도「閑寂」에서 '모임에는 약속도 필요하지 않고 예에는 꾸밈도 필요하지 않으며, 시는 공교로움을 기필하지 않고 바둑은 승부를 기필하지 않으며, 모든 일에 다만 날로 덜기만을 구한다.'고 '閑'의 속성을 서술한다.[34] 이로 볼 때 少·寡·棄·日損·脫俗 등의 개념이 '閑'의 의미를 뒷받침한다고 하겠으며 이는 곧 '拙'의 개념과 공통되는 부분이라는 것을 알 수 있다. 劉若愚는 '閑'을 '현실적인 관심과 욕망으로부터 마음을 자유롭게 가지고 그 자신과 자연이 함께 평화스러운 상태'로 설명하는데[35] 이 역시 세속적 가치로부터 초연한 것을

(湖北辭書出版社, 1989), 2337쪽.

31) "樂與餌過客止 道之出口 淡乎其無味." 문학론에서의 '淡'에 관한 자세한 언급은 신은경,『風流: 동아시아 美學의 근원』(보고사, 1999, 536~540쪽) 및 이연세,「漢詩批評에 있어서의 詩品 硏究」(『고전비평용어연구』, 정요일 外, 태학사, 1998, 341~353쪽) 참고.

32)『中國美學思想彙編』·上(臺北:成均出版社, 1983), 330쪽.

33)『精言妙選』2권「亨字集」序에서 2권의 選詩 기준을 '閑味淸適'으로 하였음을 밝히고 있다.

34) "會不必約 禮不必文 詩不必工 弈不必勝 凡事如求日減."「閒適」,『한정록』(『惺所覆瓿藁』부록).

35) 劉若愚,『中國詩學』(李章佑 譯, 明文堂, 1994), 102쪽.

가리킨다는 점에서 '졸' 개념과 상통한다고 할 수 있다.

이상을 종합해 보면, <한거부>에서의 '拙'은 세상살이에 서툴고 융통성이 없고 무능력하다고 하는 부정적 의미에서 출발하여 혼란한 시기에 保身의 방편이라는 긍정적 의미로, 다시 자연 속에서 유유자적하게 살아가는 데서 얻어지는 미적 경험인 '閑' 그리고 세속적 가치에 영합하지 않고 無慾의 경지에서 본래의 성품을 보전하는 데서 오는 미감인 '淡'의 핵심을 이루는 말로 그 보편성을 확대해 가고 있다고 하겠다. 부귀영달과 같은 세속적 가치기준을 넘어 脫俗의 경지에 노닐며, 無私無慾의 태도로 자연 속에서 유유자적하는 단순 소박한 삶, 이것이 반악이 의도하는 '閑居'의 참된 의미이며 이 한거의 개념을 뒷받침하는 것이 바로 '졸'의 정신이라 할 수 있다.

지금까지 두보의 '졸' 개념을 형성시킨 원천으로서 반악의 <한거부>를 검토해 보았는데, 세상 물정에 어두운 성격탓에 불우한 삶을 살아가고 있는 상황을 '졸'이라는 말로 총괄하는 점, '졸'의 태도가 명철보신의 처세방편이 된다고 인식하는 점, 그리고 이 말이 지닌 미적 내포 등 여러 면에서 두보의 '졸'의 용법이 거의 반악과 일치한다는 것을 발견할 수 있다. 그러나 여기서 한 가지 주목할 점은, 두보가 반악의 '졸' 개념을 계승하되 자신만의 독특한 용법을 발전시키고 있다는 사실이다. 즉, 두보의 경우 이 말은 시작품을 평하는 용어로 사용되고 있다.

(14) 病減詩仍拙　　병이 호전되니 시는 더욱 拙해지고
　　吟多意有餘　　시구를 읊조리다 보니 뜻은 더욱 有餘해지네
　　莫看江總老　　江總을 늙었다고 하지 마오
　　猶被賞銀魚　　오히려 銀 魚袋를 상으로 받았거늘
　　　　　　　　　　　　　　　　(<復愁十二首·12>, 제20권)

江總(519~594)은 南朝 陳나라의 시인으로 인물은 보잘 것 없으나 그 시문은 훌륭했다고 한다. 두보는 강총의 외모 대신 그 문학적 재능을 취하여

자신을 그에 비기고 있다. 따라서 첫 구의 '졸'은 시작품을 긍정적으로 평하는 용어로 보아야 한다.

그렇다면, 여기서 두보가 말하는 拙한 시구는 어떤 것일까? 제1, 2구를 살펴보면, "病減"과 "吟多"가 대를 이루고, 다시 "病減"과 "仍拙", "吟多"와 "有餘"가 대를 이루는 것을 알 수 있다. 그러므로 '減:拙 vs 多:有餘'의 관계가 성립되고 '拙'에는 '減'과 '有餘'의 상반된 뜻이 모두 부여된다. 제2구의 '뜻이 유여하다'고 하는 것은 '마음이 넉넉하여 어떤 것에도 얽매인 것이 없고 심리적 앙금 또한 남아 있지 않은 상태'를 의미한다. 한편, 제1구의 '病減'은 '병세가 호전된 것' 다시 말해 '병의 기운이 감소한 것'을 가리킨다. '拙'은 이 의미를 이어받아 '군더더기나 화려한 수식이 감해진 상태'를 나타낸다고 볼 수 있다. 따라서 '減'과 '有餘'의 의미를 부여받은 '拙' 내지 '拙한 시구'는 교묘하거나 화려한 수식이 없는 시구, 단순·소박하면서도 자연스러운 시구를 말하는 것이라고 볼 수 있다. 평어로서의 '拙'은 司空圖의 24시품 중 '冲澹' '高古' '疎野' '自然'과 흡사한 미적 내포를 지니는 개념이라고 생각된다. '졸'은 이처럼 두보에게 있어 시작품을 평하는 용어로 사용되고 있다는 점에서 반악의 개념에서 한 걸음 나아간 것이라고 하겠다.

3.2. 老莊的 원천

두보에 있어 '졸'의 쓰임이 주로 반악의 <한거부>의 영향에 의해 형성된 것임은 분명하나, '졸'이라는 말에 미적 개념을 부여하는 또 다른 원천으로서 이 글에서는 老莊의 담론에 주목하고자 한다. 지금까지 보아왔듯, <한거부>에는 이미 노장적 색채가 짙게 배어 있음이 분명하고 따라서 어느 정도는 두보가 반악을 수용하는 과정에서 노장적 요소까지 함께 수용했을 가능성도 부인할 수 없다. 그러나, 唐代에 도교가 크게 성행한 점을 고려할 때 두보가 노장사상을 직접 수용했을 가능성이 훨씬 높다고 본다. 아래의 예는 앞서 인용했던 두보 시의 '졸'의 용례와는 크게 다른 점을 보여 준다.

(15) 身退卑周室　　몸은 떠나가고 周 왕실은 쇠미해졌어도
　　經傳拱漢皇　　經이 전해짐에 漢 황제가 공손히 받들었네
　　谷神如不死　　谷神이 죽지 않는다면
　　養拙更何鄉　　어디서 다시 拙을 기를 것인가

(<冬日洛城北謁玄元皇帝廟>, 제2권)

여기서 "谷神不死"는 『道德經』 6장의 한 구절을 인용한 것으로 '谷神'
은 '道'를, 그리고 둘째 구의 "經"은 『道德經』을 가리킨다. 넷째 구의 "何
鄉"은 『莊子』 「逍遙遊」의 한 구절 "何不樹之於無何有之鄉廣莫之野"[36]
에서 따온 것이다. 여기서 "無何有之鄉"은 '어떠한 有도 없는 곳' 즉 '無邊
無涯의 道'를 가리킨다. 인용구 넷째 구는 의문의 형식을 빌어, '拙'이 '無'의
세계에서 길러지는 것임을 간접적으로 말하고 있다.

그렇다면, 이 시구에서 두보가 의미하는 '拙'은 어떤 성격의 것일까? 전후
의 노장적 맥락을 고려할 때 우리는 넷째 구의 "拙"을, "大巧若拙"(『道德經』
45장)의 '拙'과 관련지어 살펴볼 수 있는 단서를 얻게 된다. 王弼은 이 구절
을 "大巧는 자연으로써 그릇을 이루고 이단의 것을 고의로 만들지 않는다.
그러므로 拙한 듯이 보인다"[37]라고 풀이하고 있다. 이 구절은 극과 극은
통한다는 사실을 말한 것이며, 따라서 '拙'에 이미 '大巧'의 미적 개념이 함
축되어 있음을 시사한다. 역설의 원리에 기초해 있다는 점에서, 이같은 표현
법은 老子의 미의식을 보여주는 전형적 예인 "大音希聲 大象無形"(41장)
"大成若缺 大盈若沖" "大直若屈 大辯若訥"(45장) 등과도 상통한다.

---

36) '왜 그것을 無邊無涯의 땅, 광막한 들에 심지 않는가?' 이 이야기는, 크기만 했지 아무런
　　쓸모가 없는 나무에 대해 불평하는 惠子에게 장자가 한 말이다. 이 의문문 형식의 문장을
　　끝까지 옮겨 보면 다음과 같다. "왜 당신은 그 나무를 無邊無涯의 땅, 광막한 들에 심어,
　　아무 하는 일 없이 그 옆을 왔다 갔다 하거나 그 아래서 소요하며 누워서 낮잠을 자거나
　　하지 않소?"

37) "大巧因自然以成器 不造爲異端 故若拙也." 王弼 注, 『老子道德經注』, 『老子集成』 初編4
　　(嚴靈峯 編, 藝文印書館), 96쪽.

'大巧若拙'에서의 '拙'의 구체적 속성을 이해하는 데는 『莊子』「胠篋」篇의 구절이 중요한 실마리가 된다. 莊子는 '갈고리와 먹줄을 부숴 버리고 그림쇠와 굽은 자를 내버리며 工倕 같은 장인의 손가락을 비틀어 버려야만 세상 사람들이 비로소 교묘한 재주를 얻을 수 있다'[38]고 서술한 뒤 '그러므로 훌륭한 기교는 서툰 것처럼 보인다(大巧若拙)'고 하였다. 이에 의하면 장자의 맥락에서 '拙'은 工巧함에 대응되는 質樸性, 인위적인 것에 대비되는 자연적인 것, 무늬(文)가 더해지지 않은 본바탕(素), 모든 수식과 군더더기를 다 덜어낸 뒤에 최종적으로 남는 본질적인 것을 의미한다고 볼 수 있다. 장자는 '仁義를 내던진 뒤에 현묘한 도를 얻게 되는 것'을 설명하기 위해 위와 같은 음악·그림·장님·목공 등의 예를 든 것인데, 우리는 이같은 서술 방식에서 '拙'을 '현묘한 道'와 대등하게 인식하는 장자의 관점을 읽어낼 수 있다.

이상 노자와 장자의 담론에 비추어 볼 때, 위 시구에서의 '養拙'을, 道家的 미의식을 함축한 개념으로 이해해도 무리가 없다고 본다. 그렇다면, 앞서 인용한 두보의 시구 "병이 호전되니 시는 더욱 拙해지고"에서 '拙한 詩句'란 다름 아닌 너무나도 자연스러워 전혀 인공적 느낌이 들지 않는 시, 화려한 수식이 없는 질박한 시, 그 단순성으로 인해 최고의 공교함을 얻은 시를 말한다고 본 해석이 그 타당성을 확보하게 된다.

이상을 종합해 보면, 두보의 '養拙'은 반악의 <한거부>와 『도덕경』의 "大巧若拙"의 '拙' 개념이 복합적으로 작용하여 형성된 것으로 파악할 수 있다. 다만 <한거부>를 통해서는 명철보신의 한 방편으로서 혹은 삶의 가치·삶의 좌표로서의 '拙'의 정신과 자연 속에서 유유자적하는 '閑寂'의 미감을, "大巧若拙"의 개념으로부터는 인공적인 것에 대비되는 자연스러움, 질박함이라는 미적 가치를 주로 수용했다고 결론지을 수 있다.

---

38) "毁絶鉤繩而棄規矩 攦工倕之指 而天下始人有其巧矣."

두보의 시에 나타난 '長安'

1. 두보의 삶과 문학에서의 '장소'의 문제

주지하는 바와 같이 두보의 삶은 여기저기 떠도는 '漂泊'과 '流轉'으로
특징지어진다. 두보의 시를 개괄해 보면 '어느 한 곳에 정착하여 집을 짓고
가족과 안정되게 살고 싶은 욕구'가 내용상 혹은 주제상의 큰 줄기를 이루
고 있는데 이같은 양상은 그의 인생역정과 무관하지 않다. 따옴표로 묶은
부분에서 '어느 한 곳' '집' '가족'이라는 세 요소는 장소, 세계의 중심, 고향
이라는 키워드와 맞물리면서 두보의 시를 이해하는 데 효과적인 길잡이 역
할을 한다. '流轉'과 '定着에의 욕구'를 두보 시의 한 측면을 이해하는 두
개의 패러다임이라 할 때 이 두 패러다임은 공통적으로 '장소'의 문제와 직
결된다.[1] 보통 '장소'(place)는 '공간'(space)과 대응을 이루는 개념으로서 어
떤 공간에 특별한 가치와 의미가 부여된 곳[2]으로 이해된다. 공간이 추상적
이고 '무형태'(the formless)의 속성을 지닌다면 장소는 여기에 의미와 가치

---

[1] 본서에 수록된 「두보와 윤선도에 있어 '집'의 의미작용」, 「두보와의 비교로 본 윤선도의
理想鄕」, 「두보와 바쇼의 문학에 있어서의 '공간이동' 모티프」와 같은 연구는 두보 시의
이같은 특징을 타 시인의 경우와 비교해 본 것들이다. 세 논문 중 앞 두 편은 '정착' 쪽,
나머지 한 편은 '유전' 쪽의 패러다임에 초점을 맞춘 것이라 하겠다.

[2] Yi-Fu Tuan, *Space and Place* (University of Minesota Press, 1977), p.17.

가 부여되어 구체적이고 구조화된 ‘형태’(the formed)로 존재하는 곳3)이라 할 수 있다. 이렇게 볼 때 ‘장소’는 ‘생물학적 욕구가 충족되고 경제와 관계된 활동이 펼쳐지는 곳, 정신적 욕구가 충족되는 곳, 인간의 삶과 생활이 영위되는 곳’4)이라 할 수 있다.

‘장소’를 키워드로 하여 두보의 삶과 문학을 개괄할 때 큰 의미와 비중을 지니면서 부각되는 곳은 단연 ‘洛陽’과 ‘長安’이다. 물론 그의 떠돌이 삶 가운데 그나마 평온의 시기를 보냈던 成都5)나 夔州의 경우도 중요한 의미를 지니기는 하지만 장소에 관한 언급이 문면에 표출되는 정도를 기준으로 할 때 ‘洛陽’과 ‘長安’은 타의 추종을 불허할 만큼 빈번한 양상을 보인다. 이것은 아마도 낙양은 그가 고향으로 여기는 곳이고, 장안은 낙양을 제외하고 그의 삶에서 가장 오랜 기간 거주했던 곳이기 때문일 것이다.6)

두보 시의 분류 방법은 다양하다. 생애를 중심으로 분류할 수도 있고, 작품의 변화양상에 따라 분류할 수도 있다. 이 글에서는 기존의 기준과는 관점을 달리하여 그의 삶과 문학에서 특별한 의미를 지닌 ‘장소’ 그중에서도 ‘장안’에 초점을 맞추고자 하는데 이 글은 다음 두 가지 의도를 가지고 계획되었다. 첫째는 ‘長安’이라는 특정 장소가 두보의 삶에서 어떤 의미로 수용

---

3) Yi-Fu Tuan, “Space, Time, Place: A Humanistic Frame,” *Timing Space and Spacing Time* Vol.1(New York: John Wiley & Sons, Inc., 1978), p.7.

4) Yi-Fu Tuan, op. cit.(1977), p.4.

5) 성도에 관한 조명은 본서의 「두보와 윤선도에 있어 ‘집’의 의미작용」, 「두보와의 비교로 본 윤선도의 理想鄕」에서 이루어졌다.

6) 두보는 河南府 鞏縣에서 태어나 어린 시절 낙양으로 옮겨와 삼십 대 중반까지 이곳에서 살았으므로 스스로 낙양을 고향으로 칭하는 경우가 많았다. 그 후 관직을 얻기 위해 장안으로 진출하여 10년 조금 넘게 이곳을 삶의 터전으로 하게 되는데 두보의 삶에서 어느 한 곳에 이렇게 오랜 기간 뿌리를 내리고 살았던 적이 거의 없었기 때문에 장안은 그에게 제2의 고향의 의미를 지닌다. 두보는 두 도시를 ‘兩京’으로 칭하면서 수많은 작품에서 다양한 방식과 표현으로 이 두 도시를 언급하곤 하였다. 이로 볼 때 이 두 곳은 두보가 각별한 애정을 가졌던 의미있는 장소였다는 것을 짐작할 수 있다.

되고 있는가를 살피는 것이고 두 번째는 시간의 흐름에 따라 장안이 두보에게 있어 어떤 인식의 변화를 보이는가를 살피는 것이다. 전자의 작업 즉 두보의 삶에서 장안이 어떤 의미를 지니는가 하는 문제는 두보가 시에서 '장안'을 어떻게 묘사·서술·표현하고 있는가를 통해 검토해볼 수밖에 없다. 기능적 텍스트 구성법(Functional Sentence Perspective, FSP로 약칭)은 두보가 장안에 대한 자신의 생각을 어떻게 언어화하는가를 살피는 데 효과적인 방법이 된다. 그리고 두 번째 논점 즉 장안에 대한 두보의 인식 변화의 문제는 상대적으로 친밀도가 낮은 장소로부터 친밀도가 높은 장소로의 인식 변화를 의미하므로 장소에 대한 친밀도를 설명하는 '토포필리아'라는 개념을 수용하여 논의를 전개하고자 한다. 먼저 2장에서는 논의를 위한 전 단계로서 이 두 문제에 대해 개괄해 본 뒤 3, 4장의 효과적인 논지 전개를 위해 두보의 삶의 전환점 및 주된 활동 무대가 되는 장소를 몇 개 권역으로 나누어 보고자 한다. 3장에서는 각 권역별로 두보가 장안을 어떤 시선으로 바라보고 어떻게 언어로 표현하였는가를 검토함으로써 장안이 두보에게 지니는 의미를 조명해 보며, 4장에서는 앞의 내용들을 토대로 장안에 대한 두보의 인식이 시간의 흐름에 따라 어떻게 변화해 갔는가를 살피고자 한다.

2. 기능적 텍스트 구성법과 토포필리아, 두보 삶의 세 권역

두보가 장안을 어떻게 언어화하였는가의 문제를 살피는 데 있어 효과적인 방법은 기능적 텍스트 구성법에서 제시된 '주제어'(Theme)와 '설명어'(Rheme)-이후 TR로 약칭-의 개념을 가지고 접근하는 것이다. 기능적 텍스트 구성법이란 문장과 문장이 결합하여 하나의 텍스트가 생산되어 가는 과정을 설명하는 언어학적 이론틀이다. 여기서 '주제어'란 발화의 기반이 되는 것, 발화자가 그 문장을 통해 말하고자 하는 '그 무엇'을 의미하며 '설명

어'란 발화자가 이 주제어에 대하여 설명하고 풀이하는 내용을 가리킨다.[7]
설명어는 뒤에 이어지는 발화맥락에서 다시 주제어가 되고 여기에 설명어
(2)가 주어지게 된다.[8]

이 글에서는 위와 같은 기능적 텍스트 구성법의 틀에서 주제어/설명어
개념을 취하여 장안을 '주제어'로, 이 도시에 대해 새롭게 부가된 내용을 '설
명어'로 보면서 두보가 발화의 기반이 되는 이곳을 어떻게 인식하고 표현
·언급했는가를 검토하고자 한다. 장안을 대체 혹은 지시하는 단어는 제1차
설명어로 간주할 수 있다. 이 글은 두보의 시를 '장안'이라는 장소에 초점을
맞춰 살펴보려는 것이므로 시 전체의 주제나 기법보다는 이곳에 대한 언급
이 어떻게 이루어져 있는가에 관심을 둔다.

한편 어떤 특정 장소에 대한 사랑을 '토포필리아'(topophilia)라는 말로 칭
하는데 이것은 이푸 투안에 의해 고안된 개념[9]으로 장소를 뜻하는 고대 그
리스어 'topoi'와 사랑을 뜻하는 'philia'가 결합한 말이다. 보통 '場所愛'로
번역이 되는 이 말은 어떤 지리적 지점으로서의 장소에 정서적 깊이가 더해
진 개념으로 이해할 수 있다.

어떤 장소에 애착을 갖게 되고 그 장소와 깊은 유대를 가진다는 것은 인
간의 중요한 욕구[10]로서 한 장소에 뿌리를 내린다는 것은 세상을 내다보는

---

7) 이는 舊情報(Given Information)/新情報(New Information)라는 용어로 설명되기도 하는
데 구정보와 주제어, 신정보와 설명어가 반드시 일치하는 것은 아니지만 대체로 일치하
는 개념으로 보아도 무방하다.

8) FSP이론은 여러 언어학자들에 의해 언급되어 왔지만 이 글의 논점은 주로 František
Daneš, "Functional Sentence Perspective and the Organization of the Text", *Papers on
Functional Sentence Perspective*, ed. by František Daneš(The Hague·Paris: Mouton,
1974)에 의거하였다.

9) 이푸 투안은 저서 『Topophilia』(1974)(『토포필리아: 환경 지각, 태도, 가치의 연구』(이옥
진 역, 에코리브르, 2011)에서 이 용어를 창안하였고 그 후 『Space and Place』(1977)(『공
간과 장소』, 정영철 역, 태림문화사, 1995)에서 체계적으로 검토하였다. 그는 『공간과 장
소』 서문에서 자연환경에 대한 인간의 다양한 태도와 가치들을 분류하고 정리하기 위해
'토포필리아'라는 용어를 사용하여 책을 썼음을 밝히고 있다.

안전지대를 갖는 것, 사물의 질서 속에서 자신의 입장을 확고하게 파악하는 것, 특정한 어딘가에 유의미한 정신적·심리적 애착을 가지는 것을 의미한다.11) 두보처럼 한 곳에 뿌리내리며 살기를 열망했지만 의지와는 달리 여기저기 떠돌아다니는 삶을 살 수밖에 없었던 사람의 경우 특정 장소에 대한 애착과 유대감은 각별했을 것이라 생각할 수 있다. 이 글의 두 번째 목표인 장안에 대한 두보의 인식 변화라고 하는 문제는 바꿔 말하면 장안에 대한 장소애의 형성과 정착 과정을 살펴보는 문제라 할 수 있다. 이를 통해 두보에 대한 이해를 심화할 수 있는 계기가 될 수 있으리라 본다.

장안에 대한 언어표현이나 인식의 변화는 그가 처해 있던 상황이나 환경에 따라 달라지게 될 것이므로 이 문제들을 효과적으로 검토하기 위해서 그의 삶에서 큰 전환점을 이루는 시기를 몇 개의 그룹으로 나누어 보고자 한다. 생활의 거점이자 창작이 이루어지는 장소를 기준으로 두보의 삶을 조명해 볼 때 낙양과 장안, 그리고 기타 제3지역 이 셋으로 구분해 볼 수 있다.

두보는 河南府 鞏縣 출신이지만 어려서 어머니를 여의고 같은 하남부에 속해 있는 낙양의 고모 집에서 자랐기 때문에 그는 종종 낙양을 고향으로 칭하곤 했다. 낙양은 746년 장안으로 진출하기 전까지 두보의 초반의 삶의 거점이 된 곳이었으므로 이를 '洛陽圈域'으로 분류할 수 있다.12)

746년 두보는 35세의 나이에 出仕를 위해 장안으로 진출하게 된다. 자신의 뜻을 펼치기 위해 살림을 장안으로 옮겨 고위 관리에게 벼슬을 구하는 干謁詩를 써서 보내며 적극적인 구직활동을 시작하게 된다. 벼슬을 구걸하는 생활이 길어지면서 가족들은 가난의 고통에 시달리고 그 여파로 어린 자식까지 잃어버리는 지경에까지 이르게 된다. 두보는 구직활동 10년 만에

---

10) 에드워드 렐프, 『장소와 장소상실』(김덕현·김현주·심승희 옮김, 논형, 2005), 94쪽.
11) 위의 책, 95쪽.
12) 두보의 생애는 전영란, 『杜甫, 忍苦의 詩史』(태학사, 2000)를 참고했다.

755년 10월 무기 출납을 관리하는 右衛率府兵曹參軍이라는 미관말직에 임명되지만 곧바로 11월에 安祿山의 난이 일어나 피난·포로·압송·탈주 등으로 관직생활을 제대로 하지 못하다가 757년에 左拾遺에 임명된다. 그 후 758년 6월에 華州 司功參軍으로 좌천되고 759년 7월, 관직을 버리고 새 터전을 찾아 秦州를 향해 떠나게 된다. 화주는 장안 인근 지역의 고을로 오늘날 수도권에 해당하므로 두보가 벼슬을 위해 장안에 입성하여 화주를 떠나기까지를 '長安圈域'의 시기로 규정하고자 한다. 두보는 이때 장안을 떠난 뒤로 평생 다시 돌아가지 못했다.

759년 7월 두보는 관직을 버리고 정처 없는 나그네 생활에 발을 내딛게 되는데 낙양과 장안권역 시기의 경우 적어도 10년 이상 거주하며 나름 뿌리를 내린 삶이었던 것에 비해 759년 이후부터 세상을 떠나기까지는 이리저리 떠돌며 流離漂泊하는 삶의 양상을 보인다. 장안을 떠나 이곳저곳 옮겨 다니던 시기를 '제3권역'의 시기로 규정할 수 있다. 이 글에서는 장안이 논의의 대상이 되므로 낙양권역의 경우는 생략하고 장안권역과 제3권역을 중심으로 살피고자 한다.

이 글에서 '권역'은 가족의 생계를 꾸려가고 관직을 수행하는 등 두보의 생활의 거점이 되는 영역을 가리키는 동시에 창작이 이루어지는 곳을 가리킨다. 특정 범위 안의 지역이라는 뜻의 '圈域'은 '영역'과 흡사한 개념으로 여기서는 해당 권역의 중심 도시뿐만 아니라 그 주변까지를 포괄하는 말로 사용하고자 한다. 그리고 이 글에서는 '장안'과 같이 단수 개념으로 지칭하기도 하지만 '장안권역'처럼 복수 개념으로 지칭하기도 할 것이다.

3. '장안'의 언어화

이 글의 1차 목표 즉 두보에게 장안이라고 하는 장소가 어떤 의미를 지니는가의 문제는 두보가 시를 통해 장안을 어떻게 묘사하고 표현했는가를 통해 파악할 수 있다. 보통 어떤 장소를 상기할 때는 전체 혹은 그곳이 지니는 전체적 이미지가 아닌, 한 개인에게 의미가 있거나 개인적 경험을 상기시키는 특정 위치나 환경 예컨대 건물이나 이정표, 길, 명소, 주변의 자연경관 등을 떠올리게 되며13) 이 하나하나가 구체적 장소가 된다. 그러나 장안의 경우 그 범위와 규모가 너무 넓고 커서 이곳을 하나의 장소로서 포착하여 언어화하는 것은 거의 불가능하다. 두보의 시에서 '장안'은 관련이 있는 건물이나 사물, 자연경관, 명소 등으로 지시되곤 하며 이런 구체적인 장소들에 관한 기억과 경험의 총체가 장안에 대한 이미지가 되는 것이다.

그러므로 장안이 시에 어떻게 표현되었는가를 살핌에 있어 '장안'이라는 직접적 지칭뿐만 아니라 杜曲·曲江·終南山·渭水·芙蓉苑·五陵, 中原·關中·西京, 秦·皇州 등과 같은 장안의 대체어까지 다 포괄하고자 한다. 이 지칭어들은 핵심어인 장안에서 파생한 단어라 할 수 있고 핵심어와 파생어는 인접성에 기초한 환유의 관계에 놓인다.

3.1. 長安圈域 시에서의 '장안'

2장에서 언급한 것처럼 두보는 746년 出仕를 위해 장안으로 진출하여 758년 6월 華州로 좌천되었다가 759년 7월 장안권을 떠나 진주로 향하게 된다. 약 14년간의 이 기간을 755년의 출사 전과 후로 나누어 각각 '장안권역 前期'와 '後期'라 칭하기로 한다. 장안권역의 시를 이렇게 兩分하는 것은 관직 진출 여부가 오늘날 취업준비생과 취업자만큼이나 세상을 바라보는 시각에 큰 차이가 있고 그 차이는 고스란히 장안에 대한 언어 표현에 반영되어 있음을 확인할 수 있기 때문이다.

---

13) 에드워드 렐프, 앞의 책, 92쪽.

3.1.1. '장안권역 전기' 시의 경우

이 시기 장안은 求職 활동의 거점이었던 만큼 벼슬 청탁, 干謁詩, 벼슬길에 나아가지 못한 불우한 처지와 관계된 공간으로 그려진다.

(1) 杜曲幸有桑麻田   두곡엔 다행히도 뽕과 삼 심은 밭 있으니
    故將移住南山邊   장차 남산 부근으로 옮겨 살리니
                              (<曲江三章 章五句>·3장, 제2권)14)

이 시는 두보가 752년 현종에게 부를 헌상하였으나 별다른 결과가 없게 되자 낙심한 상태에서 쓰여진 것이다. 실의에 찬 두보는 벼슬을 혹 못하게 되면 자신의 밭이 있는 곳으로 옮겨 가서 살겠노라며 스스로를 위로하는 뜻을 표명하고 있다. 全 3장 중 장안을 지시하는 말이 사용된 것은 1장과 3장인데 위에 인용한 3장의 '두곡'은 장안 남쪽에 있는 지명, '남산'은 장안 남쪽에 있는 終南山을 가리키며 이 두 곳은 각각 '장안'이라는 주제어에 대해 제1, 제2 설명어로 작용한다. 그리고 이 설명어들은 다시 주제어2로 작용하여 각각 '뽕밭 삼밭이 있는 곳' '장차 옮겨가 살고자 하는 곳'이라는 설명어로 연결된다. 그럼으로써 '장안'은 결국 '뽕밭 삼밭이 있는 두곡과 종남산에서 가까운 곳'으로 언어화된다. 이 양상을 아래와 같이 나타낼 수 있다.

```
장안          ┌── 두곡(제1설명어1=주제어2) - 뽕과 삼밭이 있는 곳(설명어2)
(주제어1)     └── 남산(제2설명어1=주제어2) - 장차 옮겨가 살고자 하는 곳(설명어2)
```

(2) 赤縣官曹擁才傑   적현의 관청은 인재들을 가졌는데
    軟裘快馬當冰雪   부드러운 갖옷과 날쌘 말로 빙설을 맞는다

---

14) 앞으로 인용할 두보 시 원문은 『杜詩詳註』에 의거하고 이후는 권수만을 표기하기로 한다.

長安苦寒誰獨悲 장안의 지독한 추위에 뉘 홀로 슬퍼하나
杜陵野老骨欲折 두릉 땅 시골 노인은 뼈가 부러질 듯하다
南山豆苗早荒穢 남산의 콩싹은 일찍부터 황폐해졌고
靑門瓜地新凍裂 청문의 참외밭은 새로 얼어 터졌다
鄕里兒童項領成 마을 아이들은 목을 뻣뻣이 세우고
朝廷故舊禮數絶 조정의 옛 벗들도 예의를 끊었다

(<投簡咸華兩縣諸子>, 제2권)

위는 총 14구로 된 <投簡咸華兩縣諸子> 중 제1~8구를 발췌한 것이다.
제목에서도 드러나듯 이 시는 두보가 장안에 있을 때 장안 부근의 咸陽縣
과 華原縣에 있는 친구들에게 써서 보낸 것이다. 751년 장안에서의 척박한
삶의 현실이 잘 나타나 있는 이 시의 인용 부분에서 장안에 대한 지시어로
작용하는 것은 '赤縣' '長安' '杜陵' '南山' '靑門' '朝廷' 등이다. '赤縣'은
唐代 縣의 등급 중 하나로 수도에서 다스리는 읍을 말하는데 여기서는 장
안을 가리키며, '杜陵'은 장안 근방의 지명이고 '靑門'은 장안성의 동남쪽
성문 이름15)이다. 그리고 '朝廷'은 임금이 정사를 펴는 곳이고 임금은 수도
인 장안에 있으므로 '조정 → 임금 → 장안'으로 의미의 이동이 일어나며 이
이동은 인접성에 기반해 있다고 할 수 있다.

이 시에서 '두릉'이라는 장소는 '시골노인' 즉 두보 자신이 거주하는 곳으
로서 '인재들'이 모여 있는 '적현'이라는 장소와 대를 이룬다. 장안이라는 동
일 권역을 설정하여 같은 공간에서 '영달한 사람들'과 벼슬길에 나아가지
못한 '불우한 자신'을 대비시킴으로써 현재의 실의와 우울에 찬 심정을 효
과적으로 표현하고 있다. 제5구와 6구의 '남산'과 '청문'은 현실적 어려움을
드러내기 위한 장소로 설정되어 있는데 남산은 '심어놓은 콩의 싹이 제대로
자라지 못하고 있는 곳'으로 청문은 '참외밭이 다 얼어 터진 곳'으로 그려져

---

15) 본래 이름은 覇城門인데 문이 푸른색인 데서 청문으로 칭해졌다.

있다. 제7구의 '마을'과 제8구의 '조정' 또한 대를 이루면서 불우한 자신을 낮추어 보는 사람들이 처해 있는 장소를 나타낸다.

```
           ┌─ 적현(제1설명어1=주제어2) - 영달한 관청 인재들이 있는 곳(설명어2)
           ├─ 장안(제2설명어1=주제어2) - 추위에 홀로 떨고 있는 곳(설명어2)
  장안      ├─ 두릉(제3설명어1=주제어2) - 추위에 고생하는 시골 노인이 있는 곳(설명어2)
 (주제어1)──┤
           ├─ 남산(제4설명어1=주제어2) - 일찍부터 콩 싹이 황폐해진 곳(설명어2)
           ├─ 청문(제5설명어1=주제어2) - 참외밭이 다 얼어 터진 곳(설명어2)
           └─ 조정(제6설명어1=주제어2) - 예의를 잃은 옛벗들이 있는 곳(설명어2)
```

이 표에서 보는 바와 같이 적현·장안·두릉·남산·청문·조정은 '장안'에 대한 지시어인 동시에 TR의 관점에서 볼 때 장안을 주제어로 하는 설명어들로 기능한다. 결국 이 시에서 장안이라는 장소는 '~한 적현, ~한 장안, ~한 두릉, ~한 남산, ~한 청문, ~한 조정이 위치한 곳'으로 그려진다. 이 시를 통해 두보는 정치적 불우함과 경제적 빈한함을 지인들에게 호소하는 방식을 통해 벼슬을 향한 욕망을 간접적으로 드러내고 있다. 그리고 장안은 두보가 이같은 욕망 실현을 위해 고군분투하는 場으로서 언어화된다.

(3) 騎驢三十載   나귀 탄 지 여러 해
　　旅食京華春   봄날 장안에서 나그네 생활을 하고 있습니다
　　　　　　　　　(중략)
　　今欲東入海   이제 동으로 바다에 들고자 하여
　　即將西去秦   곧장 서쪽에서 진나라를 떠날까 합니다
　　尙憐終南山   아직도 종남산을 사랑하고
　　回首清渭濱   맑은 위수의 물가를 머리 돌려 바라봅니다
　　　　　　　　　　　　　　　　　　(＜奉贈韋左丞丈二十二韻＞, 제1권)

747년 두보 나이 36세 때 현종의 조서에 의해 특별 과거시험이 행해져

두보도 참여하였는데 이임보의 농간으로 참가자 모두 불합격이 되는 사건
이 있었다. 두보는 이 일에 대해 상서좌승 韋濟에게 진정하는 내용의 시
<奉贈韋左丞丈二十二韻>를 보냈다. 위는 총 44구 중 장안에 관한 언급이
있는 부분만 발췌한 것이다. 두보는 이 시 외에도 <奉寄河南韋尹丈人>
(제1권), <贈韋左丞濟>(제1권) 등 벼슬을 청하는 干謁詩 성격의 시를 그에
게 보내 자신의 처지를 호소한 바 있다.

　위 시구에서 '화려한 도읍'("京華"), "秦" "終南山" '맑은 위수'("淸渭")는
모두 장안을 직·간접으로 지시하는 어구이다. 두보는 여러 시작품에서 '秦
나라 땅은 예로부터 제왕의 영토'라 하면서 장안을 '秦'으로 나타내고 있
고16) '渭水'는 관중 지방을 관통하는 강으로서 이 강 바로 남쪽에 장안이
세워졌기 때문에 두보 시에서 이 말 역시 장안을 나타내는 데 자주 사용된
다. 장안에 대한 이 지시어들은 TR의 관점에서 볼 때 장안이라는 1차 주제
어에 대한 1차 설명어로 작용한다. 그리고 각각의 설명어들이 다시 2차 주
제어로 작용하여 '경화'에 대해서는 '여러 해 동안 나그네살이를 하는 곳',
'秦'에 대해서는 '바다에 들고자 하여 지금 떠나려고 하는 곳', '종남산'과 '위
수'에 대해서는 '여전히 사랑하는 곳' '떠나는 것이 아쉬워 고개를 돌려 바라
보는 곳'이라는 2차 설명어가 제시된다. 이 시에서도 장안은 벼슬자리를 놓
고 고군분투하는 것에 지쳐 떠나고자 하면서도 여전히 아쉬움이 남는 곳으
로 그려진다. 그러나 그 아쉬움은 장안에 대한 애착보다는 벼슬에 대한 미
련에서 비롯된 것이라고 보는 것이 타당하다.

　이처럼 장안권역 전기는 벼슬을 갈망하는 시기에 해당하는 만큼 이 시기
의 시 중에는 (2)와 (3)처럼 권력자나 고위직에 있는 사람들을 수신인으로
하여 글을 보내는 형식의 시가 많다. 그리고 관직의 수행처로서의 장안 역
시 두보의 갈망이 응집된 장소로 그려지는 경향이 강하다. 아래의 시구에는

---

16) "秦中自古帝王州"(<秋興8수>·6)

관직에의 진출을 향한 갈망과 좌절이 잘 나타나 있다.

(4) 寸步曲江頭　　한 발자국만 가면 곡강 언저리일 터인데
　　難爲一相就　　한 번 나아가기가 어렵구나　　(<九日寄岑參>, 제3권)

여기서 장안('주제어1')을 대체하는 장소는 '곡강'('설명어1=주제어2')으로
서 '지척의 거리지만 나아가기 어려운 곳'('설명어2')으로 그려지고 있다. 장안
은 관직생활이 행해지는 場으로서 '곡강→ 장안→ 관직'으로 의미가 전이되
며 이같은 의미의 이동에는 인접성에 기반한 환유의 원리가 내재해 있다.

3.1.2. '장안권역 후기' 시의 경우

이제 장안권역 후기 시 중에서 '장안'이 언급된 시들을 살펴보자. 이 시기
는 관직에 있던 시기이므로 궁궐이나 조정, 관직명 등 벼슬과 관계된 것으
로써 장안을 대체하는 예가 많다. 이 시기 시에 그려진 장안의 대표적 모습
은 '성대한 함양 도읍지, 사대부들 날마다 구름같이 몰려드는 곳'[17]이다. 이
제 구체적인 예들을 보기로 한다.

(5) 長安城頭頭白烏　　장안성 위 머리 흰 까마귀
　　夜飛延秋門上呼　　한밤 연추문으로 날아와 그 위에서 울고
　　又向人家啄大屋　　다시 인가로 날아가 큰 집의 지붕을 쪼아대니
　　屋底達官走避胡　　지붕 아래 고관대작들은 오랑캐 피해 달아났다네
　　　　　　　　　　(중략)
　　哀哉王孫愼勿疎　　슬프다, 왕손께서는 삼가 자신을 소홀히 하지 마시길
　　五陵佳氣無時無　　오릉의 좋은 기운 사라진 적 없었으니
　　　　　　　　　　　　　　(<哀王孫>, 제4권)

---

17) "藹藹咸陽都 冠蓋日雲積"(<送李校書二十六韻>, 제6권)

위는 756년 작 <哀王孫>의 총 28구 중 첫 4구, 끝 2구를 발췌한 것으로 이 시는 안녹산의 난 때 어떤 왕족이 民家에 숨어 있는 것을 보고 연민을 느껴 지은 것이다. 여기서 장안을 대체하는 것은 "長安城" "延秋門" "五陵"이다. '장안성'은 장안의 都城, '연추문'은 장안 宮苑의 서쪽에 있는 두 개의 문 중 남쪽에 있는 것, 그리고 '오릉'은 장안 북쪽에 있는 다섯 개의 왕릉을 가리키는데 모두 '장안'을 중핵으로 하여 형성되는 의미 영역 안에 포괄된다.

첫 4구에서 장안은 '장안성과 연추문을 오가며 울다가 오랑캐를 피해 도망간 고관대작들의 집 지붕을 쪼는 머리 흰 까마귀가 사는 곳'으로 그려지는데 여기서 '까마귀'는 도망친 고관대작들의 모습을 끌어내기 위한 장치로 작용한다. 끝 2구에서 '오릉'으로 대체된 장안은 '좋은 기운이 서린 곳'으로 묘사되어 있는데 이는 미처 도망가지 못하고 민가에 숨어 울고 있는 왕손을 보고 그를 위로하려는 의도에서 나온 것이다. 이 표현들은 '장안'이라는 주제어에 대한 설명어에 해당한다. 여기서 두보는 관직에 있는 公人의 시선으로 바라본 장안의 모습을 표현하고 있다.

(6) 天門日射黃金牓   궁궐 문 황금 편액에 햇살이 비치고
    春殿晴曛赤羽旗   봄의 전각 붉은 깃 장식 깃발에 맑은 기운 피어나네
    宮草霏霏承委珮   풀은 무성하여 늘어뜨린 패옥에 닿고
    鑪煙細細駐游絲   향로의 가는 연기는 유사를 붙들어 놓았네
    雲近蓬萊常五色   봉래궁 가까이서 구름은 다섯 빛깔을 띠고
    雪殘鳷鵲亦多時   지작관 지붕에는 녹다 만 눈이 남아 있네
    侍臣緩步歸青瑣   임금 모시는 신하들은 느린 걸음으로 청쇄문을 나서
    退食從容出每遲   늦은 시간에 조용히 퇴조한다네
                     (<宣政殿退朝晚出左掖>, 제6권)

(6)은 758년 左拾遺로 있을 때 지은 <宣政殿退朝晚出左掖>의 전문으로 퇴조하는 관리의 모습을 그리고 있다. 여기서 제목 속의 '선정전'18) '원

쪽 담장문'("左掖"),19) 본문의 '궁궐 문'("天門") '봉래궁' '청쇄문'20)은 궁궐을 지시하는 구체적 사물들이고 제6구의 '지작관'은 장안성 안에 있던 道觀의 이름이며 제7구의 '모시는 신하'("侍臣") 또한 임금을 전제로 한 말이기 때문에 이 모두 '장안'을 가리키는 지표가 된다. 즉 위 시는 장안을 주제어로 하여 여러 개의 설명어가 부가되는 양상으로 전개되고 있는데 이런 경우 시의 묘사적 성격이 강화되는 경향이 있다. 이 시기의 시 중에는 이처럼 궁궐을 배경으로 하여 관리의 시선으로 장안을 그린 작품들이 많은데 이를 통해 관직에의 진출이라는 욕망이 잠시나마 충족된 데서 오는 두보의 편안한 내면상태를 읽어낼 수 있다.

(7) 去歲茲晨捧御牀　　작년 이날은 천자의 탑상 받들어 모시려고
　　五更三點入鵷行　　이른 새벽에 관료들의 행렬에 끼어들었지요
　　欲知趨走傷心地　　이리저리 내닫는 가슴 아픈 처지 알아주기 바라나니
　　正想氤氳滿眼香　　지금 관원들의 눈앞에 가득 피어오를 향 연기를 상상합니다
　　　　　　　　　　　(<至日奉寄北省舊閣老兩院故人 二首>·1, 제6권)

위는 두보가 화주로 좌천된 758년 동짓날에 지은 시의 首聯과 頷聯을 발췌한 것이다. 이 시구에서 장안을 대체하는 것은 '천자의 탑상'("御牀")인데 이 경우는 '소유물'(御牀)로써 '소유자'(天子)를 가리키는 예이다. 장안이라는 주제어(주제어1)는 '御牀'(설명어1)으로 연결되고 이것이 '주제어2'가

---

18) 大明宮 뒤에 있는 正衙殿을 가리킨다.
19) 왼쪽(동쪽) 담장의 문을 가리킨다. 두보는 이때 左拾遺 직을 행하고 있었는데 좌습유는 門下省에 속해 있었다. 문하성은 동쪽에 위치하고 있었기 때문에 관원들이 왼쪽 담의 문으로 출입했다. 시에서 '좌액'은 결국 문하성을 가리키며 이같은 표현에는 부분으로써 전체를 가리키는 제유법의 원리가 작용한다고 할 수 있다.
20) '봉래궁'은 大明宮의 다른 이름이고 '청쇄'는 원래 한나라 未央宮의 문 이름 중 하나인데 여기서는 문하성의 문을 가리킨다.

되어 신하의 행렬을 가리키는 "鵷行"(설명어2)[21]으로 연결된다. 결국 장안은 '천자와 신하가 있는 곳'으로 언어화되는 것이다. 두보는 천자를 모시던 장안의 관원 시절을 회상하면서 현재 화주에서의 관직 생활의 참담한 상황을 호소한다. 작년의 '그곳'-장안-은 금년의 '이곳'-화주-과 대조를 이루는데 같은 관직생활이지만 과거의 그곳과 현재 이곳은 천자라는 존재의 유무에 따라 큰 차이를 지니게 되는 것이다.

위 예에서 주목할 점은 北省 즉 門下省과 中書省의 관원들을 수신자로 하여 시를 바치는 형식을 취하고 있다는 점이다. 이 시에서 두보는 관원 즉 公人의 입장에서 목소리를 내며 수신자에게 말을 건넨다. 이런 양상은 앞의 (5)에서 '왕손'을 수신자로 하는 예에서도 볼 수 있다. 이럴 경우 시인이 지니는 여러 모습 중 '私的인 나'보다는 '公的인 나'의 모습이 강조된다.

(8) 苑外江頭坐不歸　부용원 밖 강머리에 앉아 돌아갈 줄 모르는데
　　水精宮殿轉霏微　수정궁은 가랑비에 젖어 점점 흐릿해지네[22]
　　　　　　　　　　(중략)

　　吏情更覺滄洲遠　벼슬아치 신세 창주가 멀다는 것을 다시금 깨닫나니
　　老大徒傷未拂衣　늙어버렸음을 슬퍼하면서도 옷 털고 떠나지 못하네
　　　　　　　　　　　　　　　　　　　　　　　(＜曲江對酒＞, 제6권)

위는 758년 左拾遺로 있을 때 지은 ＜曲江對酒＞의 首聯과 結聯을 발췌한 것으로 여기서 "苑"은 '芙蓉苑'을, "江"은 부용원 북쪽에 있는 '曲江'을, 그리고 "水精宮"은 曲江 가에 세워진 궁전을 가리킨다. 이들은 주제어 '장안'을 대체하는 장소인 동시에 주제어에 대하여 각각 제1, 제2, 제3 설명어

---

21) '鵷行'은 원추새 문양의 옷을 입은 벼슬아치들의 행렬이라는 뜻이다.

22) "霏微"는 가랑비나 가랑눈이 오는 모양을 뜻하는데 가랑비가 오면 물체가 또렷하게 보이지 않는 상황을 고려하여 '흐릿해진다'고 번역하였다.

로 작용한다. 제2구의 '수정궁'은 제7구의 '창주'와 의미상으로 대를 이루는
데 전자는 관직에 매여 있는 현실을, 후자는 관직의 굴레에서 벗어난 이상
적 세계를 대변한다.

우리는 여기서 두보가 그렇게도 갈망하던 관직이었음에도 다시 창주를
꿈꾸고 있다는 점에 주목할 필요가 있다. 이같은 모순적 태도는 두 가지로
설명할 수 있을 것이다. 하나는 미관말직으로서 자신이 원하던 벼슬살이와
는 거리가 먼 데서 온 회의감 때문이고 다른 하나는 벼슬살이에의 부적응
때문일 것이다. 인용 시구에서 수정궁으로 대표되는 '장안'은 물리적으로는
'가랑비에 젖어 모습이 점점 흐릿하게 변해가는 곳'이며, 심리적으로는 '창
주와 거리가 먼 곳'으로 그려지고 있다. 그런데 가랑비 때문에 그 형체가
희미해지는 수정궁의 外觀 또한 벼슬살이로부터 마음이 멀어져 버린 두보
의 심리적 상태를 간접적으로 시사하는 표현이라고 할 수 있다. 그러나 끝
구의 '옷 털고 떠나지 못한다'는 표현을 통해 우리는 벼슬살이에 대한 두보
의 회의감 이면에 아직 미련이 남아 있음을 엿볼 수 있다.

장안권역 후기는 위관시기인 만큼 장안이라는 장소를 배경으로 하는 시
편이 많다. 그러므로 이 시들에서 장안은 한 개인의 삶의 거점으로서보다는
관직의 수행처로서 다시 말해 私的이기보다는 公的인 성격을 띠는 장소로
그려지는 경향이 있다. 이로 인해 시인의 여러 모습 중 '公人'으로서의 '나'
의 목소리로 장안에 대해 언급하는 양상을 띠게 되고 시작품도 수신자를
전제하여 말을 건네는 형식을 취하는 예가 많아진다. 또한 장안은 과거나
미래가 아닌 현재의 공간으로 그려지며 장안을 대체하는 말도 궁궐·기념물
·건물·전각, 주변의 산·연못 등 지리상으로 존재하는 어느 한 지점을 가지
고 칭하는 예가 큰 비중을 차지한다.

이상과 같은 장안권역 후기 시의 특징은 같은 장안을 무대로 하는 전기
의 시에도 공통되는 점이라 할 수 있다. 장안권역 시기의 두보는 '벼슬'을
얻기 위하여 노력하는 입장-전기-또는 벼슬길에 나아간 뒤에는 그 관직을

수행해야 하는 입장-후기-이기 때문에 장안은 '官'과 '公'의 요소와 강하게 결탁해 있는 장소의 성격을 띤다. 그리고 장안권역 시기의 시에서 부각되는 이 '官'과 '公'의 요소는 장안에 대한 두보의 심리적 거리를 반영한다. 이로 인해 장안권역 시기의 시들은 대부분 장안을 배경으로 하거나 장안과 연관된 사건·인물·사물·자연환경을 소재로 하면서도 이 시기에 장안에 대한 장소애가 형성되었다고 보기는 어려운 것이다.

3.2. 제3권역 시에서의 '장안'

759년 7월 48세의 두보는 관직을 버리고 장안23)을 떠나 770년 세상을 떠날 때까지 정처 없는 떠돌이 생활을 하게 된다. 장안을 떠난 이후 秦州 → 同谷 → 成都 → 雲安 → 蘷州 → 江陵·岳陽 → 潭州 등을 떠돌다 결국 배 위에서 세상을 뜨기까지 두보는 다시 장안에 돌아가지 못했다. 낙양권역이나 장안권역은 두보가 최소 10년 이상을 거주한 곳으로 어느 정도 한 곳에 뿌리를 내린 붙박이삶의 양상에 근접해 있다고 할 수 있다. 그러나 장안을 떠난 이후 이곳저곳을 떠도는 삶이 이어지면서 성도에서 약 5년, 기주에서 약 2년을 제외하면 한 달 혹은 수개월 정도 머무르다 새로운 삶의 터전을 찾아 떠나가는 양상을 보인다. 그러므로 장소애의 형성이라는 관점에서 볼 때 제3권역의 시기에 지어진 시들은 앞의 장안권역의 경우와는 다른 양상을 드러낼 수밖에 없다.

장소애라는 관점에서 제3권역 시기의 시를 조명할 때 큰 변화가 감지되는 것은 장안을 대체 혹은 지시하는 용어들이다. 장안권역의 시기에 장안은 인접관계에 있는 구체적 장소나 건물, 자연경관, 명소 등으로써 지시되는 양상이 두드러졌는데 이 시기에 이르면 이런 객관적 지명 대신 故鄕, 故園,

---

23) 엄밀히 말하면 관직을 버린 것은 華州이다.

故國, 古丘[24])와 같이 정서 개입이 이루어진 용어로 지칭되기 시작하는 것이다. 그리고 이러한 지칭어의 사용은 夔州 이주 이후에 급증하게 된다. 이에 근거하여 제3권역 시기를 기주 거주를 전후하여 각각 前期와 後期로 나누어 살피고자 한다.

3.2.1. '제3권역 전기' 시의 경우

759년 장안권역에 속하는 華州를 떠나 766년 기주에 도착하기까지의 시기는 두보의 떠돌이 생활을 통틀어 가장 이동이 빈번했던 때로 759년 한 해에만 화주-진주-동곡-성도로 옮겨 다니며 살았으며 동곡에서는 겨우 한 달간 머무르기도 했다. 장안권역 이후 전기 시에서 이같은 떠돌이 삶의 처지가 잘 나타나 있는 것이 진주~동곡 간의 여정을 담은 '乾元二年自秦州赴同谷縣紀行 12首'와 한 달 동안의 동곡살이를 담은 '乾元中寓居同谷縣作歌 七首', 그리고 동곡~성도 간의 여정을 담은 '乾元二年十二月一日自隴右赴成都紀行 12首'이다. 이 작품들에서는 '낙양'에 대한 그리움과 애착이 집중적으로 표현되어 있어 낙양을 향한 思鄕歌로 규정할 수 있으며 이 시기를 낙양에 대한 장소애가 정착된 시기로 볼 수 있다.[25])

그러나 장안의 경우 그곳을 떠나온 지 얼마 안되었기 때문에 떠나온 곳에 대한 그리움이나 回歸 의식이 전면에 부각되기에는 시기상조라 할 수 있고 시간이 지날수록 조금씩 그러한 감정이 자라나기 시작하는 시기라고 말할 수 있다.

(9) 似聞胡騎走　　오랑캐 기병 달아났다는 소식 들은 것 같아

---

24) 시텍스트에 나오는 중원, 고향, 고국, 고원 등은 그 지시대상이 낙양인 경우도 있고 장안인 경우도 있는데 이 중 어느 한 쪽을 가리키는지 아니면 둘 다를 가리키는지를 판별하는 데는 두보의 연보, 각종 두보시 주석서, 시의 앞뒤 맥락을 살피는 것이 도움이 된다.
25) 낙양에 대한 장소애의 형성·정착에 관해서는 다른 지면에서 다루기로 한다.

　　失喜問京華　　실성한 듯 기뻐하며 서울 일 물어보네(<遠遊>, 제11권)

(10) 憶昔先皇巡朔方　　옛일을 생각하니 선황께서 북방을 순행하시고
　　 千乘萬騎入咸陽　　천승만기로 함양에 들어오셨네

(<憶昔二首>·1, 제13권)

(11) 西京疲百戰　　장안은 수많은 싸움에 피폐해 있고
　　 北闕任羣凶　　북쪽 대궐은 흉악한 무리에게 넘어갔네

(<傷春五首>·1, 제13권)

　　위의 예들을 보면 장안이 (9)에서는 "京華"로, (10)에서는 "咸陽"[26]으로, (11)에서는 "西京"으로 지시되면서 각각 '오랑캐들이 물러간 곳' '천자의 근거지' '전란으로 피폐해 있는 곳'으로 그려지고 있다. 이 예들에서 장안은 천자가 정사를 행하는 公的인 장소로서 부각되어 있다. 그리고 두보도 자신의 여러 모습 중 전직 관리라고 하는 '公人'의 목소리로 장안에 대해 언급하고 있음을 본다. 이 중 (9)를 TR의 관계로 나타내 보면 '장안(주제어1)-경화(설명어1=주제어2)-오랑캐들이 물러간 곳(설명어2)'의 양상이 된다. (9)~(11)의 예들에서 드러나듯 시 속의 '장안'은 현재 마주하는 공간이 아니라 과거 회상 속의 공간 혹은 풍문으로 소식을 전해 듣는 상상 속의 공간이다. 여기서 '경화'나 '함양' '서경'은 장안이라는 공간을 둘러싼 한 개인의 사적인 경험이나 감정에 토대를 둔 말이 아닌, 장안에 대한 공식적·보편적인 별칭들이다.

　　이 시기 장안을 언급한 시들을 보면 위와 같은 양상이 지배적이지만 장안을 떠나 오랜 시간이 경과한 뒤에 지어진 시들에서는 아래의 예처럼 '故國'이나 '故鄕'으로 장안을 지칭하는 예가 간혹 발견된다.

---

26) 함양은 秦의 도읍지이지만 여기서는 장안을 가리킨다.

(12) <u>故國</u>流淸渭　　고향에는 맑은 위수 흘러

　　　如今花正多　　지금쯤이면 꽃이 많이 피어있을 텐데(<泛江>, 제13권)

(13) 數有<u>關中</u>亂　　관중에 전란이 빈번하거늘

　　　何曾劍外淸　　어찌 일찍이 劍閣 밖이 맑을 수 있었겠나

　　　<u>故鄕</u>歸不得　　고향에 돌아가지 못한대도

　　　地入亞夫營　　그곳은 이미 아부의 병영에 들어갔으리

　　　　　　　　　　　　　　　　　　　　(<春遠>, 제14권)

(12)는 764년, (13)은 765년에 지어진 것이므로 이때는 장안을 떠나 5~6년의 시간이 경과한 시점이며 떠나온 곳에 대한 그리움이 서서히 싹트는 시기라 할 수 있다. 다시 말해 장안에 대한 場所愛가 형성되기 시작하는 시기라 할 수 있다.

3.2.2. '제3권역 후기' 시의 경우

제3권역 후기는 766년 늦봄 夔州에 도착한 이후 시기이다. 이때는 746년 장안으로의 진출을 위해 낙양권을 떠난 지 20년의 시간이 경과하였고, 장안권의 華州를 떠난 지도 8·9년의 시간이 흘렀기 때문에 '낙양'의 기억은 희미해진 대신 '장안'에 대한 그리움과 추억이 부각되는 시기라고 할 수 있다. 떠돌이 생활 중에도 기주에서의 2년은 都督 柏茂林의 도움을 받아 다소 생활이 안정된 시기라 할 수 있는데 두보는 이 기간 동안 약 361수의 시를 지었다. 이 시기의 시들을 보면 장안에 대해 언급한 작품이 현저하게 증가하는 것을 발견하게 된다. 또한 이 시기 작품들에서 장안은 西京·京都·渭水·樂遊園·終南山·關中·中原·咸陽 등과 같은 공식적인 지명 외에 주체의 주관적·정서적 개입이 이루어진 '故園' '故國' '古丘'와 같은 말로 대체되는 예가 급증한다. 이것은 장안이 낙양을 대신하여 그의 마음의 지향점으로 자리 잡게 되었음을 말해 주는 한 징표가 된다. 766년 기주에 도착하

여 얼마 있다 지은 <秋興八首>는 全 8수가 장안을 가리키는 지칭어들을
포함하고 있어 장안을 향한 思鄕歌라 할 만하므로 먼저 이 작품들에 장안
이 어떻게 언급되어 있는지 살펴보기로 한다.

> (14) 叢菊兩開他日淚   국화꽃 떨기 두 차례 피어 훗날의 눈물이 될 테고[27]
> 　　 孤舟一繫故園心   외로운 배에는 한결같이 고향 그리는 마음 묶여 있네
> 　　　　　　　　　　　　　　　　　　　　(<추흥8수>·1, 제17권)

이 시구는 제1수의 頸聯을 발췌한 것인데 '국화꽃'과 '배'라는 소재를 통
해 '故園'을 그리는 마음을 표현하였다. 이 시 한 수만 떼어놓고 보면 '故園'
이 구체적으로 어디를 가리키는지 알 수 없으나 8수 전편의 상호텍스트적
관련 하에서 살펴보면 '장안'을 가리키는 것이 분명해진다. 제2수에 보이는
'京華', 제3수의 '五陵', 제5수의 '蓬萊宮' '南山', 제6수의 '曲江' '花蕚樓'
'夾城' '芙蓉苑' '秦', 제7수의 '昆明池' '石鯨', 제8수의 '昆吾' '御宿' '紫閣
峰' '渼陂'[28]가 모두 장안을 가리키는 지표가 되고 있기 때문이다. 더구나
아래와 같이 제4수에서는 '장안'이라는 지명이 직접 등장하기도 한다.

> (15) 聞道長安似奕棋   듣자하니 장안은 마치 바둑판 같다고 하던데
> 　　　　　　　　　　 (중략)
> 　　 魚龍寂寞秋江冷   물고기도 용도 적막한 가을 강은 싸늘하기만 한데
> 　　 故國平居有所思   고향은 평소 내 그리운 곳이라네
> 　　　　　　　　　　　　　　　　　　　　(<추흥8수>·4, 제17권)

---

27) 이 시구에서 "他日"을 어떻게 보느냐에 따라 해석이 달라진다. 크게 '지난날'로 보는 관
　　점과 '後日'로 보는 관점이 있는데 이 글에서는 스즈키 도라오(鈴木虎雄)의 해석을 따라
　　'後日'로 번역한다. 鈴木虎雄 譯註,『杜甫全詩集』3책(日本圖書センター, 1978), 627쪽.
28) '곤오'는 장안의 지명 중 하나이고 '어숙'은 시내의 이름이며, '자각봉'은 종남산에 속한
　　봉우리 이름이다. 그리고 '미피'는 호수 이름이다.

  이 시구를 TR의 관점에서 제시하면 '장안(주제어1)-고향(설명어1=주제어2)-평소 내가 그리워하는 곳(설명어2)'과 같은 양상이 된다. 여기서 "故國"은 '고향'보다는 정서적 친밀도가 낮지만 거의 고향과 같은 의미의 비중을 지니는 말로 예 (14)의 "故園"과 같다. (14)의 '故園'이라는 주제어는 '외로운 배를 보면 그리운 마음 솟아나는 곳'으로, (15)의 '故國'은 '평소 내가 그리워하는 곳'으로 표현되어 있어 '장안'이라고 하는 지리상의 지점에 '그리움'이라고 하는 정서가 개입되어 있는 것을 확인할 수 있다.

(16) 夔府孤城落日斜 기주의 외로운 성에 석양 비스듬히 비칠 때면
    每依北斗望京華 언제나 북두성따라 서울 쪽을 바라본다
              (중략)
    畫省香爐違伏枕 상서성의 향로는 병석에 누운 몸과 어긋나고
    山樓粉堞隱悲笳 산속 성루에는 슬픈 갈잎 피리 소리 숨겨져 있네
                    (<추흥8수>·2, 제17권)

(17) 同學少年多不賤 함께 공부했던 젊은이들은 신분이 높아진 사람 많으니
    五陵衣馬自輕肥 오릉 근처에서 가벼운 옷을 입고 살찐 말을 타고 있
                  겠지   (<추흥8수>·3, 제17권)

  (16)에서의 "京華" "畫省"[29] (17)에서의 "五陵"이 장안을 가리키는 지시어가 되는데 (16)에서 장안은 '석양 비칠 때면 언제나 바라보는 곳' '과거 벼슬을 하던 곳'으로, (17)에서는 '동학들이 高官의 위치에 올라 승승장구하는 곳'으로 그려져 있다.

(18) 一臥滄江驚歲晚 잠시 푸른 강에 누워 세월 저물어감에 놀랐으니

---

29) '畫省'은 '尙書省'을 가리키는데 건물을 粉과 그림으로 단장했으므로 '畫省'으로 불리기도 했다.

幾回靑瑣點朝班 청쇄문에서 조회 점호받던 일이 몇 차례였던가

(<추흥8수>·5, 제17권)

위는 <추흥8수> 중 제5수의 끝 연에 해당하는데 앞 세 연에서 '終南山'으로써 장안의 위치를, '蓬萊宮'으로써 장안에 있는 궁궐을, '雉尾扇'과 '龍鱗'으로써 황제의 치장을 언급하여 장안성의 모습을 묘사[30]하고 마지막에 궁궐에 대한 제유적 표현인 '靑瑣門'[31]을 내세워 장안에서 벼슬살이하던 시절에 대한 감회를 나타내었다. 즉, 제5수에서의 장안은 두보 자신이 公人으로 살았던 곳으로 그려지고 있으며 제8구가 의문형으로 처리됨으로써 그 시절에 대한 아련함과 그리움의 감정이 표출되고 있다.

(16)~(18)의 예에서 한 가지 주목할 점은 京華·畫省·五陵·靑瑣와 같이 장안이 '官'·'公'의 의미와 결탁된 장소로 지칭되는 점에서는 장안권역 시기나 제3권역 전기와 동일하지만 그때는 장안이 '현재'의 공간이었던 반면 위 세 예에서 장안은 '과거'의 공간이 되어 있다는 점이다. 두보는 과거 장안을 회상하면서 지금 그곳의 모습을 '상상'하고 '추측'하고 있는 것이다. 지리상의 한 지점으로서의 장안에 추억·회상과 같은 개인적 정서가 가미되어 장안이 私的인 장소로 변모해 있음을 발견하게 된다. 그리하여 해당 작품이 장안에 대한 장소애를 드러낸 텍스트로 인식되게 하는 요인으로 작용한다. 제6수와 제7수, 제8수도 이와 비슷한 양상을 보인다.[32] 이 경우들

---

30) "蓬萊宮闕對南山 承露金莖霄漢間 西望瑤池降王母 東來紫氣滿函關 雲移雉尾開宮扇 日繞龍鱗識聖顔"

31) 원래 한나라 未央宮의 대문 중 하나였는데 후에는 그냥 '궁궐의 대문'을 가리키는 뜻으로 사용되었다.

32) 제6수에서는 장안 주변의 '曲江' '花蕚樓' '夾城' '芙蓉苑' '秦' 등 지명·명소·명승지·자연 경관 등이 설명어로 작용하여 주제어인 장안을 대체하는데 이 시에서 장안은 황제의 기상이 서린 곳, 제왕의 영토였던 곳, 그러나 현재는 변방의 전란이 있는 곳으로 그려진다. 제7수에서 장안은 '昆明池'와 '石鯨'으로써 지시되면서 '역사적으로 유서 깊은 곳'으로 그려진다. 제8수에서는 장안이 '昆吾' '御宿' '紫閣峰' '渼陂' 등으로 대체되어 '뛰어난 문장으

도 앞 (16)~(18)에서처럼 장안이 공식적 용어로 지칭되면서도 과거를 회
상·추억하는 데서 오는 感傷的 정조가 가미되어 장안의 '私的 空間化'가
일어난다.

이처럼 <추흥8수>에서 장안은 (14)와 (15)에서처럼 삶의 터전으로서의
'私的인 장소'로 추억되기도 하고, (16)~(18)에서처럼 官職의 수행처로서
혹은 정치가 행해지는 '公的인 장소'로 회상되기도 한다. 어느 쪽이든 이
시기 장안이 두보의 마음과 시에서 그리움의 대상으로 자리 잡게 되었음을
말해 준다. 이로써 '제3권역' 전기에 서서히 싹트기 시작한 장안에 대한 場
所愛가 후기에 들어 완전히 정착하게 되었다고 보는 단서가 마련된다.

이와 같은 양상은 <추흥8수> 외의 작품에서도 쉽게 발견된다. 아래 (19)
(20)은 朝廷이 있는 '公的 장소'로서의 장안, (21)(22)는 개인의 삶의 거점
이 되는 '私的 장소'로서의 장안이 그리움의 대상이 되는 예이다.

(19) 回首周南客　　머리 돌려 바라보는 주남의 나그네
　　驅馳魏闕心　　대궐을 그리는 마음이 치닫는다네

(<晴二首>·2, 제15권)

(20) 往在西京日　　지난날 장안에 있었을 때
　　胡來滿彤宮　　오랑캐가 들어와서 황궁에 가득하였다
　　　　　　　　　(중략)
　　京都不再火　　장안은 다시 불타지 아니하고
　　涇渭開愁容　　경수와 위수에 근심했던 나그네 얼굴 펴졌으니
　　歸號故松柏　　돌아가 옛 소나무 잣나무 붙들고 소리내어 울고 싶지만
　　老去苦飄蓬　　흩날리는 쑥대 신세로 늙어감이 서럽다

(<往在>, 제16권)

로 천하에 기상을 드날렸던 곳'으로 표현된다.

예 (19) <晴二首>·2에서 '魏闕'은 宮門 위의 樓觀을 가리키는데 보통 '궁궐'이나 '조정'을 가리키는 말로 쓰인다. 이 구절의 경우 임금이 있는 대궐, 정사가 펼쳐지는 조정은 '장안'에 대한 환유적 표현이라 할 수 있다. (20) <往在>에서는 '서경' '경도' '경수와 위수'("涇渭")33)라는 말로 장안을 지시하고 있는데 과거의 장안은 오랑캐의 침입을 받은 곳으로, 현재의 장안은 그로 인한 수심이 사라진 곳으로 그려져 있다. 화자는 장안으로 돌아가 소나무와 잣나무를 붙들고 울고 싶다고 함으로써 장안에 대한 그리움을 표현하고 있지만 이때의 장안은 한때 침략을 받아 불타고 황폐해졌으나 지금은 어느 정도 전란의 근심이 사라진 황궁이 있는 곳, 즉 정치의 무대로서의 장안이다.

장안이 장소애의 대상이 되었음을 확실하게 보여주는 것은 '故園' '故國' 또는 '古丘'라는 말로써 장안을 지칭하며 과거 자신의 삶의 터전이 있던 '私的인 공간'으로서의 그곳에 대한 그리움을 표현하는 작품들이다. 이런 예는 제3권역 후기의 시에 집중적으로 나타난다.

(21) 會將白髮倚庭樹   백발의 몸으로 꼭 고향에 돌아가 뜰의 나무에 기대어 보리니
　　 故園池臺今是非   고향의 연못과 누대는 옛 모습과 변함이 없으려나
　　　　　　　　　　　　　　　　　　　　　　 (<秋風二首>·2, 제17권)

　　 故園松桂發   고향에 소나무와 계수나무꽃 피었으리니
　　 萬里共淸輝   만리 밖에서 맑은 달빛 함께하네   (<月圓>, 제17권)

　　 故園當北斗   북두성 마주한 고향이여
　　 直想照西秦   달빛 비치던 장안이 홀연 그립구나
　　　　　　　　　　　　　　　　　　　　　　 (<月三首>·1, 제21권)

---

33) 모두 장안 근처를 흐르는 강인데 경수는 물이 탁하고 위수는 맑았다고 한다.

覽物想故國　　주변을 둘러보니 고향 생각
十年別荒村　　황폐한 마을 떠난 지 십 년　　　　　(<客居>, 제14권)

(21)은 장안이 '故園' '故國' 등으로 지시되는 작품들의 몇 예를 든 것인
데 장안은 각각 '돌아가 뜰의 나무에 기대어 보고 싶은 곳' '소나무와 계수나
무꽃이 피어 있을 곳' '북두성 마주한 곳' '떠난 지 십 년이 되는 곳'으로
그려진다. 이 중 <月三首>·1과 <客居>를 TR의 관계로 나타내 보면 다
음과 같다.

장안　　┌─ 故園(제1설명어1=주제어2) ─ 북두성을 마주한 곳(설명어2)
(주제어1)　└─ 西秦(제2설명어1=주제어2) ─ 달빛 비치던 곳(설명어2)

장안(주제어1) ─ 주변을 둘러볼 때 생각나는 곳(설명어1=주제어2) ─ 떠난 지 십
　　　　　년이 되는 곳(설명어2)

(22) 一辭故國十經秋　　한 번 고향을 떠난 후 열 번 가을이 지났나니
　　　每見秋瓜憶故丘　　매번 가을 외를 볼 때마다 고향이 생각나네
　　　　　　　　　　　　　　　　　　(<解悶十二首>·3, 제17권)

先帝貴妃今寂寞　　선제와 양귀비는 이제 다 적막한데
荔枝還復入長安　　여전히 여지가 또 장안으로 들어가네
　　　　　　　　　　　　　　　(<解悶十二首>·9, 제18권)

위의 예 (22)를 보면 같은 제목의 시에서 私的인 장소로서 장안 즉 '가을
외를 볼 때마다 생각나는 곳'을 가리킬 때는 "故國"으로, 조정이나 정치무
대로서의 公的인 장소 즉 '과거 양귀비에게 바치던 여지를 다시 진상해야
하는 곳'으로서 장안을 가리킬 때는 "長安"으로 그 지시어가 달라진다는
것이 드러난다.

두보의 시에서 장안은 고향의 의미를 지니는 경우라 할지라도 '고향'이라는 말보다는 '고원' '고국' '고구' 등으로 지칭되는 경향이 있는데 특히 낙양과 장안 두 장소를 한 편의 시에서 동시에 언급할 때, 그리고 그중 하나만을 '고향'으로 칭해야 한다면 그것은 단연 장안이 아닌 낙양이라는 점에 주목할 필요가 있다.

> (23) 故鄕門巷荊棘底　　고향 마을은 가시나무 아래 묻혀 있고
> 　　　中原君臣豺虎邊　　중원의 군주와 신하는 승냥이와 호랑이 곁에 있네
> (<畫夢>, 제18권)

시의 내용으로 미루어 '中原'은 장안을, 이와 對를 이루는 '故鄕'은 낙양을 가리키는 것이 분명하다. 두보에게 10여 년간 살았던 장안 역시 고향과 같은 곳이기는 하나 1차적 혹은 원초적 의미의 고향은 역시 낙양인 것이다. 그러기에 장안은 '고향'과 거의 동격의 비중을 지니는 '고원' '고국' '고구'라는 말로 칭함으로써 兩者를 구별하고 있다고 본다.

이상을 종합해 보면 제3권역 후기는 두보에게 있어 장안이 낙양을 대신하여 세계의 중심 즉 고향으로 자리 잡은 시기로 장안에 대한 장소애가 정착된 시기라 할 수 있다. 그러나 '고향'을 두고 낙양과 장안이 대립할 때 그 궁극적 대상은 '낙양'이라는 점도 주목할 필요가 있다. 장안에 대해서는 '고향'보다는 故國, 故園, 古丘 등의 말이 지시어로 더 많이 활용되었다.

4. '장안'에 대한 두보의 인식 변화: 場所愛의 형성과 정착

3장에서는 두보 삶의 주된 무대가 되는 장안을 중심으로 '장안권역'과 '제3권역'으로 구분하고 각각 전기와 후기로 나누어 각 시기에 지어진 시에 장안이 어떻게 언급되었는가를 살펴보았다. 이제 이를 바탕으로 시간의 흐름,

삶의 무대의 변화에 따라 장안에 대한 두보의 인식이 어떻게 변화해 갔는지
를 살펴보도록 한다.

장안권역 시기를 볼 때 전기의 경우 장안은 관직으로의 진출이라는 욕망
을 실현하기 위해 고군분투하는 場으로 그려지고 후기의 장안은 욕망 충족
에 따른 여유가 드러나는 한편 관직에의 부적응과 회의로 滄洲를 꿈꾸면서
도 관직에의 미련 때문에 떠나지 못하는 공간으로 그려진다. 장안권역 전기
든 후기든 장안은 '官'과 결탁된 공간으로 두보 또한 '公人'으로서의 자신의
목소리를 발하게 되는 공간으로 그려지는데 이 시기의 시에서 수신자를 전
제하여 그에게 시를 보내 자신의 처지를 하소연하는 형식을 취하는 예가
현저하게 증가하는 것도 이와 밀접한 관계가 있다. 이때의 장안은 삶의 터
전인 동시에 관직의 수행처로서 현재 마주하고 있는 공간이기 때문에 이곳
에 대한 그리움이나 추억 같은 감정이 싹틀 수 있는 여건은 마련되지 않았
다고 할 수 있다.

삶의 터전이었던 장안을 떠나 이리저리 떠돌던 제3권역 시기는 상황이
크게 달라진다. 어떤 장소에 뿌리를 내린다는 것은 그 장소에 애착을 갖고
깊은 유대를 형성하는 것을 의미한다. 그러나 삶의 근거가 되는 그 장소로
부터의 뿌리뽑힘을 경험하는 것은 역설적이게도 그 장소에 대한 애착 즉
場所愛가 강화되는 계기가 되며 뿌리뽑힘의 상태가 오래 지속될 때 그곳에
대한 '鄕愁'가 싹튼다. 그리하여 '향수'란 '뿌리뽑힌 곳에 대한 애착과 그리
움'으로 규정될 수 있는 것이다.

뿌리를 내렸던 장소에 대한 애착이나 향수는 '시간적'으로 상당한 기간이
경과하고 '공간적'으로도 그곳과 멀리 떨어져 있을 때, 그리고 그곳으로 다
시 돌아갈 가능성이 희박할수록 강화되는 경향이 있다. 이런 의미에서 장안
이 현재의 공간으로 작용했던 '장안권역' 시기는 말할 것도 없고, 장안권역
을 떠나 시간이 별로 경과하지 않은 시점인 '제3권역'의 전기는 장안에 대한
향수나 장소애가 전면으로 부각될 조건이 갖추어지지 않았다고 할 수 있다.

그러나 제3권역 전기라 하더라도 장안을 떠나 시간이 상당히 경과한 764, 5년 무렵 즉 기주 이전 직전부터는 (12)(13)의 예에서 보는 것처럼 서서히 장안에 대한 그리움을 표현하는 시가 등장하게 된다. 기주 이주 직전의 2~3년 무렵을 장안에 대한 '장소애의 형성기'로 볼 수 있을 것이다.

제3권역 후기에 이르면 떠나온 곳으로부터의 시간적 경과 및 공간적 거리감, 회귀 가능성의 희박함과 같은 조건이 완벽히 갖추어짐과 동시에 떠나온 곳에 대한 그리움·향수·추억·회상·안타까움 등의 감정이 수면위로 솟아오르게 된다. 장안권을 떠나 기약 없는 떠돌이 삶을 계속하던 두보였기에 어느 한 곳에 뿌리를 내리고 정착하는 것의 소중함은 그 누구보다 절실하게 다가왔을 것이고 이와 비례해서 고향에 대한 그리움과 애착심, 歸鄕意識은 더 커졌을 것이기 때문이다. 이 시기를 장안에 대한 '장소애의 정착기'로 규정할 수 있다.

제3권역 후기의 시를 보면 장안에 대한 지시어 혹은 대체어로 '고국' '고원' '고구'라는 말이 많이 사용된다는 점은 앞에서 살핀 바 있는데 이같은 호칭은 장소를 그곳에 있는 건물이나 기념물, 명소 혹은 그 부근의 산천경개를 가지고 지칭하는 것과 큰 차이를 지닌다. 후자의 경우는 많은 사람들이 공유하는 객관적인 지식 혹은 공식적 정보에 근거한 호칭이기 때문에 여기에는 개인의 私的 경험이나 감정이 개입되어 있지 않거나 적게 개입되어 있다. 그러나 동일한 장소를 '고향' 및 이와 동일한 의미범주에 속한 말로써 지칭한다면 의미는 크게 달라진다. '고향'은 '지금 이곳'과 공간적·시간적으로 멀리 떨어져 있는 곳, 그래서 가고 싶어도 돌아갈 수 없는 곳으로서 그리움, 추억, 안정감 등의 정서적 요소를 함축한 대상이기 때문이다.

또한 <秋興8수>에서 보듯 '고향'이라는 말로 지칭되지 않고 京華·五陵·蓬萊宮·南山·曲江·花萼樓·夾城·芙蓉苑·秦·昆明池·石鯨·昆吾·御宿·紫閣峰·渼陂 등과 같이 객관적 정보를 바탕으로 한 공식적 호칭으로 장안이 지칭되는 경우라 할지라도 장안은 이미 회상과 추억 속의 과거의 공간, 현재는 풍문으로만 소식을 듣는 상상 속의 공간으로 변모했기 때문에 장안의 '私的 공간화' 현상이 일어나게 되는 것이다. 이렇게 하여 지리상의 한 지점으로 존재하는 곳에 특별한 감정과 애착이 가미되어 장안에 대한 場所愛가 정착되었다고 할 수 있다.

　그러나 제3권역 후기에 장안이 장소애의 대상으로 정착되었다 하더라도 낙양과 장안 두 곳 중 하나를 '고향'으로 지칭해야 할 경우 그 대상은 '낙양'이며 장안에 대해서는 고향보다는 '故國' '故園' '古丘'와 같은 대체어가 사용된다는 점에 주목할 필요가 있다. 이 점은 설령 장안이 제2의 고향으로서 마음에 자리 잡았다 하더라도 두보에게 있어 근원적인 고향은 어디까지나 '낙양'이라는 것을 확인하게 한다.

5. 나가는 말

　'장소애'란 지리상의 어느 한 지점으로서의 장소에 주관적 정서가 가미된 개념인데 두보에게 있어 장소애의 대상이 되는 곳은 '낙양'과 '장안'이다. 이 글은 이 중 '장안'에 중점을 두고 '장소' 및 '장소애'라는 관점에서 두보의 시를 살핀 것이다. 논의를 위해 두보의 삶과 창작의 무대가 된 곳을 낙양권역, 장안권역, 제3권역으로 구분하였는데(2장) 이 중 장안과 무관한 낙양권역은 제외하고 나머지 두 권역에서 지어진 시를 대상으로 하였다. 구체적으로 텍스트 언어학의 '기능적 텍스트 구성법'의 이론을 차용하여 권역별 시에 장안이 어떻게 언어화되었는가를 살핀 다음(3장) 이에 근거하여 장안에 대한 장소애가 형성·정착되는 양상을 살폈다(4장). 장안권역 전기 시에서의 장안은 求職 활동의 거점으로, 후기 시에서는 관리로서의 임무를 수행하는 장소로 그려진다. 전기든 후기든 장안권역 시에서는 장안이 지닌 '公的'인 성격이 부각된다. 제3권역 전기 시에서의 장안은 현실의 공간이 아닌 회고와 추억의 공간으로 변모하면서 장안의 '私的 空間化' 양상이 보이기 시작한다. 이 양상은 후기 시에서 더욱 뚜렷한 면모를 보이는데 장안이 '故國' '故園' '古丘' 등으로 지칭되면서 두보에게 있어 '故鄕'의 의미로 자리 잡게 된다. 이런 논의를 토대로 두보의 삶과 시에서 '장안'에 대한 장소애가 '형성'된 것은 제3권역 전기이고 확고하게 '정착'된 것은 제3권역 후기라는 것을 규명하였다. 지면 관계상 이 글에서는 '장안'만을 대상으로 하였으며 '낙양'의 경우는 다른 지면을 기약하기로 한다.

尹善道論

자아탐구의 旅程으로서의 '山中新曲'과 '漁父四時詞'

1. 윤선도 문학과 자연공간

윤선도의 76편의 시조들 중 양대 '作品群'1)이라 할 '山中新曲' 18편과 '漁父四時詞' 40편은 여러 면에서 주목할 만하다. 우선 제목이 '산'과 '바다' 라는 공간을 전제로 한다는 점, 해남 '金鎖洞'과 보길도 '芙蓉洞'이 이들 작품군의 창작의 배경이 된다는 점, '산중신곡'과 약 10년의 시간차를 두고 지어진 '어부사시사'는 다분히 '산중신곡'의 '산'을 염두에 두고 이에 '바다'라는 공간을 대응시키려는 의도의 산물이라는 점 등이다. 이런 사실들은 '공간' 및 '장소'가 고산의 문학세계를 이해하는 데 핵심적인 요소가 된다는 점을 시사한다.

공간은 시간과 더불어 인간의 경험세계를 지배하는 중요한 요소이다. 어떤 공간은 그 공간을 포함하는 더 큰 외부세계에의 경험을 가능케 하는 통로가 되는 동시에, 인간의 내면세계를 제약하고 지배하는 구실을 한다. 다양한

---

1) 이들을 '連時調'가 아닌 '作品群'으로 규정하는 것은, '어부사시사'는 40편으로 된 연시조를 지칭하는 제목인 반면 '산중신곡'의 경우 18편이 연시조의 형태를 취하고 있지 않으며 따라서 이것을 18편으로 된 연시조의 제목으로 볼 수 없기 때문이다.

공간형태 중 '자연'은 특히 전통적으로 塵世 혹은 人世와 對를 이루면서 최고의 미와 가치가 구현된 곳, 道가 소재하는 곳으로 인식되어 왔다. 자연을 나타내는 다른 말로서 가장 일반적인 것은 山水인데, 이는 자연을 구성하는 다양한 요소들 가운데 대표적인 것이라 할 산과 물-泉·溪·江·湖·海를 모두 포괄하는-을 취해 전체를 나타내는 제유적 표현에 기대어 있다.

모든 고전 작가에게 있어 자연은 절대적 의미와 비중을 가진 소재임에 틀림없지만, 윤선도의 경우는 집착에 가까울 정도로 자연공간에 대한 관심을 보이고 있어 특별한 주목을 요한다. 보길도와 금쇄동을 처음 발견했을 때의 경이감은 각 특징적인 장소에 이름을 붙이는 것으로 표출이 된다. 그의 대표적인 에세이라 할 「금쇄동기」는 달리 命名記라 해도 좋을 만큼 특징적인 지점이나 자연물에 이름을 붙이고 그 내력을 설명하는 내용으로 되어 있어, 그의 남다른 空間愛를 짐작케 한다.

이 글의 대상이 되는 두 작품군의 제목은 '산'과 '바다'라는 공간을 전제로 하고 있지만 사실 이 작품들을 살펴보면 산과 바다에 '관한' 노래도 아니고, 이 공간들이 중심 소재가 되어 있다고 말하기도 어렵고, 그렇다고 산중생활·어촌생활을 주제로 하는 시편들[2]도 아니며, 작품 안에서 이 공간들이 명시적으로 드러나지 않은 예도 많이 발견된다.

그럼에도 불구하고 '산'과 '바다'라는 공간, '금쇄동'과 '부용동'이라는 장소를 논의의 출발점으로 삼는 것은 이곳들이 두 작품군의 창작배경이 된다는 점을 넘어 윤선도의 의식·무의식 세계에 큰 영향을 끼치고 그 내면작용의 산물이 바로 '산중신곡'과 '어부사시사'라고 생각하기 때문이다. 어떤 공간이 어떤 사람에게 특별한 의미와 가치를 지니게 될 때 그 공간은 그 사람의 가치관이나 세계관, 사물을 보는 시각, 나아가서는 무의식의 세계까지를

---

2) 박준규는 '산중신곡'은 산중생활의 흥치를, '어부사시사'는 어촌생활의 흥치를 노래한 것이라 하였다. 박준규, 「孤山의 水晶洞苑林과 山中新曲」, ≪孤山硏究≫ 2호 (孤山硏究會, 1988), 21쪽.

제약하고 지배하는 요소가 된다. 그리고 그 사람의 내면세계를 지배하는 공간이 문학작품을 생산해 낸 산실이 된다고 할 때, 그 공간의 속성이 텍스트의 의미세계까지 영향력을 미치게 되리라는 것은 자명한 사실이다.

문학텍스트는 의식과 무의식의 交織에 의한 산물이다. 우리는 윤선도의 두 시조작품군이 면밀하게 의도되고 고안된 의식의 산물[3]이라는 점을 인정하면서도 그 행간에 얼핏 드러나는 무의식 세계의 단면을 발견하게 된다. 고산의 자기탐구 과정에 개재되어 있는 이같은 숨은 동기 및 무의식의 세계는 겉으로 드러난 의도를 통해 탐색될 수밖에 없다.

이 글은, 두 작품군을 윤선도의 자아탐구 여행의 보고서 혹은 내면의 기록으로 읽은 것에 대한 기술이다. 따라서 이 글은 지금까지의 연구들과는 달리 두 작품군을 하나의 동전의 양면처럼 보고 통합된 관점에서 총체적으로 다루게 될 것이다.

2. 공간, 내면세계, 문학텍스트

2.1. 윤선도 문학과 命名의 의미작용

'金鎖洞'과 '甫吉島'는 '산중신곡'과 '어부사시사'의 창작배경이라는 것 이상으로 윤선도에게 있어 특별한 의미를 지닌 장소다.[4] 보길도는 고산이

---

3) 작품 하나하나에 제목을 붙인다든지, 산문에서의 章·節 혹은 건축의 설계도처럼 개개 작품들을 어떤 질서 하에 '배열'한다든지, '어부사시사'에서 배를 띄우고 다시 돌아오는 과정에 맞게 구절구절 여음을 삽입한다든지 하는 점 등은 고산의 意圖 내지 문학적 동기를 반영한다. 예컨대, 두 작품군을 통해 '산과 '바다'를 대응시킨 점을 통해 은자들의 이상 향, 宦路에 있는 사람들의 귀거래의 공간으로 간주되는 그곳을 배경으로 하여 자신의 幽居生活을 표현하고자 한 '의도'를 읽어낼 수 있는 것이다.

4) 박준규는 앞의 글에서 '산중신곡' 중 일부는 금쇄동이 아닌 水晶洞에서 지어진 것이라 주장하고 있으나, 금쇄동·수정동·문소동은 상호 하루 사이에 오갈 수 있는 근거리에 위치하여 있으므로 하나로 묶어 논해도 별 무리가 없다고 본다.

51세 되던 해 강화도에서 임금이 청나라에 항복했다는 소식을 듣고 울분을 참지 못하여 탐라에 들어가 은거하려고 항해를 하던 중 우연히 발견하여 정착한 곳이고, 금쇄동은 53세에 꿈에 金鎖 錫櫃를 얻는 꿈을 꾸고 며칠 안 되어 발견한 장소이다. 고산 자신도 '山水癖'이라는 말로 인정하고 있듯, 공간에 대한 그의 애착은 특이한 자연물, 지점마다 이름을 붙이는 행위로 표출된다. 그에게 있어 命名은 공간애 혹은 자연애에서 비롯된 일종의 취미이자 습관이었다. <朗吟溪> <樂書齋> <石室> <或躍岩> 등은 보길도에 터를 잡고 난 뒤, <初得金鎖洞作>은 금쇄동을 발견하여 이름을 붙인 뒤 그 기쁨을 시로 읊은 것이다.

이처럼 특징적인 자연물, 특정 지점에 이름을 붙인다는 것은 그냥 '거기에 놓여있을 뿐인' 어떤 공간에 특별한 가치와 의미를 부여하는 행위이다. 뚜렷하지 않은 이미지로 존재하는 어떤 공간에 기하학적 정체성이 부여될 때 그 공간은 하나의 '장소'가 된다.5) 다시 말해 장소는, 추상적이고 '무형태'의 속성을 지닌 공간에 의미와 가치가 부여되어 구체적이고 구조화된 '형태'로 존재하는 곳이다.6)

금쇄동의 '會心堂'과 보길도의 '洞天石室'은 고산에게 있어서나 그의 문학을 이해하는 데 있어서 특별히 중요한 의미를 지니는 장소이다. '회심당'은 여러모로 朱子의 雲谷 초당을 염두에 두고 지어진 금쇄동의 거처이다. 「金鎖洞記」는 산 아래로부터 회심당까지 오르는 과정에서 발견한 특징적인 자연물, 특정 지점의 인상을 포착하여 그에 맞게 이름을 짓고 자신의 생각을 서술한 글인데, 여기서 고산은 금쇄동 전체의 형국 및 회심당의 지형적 특성을 다음과 같이 묘사하고 있다.

---

5) Yi-Fu Tuan, *Space and Place* (University of Minesota Press, 1977), p.17.
6) Yi-Fu Tuan, "Space, Time, Place: A Humanistic Frame," *Timing Space and Spacing Time* Vol.1(New York: John Wiley & Sons, Inc., 1978), p.7.

안목을 갖춘 사람이 여기에 이르면 이곳이 바로 上淸仙區의 문호가 된다는 것을 알 것이다. 그러나 여기에 앉아 고개를 들어 위를 쳐다보면 다만 험준하고 높은 산봉우리가 땅으로부터 만 길쯤 솟아 있으니, 그 위가 신선굴처럼 깊고 우묵하며 지세가 넓고 넉넉함을 누가 알겠는가.[7]

이곳은 사람들이 듣지도 보지도 못한 바이지만, 사람 사는 곳에서 멀지 않고, 수정동 山居에서 五里도 되지 않으며 聞簫洞 山居에서 一里도 되지 않지만, 띠처럼 둘러쳐진 요새와 천년의 秘境이 나를 위하여 열려 있어 … (회심당은) 나로 하여금 遺世獨立 羽化登仙의 뜻을 갖게 하다가도 결국은 父子君臣의 윤리에서 벗어나지 않게 한다.[8]

이 내용을 보면 '회심당'은 높고 험준한 산으로 겹겹이 둘러싸여 마치 요새와 같은 지형 안에 위치하면서도 사람 사는 곳에서 그리 멀지 않은 곳에 자리 잡고 있음을 알 수 있다. 고산은 이곳에 거처하면서 특히 朱子의 사상을 연모하고 따르려는 마음자세를 새로이 하곤 했다.

한편, 보길도는 '산이 바다 가운데 있지만 한 번 부용동에 들면 이 산 밖에 바다가 있는 줄 모른다'고 한 「甫吉島識」의 기록[9]에 의해서도 알 수 있듯, 산과 바다가 완벽한 조화를 이룬 곳이면서 별개의 장소처럼 느껴지는 지형적 특성을 지닌다. 洞天石室은 부용동의 案山 허리쯤에 위치한 석실을 고산이 개척하여 지은 거처인데, 「甫吉島識」에 아래와 같이 묘사되어 있다.

---

7) "具眼者到此 則可知其爲上淸仙區門戶也. 然坐此仰面擡眼 則只是崚嶒一峯拔地萬丈 孰知其上洞府深邃." 『孤山遺稿』 5권·下 (南楊州文化院 尹孤山文化事業會, 1996), 795쪽. 이하 윤선도의 시문 인용은 모두 이 책에 의거하고 권수만 표기하기로 한다.

8) "此則人世耳目所未嘗聞見者. 不遠於人境 去余水晶山居不能五里 去余聞簫山居不能一里. 而一丸之塞千載之祕 胡然爲我而開 (中略) 此堂固能使我飄飄然有遺世獨立羽化登仙之意 而終亦使我不外於父子君臣之倫理." 『孤山遺稿』 5권·下, 805~806쪽.

9) 尹偉, 「甫吉島識」, 『實錄 孤山尹善道』(尹承鉉 編著, 사회복지저널사, 1993), 466쪽.

기교하고 古怪한 石門, 石梯, 石欄, 石井, 石泉, 石橋, 石潭들은 모두가 인공
을 가하지 않은 자연 그대로이며 그 모양에 따라 이름 지어졌다. 이곳 石函 속에
한 간 집을 짓고 명명하기를 洞天石室이라 했다.…공은 이곳을 몹시 사랑하여
부용동 제일의 절승이라 하고 그 위에 집을 짓고 수시로 찾아와 놀았다. 이곳에
앉으면 온 골짜기가 내려다보이고 格紫峰과는 평면으로 마주하게 된다.10)

위에서 보는 바와 같이 고산은 회심당과 동천석실에서 많은 시간을 보냈
는데 이는 이곳이 '산중신곡'과 '어부사시사'의 산실이 됨과 동시에 자기성
찰의 부화장, 사색의 중심이 되었음을 말해 준다. 또한 "산수간 바위아래
띠집을 짓는다 하니"(<만흥·1>)11)라는 시구에서도 드러나듯 이곳은 고산
에게 '별장'과 같은 의미를 지닌다. 즉, 의식주·가족·사교·경제활동 등과
같은 일상적 행사가 일어나지 않는 '유희용' 공간이며, 금쇄동을 "上淸仙區
의 문호"라 한다든지 "父子君臣의 윤리"12)를 운운하는 데서도 드러나듯
이곳은 초월적 세계와 삶의 문제에 대한 명상이 이루어지는 '脫俗的' 공간
이기도 한 것이다. 이렇게 볼 때 '장소'는 생물학적 욕구가 충족되고 경제와
관계된 활동이 펼쳐지는 곳13)이기만 한 것이 아니라, 정신적 욕구가 충족되
는 곳이기도 하다는 것이 분명해진다.

2.2. 자기인식의 틀로서의 '上淸仙區'와 '滄洲'

구체적인 지형적 특성이 인간의 가치관, 세계관, 성격, 심리 등 내면세계

---

10) 같은 책, 469쪽.

11) 최진원은 「山中新曲과 金鎖洞記의 관계」(≪孤山硏究≫ 제3호, 1989)에서 여러 가지 근
거를 들어 이 "산수간 바회아래 띠집"이 금쇄동의 '會心堂'임을 규명하였다.

12) 「금쇄동기」에 일관되이 흐르는 사상은 유가철학 특히 주자의 사상이다. 이 글 곳곳에서
고산은 주자의 號이자 그가 살던 곳인 '考亭' 또는 '雲谷 草堂'을 언급하고 있는데, 이는
주자사상에의 경도를 보여주는 단적인 근거라 할 수 있다.

13) Yi-Fu Tuan(1977), p.4.

에 영향을 미치고 나아가 그것을 지배하는 단적인 양상을 우리는 피그미족에서 본다. 그들은 주변이 원시림에 둘러싸여 하늘이나 수평면을 볼 수 없는 자연환경에서 살기에, 천체의 변화를 통해 형성되는 시간개념을 결여하며 수평면을 통해 형성되는 사물에 대한 원근법적 조망 능력을 결여하고 있다. 따라서 그들이 숲에서 나가 끝없이 펼쳐진 대평원과 마주했을 때 수평면 끝에 보이는 소를 실제 하나의 점만한 크기로 인식하게 되는 것이다.14) 이 경우, 피그미족에게 있어 '숲'은 단순히 그들의 거주공간을 의미하는 것을 넘어, 그들의 의식·무의식 세계를 지배하는 인자, 나아가서는 그들의 존재를 정의하고 그들의 정체성과 존재의의를 규정하는 실존적 근거가된다. 거주공간으로서의 '숲'이 그들의 존재를 규정하는 실존적 근거, 다시말해 '우주' 자체의 의미로 전환되는 과정은 그곳에 존재하는 사람들이 그장소의 지형적 특성을 오랜 시간에 걸쳐 반복적으로 경험함으로써 가능해진다. 이때의 '숲'은 더 이상 세계의 한 부분으로서가 아니라 우주 그 자체로인식된다. 즉, '숲=우주'로 해석하게 되는 것이다.

　윤선도에게 있어서 금쇄동과 보길도도 이와 비슷한 양상을 보여 준다. 이 특정 장소들은 고산에 의해 의미와 가치가 부여되는 수동적 객체에 머물지 않고, 그의 삶과 내면세계에 영향을 끼치고 그것을 제약하기도 하는 능동적인 인자로 작용한다. 높고 깊고 험준한 산세, 사방이 群山들로 둘러싸인 금쇄동 지형과, 바다에 면해 있으면서도 그 안에 들어서면 밖에 바다가있는 줄 알지 못하는 보길도 부용동의 지형적 특성은 그 장소에 대한 인상을 창출하고, 이 지배적 인상을 오랜 시간에 걸쳐 반복적으로 경험함으로써고산은 그 장소들을 주관적으로 '해석'하게 된다. 신선이 사는 곳을 나타내는 '上淸仙區'와 '滄洲'15)는 금쇄동과 보길도에 대한 고산의 주관적 해석을

---

14) 같은 책, pp.119~120.
15) 이 두 곳은 일반적으로 신선이 사는 곳을 가리키는데, 고산의 경우 강이나 바다 등 '물'과

한 마디로 응축한 것이라 할 수 있다.

어떤 장소에 대한 이같은 개인적 해석에, 오랜 시간에 걸쳐 축적된 집단 공동의 경험과 연상작용-예를 들면 '험준한 산'은 초월성·도덕성·신의 이미지·숭고함·폐쇄성·停止의 속성과 관계되며 '바다'는 희망·미래·자유·미지의 세계·개방성과 관계된다-이 부가되어 그 장소는 하나의 상징체계로 존재하게 된다.16) 그리하여 성별·인종적 특성처럼 한 개인이 자기존재를 인식하고 규정하는 하나의 기준, 즉 '자기인식의 틀'17)로 작용하게 되는 것이다. 이 단계에서 금쇄동이나 보길도, 회심당이나 동천석실은 전라남도 어디쯤에 위치한 특정 지점 혹은 돌로 된 조형물이나 그가 이름 붙인 구체적인 자연물 하나하나로 존재하는 것이 아니라, 윤선도의 의식·무의식 세계를 제약하는 거대한 힘으로 존재한다. 그리하여 고산이 자기의 내면을 들여다보게 하는 한 계기, 자기의 정체성을 확인하는 근거, 자기 자신을 비추어 보는 객관적 모델로 작용하게 되는 것이다.

특정 장소가 한 개인에게 갖는 이같은 힘은, 그곳을 산실로 하여 탄생하는 언어기술물의 내용이나 주제에 깊이 간여하며 큰 영향을 끼치게 된다. '산중신곡'에서 내면으로 향해진 화자의 시선을 발견한다든지, '어부사시사'에서 미지의 곳으로 나아가는 것만이 아닌 돌아옴의 주지를 읽어낼 수 있는 것도 이같은 맥락에서 설명할 수 있다.

관계된 곳 특히 보길도 앞바다 黃原浦를 가리킬 때 '滄洲'라는 말을 쓰고 있는 것이 눈에 띤다. 그 예로, "滄洲吾道룰 녜브터 닐럳더라"(<漁父四時詞·冬詞9>) "佇看滄洲倚棹時" (<李季夏次贈沈希聖韻·三>) "滄洲吾道由來久 張翰孤帆固所期"(<謝沈希聖辱和>) "滄洲 閑弄釣魚舟"(<釣舟>) 등을 들 수 있다. '上淸仙區'에 대해서는 주 7) 참고.

16) Leonard Lutwack, *The Role of Place in Literature* (Syracuse University Press, 1984), p.31.

17) '자기인식의 틀'이라는 말은 Richard Swinburne의 용어 'Frame of Reference'을 원용하여 본 논의의 문맥에 맞게 변형시킨 것이다. Swinburne이 말하는 'Frame of Reference'란 어떤 대상을 공간적으로 규정하는 지표를 가리킨다. R. Swinburne, *Space and Time* (London: Macmillan & Co. Ltd., 1968), pp.13~15.

2.3. '실제적' 공간과 '허구적' 공간

'공간'을 단서로 하여 고산의 내면세계를 읽어나감에 있어 한 가지 분명히 할 점은 실제적 공간과 허구화된 공간을 구분해야 한다는 사실이다. 작품 속에는 '월출산' '石室' 등 실재의 지명이 등장하기도 하며, 논자들의 지적처럼 다른 시인들에 비해 고산의 작품은 실생활에 밀착하여 寫實美가 두드러진 것은 사실이지만[18] 이 장소들이 언어로 형상화된 이상 허구성을 띠게 되는 것 또한 분명하다. 언어화되는 과정에 시인의 상상력이 개입되므로, 실제의 세계로부터 허구의 세계로 진입하게 되는 것이다. '실제적 공간'이 시인의 공간, 창작이 행해진 장소라 한다면, '허구적 공간'은 시적 화자의 공간, 언어에 의해 상징성을 띠게 되는 공간이다. '자기인식의 틀'로서의 '산'과 '바다' 혹은 '上淸仙區'와 '滄洲'는 구체적인 장소로부터 유추된 상징성을 띤 공간이라는 점에서 허구적 공간과 유사하지만, 텍스트 밖 시인의 세계에 속한다는 점에서 실제적 공간과 같다.

이 두 곳이 의미와 가치의 중심이 되면서 윤선도의 삶과 의식·무의식의 내면세계를 제어하는 자기인식의 틀로 작용하고, 이것이 '산중신곡'과 '어부사시사'라는 문학텍스트로 형상화되는 과정을 아래와 같이 요약해 볼 수 있다.

(a) 희미한 이미지로서 '거기에 놓여 있는' 어떤 공간 (전라남도 해남 및 완도군의 어떤 지점)

(b) 의미와 가치의 중심으로서의 공간, 즉 命名 행위에 의해 한 개인에게 특별한 의미와 가치를 지닌 장소 (金鎖洞 會心堂, 芙蓉洞 洞天石室)

(c) 이 장소의 지형적 특성에 대한 '개인'의 반복적 경험에, 그 지형에 대한 '집단'의 반복·축적된 연상작용이 부가되어 형성된 일종의 상징체계로서의 공간, 즉 '자기인식의 틀'로서의 공간 (산과 바다, 혹은 '上淸仙區'와 '滄洲')

(d) 언어에 의해 상징성을 띠게 되는 허구화된 공간 ('山中新曲'의 월출산, '漁父

---

18) 박준규, 앞의 글, 17쪽.

四時詞'의 石室 등)

3. '자기응시'의 언어적 등가체로서의 '山中新曲'

'산중신곡'은 고산의 나이 56세 때 지어진 것으로 <漫興> 6수, <朝霧謠> 1수, <雨後謠> 2수, <日暮謠> 1수, <夜深謠> 1수, <饑歲歎> 1수, <五友歌> 6수로 이루어진 총 18수의 시조작품군이다. 특기할 만한 것은, <만흥> 6수, '-謠'라는 소제목이 붙은 것(<饑歲歎>은 예외) 6수, <오우가> 6수는 각 그룹별로 공통적인 주제를 지니면서 '자기인식'이라고 하는 상위 주제를 드러내는 데 상보적 작용을 행한다는 사실이다. 지금까지 '산중신곡' 전체 혹은 <오우가>에 한정하여 수많은 연구가 행해져 왔지만, 이 세 그룹 간의 유기적 관계에 주목하거나 공통의 주제를 이끌어 내거나, 자기인식이라는 거시주제를 향한 상호작용에 대해 언급한 예는 없었다고 생각한다. 이 18수의 작품이 '산중신곡'하에 묶인 것은 단순한 우연이나 산중생활을 노래했다는 공통점 때문이기보다는 건축가를 방불케 하는 고산의 주도면밀한 構圖的 안목의 결과라고 본다.

또 각 6수 중에는 나머지 5수를 포괄하는 한 편의 시가 있다는 사실에 주목해야 한다. 제1그룹의 <만흥·6>, 제2그룹의 <기세탄>, 제3그룹의 <오우가·1>이 각각 이에 해당한다. 이 중 <만흥·6>은 '어부사시사' 40편과는 별도로 지어진, 그러면서도 이 작품군과 깊은 관련이 있는 <漁父詞餘音>과 동일한 작품으로, 이 점은 <만흥·6>이 '산중신곡' 18편 중 특별한 의미를 지닌다는 것, 다시 말해 전체를 총괄하는 主題詩의 역할을 한다는 것을 시사한다.

이 세 그룹의 작품들은 시적 話者의 시선이 향하는 위치에 따라 산을 삼등분한 것에 각각 대응된다. 제1그룹의 작품들에서 화자의 시선은 산 정상에 가까운 곳, 제2그룹에서는 산의 아랫자락, 그리고 제3그룹에서는 산의 最高 지점을 향해 있다. 그리고 이 시선은 화자의 자기인식의 영역과 맞물려 있다.

> 山水間 바회 아래 뛰집을 짓노라 ᄒ니
> 그 모론 ᄂᆷ들은 웃는다 ᄒ다마ᄂᆞᆫ
> 어리고 햐얌의 뜻에ᄂᆞᆫ 내 분인가 ᄒ노라　　　　　　　　(〈漫興·1〉)

> 보리밥 픗ᄂᆞ믈을 알마초 머근 後에
> 바횟긋 믉ᄀᆞ의 슬ᄏ지 노니노라
> 그 나믄 녀나믄 일이야 부를 줄이 이시랴　　　　　　　(〈漫興·2〉)

　여기서 '山水間 바회 아래 뛰집' '바횟긋'[19]이라는 말로 미루어 작품의 공간적 배경이 산꼭대기나 산 아래가 아닌 산 중턱 어딘가임을 짐작할 수 있다. 시적 화자는 산 정상을 올려다보기도 하고 산 아래를 굽어보기도 하는 위치에 존재한다. "그 모론 ᄂᆷ들"이 살고 "그나믄 녀나믄 일"들이 전개되는 곳은 화자의 눈 아래에 있다. 이들을 내려다보면서 화자는 자기 분수에 만족하며 '林泉閑興'(〈만흥·4〉)을 즐긴다.

　화자가 위치한 곳은 산꼭대기에 가까운 곳으로, 이 높은 곳에서 아래의 "그 모론 ᄂᆷ들"을 내려다보는 수직적 구도 안에서 화자는 자신을 고양된 혹은 들어 올려진 이미지, 'ᄂᆷ들'과 구분되는 유일무이의 존재, 고립된 주체로서 인식한다. 그러나, 결국 화자는 이러한 자신의 분수를 '님군'의 은혜로 돌림으로써 'ᄂᆷ들'로부터는 등을 돌렸지만 '님군'과는 밀접하게 연관된 것으로 자신의 처지를 규정한다.

---

19) 실제적 차원에서도 "山水間 바회 아래 뛰집"은 金鎖洞의 '會心堂'을 가리킨다. 주 11) 참고

江山이 됴타흔들 내 分으로 누얻느냐
님군 恩惠를 이제 더욱 아노이다
아므리 갑고쟈 ᄒ야도 히올 일이 업세라   (<漫興·6>)

말하자면 이 작품은 현재 자기 자신의 입장을 명료하게 요약·정리해 낸
한 편의 선언문이라 할 수 있는 것이다.

제2그룹의 작품들에는 타인으로부터 고립된 주체로서의 '나'가 아닌 이
웃 속의 '나', 집단 공동체의 일원으로서의 '나', 타인과의 관계 속에서 존재
하는 '나'의 입장이 노래되고 있다.

비오ᄂᆞᆫ듸 들희 가랴 사립닷고 쇼 머겨라
마희 미양이랴 잠기 연장 다ᄉᆞ려라
쉬다가 개ᄂᆞᆫ 날 보아 ᄉᆞ래 긴 밧 가라라   (<夏雨謠·1>)

심심은 ᄒᆞ다마ᄂᆞᆫ 일 업슬 순 마희로다
답답은 ᄒᆞ다마ᄂᆞᆫ 閑暇홀 순 밤이로다
아히야 일즉 자다가 東 트거든 닐거라   (<夏雨謠·2>)

여기서 시적 화자는 제반 인간사가 펼쳐지는 산 아래 마을에 위치하고
있다. 내 주변의 타인 중의 하나인 작품 속의 "아히"는 '나'와 인접의 관계에
놓인다. 제1그룹에서의 "그 모른 눔들"은 여기서 '나'와 더불어 공동체의
구성원이 되며, 사회적 존재로서의 '나'를 규정하는 한 근거가 된다. 이때
'산'은 생활현장과 연결된 곳, 인간의 삶의 터전으로서 의미화된다. 이런 해
석은 앞의 인용문[20]에서 금쇄동이 험준하고 깊은 산속이면서도 人境에서
멀지 않은 곳에 있다는 지리적 조건으로 미루어 그 타당성을 얻는다고 할
수 있다.

---

20) 주 8) 참고.

환자 타 산다 ᄒ고 그를사 그르다 ᄒ니
夷齊의 노픈 줄을 이렁구러 알관디고
어즈버 사ᄅᆷ이야 외랴 히운의 타시로다   (<饑歲歎>)

여기서 화자는 天下之大本인 농사일을 예로 들어, 그에 대한 자신의 생
각을 드러내고 있다. 즉, 饑歲의 암담한 상황을 통해 '夷齊'의 높은 뜻을
헤아리면서 그를 모델삼아 자신이 나아가야 할 방향을 가늠하고 있는 것이
다. 결국 이 작품은 생활인, 공동체의 일원으로서의 '나'가 처한 생활현장을
묘사하면서 자신의 존재를 재확인하는 것을 보여준다는 점에서 제2그룹의
시를 총괄하는 主題詩로 기능한다고 할 수 있다.

제3그룹의 시조들은 '산'에 존재하는 혹은 '산'과 유관한 다섯 사물을 '나
의 벗'으로 의인화한 것이다.

내 버디 몃치나 ᄒ니 水石과 松竹이라
東山의 ᄃᆞᆯ오르니 그 더옥 반갑고야
두어라 이 다ᄉᆞᆺ밧긔 또 더ᄒᆞ야 머엇ᄒᆞ리   (<五友歌·1>)

여기서 보는 것처럼 자연물을 의인화하는 것은 인간과 자연의 일체감을
드러내는 전통적 기법이다. 시적 화자는 다섯 사물을 자신의 벗이라 부름으
로써 자신을 다섯 사물에 '포개어' 놓는다.

이 중 '달'의 경우는 <五友歌·1>에서처럼 동산에서 솟는 것, 다시 말해
산꼭대기로부터 그 모습을 드러내는 존재로 그려지거나,

쟈근 거시 노피 떠셔 萬物을 다 비취니
밤듕의 光明이 너만ᄒᆞ니 또 잇ᄂᆞ냐
보고도 말아니 ᄒᆞ니 내 벋인가 ᄒᆞ노라   (<五友歌·6>)

에서 노래하고 있는 것처럼 실제적으로도 높은 곳에 있어 화자가 달을 올려다 보는 행위는 물리적 공간만이 아닌 화자의 내면공간에서 행해지는 의식작용과도 맞물려 있다. 나머지 넷은 물론 그 소재 위치를 어느 한 곳으로 제한할 수 없지만, 그것이 지닌 최고의 가치덕목으로 인해 시적 화자의 의식공간에서 산의 가장 높은 곳에 위치하는 것으로 '수용'된다.

또한 이 사물들은 화자의 벗이라는 공통점으로 인해 '달'과 대등한 관계에 놓이며, 따라서 '달'이 지니는 '가장 높은 곳'의 속성을 나누어 갖게 된다. 화자는 이들과 자신을 포개어 놓음으로써 그들의 위치로 자신을 '들어 올리게' 되는 것이다. 이 意識上의 最高 지점에서 화자는 물의 不斷性, 바위의 不變性, 소나무의 剛直性, 대나무의 융통성, 달의 광명과 과묵함이라는 超俗的 가치를 경험한다.

이렇게 볼 때 <오우가>는 산의 높이가 상징하는 초월적 속성[21]을 산과 유관한 혹은 산에 존재하는 다섯 자연물이 지닌 덕목으로 환치한 것이라 할 수 있다. 바꿔 말하면 각 자연물이 지닌 덕목의 총합이 바로 '上淸仙區'로 함축되는 '산'의 속성인 셈이다. 화자는 다섯 사물로 응축된 산의 속성에 비추어 자기의 내면세계를 응시하고 재정의하며 이러한 내면작용의 언어적 등가체가 <오우가>인 것이다. <오우가·1>은 이러한 내면의식을 총괄적으로 함축하는 主題詩라 할 수 있다.

'깊은 곳'과 '높은 곳'이 聖스러운 요소를 포함하는 것으로 인식되는 것은 동서의 차이가 없다. 왜냐하면 그곳은 신과 같은 초월적 존재가 거주하는 영역이며, 또는 비범한 인물의 영적 능력이 현현되는 곳이기도 하기 때문이다.[22] 또한 '높은 곳'은 그곳으로부터 과거를 돌아보는 일종의 도덕적 고양

---

21) Jean Chevalier and Alain Gheerbrant, *A Dictionary of Symbols*, trans. John Buchanan-Brown(London: Penguin Books Ltd. 1996), p.680.

22) L. Lutwack, 앞의 책, p.39.

(moral elevation)을 나타내고 고독의 감정을 북돋우며[23] 우주적 질서 및 영원불변의 상징에 관계된다.[24]

'산중신곡'은 산이 지닌 공간적 속성-수직성, 둘러싸임, 높이, 정지, 삶의 한 터전-을 자기를 비추는 하나의 거울, 즉 자기인식의 틀로 삼아 자기의 내면세계를 응시하는 정신작용의 산물이다. 주변이 첩첩이 산으로 둘러싸인 곳에 있을 때, 인간은 위를 올려다보거나 아래를 내려다보거나 자신의 내면을 들여다보게 된다. 산 안에 들어앉아 있으면, 그 폐쇄성으로 인해 사물을 보는 상대적 시각이 결여되고 사물에서 절대적 가치를 보게 된다. 높고 험준한 산속의 한 '띠집' 회심당에서 위를 올려다보며 어떤 절대적인 가치, 무한한 것에 대해 사색하거나 혹은 높은 도덕성을 추구하는 내용의 「금쇄동기」를 운문으로 전환한 것이 바로 그룹 1·3과 같은 '산중신곡' 작품들이라 할 수 있다. 한편, 앞을 보는 것은 낯익은 경험, 일상적 풍경, 습관적 행동과 마주하는 계기가 되며[25] 그룹 2의 작품들이 이에 대응된다고 하겠다.

결국 산의 공간적 속성이 고산의 내면세계에 영향을 끼쳐 자기를 가늠하는 기준, 자기 내면의 탐구를 촉발시키는 계기, 즉 자기인식의 틀로 작용하고 다시 이것이 언어로 형상화된 것이 '산중신곡'이라 할 수 있다. 요컨대, '산중신곡'의 작품들은 화자와 대등한 관계에 놓인 자연물, 인접의 관계에 있는 이웃사람을 통해 자기 자신의 내면을 들여다보는 정신작용의 언어적 기술물이라 할 수 있다.

이러한 양상은 텍스트 속에서 다양한 표현으로 나타난다. 우선 '나'라고 하는 1인칭 대명사가 상대적으로 많이 쓰이는 것에 주목할 필요가 있다. 전체 18수 중 6회[26]가 쓰이고 있어 40수 중 1회 쓰인 '어부사시사'와 큰

---

23) 같은 책, p.26, p.32.

24) Wolfram Eberhard, *A Dictionary of Chinese Symbols*, trans. G.L. Campbell(London · New York: Routledge, 1986), p.194.

25) Yi-Fu Tuan(1978), p.12.

대조를 이룬다. 자신을 '나'로 언명하는 것은 자기와의 만남, 자기를 부르는
행위, 자기인식의 뚜렷한 징표이다. 모든 행위·사건·현상의 중심 혹은 타
인 속에서 '나'를 보는 일이다. 뿐만 아니라, '너'라는 2인칭, '님'과 같은 3인
칭, 그리고 '아희야'처럼 상대를 직접적으로 부르는 말 또한 많이 사용되고
있어 1인칭 화자를 직접적으로 전제하고 있다. 이는 화자의 관심과 시선이
자신의 내면을 향하고 있음을 반영하며, 시선이 밖을 향하기 때문에 대부분
의 서술이 대상에 초점이 맞춰져 전개되는 '어부사시사'와 선명한 차이를
드러낸다.

또한 '산'이라고 하는 공간이 지니는 '停止' 혹은 '安定感' '不變'의 속성
은 작품 내에서 화자의 동작을 제약하는 양상으로 나타나기도 한다. '산중
신곡' 작품에는 화자의 움직임이나 공간이동을 함축하는 동사가 '어부사시
사'에 비해 현저히 적으며, 따라서 화자의 시점 이동도 거의 없다.

> 夕陽 넘은 後에 山氣는 됴타마는
> 黃昏이 갓가오니 物色이 어둡는다
> 아희야 범 므셔온듸 나듣니디 마라라　　　　　　　　　(<日暮謠>)

에서 보는 바와 같이 화자는 '집안'이라고 하는 고정된 장소에서 그 순간
화자의 시선에 포착된 夕陽 무렵의 장면을 계기로 詩想을 전개한다. "됴
타" "어둡는다" "므셔온듸"와 같은 형용사는 화자가 포착한 대상의 속성을
나타내는 서술어이며, 우리는 여기서 화자의 움직임을 감지할 수 없다.

---

26) "내 분인가 하노라"(<만흥·1>) "내 셩이 게으르더니"(<만흥·5>) "내 分으로 누얼느
냐"(<만흥·6>) "내 줌 와 씨와스라"(<夜深謠>) "내 버디 몃치나 ᄒᆞ니"(<五友歌·1>)
"내 벋인가 ᄒᆞ노라"(<五友歌·6>).

4. '자아확산'의 언어적 등가체로서의 '漁父四時詞'

'어부사시사'는 고산의 나이 65세에 보길도에서 지어진 40편의 시조작품 군이다. 여기서 그의 내면세계의 움직임을 읽어내기 전에, 먼저 '어부사시사' 와는 별도로 존재하는 <漁父詞餘音>이라는 작품과 이들 40편과의 관계를 규명할 필요가 있다. 지금까지 수많은 관심이 '어부사시사'에 쏟아져 왔지만 이를 <어부사여음>과 관련시키려는 시도는 보이지 않는다. 『孤山遺稿』에 의하면 <어부사여음> 역시 65세에 지어진 것으로 되어 있고 '어부사시사' 바로 뒤에 이 작품이 수록되어 있으며 '此乃山中新曲漫興第六章 而以爲 漁父詞餘音 故重錄於此'라는 내용이 부기되어 있다. 여러 이본 중 尹孤山 宗家에 보존되어 온 「金鎖洞記」 附錄寫本 '어부사시사'는 그 원형을 가장 많이 유지하고 있는 것으로 평가되고 있는데27) 여기에도 말미에 이 <어부 사여음>이 붙어 있는 것으로 보아 고산이 '어부사시사'를 제작할 무렵과 거 의 같은 시기에-어쩌면 동시에-지어진 것으로 추정해 볼 수 있다.

'餘音'은 餘韻과 통하는 것으로, 어떤 내용을 말한 뒤 뭔가 미진한 것이 남아있을 때 덧붙이는 말이라는 뜻을 함축하고 있다. 고산이 '어부사시사' 40수를 읊어낸 뒤에도 뭔가 다하지 못한 느낌이 남아 있었기에 이 작품을 지었다고 한다면 그것이 무엇일까. 뿐만 아니라 동일한 시조가 '산중신곡'의 <만흥·6>과 '어부사시사' 말미에 배열되어 있다는 것은 이 작품이 <어부 사시사>만이 아닌, 두 작품군 전체를 총괄하는 역할을 하는 것이 아닐까 하는 추정을 낳는다. 이 점에 대해서는 뒤에서 언급하기로 하고 우선 이 <어부사여음>이 40편 전체를 포괄하는 主題詩 성격의 작품이라는 판단 하에 논의를 전개하고자 한다.

'어부사시사'는 봄·여름·가을·겨울이라는 시간의 순환과, 공간상의 두

---

27) 강전섭, 「尹孤山의 '漁父四時詞'에 대하여」, ≪孤山硏究≫ 제2호(고산연구회, 1988), 2~4쪽.

지점을 전제로 행해지는 떠남과 돌아옴이라고 하는 모티프를 두 축으로 하여 구축된 언어구조물이다. 여기서, 사계절의 변화는 시간적 순환뿐만 아니라 그 자체로 공간적 순환을 내포한다. 음양오행 사상에서 봄은 東, 여름은 南, 가을은 西, 겨울은 北을 상징하고 있어 시계방향으로 진행되는 圓運動까지 함축하는 것이다. 그러나 사계에 함축된 공간성은 일종의 상징체계에 속하는 것이고, '떠남'과 '돌아옴'으로 표상되는 공간적 순환은 실제적 차원에서 행해진다는 차이가 있다. 또한 前者의 순환성이 '圓運動'의 성격을 띤다면, 後者는 두 지점을 오가는 '錘運動'의 성격을 띤다.

'산'이 정지의 공간이라면 '어부사시사'의 실질적인 창작 배경인 '섬'은 산의 '정지성'과 潮水로 대표되는 바다의 '동작성' 양면을 함축한 공간이다. 이같은 창작공간의 특성은 주체의 외면·내면세계에 영향을 끼치고 궁극적으로 작품이 표방하는 의미세계까지도 제약하는 요소가 된다.

구절구절 삽입되어 있는 여음구는, 배를 띄우고 바다를 향해 떠났다가 원래의 장소로 돌아오는 錘 운동 과정을 그대로 재현한다. 春·夏·秋·冬 각 10편은 모두 초장 뒤에 배를 부리는 동작과 관계된 여음구를 삽입하고 중장 뒤에 "至匊恩 至匊恩 於思臥"라는 후렴구를 삽입하는 구조로 되어 있다. 배를 부리는 동작에 관계된 여음구를 열거해 보면 다음과 같다.

제1수: "빅떠라 빅떠라"   (배 띄워라)
제2수: "닫드러라 닫드러라"   (닻 들어라)
제3수: "돋ᄃ라라 돋ᄃ라라"   (돛 달아라)
제4수: "이어라 이어라"   (배 저어라)
제5수: "이어라 이어라"   (배 저어라)
제6수: "돋디여라 돋디여라"   (돛 내려라)
제7수: "빅셰여라 빅셰여라"   (배 세워라)
제8수: "빅미여라 빅미여라"   (배 매어라)
제9수: "닫디여라 닫디여라"   (닻 내려라)

제 10 수: "빈븟텨라 빈븟텨라"　　　(배 붙여라)

이 여음구들은 보면 제1수에서 5수까지는 바다를 향해 나아가는 과정, 제6수에서 10수까지는 돌아와 배를 묶는 과정을 재현한다. 그리고 돌아오는 과정에 어딘가에 들러 한 바퀴 돌아본 뒤 다시 귀로에 오르는 내용이 제7수와 8수에 담겨진다. 이는, 건축의 설계도처럼 면밀하게 고안된 조형물을 연상시킨다.

철저하게 의도되고 고안된 언어장치, 40편을 총괄하는 상위 主題詩 格의 <어부사여음>, 그리고 '떠남'과 '돌아옴'이라는 동작의 재현은 '어부사시사'가 단순히 바다의 어느 한 지점에 머물면서 주변의 경관을 즐기는 漁翁의 閑興을 그린 작품이 아니라는 것을 명백히 말해 준다. 이 작품군은 현실이라는 일상의 궤도를 벗어나 무한히 '자아확산'을 꾀하려는 고산의 無意識의 욕망과 그 욕망을 제어하여 본 궤도로 복귀하려는 意識의 작용 간의 긴장을 보여주는 텍스트이다. 즉, '제한된 가능성 안에서의 자아확산'이라는 主旨를 드러내는 작품으로 읽어야 한다. 이 점이 바로 어옹의 삶을 이상적 삶의 한 패턴으로 제시하여 그 안에서 무한한 가능성을 확인하는 여타 '어부가'와 고산의 '어부사시사'를 가름하는 변별점이라고 하겠다. 시작품을 통해 이를 구체적으로 살펴보도록 하자.

앞서 지적했듯 이 작품군의 소제목이 함축하는 네 계절의 순환은 동서남북의 방위 즉 화자를 둘러싼 全 방향을 포괄한다. 그럼으로써 '바다'는 모든 시간, 모든 공간을 포괄하는 '우주공간'으로 화하게 된다. 계절별 노래들은 첫수에 그 계절의 특징을 언급하는 내용으로 시작하여 두 번째 노래에 이 광대무변의 우주공간을 향해 떠날 준비를 하는 내용으로 이어진다.

압개예 안개것고 뒫뫼회 히 비췬다
밤믈은 거의디고 낟믈이 미러온다

江村 온갖고지 먼빗치 더옥 됴타　　　　　　　　　　　　　　(＜春詞·1＞)

날이 덥도다 믈우희 고기 떤다
글머기 둘식세식 오락가락 ㅎㄴ고야
낫대ㄴ 쥐여잇다 濁酒瓶 시럿ㄴ냐　　　　　　　　　　　　(＜春詞·2＞)

그러나 여기서의 '떠남'은 어떤 정해진 목적지가 있어 그곳을 향해 곧바
로 나아가는 계획된 여행의 출발을 의미하는 것이 아니라, 광대무변의 개방
된 공간·未知의 세계를 향하여 '지금, 여기'라고 하는 旣知의 경계를 벗어
나는 것을 의미한다. 또한 이 여행은 시간·공간적인 제약하에 어떤 현실적
목적을 가지고 행해지는 여행이 아니라, 계획도 없이 현실적 목적없이 미지
의 것-새로운 진리, 새로운 공간, 새로운 사물-을 찾아 나서는 '탐색여행'의
성격을 띤다. 그리고 한 방향으로 나아가는 직선적 여행이 아닌, 돌아옴과
다시 떠남을 전제로 한 '循環的 여행'의 성격을 띤다. 이같은 해석의 타당성
은 작품 속의 다양한 언어적 장치를 통해 확인할 수 있다.

(1) 녀름 ᄇᄅ람 뎡홀소녀 가ᄂ 대로 ᄇᆡ 시겨라　　(＜夏詞·3＞)
(2) 乾坤이 제곰인가 이거시 어듸메오　　　　　　(＜秋詞·8＞)
(3) ㄴ일도 이리ᄒ고 모뢰도 이러ᄒ쟈　　　　　(＜秋詞·9＞)
(4) 밀믈의 西湖요 혈믈의 東湖가쟈　　　　　　(＜秋詞·3＞)
(5) 北浦 南江이 어듸 아니 됴할러니　　　　　　(＜夏詞·3＞)
(6) 巨口 細鱗을 낟그나 몯 낟그나　　　　　　　(＜冬詞·7＞)

이 중 (1)(2)는 이 여행이 정처 없이 나아가는 것임을, (3)은 시간적 계획
이 없이 행해지는 것임을, 그리고 (6)은 어떤 현실적 목적 없이 이루어지는
것임을 말해 준다. (4)(5) 역시 동시에 갈 수 없는 상반된 장소를 병치함으
로써 어느 한 곳을 지정하고 나아가는 것이 아님을 반영한다. 이 모두 시간
·공간상으로 무계획적 여행임을 시사하는 언어적 징표라 할 수 있다.

한편 '어부사시사'는 또 다른 자아나 세계, 진리를 찾아 나서는 여행'에
대한 기록이라 할 수 있다.

(7) 岸柳 汀花는 고븨고븨 새롭고야   (＜秋詞·6＞)
(8) 그러기 떳는 밧긔 못 보던 뫼 뵈ᄂ고야   (＜秋詞·4＞)
(9) 芳草를 불와보며 蘭芝도 뜨더보쟈   (＜春詞·7＞)

이 구절들은 낯선 것·새로운 것을 발견하는 데서 오는 기쁨을 표현하고
있어, 이미 알고 있는 친숙한 세계를 재확인하는 성격의 것이 아닌, 미지의
세계로 나아가 새로운 것을 발견하려는 '탐색여행'의 성격을 띤 것임을 말
해 준다. (9)의 '~하며 ~한다'와 같은 동시 동작을 나타내는 표현 또한 예
기치 않는 장면과 마주한 데서 오는 고조된 기분을 전달하고 있다. 이러한
점은 시적 화자가 미지의 세계로 나아가 예기치 않은 것과 조우하면서 경험
영역을 확대하는 양상을 나타낸 것이라 할 수 있다.

(10) 吳江에 가쟈ᄒ니 千年 怒濤 슬플로다
     楚江에 가쟈ᄒ니 魚腹 忠魂 낟글셰라   (＜夏詞·4＞)
(11) 鶴髮 老翁 만나거든 雷澤讓居 效則ᄒ쟈   (＜夏詞·5＞)
(12) 玉兔의 띤는 藥을 豪客을 먹이고쟈   (＜秋詞·7＞)
(13) 滄洲吾道를 녜브터 닐럳더라   (＜冬詞·9＞)

(10)(11)은 과거에 어느 곳을 무대로 일어난 역사적 사건을 인용함으로
써[28] (12)는 신화적 요소를 차용함으로써, 그리고 (13)은 隱者가 사는 곳인
"滄洲"라는 공간을 제시하여 시간·공간, 나아가서는 경험이 확대되는 양상
을 보여준다. 이외에도 '어부사시사'에는 西湖·東湖·仙界·佛界·鵝鴨池

---

28) '千年 怒濤'는 伍子胥와, '魚腹 忠魂'은 楚의 屈原과 관계된 고사이다.

등 직접·간접으로 확장된 공간의 인상을 창출하는 일련의 이미지들이 많이 사용되고 있음을 본다.29) 이 이미지들을 중심으로 광대한 파노라마가 창출되면서 먼 곳, 과거 혹은 신화의 영역으로의 상상적 여행이 전개되고30) 따라서 시간·공간·경험이 확대되는 효과를 낳게 되는 것이다.

한편, 여정의 순차적 진행을 나타내는 '돈다라라' '닫디어라'와 같은 여음구, '가쟈스라' '디나가고' '나아온다' 등과 같은 視點과 空間의 이동을 함축하는 어휘, 'ㄱ올히 드니' '블근 둘 도다온다'와 같은 시간의 추이를 나타내는 어휘, '뜨더 보쟈' '츳자 보쟈' '다둗거든' 등과 같은 주체의 움직임을 나타내는 어휘를 빈번하게 활용하는 것도 화자의 경험영역이 확대되는 것을 드러내는 데 효과적인 언어장치가 된다. 그리고, 상이한 배경들이 연속되거나 한 장소의 세부사항이 기술되는 것도 주체의 경험의 확대를 가리키는 언어적 지표가 된다.31) 또한 바다로의 여행은 바다가 가진 상징성-무한성·무형태성·개방성·주기적 순환성·움직임·자유-에 힘입어 그 자체로 시간과 공간, 경험의 확장을 표상하는 텍스트적 징표가 된다.32) 텍스트에서의 시간·공간의 확장은 곧, 이를 감지하는 주체의 경험영역의 확장을 의미하고, 경험의 확장은 화자의 자아확산을 반영한다.

이외에 자아확산을 나타내는 언어적 징표로서, 자신을 3인칭화하는 표현

---

29) '어부사시사'를 보면, 강·호수·내·沼 등 바다가 아닌 공간이 설정되어 있어 리얼리티에 위배되는 양상을 드러내며 이런 점은 작품 속의 어옹에 대하여 實漁翁이냐 假漁翁이냐 하는 문제를 파생시키는 요인이 되기도 하다. 그러나, 이를 '바다'라고 하는 시적 공간의 확장으로 이해하면 그 모순이 해결된다고 본다.

30) Esther Jacobson, "Place and Passage in the Chinese Arts," *Critical Inquiry*, winter, 1976, p.361.

31) L. Lutwack, 앞의 책, p.59.

32) 김신중도 바다가 지닌 이같은 속성에 주목하여 '어부사시사'가 외향적 발산의 방향으로 나아간다는 점을 지적하면서 이를 내면적 침잠이 주조를 이루는 '산중신곡'과 대비시켰다. 김신중, 「<어부사시사>의 공간과 시간」, 『한국고전문학입문』(박기석 외, 집문당, 1997), 138쪽.

을 들 수 있다. '어부사시사'는 화자가 자신을 '나'로 표명하는 '산중신곡'과
는 달리, "漁父 生涯는 이렁구러 디낼로다"(<春詞·10>) "漁翁이 閑暇터
냐 이거시 구실이라"(<夏詞·10>) "漁翁을 웃지 마라 그림마다 그렷더
라"(<秋詞·1>)와 같이 자신을 '漁父'로 객관화하는 양상이 두드러진다. '산
중신곡'에서 1인칭 대명사가 자기내면으로의 수렴·자기응시의 언어적 장
치가 되는 것과는 대조를 이룬다. 3인칭으로써 '나'를 객관화하는 것은 시선
을 자신의 내면으로부터 밖으로 향함으로써 시적 대상에 관심을 분산시키
고 '나'를 다른 관점에서 보는 것이다. 그러나, 이는 내면으로 시선을 돌려
자기 자신에게 관심을 집중시키는 양상, 즉 '自意識'의 팽배와는 구분되어
야 한다. 여기서 말하는 '자아확산'은 오히려 자의식을 放棄하고 외부 사물
에 관심을 돌림으로써 주체의 경험영역을 확장하는 양상을 가리킨다.

 (14) 夕陽이 빗겨시니 그만ᄒᆞ야 도라가쟈   (<春詞·6>)
 (15) 갈제는 니 뿐이요 올 제는 돌이로다   (<春詞·7>)
 (16) 來日이 또 업스랴 봄밤이 몃덛 새리   (<春詞·10>)
 (17) 蝸室을 ᄇᆞ라보니 白雲이 둘러 잇다   (<夏詞·10>)
 (18) 松間 石室의 가 曉月을 보쟈 ᄒᆞ니   (<秋詞·10>)

 (14)(15)는 이 여행이 한 방향으로의 직선적 여행이 아닌 '돌아옴'을 전제
한 왕복여행임을, (16)은 돌아온 뒤 '다시 떠남'을 전제하는 순환적 여행의
성격을 띤 것임을 시사한다. (17)(18)에서는 그 귀환점이 '蝸室'과 '石室'임
이 명시되고 있다. 여기서 '蝸室'은 자구상 자신의 '누추한 거처'를 가리키며
실제적으로 보길도 부용동의 樂書齋가 이에 해당한다.[33] '石室' 역시 자구
상으로 바다가 아닌 섬의 어느 지점을 가리키며 실제적으로는 부용동의 洞

---

33) 보길도 앞바다를 읊은 <黃原雜詠·3>에서도 자신의 樂書齋 거처를 '蝸盧'로 표현하고
 있다.

天石室이 이에 해당한다. 이 두 곳은 떠났다가 되돌아오는 곳, 다시 말해
자아확산 경험의 두 축 중의 하나인 셈이다. 그 두 축 중 이곳이 낯익은
곳 즉 '중심'의 역할을 행한다면, 미지의 세계인 바다는 '변두리'의 의미를
갖는다. 중심이 제한된 공간 속에서 어떤 형태를 띤 것으로 존재한다면, 바
다로 대표되는 변두리는 그 '무형태적'인 속성으로 인해 중심이 제공할 수
없는 진리를 품고 있는 곳, 중심의 속성인 습관적인 행동·일상적 환경에
변화를 주어 다양한 경험을 가능케 하는 곳으로 인식된다.[34]

　요컨대, 이 여행은 낯익음과 친숙함으로 대변되는 '중심'을 벗어나 미지
의 세계, 즉 바다라고 하는 '변두리' 세계를 탐색하다가 다시 중심으로 돌아
오는 왕복의 錘運動, 그리고 궤도이탈과 복귀라고 하는 모티프를 계절마다
반복하는 순환성을 그 특징으로 한다고 할 수 있다. 이 점은 '산'의 폐쇄성
·정지성과 '바다'의 개방성·역동성 양 속성을 함축하는 '섬'의 지형적 특성
이 주체의 경험세계를 제약하는 한 예가 된다고 하겠다.

　또한 이 여행이 미지의 세계에 주안점이 두어져 있지 않고 결국 원래의
장소로 귀환하는 것으로 마무리 지어지는 것은, 달리 변두리에 대한 중심
의 통어력을 시사한다. <어부사여음>이 그 근거가 된다. 앞서 <어부사여
음>은 '산중신곡'의 <만흥·6>과 동일한 작품으로 '어부사시사' 40편을 총
괄하는 최종의 主旨를 함축한 시임을 언급한 바 있다. 이 작품은 江湖에서
안분자족하는 것이 "님군의 恩惠"임을 역설하는 내용, 다시 말해 낯익은
것·친숙한 세계, 궤도 안의 것에 가치를 두는 내용으로 되어 있어, '滄洲吾
道'로 대표되는 '어부사시사'의 미지의 세계에 전면적으로 대치된다.

　그렇다면, 공간에 있어 변두리에 대한 중심의 승리라고 하는 것은 고산의
내면세계의 어떤 점을 반영하는 것일까? 이는 궤도 안의 '나', 이미 경험된
旣知의 대상으로서의 '나'를 무한히 열려진 공간 속으로 진입시켜 자아의

---

34) L. Lutwack, 앞의 책, pp.44~47.

확대를 이루려는 無意識의 욕망과, 그 욕망을 제어하여 본 궤도로 복귀하려는 意識의 작용간의 대립에서 후자의 승리를 보여주는 것이라 할 수 있다. 즉, 자아확산의 경험이 '제한된 가능성' 안에서 이루어지는 것임을 시사한다. '어부사시사' 40수를 짓고도 고산이 미진해 했던 것은 다름 아닌 궤도일탈에 대한 일말의 불안감이 아니었을까 하는 추정을 가능케 한다. 그리하여 고산은 궤도복귀를 시사하는 뭔가 다른 것이 필요했고 <어부사여음>은 이 필요에 부응한 '餘音'이었던 셈이다.

요컨대 '어부사시사'와 <어부사여음>은 '(회심당은) 나로 하여금 遺世獨立 羽化登仙의 뜻을 갖게 하다가도 결국은 父子君臣의 윤리에서 벗어나지 않게 한다'35)는 「金鎖洞記」의 내용을 운문으로 되풀이한 것으로 볼 수 있다. 이 문장의 전반부가 궤도이탈을 암시하는 것으로 '어부사시사'가 이에 대응된다면, 후반부는 궤도로의 귀환을 의미하는 것으로 <어부사여음>이 이에 대응된다고 할 수 있다. 고산의 참 의도는 문장 후반부에 담겨있고 이는 결국 바다로의 자아탐색 여행의 한계를 드러내는 부분이라 하겠다.

5. '山中新曲'과 '漁父四時詞'의 상호관련성

'산중신곡'과 '어부사시사'는 '산'과 '바다'라는 공간의 대응과 '머뭄'과 '떠남과 돌아옴'이라는 물리적 동작·심리적 상태의 대응을 두 축으로 하여 이

---

35) 『孤山遺稿』 5권·下, 806쪽. 이같은 궤도일탈, 신화적·초월적 세계에의 경도를, 많은 논자들이 그러했던 것처럼 '道家的' 경향으로 꼭 못박을 필요는 없지만 그렇게 해석할 수 있는 단서를 제공하는 것이 사실이다. 석실로 돌아온다는 것은, 새로운 진리에의 탐색 끝에 결국 낯익은 진리로의 귀환을 의미한다. 이는 자아의식의 확산에 있어서의 한계에 대한 암시이기도 하다. 즉, 儒者로서의 본분, 가치관까지 초월하지는 못한다는 한계를 반영한다.

루어진, 고산의 자기탐색 여행에 대한 언어기술물이다. '자연'과 '人世'가 삶의 양대의 공간이 되며, '山'과 '水'가 자기인식의 틀이 되는 것은 비단 고산에만 한정되는 것이 아니라, 고전 작가 누구에게나 공통되는 사항이다. 그러나, 고산 및 그의 문학을 이해함에 있어 특별히 공간의 문제가 중요하게 부각되는 것은, 그가 산수에 대한 친화감과 공간애를 '산중신곡'과 '어부사시사'라는 작품을 통해 극명하게 형상화해 냈기 때문이다.

이 두 작품군은 동전의 양면처럼 상보적인 관계에 놓이면서 그의 내면세계를 드러내는데, '산중신곡'은 '산'이라는 공간을 '자기인식의 틀'로 하여 이루어진 '자기응시'의 언어적 산물이요, '어부사시사'는 '바다'-엄밀히 말하면 '섬'-라는 공간을 '자기인식의 틀'로 하여 이루어진 '자아확산'의 언어적 산물이다. 이 글에서 두 작품군을 하나로 묶어 통합된 관점에서 총체적으로 다룬 것은 이 때문이다.

윤선도에게 있어 금쇄동과 보길도는 창작의 공간이면서 동시에 자기탐구·자기발견의 산실이기도 하다. '공간'에 있어서의 이 두 지점과, 고산의 모든 '작품들'에 있어서의 '산중신곡'과 '어부사시사', 그리고 내면세계의 '정신작용'에 있어서의 자기응시와 자아확산은 동전의 양면이 보여주는 다양한 변주의 대응쌍이다. 따라서 '산중신곡'과 '어부사시사'는 이 두 축 사이를 왕래반복하며 끝없이 이어지는 자아탐구 여행의 어느 한 여정에서 토해낸 고백이요 내면 기록으로 이해할 수 있다. 그리고 <江山이 됴타혼둘>(<漫興·6> <漁父詞餘音>)이라는 작품은 <만흥> 6수 나아가 '산중신곡' 전체, 그리고 '어부사시사'를 총괄하는 주제시이면서, 이 두 작품군을 총괄하여 고산의 궁극적인 의도를 드러내는 주제시로 기능한다. 말하자면, '산중신곡' '어부사시사'라는 언어기술물을 통해 표출된 고산의 자기탐구의 최종 귀착지, 내면세계 움직임의 압축된 최종의 보고서라고 할 수 있다.

漢詩에서의 상호텍스트성과 윤선도의 次韻詩

1. 문제제기

하나의 텍스트가 그 자체로 독립적·자율적으로 존재한다는 생각은 오래 전부터 도전을 받아왔다. 모든 텍스트들은 이전에 존재했던 다른 텍스트들을 '전제'로 하거나 그들을 '수용'하거나, 그들에 '의존'함으로써 구체적인 모습을 갖추게 되는 것이며, 타자의 영향을 받지 않고 독자적으로 생성된 것은 단 하나도 존재하지 않는다는 생각이 문학 연구자들 사이에 팽배해진 것이다. 이 관점의 중앙에 '상호텍스트성'의 개념이 자리한다.

서로 다른 텍스트와 텍스트가 상호 관련을 맺는 양상은 동서고금 모든 글에서 발견되지만, 한 개인의 개성과 독창성이 특히 강조되어 표절이나 모방에 민감한 현대의 글에서보다는 서로가 타인의 저술 내용을 베끼는 '抄寫撰集'의 경우까지도 글로서 수용했던 전통적 글에서 더 보편적으로 발견된다. 이미 존재하는 수많은 텍스트들이 어떤 텍스트의 성립에 직접·간접으로 개입하고 간섭하여 상호 이질적인 목소리들이 하나의 텍스트에 공존하거나 잠재해 있는 현상은 모든 텍스트들의 속성이지만, 특히 어떤 텍스트의 경우는 다른 텍스트들과의 상호관련성이 더욱 뚜렷하게 드러나기도 한다. 이 글의 논의 대상인 '次韻詩'가 바로 그 대표적인 예이다. 차운시란 이미 존재하는 어떤 작품의 韻을 빌려와 작시의 토대로 삼는 시양식이기 때문에 다른 텍스트와의 상호관련성이 그 어떤 문학양식보다도 극명하게 드러나는 것이다.

기존의 차운시에 대한 연구는 차운시 자체의 문학적 특성을 규명하기보다는 주고받은 인물이 누구인가를 토대로 교유관계, 사상적·문학적·정치적 성향을 파악하거나, 고인의 시에 차운했을 경우 그 시인으로부터의 영향관계를 추적하는 등 주로 텍스트 외적 특성(extra-textuality)을 규명하는 것에 집중되어 왔다. 이와는 달리 이 글은 한 편의 차운시와 그것의 성립 전제가 되는 原詩와의 상호관련성(intertextuality)을 통해 차운시의 텍스트 내적 특성(intratextuality)을 드러내고자 한다는 차이를 지닌다.

漢詩에서는 차운시 외에도 다양한 형태의 상호텍스트적 양상이 발견된다. 2장에서는 차운시의 상호텍스트성을 구체화하기 위한 발판으로서 한시 전반에 나타나는 상호텍스트성의 다양한 양상을 개괄하고자 한다. 3장에서는 尹善道의 작품을 대상으로 하여 차운시의 상호텍스트적 양상을 구체적으로 살피고자 한다. 윤선도의 한시 작품을 대상으로 하는 이유는 그의 한시 작품들 중에서 차운시가 차지하는 비중이 다른 시인에 비해 월등하게 크기 때문이다.

그러므로 이 글의 지향점은 다른 시인과 구분되는 윤선도 한시의 변별적 특성을 살피는 동시에 한시 차운시의 상호텍스트적 양상을 구체적으로 살피는 데 있다고 할 수 있다.

2. 한시와 상호텍스트성

2.1. 상호텍스트성 개괄

'상호텍스트성'은 intertextuality의 역어로서 달리 '間텍스트성' 혹은 '텍스트 상호관련성'으로 번역되기도 하는데, 이 말은 크리스테바가 바흐친의 대화이론을 소개하는 데 사용하면서 널리 보편화된 용어다. 바흐친의 대화이론이 주로 선행하는 담론과의 수직적 관계에 초점을 맞추고 있는 반면, 크리스테바는 동시대적인 담론과의 수평적 관계, 나아가 문학과 문학 이외의 영역의 관계로까지 논의를 확대하여 바흐친의 이론을 새롭게 재해석했다. 상호텍스트성이라는 용어는 그 개념이나 적용범주 등 여러 면에서 이론가들마다 각각 상이하게 사용되고 있는데, 공통적인 것은 주어진 어느 한 텍스트가 통시적·공시적으로 다른 텍스트와 맺고 있는 상호관계를 가리킨다는 점이다. 바꿔 말하면, 이 용어는 공통적으로 어떤 텍스트가 자신의 존재 및 의미를 다른 텍스트들에 의존하는 현상을 가리키는 데 사용된다는 것이다.

한편 '상호텍스트'(intertext)는 보통 어떤 텍스트 안에 잠복되어 있는 텍스트1)를 가리키는데, 이를 한 텍스트의 생성 문제와 관련지어 볼 때 어떤 텍스트의 성립에 직·간접, 통시적·공시적으로 간여하는 모든 텍스트들을 가리킨다. 예를 들어 『太平廣記諺解』2)에 실려 있는 「쟝탐뎐」3)에는 <공무도하가>가 삽입되어 있는데 이것의 성립에 崔豹의 『古今注』에 실려 있는 공무도하가 및 배경설화를 비롯하여 王叡의 <公無渡河>, 李白의 <箜篌引> 등이 의식적·무의식적 차원에서 직접·간접적으로 개입해 있고 이들은 모두 「쟝탐뎐」 <공무도하가>의 상호텍스트가 되는 것이다.4)

그런데 일반적으로 어떤 텍스트가 다른 텍스트와 상호텍스트적 관계에 놓여 있다는 사실을 인지하는 것은 그렇게 간단한 문제가 아니다. 주어진

---

1) Robert Scholes, *Semiotics and Interpretation* (New Haven: Yale University Press, 1982), p.145.
2) 譯者와 번역시기가 미상인데 대략 1566년에서 1608년 사이에 번역이 이루어진 것으로 추정된다.
3) 「쟝탐뎐」은 『太平廣記』 제309권 '神19'에 실려 있는 「蔣琛」을 언해한 것의 題名이다.
4) 이에 관한 자세한 논의는 신은경, 「'公無渡河談論'의 間텍스트성 연구」, 『한국 고전시가 경계허물기』(보고사, 2010), 367~392쪽 참고.

텍스트 안에 다른 텍스트가 인용문이나 언급의 형태를 통해 명시적으로 드러나는 경우도 있지만, 패러디나 아이러니, 模作, 표절 등의 방식을 통해 암시적으로 드러나는 경우도 있기 때문이다.5) 하지만 우리는 어떤 텍스트가 제목이나 주제, 내용, 소재, 모티프 등 텍스트 구성 요소들의 사용에 있어 기존의 다른 텍스트들의 그것을 동일하거나 비슷하게 되풀이할 경우 두 텍스트는 상호텍스트적 관계에 놓여 있다는 것을 어느 정도 파악할 수 있다. 즉, 어떤 요소의 '반복'은 상호텍스트성의 징표로 제시될 수 있는 것이다.

반복의 양상은 보통 인용·모방·언급 등의 형태로 구현되는데, 차운시의 경우는 原詩의 韻과 시형식을 답습하고 나아가 주제까지도 수용하는 양상을 띠므로 이 중 '모방'의 형태로 반복이 이루어진다고 할 수 있다. 새롭게 생산되는 텍스트는 공통의 기반 혹은 반복요소들에 축약, 첨가, 대치, 인용, 요약, 잉여 요소의 생략 등 다양한 '변형'을 가함으로써 상호텍스트들과 자신을 변별시킨다.6)

상호텍스트성에 입각하여 텍스트의 성립 양상을 살필 때, 다른 텍스트와 관계가 맺어지는 양상이 작가의 의식적 차원에서 행해지는 경우와 무의식적 차원에서 행해지는 경우를 구분해 볼 필요가 있다. 오늘날 연구자들이 상호텍스트적 관점에서 논의를 진행할 때 대개는 후자의 경우까지를 포괄하는 양상이 일반적이다. 2절에서 보겠지만, 한시에서 상호텍스트적 관계가 형성되는 경우 상호텍스트성은 후행 작품을 지은 시인의 의도적인 시적 장치로 활용된다는 것을 알 수 있다. 따라서 이 글에서는 의식적 차원에서 이루어지는 상호텍스트적 관계로 국한하고자 한다.

---

5) Thomas A. Sebeok, *Encyclopedic Dictionary of Semiotics* (New York: Mouton de Gruyter, 1986), intertextuality.

6) 이에 대해서는 Götz Wienold, "Some Basic Aspects of Text Processing," *Poetics Today* 2: 4, 1981, pp.104~105.

2.2. 한시 상호텍스트성의 제 양상

한시에서 상호텍스트성을 논할 때 가장 먼저 주목할 만한 것은 '用事'와 '引用'이다. 용사는 역사적 사건을 인용하는 것이고 인용은 기존의 시구나 문구를 가져다 쓰는 것으로, 한시는 짧고 함축적인 문학양식이기 때문에 용사나 인용은 축약된 표현으로 후행 텍스트에 모습을 드러내는 경향이 있다.

두 번째로 거론할 것은 '贈答詩' 혹은 '酬酢詩'의 형태이다. 이 두 양식 모두 둘 이상의 사람이 시를 주고받는다는 공통점이 있으나 '수작시'는 인물들이 같은 공간 같은 현장에서 시를 주고받는 형태라면, 증답시는 꼭 같은 장소일 필요는 없고 오히려 공간적으로 떨어져 있는 사람들 사이에서 주고받는 형태라는 차이점이 있다. 어느 쪽이든 간에 먼저 시를 지어 보내는 쪽의 작품이 상호텍스트가 되어 상대의 詩作에 관여를 하게 되는 것이다. 상호 증답과 수작은 1회로 끝나기도 하지만 수차례 행해지기도 한다. 이럴 경우 상대의 시에 답을 하여 시를 짓는 쪽이 다시 상대의 作詩의 상호텍스트로 작용한다.

세 번째로 次韻詩와 集句詩, 聯句와 같은 형태를 들 수 있다. '차운시'는 동시대 인물이나 고인이 이미 지어놓은 시의 韻字를 가져다가 자신의 작시의 전제로 삼는 형태이고, '집구시'는 여러 인물들의 시구를 여기저기서 적출하여 구슬을 꿰듯 하나의 작품으로 완성한 것이다. 이때 마치 한 사람의 손에서 나온 것 같은 천의무봉한 흐름이 관건이 되며 적출의 대상이 된 시구들과 이들을 모아 한 편의 시로 완성한 작품 간에는 상호텍스트성이 형성된다. '연구'는 몇 사람이 차례로 돌아가며 시구를 지어 한 작품으로 완성한 것으로 일본의 共同 詩作 형태인 '하이카이'(俳諧)도 이와 흡사한 형태다. 순서대로 시구를 지을 때 앞서 지어진 시구에 호응이 되고 조화가 이루어질 수 있도록 하는 것이 중요하며 이 점이 바로 상호텍스트성이 성립되는 기반이 되는 것이다. 차운시는 어떤 면에서는 수작시나 증답시의 한 부류가 된다고 볼 수 있다.

네 번째, 흔히 한시 작품의 본문 앞뒤에 붙어 있는 '序跋' 또한 '본문'과의 상호텍스트적 관계를 지닌다. 대개 시를 짓고 난 다음 서나 발을 쓰게 되므로 이 경우 시가 산문의 상호텍스트가 된다는 특징을 지닌다.

다섯 번째 한시의 상호텍스트성의 양상으로서 申緯의 '東人論詩絶句'처럼 시로써 시를 논하는 방식-'以詩論詩'- 즉, '論詩詩' 형태를 들 수 있다. 대개 시작품에 대한 평은 산문으로써 이루어지는데 이 경우 시를 가지고 다른 시를 논하므로 後行 텍스트 작자는 先行 텍스트의 독자이자 평자이면서, 동시에 선행 시작품을 상호텍스트로 하여 새로운 시를 짓는 시인이 되기도 하는 것이다.

여섯 번째로 민요나 시조를 한시 형태로 번역한 경우, 또는 한시를 시조 형태로 번역한 경우를 들 수 있다. 고려시대의 민간가요를 7언 절구의 한시 형태로 번역한 益齋 李齊賢의 '小樂府', 시조를 한시로 옮긴 申緯의 '小樂府' 40수 등이 대표적 예이다. 보통 번역이란 '하나의 언어·문화체계를 또 다른 언어·문화체계로 轉移하는, 제한과 법칙이 있는 활동'[7]혹은 '동일한 기호내용-시니피에-을 유지시키면서 기호표현-시니피앙-을 바꾸는 것'[8]으로 정의된다. 번역은 그에 선행하는 原 텍스트의 기호내용을 되풀이하지만 기호표현을 다양하게 변형시킴으로써 원 텍스트에는 없는 새로운 요소가 부가될 수 있다. 그러므로 원 텍스트와 번역 텍스트는 동일하면서 동일하지 않다고 하는 아이러니를 내포한다. 모든 텍스트는 정도의 차이는 있지만 어떤 식으로든 기존의 혹은 동시대적인 다른 텍스트와 공유하는 부분을

---

7) 최현무, 「문학작품 번역의 몇 가지 문제점: 한국문학의 불어번역을 중심으로」, ≪번역연구≫ 4집, 1996. 15쪽.

8) Marianne Lederer, 『번역의 오늘』(전성기 옮김, 고려대학교출판부, 2001), 60쪽.

지닌다고 할 때, '번역'의 경우 반복의 정도 혹은 공유하는 부분이 다른 형태에 비해 훨씬 크다는 특징이 있는 것이다.

일곱 번째로 '題畵詩'를 들 수 있다. '제화시'란 그림의 여백에 쓰여진 시를 가리키는데 대개 그림을 보고 느낀 점이나 그림의 내용을 시로 지어 남긴 것이다. 시와 그림은 상호 호응을 이루므로 詩는 '말'로 표현된 그림, '그림'은 색으로 표현된 시라 할 수 있다. 창작의 先後 관계에 있어 시의 내용을 그림으로 그리기도 하고 그림을 보고 시를 짓기도 하는데, 전자의 경우 시가 그림의 상호텍스트가 되고 후자의 경우는 그림이 시의 상호텍스트가 된다. 제화시는 그림과 시의 작자가 동일인인 경우도 있는데 그림으로 다하지 못한 내용을 시로 표현하기도 한다. 또 어느 그림에 대하여 2인 이상이 시를 짓기도 하는데, 나중에 지어진 시는 그림과 더불어 먼저 지어진 시가 상호텍스트로 작용하기도 한다. 어느 경우든 그림의 '제목'은 시와 그림이라는 두 양식을 연결하는 상호텍스트적 징표가 된다.

여덟 번째 거론할 수 있는 한시 상호텍스트성의 양상으로 동일 시인이 같은 소재나 주제를 두고 지은 '連作詩'를 들 수 있다. 대표적인 것으로 어느 지역의 8군데의 빼어난 경치를 읊은 '八景詩'가 있는데, 시인이 같은 주제로 시를 지으면서 먼저 지은 것을 염두에 두거나 고려하지 않고 연속해서 詩作을 하는 경우는 생각하기 어렵다. 시어나 소재, 비유법 및 기타 표현들에서 중복되지 않으면서도 주제의 일관성을 유지하는 등 여러모로 앞의 시들을 염두에 두어 가면서 시작을 하게 되는 것이다. 그러므로 같은 제목하의 연작시에서 앞의 시들과 뒤의 시들간에는 상호텍스트적 관계가 형성되는 것이다.

이상 개괄해 본 것처럼 한시 詩作에서 성립되는 상호텍스트적 관계는 시인의 의식적인 정신작용 하에서 진행되며 시인은 선행 텍스트에 대한 1차적 혹은 직접적 '수용자'나 '독자'의 구실을 한다. 이 글에서는 위의 여러 가지 양상 중 '次韻詩'에 중점을 두고 한시의 상호텍스트성을 살피고자 한다.

3. 윤선도의 차운시와 상호텍스트성

3.1. 차운시의 상호텍스트적 성격

이제 차운시가 지니는 상호텍스트적 특성을 구체적으로 검토해 보기로 한다. 次韻은 남의 시에 화답하여 같은 운을 사용하여 시를 짓는 '和韻'의 여러 방법 가운데 하나이다. 화운은 原詩와 동일한 글자를 韻으로 사용하는지, 원시의 운을 순서대로 사용하는지에 따라 몇 가지 종류로 나누어 볼 수 있다. '次韻'은 원시와 동일한 글자를 같은 순서대로 사용하는 것이고, '用韻'은 순서에 얽매이지 않고 같은 글자를 사용하는 것이며, '依韻'은 원시와 동일한 운 그룹에 속하는 다른 글자를 사용하는 것이다. 한편 古詩에서는 한 수의 시에 여러 가지 운을 바꾸어 다는 경우가 많은데 이를 '換韻' 혹은 '轉韻'이라 하며 원시의 운과 비슷한 소리를 가진 글자를 韻字로 사용하는 것을 '通韻'이라 한다. 예를 들어, '東' '冬' '江'의 3운, '支' '微' '齊' '佳' '灰'의 5운은 각각 서로 통용해 쓸 수 있는 韻字 곧 통운이 되는 것이다.

사대부들이 차운시를 짓게 되는 동기는 다음과 같은 몇 가지로 나누어 생각해 볼 수 있다. 첫째, 차운시의 증답은 지식인들의 교유의 수단이 된다. 따라서 차운시의 증답이 때로 안부를 묻는 書信의 구실을 하기도 하며 의견을 나누는 대화의 통로가 되기도 한다. 둘째, 차운시의 증답이 사대부의 지적 유희가 되기도 한다. 상대의 운을 가져와 비슷한 주제로 시를 짓는 행위에는 이미 규칙과 즐거움의 요소가 포함되어 있고 이것은 '놀이'의 핵심 성분이기 때문이다. 셋째, 차운시의 증답은 유배와 같은 단조로운 생활에서 무료함을 달래기 위한 소일거리로 작용하기도 한다. 이럴 때의 시의 증답은 소일거리가 되어 주는 동시에 사대부로서의 정체성을 확인하는 계기가 된다. 넷째, 자신의 문학적 소양을 과시하는 수단이 된다.

차운을 하게 되면 단지 原詩의 운만 빌어다가 쓰는 것이 아니라, 고시, 5언/7언 절구, 5언/7언 율시 등과 같은 시형태까지도 원시의 방식을 따르게 된다. 차운시의 詩作은 '押韻'이라고 하는 소리의 요소와 원시의 시형태를 그대로 따르기 때문에 '형식'의 제약이 이미 주어진 상황에서 행해지게 된다. 즉, 차운시의 형식은 이미 전제되어 있는 것이다. 이때 원시는 차운시의 장르적 모델을 제시하는 상호텍스트로 작용한다. 그리고 소재·제재·내용·주제 등 '의미작용'에 관계된 요소[9] 역시 큰 테두리에 있어 원시의 것을 따르는 경향이 농후하다. 원시의 운과 시형태만 빌어다 쓸 뿐 의경은 전혀 다른 차운시들도 간혹 있지만 그 수는 많지 않다. 형식적 제약 하에서 원시의 의경을 수용하여 차운시가 생산되는 양상을 다음과 같이 나타내 볼 수 있다.

    1단계: 원시의 주제 + 새로운(국지적) 주제 → 차운시의 주제
    2단계: 차운시의 주제 + 다양한 표현장치들 → 차운시 텍스트

 차운시 작자가 시를 짓는 일은 原詩의 독자가 되어 거기에 사용된 운과 주제를 발견하는 것, 즉 원시와의 상호텍스트적 관계를 인지하는 것으로부터 시작한다. 이때 공통요소가 되는 원시의 운과 주제는 차운시에서 고정성을 지니는 '恒數'로 작용한다. 원시의 형식적 틀과 전체적 의경을 기반으로 하여 차운시의 작자는 항수적 주제에 자신의 시에서 드러내고 싶은 局地的 주제를 부가하게 된다. 이렇게 하여 차운시 텍스트의 주제가 결정된다. 이 차운시의 주제에 다양한 시적 장치와 표현이 부가되어 구체적 내용을 지닌 한 편의 텍스트가 완성되는 것이다. 항상 그런 것은 아니지만 시적 장치 또한 원시의 것을 참고하는 차운시도 많다. 예컨대 원시에서 어떤 상황에 대해 비유적 표현이 사용되었다면 차운시에서도 비유적 표현이 사용되는 경우가 많은 것이다. 상호텍스트성은 이처럼 원시의 운과 형식을 빌어오고

---

9) 한시 분석이나 감상에서는 이런 의미요소들을 통틀어 '意境'이라는 말로 나타낸다.

전체적 의미의 틀을 감안하여 한 편의 차운시를 생산하는 과정의 처음부터 끝까지 개재해 있다.

한편 후대의 독자가 하나의 차운시를 읽는다는 것은 원시에 어떤 변형이 가해져 차운시가 이루어졌는가를 발견하는 과정이라 할 수 있는데, 이것은 차운시에 관계된 상호텍스트성의 또 다른 면모라 할 수 있다. 이때 원시는 차운시 독서 과정에 수시로 개입하여 독서의 線的 진행을 방해하는 요인이 되기도 한다.10) 따라서 차운시의 원만한 이해를 위하여 독자는 차운시의 내용을 원시의 그것과 비교해 보거나 원시의 표현을 다른 표현으로 대체해 보거나 부연 또는 축약을 하는 등 다양한 방법을 동원하여 원시의 개입으로 인해 균열이 간 차운시의 의미의 틈새를 메워가게 된다. 이처럼 상호텍스트 성은 '읽기'의 한 방법이 되기도 하는 것이다.11)

상호텍스트성에 관심을 가지는 연구자들은 후행 텍스트 안에 잠재되어 있는 상호텍스트들이 무엇인가를 추적하는 문제 있어 불확실성이 내재한다 는 것을 공통적으로 지적한다. 그러나 차운시의 경우 상호텍스트가 무엇인 지 분명히 드러난다는 특징을 지닌다. 상호텍스트-원시-는 후행 텍스트-차운시-의 직접적인 존재 근거가 되기 때문이다. 이렇게 해서 성립된 한 편의 차운시는 또 다른 차운시의 상호텍스트가 되기도 한다.

지금까지 차운시가 지니는 상호텍스트적 성격을 개괄해 보았다. 이제 윤선도의 작품을 대상으로 하여 차운시에서 상호텍스트성이 어떻게 실현되는 가 그 구체적 양상을 살펴보도록 한다.

---

10) Graham Allen, *Intertextuality*(New York: Routledge, 2000·2011), p.110.
11) 같은 곳.

3.2. 윤선도 차운시의 이모저모

윤선도 한시 작품은 4편의 賦를 제외하고 총 378수에 이른다.[12] 여기에 새로 발견된 윤선도의 한시집『私稿詩』[13]에 수록된 작품 50여 수까지 합치면 고산의 한시 작품수는 약 430수에 달할 것으로 보인다. 필자가 조사한 바로는 378수 중 차운시는 137수로 약 36.2%를 차지한다. 그러나 原韻을 확인할 수 있는 작품 수[14]는 그리 많지 않으며 필자가 여러 자료를 통해 확인한 原韻은 11인의 14수이고 이들 원시에 차운한 시는 총 28수이다. 여기에는 고산이 자기 자신의 시에 차운한 경우는 포함되어 있지 않다.『고산유고』에는 理遣堂 尹毅中, 李敬興, 趙絅, 河弘道 등 4인의 원시만 소개되어 있다. 본고는 고산의 차운시들 중 필자가 原韻을 확인한 28수와 고산이 자기 자신의 시에 차운한 작품들을 대상으로 하여 논지를 전개하고자 한다. 논의 대상이 되는 차운시 중 타인의 시에 차운한 작품 목록은 다음과 같다.

---

12) 정철, 박인로, 윤선도 세 시인의 시작품을 색인·분석 작업한 연구(董達,『韓國漢詩分析索引』, 태학사, 1995)에 의하면 윤선도의 시는 375수라고 되어 있다. 그러나 이 수치에는 <走次孤山三絶惠韻> 3수가 누락되어 있다.

13) 김대현,「고산 윤선도 漢詩의 자료학적 고찰」, ≪한국고시가문화연구≫ 32집, 2013. 이 논문에 의하면 해남 윤씨 종가인 海南 蓮洞의 綠雨堂에서 학계에 소개되지 않은 윤선도의 새로운 한시집『私稿詩』가 발견되었는데 이 시집에는『孤山遺稿』에 없는 한시가 50여 수 더 실려 있다고 한다.

14) 새로 발견된『私稿詩』에는 차운시의 원운이 17편 실려 있다고 한다. 필자는『사고시』는 열람하지 못했고 다른 자료를 통해 17편 중 4편의 원운을 확인하였다.『사고시』의 원운 목록은 위정선,「고산 윤선도의『私稿詩』연구」(전남대학교 대학원 국어국문학과 석사논문, 2005. 2), 9쪽.

	원시 작자	차운시 제목	차운시 작품수
1	姜大晉	<代嚴君次韻酬姜正言大晉 六首>	6
2	朱悅	<寒碧樓 題詠>	1
3	金時讓	<次樂忘韻>	1
4	金時讓	<樂忘次山谷吳儂但憶歸詩, 投贈索和>	1
5	金時讓	<次樂忘韻>	1
6	不明	<次韻答人>	1
7	理遣堂(尹毅中)	<殷山客舘, 敬次祖父理遣堂韻 二首>	2
8	李敬輿,	<和李政丞 三首>	3
9	戴叔倫	<次三閭廟韻>	1
10	宋之問	<次早發韶州韻>	1
11	王維	<次欒家瀨韻>	1
12	王維	<次班婕妤二首韻 四首>	4
13	趙綱	<謹和呈龍洲>	4
14	河弘道	<敬和呈謙齋靜案>	1

*작품번호 3과 5는 별도의 시에 차운한 것임

윤선도의 차운시를 검토하기 위해서는 차운의 대상이 되는 原詩 작품의 작자가 어떤 인물인가에 따라 동시대 인물의 시에 차운하는 경우, 古人의 시에 차운하는 경우, 자기 자신의 시에 차운하는 경우 세 유형으로 나누어 보는 것이 효과적이다. 왜냐면 그 대상에 따라 텍스트에서 두드러지는 언어적 기능, 문체와 어조 등 차운시의 텍스트적 특성이 달라지기 때문이다.

3.2.1. 동시대 인물의 시에 차운한 경우

윤선도 차운시의 첫째 유형은 동시대 인물의 시에 차운하는 경우인데 대개는 유배 상황을 계기로 서로 교유하면서 시를 증답하는 양상을 보인다. 이 예가 가장 수적으로 많고 큰 비중을 차지하며 李海昌, 金時讓, 李敬輿가 대표적인 인물들이다. 아래 시 (가)는 1646년 당시 전남 진도에 유배왔던 李敬輿[15)]의 시이고 (나)는 고산이 이에 차운한 <和李政丞 三首> 중 두 번째 것이다.

(가)	天元館裏昔摻裾	天元館 안에서 옛날 옷자락 쥐어 잡고
	意氣還輸傾盖初	뜻은 길 가다 몇 마디 나눴던 처음부터 통하였네16)
	三十年來如幻夢	삼십 년이 지나감 꿈과도 같은데
	二千里外過仙居	이천 리 밖 신선의 거처를 지나가네
	滄溟獨灑孤臣淚	외로운 신하 눈물을 홀로 바다에 뿌리고
	石室方開萬卷書	만 권의 책으로 바야흐로 석실을 열었구려
	牛地卽今天壤別	나의 처지 지금 하늘과 땅처럼 다르지만
	鷦鷯空羨北溟魚	뱁새가 부질없이 北溟의 물고기를 부러워하네17)
(나)	桃花紅雨洒衣裾	복사꽃 붉은 비 옷에 뿌리는데
	三月江南暗魄初	삼월 강남땅에 넋은 암울해진다네
	人道政丞過縣路	사람들은 정승이 고을길을 지난다 말하고
	吏傳詩律到山居	아전은 시를 산속 집으로 전하여 주네
	嚴程有是慇懃問	바쁜 여정에 정성스레 문안을 해주지만
	厚祿從來斷絶書	후한 녹봉 받던 이 쭉 서신이 끊어졌었네
	不換三公雖古語	비록 옛말에 이 강산을 三公과도 안 바꾼다 하건만
	何知魚樂子非魚	그대 물고기 아니니 어찌 물고기 즐거움을 알리
		(<和李政丞 三首>·2)

원시 (가)의 제5구~6구는 윤선도가 처한 상황에 대한 묘사다. 고산은
1646년부터 보길도 부용동에서 지내며 자연 속에서 유유자적한 삶을 영위
하게 된다. 위 시 제4구 "過仙居"는 '신선의 거처를 지나간다'는 뜻으로 여
기에 쓰인 '過'는 화자가 수신자-청자-가 있는 장소를 향해 나아감을 가리

---

15) 이경여의 호는 白江이며 1646년 소현세자의 빈 강씨의 賜死를 반대하다 진도에 유배되
　　었다. 원용문, 『尹善道文學硏究』(국학자료원, 1989·1992), 47쪽.
16) 원문의 "傾盖"는 길 가다가 수레 덮개를 기울여 몇 마디 말을 나누는 것을 말한다.
17) 『孤山遺稿』 卷1. 윤선도의 시는 거의 1권에 수록되어 있다. 이하 인용작품 출처는 생략함.

키는 '장소 가리킴말'이다. 그리고 '仙居'는 제5구와 6구에서 각각 "滄溟"[18] "石室"로 구체화된다. 1646년 당시 윤선도에 관한 텍스트 외적 정보에 기대어 볼 때 '신선'과 '외로운 신하'는 윤선도를 가리키고, '창명'이나 '석실'은 보길도 부용동 고산의 거처에 대한 환유적 표현[19]이다. 작자인 이경여는 유배지 진도를 향해 가던 중 보길도 근처를 지나며 고산을 떠올리고 자신을 '뱁새'에, 고산을 '북명의 물고기'에 비유하여 시를 지어 보낸 것이다. 이 시에는 初·居·書·魚의 韻字가 쓰였는데 이들은 모두 '魚'韻에 속하는 글자들이다.

차운시 (나)의 제8구에는 '子'라는 2인칭 대명사가 사용되었는데 이는 시를 보내온 어떤 상대가 있다는 점과 (나)가 그 대상을 수신자로 하여 발신한 것이라는 점을 추측케 하는 단서가 된다. 그리고 앞뒤 맥락으로 미루어 '子'는 제3구의 "政丞"과 제6구의 "厚祿"('후한 녹봉 받던 사람')을 가리키는 인칭 직시 표현[20]임이 드러난다. 이처럼 차운시 (나)에 담긴 구체적 의미와 정보는 原韻의 맥락을 전제함으로써 분명히 드러나게 되는 것이다.

차운시는 和韻의 방식 중 동일한 韻字를 동일한 위치에 동일한 순서로 사용하는 '차운'의 형태를 취하고 있고 형식상으로도 7언 율시의 형태를 그대로 답습하고 있다. 내용상으로 볼 때 상대방의 처지에 깊은 공감을 표하면서 자신을 부러워하는 이경여에 대해 '당신은 물고기가 아니니 물고기의 속내를 잘 모를 것'이라는 말로써 그를 위로하는 심정을 전하고 있다. 이처

---

18) 큰 바다, 신선이 사는 곳.

19) 환유는 비유항과 피비유항이 인접적 관계에 놓이는 비유법이다. 여기서 '창명'과 '석실'은 피비유항인 '부용동 고산의 거처'와 인접 관계에 있는 비유항이다.

20) 직시 표현(deixis)은 '가리킴말'이라고도 하는데 화자의 시공간적 입장이 기준점이 되어 사물을 직접 가리키는 데 쓰이는 단어나 그러한 문법적 자질이 든 단어를 가리킨다. 보통 가리키는 사물의 종류에 따라 장소 가리킴말(place deixis), 시간 가리킴말(time deixis), 사람 가리킴말(person deixis) 등으로 분류한다. 전영철, 「한국어 의미론」, 『한국어 교육의 이론과 실제』(서울대학교 한국어문학연구소 편, 아카넷, 2012·2016), 264쪽.

럼 윤선도의 시는 이경여의 시에 대한 '答信'의 성격을 띤다. 이 두 사람은 '시를 통한 대화' 혹은 '시의 형식을 빌린 서신'을 주고받는 셈이다. 순서상으로 이경여의 시가 먼저 지어지고 이를 전제로 하여 윤선도의 차운시가 지어진 것이므로 前者가 後者의 상호텍스트로 작용을 하고 있다.

앞서 차운시는 원시의 韻뿐만 아니라 전체적인 주제까지 수용하는 경향이 있고 이것이 항수적 요소로 작용한다고 했는데 위 원시의 경우 '유배를 가는 화자의 암울한 심정'이 항수적 주제가 된다고 볼 수 있다. 이 항수적 주제는 차운시의 1, 2구 특히 제2구에서 '3월 강남에서 암울해 하는 넋'이라는 표현으로 모습을 살짝 바꾸어 나타난다. 1구와 2구는 이경여의 유배 소식을 듣고 강남-즉, 남도 보길도-에 있던 화자의 마음도 암울해졌음을 말하고 있기 때문이다. 여기에 '당신은 물고기를 부러워하지만 물고기가 아니니 그 속내를 알 수 없다'는 말로 상대방을 '위로'하는 마음이 局地的 주제로 부가되고 이 두 주제가 융합하여 '상대의 처지에 대한 공감과 위로'라고 하는 차운시의 통합 주제가 결정된다.

이 통합적 주제에 다양한 표현장치들이 가해져 개별적 차운시 텍스트가 생산된다. '주제'는 추상적인 것으로서 의미론적이기만 하고 표현성을 결여한 것이고, '표현장치'는 의미성분을 결여한 것이다. 다시 말해 非표현적인 주제에 표현성을 부여하는 '표현장치'가 결합하여 하나의 차운시가 만들어지게 되는 것이다. '魚'韻에 속하는 初·居·書·魚의 韻字들은 항수적 요소인 동시에 차운시에 표현성을 부여하는 시적 표현장치 중 하나로 작용한다. 그리고 춘삼월에 복숭아꽃이 흩날리는 것을 "紅雨"에 견주어 표현한 '은유법', "厚祿"이 '후한 녹봉을 받던 사람'을 가리키는 표현에서 드러나듯, 어떤 사물에 속한 일부 속성을 가지고 전체를 나타내는 '환유법'도 차운시를 성립시키는 표현장치들에 해당한다. 또한 戴復古의 시 <釣臺>[21] 제2구 "三公

---

21) 全文은 다음과 같다. "萬事無心一釣竿 三公不換此江山 平生誤識劉文叔 惹起虛名 滿世間."

不換此江山"에서 따온 제7구의 "不換三公"과 장자와 혜자의 대화[22]에서 따온 제8구 '물고기'에 관한 표현은 전형적인 '引用'의 예가 되며 이것 역시 표현장치의 구실을 한다. 이와 같은 차운시 생산과정은 달시 말하면 원시에 대한 차운시의 상호텍스트적 관계가 구현되어 가는 과정이라 할 수 있다.

여기서 한 가지 주목할 만한 사실은 차운에서의 상호텍스트적 관계가 단지 원시와 차운시 간에만 성립되는 것이 아니라는 점이다. 이경여의 시에 대한 고산의 차운시는 총 세 작품인데 이 세 편 사이에서도 상호텍스트성을 언급할 수 있는 것이다. 두 번째 차운시를 지을 때 원시는 물론 첫 번째 차운시를 염두에 두지 않을 수가 없다. 세 번째 차운시를 지을 때 역시 원시와 앞서 지어진 두 편의 차운시를 고려하게 될 것이다. 즉, 원시를 상호텍스트로 하여 <차운시1>이, 원시와 <차운시1>을 상호텍스트로 하여 <차운시2>가, 그리고 '원시+차운시1+차운시2'를 상호텍스트로 하여 <차운시3>이 생산되는 것이다.

다음 차운시의 예는 시뿐만 아니라 원시 작자가 시와 함께 윤선도에게 보낸 서신 및 시에 붙어 있는 幷序가 모두 상호텍스트로 작용하는 특이한 양상을 보여 준다.

(가)	衆醉獨醒放	무리가 취했으나 홀로 깨어 쫓겨났으니
	數年除網羅	몇 해 동안 세속의 그물에서 벗어났구나
	衡輿倚忠信	저울대 마주 들기는 충성과 믿음에 의지하나
	利涉帖驚波	강물을 순조롭게 건넘은 놀란 파도에 달려 있다네
	囊篋寅眸十	주머니 상자에 깃든 눈동자 열이요
	垣墻屬耳多	담장에 붙어 있는 귀 허다하구나
	存神由底事	정신을 간직하는 건 무슨 일로 말미암나
	滄叟有遺歌	창랑의 늙은이 남긴 노래 있었다네

---

22) 『莊子』「秋水篇」.

(나) 自從南徙後　　남쪽으로 옮겨 온 후로부터
　　一任念逾羅　　그물을 넘을 생각 내버려 두었네
　　脉脉過桐雨　　끝없이 오동나무 비 지나가고
　　悠悠近麥波　　유유히 보리 물결 가까워 오네
　　何嫌公敎切　　어찌 혐의하리오 공의 가르침 준절함을
　　曾受吏訶多　　일찍이 벼슬아치의 꾸지람 많이도 받은 것을
　　萬事都遺落　　만사를 모조리 내버려 두었으니
　　惟知敲缶歌　　오직 아는 것은 고부가뿐이라네

　(가)는 謙齋 河弘道의 원시이고 (나)는 이에 대한 고산의 차운시 <敬和呈謙齋靜案>이다. 이 시는 고산이 1660년 함경도 삼수군으로 3차 유배를 갔다가 1665년 광양으로 이배되고 난 다음 해인 1666년에 지어진 것이다.

　차운시는 원시의 '羅' '波' '多' '歌'의 운을 빌어와 순서대로 배치하고 韻字에 담긴 의미까지 수용하여 시의 내용을 전개해 가고 있다. 원시 제2구는 고산이 상소를 하다 유배를 가 있는 상황을 세속의 그물에서 벗어난 것으로 비유하여 표현하였다. 이에 대해 고산은 그것을 받아 '그물'의 비유를 써서 다시 세속으로 돌아가고 싶은 마음이 없음을 표현하였다. 이처럼 원시의 1·2구와 차운시의 1·2구는 서로 대화를 나누는 것과 같은 양상으로 전개되고 있다.

　이런 양상은 제5구와 6구에서 한층 더 적나라하게 구현된다. 원시 작자는 비유적 표현을 써서 고산에게 남들 이목을 조심하라는 충언을 전한다. 고산은 그 가르침을 겸허히 받아들이겠다는 답을 한다. 여기서 주목할 것은 하홍도는 시에서 단지 충언을 했을 뿐이고 자신의 말을 혐오하지 말라든가 하는 표현이 없었는데 고산은 '어찌 공의 가르침을 혐의하겠는가?'하고 반문하고 있다는 점이다. 이같은 어조상의 불일치는 하홍도의 시에 붙은 幷序와 서신을 통해 전후 맥락이 분명해진다.

　이 시가 지어질 당시 고산은 유배지에서도 시문을 짓고, 그의 명성을 들

고 찾아온 명사들과 시문으로 소일하였다. 그런데 그가 유배지에서도 음악을 즐긴다는 소문이 돌자 이를 염려한 지인들은 자숙하라는 충언을 보내기도 하였다.[23] 이에 대해 고산은 시 6구에서 '일찍이 벼슬아치의 꾸지람을 많이 받았다'는 말로 당시 상황을 일괄한다. 하홍도 또한 위 시를 통해 염려의 마음을 전하고 있다. 이 시의 원제는 <敬步古韻 奉呈尹孤山 善道 并序>인데 이 并序에서 하홍도는 자신의 충언이 '덕으로써 남을 아끼는 뜻에 따르고자 하는 것이니 헤아릴 줄 모른다는 혐의는 잊어달라'[24]고 하였다. 서신에서도 '보잘것없는 시구를 하나 지었는데 반년 정도 지체하다가 그대가 남의 盡言을 받아들일 수 있음을 비로소 깨닫고 이제야 보내니 高明을 더럽히는 것이라 여기고 남의 하찮은 말로 진퇴하지 않기를 바란다'[25]는 취지의 말을 전하고 있다. 이처럼 병서와 서신은 고산이 차운시에서 '어찌 공의 가르침을 혐의하리오?'라고 한 어구를 이해하는 단서가 되는 것이다.

이렇게 볼 때 하홍도는 시를 통해서는 충언의 뜻을, 병서와 서신을 통해서는 '자신의 말을 너무 개의치 말라'는 뜻을 전하고 있고, 고산은 이 모두를 상호텍스트로 하여 자신의 시에다 담아내고 있음을 알 수 있다.

동시대 인물의 시에 차운하는 경우 몇 가지 특이한 예가 발견된다. 먼저 차운이 수차례 행해지는 경우를 들 수 있다. 보통 차운은 1회로 끝나는데 앞에서 제시한 차운시 목록 작품번호 3의 경우는 김시양이 '黃' '霜' '鄕' '綱' 운을 써서 5언 율시의 형식에 담아 고산에게 시를 보내고 이에 차운하여 고산이 김시양에게 시를 보냈으며 다시 김시양이 고산에게 시를 보내고 있는 것이다.[26] 이럴 경우 상대의 시에 답을 하여 지은 시가 다시 상대의 作

---

23) 예컨대 龍洲 趙絅은 1664년초 그에게 자숙하라는 편지 서신을 보내기도 했다.

24) "竊自附於愛人以德之義 肆忘不知量之嫌." 河弘道, 『謙齋先生文集』卷1(『韓國文集叢刊』 97, 民族文化推進會 編, 1992).

25) "聞喜卽吟拙句 意謂不以頌之箴之 故不敢唐突於左右. 遲疑半年 始覺丈人能受人盡言 今果書呈. 以塵高明 不以人廢言而進退之幸甚." 위의 책, 卷5「書」"與尹約而 善道○丙午."

詩의 상호텍스트로 작용하게 된다.

또 다른 특이한 예로 차운에 여러 시가 여러 단계로 개입되어 중층성을 보이는 경우도 있다. 차운시 목록 작품번호 4가 이에 해당한다. 먼저 두보의 시 <巫山縣汾州唐使君十八弟宴別兼諸公 攜酒樂相送 率題小詩留于屋壁>에 차운하여 黃庭堅이 <戲題巫山縣用杜子美韻>이라는 시를 짓고 김시양이 이에 차운하여 <次山谷韻>을 지은 뒤 고산에게 보내자 고산이 이에 차운하여 <樂忘次山谷吳儂但憶歸詩 投贈索和>를 짓게 되는 것이다. 그렇다면 고산의 시는 '歸' '違' '衣' '暉'의 운자를 사용한 두보 시를 최초의 원시로 하여 황산곡→ 김시양→ 윤선도로 이어지는 차운의 최종 산물이며 김시양의 시뿐만 아니라 두보와 황정견의 시까지 고산 차운시의 상호텍스트가 되는 셈이다.27)

이상의 몇 예들에서 드러나듯 동시대 인물 간에 이루어진 차운의 경우 시의 증답은 交遊의 구체적 수단이 되며 이때의 시는 상대에게 안부나 소식을 전하는 서신의 성격을 띠기도 하고 의견을 주고받는 대화의 통로가 되기도 한다는 것을 알 수 있다. 즉, 동시대 인물간에 이루어지는 원시와 차운시의 증답은 두 작자 사이의 '쌍방향적' 소통의 형태를 취한다는 것이다.

여기서 한 가지 특기할 사항은 이런 유형의 차운에서는 언어의 '친교적 기능'이 우세해진다는 사실이다. 보통 의사전달에 필요한 요소로서, 발신자(addresser), 수신자(addressee), 전언(message), 약호(code), 관련상황(context), 접촉(contact)의 여섯 가지가 제시되는데 이 중 어느 한 요소가 강조될 때 각각 언어의 특별한 기능이 부각된다. 의사전달과정에는 이 모든 요소가 다 개입되지만 이 중 어느 한 요소가 특별히 지배적으로 작용할 때 그에 따라

---

26) 이 시의 제목은 <復次答尹生>이다. 따라서 이전에 낙망 김시양이 고산에게 시를 지어보냈음을 알 수 있다.

27) 이런 특이한 양상들은 지면 관계로 구체적인 작품 인용과 논의를 생략하고자 한다.

강조되는 언어의 기능이 달라진다.

여섯 요소 중 의사전달과정이 '접촉'의 요소를 지향할 때 언어의 親交的 기능이 지배적인 기능으로 부각된다.[28] 접촉은 의사전달에 있어 메시지가 전달되는 통로 또는 매체를 가리키는데, 송신자와 수신자 사이의 물리적인 통로뿐만 아니라 심리적인 연계까지도 포괄한다. 이것은 양자 간의 소통을 시작하게 하거나, 또는 이루어진 소통을 지속되게 한다. 가령 개인과 개인 간의 직접적인 대화는 가장 원형적인 접촉형태의 예를 보여준다.

문학의 창작과 향유 역시 의사소통의 한 유형이라 볼 때, 둘 이상의 인물 간에 이루어지는 시의 증답은 '접촉'의 요소가 강조되는 직접적 계기로 작용했을 것임은 말할 나위가 없다. 시의 증답이라고 하는 '접촉'의 방식을 통해 같은 당색을 지닌 인물들, 문학적·음악적·사상적 성향이 비슷한 인물들 또는 같은 처지에 처한 인물들끼리 서로 동질감을 확인하고 유대감을 강화해 갔을 것으로 볼 수 있다.

3.2.2. 古人의 시에 차운한 경우

고산의 차운시의 두 번째 범주는 朱悅, 理遣堂 尹毅中, 王維, 戴叔倫, 宋之問 등 고인의 시에서 운을 빌어와 시를 짓는 경우인데 이때 차운은 '一方向'으로 이루어진다. 고인의 시를 대상으로 하여 차운시를 짓는 경우 지적 유희를 즐기려는 동기가 작용한 것으로 볼 수 있다. 이 차운시들은 앞의 유형과는 다른 텍스트적 특성을 보인다. 예를 들어 살펴보도록 한다.

(가) 沅湘流不盡   沅水와 湘水는 흘러 다함이 없어

---

28) 이것은 의사전달에 관한 야콥슨의 모델에 의거한 것이다. 야콥슨의 의사전달에 관한 모델은 Roman Jakobson, "Linguistics and Poetics," *Roman Jakobson: Selected Writings* III, ed. Stephen Rudy(The Hague·Paris·New York: Mouton Publisher, 1981)와 박종철 엮음, 『문학과 기호학』(예림기획, 1998)을 참고함.

屈子怨何深　굴원의 원한이 어찌 그리도 깊던가
日暮秋風起　해는 지고 가을바람 일어나
蕭蕭楓樹林　단풍 숲에 쓸쓸히 불어오누나

(나) 鄢郢無遺址　언영에는 남은 자취 사라졌고
章華草木深　장화에는 초목만 우거졌네
誰知屈子廟　뉘 알았으랴 굴원의 사당이
千載映江林　천년토록 강가 수풀에서 빛을 발할 줄

(가)는 唐代의 시인 戴叔倫(732~789)의 시 <過三閭廟>이고, (나)는 이
에 차운한 고산의 <次三閭廟韻>이다. '三閭廟'는 楚나라 대부였던 屈原
을 모신 사당으로 湖南省 汨羅江 가에 세워져 있다. '沅江'과 '湘江'은 長
江의 지류로 汨羅水에 합류된다. 이 시는 시인이 湖南에서 관직생활을 할
때 삼려묘를 지나면서 지은 시이다. 여기서 三閭廟, 沅江, 湘江은 모두 실
재하는 장소로서 시인이 굴원의 사당을 지나며 느낀 감회를 표현한다고 하
는, 텍스트의 의미가 전달되기 위한 기초가 된다. 즉, '삼려묘' '원강' '상강'
이라고 하는 언어표현은 어떤 추상적 개념을 가리키는 것이 아니라 언어
체계 밖에 존재하는 실체로서 객관적으로 관찰할 수 있는 것이다. 다시 말
해 어떤 의미를 '내포'하는 것이 아니라 어떤 대상을 직접 가리키는 표현이
다. 이처럼 언어표현과 그것이 지시하는 대상의 관계가 강조될 때 의사전달
모델의 6가지 요소 중 '관련상황'이 강조되는 것이며 이때 언어의 '지시적
기능'이 부각된다. '고유명사'는 언어의 지시적 기능이 극대화된 예라 할 수
있다.[29)
언어의 지시적 기능이 강화되어 대상을 감지하는 주체보다 감지의 대상

---

29) 보통명사가 내포적 의미를 갖는 것에 비해 고유명사는 외연적 의미를 갖는다. 외연적
　　기능은 언어가 직접 그 대상을 지시하는 기능이다. 스티븐 울만, 『意味論: 意味科學入門』
　　(南星祐 譯, 서울: 塔出版社, 1992), 100쪽.

인 물리적 현상에 더 우위권이 주어진 시를 '사물시'(object poem)[30]라 하는
데 (가)의 경우는 제1구에서 고유명사의 사용으로 언어의 지시성이 부각이
되었으나 이 지시적 성격이 그 뒷부분에까지 지속되지 않고 있기 '사물시'
의 범주에 든다고 볼 수는 없다.

차운시 (나)는 원시의 '深' '林'의 운을 빌어와 年年世世 전해지는 굴원의
행적을 회고하며 지은 시다. 여기서도 "鄢郢" "章華"[31]와 같은 실재 장소
가 등장하는데 이 표현이 야기하는 언어적 기능은 (가)와 사뭇 다르다. 고산
은 직접 삼려묘를 방문한 것이 아니며 '언영'이나 '장화'는 '삼려묘'에 내포
된 '굴원'과 '초나라'의 의미 요소를 구체적 장소를 들어 대체한 것이다. 즉,
고산은 언영이나 장화라고 하는 실재 장소에 대해 말하고 있는 것이 아니라
대숙륜에 의해 언어로 표현된 '삼려묘'에 대해 말을 하고 있는 것이다.

여기서 '삼려묘'는 대숙륜에 의한 원시의 생산, 윤선도에 의한 원시의 수
용과 해독, 그리고 이를 토대로 한 차운시의 생산에 있어 핵심적인 약호
(code)가 된다. 의사전달에서 약호의 요소가 강조될 때 언어의 '메타언어적
기능'이 부각된다. 이것은 어떤 대상에 대해 말을 하는 일반적 언어기능과
는 달리, '까투리는 암꿩이다'와 같이 메시지에 사용하고 있는 언어를 설명
해주는 기능을 가리킨다. 대숙륜의 시에 등장하는 고유명사 '삼려묘'가 실재
하는 대상에 대하여 말함으로써 언어의 지시적 기능이 강조된 것이라면, 윤
선도의 시-정확히는 시 제목-에 나오는 '삼려묘'는 대숙륜에 의해 약호화
(encoding)된 삼려묘에 대해 말을 하고 있는 것이므로 언어와 실재 대상의
관계에 초점을 맞추는 데서 비롯된 언어의 '지시적 기능'은 크게 약화되는
반면 '메타언어적 기능'은 강화된다고 할 수 있다.

---

30) Shimon Sandbank, "The Object Poem in Defence of Referentiality," *Poetics Today*, 6:
3, 1985.
31) '언영'은 초나라 도읍 이름이며, '장화'는 초나라의 靈王이 지은 화려한 別宮 章華臺를
가리킨다.

(가) 玉窓螢影度　　　옥창에 반딧불 지나가고
　　 金殿人聲絶　　　황금 궁전에는 말소리 끊겼네
　　 秋夜守羅幃　　　가을밤에 비단 휘장 지키는데
　　 孤燈耿明滅　　　외로운 등불은 불빛만 명멸하네

(나) 舞袖麝臍消　　　춤추던 소매에 사향은 사라지고
　　 臂紗紅縷絶　　　팔에 걸친 비단에 붉은 실 가닥 끊어졌네
　　 團扇獨徘徊　　　둥근 부채는 홀로 방황하는데
　　 靑燈乍明滅　　　푸른 등불은 돌연 깜빡거리네

　(가)는 王維의 시 <班婕妤 三首>·1이고, (나)는 원시의 '絶' '滅' 운을 차운한 <次班婕妤二首韻 四首>·4이다. 원시나 차운시 모두 한나라 성제의 후궁 班恬이라는 실존 인물을 소재로 한다. 반염은 성제의 총애를 받아 婕妤에 책봉되었으나 시간이 흐른 뒤 총애를 잃고 버려지는 신세가 된다. 그녀는 <怨歌行>이라는 시를 남겼는데 이 시에서 그녀는 자신의 신세를 가을바람이 불어와 더위가 사라지면 쓸모가 없어 버려지는 둥근 부채에 비유하였다.

　원시의 1구와 2구에서는 여인에 대한 왕의 사랑이 식은 것을 '말소리가 끊어진 것'으로 에둘러 표현하였고, 3구에서는 여인의 쓸쓸한 삶을 '가을밤에 비단 휘장 지키는 모습'으로, 4구에서는 '불빛만 깜빡거리는 외로운 등불'로 묘사하였다. 차운시는 이와 같은 원시의 내용과 표현법을 전제로 하여 '반딧불: 사향' '끊긴 말소리: 끊어진 붉은 실' '가을밤의 비단 휘장: 둥근 부채' '외로운 등불: 푸른 등불'과 같이 대응을 시키고 있다. 원시를 전제하지 않고 (나)를 읽으면 실존 인물 반첩여의 외로운 처지를 읊은 시로 이해할 수 있지만, 원시를 전제한 차운시라는 점을 감안한다면 결국 고산의 시는 '반첩여에 대해 읊은 시에 대해 말을 하는 시'로 읽히게 된다. 이처럼 언어 밖에 실재하는 사물이나 인물, 장소가 시적 대상이 된 시에 차운을 하게

될 때, 언어의 지시적 기능은 약화되고 메타언어적 기능은 강화되는 결과를 낳는다.

3.2.3. 자신의 시에 차운한 경우

윤선도의 차운시의 세 번째 유형은 자신의 시에 차운한 경우이다. 아래에 인용한 시 중 (가)는 樂忘 金時讓이 고산에게 보낸 시 <寄尹生新年作>이고, (나)는 고산이 이에 차운한 <次樂忘韻>이며 (다)는 같은 운을 사용하되 별도의 의경을 표현한 시로 제목은 <屬患頭痛 無聊展讀九歌有感 復用前韻>32)이다. (나)와 (다) 두 시를 비교해 보면 '쌍방적'인 차운과 '일방적'인 차운의 양상이 야기하는 어조나 문체의 차이가 확연히 드러난다.

(가) 市門難避世　저자거리의 문에선 세상 피하기 어려워
　　 土室亦安身　흙방에 또한 몸을 부쳤네
　　 出位愚臣罪　직위를 벗어난 어리석은 신하의 죄
　　 全生聖主仁　목숨 부지한 것은 어진 임금의 자애로움 덕이라네
　　 靑燈猶作伴　푸른 등과 오히려 짝을 하며
　　 黃卷獨潛神　누런 책에 홀로 마음을 쏟아
　　 讀盡先賢傳　책을 읽으매 모두가 선현이 전하는 것
　　 如君有機人　그대 같은 사람 몇이나 될까33)

(나) 聖主恩天地　성주의 은혜 천지에 가득한데
　　 微臣偶此身　이 몸은 마침 미천한 신하되었네
　　 杜門思改過　문 닫고 잘못을 고칠 생각하는데
　　 稽古匪求仁　지난 일 헤아리니 인을 구함 아니었다

---

32) 번역하면 <계속 두통을 앓으며 무료히 「九歌」를 펼쳐 읽다가 느낌이 있어 다시 앞시의 운을 사용해 지음>이라는 뜻이며 이때 제목은 작시 배경을 설명하는 '幷序'와 같은 성격을 띤다.

33) 『荷潭金時讓文集』(하담 김시양문집 발간 추진회, 김익수 역, 미래문화인쇄, 2001), 389쪽.

顔敢開明月　　얼굴은 감히 밝은 달 마주하나
心多愧格神　　마음은 몹시 신을 대하기 부끄러워라
想應傳者誤　　생각에 응했어도 전하는 것은 잘못이니
賢豈浪稱人　　어질다 함을 어찌 함부로 사람에게 일컬으리

(다) 伊昔行吟子　　그 옛날 거닐며 읊조리던 사람
　　憂君不計身　　임금을 근심하고 몸을 돌보진 않았네
　　爲辭誠越禮　　시를 지음에 진실로 예를 넘고
　　原志亦幾仁　　뜻을 찾음에 또한 인에 가까웠네
　　我欲歌千閱　　나 천 곡의 노래를 부르려 하는데
　　誰能祀九神　　누가 九神에게 제사드릴 수 있으리
　　糟醨難稍稍　　술 취하여 살기도 점점 어렵거늘
　　莞爾任漁人　　빙그레 웃음일랑 어부에게 맡겨두리

　세 수 모두 '身' '仁' '神' '人'의 운자가 같은 위치에 사용되었다. 김시양의 원시 (가)와 고산의 차운시 (나)를 보면 동시대 인물간에 이루어지는 증답의 전형적인 양상대로 시로써 서로 대화를 나누는 듯한 '쌍방적' 차운이 이루어지는 것을 볼 수 있다. 두 시인은 제1구~4구에서 유배와 있는 자신들의 입장[34]을 서술하였고 제5구~8구에서는 현재의 심정을 토로하고 있다. 그리하여 시의 전반부는 전반부끼리 후반부는 후반부끼리 상호 대응을 이루어 마치 대화를 주고받는 것 같은 양상을 띤다. 고산의 차운시 제8구에 "賢豈浪稱人"라고 표현한 것 역시 원시 제5구~8구 사이의 내용 특히 김시양이 고산에 대해 '선현이 전하는 가르침을 모두 익힌 사람'으로 칭찬한 것에 대해 '賢'字를 써서 화답한 것이라 할 수 있다.

　한편 (다)는 차운시와 같은 '身' '仁' '神' '人'자, 같은 5언 율시의 형식을

---

34) 고산의 차운시 (나)는 1617년에 지어진 것인데 이 시들을 주고받을 당시 김시양은 함경도 종성에, 고산은 경원에 유배와 있었다.

빌려 왔지만 전하고자 하는 뜻은 매우 다르다. (나)가 시를 받는 상대를 전제하고 자신의 심경을 그 사람에게 '전달'하려는 뜻을 담고 있는 것에 비해 (다)는 屈原의 행적(제1구~4구)35)에 빗대어 자신의 심경을 '표현'(제5구~8구)한 것이라 할 수 있다. 즉, 수신자를 전제하지 않은, 자기 자신을 향한 내적 독백의 성격을 띠고 있는 것이다. 제5구에 쓰인 1인칭 대명사 "我"는 이 시가 화자 자신을 향한 독백적 언술임을 명시한다. 이 점은 (나)에서 자신을 가리킬 때 "此身"이라는 표현을 쓴 것과 비교된다. "此"는 상대인 "彼"를 전제한 어구이기 때문이다.

이때 차운의 대상은 원시라기보다는 자기가 지은 차운시로 보는 것이 적절하다. 왜냐면 만일 이 시가 낙망 김시양의 시에 대한 차운이라면 <次樂忘韻>이라는 제목하에 두 수를 연속해서 배치했을 것이기 때문이다. 그러나 그렇게 하지 않고 별도로 <復用前韻>이라는 제목을 붙임으로써 차운시 (나)와는 별개의 작품임을 시사하고 있는 것이다. 그러므로 시 (다)는 동일한 운만 빌어왔을 뿐 별도의 자신의 생각을 표현한 '일방적' 성격의 작품이라 할 수 있다. 즉, 누군가를 염두에 두고 그 사람이 읽는 것을 전제하고 쓰여진 '대화'가 아니라 스스로에게 말하는 '獨白'의 성격을 띤다고 해야 할 것이다.

이처럼 윤선도 자신의 시에 차운하는 경우 내적 정서를 표출하고자 하는 것이 차운시의 제작 동기로 작용하며 이런 경우 의사전달의 6요소 중 '발신자'에 초점이 맞춰지게 된다. 즉, 말하고자 하는 내용에 대한 발화자의 태도 및 그 직접적 표현이 강조되므로 언어의 언어의 '정서적 기능' 혹은 '표현적 기능'이 우세해진다.

---

35) 제1구 '그 옛날 거닐며 읊조리던 사람'은 굴원을 가리키며 전반 네 구는 굴원의 행적을 표현한 것이다.

4. 나가는 말

　지금까지 한시에서의 상호텍스트적 양상을 개괄하고 그중 원시에 대하여 차운시가 지니는 상호텍스트적 관계를 집중적으로 조명해 보았다. 윤선도의 차운시만을 대상으로 했지만, 3장에서 드러나는 특성은 비단 윤선도의 경우에만 국한되는 것은 아니다.

　차운이란 어떤 시의 운과 시형식을 따와서 같은 운자를 같은 위치에 배치하는 방식으로서 대개는 운과 시형식만이 아닌 전체적인 의경까지도 원시를 따르는 경향이 농후하다. 원시는 차운시의 직접적인 존재 근거가 된다는 점에서 '차운'은 한자문화권의 문학에서 보이는 독특한 상호텍스트적 양상으로 이해할 수 있다. 차운시의 상호텍스트적 양상을 효과적으로 조명하기 위해 이 글에서는 차운의 대상이 되는 원시 작자가 어떤 부류인가에 따라 동시대적 인물, 古人, 자기 자신으로 나누는 방법을 택했다. 그리고 각 유형에 따라 두드러지는 언어 기능을 살핀 결과, 동시대적 인물의 시에 차운하는 경우는 언어의 친교적 기능이, 고인의 시에 차운하는 경우는 메타언어적 기능이, 그리고 자기 자신의 시를 원운으로 하는 경우는 정서적 기능이 우세해진다는 것을 알 수 있었다.

윤선도의 集句詩 연구

1. 집구시에 대한 개괄적 이해

이 글은 윤선도의 집구시[1]를 대상으로 하여 집구시가 지니는 보편적·본질적 특성을 규명하고자 하는 목표를 지닌다. 집구시란 옛 선인들의 시구를 모아 한 편의 새로운 텍스트를 만든 것을 가리킨다. 그 유래를 보면 晉 나라 傅咸이 經典의 구를 모아 만든 集經詩가 집구시의 시작이라고 알려져 있다. 그 후 송나라 石延年·王安石·文天祥 등에 의해 杜甫의 시에서 집구한 集杜詩가 지어졌는데 특히 왕안석이 이에 뛰어났다.

우리나라에서 집구시를 지은 사람들로는 고려시대의 林惟正, 조선시대의 金時習·金堉·全克恒·文聲駿 등이 있다. 이 중 고려시대의 임유정은 집구시에 특히 능해서 『林祭酒百家衣詩集』 3권을 남겼다고 하는데 다 전하지는 않고 『동문선』에 35편 45수가 전한다. 조선시대에는 김시습이 『山居集句』 100수를, 김육은 204수를, 그리고 전극항과 문성준은 각각 50수, 30수의 집구시를 남겼다.

---

1) 다른 사람이 지은 시구를 모아 한 편의 시작품으로 완성한 것에 대하여 선인들은 集句라는 말을 사용하였다. 이로 볼 때 '集句'란 '기존의 시구를 모아 한 편의 시를 만드는 방식'을 가리킨다고 할 수 있으므로 이 글에서는 이런 방식으로 지어진 시를 가리키는 말로 '集句詩'라는 용어를 사용하고자 한다.

집구시는 여러 사람들의 시구를 적출하여 만든 것이기 때문에 독창성과 창의성을 중시하는 관점에서는 그 문학적 가치를 높이 평가하지 않는 경향도 있으나 옛날에는 선인들의 시구를 轉用하거나 심지어 남의 시문을 베껴 쓰는 초사찬집의 경우까지도 창작의 한 방법으로 간주했다는 점을 기억할 필요가 있다. 그리고 남의 것을 가져다 쓴다고 해도 原詩의 사상이나 생각과는 다른 집구자의 생각과 느낌을 담아낼 수 있고 결과적으로 새로운 의미가 창출되기도 하고 완전히 새로운 작품으로 탈바꿈하기도 한다. 그러므로 좋은 집구시를 이루기 위해서는 널리 古人들의 유명한 시구를 암기하고 숙지하는 博學强識의 능력과 여기저기서 모아 놓은 시구들을 한 사람 손에서 나온 것 같이 자연스럽게 조응을 이루게 하는 融會貫通2)의 솜씨, 그리고 기존의 시구를 끌어오는 것에 그치지 않고 작자 자신의 의경을 담아내어 새로운 텍스트로 재탄생시킬 수 있는 문학적 소양을 갖추어야 한다. 그러므로 집구시를 지은 사람을 단지 옛 시구의 '수집자' 혹은 集句한 것들을 이리저리 꿰어 맞춘 '편집자'가 아닌 새로운 작품의 '작자'로 간주할 수 있는 것이다.

'한시'를 상위 개념으로 할 때 집구시는 보통 '雜體詩'의 하나로 분류된다. 잡체는 '正體'의 대가 되는 말로 정체가 5·7언의 절구나 율시, 배율 등 字數의 규칙성을 띤 시를 의미한다면, 잡체는 正體의 변형 또는 파격이거나 혹은 정체의 한시에 특별한 제한이나 규칙성을 부여한 시형을 가리킨다.3) 집구시에 요구되는 규칙이란 적출해 온 原詩의 시체와 동일해야 하고 押韻도 격식에 맞아야 하며 율시의 경우 대도 맞추어야 하고 起承轉結句

---

2) '博學强識'과 '融會貫通'은 徐師曾이 좋은 집구시의 요건을 설명하는 데 사용한 말이다. ("按集句詩者 雜集古句… 蓋必博學强識 融會貫通 如出一手 然後爲工." 徐師曾, 『文體明辯』(서울: 여강출판사, 2000), 「集句詩條」.

3) 정민, 「잡체시, 그 실험적 언어 양식」, ≪문화예술≫ 통권 122호, 한국문화예술진흥원, 1989.

의 위치도 같아야 한다는 것 등이다. 한 사람의 시인이 어떤 詩體의 규칙에 따라 의해 순일한 작품세계를 창출하는 것이 일반 '正體詩'의 특징이라 한다면, 집구시는 여러 시인의 존재가 전제되고 그들의 목소리가 하나의 텍스트 안에 공존한다는 특징을 지닌다.

그러나 이같은 특징을 중점적으로 연구하는 데는 큰 문제가 따른다. 이를 연구함에 있어 해당 구의 原詩 하나하나까지를 모두 대상으로 하기 어렵다는 점이다. 수백 편의 집구시를 지은 시인이라면 한 편이 네 개의 구만 된다 하더라도 살펴야 할 원 시구의 수는 어마어마한 양이 될 것이다. 또한 원 시구의 작자를 알 수 없는 경우도 많을 뿐만 아니라, 작자가 밝혀져 있다 해도 그 시인의 어떤 작품에서 적출된 것인지 하나하나 밝혀내는 것은 거의 현실적으로 불가능한 일이다. 이 점이 바로 집구시 연구의 어려움이기도 하면서 동시에 불완전한 연구가 될 수밖에 없는 요인이기도 하다.

그간 집구시 연구는 다음 몇 가지 방향에서 이루어져 왔다. 첫째, 한 작자[4]가 누구의 시를 주로 집구했느냐를 통해, 다시 말해 선호하는 시인이나 시구들을 통해 그 작자의 작품세계에 끼친 영향을 살펴보는 방향이다. 즉 집구된 시구들의 연원에 초점을 맞추는 방향이다.[5] 둘째, 한 사람이 지은 일반 시작품처럼 집구시를 취급하여 집구시 작자의 문학적 취향, 주제의식과 미의식 등 시적 특징을 조명하는 방향이다.[6] 셋째, 집구시 생산을 한 작자의 개인의 산물로 보는 관점을 넘어 문학사적 흐름에서 파악하는 방향이

---

4) 여기서 '작자'는 여기저기서 구를 모아 한 편의 집구시를 생산해 내는 주체를 가리킨다. 이하 同.

5) 이 방면의 연구로 남윤수의 「潛谷 金堉의 '集杜詩' 攷」(≪중어중문학≫ 4집, 1982)와 김정우의 「임유정 『백가의집』의 문헌적 가치 연구」(한국어문학국제학술포럼 학술대회, 2007)를 들 수 있다.

6) 대표적인 예로 김시습의 集句詩 『山居集句百首』에 나타난 시적 특징과 미의식을 탐구한 신두환의 「매월당의 『산거집구』에 나타난 미의식」(≪漢文學報≫ 19권, 1999), 김주수의 「김시습 『산거집구』의 미학」(≪대동문화연구≫ 64, 2008), 그리고 林惟正의 집구시를 살핀 우현식의 「林惟正의 集句詩에 대한 고찰」(≪어문론집≫ 27, 1999)을 들 수 있다.

다.7) 첫 번째 방향의 연구는 앞서 언급한 집구시 연구의 난점으로 인해 어떤 시인의 시를 주로 집구했느냐 하는 점에 초점을 맞추거나 한두 구의 원시를 소개하는 정도에서 머무는 경우가 많다. 두 번째 방향은 여러 이질적 목소리가 공존한다고 하는 집구시의 본질에 접근하지 못하는 한계를 지닌다. 세 번째 연구 방향은 집구시의 문학사적 의의를 밝히는 데는 적절하나 첫 번째, 두 번째 연구 방향의 문제점을 모두 지닌다.

이 글에서는 '기존의 시구들이 모여 이루어진 시텍스트'라고 하는 집구시의 본질적 특징을 구체화하기 위한 방법으로 연구의 방향을 작자나 텍스트 자체로부터 '독자'로 전환하는 방향을 취하고자 한다. 즉, 한 편의 집구시를 이루는 각 구의 출처가 어느 시인의 어느 작품인가 또는 완성된 텍스트로서의 집구시가 어떤 주제를 드러내고 어떠한 미의식을 보여주느냐 하는 점에 1차적 초점을 맞추기보다는 집구시의 독자가 독해 과정에 어느 정도로 적극적으로 개입하여 텍스트의 의미 형성에 기여하는가에 초점을 맞추는 것이다. 연구의 1차적 초점을 작자에게 맞출 경우 한 편의 집구시의 의미는 어떤 의도에 따라 기존의 시구들에서 적출하고 이리저리 짜 맞추어 텍스트에 방향성을 부여하는 집구시 작자의 손에 의해 창출되는 것으로 이해된다. 그러나 독자에게 초점을 맞출 경우 각 독자의 독해 방식에 따라 틈이 메워지고 독자의 능동적인 개입으로 인해 그 의미가 완성되어 가는 것으로 이해할 수 있다.

그런데 집구시의 독해 과정에서는 일반 텍스트들과는 다른 특이한 면이 발견된다. 그것은 집구시 수신자인 독자가 자신이 알고 있는 정보 즉 집구

---

7) 朴文逵의 집구시집 『天游集古』의 간행 경위와 당대의 향유 맥락을 살펴봄으로써 19세기 한시 창작의 방향을 짚어본 이은주의 「朴文逵의 集句詩集 『天游集古』연구」(≪韓國漢詩研究≫ 19집, 2008), 집구시만을 대상으로 한 논문은 아니지만 '잡체시'라는 더 큰 범주에서 집구시를 조명하여 조선중기의 집구시 생산 상황과 이 시기에 집구시가 집중된 배경을 문학사적 흐름에서 조명한 이선진의 「朝鮮中期 雜體詩 創作에 대한 研究」(경북대학교대학원 한문학과 박사논문, 2013, 151~165쪽)을 들 수 있다.

된 시구들의 原詩 내용을 또 다른 자신에게 전달하는 양상, 즉 수신자에서 발신자로 전환되는 형태의 커뮤니케이션 행위가 일어난다는 점이다. 이 점이 집구시의 또 다른 텍스트적 특성으로 제시될 수 있다. 일반 한시의 독서과정은 한 시인에 의해 창작된 시편이 독자에게 주어지고 독자는 그 텍스트에 담긴 정보를 수용하여 시인이 부여한 의미를 발견해 가는 과정이라 할수 있다. 그러나 한 편의 집구시를 읽고 감상한다는 것은 그리 단순한 과정이 아니다. 독자가 주어진 정보의 편린 즉, 원시의 맥락에서 적출되어 나온 일부 시구를 단서로 하여 해당 구의 원 시인과 시적 맥락을 떠올리며 정보를 증폭시켜 가는 방향으로 전개될 수도 있기 때문이다. 이 과정에서 독자는 우선적으로 집구시를 수용하는 수신자-'수신자1'-지만 주어진 정보의 편린을 자신의 기억의 창고로 전달하는 발신자이기도 하다. 그런가 하면 기억의 창고에서 각 시구와 연관된 정보들을 끄집어내어 퍼즐을 완성해 가는 또 다른 수신자-'수신자2'-의 역할도 행하게 된다. 그 과정에서 주어진 집구시의 틈이 메워지며 의미가 완성되어 가는 것이다.

집구시 독해과정에서 일어나는 이같은 현상은 여러 상이한 문맥에서 적출된 시구로 이루어졌다고 하는 특성으로 인한 것이며, 일반적 독서이론으로는 포괄하기 어려운 면이 있다. 그리하여 이 글에서는 범위를 넓혀 집구시 독해 과정을 커뮤니케이션 행위로 포괄하여 다루고자 하는 것이다. 그것은 집구시를 읽고 감상하는 과정이 '발신자'가 發한 텍스트라는 '전언'을 수신자인 독자가 수용하는 일반 커뮤니케이션 행위와 다를 바 없기 때문이다.

일반적으로 커뮤니케이션 이론은 야콥슨의 모델 체계에 기초해 있는데 이 모델에서 발신자와 수신자는 '나-남'(그/녀)의 관계를 전제로 하기 때문에 집구시 독해 과정에서 드러나는 특이한 현상을 포괄하기 어렵다는 난점이 있다. 이런 난점은 발신자와 수신자가 동일 인물 안에 공존하는 '나-나'의 커뮤니케이션 양상까지를 포괄하는 로트만의 모델 체계를 도입할 때 보다 명확하게 설명될 수 있다.

여기서 한 가지 분명히 할 점은 독해 과정에 1차적 초점을 맞춘다는 것이 적출구의 원출처나 집구된 시구들 간의 조응 문제를 도외시한다는 것을 의미하지는 않는다는 점이다. 독자의 독서 과정이 문면에 명시되거나 문자화되는 것은 아니기 때문에 수많은 독자들에 의한 집구시 해석의 과정은 주어진 텍스트를 통해 재구성할 수밖에 없다. 그러므로 독해 과정을 살피기 위해 원시 출처나 시구들간의 조화를 살피는 작업이 배제될 수는 없는 것이다.

이 글에서 윤선도의 집구시를 대상으로 하는 것은 다음 몇 가지 이유에서다. 첫째, 우리나라에서 집구시가 활발하게 지어진 것은 조선 중기인데 윤선도 역시 조선 중기의 시인으로서 새로운 방법을 모색하던 당대 동향을 어느 정도 반영한 것으로 볼 수 있기 때문이다.[8] 사실 윤선도는 겨우 7편 11수의 집구시를 남겼을 뿐이므로 주된 집구시 작자의 반열에 끼지 않는다. 윤선도의 집구시는 연구된 바가 없지만 그간 그의 시조와 한시에 대한 연구는 번역과 주석 및 각종 색인 작업 등 다양한 면에 걸쳐 놀라울 만큼 양이 축적되어 있으므로 집구시의 각 구의 원출처를 확인하기가 비교적 용이하다. 이것이 윤선도의 집구시를 대상으로 하는 두 번째 이유다. 또한 윤선도의 집구시는 그 수가 적기 때문에 원 시구 출처를 찾는 수고가 격감된다는 점도 한 이유가 된다. 네 번째로 윤선도의 집구시는 총 11수인데 그중 장편 고시가 2수이고 나머지는 절구 형식을 취하고 있다. 절구는 율시에 비해 여러모로 제한이 적어 각 시구들간의 조응을 살피기가 비교적 용이하다는 점도 그의 집구시를 연구 대상으로 하는 한 이유가 된다. 다섯 번째로 윤선도는 집구한 시구 말미에 원 시인 이름을 부기해 놓았기 때문에 원 시구의 출처를 찾는 데 큰 도움이 된다.

비록 윤선도 집구시의 수가 적다고는 해도 집구시가 가지는 독특한 텍스

---

8) 조선 중기의 집구시 생산의 양상 및 배경에 대해서는 이선진, 앞의 글 참고.

트성을 규명하는 데는 부족함이 없다고 본다. 결국 이 글은 윤선도의 집구시
를 대상으로 하여 집구시의 일반적 특성을 살피는 방향을 취하게 될 것이다.

2. 집구시 이해를 위한 이론틀 : 로트만의 커뮤니케이션 모델

집구시의 독특한 텍스트성을 독해 과정을 통해 규명하는 일에는 먼저 이
과정을 일반 커뮤니케이션 틀 안에서 이해하는 일이 필요하다. 야콥슨에 의해
제기된 일반 커뮤니케이션 모델[9]은 발신자(addresser), 수신자(addressee),
전언(message), 관련상황(context), 약호(code), 접촉(contact)의 여섯 가지 요
소로 구성되는데 이 중 '관련상황'은 전언이 지시하는 대상으로 언어의 형식
을 취하든가 언어화할 수 있는 것이어야 하고, '약호'는 전적으로 혹은 부분적
으로 발신자와 수신자 양자에게 공통된 것으로 전언이 축조(encoding)되고
이해(decoding)될 수 있도록 하는 사회적 관습이나 원리를 말한다. 그리고
'접촉'은 발신자와 수신자 간의 물리적 회로 및 심리적 연결이 되는 것으로
전언이 전달되는 통로나 매체를 가리킨다.[10]

집구시가 만들어지고 향수되는 과정을 이 여섯 요소에 따라 살펴보면,
우선 텍스트를 생산하는 작자는 '발신자'에, 이것을 읽는 독자는 '수신자'에
해당하며 작자에 의해 만들어진 '집구시'는 '전언'에, 전달의 매체가 되는 漢
字라고 하는 문자 혹은 '집구시'라고 하는 문학양식은 '약호'의 구실을 한다.
또한 작품에서 언급된 지시물이나 지시내용은 '관련상황'을, 서신이나 독서
혹은 지인끼리 모여 시를 짓고 즐기는 詩會와 같은 모임 등 전언을 접하게
되는 계기는 '접촉'에 해당한다.

---

9) Roman Jakobson, "Linguistics and Poetics," *Roman Jakobson Selected Writings Ⅲ:
   Poetry of Grammar and Grammar of Poetry* (Paris: Mouton, 1981), pp.21~22.
10) 현대의 인터넷을 통한 온라인상의 커뮤니케이션도 접촉의 예가 된다.

그런데 한 편의 집구시를 전언으로 하는 커뮤니케이션 과정에서는 특이한 양상이 발견된다. 즉, 기존 시편들의 기억능력, 독해·감상 능력 등과 같은 독자의 시적 소양에 따라 또는 독자가 집구시 수용 과정에 어떤 태도로 임하느냐에 따라 다양한 독해 양상이 파생되는 것이다. 그중 극단적인 두 양상을 소개해 보면 독자가 자신에게 전달된 전언-집구시-을 수용하여 그 안에 담긴 정보를 발견하고 자기 것으로 만드는 것을 목표로 하는 경우, 즉 자신에게 전달된 집구시를 충분히 이해하는 것으로 커뮤니케이션이 완결되는 경우도 있을 것이고, 적출된 시구 이면에 도사리고 있는 원시의 나머지 시구들을 기억해 내고 이를 집구시 소통의 현장으로 소환하여 활발하게 텍스트 해석에 간여하는 경우도 있을 것이다. 첫 번째의 독자가 수동적·소극적 자세를 보이는 경우라면, 두 번째의 독자는 적극적·능동적 자세를 보인다고 할 수 있다. 야콥슨의 커뮤니케이션 체계는 첫 번째 양상은 설명할 수 있지만 두 번째 양상은 포괄하기가 어렵다. 이 두 번째 양상은 러시아 문화기호학자 로트만이 제기한 '나-나'의 전달 체계 즉 '自家 커뮤니케이션' 모델로 설명할 수 있다.11)

로트만은 상이한 성격을 띠는 두 가지 독해 유형 즉 '메모'의 유형과 '매듭'12)의 유형을 전제하고 이에 따라 두 가지의 정보 유형이 존재한다고 하였다.13) 로트만에 따르면 '메모' 성격을 띠는 독해 유형에서 정보는 어딘가 수신자 외부에서 처리되어 온전한 형태로 수신자에게 전달되는 반면, '매듭' 성격의 독해의 경우 외부에서 주어지는 것은 정보의 특정한 '부분'일 뿐이다. 후자의 경우 정보는 일종의 '자극제' 역할을 하며 수신자의 의식 속에서 정

---

11) 이하 로트만의 독해 유형, 커뮤니케이션 모델에 관한 이론은 유리 M. 로트만, 『문화 기호학』(유재천 옮김, 문예출판사, 1998, 42~65쪽)과 김수환, 『사유하는 구조: 유리 로트만의 기호학 연구』(문학과지성사, 2011, 235~252쪽)에 의거하였다.

12) 여기서 '매듭'은 정확히는 '기억을 위해 매듭을 지어 놓은 수건'이다.

13) 김수환, 앞의 책, 242~243쪽.

보가 증대되도록 만들어 준다. 따라서 이 경우 수신자는 정해진 용량의 정보가 전달되기만 할 때보다 훨씬 능동적인 역할을 수행하게 된다. '매듭'의 원칙에 따라 정보가 구축될 경우 정보의 수신자는 완결된 정보를 받는 대신에 '자신에게 귀 기울이기 위한 최적의 조건 속에 놓이게 되며 이때 그는 단순한 청자가 아니라 그 자신 역시 창조자-발신자-가 되는 것이다.14)

로트만의 문화이론 체계에서 '메모'와 '매듭'이라고 하는 정보 유형의 대립쌍은 '나-그/녀'와 '나-나'라고 하는 두 가지 커뮤니케이션 모델의 대립쌍과 직접 연관된다. 첫 번째 모델은 야콥슨에 의해 제기된 일반 커뮤니케이션 모델과 일치하는 것으로 한 사람으로부터 다른 사람으로 정보가 전달되는 경우이고, 두 번째 모델은 정보의 발신자와 수신자가 한 사람 안에 공존하여 내가 이미 잘 알고 있는 어떤 정보를 나 자신에게 다시 전달하는 경우로 이때 정보의 증대나 변형이 가해지는 경우다. 로트만은 이를 '自家 커뮤니케이션'(autocommunication)이라 불렀는데 예를 들면 수첩이나 달력에 앞으로의 일정이나 계획을 적어놓은 경우 이것은 '나'가 '미래의 나'에게 이미 알고 있는 특정 정보를 전달하는 셈이 된다. 이같은 자가 커뮤니케이션에서는 개인의 의식 속에 축적되어 있는 무질서한 연상들을 조직화하려는 움직임이 일어나고 그것은 이 커뮤니케이션 과정에 참여하는 개인성을 재조직하는 것이다.15) 두 번째 양상은 다음과 같이 나타낼 수 있다.

'발신자 → 전언 1 → 외적 약호의 개입 → 관련상황의 변화 → 전언 2 → 발신자'(=수신자)

두 모델 체계는 다음과 같은 차이를 지닌다. 첫째, '나-그/녀' 모델에서는

---

14) 같은 책, 245~246쪽.
15) 같은 책, 249쪽.

커뮤니케이션 행위에 앞서 정보의 소유자인 발신자에게는 알려져 있으나 수신자에게는 알려지지 않은 어떤 정보가 있었다는 것이 전제된다. 그러나 '나-나' 모델 체계에서는 발신자가 이미 정보를 알고 있는 존재에게 정보를 전달한다고 하는 역설적 상황이 전개된다. 여기서 제2의 '나', 즉 발신자는 기능적으로 '나-그/녀' 체계에서의 제3자인 수신자와 같은 역할을 한다.

둘째 '나-그/녀' 체계에서는 정보가 '공간적'으로 전이되는 반면, '나-나'에서는 '시간적'으로 전이된다.16) 셋째, 전자의 경우 전언으로서 문자나 발성이 존재하지만 후자의 경우 가시화된 전언은 부재하며 수신자의 내부상태-예컨대 수신자의 기억이나 반추-에서 커뮤니케이션이 이루어진다는 차이점도 있다.17)

넷째, '나-그/녀' 모델에서 '전언'은 커뮤니케이션 前이나 後나 질적으로 변화가 없는 반면 '나-나' 모델에서는 부가적인 2차 약호의 도입에 의해, 그리고 관련상황을 바꾸는 외적 자극에 의해 전언의 재형식화가 이루어져 새로운 전언의 자질을 획득하게 된다.18) 상이한 종류의 형식적 구조들이 그러한 약호들로 기능할 수 있으며 이처럼 부가적 약호의 침입으로 인해 정보의 증가, 변형, 재형식화가 야기된다.19)

다섯째, '나-그/녀' 체계에서 발신자는 커뮤니케이션 과정 동안 변함없는 상수로 작용하면서 또 다른 상수인 수신자에게 단순히 변함없는 정보량만을 발신하는 것에 반하여 '나-나' 체계에서 발신자는 질적으로 정보를 변형시키며 수신자로서의 '그/녀 자신'과 커뮤니케이션하는 동안 내부에서 '그/녀'의 본질을 재구성한다.20)

---

16) 유리 M. 로트만, 앞의 책, 43~44쪽.
17) 같은 책, 50쪽.
18) 같은 책, 44~45쪽.
19) 같은 책, 56쪽.
20) 같은 책, 45쪽.

여기서 한 가지 간과해서는 안될 점은 모든 예술 텍스트들의 생산과 수용은 이 두 모델 체계를 모두 사용하여 이루어지며 이 두 모델 체계 사이의 구조적 긴장의 영역에서 진동한다는 사실이다.21)

3. 윤선도의 집구시

그러면 이제 윤선도의 작품을 대상으로 하여 집구시가 독자에 의해 수용·이해되는 과정을 로트만의 커뮤니케이션 모델에 기초하여 구체적으로 살펴보도록 한다. 윤선도 집구시를 연대순에 따라 정리해 보면 다음과 같다.

1. <寄李明遠, 集古>(1607년): 7언 고시(32구)
2. <謝權生惠鴛鴦, 集古>(1641년): 7언 절구
3. <集古, 寄伴琴>(1644년): 5언과 7언으로 구성된 雜言 古詩(42구)
4. <思完山琶老, 集古>(1644년): 7언 절구
5. <集古, 寄伴琴>(1653년): 7언 절구
6. <集古, 題扇寄人 五首>(1653년): 5언 절구(5수)
7. <集古, 寄虛白老師>(1655년): 7언 절구

이 중 7언 절구로 된 1641년 작 <謝權生惠鴛鴦, 集古>를 보기로 한다. 이 시는 제목에도 나타나 있듯 권씨 성을 가진 지인이 원앙을 보내준 것을 사례하는 뜻에서 지은 것인데 여기서 권생은 '權伴琴'으로도 잘 알려진 權海22)인 듯하다.

---

21) 같은 책, 60쪽.
22) 권해의 생몰연대나 가문 내력은 자세히 알 수 없으나 거문고를 잘 탔기 때문에 '伴琴'이라는 호를 얻었다. 고산은 그의 거문고 실력을 높이 평가하였고 음악을 매개로 그와 깊은 우정을 나누었다. 이상 권해에 관한 것은 원용문, 『尹善道文學硏究』(국학자료원, 1989·1992, 46~47쪽). 이 작품 외에도 <集古, 寄伴琴> 2편이 포함되어 있어 윤선도 집구시

空林閑坐獨焚香 (劉文房)   빈 숲에 한가히 앉아 홀로 향을 사르는데
綠樹陰濃夏日長 (高千里)   푸르른 나무 그늘 짙고 여름날은 길어라
客子從今無可恨 (陳去非)   나그네 이제부턴 한스러울 것 없으리니
菰浦深處浴鴛鴦 (李太白)   줄풀 우거진 곳에서 원앙은 목욕을 하네

(<謝權生惠鴛鴦, 集古>)23)

제1구와 2구는 한여름날 녹음 우거진 숲속에서 향을 사르는 행동을 통해 시적 화자의 고요한 내면세계를 그리고 있다. 일반적으로 향을 사르는 것은 道敎의 의식과 관계가 있지만 이 시에서는 그런 종교적 의미를 취하고 있는 것 같지는 않다. 그런데 제3구에서 갑자기 제3자인 '나그네'의 존재가 등장하여 그의 앞날에는 한스러울 일이 없다고 하는데 그 이유가 밝혀지지 않은 채 제4구에서 '나그네'나 '한스러움'의 이미지와는 전혀 관계가 없는 '원앙'이 등장한다. 다만 '목욕하는 원앙'의 모습이 그려진 것은 시 제목의 내용대로 권생이 원앙을 보내주었기 때문이라는 점만은 확실하다.

이 시의 작자 윤선도는 발신자에 해당하고 '謝權生惠鴛鴦, 集古'라는 제목을 가진 전언을 당대의 지인, 동료, 벗, 가족 또는 후대의 독자 등 조선시대 식자층에 속하는 수신자에게 발신한다. 이때 '漢字'라고 하는 문자 그리고 '집구시'라고 하는 문학양식은 이 시가 집구시로서 수용될 수 있도록 해주는 사회적 관습 또는 문학적 원리, 즉 '약호'의 구실을 한다. 또한 숲, 향을 사르는 행위, 여름이라는 계절, 원앙 등 작품에서 언급된 지시물이나 지시 내용은 '관련상황'에 해당한다. 한편 이 집구시가 수신자에게 전달되는 통로, 즉 '접촉'은 어떤 양상을 띨 것인가 하는 문제에 대해서는 다양한 추정이 가능하다. 이 시는 서신의 형식을 통해 수신자 누군가에게 전해질 수도 있

7편 중 권해와 관계된 것은 3편에 이른다. 이외에도 그를 위하여 쓴 시로는 한시 <贈別權 伴琴>, 시조 <贈伴琴> 등이 있다.
23)『孤山遺稿』卷1. 이후 서명은 생략하고 제목만 표기하기로 한다.

고, 책에 수록된 형태로 전해질 수도 있다. 또 지인끼리 모여 시를 짓고 즐기는 詩會에서 이 시가 수신자에게 전달되었을 가능성도 있다. 이때 수신자는 1인이 될 수도 있고, 다수가 될 수도 있다.

여기서 시의 '제목'을 커뮤니케이션의 여섯 요소 중 무엇으로 볼 것인가 하는 문제를 생각해 볼 필요가 있다. 주지하는 바와 같이 모든 작품에 제목이 붙어 있는 현대문학과는 달리 고전작품에는 제목이 없는 경우가 많다. 시조에서 이같은 양상이 두드러지지만 한시에서도 제목이 붙어 있지 않은 경우가 적지 않다. 그렇다면 작자가 자기의 시에 제목을 붙인다는 것은 시의 본문만이 아닌 제목에도 자신의 생각을 담으려는 의도를 드러낸 것으로 볼 수 있다. 따라서 본문과 더불어 제목 또한 전언의 일부로 보는 것이 타당하다고 생각한다.

이 시가 전언으로서 어떤 통로를 거쳐 수신자에게 전달되었을 때 수신자의 시적 소양에 따라 다양한 해독의 양상이 전개된다. 우선 이 시가 한 편의 집구시라는 것만 인지할 뿐 어느 시에서 적출한 것인지를 전혀 모르는 독자를 양극단 중의 하나로 가정할 수 있다. 집구시의 수신자들은 적어도 조선시대 식자층이므로 이같은 독자 형태는 실제적인 가능성은 희박하지만 극단의 양상으로 가정해 볼 수 있다. 이 경우 독자는 이 시구들을 통해 작자가 무엇을 말하려 했는가를 발견하고자 노력을 할 것이다.

여기에 제목이 중요한 힌트를 제공한다. 즉, 독자는 윤선도가 권씨 성을 가진 지인이 원앙을 보내준 것을 사례하는 뜻에서 이 시를 지은 것으로 파악하여 이를 나침반 삼아 해독이라는 항해를 하게 될 것이다. 독자 중에는 권씨 성을 가진 사람이 윤선도와 음악적 교감을 나누던 '권해'임을 아는 사람도 있을 것이고 이조차도 모르는 사람도 있을 것이다. 독자의 수신 행위는 숲 근처 연못에서 원앙이 목욕을 하는 여름날의 한가로운 풍경을 머리에 그리는 것으로 완료된다. 이때 독해는 수신자 외부에서 처리되어 온전한 형태로 수신자에게 전달되는 '메모'의 성격을 띠며 정보의 양이 독해 전후로 특별히 달라지지 않는 '나-그/녀'의 커뮤니케이션 양상을 보인다. 독자는 수동적이고 소극적인 자세로 자신에게 주어진 정보를 받아들여 자기 것으로 만드는 것에 만족한다.

이와는 반대편에 놓인 또 다른 극단의 독해 형태를 생각해 볼 수 있다. 이 경우 독자는 먼저 네 개의 시구 옆에 附記된 人名에 주목하게 될 것이다. 그리고 그것이 해당 시구를 지은 시인의 이름이라는 것을 알고 原詩의 전체 내용을 떠올리게 된다. 독자는 작자 못지않은 박학강식의 소양을 바탕으로 네 개의 시구가 적출된 네 편의 원시 전부를 기억하고 있다. 이때의 독자의 독해 과정을 추정하여 따라가 보도록 한다.

시의 제1구는 唐의 시인 劉長卿(725?~791?)의 잡언 고시 <望龍山懷道士許法稜>의 제15구를 취한 것이다.

心惆悵 望龍山	마음이 심란하여 멀리 용산을 바라보니
雲之際 鳥獨還	구름 사이로 새가 홀로 돌아가네
(중략)	
中有一人披霓裳	숲속에 한 사람 신선의 옷[24]을 입고
誦經山頂餐瓊漿	경전을 읽으며 산꼭대기 瓊樹[25]의 이슬을 마시네
空林閑坐獨焚香	빈 숲에 한가히 앉아 홀로 향을 사르는데
眞官列侍儼成行	仙官의 무리 위엄있게 행렬을 이룬다
朝入靑霄禮玉堂	아침엔 푸른 하늘을 날아 옥당에 예를 드리고
夜掃白雲眠石床	밤에는 흰구름 쓸어내고 돌 침상에서 잠을 자네
桃花洞裏居人滿	복사꽃 동굴에는 사람들 가득하고
桂樹山中住日長	계수나무 산중에서 오래도록 산다네
龍山高高遙相望	용산은 높고 높아 아득하게 바라보는구나
	(밑줄은 필자, 이하 同)

---

24) "霓裳"은 구름으로 만들었다고 하는 신선의 옷을 가리킨다.
25) 옥과 같이 아름다운 나무.

이 시는 제목에서도 드러나듯 화자가 龍山을 바라보며 道士 許法稜을 생각하는 내용을 담고 있다. 여기서 '도사'는 말할 것도 없이 道敎의 수행자를 가리키며 허도사의 수행생활과 삶을 떠올리는 내용으로 되어 있다. 이런 맥락에서 볼 때 밑줄 부분의 '향불을 사르는 행위'는 "霓裳" "誦經" "眞官" "玉堂" 등 도교 관련 용어와 어우러져 도교 수행 의식의 일부로 파악할 수 있다. 그런데 이식된 집구시 맥락에서는 이같은 도교적 색채가 사라지고 단지 시적 화자가 고요한 여름날 숲 그늘에서 마음을 정진하는 한 일상적 행위로 의미가 변질되어 있다는 것을 독자는 깨닫는다.

제2구는 唐代 高騈(821~887)의 <山亭夏日>의 제1구를 적출한 것이다.

綠樹陰濃夏日長　　푸르른 나무 그늘 짙고 여름날은 긴데
樓台倒影入池塘　　누대는 연못 위에 거꾸로 비쳐 있네
水精簾動微風起　　수정 주렴이 움직여 가벼운 바람이 일어나니
一架薔薇滿院香　　선반 위의 장미 향기 방중에 가득하네

이 시는 어느 여름날 山亭 풍경을 묘사하고 있다. 보통 집구시는 원시와 형식이 같고 起句는 집구시의 기구에, 承句는 집구시의 승구에, 그리고 轉句·結句는 각각 해당 구에 배치하는 것이 원칙인데 윤선도는 이 규칙을 깨고 원시의 1구를 집구시의 2구에 배치하고 있다는 점을 독자는 발견한다.

제3구는 宋 陳與義(1090~1138)의 <竇園醉中前後五絶句>(『簡齋集』 권13)의 제3구에서 취한 것이다.

東風吹雨小寒生　　봄바람이 불어 비를 뿌리니 조금 한기가 들고
楊柳飛花亂晚晴　　버드나무 꽃이 비가 갠 저녁 하늘에 어지럽게 날리네
客子從今無可恨　　나그네 이제부턴 한스러울 것 없으리니
竇家園裡有鶯聲　　두씨네 동산26)에서 꾀꼬리 노래 소리 들리네

이 시에서는 제4구가 특별히 눈에 띤다. '꾀꼬리'는 '黃鳥'라고도 하는데 그 아름다운 소리 때문에 보통 기쁨과 음악의 새로 상징된다.[27] 꾀꼬리는 『禮記』「月令」[28])과 『詩經』에서부터 빈번히 나타나는데 '繁昌'을 의미하는 새,[29] 고운 목소리로 남을 즐겁게 하는 새,[30] 결혼과 같은 경사에 관계된 새[31]로 그려져 있다. 뿐만 아니라 꾀꼬리가 높은 나무로 올라가는 것은 출세나 영전, 官位의 승진을 상징하기도 한다.[32] 이처럼 '꾀꼬리'가 가지는 상징성은 제3구 '나그네 이제부턴 한스러울 것 없으리니'에 대한 이유를 명시해 준다. 앞으로 영전과 번창, 경사, 승진 등 좋은 일만 있을 것이고 한스러울 일은 없을 것임을 말하고 있는 것이다.

그러나 집구시에서는 '꾀꼬리'가 '원앙'으로 대체됨으로써 꾀꼬리가 갖는 내포적 의미가 상실되고 이어지는 제4구에서 권생과의 친분을 말해주는 단순 소재로 '원앙'이 활용되고 있는 것이다. 그리하여 왜 나그네가 앞으로 한스러울 일이 없을 것인지에 대한 근거나 설명을 결여하게 된다. 작자 윤선도가 꾀꼬리의 내포를 몰랐는지 알았는지는 알 수 없으나 독자는 이미 알고 있으며 해당 구가 원시의 핵심에서 벗어나 많이 변질되어 있음을 발견한다.

---

26) 여기서 "竇家園"이 어떤 특정 동산을 가리키는 고유명인지 필자 번역대로 두씨네 집안의 동산인지 명확치 않다.

27) W. Eberhard, *A Dictionary of Chinese Symbols*(London·New York: Routledge, 1986), p.220.

28) "仲春之月 (中略) 始雨水 桃始華 倉庚鳴 鷹化爲鳩."

29) 『시경』「周南」, <葛覃>.

30) 『시경』「邶風」, <凱風>.

31) 『시경』「豳風」, <東山>의 주자 注에는 '혼인할 때 꾀꼬리가 난다'고 되어 있다.

32) 이는 『詩經』「小雅」<伐木>의 "伐木丁丁 鳥鳴嚶嚶 出自幽谷 遷于喬木(나무 베기를 丁丁히 하거늘 새가 울기를 嚶嚶히 하도다. 깊은 골짜기에서 나와 높은 나무로 올라가도다.)"에서 유래한 것이다. 그러나 『시경』에서 보듯 원래는 일반적인 새이지 꼭 꾀꼬리라고 명시되지는 않았다. 그러던 것이 꾀꼬리가 가지는 기쁨과 밝은 이미지로 인해 꾀꼬리의 遷喬로 구체화되었던 것이다. 신은경, 「비교시학과 '두견'의 의미론」, 『한국 고전시가 경계허물기』(보고사, 2010), 298~300쪽.

나아가 집구시의 의미의 틈, 즉 '왜 나그네가 이제부터 한스러울 것이 없는
가'에 대한 근거를 자신의 기억 속에서 끄집어내어 그 틈을 메워가는 능동
적 독서를 한다.

집구시 제4구는 <淸江曲> 제2구를 취한 것이다.

屬玉雙飛水滿塘	촉옥새 짝지어 날고 물이 연못 가득한데
菰蒲深處浴鴛鴦	줄풀 우거진 곳에서 원앙은 목욕을 하네
白蘋滿棹歸來晚	흰 마름 노에 가득하여 돌아옴 늦어지니
秋著蘆花兩岸霜	가을이라 갈대꽃 피어 두 강 언덕 서리 내린 듯
扁舟繫岸依林樾	조각배 강 언덕에 매고 숲속에 의지하니
蕭蕭兩鬢吹華髮	살랑살랑 양 귀밑머리에 흰 머리털 날리누나
萬事不理醉復醒	온갖 일들 다스리지 않고 취했다가 다시 깨니
長占煙波弄明月	길게 퍼진 안개 물결 밝은 달을 희롱하네

작자 윤선도는 이 시를 李白의 것으로 명시하였지만, 사실은 이백의 작
품이 아니고 北宋 때의 시인인 蘇庠(1065~1147)이 지은 것으로 알려져 있
다. 독자는 이 점을 이미 파악하고 있다. 더구나 소상의 字가 養直이며 그
에 관한 일화로 『鶴林玉露』 5권에 '蘇養直의 아버지 伯固가 소동파를 따
라 놀았는데, 양직의 "屬玉雙飛水滿塘"이라는 句가 "우리 (소씨) 집안의
養直"이라 일컬을 정도로 소동파에게 칭찬을 받았다. 이 시를 지을 때 나이
가 매우 어렸는데도 格律의 노숙함이 이미 이와 같았다.'라고 기록된 내용
까지를 기억하고 있다. 독자는 이 모든 내용을 자신의 기억의 창고에서 꺼
내어 이를 떠올리며 시의 전반부는 江의 풍경을 묘사하고 후반부는 화자의
심경을 표현함으로써 정경융합을 이루고 있는 것으로 해석하게 될 것이다.

이상과 같은 독해 양상은 첫 번째 경우와는 큰 차이를 보인다. 일단 첫
번째 경우처럼 전달된 전언을 수용하여 그 안에 담긴 정보를 발견하는 과정
이 전개된다. 그러나 커뮤니케이션 과정 동안 정보의 양이 변함없이 유지되

는 첫 번째 독해 유형과는 달리 이 경우 독자는 자신의 기억을 반추하여 집구된 구 이면에 잠재되어 있는 나머지 구들을 커뮤니케이션 현장으로 소환하고 한 구 한 구 읽어감에 따라 그만큼 정보의 양은 증폭된다.

이 과정에서 주목할 것은 시구 옆에 부기된 原詩 작자 이름이 '새로운 약호' 체계로 도입된다는 점이다. 이 이름이 집구된 구의 원시 작자를 나타낸다는 사실은 발신자와 수신자에게 공통으로 알려진 일종의 문학적 관습이라 할 수 있다. 새로운 약호 체계의 침투로 인해 전언은 텍스트의 질적 변화를 겪게 된다. 즉, '여기저기서 집구한 구들을 엮어놓은 완성된 한 작품'이라는 텍스트 성격으로부터 '집구에서 배제된 채 텍스트 언저리를 배회하며 기웃거리는 수많은 구들과 긴장 관계를 유지하면서 이질적인 목소리들의 공존을 가능케 하는 역동적인 소통의 場'으로 변모하게 되는 것이다. 그럼으로써 정보는 크게 증폭되고 전언으로서의 새로운 자질을 획득한다.

이렇게 2차 약호의 도입을 계기로 커뮤니케이션의 방향이 '나-그/녀'로부터 '나-나'로 수정된다. 수신자가 자신이 알고 있는 정보, 즉 집구시의 句들과 새로 도입된 약호 속에 함축된 정보를 자기 자신에게 다시 전달하는 2차 커뮤니케이션이 전개되는 것이다. 이때 1차 커뮤니케이션의 수신자인 독자는 2차 커뮤니케이션의 발신자(발신자2)로 역할을 전환하게 되며 전언을 전달받은 수신자(수신자2)는 '발신자2'의 또 다른 자기가 되는 셈이다. 2차 커뮤니케이션에서 '발신자2'가 행하는 발신 행위란 자신이 알고 있는 정보를 또 다른 자신에게 전달하여 그 내면에 잠재되어 있는 기억이 의식의 세계로 소환되도록 자극하는 행위라 할 수 있다. 그리고 '수신자2'가 행하는 수신 행위란 자신의 기억의 창고에 저장되어 있는 정보들 즉, 작자(발신자1)의 집구 과정에서 배제된 시구들을 의식의 수면 위로 끄집어 내어 의미의 퍼즐을 완성하는 행위이다. 첫 번째 독해 양상이 문자로 가시화된 것과는 달리, 이 두 번째 양상에서는 모든 것이 한 사람의 '내부 기억' 속에서 전개된다.

또한 1차 커뮤니케이션에서의 전언은 발신자에게서 수신자에게로 '공간적'으로 전이되는 반면, 2차 커뮤니케이션에서는 한 사람의 내부 기억 속에서 단지 '시간적'인 전이를 이룬다는 특징을 지닌다. '수신자2'는 '발신자2'와 동일인이지만 '나-그/녀' 체계에서의 수신자와 마찬가지로 제3자로서의 역할을 행한다. 이렇게 '발신자2'는 질적으로 정보를 변형시키며 수신자로서의 '나 자신'과 커뮤니케이션을 하는 것이다. 이 경우 커뮤니케이션은 '나-나'의 방향으로 전개된다. 이로써 '나-나'의 커뮤니케이션 과정이라 할지라도 우선적으로 '나-그/녀'의 단계를 거친다는 것을 확인할 수 있다.

위에서 제시한 독자 유형의 양극단 사이에는 수많은 형태의 독해 양상이 존재한다. 집구시의 한두 구의 원시 맥락만을 기억하는 독자도 있을 것이고, 모든 구의 원시를 다 기억하면서도 한두 구절 생각이 나지 않는 독자도 있을 것이며 문학적 소양은 풍부하지만 미처 '꾀꼬리'의 내포적 의미까지는 알지 못한 독자도 있을 것이다. 이처럼 n명의 독자 수만큼 n가지 독서 형태가 존재한다. 이에 따라 커뮤니케이션 양상도 다소 달라질 수 있겠으나, 집구시의 독자들이 조선시대의 식자층이라는 점을 감안한다면 '나-그/녀' 모델에 머무는 경우는 거의 없을 것이며 '나-나' 방향으로 진전이 되었을 것으로 추정할 수 있다. 다만 '나-나' 모델 체계 내에서 독자의 시적 소양과 능력에 따라 독해가 얼마나 활성화되느냐 하는 '정도'의 차이는 존재할 것이다. 이상과 같은 점들이 바로 '집구시'의 독특한 텍스트적 특성이라 할 수 있다.

다른 집구시 예를 보기로 한다.

野人自愛山中宿 (顧況)	야인은 스스로 산중에 묵기를 좋아하는데
僧在翠微開竹房 (任翻)	스님은 푸른 산 기운 속에 竹房을 여네
入定幾時還出定 (秦公緖)	어느 때 禪定에 들었다가 다시 出定[33]하였나
空林閑坐獨焚香 (劉文房)	텅 빈 숲에 한가로이 앉아 홀로 향불을 피우네

(＜集古, 寄虛白老師＞)

위는 앞서 제시한 집구시 목록 7번에 해당하는 <集古, 寄虛白老師>로서 1655년에 지어진 것이다. '僧' '入定' '出定' 등의 시어로 미루어 제목 속의 '虛白老師'는 불교의 승려라는 것을 알 수 있고 깊은 산에 머물면서 고요히 수행에 매진하는 노스님의 모습을 그린 것임을 알 수 있다. 제1구는 唐의 시인 顧況(715~814년)의 <山中>[34]이라는 작품의 제1구를 따온 것이다. 이 시구 다음에는 '하물며 갈홍정 서쪽에 있음에랴?'("況在葛洪丹井西")라는 구절이 이어지는데 이는 야인이 머무는 곳이 晉나라 때의 도사로서 『抱朴子』라는 책을 지은 葛洪과 인연이 있는 곳 서쪽에 있음을 말한 것이다. 여기서 "丹井"은 '丹砂井'의 준말인데 '단사'라고 하는 것은 仙丹의 원료가 되는 것이므로 '단정'이란 단사가 나는 곳을 가리킨다. 그리고 도사인 갈홍과 연관이 있는 단정을 '葛洪丹井' 또는 줄여서 '葛洪井'이라고 한다. 이 시의 작자인 顧況은 도교의 핵심 요소인 갈홍 및 단사라는 소재를 사용하여 '숲속에 머무는 야인'이 도교 성향의 인물임을 시사하고 있다.

집구시의 제2구와 3구는 각각 唐末의 시인 任翻(?~846)의 <題幀精舍>[35] 4구, 唐代 秦系(720~810)의 <題僧惠明房>[36] 3구에서 적출한 것이다. 原詩의 전문을 인용하지 않더라도 이 시구들만으로도 불교의 승려에 관한 것임을 짐작할 수 있다. 집구시의 제4구는 앞서 예를 든 집구시 <謝權生惠鴛鴦, 集古>의 1구와 같은 시구다. 이 시구는 唐의 시인 劉長卿의 잡언 고시 <望龍山懷道士許法稜>의 제15구에 해당하며 앞서도 언급했듯 도교에 맥락이 닿아있다.

---

33) 선정을 마치고 나오는 것.

34) 시의 전문은 다음과 같다. "野人自愛山中宿 況在葛洪丹井西 庭前有箇長松樹 夜半子規來上啼."(밑줄은 필자. 이하 同)

35) 시의 전문은 다음과 같다. "絶頂新秋生夜涼 鶴翻鬆露滴衣裳 前村月照半江水 僧在翠微開竹房."

36) 시의 전문은 다음과 같다. "檐前朝暮雨添花 八十眞僧飯一麻 入定幾時將出定 不知巢燕汗袈裟."

이렇게 불교와 도교라고 하는 상이한 맥락 속의 시구들을 적출하여 한 편의 완성된 집구시를 이룬 결과 1구와 4구가 지니는 도교적 요소는 희석되고 전체적으로 佛僧의 수행 생활을 그린 내용의 일부로 용해되어 버린 것을 알 수 있다.

이 두 번째 집구시의 독해 과정도 처음의 예와 마찬가지로 양극단의 독자 형태를 가정할 수 있다. 집구된 시구 이면에 존재하는 나머지 시구들을 모른 채 이 집구시가 단지 한 불교 스님의 고요한 수행생활을 그린 것으로 파악하고 독서를 완결하는 독자와 위에서 언급한 내용 모두 그리고 그 이상의 내용들을 기억 속에서 꺼내어 의미의 틈을 메워가는 능동적 독자의 양극단의 추정이 가능하다. 그리고 그 사이에 독자들의 수만큼 수많은 독해 양상이 존재하게 되는 것이다.

다음 예는 집구시 목록 4번에 해당하는 작품으로 1644년에 만들어진 <思完山琵老, 集古>이다.

鵾絃鐵撥世無有 (蘇子瞻)	세상에서 볼 수 없는 곤현 철발37)의 솜씨여
推手爲琵却手琶 (歐陽永叔)	손을 밀어 음을 높이고 손을 물려 음을 낮추네
我不識君曾夢見 (蘇子瞻)	나 그대를 모르지만 일찍이 꿈에서 보았는데
無由縮地欲如何 (元微之)	축지할 방도 없으니 어찌해야 좋을까

제목으로 볼 때 작자 윤선도는 완산에 있는 거문고 켜는 노인을 생각하며 이 시를 지었음을 짐작할 수 있다. 1, 2구에서는 琵老의 거문고 솜씨를 예찬하였고 3, 4구에서는 그를 그리워하는 마음을 표현하였다. 거문고를 켜는 인물은 성별로는 '남성'38)이고, 연령상으로는 '노경'에 접어든 사람으로

---

37) '鵾絃'은 鵾雞의 힘줄로 만든 비파줄로, '鵾弦'이라고도 한다. 곤계는 鶴과 비슷한 새의 이름이다. '鐵撥'은 악기를 연주하는 工具인데, 쇠로 만들었기 때문에 붙여진 이름이다.

38) "琵老"가 여성일 가능성을 완전히 배제할 수는 없으나 3구에서 상대를 '君'으로 지칭하

추정할 수 있다. 전언에서 발신자에 의해 의도된 정보를 발견하는 것으로 독서 행위를 완결하는 독자라면, 이 시가 琵老의 거문고 솜씨를 찬양하면서 멀리 떨어져 있는 그를 그리워하는 마음을 표현한 것으로 이해할 것이다. 그리고 여기저기서 모아놓은 구들이 마치 한 사람의 손에서 나온 것 같은 融會貫通의 묘를 보여 준다고 감탄할지도 모른다.

그러나 각 구의 모든 출처 및 그에 얽힌 창작 배경, 관련 일화까지를 기억하고 있는 독자라면 자기가 알고 있는 정보를 또 다른 자기에게 전달하여 정보 내용을 확장해 가는 능동적 독해를 행할 것이다. 우선 제1구는 蘇軾 (1037~1101)의 <古纏頭曲> 1구에서, 제2구는 총 16구 7언 고시 형태를 취하는 歐陽修(1007~1072의 <明妃曲和王介甫> 제7구에서, 제3구는 총 20구 7언 고시 형태를 취하는 蘇軾의 <書林逋詩後>의 7구에서, 제4구는 唐代 시인 元稹(779~831)의 7언 율시 <和樂天早春見寄>의 8구에서 취한 것임을 인지할 것이다.

그런데 '琵老'의 거문고 솜씨를 기리는 1, 2구의 원출처를 떠올리며 의미의 괴리를 느낄 것이 분명하다. 왜냐면 소식의 <古纏頭曲>이나 구양수의 <明妃曲和王介甫> 모두 여성의 비파 연주를 찬양하는 내용으로 되어 있기 때문이다. <古纏頭曲>은 백발이 된 여인의 솜씨를 찬양하며 비단 대신 시를 지어 纏頭39)로 대신하겠다는 내용40)을 담고 있고, <明妃曲和王介甫>는 王安石(1021~1086)의 시에 화답하여 王昭君의 삶과 비파타는 솜씨를 기리는 내용을 담고 있다. 또한 구양수 작품의 화답의 대상이 된 왕안석의 <明妃曲> 2수 역시 왕소군의 설화 및 비파 솜씨를 예찬하고 있어 모두

는 것으로 미루어 남성으로 보는 것이 타당할 듯하다.

39) '纏頭'란 광대나 기생, 악공 등에게 그 재주를 칭찬하여 사례로 주는 돈이나 물건을 가리킨다.

40) 이 부분의 원 시구는 다음과 같다. "鵾絃鐵撥世無有 樂府舊工惟尙叟 一生啄硬眼無人 坐此困窮今白首 翠鬟女子年十七 指法已似呼韓婦… 四絃一抹擁杜立 再拜十分爲我壽 世人只解錦纏頭 與汝作詩傳不朽."

여성 연주자를 대상으로 한다. 이 시구들이 해당 문맥에서 떨어져 나와 새로운 문맥에 이식됨으로써 한 나이든 남성 연주자의 거문고 솜씨를 예찬하는 데 활용되고 있는 것이다. 시적 소양이 풍부한 독자는 각 시편에서 대표 주자로 선발된 시구가 제 몫을 제대로 하지 못한다고 생각하게 될 것이다.

시적 소양이 풍부한 독자는 이같은 괴리의 양상이 3구와 4구에서도 발견된다는 것을 포착한다. 제3구 소식의 시구에서 '그대'로 지칭된 林逋(967~1028)는 고매한 풍격으로 이름이 났던 宋代의 詩人으로 소식보다 앞선 시대의 인물이다. 그래서 직접 만난 적이 없기 때문에 '나는 그대를 모른다'고 표현한 것이다. 그런데 윤선도가 과연 完山의 琶老를 알지 못하면서 그의 명성만 듣고 이 시를 만들었을까 의문을 갖을 수 있다. 만일 그렇다면 그 사람을 '생각한다'("思")는 표현이 적절하지 않다는 것을 눈치채게 될 것이다.

한편 4구에 집구된 元稹의 시구의 전체 맥락을 보면 자신과 동시대의 시인인 白居易(772~846)를 떠올리며 '함께 신년을 맞고도 함께 감상 못 하는'("同受新年不同賞") 상황을 말하고, '축지할 방도 없으니 어찌해야 좋을까?'("無由縮地欲如何")라고 하며 아쉬워하는 내용으로 되어 있다. 3구의 원 문맥은 '만난 적 없는 상대', 4구의 원 문맥은 '잘 알고 지내는 상대'에 대해 말하고 있다는 점이 독자의 의문을 증폭시키는 요인이 될 수 있다. 따라서 독자는 3구와 4구간에 의미의 괴리가 있고, 윤선도의 상황에 비추어 둘 중 한 句는 原詩의 문맥이 변질된 것이라고 판단을 하게 될 것이다.

이처럼 '각 시구의 작자명'이라고 하는 새로 도입된 약호를 실마리로 하여 독자는 이미 자신이 알고 있는 정보들을 또 다른 자신에게 전달하는 발신자로 전환을 이루고 발신자의 또 다른 '나'인 수신자는 이를 자극제 삼아 집구된 시구들과 관련된 모든 기존 시구들, 일화, 창작 배경 등을 자신의 내면에서 꺼내 의식의 세계로 소환한다. 그리하여 집구시에서 보이는 의미의 틈을 메워가는 능동적 독서를 행한다.

이상 윤선도의 집구시 7편 11수 중 세 수를 골라 로트만의 독자 유형과 커뮤니케이션 모델에 근거하여 살펴보았다. 다른 작품들도 마찬가지의 양상으로 설명될 수 있으므로 나머지는 생략하기로 한다.

4. 나가는 말

이 글은 윤선도의 집구시 11수를 통해 집구시가 지니는 본질적 특성을 규명하고자 하는 목표를 가지고 진행되었다. 집구된 句들의 원시 맥락을 일일이 추적하기 어려운 난점으로 인해 그간의 연구는 집구시를 한 작자의 손에서 이루어진 일반 텍스트처럼 취급하여 집구시만의 독특한 텍스트적 특징을 잘 드러내지 못한 경향이 있었다. 이 글은 이같은 딜레마를 극복하는 한 방법으로서 독자의 독해 과정에 초점을 맞추어 집구시의 텍스트성을 규명하고자 했다는 점에서 기존 연구와 차별화된다. 즉, 집구된 구의 원시 맥락을 얼마나 인지하고 있느냐 하는 독자의 문학적 소양에 따라 수많은 독해 양상이 파생될 수 있다는 점에 주목하고자 한 것이다.

집구시가 생산되고 수용되는 과정은 작자가 당대 식자층인 독자들을 수신자로 하여 '집구'의 방식으로 만들어진 시텍스트를 발신하는 커뮤니케이션 행위로 이해할 수 있는데 이 과정에서 집구시 수신자인 독자가 자신이 알고 있는 정보를 또 다른 자신에게 전달하는 형태의 커뮤니케이션 행위가 일어나는 특이한 양상이 발견된다. 이 글은 집구시의 이같은 텍스트적 특성을 로트만의 독해 유형과 '나-나' 커뮤니케이션 모델에 기초하여 설명하고자 하였다.

이 글에서 취한 독자 중심 연구방법은 집구시 연구의 다양한 접근 방식의 하나일 뿐이며 여러 방면의 연구가 함께 활성화될 때 집구시의 특징이 잘 드러날 수 있을 것이라 생각한다.

윤선도의 詩文에 있어
儒·道 역학관계 형성의 원천

1. 윤선도 삶과 문학의 사상적 배경

윤선도가 철저하게 유학자로서의 삶을 살았다고 하는 점은 자타 공인하는 사실이다. 그런 만큼 그의 삶이나 문학에 있어 사상성을 논할 때 憂國衷情, 忠孝와 禮 중심의 유학사상 논의가 주류를 이루어 왔다. 그러나 한 사람의 사상, 가치관, 현실 인식태도, 종교 등과 같은 내면세계는 하나의 요소로 이루어진 單面體가 아니라 여러 요소가 복합된 多面體와 같은 성격을 띤다. 또한 조선시대 유학자들의 경우 儒者임을 자처하면서도 사사로이는 불교나 노장 혹은 도가적 요소를 수용하는 '外儒而內老佛'의 면모를 보이는 경우가 많다. 철저하게 충효사상으로 무장되어 있으면서도 불우한 상황에 처했을 때는 도교나 불교 특히 도교의 세계에서 위로를 받으려 하는 면모를 보이는 경향이 있는 것이다. 그런 만큼, 윤선도의 삶과 문학에서 유학 이외의 요소들에 대한 연구 특히 도가사상 혹은 도교적 색채를 논하는 연구[1]도 적지 않게 행해져 왔다.

---

1) 고산시가에서의 도교철학적 측면의 기존 논의는 『孤山文學評論』(문영오, 태학사, 2001, 422쪽) 참고.

이 논의들은 고산의 한시나 시조 또는 각종 산문에 무수히 등장하는 도
교 관련 용어들을 그 근거로 하고 있다. 대표적 논의로 문영오, 원용문을
들 수 있는데 두 사람 모두 '고산이 유학에 뿌리를 두면서도 한편으로 道家
(혹은 道敎)²⁾에 경도했음을 지적하고 있다. 고산에게 있어 유학과 도교의
관계에 대하여 문영오는 '공존·공생관계'로, 원용문은 유학을 근저로 하면
서 '도교에의 일시적 침윤'³⁾으로 설명하고 있다.

그러나 이 두 대표적 연구가 지니는 공통적 문제점은 윤선도의 문학에서
도교적 색채가 농후한 시나 도교 용어가 많이 쓰인 시를 골라 도교사상을
나타낸 것으로, 유가의 충효사상을 표현한 것을 골라 유교사상을 나타낸 것
으로 설명하여 儒·道의 공존으로 파악하고 있다는 사실이다. 만일 이를 토
대로 윤선도의 '삶'과 '정신세계'에 있어서 儒·道의 공존을 논한다면 별 문
제가 없다. 그러나 고산의 작품들을 보면 한 편의 詩文에 두 요소가 모두
나타나 있는 것이 특징이라 할 수 있는데 두 연구 모두 이 점을 간과했다고
본다. 결국 儒·道가 공존·공생하면서 고산의 삶과 문학에서 각각 어떤 의
미와 비중을 지니는지 살피려면 하나의 텍스트 안에서 이 두 요소가 갖는

---

2) 道家나 道敎 모두 영어 'Taoism'이라는 용어로 포괄된다. 그러나 '道家'는 주로 사상·
철학적인 면을 가리키고 '道敎'는 종교적인 면을 가리킨다. 儒家와 儒敎의 경우도 같은
선상에서 이해할 수 있지만 이 글에서는 유가와 유학, 유교를 별다른 구분 없이 혼용하고
자 한다. 도교는 중국 고대의 민간신앙을 기초로 노장사상·신선사상·易理·음양·오행
·讖緯·醫術·점성, 그리고 불교와 유가사상까지 받아들여 심신의 수련을 통한 불로장생
의 탐구와 祈福을 통한 현세이익을 추구하여 나가는 종교현상이다. 이 중에서도 長生不
死의 존재인 '신선'의 개념은 도교의 핵심적인 부분을 이루고 있다고 할 수 있다. 윤선도
의 시문에서 발견되는 Taoism적 요소는 도가나 노장사상보다는 종교로서의 도교 혹은
신선사상의 성격이 강하다. 이 점에 관한 것은 별개의 논점에 해당하므로 이 글에서는
언급하지 않기로 한다.

3) 문영오는 위의 책(426쪽)에서 '고산의 정신세계가 儒·道가 공존·공생하는 이중성'을 보
인다고 했고, 원용문은 『尹善道文學研究』(국학자료원, 1989·1992, 85쪽)에서 <用前韻 戱
作遊仙辭求和>라는 작품을 설명하면서 이 작품은 '고산이 道仙思想에 심취했던 적이 있
었다'는 것을 말해 주는 근거라고 했다. 이같은 평은 고산의 도교에의 경도를 지속적인
것이 아닌 일시적인 것으로 파악하는 입장이라 할 수 있다.

역학관계를 파악하는 것이 중요한 것이다.

한편 고산이 활동한 16, 17세기 遊仙詩의 자료 및 성립 배경 등을 포괄적으로 논한 정민의 연구에 고산의 시문학은 포함되어 있지 않다. 이것은 고산의 시에 도교적 색채가 농후한 시어가 많이 쓰이고 있지만 이를 '유선시'로까지 분류할 수 없다는 입장을 보여 주는 것이라 하겠다. 그의 정의에 따르면 '유선시'란 '상상의 세계에서 신선이 되어 노닐거나 鍊丹服藥을 통해 불로장생을 꿈꾸거나 속세를 떠난 선계에서 노닐면서 현실에서의 갈등을 극복하려 한 시'이다.4)

필자 또한 고산의 시문에서 보이는 무수한 도교 및 신선 관련 용어에도 불구하고 그를 유선시 작가나 도교에 침윤된 시인으로 분류할 수 없다는 입장인데 이렇게 판단하는 근거는 도교 혹은 신선사상의 수용이 儒者로서의 어느 선을 넘지 않는 범위에서 이루어지고 있다고 보기 때문이다. 그의 시문을 면밀히 검토해 보면 유교와 도교가 공생·공존 관계를 유지하면서도 그 힘의 균형에 있어 도교에 대한 유교 우위의 역학관계를 확인할 수 있다.5) 이 글은 이 역학관계를 유지하게 하는 원천이 무엇일까 하는 문제를 탐구하는 것에 궁극적인 목표를 둔다.

2. 윤선도 시문에서의 儒敎 우위의 역학관계 형성의 세 원천

고산의 도교 수용이 유학의 가르침을 벗어나지 않도록 統御하는 기준 혹은 잣대, 다시 말해 하나의 작품 안에 도교와 유가의 요소가 혼융되어 있을 때 도교에 대한 유교 우위의 역학관계를 유지케 하는 원천으로서 필자

---

4) 정민, 「16, 7세기 遊仙詩의 자료개관과 출현동인」, 『한국 도교사상의 이해』(한국도교사상연구회 편, 아세아문화사, 1990), 101~102쪽.

5) 이 문제를 검토하는 것 또한 별개의 논점이 될 수 있으나 이 글에서는 생략하기로 한다.

는 朱熹, 呂洞賓의 저술과 행적 그리고 葛洪 및 그의 저술『抱朴子』를 제
시하고자 한다. 여기서 논하는 순서는 유교 우위의 역학관계 형성에 끼친
영향력의 정도를 감안한 것이다.

2.1. 朱熹와 『參同契考異』

고산이 도교에 대한 유교 우위의 역학관계를 유지하는 데 가장 큰 영향
요인이라고 생각되는 것은 주회이다. 고산의 한시 <用前韻 戲作遊仙辭求
和>는 도교적 요소가 수용된 고산의 시작품 중에서도 그 색채가 농후한
것으로 평가되는데 여기에 『참동계』라는 道敎書가 시어로 등장한다. 이 시
는 36구나 되는 장편의 7언 고시로 每句에 기존 시문의 인용, 다양한 전고
와 용사가 행해지고 있어 난해하기 이를 데 없는 작품이다. 이 시에는 '閬
風' '玄圃' '蓬海' '瀛洲' '淸都'처럼 도교 관련 용어가 사물이나 장소에 대한
미칭의 성격을 띠는 예들을 비롯하여 '湌玉' '鍊丹' '金鼎'과 같이 도교의
儀式이나 수행과 직접적으로 연관된 용어들, 그리고 결정적으로 周易의 爻
象을 빌려 도교의 鍊丹養生法을 논한 책인 '參同契'까지 등장하여 논자에
따라서는 '완전히 도교사상으로 薰沐'된 작품으로 거론되기도 한다.6)

이 시는 도교사상뿐만 아니라 송나라 성리학자인 邵雍(1011년~1077년),
장자, 한비자 등의 사상과 두보, 소식 등의 시구에 토대를 둔 다양한 인용과
용사, 전고를 사용하여 繁華하고 복잡한 내용을 전개하는 데 중점이 두어
진 작품으로 부분을 통합하는 전체적 주제 혹은 시인이 말하고자 하는 속뜻
-主旨-이 무엇인지 규명하려는 시도는 별 의미가 없어 보인다. 이 시 제목
에 포함된 '앞의 운을 사용'("用前韻")했다고 하는 구절과 '장난삼아 지었
다'("戲作")고 하는 구절은 이같은 생각에 힘을 실어준다. '用前韻'은 前作
詩인 <次韻酬李季夏>의 韻字를 사용했다는 것인데 <次韻酬李季夏>라

---

6) 원용문, 앞의 책, 84쪽.

는 시제는 고산이 이계하의 시의 운자를 빌어 지은 것임을 말해 준다. 그렇
다면 해당 <用前韻 戱作遊仙辭求和>는 이계하의 시의 운을 차용한 次韻
詩의 韻字를 다시 사용하여 지었다는 뜻이므로 작시 과정에 개입된 遊戱
的 동기를 짐작할 수 있다. 결국 이 시는 주제라고 말할 수 있는 어떤 의도
를 가지고 지은 것이라기보다는 동일 韻字를 활용하여 작시의 즐거움을 누
리는 데 초점이 있다고 할 수 있다. 굳이 시 내용을 요약한다면 '권세나 명
예는 부러워할 것이 못되니 공자가 지은 『周易』「繫辭傳」을 읽고 『참동계』
를 배우면서 속세를 떠난 선인처럼 유유자적한 삶을 살고 싶다'는 것이다.
작품이 길기 때문에 논점과 관련있는 부분만 발췌해 보기로 한다.

晝傾玄酒鼓箕操	낮에는 玄酒 기울이며 箕山의 악곡을 연주하고
夜照松明看孔繫	밤이면 솔불 켜고 공자의 계사를 본다네
身肥漸覺夫子勝	몸이 기름지니 夫子가 이김을 점차 느끼나니
手熱敢近丞相勢	손을 데는데 승상의 권세에 감히 접근할까
	(중략)
飡玉未必藍田山	남전산의 옥을 먹을 필요 있으리오
鍊丹應學參同契	『참동계』를 배워 단약을 달일 생각인걸
月窟倘了天後先	月窟과 天根의 선후를 요달한다면
金鼎何難火次第	금정에 불때는 순서야 무엇이 어려우리
閬風玄圃高不極	낭풍과 현포는 드높아 끝이 없고
蓬海瀛洲渺無際	봉해와 영주는 가없이 아득하구나

(<用前韻, 戱作遊仙辭求和>, 밑줄은 필자)7)

'남전산'은 옥의 산지로 유명하여 玉山으로도 불리며 '옥을 먹는다'("飡
玉")고 하는 것은 도교에서 '옥가루를 먹는 양생법'을 언급한 것이다. 고산
이 '참동계'를 배워 단약을 달이겠다고 말한 바와 같이 이 저술은 도교의

---

7) 『孤山遺稿』 卷1. 이하 인용된 작품의 출처는 생략하기로 한다.

심신수련 방식과 장생불로를 위한 단약 제조법을 4~5자의 운문으로 구성
한 것이다.『周易參同契』는 줄여서『참동계』라고도 하는데 後漢 때의 魏
伯陽(100~170년)이 지은 것이다. 여기서『참동계』가 중요한 의미를 지니는
것은 성리학을 완성한 남송의 大儒 朱熹(1130~1200)가『참동계』의 주석본
이라 할『參同契考異』를 지었다는 사실 때문이다. 주희는 이뿐만 아니라
또 다른 도교 경전인『陰符經』의 주석서『陰符經考異』를 찬술하기도 했
다. 주희는 이 저술들에서 자신의 이름을 직접 드러내지 않고 空洞道士 鄒
訢이라는 가명을 사용8)하였는데, 이 점은 성리학자로서 도교 관련 서적을
내는 것에 대한 주희의 입장을 어느 정도 짐작케 한다.

　주희와『참동계』의 관련은 인용 시구 중 밑줄 부분의 '月窟' '天根'9)과
함께 이해할 때 더욱 분명해진다. 이 말은 북송의 邵雍의 시 <觀物吟>10)
에 나오는데 이 시에서 '월굴'과 '천근'은 각각 陰과 陽을 비유한 것으로 천
지 음양의 이치를 말할 때 쓰는 표현이다. 소옹은 주역의 象數에 정통하여
이를 토대로 한 先天易學 혹은 先天象數易學을 성립시킨 성리학자이다.
주희는 소옹이『참동계』에 깊은 관심을 보였음을 지적하면서 소옹이 말하
는 先天圖는 참동계의 학설을 이어받은 송대 초기의 道士 陳摶(872~989
년)에서 출발하여 种放(955~1015)·穆修(979~1032)를 거쳐 李之才에 이르
고 여기서 다시 소옹에게 전해진다고 하여 소옹의 先天圖의 유래를『참동
계』에서 찾았다.11) 이 계보로 보아『참동계』가 성리학의 기초를 다지는 데

---

8) 신동원,「朱熹와 연단술:『周易參同契考異』의 내용과 성격」,≪韓國醫史學會誌≫ 14권
　2호, 2001. 12; 이대승,「주희의『참동계고이』저술과 그 배경」,≪태동고전연구≫ 36집,
　2016. 6.

9) 원문에는 "天"으로 되어 있는데 이는 '天根'을 가리킨다.

10) <觀物吟>의 全文은 다음과 같다. "耳目聰明男子身 洪鈞賦予不爲貧 須探月窟方知物 未
　躡天根豈識人 乾遇巽時觀月窟 地逢雷處見天根 天根月窟閑來往 三十六宮都是春." (밑줄
　은 필자)

11) 이상 주희와 참동계의 관련에 대해서는 신동원, 앞의 글(47쪽); 정병석,「邵雍의 先天易

어느 정도 기여를 했다는 것, 그리고 소옹이 성리학의 성립에 중요한 위치를 차지한다는 점을 알 수 있고 이런 점들은 주희가 『참동계고이』를 펴낸 배경을 짐작할 수 있게 한다.

여기에 또 한 가지 주목할 사항은 세종대(1441년)에 왕실에서 큰 비용을 들여 『주역참동계』를 출간했다는 사실이다. 보물 제1900호로 지정된 이 御製本 『참동계』에는 兪琰의 『周易參同契釋疑』와 『周易參同契發揮』, 朱子의 『周易參同契考異』, 黃瑞節의 『周易參同契附錄』가 부록으로 합본되어 있다.12) 왕실에서 이 책을 펴낸 배경에는 巨儒 주희의 저술이 포함되었다는 것도 한 몫을 차지한다.13)

유학자들이 숭앙하는 주희가 『참동계고이』를 저술하였고 왕실에서 주희의 주석본이 포함된 『주역참동계』를 출간했던 까닭에 조선시대 유학자들에게 『참동계』는 큰 거부감이 없었을 뿐만 아니라 오히려 널리 읽히기까지 하여 權克中(1585~1659)의 『周易參同契註解』와 徐命膺(1716~1787년)의 『參同攷』와 같은 주석서가 출현하기도 했다.

윤선도가 『참동계』를 수용한 것도 이와 같은 시대적 맥락에서 이해해야 할 것이다. 그가 『참동계』에 호의적이었던 것은 그 뒤에 주희의 존재가 있었기 때문이며 이로 인해 도교서를 적극적 수용하면서도 자신은 '이단으로 흐르지 않았다'는 혹은 '정도를 벗어나지 않았다'는 신념을 유지할 수 있었을 것으로 본다. 말하자면 주희와 그의 저술 『참동계고이』는 도교와 유학의 경계에 서 있는 고산에게 正道를 제시하는 기준으로 작용했던 셈이다. 그리하여 수많은 도교 용어와 사상을 수용하여 시 분량과 내용의 상당 부분을 이에 관한 언급으로 채우고 있음에도 결국은 '몸이 기름지니 夫子가 이김을

學」, ≪지식의 지평≫ 11권, 2011, 281쪽에서 재인용.

12) 이봉호, 「朝鮮御製本 『周易參同契』와 조선시대 『參同契』 이해: 선천역학을 중심으로」, 한국공자학회, ≪공자학≫ 제35호, 2018, 12쪽.

13) 왕실에서 『주역참동계』를 펴낸 배경 등 전모에 관해서는 이봉호의 위의 글 참고.

점차 느낀다'고 하여 '공자의 우위'를 인정하고 있는 것이다. 이 부분은 이 시작품 나아가 고산의 정신세계에 있어 도교와 유학의 역학관계를 여실히 드러낸다. 그리고 이같은 역학관계의 성립에 주희와 그의 저술 『주역참동계고이』가 큰 역할을 하고 있는 것이다.

그럼에도 고산은 이 작품의 제목에 '戲作'이라는 말을 붙이고 있다는 점을 다시 환기할 필요가 있다. 어찌 보면 군더더기일 수도 있는 이 말을 덧붙인 이유는 이 詩題下에 표현·서술할 내용이 '실없는 말' '정색하고 하는 진담이나 값진 말이 아닌 것'임을 의도하고 또 자신이 말하는 것이 '별것 아니라'고 하는 겸손의 태도를 담음으로써 시를 받는 쪽에 대해 격의 없는 친분을 표시하기 위한 것으로 볼 수 있다.14) 고산의 경우는 이 두 가지를 모두 의도한 것이라 여겨지는데 주희를 든든한 뒷 배경으로 하여 『참동계』를 말하고는 있지만 뼛속까지 유학자인 그로서는 편치 않았을 마음을 '장난삼아 지은 것' '실없는 것'으로 치부함으로써 자신은 어디까지나 유학의 正道를 가고 있다는 것을 드러내고자 했던 게 아니었을까 추정해 볼 수 있다.

2.2. 呂洞賓의 저술과 행적

고산이 도교를 수용함에 있어 수위를 조절하여 유교 우위의 역학관계를 유지하게 하는 두 번째 요소로 중국 도교사에서 가장 인기가 있는 당나라 말기 때의 인물 呂洞賓을 들 수 있다. 시작품에 역사적 실존인물이 시어로 활용된다고 하는 것은 그 횟수에 관계없이 특별한 의미를 지닌다. 고산의 시에 '여동빈'이란 인물이 시어로 등장하는 작품은 <戲次方丈山人芙蓉釣叟歌>15)인데 이 작품은 앞서 예를 든 <用前韻, 戲作遊仙辭求和>와 더

---

14) 임형택, 「한문학 전통 속에서의 戲作」, 『실사구시의 한국학』(창작과비평사, 2000), 260~261쪽.

15) 고산의 原註에 따르면 방장산인은 최유연을 가리킨다("方丈山人 崔有淵號").

불어 고산의 대표적인 도교 작품으로 거론된다.

> (a) 芙蓉城是芙蓉洞　　　부용성은 곧 부용동이니
> 　　今我得之古所夢　　　지금 나도 옛날 꾸던 꿈에서 얻었다오
> 　　世人不識蓬萊島　　　세상 사람들은 봉래섬을 알지 못하고
> 　　但見琪花與瑤草　　　다만 기이한 꽃과 아름다운 풀만 보네
> (b) 由來神仙豈異人　　　본래 신선이 어찌 이인이리오
> 　　行義求志非二道　　　의를 행함과 뜻을 구함은 두 가지 道가 아니니
> 　　時來出入龍樓虎殿啓乃心　때가 오면 용루 호전 드나들며 임금을 보좌
> 　　　　　　　　　　　　하고
> 　　時去遊戲玄圃閬風淸興深　때가 가면 현포 낭풍에 노닐며
> 　　　　　　　　　　　　맑은 흥 누릴 뿐
> (c) 乃知天實無心唐事業　　하늘이 당나라 사업에 관심이 없었음을 이
> 　　　　　　　　　　　　에 알겠노니
> 　　未必金丹一粒能致洞賓之飛吟　금단 한 알이 어찌 꼭 洞賓의 비음을 초래
> 　　　　　　　　　　　　했다 하리오
> (d) 偶乘古槎槎如舟　　　우연히 옛 뗏목을 타니 마치 배 같은지라
> 　　悠悠直上銀河洲　　　유유히 곧바로 은하의 모래섬 올라가서
> 　　朝帝庭還瞰華表　　　상제의 조정에 조회하고 돌아와 화표를
> 　　　　　　　　　　　　굽어보니
> 　　九點烟裡皆蜉蝣　　　아홉 점의 연기 속에 모두가 하루살이
> 　　朝蠅暮蚊不可相格可相憐　아침 파리와 저녁 모기도 잡지 말고 불쌍히
> 　　　　　　　　　　　　여길지니
> 　　此意嘗聞金骨仙　　　이 뜻을 일찍이 금골선16)에게서 들었다네
> 　　　　　　　　　　　　　(단락 구분은 필자)

이 작품은 내용의 전개에 따라 (a)~(d)까지 4개의 단락으로 나눌 수 있

---

16) 고산은 自註에서 바로 앞구 파리와 모기에 관한 내용을 韓愈의 시구에서 인용했음을
　　밝히고 있는데 이로 보아 '금골선'은 한유를 가리킨다는 것을 알 수 있다.

다. (a)에서는 자신이 거처하는 부용동을 봉래섬에 비유함으로써 간접적으로 자신을 신선에 견주었고 (b)에서는 『논어』의 '은거할 때는 자신의 뜻을 추구하고 세상에 나아가서는 의를 행하여 자신의 도를 펼친다'("隱居以求其志 行義以達其道" 「季氏」)는 구절을 인용하여 行藏의 처세관을 피력하고 있다.

여기서 주목할 것은 '行義'를 표현하기 위해 '용루와 호전'이라는 어구를, '求志'를 드러내기 위해 '현포와 낭풍'이라는 어구를 사용하고 있다는 점이다. '용루'와 '호전'이라고 하는 궁중의 전각은 임금을 보좌하여 經世治民의 이상을 펼치는 '유교'의 이념17)을, 그리고 '현포'와 '낭풍'은 신선이 사는 곳으로 '道仙思想'의 일면을 제유적으로 표현한 것이다. 이 표현을 통해 고산은 이 둘이 별개의 것이 아니라는 자신의 입장을 말하고 있는 것이다.

'본래 신선이 어찌 異人이리오?'라는 구절에 대한 自註에서 고산은 '신선은 이인이 아니라 본래 영웅에서 나왔다'고 하는 시구를 蘇東坡의 시구라 하여 인용하고 있다.18) 그러나 이 구절은 소동파가 아닌 宋代 陳與義(1090~1138)의 <貞车書事>의 제5구와 6구에 해당하는 것19)으로 이 시는 漢나라의 건국 공신으로서 말년에 辟穀을 하며 세속을 떠나 노닐고자 했던 留侯 張良의 고사에 토대를 두고 있다. <貞车書事>에서는 장량의 벽곡을 언급한 뒤 해당 인용 시구가 오는 것으로 보아 이 시구에서의 '영웅'은 구체적으로 장량을 가리킨다고 할 수 있다. 고산은 이 시구를 인용하여 '본래 신선이 어찌 이인이리오?'라고 서술한 뒤 이어 "行義"와 "求志"가 두 개의 道가 아니라고 말하고 있다. 그러므로 고산이 陳與義의 시구를 인용하며 의도한 '신선'의 개념은 기묘한 술법을 행하는 異人 같은 부류가 아

---

17) 『고산유고』 I (이상현 옮김, 한국고전번역원, 2011), 409쪽, 주 867번.
18) "坡詩, 神仙非異人 由來本英雄." 이를 소동파의 시구라 한 것은 이는 고산의 착오인 듯하다.
19) 陳與義, 『簡齋集』(卷五)에 실려 있는 <貞车書事>의 일부 구절로 신선을 영웅과 동일시하고 있다.

니라 나아갈 때와 물러날 때를 알아 잘 처신하는 張良과 같은 인물이라는 것을 알 수 있다.

(c)에서는 대표적 신선인 呂洞賓의 일화를 소개했는데 이 구절에서 '飛吟'이란 여동빈이 신선이 된 것을 가리키는 표현이다. (d)에서는 (b)에서 말한 현포와 낭풍에서 노니는 흥에 대해 구체적으로 서술하고 있는데 자신이 신선이 되었다고 상정하고 신선의 시각에서 바라본 세상을 표현하였다. 이 부분에서 뗏목을 타고("乘") 하늘에 올라가("上") 상제에게 조회하고("朝") 화표를 굽어보며("瞰") 하찮은 벌레를 가엾게 여기는("憐") 행위의 주체는 바로 시적 화자이기 때문에 상상 속의 자신의 신선 체험을 표현한 부분으로 볼 수 있는 것이다. 고산이 시 말미에 붙여 놓은 '부용동은 바로 이 늙은이가 거하는 바다 별장의 동네 이름이다'[20]라는 自註 역시 시 속의 현포와 낭풍은 곧 '부용동'을, 시 속의 신선이 되어 노니는 존재는 '시적 화자' 즉 자기 자신임을 암묵적으로 시사하는 부분이라 하겠다. 여기서 '뗏목을 타고 은하의 모래섬에 갔다'고 하는 것 즉 '乘槎'란 신선이 된 것을 가리키며[21] 제13구의 "華表" 역시 요동 사람으로 신선이 된 丁令威의 고사를 담고 있어[22] 전체적으로 신선이 되어 노니는 것을 표현하고 있다.

(c) 부분에서 한 가지 의문이 드는 것은 (b)의 현포와 낭풍에서 노니는

---

20) "芙蓉洞卽老儂所居海庄洞名也."

21) 張華가 지은 『博物志』 卷十에는 옛날에는 은하수가 바다와 통했다는 전설과 더불어 뗏목을 타고 은하수에 간 사람 이야기가 실려 있다. 신선이 되는 것을 '乘槎', 신선이 된 사람을 '乘槎客'이라 일컫는 것은 여기서부터 유래하는데 이를 한나라의 張騫과 연관시키는 것은 오류이다. 『漢書』 「張騫傳」에는 '한 무제가 장건을 사신으로 보내 황하의 근원지를 찾게 했다'("漢使窮河源")는 내용이 있는데 後人들이 이를 장건이 뗏목을 타고 은하수에 갔다고 부회하여 杜甫를 비롯한 많은 시인들이 이를 시에 인용하게 되었던 것이다. 뗏목을 타고 은하수에 가는 것을 '神仙'의 일과 연관시키는 예는 정철의 <關東別曲>에서 "仙槎를 씌워 내여 斗牛로 向ᄒ살가/ 仙人을 ᄎᄌ려 丹穴의 머므살가"의 예에서도 찾아볼 수 있다.

22) 『고산유고』 I , 410쪽, 주 871번 참고.

흥을 이어받아 바로 (d)에서 그 구체적 내용을 서술해 가는 것이 자연스러운
데 왜 그 사이에 여동빈의 일화를 삽입하여 맥이 끊어지는 듯한 결과를 초래
했을까 하는 점이다. 결론부터 말하면 고산은 (b)에서 말한 '현포와 낭풍에
노니는 흥'이 결코 금단을 제조하거나 복용하는 '외단'의 길이 아님을 분명
히 하고 자신의 道仙 취향의 성격이 어떤 것인지를 밝히기 위한 장치로 '여
동빈'을 내세웠다고 본다. 이에 대해 좀 더 구체적으로 알아보기로 한다.

고산은 여동빈에 대하여 다음과 같이 自註를 붙이고 있다.

여동빈은 본래 당나라 진사였는데, 처음 종리 선생을 만난 곳에다 뒷사람들이
정자를 지어 비음정이라고 이름 붙였다. 어떤 사람이 시 짓기를, "반드시 당나라
사업에 관심이 없었던 것은 아니었지만, 금단 한 알로 선생을 그르쳤네"라고 하
였다.[23]

이 주석은 宋의 羅大經이 지은 『鶴林玉露』丙篇 卷一[24]의 내용에 토대
를 둔 것이다. 인용된 시구에서 '당나라 사업'은 금단제조 및 이를 복용하여
신선이 되고자 하는 것 즉 '외단'을 가리키는데 외단이 당나라 때 극성했으
므로 '당나라 사업'이라는 표현을 쓴 것이다. 고산은 이 구절에서 여동빈이
'외단'에 관심을 가진 것은 사실이지만 그의 진면목이 금단 때문에 호도되
었다는 안타까움을 표현하고 있다.

그런데 여기서 주목할 점은 핵심이 되는 '당나라 사업' 즉 금단제조 및
복용을 둘러싸고 自註에 인용된 無名氏의 <題岳陽飛吟亭>과 고산의 시

---

23) "呂洞賓, 本唐進士也. 初遇鍾離先生處, 後人作亭, 名曰飛吟. 有人作詩曰, 未必無心唐事業,
　　金丹一粒誤先生."
24) 이 책은 甲乙丙의 세 篇으로 구성되어 있는데 해당 부분은 전체적으로는 13권, 甲篇의
　　1권에 해당한다. 『鶴林玉露』의 해당 부분은 다음과 같다. "世傳呂洞賓唐進士也. 詣京師應
　　擧 遇鍾離翁於岳陽 授以仙訣 遂不復之京師. 今岳陽飛吟亭是其處也. 近時有題絶句於亭上
　　云 '覓官千里赴神京 鐘老相傳蓋便傾 未必無心唐事業 金丹一粒誤先生' 餘酷愛其旨趣 蓋夫
　　子告沮溺之意也."

에서의 내용이 다르다는 사실이다. <題岳陽飛吟亭>의 경우 '여동빈이 당
나라 사업에 관심이 없었던 것은 아니다'는 내용이고, 고산의 시의 경우는
'하늘이 당나라 사업에 관심이 없다는 것을 (나는) 알게 되었다'는 내용이다.
기존의 시를 차용함에 있어 고산이 보인 이 미묘한 차이는 상당히 큰 의미
를 내포한다. 原詩의 경우 '금단'의 문제를 여동빈 한 개인에게 국한시켜
나타낸 것이라면, 고산의 표현에서는 '하늘이 금단의 일에 무관심'한 것으로
치부함으로써 금단의 가치를 부정하고 무력화하고 있는 것이다. 금단에 대
한 하늘의 입장을 자신이 이제 알았다고 하는 것은 결국 자기 자신이 금단
의 일에는 무관심하다는 것을 말한 것으로 볼 수 있다. 즉 '하늘'이라고 하는
절대적 존재를 빙자하여 자신의 생각을 드러낸 것이다. '금단'에 대한 이같
은 고산의 입장은 결국 여동빈의 飛吟-즉, 신선이 된 것-이 금단의 효과로
인한 것이 아니라는 내용으로 이어지면서 더욱 분명하게 표명이 되고 있다.
그렇다면 고산은 수많은 仙化人들 중 왜 여동빈에 주목하고 자신의 시에서
까지 언급을 했을까 궁금하지 않을 수 없다.

　도교의 연단술은 크게 외단과 내단으로 나눌 수 있다. 외단이란 불로장생
을 위한 또는 신선의 경지에 이르기 위하여 약물 복용의 방법에 의지하는
것[25]이다. 그리고 내단은 수련을 통해 몸속에 丹을 형성하려는 방법[26]으로
서 唐末의 인물인 鍾離權과 呂洞賓이 이를 대표한다.[27] 특히 중국 최고의
신선으로 꼽히는 여동빈은 송대에 들어와 '여동빈 신앙'[28]이 형성될 만큼

---

25) 晉의 葛洪이 지은 『抱朴子』는 외단법을 대표하는 도교서라 할 수 있다.
26) 後漢 때의 魏伯陽이 지은 『周易參同契』는 내단의 성격이 강한 저작이다.
27) 외단이 크게 성행한 것은 唐나라 때인데 금단의 재료가 되는 수은이나 납 등의 과잉섭취
　　로 중금속 중독을 일으키거나 목숨을 잃는 등 폐단이 컸다. 宋代는 도교사에 있어 금단에
　　의존하는 외단으로부터 심신 수련을 강조하는 내단으로 중심점이 옮겨가는 전환의 시기
　　다. 대표적인 인물로 隨代에 내단을 제창한 蘇元郞, 중국 도교의 八仙에 드는 인물들인
　　종리권과 여동빈, 宋代 초기의 道士 陳摶(872~989년) 등을 들 수 있다.
28) 장현주, 「송대 여동빈 신앙의 유행: 문학과 도상을 중심으로」, ≪道敎文化硏究≫ 제38집,

도교사에서 영향력과 대중적 인기가 컸던 인물이다. 그가 송대 이후 대중적
인기를 얻게 된 요인은 신선이 된 후에도 昇天하지 않고 인간세상에 머물
면서 가난한 사람을 돕고 구제하기에 최선을 다했으며 술을 즐기고 상업을
하는 등 일반 서민들 같은 생활을 한 '地仙'의 형상을 지녔기 때문이다.[29]
그는 민중들뿐만 아니라 문인들의 지지를 받기도 했는데 그것은 사대부 높
은 신분의 儒生 출신이라는 신분상의 공통점과 여러 번 과거에 낙방한 落
第弟子로서의 이력에 동질감을 느꼈기 때문이다. 그는 또한 詩仙으로도 이
름이 높았으며 이 점도 문인들의 호응을 얻는 데 큰 몫을 한 것으로 보인다.
  아래 여동빈의 自述 내용은 그 진위야 어떻든 그가 文人 儒者層의 특별
한 호응을 얻은 배경을 짐작케 하는 단서가 된다.

  실은 나에게 세 개의 劍이 있으니 하나는 번뇌를 베는 것이고, 두 번째 것은
  貪嗔을 베는 것이며, 세 번째 것은 色慾을 베는 것이다. 세상에서는 나의 神靈스
  러움을 전한다고 하는데 이는 나의 '法'을 전하는 것만 못하고, 나의 법을 전하는
  것은 나의 '行'을 전하는 것만 못하니 무엇 때문인가? 사람들이 이에 反한다면
  손을 잡고 무술을 접한다 한들 결국은 도를 이루지 못할 것이기 때문이다. 슬프다.
  내(여동빈)가 지은 저작을 보면 모두 몸과 마음으로부터 시작하는데 배우는 사람
  이 마음을 바르게 하여 몸을 닦지 않고 다만 僥倖만을 바라니 옳다고 하겠는가?[30]

  여기서 여동빈은 신기한 술법이 아닌 심신수행을 강조하고 있고 번뇌와
탐욕, 분노, 색욕과 같은 세속적 욕망을 초극하려는 도덕관을 보여주고 있

2013.

29) 위의 글, 244쪽.

30) 吳曾(宋), 『能改齋漫錄』(藝文印書館, 1968) 제18卷 「神仙鬼怪」 '呂洞賓傳神仙之法'의 항
   에는 여동빈의 自傳이라고 하는 내용이 실려 있다. "呂洞賓嘗自傳云 (中略) 實有三劍 一
   斷煩惱 二斷貪嗔 三斷色慾 是吾之劍也. 世有傳吾之神 不若傳吾之法 傳吾之法 不若傳吾
   之行 何以故. 爲人若反是 雖握手接武 終不成道. 嗟乎 觀呂之所著 皆自身心始而學者不能
   正心修身 徒欲爲僥倖之事 可乎."

다. 이처럼 신기한 행적보다는 내적 수행을 강조하는 여동빈의 모습이 당시
지식인들의 도덕관에 부응했던 것으로 보인다.

이같은 여동빈의 행적은 중국뿐만 아니라 조선시대 문인과 화가들 사이
에서도 큰 공감대를 형성했으며 이들은 여동빈의 행적을 소재로 한 많은
시문과 그림을 남겼다.[31] 수많은 신선들 중 유독 여동빈에 관한 작품이 많
은 것 역시 중국에서 그가 대중적 인기를 얻고 문인에게 호응을 얻은 것과
같은 이유에서라고 할 수 있다.

　神仙이 ᄌ최 업쓰되 呂洞賓은 眞仙이레/ 朝遊北海 暮暮梧요 神裡靑蛇 膽氣
粗ㅣ라 三入岳陽樓홀 쎄 사람이 알 이 업데/ 洞庭湖 七百里 平湖에 浪吟飛過
ᄒ니라. (金壽長, 밑줄은 필자)[32]

와 같은 시조는 여동빈이 조선 사대부 식자층뿐만 아니라 중인층 歌客들에
게까지 널리 영향을 끼쳤음을 짐작하게 한다.

고산이 여러 신선들 중 여동빈을 자신의 시에서 언급한 것도 이같은 맥
락에서 이해할 수 있다. 요약하면 첫째 도교의 인물이지만 儒門 출신이라
는 신분적 동질감이 있었고, 둘째 외단이 아닌 내단 사상가로서 正心修身
의 내면 수행을 중시한다는 점에서 유가적 도덕관과도 부응한다는 점, 셋째
詩·詞·賦 등에 능통한 詩仙의 면모[33]를 지닌다는 점에서 같은 문인으로
서 공감이 있었을 것이라는 점, 넷째 經世救民의 행적에서 참된 儒者의

---

31) 조선 초기 李承召·金訴·休靜禪師, 조선 중기의 柳夢寅·許筠·柳思規 등이 그 대표적
　　인물이다. 이에 관한 자세한 논의는 조인희, 「朝鮮 後期의 呂洞賓에 대한 繪畫 표현」,(≪
　　美術史學硏究≫ 제282호, 2014. 6) 참고.
32) 정병욱 편저, 『시조문학사전』,(신구문화사, 1966), 1300번.
33) 『全唐詩』 858卷에 원래의 이름인 呂嵒으로 200수가 넘는 시편이 수록되어 있고, 『全宋
　　詞』에도 그의 詞 작품이 다수 실려 있다. 김도영, 「呂洞賓劇의 '純陽' 志向 이미지」,(≪中
　　國語文論叢≫ 21집, 2001), 309쪽.

모습을 보았기 때문이라는 점 등이다. 한 마디로 고산이 수많은 신선 중 여동빈을 택한 것은 그가 仙化한 인물이면서도 유교적 가치관·도덕관·정 치이념과 상치되지 않는, 다시 말하면 儒生과 같은 이미지를 지닌 존재였 기 때문이라 할 수 있다.

다시 지금 논의되고 있는 <戱次方丈山人芙蓉釣叟歌>를 면밀히 읽어 보면 고산은 신선 관련 용어를 빈번히 사용하여 仙遊的 내용을 읊으면서 도 자신이 도교나 신선의 일에 경도된 것으로 인식될까 염려하는 듯한 모 습이 엿보인다. 그리하여 자신이 神仙事에 함몰되지 않고 儒者로서의 正 道를 벗어나지 않았다는 것을 보이기 위하여-혹은 스스로 확인하기 위하 여-세심한 장치를 도모하고 있다. 우선 '신선은 異人이 아니다'고 규정함으 로써 앞으로 전개될 仙遊적 내용에 대해 미리 방패막이를 설치하고 신선 처럼 노니는 것을 유교적 行藏의 도리 중 '藏'과 연관 지은 뒤, 하늘을 빌려 와 자신이 금단에는 관심이 없음을 피력하고 있는 것이다. 그런 뒤 결정적 으로 유생 이미지가 강한 신선 여동빈의 일화를 소개하여 儒者로서 선을 넘지 않았다는 증표로 삼은 것으로 보인다. 조금 더 나아가 고산은 은연중 신선들 가운데 儒家와의 친연성이 큰 여동빈을 선택하여 자신의 처신과 병치시키고 있다고 해석할 수도 있다.

그러나 仙遊的 내용을 읊으면서도 고산이 끝까지 고수하고자 한 것은 자신의 仙遊가 도교적 신선놀음이 아니라 儒家的 '藏'의 성격을 띤다는 것 을 확인하는 일이었다고 본다. 行義는 유가의 내용을, 求志는 도교와 신선 의 내용을 빌어 표현을 함으로써 행의는 유가의 길이고 구지는 도교·신선 의 세계와 관계되는 것처럼 의미를 부여하고 이 둘은 하나라고 하면서도 결국 자신이 道仙을 추구하는 인물로 규정되는 것을 거부하고 있는 것이다. 결국은 도선에 대한 儒家의 우위를 인정하는 태도라고 할 수 있다.

고산이 시 제목에 '장난삼아 차운하다'("戱次")라는 군더더기 표현을 붙 인 것 또한 앞 <戱作遊仙辭求和>에서의 "戱作"의 경우와 일맥상통하는

것으로 도교 및 신선사상에 대한 자신의 입장을 각인시키고자 하는 의도였
으리라 짐작할 수 있다. 이처럼 도교에 대한 유가 우위의 태도를 견지하게
하는 필터 역할을 하는 것이 바로 '여동빈'이라고 하는 인물 및 그의 행적이
라 할 수 있다.

2.3. 葛洪과 그의 저술 『抱朴子』

고산의 시문에 보이는 도교 관련 시어들 중에는 仙景이나 仙界, 仙樂,
蓬萊처럼 사물이나 장소에 대한 美稱의 구실을 하거나 여타 시인의 시문에
서 쉽게 발견할 수 있는 종류의 것이 아닌, 매우 전문적인 도교 용어가 사용
되는 예를 발견하게 된다. '金漿'과 '玉液'이 바로 그것이다. 이 도교 용어들
은 東晉의 도교학자 葛洪(283~363)이 지은 『抱朴子』 內篇에 나오는 것으
로 다른 시인들의 시문에서는 거의 찾아보기 어려운 용어들이다. 이런 용어
들은 고산의 삶과 문학에서의 儒·道 관계를 검토함에 있어 갈홍과 그의
저작이 중요한 단서가 된다는 것을 시사한다. '金漿'과 '玉液'이 시어로 사
용된 예를 보도록 한다.

投吾未及子脣濡　　그대 입술 적시기 전에 내게 주니
跽謝東陵抱甕徒　　동릉의 포옹의 무리34)에게 감사의 절 올려야겠네
冷比雪霜甘比蜜　　차기는 눈과 서리 같고 달기는 꿀과도 같으니
金漿玉液詎能踰　　금장과 옥액인들 어찌 이보다 나으랴

위의 시는 <朴進士而厚惠西瓜東瓜, 兼寄絶句五首近體一首, 次韻答
之>의 다섯 수 중 제2수에 해당하는 작품으로 진사 朴而厚가 수박을 보내

---

34) 남새밭을 힘들여 가꾼 농사꾼을 가리킨다. 진나라 때 東陵侯에 봉해진 邵平이 가난하게
　　살면서 장안성 동문 밖에서 외밭을 일구며 살았는데 그 외맛이 좋았으므로 사람들이 東
　　陵瓜라고 불렀다고 한다. 『고산유고』Ⅰ, 374쪽, 주 780번 참고.

준 것에 대한 보답으로 지은 시이다. 고산은 이 시에서 수박의 맛과 더위를
식히는 효능에 대해서 말하고 있는데 그 효과를 표현하기 위해 '金漿'과 '玉
液'이라고 하는 仙藥을 비교의 대상으로 삼고 있다는 점에 주목할 필요가
있다.

'수박'이 '선약'보다 낫다고 한 표현의 이면에는 '금장'과 '옥액'의 가치와
효과를 충분히 인지하고 이를 높게 평가하는 고산의 생각이 담겨 있음을
간과할 수 없다. 세상 최고의 가치를 말하기 위해 '수박'에 버금가는 것으로
도교의 선약을 끌어다 활용하고 있다는 것은 고산이 이 이 선약에 대해 지
니고 있는 태도와 생각의 일면을 반영하는 징표가 된다.

'금장'과 '옥액'은 도교에서 제련하여 만드는 仙液을 가리키는데 『抱朴
子』內篇 「金丹」에 의하면 황금을 넣어서 생긴 액체를 '금장', 옥을 넣은
것을 '옥례'라 하고 이것을 마시면 長生할 수 있다고 하였다.[35] 시문에 나
오는 도교의 仙藥은 보통 '不死藥' '金丹' 정도가 일반적인데 이처럼 금장
이나 옥액과 같은 전문적이고 특수한 종류의 선약을 시어로 활용했다고 하
는 점은 고산이 『포박자』의 내용을 숙지하고 있었을 가능성을 시사한다.
고산이 이 말을 『포박자』로부터 직접 접했는지 아니면 다른 서적이나 시문
을 통해 간접적으로 접했는지에 관한 확실한 근거는 없지만 아래 <次韻酬
李季夏赤壁歌>에 사용된 '天仙'이라는 시어의 용례는 이 의문을 해결할
수 있는 한 실마리를 제공한다.

李侯性癖耽佳句　　李侯[36]의 성벽이 아름다운 시구를 탐하여
不揖無詩寧飮醋　　식초를 마실지언정 시 없으면 읍도 안 해
造物不許支大廈　　조물주는 대하를 부지하게 허락하지 않고

---

35) 葛洪, 『抱朴子』 內篇 「金丹」 "朱草狀似小棗 (中略) 久則成水 以金投之 名爲金漿 以玉投
之 名爲玉醴. 服之皆長生." 고산이 말한 '玉液'은 원문에는 '玉醴'로 되어 있다.
36) 李季夏를 가리킨다.

赤壁之遊已分付　　적벽에서 노닐 것을 분부하셨다오
<u>天仙</u>遊戲浮漚間　　천선이 물거품 사이에서 유희하나니
幾時乘槎上銀浦　　어느 때나 뗏목 타고 은하수에 오를까
晚來萬谷酣笙鐘　　저녁에 일만 골에 울리는 생황과 종소리
淡生活休爲我苦　　담박한 삶 그만두면 그것이 나의 괴로움이라

위 인용 시구에서 "天仙"은 글자 그대로 '천상의 신선'으로 풀이할 수도 있으나 중국, 조선의 여타 시인들의 시구에서 '神仙'을 가리키는 단어들 중 '天仙'은 거의 찾아보기 어렵다는 점에 주목할 필요가 있다. '仙'과의 글자 조합의 예를 들면 가장 흔한 '神仙'을 비롯하여 蘇軾을 신선으로 표현한 '蘇仙', 신선을 지상으로 귀양온 존재로 표현한 '謫仙'-특히 李白의 경우 李謫仙-, 최치원을 가리키는 '伽倻仙 仙人', 이 외에도 '眞仙' '麻姑仙女' '酒中仙' '四仙' '羽衣仙人' '南極 仙翁' '笙鶴仙人' '群仙' 등이 있다. 참고로 도교가 가장 융성했던 당나라 때의 시인들의 시를 예로 들어 볼 때 두보의 경우는 '天仙'이 시어로 사용된 예가 全無하고 道籙까지 전수받은 이백의 경우조차도 2회 사용[37]에 불과하다. 이로 볼 때 '天仙'이라는 말이 시어로 활용되는 것은 보편적 양상이라고 볼 수 없으며 나아가 아주 희귀한 용례라고 할 수 있다.

'신선' 자체가 天上과 관계된 존재인데 굳이 '天仙'이라고 표현하고 이를 다시 '뗏목을 타고 은하수-하늘-에 오른다'는 어구로 뒷받침한 것에 대해 필자는 고산이 '天仙' '地仙' '尸解仙'이라고 하는 신선의 세 부류를 염두에 두고 이 말을 사용한 것으로 보고 있다. 갈홍은 『포박자』內篇「論仙」을 비롯하여 여러 곳에서 신선을 天仙·地仙·尸解仙의 세 종류로 구분하고 있는데 上士인 '천선'은 현세의 육신 그대로 승천하는 부류이고, 中士인 '지

---

37) "攀花弄秀色 遠贈天仙人"(<擬古 十二首>·四, 『李太白集』 卷二十三), "應是天仙狂醉 亂把白雲揉碎"(<淸平樂 三首>·三, 『李太白集』 卷二十五 補遺)

선'은 名山에서 노니는 존재이며 下士인 '시해선'은 육신은 일단 죽지만 매미가 허물을 벗듯이 선인이 되는 부류이다.[38] 상사는 도를 얻으면 승천하여 天官이 되고 중사는 도를 얻으면 곤륜산에 머물면서 살며 하사는 도를 얻으면 세간에서 장생한다.[39] 갈홍에 의하면 승천하는 자와 지상에 머무는 자 모두 不老長生하며 속세를 떠나든 속세에 머물든 그것은 본인의 기호에 따른 것[40]이라고 하였다.

또한 신선을 소재로 하거나 신선에 대해서 언급하는 경우 영주산·봉래산·방장산의 三神山을 비롯하여 崑崙山·華山·泰山 등과 같은 '山'이 배경이 되는 예가 많은데, 위의 시에서는 '뗏목을 타고 은하수에 오른다'고 한 점도 주의깊게 보아야 할 대목이다. '은하수'는 하늘의 제유적 표현이라 할 수 있으므로 이 구절은 곧 '하늘에 오른다'는 뜻과 같다. 이로 볼 때 고산이 '천선'이라는 시어를 사용한 것을 우연으로 치부하거나 이를 단순히 '천상의 신선'으로 풀이할 수 없다고 생각하며 갈홍의 분류를 염두에 둔 표현으로 보는 것이 타당하다고 본다.

이처럼 고산이 금장이나 옥액, 천선과 같은 전문적이고 특수한 도교 용어를 사용한 것으로 미루어 그가 『포박자』를 접하고 읽었을 가능성이 매우 크다고 판단된다. 그렇다면 고산이 『포박자』를 접했다든가 특수한 도교용어를 시어로 활용했다든가 하는 것이 그에게 어떤 의미를 지니는가를 살펴보아야 할 것이다.

다시 앞에 인용한 <朴進士而厚惠西瓜東瓜>로 돌아가 금장과 옥액 같은 선약이 좋은 것은 사실이지만 결국 '수박'이 그 위에 놓인다고 말한 점을

---

38) "上士擧形昇虛 謂之天仙 中士游於名山 謂之地仙 下士先死後蛻 謂之屍解仙." 葛洪, 『(新譯)抱朴子』·內篇 「論仙」(昔原台 역주, 서림문화사, 2016), 58쪽. 이하 『포박자』 번역은 이 책에 의거하며 개개 서지사항은 생략한다.

39) "上士得道昇爲天官 中士得道棲集昆侖 下士得道長生世間." 같은 책, 「金丹」, 118쪽.

40) "仙人或昇天或住地 要於俱長生. 去留各從其所好耳." 같은 책, 「對俗」, 92쪽.

재음미할 필요가 있다. 이 언술의 이면에서 우리는 선약은 값이 비싸고 구하기 어려워 특수한 계층의 사람들만이 누릴 수 있는 것인 반면 수박은 값싸고 흔한 것이어서 신분의 고하, 빈부를 떠나 누구라도 누릴 수 있는 것이므로 더 값진 것이라는 고산의 속생각을 읽어낼 수 있는 것이다. 제2구의 '동릉의 포옹의 무리'가 남새밭을 가꾸는 농부를 가리킨다고 할 때 이같은 讀法은 그 타당성을 확보하게 된다. 仙藥이 도교의 상징물이라 한다면, 수박과 이를 가꾼 농부들 그리고 이들에 더 가치를 부여하는 마음은 유교적 발상에 더 가깝다고 보아도 무리가 없다. 결국 필자는 이 시를 도교에 대한 유교 우위의 역학관계를 보여주는 텍스트로 읽고자 하는 것이다. 그리고 도교사상을 수용함에 있어 수위를 조절하여 이 역학관계를 유지하게 하는 세 번째 요소로 갈홍과 그의 저작물 특히 『포박자』를 거론하고자 하는 것이다.

갈홍은 초기 도교학자로 후대의 도교에 큰 영향을 끼쳤지만 전형적인 儒家 집안 출신으로 유가 경전에도 정통한 인물로 알려져 있다. 그의 대표적 저술 『포박자』는 초기 도교 경전으로 도교적 내용을 주로 하는 「內篇」과 유교사상을 논하는 「外篇」으로 구성되어 있다.41) 『포박자』 외편 말미에 붙은 갈홍의 自序에 의하면 내편은 신선의 도, 선약의 처방, 鬼怪 변화의 사용법, 불로불사법, 惡氣를 씻고 화를 피하는 術 등을 기술한 것으로 道家에 속하고, 외편은 세인의 득실, 세상사의 좋고 나쁜 것에 대하여 쓴 것으로 儒家에 속한다고 하였다.42) 그가 자신을 '순수한 유가라고는 할 수 없고 남에게 가르침을 전수하는 스승으로도 적합지 못하지만'43) '그래도 유자의 말단'44)이라고 평하고 있는 것처럼, 도교가 그의 사상을 떠받치는 주축이

---

41) 이같은 사정은 『포박자』 내편의 '序'와 외편 말미에 붙어 있는 '自序'를 통해 확인할 수 있다.

42) "其內篇言神仙方藥 鬼怪變化 養生延年 禳邪卻禍之事 屬道家. 外篇言人間得失 世事臧否 屬儒家" 「外篇」 自序, 273쪽.

43) "竟不成純儒 不中爲傳授之師."

되는 것만은 사실이나 儒學 역시 제2의 사상적 기둥이 된다는 것을 부인할 수 없다.45)

갈홍의 사상에서 특별히 주목할 점은 '隱逸'의 처세관인데 이는 儒家的 行藏의 입장과 거의 흡사한 면모를 보인다. 그의 은일사상은 외편 「嘉遁」 「逸民」 「任命」 등에 집중적으로 서술되어 있다. 「嘉遁」에서는 '懷冰先生' 과 '赴勢公子', 「逸民」에서는 '逸民'과 '仕人', 「任命」에서는 불우한 처지에 놓인 '居冷先生'과 세속적인 顯達을 상징하는 '翼亮大夫' 등 가상의 인물을 등장시켜 그들의 대화를 통해 자신의 생각을 드러내는 방식을 취하고 있다. 갈홍의 은일관을 요약하면 '기회가 나쁘면 野에 숨어 은거하고 때가 오면 朝廷의 높은 자리에 오른다'46)는 것, '조정에 出仕하거나 산림에 은거하는 것은 모두 개인의 기호와 능력에 따른다'47)는 것, 그리고 '조정에 나아가든

---

44) "洪袞爲儒者之末."

45) 이진용은 갈홍의 이같은 특징을 '道本儒末'의 입장으로 정리하여 『포박자』 외편의 유교 정치사상을 중점적으로 살폈다. 그는 갈홍의 정치사상을 '강렬한 사회참여의식과 救世 정신을 바탕으로 적극적 사회개혁의 입장을 표방하면서 嚴刑遵法의 현실제도를 중시하고 이상적 정치체제로서 강력한 군주제의 확립을 주장하였다'고 파악하였다. 이진용, 「葛洪 『抱朴子外篇』의 유교정치사상」, ≪철학논총≫ 61집, 2010. 7, 121~122쪽.

46) 「任命」편은 불우한 처지에 놓인 '居冷先生'이 세속적인 顯達을 상징하는 '翼亮大夫'에게 교훈을 주는 내용으로 되어 있는데 세상을 등지고 사는 것이 존중할 일은 아니라는 익량 대부의 말에 거냉선생은 '기회가 나쁘면 野에 숨어 은거하고 때가 오면 朝廷의 높은 자리에 오른다'("運屯則藩淪於勿用 時行則高竦乎天庭") '대저 군자라는 것은 스스로 역량을 숨기고 때를 기다리면서 덕을 쌓아 바른 일을 행한다. 기회가 오지 않으면 나타나지 않고 마음으로 복종할 만한 군주가 아니면 섬기지 않는다. 가난이나 영달은 운에 맡기고 出處 進退는 마음 내키는 대로 한다. 야인이 되었을 때는 은둔자의 모범이 되고 세상에 나왔을 때는 명신의 귀감이 된다'("蓋君子藏器以有待也 稽德以有爲也 非其時不見也 非其君不事 也 窮達任所値 出處無所繫. 其靜也則爲逸民之宗 其動也則爲元凱之表.")고 설파한다. 『(新 譯)抱朴子』 外篇2, 15~16쪽.

47) 「逸民」편을 보면 '숲속이나 물가에서 허무하게 살다가 허무하게 죽는다면 무슨 가치가 있느냐'(『(新譯)抱朴子』 外篇1, 49쪽)는 仕人의 비아냥에 일민은 '이른바 뜻이 있는 사람 이라고 해서 반드시 祿位에 있는 것은 아니며 꼭 공적만을 원하지는 않는다. … 세상을 버리고 은거하는 것은 성인들도 인정하였다. 출사하거나 은둔하는 것은 그 기호에 따를 것이다.' ("凡所謂志人者 不必在乎祿位 不必須乎勛伐也. … 嘉遁高蹈 先聖所許 或出或處

산림에 은거하든 방법은 다르지만 도를 추구하는 목적은 같다는 것'[48]이다.
이와 같은 갈홍의 은일관은 아래 글과 시에 나타나 있는 고산의 처세관
과 거의 일치한다는 것을 발견하게 된다.

　신하가 임금을 섬기는 도리는, 재주와 덕이 있어 능히 그 직책을 수행할 수
있으면 벼슬길에 나아가고, 재주도 없고 덕도 없어 그 임무를 수행할 수 없으면
물러나는 것입니다. 또한 진실로 동료들에게 받아들여져 서로 공경하고 합심할
수 있으면 나아가고, 사람들이 나를 알아주지 않고 세상이 내 뜻과 어긋날 때는
물러가는 것입니다.[49]

| 吾人經濟非無志 | 내가 經國濟民의 뜻이 없는 것은 아니지만 |
| 君子行藏奈有時 | 군자가 나아가고 물러감에 어찌 때가 있으랴 |

(<病還孤山舡上感興>)

各從攸好.) (『(新譯)抱朴子』外篇1, 49~51쪽) '속세를 등진 선비는 산이나 물가에서 은거
하면서 만족해하고 세상의 명성은 귀하게 여기지 않으며 마음대로 생각하고 마음대로
행하면서 시대와 사회에 유익한 일을 하지 않으니 참으로 무익한 존재'(『(新譯)抱朴子』
外篇1, 52쪽)라고 비난하는 仕人에 대하여 逸民은 古公亶父와 瞖, 季札, 老萊子의 예를
들어 '모두가 기호에 따라서 행하는 것으로 그 무엇도 그러한 기호를 대신할 수는 없다'
("從其所好 莫與易也")고 대답한다(『(新譯)抱朴子』外篇1, 54쪽). 또 「嘉遁」편을 보면 은
둔의 태도를 비난하는 부세공자에게 거넹선생은 '내가 은거하고 있는 것은 나의 기량이
정치하는 일에 맞지 않기 때문("僕所以逍遙於丘園, 斂跡乎草澤者, 誠以才非政事, 器
乏治民")이며 '능력이 있는 일에 힘쓰고 능력이 닿지 않는 일이면 고개를 돌리는 것'("故
居其所長 以全其所短耳")이라고 대답(『(新譯)抱朴子』外篇1, 29~30쪽)하여 出處進退는
각기 자신의 능한 바에 따라 결정할 일이라는 입장을 표명하였다.
48) 「逸民」편을 보면 은둔하는 선비는 불충한 신하라는 仕人의 비난에 일민은 '나라 안에
살고 있는 사람으로 임금의 신하가 아닌 사람이 없다는 것은 분명하다. 朝廷에 있는 자는
힘을 다하여 나라를 다스리고 山林 속에 사는 사람은 덕을 닦아서 혼탁한 세상을 바르게
정화한다. 방법은 다르다 해도 그 목적은 같은 것이므로 어느 쪽이나 모두 왕의 백성이
다.'("率土之濱 莫匪王臣 可知也. 在朝者陳力以秉庶事 山林者修德以厲貪濁 殊途同歸 俱
人臣也")라고 대답하는 내용이 있다. 『(新譯)抱朴子』外篇1, 56쪽.
49) "人臣事君之道 有材有德能擧其職則仕義也. 無才無德不能擧其職則去義也. 寔能容之同寅
協恭則仕義也. 人莫我知世與我違則去義也." 『孤山遺稿』卷3·上, 「辭工曹參議疏」, 7쪽.

行義求志非二道   義를 행하고 뜻을 구하는 것이 두 길은 아니라네
(＜戱次方丈山人芙蓉釣叟歌＞)

고산이 갈홍의 사상을 큰 거부감없이 수용할 수 있었던 이유 중 하나는
이처럼 갈홍의 은일관이 '은거할 때는 자신의 뜻을 추구하고 세상에 나아가
서는 의를 행하여 자신의 도를 펼친다'("隱居以求其志 行義以達其道"『論語』
「季氏」), '등용되면 나아가 행하고, 버림을 받으면 물러가 숨는다'("用之則行
捨之則藏"『論語』「述而」)고 하는 儒家의 行藏의 처세와 부합하기 때문일
것이다.

고산이 갈홍의 입장을 수용할 수 있었던 것은 비단 갈홍의 은일관이 유
가의 처세관에 부합했다는 이유만은 아니다. 갈홍은 도교의 내용을 논한
「내편」 곳곳에서도 선약보다 우선하여 유교적 윤리도덕성을 강조하고 있는
데 이 점이 儒者인 고산에게 크게 공감을 불러일으켰을 것이 틀림없다.

> 선인이 되고자 하는 자는 忠孝, 和順, 仁信을 근본으로 해야 할 것이다. 만약
> 덕행을 닦지 않고 方術에만 힘써봤자 결코 장생할 수 없다.[50]

> 만일 선행을 쌓는 것이 충분하지 않으면 비록 선약을 복욕한다 해도 무익하
> 다.[51]

이상 보아온 것처럼 갈홍은 도교학자임에도 근본이 유자출신이라는 점,
저술 도처에서 유자가 공감할 수 있는 行藏의 처세를 강조하고 있다는 점,
그리고 선약보다 유교적 윤리도덕성을 우선시한다는 점 등에서 조선시대
儒者에게 공감대를 형성할 수 있는 요소를 충분히 지니고 있었다고 볼 수

---

50) "欲求仙者要當以忠孝和順仁信爲本. 若德行不修而但務方術 皆不得長生也." 같은 책,「對
  俗」, 95쪽.
51) "積善事未滿 雖服仙藥 亦無益也." 같은 책,「對俗」, 95쪽.

있다. 고산도 갈홍의 이같은 사상의 궤적에 어느 정도 공감을 했던 것으로 보이며 그같은 태도가 시에 반영되었다고 보는 것이다. 사실『포박자』는 고려시대 문인 李穡(1328~1396)이 同名의 제목으로 <抱朴子>라는 시52)를 지은 것으로 보아 이미 고려시대 혹은 그 이전에 우리나라에 들어와 지식층 사이에 널리 퍼져 있었음을 알 수 있다. 이런 정황으로 미루어 고산이 갈홍과 그의 저술에 접했을 가능성은 충분하다고 하겠다. 그리고 어느 면에서 儒家的 가치관·처세관·윤리관과 일맥상통하는 갈홍의 사상적 성향은 고산이 도교 적 내용을 수용함에 있어 일종의 안전장치와 같은 구실을 했다고 보는 것이다.

3. 나가는 말

이 글은 고산의 시문에는 유가와 도교의 요소가 섞여 있다는 점, 그리고 儒·道의 역학관계에 있어 유가의 우위를 볼 수 있다는 점을 토대로 하여 도교 사상을 수용하되 어느 선을 넘지 않게 하는 여과장치가 무엇인가를 살피는 데 목표를 두었다. 그 수위를 조절하는 세 요소로서 朱熹의『參同 契考異』, 呂洞賓의 저술과 행적 그리고 葛洪 및 그의 저술『抱朴子』를 제시하고 작품을 통해 그 구체적 양상을 살폈다.

주희는 조선시대 유학자들이 숭앙하는 大儒이고, 여동빈과 갈홍은 도교 에 속하면서도 유가적 성향이 농후한 인물들이므로 이들이 공통적으로 지 니는 '儒'라고 하는 요소는 철저한 儒者로서의 고산이 道仙的 내용을 자신 의 시문에 수용하는 데 있어 수위를 조절하여 儒家 우위의 입장을 고수하 게 하는 한 기준으로 작용했다고 할 수 있다.

---

52) "弄月三生尙宛然 葛洪川畔鎖雲煙 我家自有閑天地 靜裏功夫似坐禪"(『牧隱集』「牧隱詩 藁」 제15권).

芭蕉論

바쇼 기행문 『오쿠의 좁은 길』(『奥の細道』)

1. 들어가는 말

마쓰오 바쇼는 일본 역사에서 근세로 분류되는 에도(江戸) 시대에 활동한 문인으로 하이쿠(俳句)와 하이카이(俳諧), 하이분(俳文), 기행문, 서간문, 일기 등 운문·산문의 여러 영역에 걸쳐 많은 작품을 남기고 있다. 다양한 문학 양식에 걸쳐 바쇼의 문학에 일관되어 나타나는 두드러진 특징 중 하나는 시와 산문이 하나의 텍스트 안에 혼합되어 있다는 점이다.[1] 여러 사람의 공동창작인 하이카이를 제외하면, 하이분이나 기행문은 말할 것도 없고 심지어 일기나 서간문에도 詩가 삽입되어 있으며 하이쿠의 경우도 마에가키(前書)[2]가 붙어 산운 혼합서술에 의해 텍스트가 구성되는 예가 많다. 바쇼의 마에가키는 단순히 그 句를 지은 배경을 설명하는 附加的 기록물에 그치지 않고 문학성과 예술성을 갖춘 짧은 산문의 성격을 띤다는 점에서 산운 혼합 텍스트로 다루어도 무리가 없다. 산운 혼합서술의 문체는 상이한 성격

---

[1] 필자는 텍스트 구성의 이같은 양상을 '산운 혼합서술', 이 방식에 의한 결과물을 '산운 혼합담론'이라 규정한 바 있다. 신은경, 『동아시아의 글쓰기 전략』(보고사, 2015); 『서사적 글쓰기와 시가 운용』(보고사, 2015).

[2] 마에가키는 句 앞에 句作의 동기나 상황, 배경, 주제 등을 간략히 기록한 것을 가리키는데 일반적으로 와카(和歌) 앞에 붙는 것은 '고토바가키'(詞書)라 하고, 하이쿠 앞에 붙는 것은 '마에가키'라 하는 경향이 있다. 그러나 구분 없이 통용하기도 한다.

을 지닌 시와 산문을 융합하여 조화와 문학적 상승효과를 지니는데 바쇼의
작품에서 그 진면목을 볼 수 있다.

이 글은 바쇼의 작품 영역 중 기행문 특히 『오쿠의 좁은 길』(『奧の細道』)-
이하 『오쿠』로 약칭-에 초점을 맞춰 위와 같은 산운 혼합서술 양상을 집중
조명함으로써 바쇼 문학세계의 일면을 검토하는 데 목적을 둔다. 기행문을
대상으로 하는 이유는 하이쿠에 마에가키가 붙은 경우나 하이분의 경우보
다 산운 결합의 양상이 더욱 확고하게 구현되어 있기 때문이다. 여러 기행
문 중에서 『오쿠』를 주 대상으로 하는 것은, 이 작품이 바쇼 기행문의 최정
점을 이루는 동시에 가장 완성도가 높다는 점 외에도 한시나 와카, 하이쿠
등 시인이나 삽입된 운문 형태에 있어 다양하고 폭넓은 스펙트럼을 보이고
운문 삽입의 빈도수도 높기 때문이다.

기행문이란 여행을 하면서 경험한 것을 문학적으로 형상화한 문학양식
으로 일종의 수필에 해당한다. 그러므로 기행문은 1인칭 서술을 특징으로
한다. 기행문이 단순한 여행 일지와 다른 점은 여행을 하며 경험한 것들
즉 여행 자료-소재-를 순서에 따라 그대로 '나열'하는 것이 아니라 어떤
효과를 염두에 두면서 그것들을 '재배열'한다든가 뺄 것은 빼고 보충할 것
은 보충하여 새로운 형태로 재구성함으로써 실제 경험과는 다른 세계를 창
출한다는 것이다.

여기서 말하는 '문학적 형상화'란 음식으로 치면 '날 것'의 재료가 아닌
여러 재료를 활용하여 '요리'를 하는 것에 비유할 수 있다. 즉, 기행문학이란
여행 주체가 여행을 하면서 경험한 소재들을 날 것 그대로 기록하는 것이
아니라 '문학적 형상화'라는 요리의 과정을 거쳐 언어로 구성한 것으로 정
의할 수 있다. 이 점은 여행의 주체가 기행문학 서술의 주체, 즉 여행이라는
소재를 언어로 구성하는 주체와 완전히 일치하는 것은 아니며 어느 정도의
허구성을 내포할 수 있음을 시사한다. 그러나 다른 문학양식에 비해 그 허
구성은 최소치가 될 것이며 상대적으로 사실성은 최대치가 된다는 것이 기

행문의 특성이기도 하다.

기행문의 또 다른 특성으로 시가 삽입되는 경우가 많다는 점을 들 수 있다. 기행문에 시가 삽입되는 양상은 바쇼를 포함한 일본의 전통적 기행문뿐만 아니라 동아시아 기행문3)에서 두루 발견되는 보편적 양상이다. 특히 바쇼 기행문의 경우 운문과 산문서술이 절묘하게 상호작용을 하여 독특한 텍스트성을 구현하고 있다는 점에서 주목된다. 바쇼의 기행문 중에서도『오쿠』에서 보이는 산운 혼합서술 양상은 바쇼 나름의 독특한 문체와 시적 수법이 가해져 높은 예술성을 지닌 기행문의 세계를 구축하는 데 결정적인 역할을 하고 있다.

이같은 관심을 바탕으로 하여 이 글은 바쇼의 기행문의 결정판이라 할『오쿠』에 초점을 맞춰 '散韻 혼합서술'이라는 관점에서 조명하고자 한다. 이같은 서술 양상에 대해 일본 학자들 사이에서 보편적으로 쓰이는 '句文융합'이라는 말은 하이쿠나 와카 작품을 '句'로 나타내는 전통에서 비롯된 것으로, 이 외의 한시·민요와 같은 운문 양식까지 다 포괄하기에는 무리가 있어 이 글에서는 '산운 혼합서술'이라는 말을 쓰고자 하는 것이다. 구체적으로 2장에서는 이 글의 주된 대상이 되는『오쿠』에 대해 개괄하고 3장에서는 산운 혼합텍스트라고 하는 보편적 틀 안에서『오쿠』가 어떤 위상을 지니는지 살펴보며 4장에서는 삽입된 운문이 텍스트에서 어떤 역할을 하는지 他人의 시작품과 바쇼 자신의 하이쿠 작품으로 나누어 검토하고자 한다.

---

3) 동아시아 문학에서 이처럼 기행문에 시를 삽입하는 양상은 7세기 말 唐僧 義淨(635~713)의 渡竺旅行記인『大唐西域求法高僧傳』『南海寄歸內法傳』까지 거슬러 올라간다. 義淨은 671년 구법 인도여행을 떠나『南海寄歸內法傳』과『大唐西域求法高僧傳』을 저술하여 692년 인편에 두 책을 측천무후에게 傳獻하였다. 우리나라의 경우 최초의 기행문이라 할 혜초의『왕오천축국전』역시 이런 양상을 보여 준다. 혜초는 723년에서 727년의 4년간 인도 여행을 하고 이 기록을 남겼지만 정확히『왕오천축국전』이 언제 집필되었는지는 알 수 없다. 필자는『동아시아의 글쓰기 전략』에서 혜초의『왕오천축국전』, 정약용의『汕行日記』및 기타 다양한 성격의 기행문 양식을 집중 조명한 바 있다.

2. 『오쿠의 좁은 길』에 대한 개괄적 이해

바쇼는 1684년 8월~1685년 4월 사이에 행해진 '들판에 뒹구는 해골'('野ざらし紀行') 기행, 1687년 8월 바쇼 나이 44세에 이루어진 '가시마 기행'('鹿島詣'),4) 同年 10월~1688년 4월에 걸쳐 행해진 '궤 속의 소소한 글'('笈の小文') 기행, 1688년 8월의 '사라시나 기행'('更科紀行'),5) 그리고 1689년 바쇼 나이 46세의 3월 27일에 에도를 떠나 그 해 9월 6일경까지 행해졌던 '오쿠의 좁은 길' 기행 등 총 다섯 번에 걸친 대규모 여행을 하고 각각에 대하여 기행문을 남겼다.6) 기행문 집필은 여행 시기로부터 시간의 간격을 두고 이루어졌는데 이 글의 대상이 되는『오쿠』의 경우 최종 집필이 완성된 것은 여행 후 약 4년이 지난 1693년 말경이다.7) 여행 중의 메모와 句를 토대로 하되 이 기간 동안 수정과 퇴고가 이루어졌을 것임은 충분히 추측 가능하다.

첫 기행문『들판에 뒹구는 해골』때부터 바쇼는 '이것은 꼭 기행문의 형식이라고 할 수는 없다. 다만 산속 다리, 시골 주막 등의 풍경, 한 가지 생각이나 하나의 움직임 등을 기록한 것일 뿐이다8)라고 하여 여행을 소재로 한 자신의 글이 전통적 기행문의 방식을 따르지 않는 것임을 밝히고 있다. 바쇼는 이같은 紀行文觀을『궤 속의 소소한 글』에서 다음과 같이 더욱 확고한 톤으로 언급하고 있다.

---

4) '가시마'는 지명.

5) '사라시나'는 지명.

6) 여행을 나타낼 때는 ' ' 부호로, 그 여행의 결과물인 기행문을 나타낼 때는『 』부호로 구별한다.

7) 집필의 시작 및 최종 완성이 이루어지기까지의 과정은『松尾芭蕉集』(井本農一・堀信夫・村松友次 校注・譯, 東京:小學館, 1971), 解說 28쪽. 집필이 완성된 시기를 정확히 확정할 수는 없으나 여러 근거를 토대로 여행이 있은지 3년 뒤 1692년부터 집필이 시작되어 퇴고 과정을 거친 뒤 1693년 말에서 1694년 봄 사이에 定稿가 이루어진 것이라 추정할 수 있다.

8) "此一卷は必記行の式にもあらず, ただ山橋野店の風景, 一念一動をしるすのみ."「野晒紀行畵卷」芭蕉跋文,『俳人眞蹟全集3』(野田別天樓 等編, 1930~1939), 188쪽.

　대체 기행문이라고 하는 것은 紀貫之·鴨長明·阿仏尼 등이 문필을 휘둘러 旅情을 자세히 기록하면서부터는 나머지의 기행문들은 모두 이와 흡사해져 버려 선인들의 찌꺼기를 고쳐서 새롭게 하는 것에 지나지 않게 되었다. 더구나 지혜나 재능이 없는 내가 붓으로 무엇인가 새로운 것을 써 내려갈 수는 없는 노릇이다. '그날은 비가 내리고 오후부터 개었다든가, 거기에 소나무가 있고 저기에 어떤 강이 흐르고 있다' 등과 같은 것은 여행자 누구라도 말할 수 있는 내용이지만 黃庭堅의 기발함과 蘇東坡의 새로움과 같은 것이 없다면 새삼 말할 필요가 없다.[9]

　여기서 거론된 紀貫之·阿佛尼·鴨長明의 기행문은 각각 『土佐日記』 『十六夜日記』 『東關日記』를 가리키는데 紀貫之의 『土佐日記』[10]를 예로 들면 전형적인 기행문 형식으로 날짜별로 여행 일정을 서술하고 있다. 바쇼는 이들을 예로 들면서 이들의 문필이 훌륭하여 자신의 재능으로는 못 미친다고 겸양의 자세를 보이지만 이면에는 자신의 기행문은 이들과는 다른 것임을 우회적으로 말하고 있다.

　바쇼 당시 오지인 동북 지방으로의 여행은 목숨까지도 위협받을 수 있을 정도의 험난한 여정이었다. 바쇼가 문인인 가와이 소라(河合曾良)를 데리고 이 위험한 여행을 떠난 것은 사이교 법사(西行法師, 1118~1190)와 노인 법사(能因法師, 988~?)의 흔적을 따라 '우타마쿠라'(歌枕)[11]를 탐방하고 문학 세계의 새로운 변화를 도모하는 계기로 삼으려는 목적이 있었다.[12] 특히

---

9) "抑, 道の日記といふものは, 紀氏·長明·阿佛の尼の, 文をふるひ情を盡してより, 余は皆 佛似かよひて, 其糟粕を改る事あたはず. まして淺智短才の筆に及べくもあらず. 其日は雨 降, 晝より晴て, そこに松有, かしこに何と云川流れたりなどいふ事, たれたれもいふべく 覺侍れども, 黃奇蘇新のたぐひにあらずば云事なかれ." 『松尾芭蕉集』, 313~314쪽.

10) 도사닛키(『土佐日記』)는 기노 쓰라유키(紀貫之, 868~945)가 도사노쿠니에서 교토로 귀경하는 55일간의 기간 중에 일어난 일들이나 생각 등을 가나문으로 쓴 기행일기인데 성립은 935년경으로 알려져 있다.

11) 와카의 소재가 된 각처의 명승지.

12) 우타마쿠라를 탐방하는 것은 일본 기행문의 집필에 있어 오랜 전통이 되어 왔고 바쇼의 경우도 이 전통을 따른 것이다. 『오쿠』를 보면 전체 여정을 통해 59개소의 우타마쿠라를

바쇼가 자신의 문학과 풍아의 세계의 스승으로 여기고 동경했던 사이교 법
사의 경우 私家集인『山家集』을 통해 기행문의 한 모델을 선보이고 있다
는 점에 주목할 필요가 있다.『山家集』下卷에는 '여행'을 소재로 하는 와
카들이 다수 실려 있는데 와카 앞부분에 作句의 배경이나 여행에 관한 내
용 등의 고토바가키(詞書)가 붙어 있어 이 두 부분을 합쳐 하나의 텍스트로
본다면, 여행과 句作에 관계된 산문 서술이 있고 여기에 운문-와카-이 결
합되는 산운 혼합담론의 성격을 띠게 된다.13)

이렇게 일본 전통 기행문의 형식을 크게 날짜 중심의 '紀貫之型'과 에피
소드 중심의 '西行型'으로 나누어 볼 수 있고 이를 기준으로 할 때 바쇼의
기행문은 '西行型'을 따르고 있는 것을 알 수 있다.

기행문은 여행의 동기나 목적에 따라 순례기·산수유람기·용무여행기로
분류할 수 있다. 산수유람기는 전통적으로 山水遊記로 불리는 것이고, 순
례기는 종교적 성지를 찾아 그 자취를 더듬어 보는 것이며, 용무 여행기는
공적 혹은 사적인 용무로 여행을 떠나 여러 가지 경험을 한 뒤 그것을 기록
한 것이다.14) 이런 기준으로 볼 때『오쿠』는 우타마쿠라라고 하는 신성한

방문한 것으로 되어 있다. 이에 관한 것은 久富哲雄, 「歌枕と『おくのほそ道』」,(『芭蕉を讀
むための研究事典』, ≪國文學≫-解釋と教材の研究-, 1994年 3月號)에 잘 설명되어 있다.
또한 오쿠 여행을 떠난 젠로쿠 2년 무렵은 俳壇 전체에 있어 俳風의 일대 전환기였던
만큼 바쇼도 새로운 문학세계의 모색을 도모했을 것임은 물론이다. 그 결과 바쇼는 이
여행을 통해 만년 최대의 과제였던 '가루미'(輕み)의 세계에의 지향이 싹트게 된다. 이에
관한 것은 尾形仂, 『芭蕉の世界』(東京: 講談社, 1989, 247~248쪽) 참고.

13) 예를 들면『山家集』下의 1042번의 경우 "八月, 月のころ, よふけてきたしらかはへまか
りけり, よしあるやうなる家の侍りけるに, ことのおとのしければ, たちとまりてききけ
り, をりあはれに秋風樂と申すかくなりけり, 庭を見いれけれは, あさちのつゆに月のや
とれるけしきあはれなり, そひたるをきの風身にしむらんとおほえて, 申しいれてとほり
ける."라는 詞書가 있고 그 뒤에 "秋風のことに身にしむこよひかな月さへすめる庭のけ
しきに"라는 와카가 실려 있다. 詞書에는 8월 보름경 기타시라카와(北白河)에 여행 갔을
때의 상황과 作句 배경이 서술되어 있어『오쿠』및 바쇼의 여타 기행문 텍스트의 전단계
를 보여 준다. 風卷景次郎·小島吉雄 校注, 『山家集』(『日本古典文學大系』 29, 東京: 岩波
書店, 1958), 181쪽.

장소를 찾아가는 것이기에 일종의 순례기의 성격도 지니며, 문학세계의 변화를 도모하고자 하는 문학적 용무 기행문의 성격을 띠기도 한다. 한편 바쇼의 여행에 있어 자연과의 친화감, 산수감상의 목적을 빼놓고 말할 수는 없기에 『오쿠』는 산수유람기의 면모도 지닌다. 요컨대 『오쿠』는 일반 기행문에서 볼 수 있는 모든 면모를 함축하고 있는 완성도가 높은 작품이라 할 수 있다.

3. 散韻 혼합담론으로서의 『오쿠의 좁은 길』

일본 기행문의 특징 중 하나는 산문 서술과 운문이 혼합되어 있다는 점이고 일본 학자들은 이런 형태를 '句文 융합'이라는 말로 나타내는 것이 일반적이다. 그러나 동아시아라는 거시적 틀 안에서 볼 때 기행문에는 하이쿠나 와카와 같은 일본시 외에도 시조나 민요, 가사, 詞 등 다양한 운문 형태가 삽입되어 있으므로 이들을 포괄하기 위해서는 하나의 텍스트 안에 산문과 운문15)이 혼합되어 있는 형태라는 의미에서 산운 혼합담론16)이라는 말이 적절하다고 본다. 이런 유형의 담론은 산문과 운문 중 어느 쪽에 더

---

14) 물론 여행기에 따라 이같은 구분은 확연하지 않을 수도 있으며 사실상 여행목적에 있어 순례와 용무여행, 용무여행과 산수유람을 겸하는 경우도 많다. 그리고 순례 또한 여러 용무 중 하나라 할 수 있지만 종교적 용무라고 하는 특별한 성격을 띠는 것이기에 비종교적 용무와 구분하여 순례여행기로 따로 설정하는 것이 적절하다. 『왕오천축국전』은 순례 기행문, 朝天錄·燕行錄 등과 같은 使行錄은 공적 용무에 따른 용무 기행문의 대표적인 예라 할 수 있다. 기행문의 분류에 관한 것은 신은경, 「기행문의 삽입시 연구」, 『동아시아의 글쓰기 전략』, 411~412쪽.

15) '韻文'은 원래 '韻이 있는 글'을 가리키며 '詩'와는 그 성격이 다르지만 韻이 없는 경우에도 '시'의 동의어처럼 사용되기도 한다. 시나 운문 모두 산문에 대응되는 용어로 이 글에서는 양자 같은 의미로 혼용하게 될 것이다.

16) 담론(discourse), 텍스트(text), 작품(work)는 각각 그 의미와 성격이 다르지만 이 글에서는 이 셋을 구분 없이 혼용하기로 한다.

비중이 있느냐에 따라 散主韻從 형태와 韻主散從 형태로 나눌 수 있고, 운문의 위치가 텍스트 첫머리나 끝에 고정되어 있는 경우와 산문의 중간중간에 삽입되어 있는 경우로 나눌 수도 있다. 이를 조합하여 산운 혼합담론은 크게 序附加型, 列傳型, 詩話型, 詩挿入型, 註釋型, 複合型의 6유형으로 나뉜다.17)

기행문『오쿠』의 성격을 검토하는 전 단계로서 산운 혼합담론의 각 유형들에 대한 간략한 설명이 필요하다. '서부가형'은 하이쿠나 와카 앞에 마에가키(前書)나 고토바가키(詞書)와 같은 序의 성격을 띠는 산문이 붙은 형태로 운문이 주가 되고 산문은 운문 창작의 배경을 설명하는 보조 서술 역할을 하므로 韻主散從에 해당한다. '열전형'은 인물의 傳記 뒤에 讚 혹은 讚의 성격을 띠는 운문이 오며 산문가 주가 되고 운문이 종이 되는 散主韻從에 해당한다. '시화형'은『이세모노가타리』(『伊勢物語』)나 한국의『파한집』처럼 한 편 이상의 운문과 이 운문의 성립 배경을 일화 형식으로 서술한 산문이 결합한 것으로 산문 부분은 비록 단편적이나마 서사체의 성격을 띠는 것이 많다. '주석형'은 본문과 주석 사이에 산운 결합이 이루어지기도 하고 주석문 내에서 산운 결합이 이루어지기도 한다. 한국의 <용비어천가>나 중국의『韓詩外傳』등은 주석형의 대표적 작품들이다. '시삽입형'은 산문이 서사체의 성격을 띠는 것과 그렇지 않은 것으로 나뉘며 앞의 것을 '서사체 시삽입형' 뒤의 것을 '비서사체 시삽입형'으로 분류할 수 있다. 전자로는 운문이 중간중간에 삽입되어 있는 소설이 대표적인 예이며 후자로는 운문이 삽입된 기행문이 대표적인 예이다. 산문서술이 주가 되고 그 안에 운문이 삽입되는 형태이므로 散主韻從에 해당한다. 운문의 위치로 볼 때 서부가형과 열전형은 운문이 산문 뒤에, 그리고 주석형은 운문이 산문의 앞이

---

17) 이 유형들 하나하나에 대한 연구는 신은경,『동아시아의 글쓰기 전략』(보고사, 2015)와 『서사적 글쓰기와 시가 운용』(보고사, 2015) 참고.

나 뒤에 고정되어 있는 형태이며, 시삽입형과 시화형은 운문 위치가 고정되어 있지 않은 형태이다. '복합형'은 이 다섯 가지 유형들 중 둘 이상의 유형이 복합된 형태이다.

이 글의 대상이 되는『오쿠』는 기행문이므로 일단 '비서사체 시삽입형'의 성격을 띠지만, 바쇼의 여행 동기, 기행문의 글쓰기 패턴과 구조 등을 고려할 때 이 기본 유형 외에도 '열전형' '서부가형'의 성격도 아울러 지니고 있어 '복합형'으로 분류할 수 있다. 이제 이 점들을 하나하나 살펴보기로 한다.

원래『오쿠』는 날짜나 여행지별로 분절이 되어 있지 않으므로 전체를 한 작품으로 본다면 산문서술이 主가 되고 중간중간에 從으로서의 운문이 삽입된 전형적인 '비서사체 시삽입형' 혼합담론으로 규정될 수 있다. 그러나 오늘날 수많은 주석서에서 볼 수 있는 것처럼 50개의 단위로 분절을 하여 각각 독립된 텍스트로 취급한다면 산운 혼합담론의 패턴이 달라질 수 있다. 그런데 기존의 분절은 날짜별로 행해진 것도 아니고 여행지별로 행해진 것도 아니어서 기준이 모호하다. 따라서 산운 혼합담론으로서의『오쿠』의 면모를 살피기 위해서는 먼저 기행문 전체를 작은 단위로 분절하는 문제에 대해 생각해 볼 필요가 있다.

그동안 많은 바쇼 연구자들은 바쇼의 오쿠 여행과 기행문 집필 사이에 4~5년 정도의 시간차가 있다는 것, 그리고 날짜별로 실제 방문지와 사건들을 기록해 놓은 소라의『曾良隨行日記』[18]『俳諧書留』[19]와 비교할 때『오

---

18)『曾良旅日記』(『おくのほそ道: 付 曾良旅日記 奥細道 菅菰抄』, 東京: 岩波書店, 1979)라고도 하는데, 이것은 바쇼의 동북 지방 여행에 수행했던 제자 가와이 소라(河合曾良, 1649~1710)가 여행 일정과 여러 사건들, 만난 사람들에 대해 날짜별로 상세히 적어 둔 자필 기록이다. 이 일기의 존재는 오래전부터 그 일부가 알려져 있었는데 山本安三郎에 의해 재발견되어 1943년에 출판됨으로써 전모가 밝혀지게 되었다. 이 書物의 출판으로『おくのほそ道』연구에 큰 획이 그어지게 되었으며 나아가 바쇼 문학 연구에도 적지 않은 도움이 되어 왔다. 특히『오쿠』에 있어서의 허구적 요소, 하이쿠의 初案, 퇴고의 과정 등 바쇼의 制作意識을 살피는 데 있어 없어서는 안 될 중요한 자료가 되고 있다.

19) 소라는 자신들이 읊은 하이쿠 및 여행 중 행해진 하이카이 興行의 기록 등을『隨行日記』

쿠』에 서술된 여행 중의 일화나 방문 대상, 인물, 사건 등이 새롭게 재구성
및 재편성이 이루어졌다는 점, 심지어 여행 후에 지은 하이쿠를 기행문에
삽입해 넣은 경우도 있다는 점 등을 제시하면서 '허구성'의 문제를 지적해
왔다.[20] 그렇다면 바쇼는 실제 여행지에서 보고 느낀 여러 자연 경물이나
사건, 유적 등의 대상을 어떤 '기준'을 가지고 재구성했는지 궁금해진다. 바
쇼의 기행문관이 잘 나타나 있는 앞의 『궤 속의 소소한 글』에 다음과 같은
내용이 있어 이 물음에 대한 답을 얻을 수 있는 단서가 된다.

> 그러나 여행했던 곳곳의 풍경이 마음에 남아 있고 산과 들의 잠자리에서 잠을
> 청하는 괴로움도 또 이야깃거리가 되며 자연을 가까이하여 句를 지을 구실이
> 될까 하여 잊지 못할 장소들을 <u>前後</u> 상관없이 여기에 모아 적었지만, 그냥 술
> 취한 사람이 되는 대로 내뱉는 말이나 잠자는 사람의 잠꼬대와 같은 것이라고
> 생각하고 듣고 흘려버렸으면 한다.[21]

이 중 자신이 방문한 곳들을 '전후 순서에 관계없이' 모아 적었다고 하는
부분에 주목할 필요가 있다. 이로써 바쇼가 여행을 소재로 하여 기행문을
집필할 때 방문한 장소의 순서나 날짜에 특별히 구애되지 않았다는 것을
알 수 있다. 이를 단서로 하여 『오쿠』를 면밀히 검토한 결과, 필자는 『오쿠』
텍스트가 여행 날짜순보다는 에피소드 중심, 그리고 도시·마을과 같은 廣
域의 여행지보다는 산이나 강, 신사나 절, 유적지 등과 같은 특정 장소, 특

와는 별도로 기록해 두었는데 이 기록을 『俳諧書留』라 한다. 『오쿠』에 수록된 하이쿠
작품들의 初案 형태 등을 알 수 있다는 점에서 바쇼 연구에 중요한 자료가 되고 있다.

20) 『오쿠』의 허구성을 둘러싼 그간의 논의와 문제점은 上野洋三의 「『おくのほそ道』の虛構
性と『曾良旅日記』」(『芭蕉を讀むための研究事典』, ≪國文學≫-解釋と敎材の研究-, 1994
年 3月號)에 잘 정리되어 있다.

21) "されども其所々の風景心に殘り, 山館·野亭のくるしき愁も, 且ははなしの種となり. 風
雲の便りともおもひなして, わすれぬ所々後や先やと書集侍るぞ, 猶醉ル者の猛語にひと
しく, いねる人の譫言するたぐひに見なして, 人又妄聽せよ." 『松尾芭蕉集』, 314쪽.

별한 의미가 있는 버드나무나 소나무, 벚나무와 같은 자연물을 중심으로 하여 내용이 배열되었다는 결론에 이르게 되었다. 4장 1절 '운문 분포 양상'에서 상술되겠지만 이처럼 특정 장소나 유적을 찾아가거나 특별한 의미를 지닌 자연물을 보고 이 대상들을 마주한 감회를 서술한 뒤 바쇼 자신의 하이쿠로 마무리를 하는 패턴이 『오쿠』 텍스트 서술의 주류를 이루고 있는데, 이 점 역시 『오쿠』를 방문 대상별로 분절을 해야 한다는 결론에 이르게 된 한 근거가 된다.

이러한 점들을 근거로 이 글에서는 같은 날짜, 같은 여행지라도 바쇼가 방문하고자 하는 '대상'이 다를 경우 별도로 분절을 하여 각각의 단위를 '텍스트'라 칭하고자 한다. 이렇게 하여 이 글에서 논하게 될 텍스트는 총 57개[22]가 된다.

57개의 텍스트로 된 산운 혼합담론으로서의 『오쿠』에는 바쇼 자신의 하이쿠를 비롯하여 여행에 수행한 제자 가와이 소라의 하이쿠 작품, 노인 법사와 사이교 법사의 와카, 杜甫·蘇軾의 한시 등 여러 인물, 다양한 형식의 운문이 포함되어 있다. 『오쿠』를 전체 한 작품으로 볼 경우 '비서사체 시삽입형' 산운 혼합담론의 전형적 예가 된다고 언급했는데, 분절을 하여 57개 텍스트의 집합으로 보는 경우 그 양상은 매우 복잡다양하다는 것을 발견하게 된다. 57개 텍스트 중 시삽입형과 서부가형이 다수를 이루나 열전형도 적지 않게 발견된다. 먼저 '시삽입형'의 예를 들어 살펴보기로 한다.

(1) 구로바네에서 살생석으로 갔다. 구로바네의 館代께서 말을 보내 주셨다. 그 말을 끄는 사내가 내게 하이쿠를 한 수 지어 短冊[23]에 써 주기를 부탁했다.

마부치고는 풍류있는 일을 부탁하는구나 싶어, "들판을 가로질러/ 말머리를
돌려다오/ 우는 소쩍새"라고 써서 주었다. 살생석은 온천이 나오는 산자락에
있다. 돌의 독기가 아직 가시지 않아서 벌과 나비 등이 땅바닥의 모래 색깔이
보이지 않을 만큼 수북이 죽어 있었다.

(『오쿠』 10, 하이쿠 분절은 필자. 이하 同)24)

　　이 예에서 방문의 주대상은 '살생석'이지만 시는 살생석과는 직접 관계가
없고, 거기까지 데려다준 마부와 관계되어 있다. 살생석과 마부는 '구로바
네'로 연결되어 있다. 이 텍스트에서 서술은 일화에 초점이 맞춰져 있고 운
문은 산문 서술 중간에 삽입되어 그 일화의 일부분으로 작용하고 있어 산주
운종의 '시삽입형 혼합담론'의 성격을 띤다. 여기서 하이쿠는 일화의 흥미를
배가시켜 독자를 글로 유인하는 효과를 지닌다. 『오쿠』 텍스트들 중 산운
혼합담론이 아닌 것 10개를 제외한 47개 텍스트 중 시삽입형에 속하는 것은
24개, 51%로 가장 큰 비중을 차지한다.

　　(2) 사이교 법사가 "맑은 물 흐르는 버드나무 그늘"25)이라고 읊었던 버드나무는
　　아시노 마을에 있는데 지금도 논두렁에 남아 있다. 전부터 이 고을의 영주인
　　고호 아무개 씨가 이 버드나무를 보이고 싶다고 기회 있을 때마다 말씀하시길
　　래, 어디쯤 있을까 궁금했는데 오늘에야 이 버드나무 그늘에 찾아온 것이다.

---

23) '短冊'이란 얇은 나무나 대나무의 껍질 혹은 종이를 가늘고 길게 잘라서 短文의 문장이
　　나 문구를 써넣도록 한 것을 가리킨다.

24) "是より殺生石に行. 館代より馬にて送らる. 此口付のおのこ, 「短冊得させよ」と乞. やさ
　　しき事を望侍るものかなと, <野を横に馬牽むけよほとゝぎす>. 殺生石は溫泉の出る山陰
　　にあり. 石の毒氣いまだほろびず, 蜂・蝶のたぐひ, 眞砂の色の見えぬほど, かさなり死す."
　　원문은 『松尾芭蕉集』에 의거한다. 여기서 숫자 '10'은 『松尾芭蕉集』을 기준으로 한 텍스
　　트 번호이다. 필자의 기준에 따라 두 개 이상으로 텍스트를 분리한 경우 'xx-1, xx-2'와
　　같이 나타내기로 한다.

25) 全文은 다음과 같다. "道の辺に/淸水流るる/柳陰/しばしとてこそ/たちどまりつれ."(『新
　　古今和歌集』 卷3 「夏歌」 No.262)

"논배미 하나/ 모심고 떠나가는/ 버드나무로다."   (『오쿠』11)26)

(3) 내가 에도를 떠나올 때 교하쿠(擧白首)라는 문인이 "다케쿠마의/ 소나무를 보여 주오/ 늦게 핀 벚꽃"이라는 하이쿠를 이별의 선물로 읊어 주었기에 나도 이에 화답하여 "벚꽃 무렵부터/ 소나무 두 갈래 보고자/ 석 달 넘겼네."
                                                              (『오쿠』19)27)

(4) (화공 가에몬은) 감색 물감을 들인 끈을 단 짚신 두 켤레를 이별의 선물로 주었다. 이야말로 풍류를 아는 사람이며 지금에 이르러 그 진면목을 드러낸 것이다. "단오절 창포를/ 발에 묶고 떠나련다/ 짚신의 끈 삼아."
                                                              (『오쿠』20-2)28)

(1)과 (2)~(4)는 산문부와 운문을 혼합하여 여행 중의 일화를 서술하고 있다는 점에서 일견 별 차이가 없어 보인다. 그러나 서술의 초점이 산문에 맞춰져 있느냐 운문에 맞춰져 있느냐 다시 말해 산주운종인가 운주산종인가를 기준으로 할 때 양자 사이에는 차이가 있음을 발견하게 된다. (2)에는 사이교 법사의 와카와 바쇼 자신이 지은 하이쿠 합하여 두 편이 삽입되어 있는데 와카는 산문 서술 중간에, 하이쿠는 텍스트 말미에 배치되어 있다. 두 운문 모두 '버드나무'를 대상으로 하는데 사이교 법사의 와카는 바쇼의 하이쿠의 소재가 되는 '사이교 법사와 관련된 버드나무'를 이끌어내기 위한 매개가 되고 있다는 점에 주목해야 한다. 사이교 법사의 와카는 바쇼 하이쿠 창작의 동인이 되는 것이다. 그러므로 두 종류의 운문은 서술의 의미

---

26) "＜清水ながるる＞の柳は, 蘆野の里にありて, 田の畔に殘る. 此所の郡守戸部某の,「此柳みせばや」など, 折をりにの給ひ聞え給ふを, いづくのほどにやと思ひしを, 今日此柳のかげにこそ立より侍つれ. ＜田一枚植て立去る柳かな＞."

27) "＜武隈の松みせ申せ遲櫻＞と, 擧白と云ものの餞別したりければ, ＜櫻より松は二木を三月越シ＞."

28) "且, 紺の染緖つけたる草鞋二足餞す. さればこそ, 風流のしれもの, 爰に至りて其實を顯す. ＜あやめ草足に結ん草鞋の緖＞."

지향으로 볼 때 대등한 무게를 지닌 것으로 볼 수 없고 바쇼의 하이쿠에 무게중심이 실려 있다는 것을 알 수 있다.

그렇다면 이 텍스트의 초점은 산문 서술과 맨 끝 하이쿠 중 어느 쪽에 맞춰져 있을까 생각해 보지 않을 수 없다. 끝까지 읽었을 때 산문 서술은 말미의 하이쿠를 짓게 된 배경 설명의 역할을 한다는 것을 깨닫게 된다. 즉, 바쇼의 하이쿠는 사이교 법사와 관련된 바로 '그' 버드나무를 주 대상으로 하는데 산문 서술은 그 버드나무가 아직까지 남아 있으며 그 고을 영주인 고호씨가 그것이 있는 곳으로 안내했다는 내용을 담고 있는 것이다. 다시 말해 사이교의 와카를 포함한 산문 부분은 바쇼 하이쿠의 作句 배경과 과정, 그리고 동기를 서술하고 있는 것이다. (3)과 (4) 역시 산문 부분은 하이쿠를 짓게 된 배경을 서술한 것이므로 운문이 主, 산문이 從이 된다고 할 수 있다.

(1)에서는 하이쿠가 산문 서술 중간에 삽입되어 있는 것과는 달리 (2)~ (4)의 경우는 텍스트 끝에 위치하여 텍스트를 종결시키는 구실을 하고 있는데 이 점 또한 운문에 더 비중이 두어져 있다는 것을 말해 주는 근거가 된다. 일반적으로 더 중요하고 가치와 의미가 있는 내용은 중간보다는 끝에 위치시키는 경향이 있기 때문이다.

이상 (2)~(4)의 예들은 산문보다 운문에 더 비중이 두어진 운주산종의 형태로 규정할 수 있으며, 산문부가 운문 창작의 마에가키(前書)와 같은 구실을 하는 것으로 볼 수 있다. 마에가키는 일반적으로 한시에 붙는 '幷序'와 같은 것이므로 이 텍스트는 '서부가형' 혼합담론으로 규정될 수 있다.

『오쿠』를 구성하는 57개의 텍스트들을 보면 예 (2)(3)(4)와 같이 앞부분에 作句 배경을 설명하는 산문 서술이 있고 그 뒤에 바쇼의 하이쿠가 배치되는 양상은 19개, 약 40%로 두 번째로 큰 비중을 차지한다.[29]

---

29) 57개 텍스트 중 시삽입형은 24개, 서부가형이 19개, 열전형이 4개를 차지하고 나머지 10개는 운문이 포함되어 있지 않아 산운 혼합담론에 속하지 않는다. 텍스트별 혼합담론 유형은 4장 1절의 표 참고.

이 점은『오쿠』를 비롯한 바쇼의 기행문의 산문 서술이 하이분(非文)이나 마에가키와 밀접한 관련을 지닌다는 사실과 연관되어 있다. 바쇼가 기행문을 집필하는 독특한 방법은 여행 중 혹은 여행 후에 쓰여진 短文 형식의 하이분을 재료로 하여 여기에 첨삭이나 윤색을 가한다는 점이다.[30] 하이분이란 수필풍의 짧은 산문을 가리키는데 바쇼의 하이분은 대개 '제목[31]+산문+종결부의 하이쿠 1편'으로 된 것이 기본을 이룬다.[32] 여기서 산문부의 내용이 하이쿠의 성립 배경과 관계된 것이 많아 '序'나 '마에가키'와 같은 성격을 띠고 따라서 바쇼의 하이분 상당수가 '서부가형 혼합담론'으로서의 면모를 보이는 것이다. 하이분을 주된 재료로 하는 기행문 역시 '서부가형'이 큰 비중을 차지하는 것도 같은 맥락에서 이해할 수 있다. 산문서술 부분이 마에가키 성격을 띤다고 하는 바쇼 기행문의 특성은『들판에 뒹구는 해골』에서 가장 뚜렷하게 부각되지만[33]『오쿠』또한 이같은 특성에서 벗어나 있지 않다. 아래 (5)의 예가 그 면모를 여실히 보여 준다.

---

30)『松尾芭蕉集』解說「紀行·日記」부분, 20~21쪽.

31) 바쇼의 하이분은 문인들에 의해 편찬된 책들에 수록되어 있고 동일 작품이 여러 문헌에 조금씩 다른 제목으로 수록되어 있기도 한다. 바쇼의 하이분에 대해서는 신은경, 앞의 책(520~545쪽)에서 면밀하게 연구된 바 있다.

32) 그중에는 하이쿠를 포함하지 않은 것도 있고 종결 부분에 한 편 이상의 하이쿠를 포함하는 것도 있으며, 문 중간에 여러 편의 하이쿠가 삽입된 경우도 있다. 또, 삽입된 운문 가운데는 하이쿠 외에 타인이 지은 漢詩句나 和歌를 인용한 것도 있다. 이처럼 바쇼의 하이분은 매우 다양한 양상을 보이지만, 산문 서술 뒤에 하이쿠가 한 편 배치되는 패턴이 기본을 이룬다. 논자에 따라서는『오쿠』를 일종의 俳文集으로 보기도 한다. 堀信夫,「俳文集『おくのほそ道』」,≪國文學≫-解釋と敎材の硏究-, 1989년 5월호.

33)『들판에 뒹구는 해골』에서의 산문 서술 즉 地文의 성립과정을 상세히 연구한 彌吉菅一에 의하면 句에 붙어 있는 마에가키를 그대로 활용하거나 마에가키의 일부를 변경하거나 아니면 완전히 새롭게 가필을 해서『들판에 뒹구는 해골』의 지문을 성립시켰다는 것이다. 그러므로『들판에 뒹구는 해골』은 句를 모아놓은 句集型 기행문의 성격을 띠게 된 것으로 보았다. 彌吉菅一,「野晒紀行の'地の文'の成立過程」,『芭蕉』1(日本文學硏究資料刊行會 編, 東京: 有精堂, 1969·1986), 102~105쪽.

(5) (a)그런데 이 숙박역 옆 한쪽에 큰 밤나무 그늘을 의지해 조그만 움막을 짓고 속세를 피해 은둔해 사는 승려가 있었다. (b)그 옛날 사이교 법사가 "상수리를 줍듯이"[34]라고 읊었던 깊은 산속의 생활도 이러한 것이었던가 하고, 그 광경이 한적하게 여겨져서 가지고 있던 종이에 다음과 같이 썼다. (c)「'栗'이라는 한자는 '西'字와 '木'字를 쓰니, 서방 극락정토와 인연이 있다고 하여, 교기(行基) 보살[35]은 평생 이 나무를 지팡이뿐만 아니라 기둥에도 사용했다고 한다. (d)"세상 사람이/ 찾지 못할 꽃이여/ 처마 밑 밤꽃."

(『오쿠』 13-2, 단락 구분은 필자)[36]

위의 예는 기행문의 산문 서술 안에, 詞書 성격을 띠는 또 다른 산문 (c)가 삽입되어 있는 독특한 구조를 보인다. (a)부분의 은둔 승려 이름은 가신(可伸)이고 그의 俳號는 栗齋이다. 소라가 남긴 『俳諧書留』[37]에 의하면 겐로쿠(元祿) 2년(1689년) 4월 동북 지방을 여행 중이던 바쇼는 도큐(等躬)라는 사람 집에 머무르면서 俳號가 '栗齋'인 隱者 가신을 찾아가게 된다. 그리하여 바쇼, 소라, 도큐, 가신 4인 여기에 等雲·須竿·素蘭 3인을 더하여 총 7인의 렌쥬(連衆)가 가센(歌仙) 한 卷[38]을 짓게 되는데 (d)는 그때 바쇼가 읊은 홋쿠(發句)[39]이고 (c)는 거기에 붙은 마에가키이다. 『오쿠』의

---

34) 全文은 다음과 같다. "山深み岩にしただる水とめむかつがつ落る橡ひろふほど."(『山家集』)

35) 나라 시대의 고승(667~749).

36) "此宿の傍に, 大きなる栗の木陰をたのみて, 世をいとふ僧有. <橡ひろふ>太山もかくやと聞に覺られて, ものに書付侍る. 其詞, 栗といふ文字は西の木と書て, 西方淨土に便ありと, 行基菩薩の一生, 杖にも柱にも此木を用給ふとかや. <世の人の見付ぬ花や軒の栗>."

37) 해당 부분의 『俳諧書留』 원문은 다음과 같다. "桑門可伸のぬしは栗の木の下に庵をむすべり. 傳聞, 行基菩薩の古, 西に緣ある木成と, 杖にも柱にも用させ給ふとかや. 隱栖も心有さまに覺て, 弥陀の誓もいとたのもし. '隱家やめにたゝぬ花を軒の栗'(翁) '稀に螢のとまる露艸'(栗齋) '切くづす山の井の井は有ふれて'(等躬) '畔づたひする石の棚はし'(曾良).' 歌仙終略ス. (連衆 等雲·須竿·素蘭以上七人)" 可合曾良, 『俳諧書留』(『おくのほそ道: 付 曾良旅日記·奧細道菅菰抄』(萩原恭男 校注, 東京: 岩波書店, 1979), 137쪽.

38) '가센'은 렌쥬(連衆)가 총 36구를 읊는 하이카이 양식을 말하며, '卷'이란 하이카이 한 작품을 가리키는 단위이다.

마에가키 부분 (c)를『俳諧書留』의 해당 부분과 비교하면 상당한 차이가 발견된다.『俳諧書留』에는 은자의 이름을 밝히고 괄호 안에 그의 俳號인 '栗齋'를 밝힘으로써 왜 갑자기 '밤나무' 얘기가 등장하는지 사전 정보를 제공하는 역할을 하지만『오쿠』에는 이 점이 생략되어 있다. 그 이유는 은자의 이름과 '栗齋'라는 호까지 밝히면 '밤나무'에 얽힌 교기 보살의 행적이 희석될 것을 우려했기 때문이 아닐까 생각한다. 다시 말해 교기 보살과『오쿠』속의 마에가키를 더욱 돋보이기 위한 배려였을 것으로 본다. 이상 구체적인 실례를 통해『오쿠』의 산문 서술과 마에가키의 밀접한 관계를 확인할 수 있고『오쿠』에서 '서부가형'이 큰 비중을 차지하는 이유도 확인할 수 있다. 다음은 '열전형' 산운 혼합담론의 양상을 보이는 예이다.

(6) 모가미강(最上川)은 동북 지방의 산속 저 깊은 곳에서 발원하여 상류는 야마가타 영지에 있다. 도중에 고텐·하야부사 등 매우 위험한 곳이 있다. 이타지키 산의 북쪽을 흘러서 마지막에는 사카타 항의 바다로 흘러 들어간다. 양쪽에는 산이 강을 덮치듯이 에워싸고 있고 울창한 수목 사이를 배가 내려간다. 지금 우리가 타고 있는 이런 배에 벼를 실은 것이 옛 와카에 나오는 이나부네(稻船)이리라. 시라이토 폭포는 울창하게 우거진 녹음 사이로 떨어져 내리고 센닌당(仙人堂)은 강기슭에 면하여 세워져 있다. 강물이 넘실대며 기세 좋게 흘러가니 강을 타고 내려가는 배는 금방이라도 뒤집힐 듯 그야말로 위험하다. "오월 장맛비를/ 모아서 거세도다/ 모가미 강."   (『오쿠』33)[40]

방문지인 모가미강은 우타마쿠라로서 福島縣 부근의 吾妻山을 발원지

---

39) 당시 바쇼가 읊은 구는 "隱家やめにたゝぬ花を軒の栗"이었는데 이것이『오쿠』를 집필하면서 "世の人の見付ぬ花や軒の栗"과 같이 퇴고가 이루어졌다.

40) "最上川は, みちのくより出て, 山形を水上とす. ごてん·はやぶさなど云, おそろしき難所有. 板敷山の北を流て, 果は酒田の海に入. 左右山覆ひ, 茂みの中に船を下す. 是に稻つみたるをや, いな船といふならし. 白糸の瀧は青葉の隙々に落て, 仙人堂岸に臨て立. 水みなぎつて, 舟あやうし. <五月雨をあつめて早し最上川>."

로 하여 山形縣을 거쳐 酒田 부근에서 일본해로 흘러가는 하천이다.41) '우타마쿠라'(歌枕)란 와카의 소재가 된 각처의 명승지를 가리키는데 대상이 되는 장소는 단순한 여정지가 아니라 歌人이나 俳人들에게 성스러운 장소로 숭앙되어 이런 곳을 탐방하는 것이 일본 기행문 생산의 주요 동인이 되기도 한다. 바쇼의 경우 또한 동북지방 여행의 중요한 목적 중의 하나가 우타마쿠라의 방문에 있다는 것을 감안하면, 모가미강을 지금 눈앞에 마주한 바쇼의 심정이 어땠을지 짐작하고도 남음이 있다. 바쇼는 벅차오르는 감동으로 모가미강과 그 일대를 생생하게 묘사한 뒤 경이의 어조를 담아 모가미강의 웅대한 기상을 하이쿠로 읊고 있다. 위의 예에서 텍스트의 중심은 모가미강에 대해 묘사하고 있는 산문 부분이다.

혹 산문 부분을 하이쿠 창작의 계기를 설명하는 마에가키 성격의 것으로 보아 '서부가형'으로 규정하는 시각도 있을 수 있으며『오쿠』의 열전형 텍스트 4개는 어떤 의미에서 '서부가형'과 확연하게 구분할 수 없는 부분도 있다. 두 유형 모두 산문 서술 뒤에 하이쿠가 위치한다는 점도 구분을 어렵게 하는 요소가 된다. 그러나 산문부에 作句 동기가 얼마만큼 잘 드러나 있는지, 운문이 찬탄의 어조를 띠는지, 방문 대상이 우타마쿠라 혹은 역사적 유적지로 숭앙이 되는 곳인지 등의 기준으로 어느 정도 구분이 가능하다고 본다.

위의 경우 산문 부분은 모가미강에 대한 객관적 묘사와 설명으로 끝날 뿐 作句 동기에 대한 서술이 결여되어 있고 하이쿠의 소재가 되는 대상이 '우타마쿠라'라는 점을 감안해야 한다. 그리하여 이 텍스트는 서술의 무게중심이 대상을 구체적으로 형상화한 산문 부분에 있고 하이쿠로 다시 한번 대상을 찬탄하는 양상의 '열전형'으로 분류하는 것이 타당하다고 본다.

이처럼 경이와 숭앙의 대상을 산문으로 서술한 뒤 찬탄의 어조로 읊조려진 운문을 붙이는 패턴은 '열전형' 산운 혼합담론으로 분류된다. 일반적으로

---

41)「歌枕」,『芭蕉必攜』(『別冊國文學』No.8, 尾形仂 編, 學燈社, 1980), 127쪽.

열전형 산운 혼합담론은 어떤 인물의 일대기를 간략히 서술한 뒤 찬미의 뜻을 담은 운문을 붙이는 형태로 되어 있는데, 入傳 대상이 사람이냐 사물이냐에 따라 正格과 變格으로 나눌 수 있다. (6)은 특정 장소가 찬미의 대상이 되므로 '변격 열전형'으로 분류된다.

아래 (7)의 예들은 시삽입형, 서부가형, 열전형의 차이를 종합적으로 비교해 볼 수 있는 좋은 예이다.

(7-1) 4월 초하루, 닛코산 신사에 참배했다. 옛날에는 이 산을 '후타라산'이라고 썼으나 구카이 대사(空海大師)가 여기에 절을 세울 때 '닛코'로 개칭했다. 대사는 천 년 후의 일을 이미 예견하고 닛코라는 한자를 썼던 것일까. 지금 이곳 닛코의 도쇼궁(東照宮) 신사에 모셔진 도쿠가와 이에야스의 위엄은 천하에 빛나고 성은은 방방곡곡에 넘쳐서 사농공상의 모든 백성이 안락한 생활을 하는 태평성대를 이루고 있다. 이 성스러운 산에 대해서 더 이상 언급하는 것은 황송한 일이기에 이만 붓을 놓는다. "아 거룩한지고/ 녹음과 신록 위에/ 빛나는 햇빛." (『오쿠』 6-1)[42]

(7-2) 닛코산의 최고봉인 구로가미산(黒髪山)에는 초여름인데도 봄 안개가 자욱하게 끼어 있고 꼭대기 쪽에는 아직 눈이 하얗게 남아 있다. "머리를 깎고/ 구로가미산에서/ 옷 갈아입네." 나와 동행하여 이 구를 읊은 소라는 나의 제자로 성은 가와이(河合)이고 이름은 소고로(惣五郎)라고 한다. (중략) 그래서 이 구로가미 산의 하이쿠를 지은 것이다. 이러한 연유로 '옷 갈아입네'라는 단어가 함축적이고 힘있게 들린다. (『오쿠』 6-2)[43]

---

42) "卯月朔日, 御山に詣拝す. 往昔この御山を二荒山と書きしを, 空海大師開基の時, 日光と改給ふ. 千歳未來をさとりたまふにや. 今この御光一天にかかやきて, 恩澤八荒にあふれ, 四民安堵の栖, 穏なり. 猶, 憚多くて, 筆をさし置ぬ. <あらたうと靑葉若葉の日の光>." 여기서 텍스트 번호 6-1은 필자의 기준에 따라 기존 주석서의 6장을 세 개의 텍스트로 분리한 것의 첫 번째를 나타낸다. 이하 同.

43) "黒髪山は霞かゝりて, 雪いまだ白し. <剃捨て黒髪山に衣更> 曾良. 曾良は河合氏にして惣五郎と云へり. 芭蕉の下葉に軒をならべて, 予が薪水の勞をたすく. このたび松しま・象潟の眺共にせん 事を悦び 且は羈旅の難をいたはらんと, 旅立曉髪を剃て墨染にさまをか

(7-3) 신사 부근에서 2리 남짓 산을 올라가면 폭포가 있다. 이 폭포는 동굴처럼
된 바위 맨 위쪽에서 물이 나는 듯이 단숨에 떨어져 내리기를 백 척, 수많은
바위로 에워싸인 푸른 폭포의 소로 떨어진다. 몸을 구부리고 바위 굴 속으로
들어가 폭포의 뒤쪽에서 바라본다고 하여 이 폭포를 '우라미 폭포(裏見の
瀧)라고 부른다고 전해지고 있다. "한참 동안은/ 폭포 속에 틀어박혀/ 여름
수행 시작하네."   (『오쿠』 6-3)44)

이 세 개의 텍스트는 대부분의 주석서에 하나로 뭉뚱그려져 있는데 그
이유는 도쇼궁이나 구로가미산, 우라미 폭포가 모두 닛코를 거점으로 한 명
승지이고 같은 날에 방문한 것으로 되어 있기 때문이다. 그러나 같은 날짜
같은 지역이라 할지라도 방문의 구체적 대상, 기행문의 내용이 되는 실질적
소재가 다르기 때문에 각각을 분리하여 하나의 독립된 텍스트로 다루어도
무방하다고 생각한다. 어차피 원래의 기행문은 분절이 행해져 있지 않고 날
짜를 구체적으로 명시하면서 기술되어 있는 것도 아니기 때문에 어떻게 분
절하느냐 하는 것은 연구자에 따라 다를 수도 있다고 보는 것이다.

필자가 이 내용을 이렇게 셋으로 분리하여 다루는 것은 각각의 대상에
대하여 산문 서술이 있고 여기에 시가 한 편씩 결합해 있다는 점도 그 이유
의 하나로 작용한다. 이런 관점에 따라 4월 초하루 내용을 도쇼궁을 중심으
로 한 첫 단락 (7-1), 구로가미산을 중심으로 한 두 번째 단락 (7-2), 우라미
폭포를 중심으로 하는 세 번째 단락 (7-3)으로 나누어 볼 때 (7-1)은 열전
형, (7-2)는 시삽입형, (7-3)은 서부가형으로 분류된다.

(7-1)에서 닛코의 도쇼궁은 우타마쿠라는 아니지만 도쿠가와 이에야스
의 위패가 모셔져 있는 성스러운 史蹟地이고 이 주변의 구로가미산(黑髮

え, 惣五を改て宗悟とす. 仍て黑髮山の句有. 「衣更」の二字, 力ありてきこゆ."
44) "廿余丁山を登つて瀧有. 岩洞の頂より飛流して百尺, 千岩の碧潭に落たり. 岩窟に身をひそ
め入て, 瀧の裏よりみれば, うらみの瀧と申伝え侍る也. <しばらくは瀧にこもるや夏の初>."

山)은 와카의 명소로 유명하다. '성은'과 '위엄' '태평성대'라는 표현에서 엿볼 수 있듯 바쇼는 이곳을 '더 이상 언급하는 것조차 황송하여 붓을 놓을' 정도로 거룩하고 존엄한 곳으로 인식하고 있다. 이런 내용을 산문으로 서술한 뒤 '신록 위에 쏟아지는 햇빛'과 '도쇼궁 및 도쿠가와 이에야스'를 비유법으로 결합한 하이쿠로 마무리를 지었다. 산문이나 운문 모두 도쇼궁 및 해당 인물에 대해 '장엄하고 거룩하고 찬란한 존재'라는 찬양의 어조를 담고 있다. 이것이 바로 열전형 산운 혼합담론의 기본 양상이다. 다만 정통 열전형이 '위대한 업적을 남긴 어떤 인물'의 행적을 중심으로 서술하는 것과는 달리 이 경우는 사실 특정 인물보다는 그 인물에 관계된 건물이나 장소에 더 주안점이 놓여 있다는 차이가 있어 정통 열전형에 대한 '변이형'의 성격을 띠지만 크게 보아 열전형으로 분류하는 데는 무리가 없다.

(7-2)는 구로가미산을 소재로 한 수행 제자 소라의 句가 소개되고 이어 소라와 함께 여행을 하게 된 경위가 설명되며 소라의 행적과 연결하여 구를 해석하는 내용이 이어진다. 얼핏 산문 서술이 해당 운문을 창작하게 된 배경을 설명하는 것처럼 보여 '서부가형'으로 인식할 수도 있으나 산문 서술의 주체가 소라가 아닌 바쇼라는 점은 이 텍스트를 '서부가형'으로 규정할 수 없는 근거가 된다. 또 산문 서술 다음 말미에 운문이 배치되지 않았다는 점도 '서부가형'으로 볼 수 없는 근거가 된다. 만일 소라가 서술의 주체가 되어 하이쿠를 짓게 된 배경을 설명하고 자신의 하이쿠를 끝에 소개했다면 서부가형으로 분류될 수도 있을 것이다. 그러나 바쇼가 구로가미산을 방문하여 마침 이를 소재로 한 소라의 구를 떠올리고 그 구를 소개하면서 산문 서술을 이어가고 있다는 점을 고려할 때 (7-2)는 '시삽입형'의 전형적인 패턴을 따르고 있다고 할 수 있다.

한편 (7-3)의 하이쿠는 바쇼 자신이 지은 것으로 산문 서술 뒤에 위치한다. 그리고 그 산문 서술은 대상이 되는 사물이 왜 '우라미 폭포'로 불리게 되었는가의 유래를 설명한 것이면서 구를 짓게 된 동기를 밝히는 것이기도 하다. 따라서 이 산문 서술 부분은 끝의 하이쿠에 대한 '序'의 기능을 하는 마에가키로 볼 수 있는 것이다.

산운 혼합담론으로서의 『오쿠』는 시삽입형이 51%, 서부가형이 40%로 이 두 유형이 주를 이룬다. 날짜별로 서술된 기행문의 경우 예를 들어 조선 시대 정약용의 『산행일기』나 홍대용의 『을병연행록』[45]과 같은 것은 분절 하지 않고 전체를 하나의 텍스트로 보는 경우는 말할 것도 없고 날짜에 따라 텍스트를 분절하더라도 '시삽입형'이 거의 대부분을 차지하고 있는데, 이로 볼 때 날짜별 서술로 된 기행문들과 변별되는 『오쿠』의 특성은 '서부가형'에서 찾을 수 있다는 것을 알게 된다.

4. 『오쿠의 좁은 길』에 삽입된 운문의 역할

4.1. 운문 분포 양상

『오쿠』는 산문과 운문의 혼합으로 되어 있고 운문은 한시, 와카, 하이쿠, 옛 노래 등 그 종류가 다양한데 작자를 기준으로 할 때 바쇼의 것과 바쇼 이외의 타인의 것으로 나눌 수 있다. 타인에는 두보, 소동파, 백거이, 이백, 사이교 법사, 노인 법사 등 先人들 외에 동북지방 여행에 수행했던 제자 소라도 포함된다. 그러나 『오쿠』에 총 11편의 하이쿠를 남긴 소라의 경우는 바쇼 이외의 타인 작자이기는 하지만 다른 사람들과는 그 성격이 다르다. 왜냐면 『오쿠』에서 소라의 구가 갖는 의미, 텍스트에서 행하는 기능은 바쇼의 구와 거의 동일하며 경우에 따라서는 바쇼 대신 읊는 예도 있기 때문이다. 따라서 소라의 하이쿠 작품은 바쇼의 것에 準하는 것으로 볼 수 있다.

---

45) 이 두 기행문에 관한 것은 신은경, 『동아시아의 글쓰기 전략』(보고사, 2015), 410~465쪽 참고.

　이에 따라 57개 텍스트를, (가)하나의 텍스트에 타인의 시구와 바쇼(혹은 소라)의 하이쿠가 모두 포함되어 있는 경우 (나)타인의 시구만 있고 바쇼(혹은 소라)의 하이쿠는 없는 경우 (다)타인의 시구는 없고 바쇼(혹은 소라)의 하이쿠만 있는 경우 (라)타인의 것이든 바쇼의 것이든 운문이 하나도 포함되지 않은 경우 이 넷으로 나누어 각 경우에 해당되는 텍스트, 운문의 작자, 운문의 종류와 편수를 정리하면 다음과 같다.

(가) 운문 삽입의 양상이 '타인의 시구+바쇼(혹은 소라)의 하이쿠'로 되어 있는 경우

텍스트번호	작자+ 운문 종류+ 운문 편수 + 담론유형
1	이백(한시 1편), 바쇼(하이쿠 1편), 시삽입형
9	사이교(와카 1편), 바쇼(하이쿠 1편), 시삽입형
11	사이교(와카 1편), 바쇼(하이쿠 1편), 서부가형
12	다이라노 가네모리(와카 1편), 노인(와카 1편), 미나모토 요리마사(와카 1편), 소라(하이쿠 1편)
13-2	사이교(와카 1편), 바쇼(하이쿠 1편), 서부가형
19	노인(와카 1편), 교하쿠(하이쿠 1편), 바쇼(하이쿠 1편), 서부가형
24	두보(한시 1편), 소식(한시 1편), 소라(하이쿠 1편), 시삽입형
27-1	두보(한시 1편), 바쇼(하이쿠 1편) 소라(하이쿠 1편), 열전형
35	陳與義(한시 1편), 교손(와카 1편), 바쇼(하이쿠 3편), 소라(하이쿠 1편)
37	사이교(와카 1편), 바쇼(하이쿠 2편), 소라(하이쿠 2편), 데이지(하이쿠 1편), 서부가형

(나) 삽입된 운문이 '타인의 시구'로만 되어 있는 경우

텍스트번호	작자+ 운문 종류+ 운문 편수
20-1	작자불명(와카 1편), 시삽입형
22	작자불명(와카 1편), 백거이(한시 1편), 시삽입형
26	오토모 야카모치(와카 1편), 시삽입형
29	두보(한시 1편), 시삽입형
46-1	사이교(와카 1편), 시삽입형

(다) 삽입된 운문이 타인의 시구없이 '바쇼(혹은 소라)의 하이쿠'[46]로만 되
어 있는 경우

텍스트번호	작품수 (담론유형)	텍스트번호	작품수 (담론유형)	텍스트번호	작품수 (담론유형)
2	하이쿠 1편, 시삽입형	20-2	하이쿠 1편, 서부가형	41	하이쿠 4편, 서부가형
6-1	하이쿠 1편, 열전형	27-2	하이쿠 1편, 열전형	42	하이쿠 1편, 서부가형
6-2	(하이쿠 1편) 시삽입형	28	하이쿠 1편, 서부가형	43	하이쿠 1편, 서부가형
6-3	하이쿠 1편, 서부가형	30	하이쿠 3편(하이쿠 1편), 서부가형	44-1	하이쿠 1편 시삽입형
7	(하이쿠 1편) 시삽입형	31	하이쿠 1편, 서부가형	44-2	하이쿠 1편 (하이쿠 1편) 시삽입형
8	하이쿠 1편, 서부가형	33	하이쿠 1편, 열전형	45	하이쿠 1편 (하이쿠 1편) 시삽입형
10	하이쿠 1편 시삽입형	34	하이쿠 1편 시삽입형	46-2	하이쿠 1편 시삽입형
13-1	하이쿠 1편 시삽입형	36	하이쿠 2편, 서부가형	48	하이쿠 2편 시삽입형
15	하이쿠 1편 시삽입형	38	하이쿠 2편, 서부가형	49	하이쿠 2편 시삽입형
16	하이쿠 1편 시삽입형	39	하이쿠 1편 시삽입형	50	하이쿠 1편, 서부가형
18	하이쿠 1편 시삽입형	40	하이쿠 1편, 서부가형		

---

46) 소라의 경우는 타인에 속하지만 이 글에서는 바쇼에 준하는 것으로 본다고 밝힌 바 있
다. 그래서 바쇼의 구가 없어도 소라의 구가 포함된 경우는 삽입 운문의 양상 (다)로 분류
하였다. 소라 작품의 경우는 ( )로 표시하였다.

(라) 텍스트에 운문이 삽입되어 있지 않은 경우

   3, 4, 5, 14, 17, 21, 23, 25, 32, 47

위 표를 보면 타인의 시구는 와카와 한시가 주를 이루는데 사이교(西行) 법사의 와카가 4편으로 가장 많고 노인(能因) 법사의 와카와 杜甫의 한시가 각각 2편으로 그다음으로 많은 편수를 차지한다는 것을 알 수 있다. 바쇼의 구는 총 50편, 소라의 구는 11편을 차지한다. 운문 삽입의 형태 네 가지 중 가장 큰 비중을 차지하는 것은 (다)로 32개의 텍스트가 이에 해당하며, 그다음이 (가)로 10개의 텍스트가 이에 해당한다. 그 뒤를 이어 (나)가 5개를 차지한다.

이 중 산운 혼합담론에 해당되지 않는 (라)의 텍스트들을 제외하고 나머지를 대상으로 텍스트 내에서의 운문의 위치와 삽입의 방식을 살펴보면 타인의 시구들은 대부분 '인용'의 형태로 텍스트 중간에 삽입되며 바쇼나 소라의 구가 없는 경우 즉 (나)에 속하는 것은 모두 '시삽입형'의 성격을 띤다. 그러나 하나의 텍스트에 타인의 시구와 바쇼 및 소라의 구가 함께 삽입된 경우 즉 (가)는 바쇼의 구가 어디에 위치하느냐에 따라 '시삽입형'과 '서부가형'으로 나뉜다. 운문이 텍스트에서 행하는 구실을 살펴보기 위해서는 삽입 운문이 타인의 시인가 바쇼나 소라의 시인가로 나누어 검토하는 것이 효과적이다.

4.2. 인용에 의한 타자의 개입

바쇼가 여행 중에 탐방한 우타마쿠라와 같은 특정 장소, 유물이나 유적, 자연경관, 만난 사람들이나 사건 등 『오쿠』 텍스트들을 있게 한 소재를 '對象'이라는 말로 총칭할 때 『오쿠』에 포함된 타인의 시구들은 '인용'의 형태로 삽입되어 이같은 대상을 구체적으로 설명하거나 이들에 대한 보충적 정보를 제공하는 데 활용되는 경우가 많다. 아래의 예들을 보도록 한다.

(8) 다케쿠마 소나무는 그야말로 놀라울 만큼 멋있다. 이 소나무는 밑동에서부터 가지가 두 갈래로 나누어져 있어 예로부터 '두 갈래 소나무'라고 와카에 읊어지던 시절의 모습을 잃지 않고 있음을 알 수 있다. 먼저 노인 법사가 생각난다. 그 옛날, 이곳 무츠 지방의 수령으로 왔던 사람이 이 나무를 베어서 나토리 강에 다리 기둥으로 놓았던 일이 있었기 때문일까. 노인 법사는 두 번째로 여기에 왔을 때 "이번에 와보니 흔적도 없어라"[47]하고 읊고 있다.

(『오쿠』 19)[48]

(9) 가에몬은 또 햇빛도 들지 않는 소나무 숲으로 우리를 데리고 들어가더니 '여기를 기노시타라고 합니다'라고 말한다. 옛날에도 이렇게 이슬이 많은 곳이었기에 "무사여 나으리께 우산을 쓰시라고"[49]라고 와카에 읊었던 모양이다.

(『오쿠』 20-1)[50]

(10) 그 옛날 오토모 야카모치(大友家持)가 "황금꽃 피어나네"[51]라는 와카를 읊어 왕에게 바쳤던 내력이 있는 긴카산(金華山)이 바다 위 저편으로 건너다 보인다.

(『오쿠』 26)[52]

(8)은 '다케쿠마 소나무' (9)는 '기노시타'(木の下) (10)은 '긴카산'이 텍스

---

47) 이 와카의 全文은 다음과 같다. "武隈の松はこのたび跡もなし千歳を経てやわれは來つらむ."(『後拾遺和歌集』)

48) "武隈の松にこそ, め覺る心地はすれ. 根は土際より二木にわかれて, 昔の姿うしなはずとしらる. 先能因法師思ひ出. 往昔, むつのかみにて下りし人, 此木を伐て名取川の橋杭にせられたる事などあればにや, <松は此たび跡もなし>とは詠たり. 代々, あるは伐, あるひは植継ぎなどせしと聞に, 今將, 千歳のかたちとゝのほひて, めでたき松のけしきになん侍し."

49) 이 와카의 全文은 다음과 같다. "みさぶらひ御傘と申せ宮城野の木の下露は雨にまされり."(『古今和歌集』 卷二十,「東歌」 1091번.)

50) "日影ももらぬ松の林に入て, 爰を木の下と云とぞ. 昔もかく露ふかければこそ, <みさぶらひみかさ>とはよみたれ."

51) 이 와카의 全文은 다음과 같다. "すめらぎの御代榮むとあづまなるみちのくの山に黃金花咲く."(『萬葉集』 卷十八 4097)

52) "<こがね花咲>とよみて奉たる金花山, 海上に見わたし."

트의 주된 대상이 되고 있다. (8)의 경우는 노인(能因) 법사가 해당 대상을 두고 읊은 와카를 소개함으로써 소나무의 멋진 모습을 구체화하며 생생한 이미지를 독자에게 전달해 주는 구실을 한다. (9)에서도 '기노시타'에 얽힌 와카를 인용함으로써 현재 바쇼가 마주한 대상과 장면의 이미지가 더욱 생생하게 전달되는 효과를 가져온다. (10)에서는 '긴카산'과 관계된 일화를 소개함으로써 대상에 대한 정보를 보충하는 구실을 하여 독자가 여행 장소에 있는 듯한 實感을 배가시킨다.

이처럼『오쿠』에 삽입된 타인의 시구들은 대상에 대한 타자의 시선을 보여줌으로써 독자에게 그 이미지나 감흥을 극대화하는 효과를 가져온다. 그러므로 타자의 시구들은 그것이 아무리 주관적 정서를 표출하는 것이라 할지라도『오쿠』라는 맥락에 인용의 형태로 삽입됨으로써 대상에 대한 타인의 관점을 보여주는 시적 장치로 '객관화'되는 양상을 보인다.

이렇게 텍스트의 내용이 풍부해지고 대상에 대한 이미지 환기력이 커진다는 것은 독자가 독서과정을 통해 얻게 되는 효과일 것이다. 한편 작자의 입장에서 본다면 대상에 대한 자신의 주관적 느낌이나 견해, 평가와 판단 등을 타인에게 위임하는 방법, 바꿔 말해 '주관성을 放棄'하는 계기가 될 수도 있다.

(8)에서 바쇼는 대대로 맥이 이어지는 다케쿠마의 소나무를 보고 놀랄 만큼 멋있다며 감탄을 금하지 못하고 있다. 바쇼의 관심을 끄는 것은 단지 외양이 멋있어서만은 아니다. 그 소나무가 놀라운 이유는 베어냈다가 다시 심었다가 하면서도 대대로 두 갈래 소나무로서의 맥을 이어오고 있기 때문일 것이다. 지금 바쇼가 보는 소나무는 노인 법사가 본 것과 같은 것은 아니지만 또 완전히 다른 것이라고도 할 수 없다. '처음 왔을 때 보았던 소나무가 다시 와보니 흔적도 없이 사라졌다'는 내용으로 된 노인 법사의 와카는 바쇼의 이와 같은 감탄의 정조를 드러내기에 부족함이 없다. 그래서 더 이상 그 '두 갈래 소나무'에 대한 자신의 느낌과 생각을 구구절절 서술하지

않고 노인 법사의 시구에 위임하여 대신하게 할 수 있는 것이다.

이처럼 주관적 관점을 직접적·노골적으로 표출하기를 선호하지 않는 작자에게 있어서 타인의 시구를 인용하는 것은, 남의 입을 빌어 자신의 감흥과 클라이맥스를 대신하게 하는 방편이 될 수도 있는 것이다. 이런 점에서 바쇼의 기행문 특히『오쿠』에 타자의 시문이 많이 인용되고 있다는 점은 쉽게 간과할 수 없는 부분이라고 생각한다.

> (11) 무수한 섬들이 여기저기 흩어져 있는데 높이 솟아오른 섬은 하늘을 가리키는 듯하고 낮게 옆으로 퍼져 있는 섬은 파도 위에 배를 깔고 누워 있는 것 같다. 어떤 섬은 두 겹으로 또 어떤 섬은 세 겹으로 겹쳐져 있어서 왼쪽 섬이 서로 떨어져 있는가 하면 오른쪽 섬은 옆으로 이어져 있다. 작은 섬을 업고 있는 것 같은 것이 있는가 하면 안고 있는 것 같은 것도 있는데, 그것들은 <u>마치 사람이 손자를 귀여워하는 모습 같다.</u> 소나무의 푸르름이 짙고 나뭇가지나 이파리가 오랜 바닷바람에 시달려 휘어진 모습은 자연스럽게 만들어진 것인데도 마치 사람이 일부러 휘게 해서 모양을 만든 것인가 생각될 만큼 아름다운 형상이다.
>
> 이같은 경치의 아름다움은 보는 이로 하여금 황홀경에 이르게 하는데 소동파의 시에서 말하듯이 <u>미인이 그 아름다운 얼굴에다 화장을 한 것 같다.</u> 신들이 살던 먼 옛날 산을 관장하는 신인 오야마츠미 신이 이루어낸 작품인 것인가. 천지를 창조한 신의 조화를 어느 누군들 그림이나 글로 제대로 표현할 수 있으랴. (중략) 그 사이 달이 떠올라 바다를 비추니 낮에 본 전망과는 전혀 다른 정취의 경치가 되었다. 해안으로 돌아와서 숙소를 잡았는데 그 숙소는 창을 바다 쪽으로 낸 이층집이어서 마치 대자연의 풍광 한가운데서 노숙을 하는 것 같아 선경에라도 들어온 것 같은 멋진 기분이었다.
>
> (『오쿠』 24, 밑줄은 필자)[53]

---

53) "島々の數を盡して, 欹ものは天を指, ふすものは波に匍匐. あるは二重にかさなり, 三重に疊みて, 左にわかれ右につらなる. 負るあり抱るあり, 兒孫愛すがごとし. 松の綠こまやかに, 枝葉汐風に吹たはめて, 屈曲をのづからためたるがごとし. 其氣色窅然として, 美人の顔を粧ふ. ちはや振神のむかし, 大山ずみのなせるわざにや. 造化の天工, いづれの人か

예 (8)~(10)을 통해 타자의 운문을 인용하는 것이 대상에 대한 정보를 제공하고 그 특성을 구체화하며 바쇼에게는 주관성의 표현을 유보하는 방편이 될 수 있다는 것을 살펴보았는데, 위의 예 (11)은 인용 시구가 대상에 대한 묘사를 극대화하는 데 기여할 수 있음을 보여 준다.

예 (11)은 바쇼가 마쓰시마(松島)에 이르러 그 절경을 마주한 감동을 서술한 것으로, 여기서 밑줄 친 부분은 타인이 시구를 인용한 부분이다. '마치 사람이 손자를 귀여워하는 모습 같다'라고 하는 표현은 杜甫의 7언율시 <望嶽>54)의 제2구 "諸峰羅立似兒孫"('뭇 봉우리들이 둘러선 것이 내 손자들같구나')을, '미인이 그 아름다운 얼굴에다 화장을 한 것 같다'고 한 구절은 蘇東坡의 7언절구 <飮湖上初晴後雨>55)의 제4구 "淡粧濃抹總相宜"('옅은 화장 짙은 분 모두 다 어울리누나')를 인용한 것이다. 두보의 시구는 마쓰시마의 여러 섬들이 서로 포개어 있는 기기묘묘한 모습을 묘사하는 데 이용되고 있고, 소식의 시구는 西湖가 마치 화장한 西施처럼 아름답다는 것을 표현한 것으로 이것이『오쿠』맥락에 인용되어 '서시처럼 아름다운 서호와 같은 마쓰시마'라는 이중의 비유를 성립시킴으로써 그 황홀한 절경의 모습을 극대화시키고 있다. 마쓰시마의 아름다움과 경이로움이 타인, 그것도 많은 사람의 숭앙을 받는 옛 시인들의 시구를 통해 부각됨으로써 묘사의 효과가 배가되는 것이다.

여기서 한 가지 주목할 점은 타인의 시구를『오쿠』맥락으로 가져올 때

筆をふるひ詞を盡さむ. 雄島が磯は地つゞきて海に出たる島也. 雲居禪師の別室の跡, 坐禪石など有. 將松の木陰に世をいとふ人も稀々見え侍りて, 落穂・松笠など打けふりたる草の菴閑に住なし, いかなる人とはしられずながら, 先なつかしく立寄ほどに, 月海にうつりて, 晝のながめ又あらたむ. 江上に歸りて宿を求れば, 窓をひらき二階を作て, 風雲の中に旅寐するこそ, あやしきまで妙なる心地はせらるれ" 이 뒤에 <松島や鶴に身をかれほととぎす>라는 소라의 하이쿠가 붙어 있다.

54) 全文은 다음과 같다. "西岳崚嶒竦處尊 諸峰羅立似兒孫 安得仙人九節杖 拄到玉女洗頭盆 車箱入谷無歸路 箭栝通天有一門 稍待秋風涼冷后 高尋白帝問眞源."(『두소릉전집』 6권)
55) 全文은 다음과 같다. "水光激灩晴方好 山色空濛雨亦奇 欲把西湖比西子 淡妝濃抹總相宜."

原詩 분량의 얼마만큼을 어느 정도의 변형을 가해 인용하느냐 하는 문제다. 위에서 예를 든 것 중 (8)~(10)은 와카를, (11)은 한시를 인용한 것인데 모두 시인의 이름을 밝히지 않은 채 그 시구 일부만을 인용하는 양상을 보인다. 바쇼가 『오쿠』를 비롯한 여타 기행문 및 하이분을 집필하면서 자신과 같은 전문 俳人, 門人弟子, 또는 전문 俳人이 아니더라도 하이카이나 하이쿠에 소양을 가진 사람들을 독자로 염두에 두었을 것이라는 점을 감안한다면 굳이 시인의 이름을 밝히거나 전문을 인용하지 않아도 아무런 지장 없이 자신의 글을 이해하고 감상할 수 있을 것이라고 생각했을 것이다. 더구나 방문 대상 혹은 글의 소재가 되는 다케쿠마의 소나무(武隈の松), 기노시타(木の下), 긴카산(金華山), 마쓰시마는 모두 와카의 명소로 잘 알려진 우타마쿠라이므로 굳이 전문을 인용할 필요를 느끼지 않았을 것으로 본다.

또 한 가지 특기할 점은 와카의 경우 원시의 일부를 끌어오더라도 변형을 가하지 않고 원문 그대로 인용하는 반면, 한시의 경우는 원시에 포함된 어느 한 핵심 단어를 가져와 그것을 변형시킨 형태로 인용한다는 점이다. 『오쿠』에 인용된 부분과 두보나 소식의 해당 원문을 비교해 보면 인용이라기보다는 어떤 핵심 모티프를 '借用'하여 바쇼 자신의 상상력을 가미한 것에 가깝다.

"兒孫愛すがごとし"('손자를 귀여워하는 모습 같다')의 경우, 원시 "諸峰羅立似兒孫"의 '兒孫'을 취할 뿐 그 구체적인 내용은 다소 다르다. 원시에서는 '여러 산봉우리가 늘어서 있는 것이 마치 손자들이 자신을 둘러싸고 있는 모습 같다'는 것인데 바쇼는 큰 산봉우리와 작은 산봉우리가 포개져 있는 모습이 마치 '사람이 자신의 손자를 업고 안고 하면서 귀여워하는 모습 같다'고 표현함으로써 '兒孫'을 중심으로 한 의미요소를 더 첨가·확장하고 있는 것이다. "美人の顔を粧ふ"('미인이 화장을 한 것 같다')도 '화장'이라는 핵심 모티프를 차용했을 뿐 원시의 "淡粧濃抹總相宜"('옅은 화장이나 짙은 화장 모두 다 그 여인-西施-에게 잘 어울린다')의 원뜻에서 살짝 비껴가

있다. 그러나 두 경우 모두 자신의 상상력을 가미함으로써 내용을 풍부하게
하고 대상 마쓰시마의 모습을 상세하게 묘사하는 데 효과를 거두고 있음을
본다.

와카의 인용과 한시의 인용이 이처럼 차이가 있는 이유로 두 가지를 생
각해 볼 수 있다. 첫째는 가나와 한문의 문장구조적 차이를 들 수 있다. 모
티프나 핵심 단어를 차용하는 것은 가나와는 어순이 다른 한문으로 된 시를
가나 문장에 자연스럽게 끼워 넣는 방법이 되었을 것이다. 둘째는 풍아인들
에게 신성시되는 우타마쿠라를 소재로 하여 읊어진 와카 또한 신성한 것이
므로 어떤 형태로든 훼손이나 굴절, 변형을 가하지 않고 원모습 그대로 유
지하려는 생각이 작용했을 것으로 본다. 아래 (12)의 예에서 이런 추론이
타당하다는 것을 확인할 수 있다.

> (12) 에치젠 지방의 경계에 있는 요시자키 만의 내해를 배로 건너 시오코시 소나
> 무를 찾아갔다. "밤이 새도록/ 폭풍에게 파도를/ 치게 하더니/ 달빛 드리운
> 채 물 머금고 선/ 시오코시 소나무"(사이교). 사이교 법사는 이 와카 한 수로
> 수많은 경관을 다 그려내고 있다. 만약 여기에 한 마디라도 덧붙인다면, 장자
> 가 말하는 '無用의 손가락'을 덧붙이는 것과 같다.　　　(『오쿠』 46-1)[56]

여기서는 사이교 법사의 와카 전체를 인용하고 있는데 그것은 이 와카가
해당 대상을 더 이상 잘 표현할 수 없을 만큼 완벽하다는 것을 묵시적으로
말하는 증거이다. 그리하여 '무용의 손가락'이라는 莊子의 구절까지 인용하
면서 해당 와카 작품의 완벽한 예술적 경지를 찬미하고 있는 것이다. 『오쿠』
에서 가장 많이 인용된 시구가 사이교 법사의 것이고 그가 바쇼 자신이 평

---

56) "越前の境, 吉崎の入江を舟に棹して, 汐越の松を尋ぬ. ＜終宵嵐に波をはこばせて月をた
　　れたる汐越の松＞(西行). 此一首にて, 數景盡たり. もし一弁を加るものは, 無用の指を立
　　るがごとし."

소 가장 흠모한 풍아의 시인이었다는 점을 감안한다면 일부가 아닌 전문을 제시하고 있는 것은 지극히 자연스러운 일이라 할 수 있다. 이외에 全文을 인용한 예는 '텍스트 9'의 붓초(佛頂) 스님의 와카가 있다. 사이교가 문학인으로서의 바쇼의 흠모의 대상이라면 붓초 스님은 구도자로서의 바쇼의 禪의 스승이다. 이 두 사람의 와카 전문을 인용한다는 것은 바쇼가 사이교 법사와 더불어 붓초 스님을 자신의 스승으로서 동격으로 존경하고 있음을 드러내는 부분이라 하겠다. 이런 생각이 작용하여 원문의 어느 한 부분을 잘라내거나 변형하지 않고 全文을 그대로 인용했다고 본다.

이상『오쿠』에 타인의 시구들이 인용되어 대상에 대한 정보와 설명을 제공하고 특성을 구체화하는 구실을 하는 한편 대상에 대한 작자 바쇼의 감정을 위임받아 대신 표현함으로써 작자의 주관이 이면으로 물러나게 하는 구실을 한다는 점을 살펴보았다.『오쿠』에 인용된 타인의 시구와 관련하여 한 가지 더 언급할 점은 이들은 항상 텍스트 중간에 위치하며 텍스트의 효과를 높이기 위한 수단으로 활용될 뿐, 말미에 위치하여 텍스트를 종결시키는 구실은 하지 않는다는 사실이다. 이 점은 인용 시구 혹은 거기에 담긴 타자의 의도가 한 텍스트의 최종의 도달점이 아니라는 것, 다시 말해 바쇼가 의도한 최종 도달점에 이르기 위한 '방편'으로 활용되었음을 말해 주는 부분이라 하겠다.

4.3. 바쇼 하이쿠와 消點 효과

『오쿠』에 삽입되어 있는 타자의 시구들은 바쇼가 방문한 우타마쿠라, 기념물, 자연경관, 인물, 특별한 의미가 있는 자연물 등 '대상'에 관한 정보를 제공하고 산문 서술의 설명을 보충하며 대상의 특성을 부각시켜 묘사의 효과를 높이는 구실을 한다는 점을 살펴보았다. 요컨대 타인의 시구는 기행문 서술의 주체보다는 '대상지향적'인 성격이 강한 언술로 보아도 될 것이다. 또한 서술 주체가 대상을 마주하고 일어나는 감정을 타인의 시구에 위

임하여 대신케 한다는 점에서 주관성을 방기하는 장치가 될 수도 있음을
보았다.

이에 비해 『오쿠』 운문의 또 다른 그룹을 이루는 바쇼의 하이쿠는 타인
의 시구의 의미나 작용과는 여러모로 대조적인 면을 보인다. 우선 대상 자
체보다는 그것을 대하고 일어나는 서술 주체의 감정을 표현하는 구실을 한
다는 점에서 '주체지향적'인 성격을 띤다고 할 수 있다. 주체지향적이라는
말은 바꿔 말하면 서술 주체의 주관적 느낌이나 견해, 판단과 같은 '주관성'
'개인성'을 드러내는 데 초점이 맞춰진다는 것을 뜻한다. 그러므로 타인의
시가 '주관성 방기'의 계기가 되는 것과는 달리 바쇼의 하이쿠는 '주관성 표
출'의 계기가 될 수도 있다는 것이다.

그러나 『오쿠』에 삽입된 바쇼의 하이쿠 작품 50구를 보면 서술 주체로서
바쇼 자신의 주관적 감정이 표현되면서도 그것이 분출되는 양상으로 흘러
가지는 않는다는 것을 쉽게 발견할 수 있다. 감정을 어떤 제어 장치를 통해
드러내는 것을 '표현', 제약 없이 드러내는 것을 '표출'이라 한다면, 바쇼의
구는 감정 혹은 주관성의 '표현'이지 '표출'은 아니라는 것이다. 이 점을 예
를 들어 살펴보도록 한다.

　(13) 世の人の/見付ぬ花や/軒の栗
　　　 (세상 사람이/ 찾지 못할 꽃이여/ 처마 밑 밤꽃.『오쿠』13-2)[57]

이 예는 앞에서 든 예 (5)에 포함된 바쇼의 하이쿠이다. 여기서 "や"는
'~여' '~로다' '~구나'와 같은, 감탄성을 띤 조사로서 句를 중간에서 한
번 끊어주는 역할을 한다. 이를 '기레지'(切字)라 하는데 이 예에서 기레지
"や"는 대상인 '밤꽃'에 대한 화자의 영탄의 정서를 최대치로 끌어올리는

---

57) 논의의 편의상 하이쿠 원문을 분절하기로 한다. 이하 同.

구실을 한다. "や"에 함축된 여러 어조 중 대상을 부르는 돈호법적 어조는 화자와 대상 간의 심리적 거리를 단축시켜 句 전체에 극적 분위기를 조성하고 화자의 정감을 심화하는 구실을 한다.[58] 시적 대상과의 거리가 단축된다는 것은 대상에 대한 화자의 감정이 농밀해지는 것을 의미하므로 결국 텍스트 전체의 주관적 색채를 강화하는 결과를 낳는다.

그러나 위 하이쿠 작품을 화자의 '私的 감정의 범람' 혹은 '주관성의 분출'이 드러나는 텍스트로 읽을 독자는 거의 없을 것이다. 오히려 주관적 감정이 절제된 텍스트로 수용할 확률이 크다. 그리고 이러한 독해를 가능케 하는 요소는 句 끝에 놓인 명사표현이다. 만일 위의 구가 '처마 밑 밤꽃이런가' '처마 밑 밤꽃일까?'와 같은 의문 서술형, '처마 밑 밤꽃이라네' '처마 밑 밤꽃이구나' '처마 밑 밤꽃이로다'와 같이 감탄 서술형으로 종결된다면 텍스트의 어조나 색채, 의미의 지향점은 크게 달라질 것이다. 왜냐면 문장에서 서술어는 화자의 주관적인 樣態를 나타내기 때문이다.[59] 그리하여 이런 형태로 종결된다면 두 번째 구절까지 형성된 주관적 정조가 서술형 종지를 통해 더욱 강렬해지는 결과를 초래하게 된다.

그렇다면 만일 위 하이쿠가 '밤꽃이다'와 같은 평서형[60]으로 되어 있을 경우 어떤 텍스트성을 조성하게 될까? 서술형에는 평서형, 의문형, 감탄형, 명령형 등의 敍法이 있고 여기에 여러 형태를 덧붙여 謙稱·尊稱, 시제 등의 양상을 나타낼 수 있는데, 주어에 대한 화자의 '단정'을 나타내는 평서형으로 되어 있다면 화자의 주관성은 감탄형이나 의문형에 비해서는 약해지겠지만 여전히 명사로 종결되는 것보다는 더 크다. 왜냐면 명사형으로 종결되면 하나의 객관적 사실만이 제시될 뿐 그에 대한 화자의 태도나 느낌,

---

58) 堀切實, 「芭蕉の呼びかけ表現」, 『表現으로서의 俳諧』(ペリカン社, 1988).

59) 김민수, 『국어문법론』(일조각), 127쪽.

60) '~다' '~아니다'와 같이 단정을 나타내는 서법이다.

판단은 유보된 채 공란으로 남아 있기 때문이다. 이에 비해 '밤꽃이다'라고 하면 앞에서 제기된 문제 '아무도 찾지 못할 꽃'에 대해 화자는 그것이 '밤꽃'이라는 주관적 견해를 제시하는 것이 되는 것이다.

위의 예처럼 한 句가 명사로 종결되는 것을 '명사종지'(名詞止め)[61]라고 하는데 이같은 名詞終止法으로 된 문장은 화자의 주관을 나타내는 서술어가 생략되어 진술의 중립성을 얻게 된다. 『오쿠』에 실린 50개의 바쇼 하이쿠 중 이처럼 명사종지의 구조를 지닌 것은 40예로 80%를 차지한다. 이를 첫 기행문인 『들판에 뒹구는 해골』과 비교해 보고, 또 각각의 기행문과 비슷한 시기에 興行이 이루어진 하이카이집 『도롱이 쓴 원숭이』(『猿蓑』)와 『겨울날』(『冬の日』)의 바쇼 구에서의 명사종지 비율을 비교해 보면 다음 표와 같다.

	집필(興行)시기	바쇼의 句數	명사종지수와 비율
들판에 뒹구는 해골	1685~1687	45	18(40%)
오쿠의 좁은 길	1690~1694	50	40(80%)
겨울날	1684	32	6(18.7%)
도롱이 쓴 원숭이	1690	32	15(46.8%)

이 표를 보면 貞享期(1684~1688)에 이루어진 『들판에 뒹구는 해골』이나 『겨울날』에 비해 元祿期(1688~1704)에 이루어진 『오쿠』나 『도롱이 쓴 원숭이』에서의 명사종지의 비율이 두 배 이상으로 현격하게 높아진 것을 알 수 있다. 기행문에 비해 하이카이에서 명사 종지의 비율이 낮은 것은 전자는 바쇼 개인의 작품이고, 후자는 공동합작으로서 정해진 式目이나 連衆간의 상호관계 등이 고려되었기 때문이라 할 수 있다. 이처럼 만년이 되어가

---

61) 일반적으로 한 구가 명사나 대명사, 수사와 같은 체언으로 끝나는 것을 '다이겐도메'(体言止め, 체언종지)라고 하는데 그중 명사로 끝나는 것이 대부분이므로 '명사종지'(메이시도메)라고 하는 경우가 많다. 이 글에서도 이 말을 쓰기로 한다.

면서 명사종지법의 비율이 현격히 높아진다는 것은 바쇼 句의 두드러진 문체적 특성 중의 하나로 보아도 무방할 것이다. 또한 단순한 우연이 아닌, 바쇼의 의도가 반영된 필연의 결과로 보는 것이 타당할 것이다. 명사 종지를 통해 바쇼가 드러내고자 했던 의도가 무엇이었는가를 읽어내기 위해 다음 예들을 보도록 하자.

(14) まゆはきを/俤にして/紅粉の花
    (눈썹솔을/ 연상시키는/ 잇꽃. 『오쿠』 30)

여기서 "まゆはき"는 여성들이 화장을 할 때 분을 바른 뒤 눈썹에 묻은 분을 쓸어내리는 데 사용하는 작은 솔을 가리키고 "紅粉の花"는 연지와 염료로 많이 사용되는 '잇꽃'을 가리킨다. 눈썹을 정리하는 솔이 마치 잇꽃 모양을 연상시킨다는 내용의 지극히 단순한 서술로 이루어진 하이쿠다. 그런데 문장 구조가 '잇꽃'이라는 주어만 있고 이에 대한 서술어는 생략된 명사종지법으로 되어 있다. 앞의 두 구절은 맨 끝의 '잇꽃'을 구체화하는 수식어 구실을 하므로 이 하이쿠의 초점은 '잇꽃'에 맞춰져 있다. 그런데 위 하이쿠가 만약 '잇꽃은/ 눈썹솔을/ 연상시킨다(네)'와 같은 서술종지로 되어 있다면 전달되는 정보내용은 같을지라도 어조와 문체적 효과는 달라진다.

명사종지의 경우 초점이 '잇꽃'이라는 '사물'에 맞춰져 있다면, 서술종지일 경우 초점은 주어인 '잇꽃'의 성질과 상태를 나타내는 '눈썹솔을 연상시킨다'라고 하는 서술에 맞춰지게 된다.[62] 이것은 화자의 관점과 주관에 따라 '잇꽃'이 지닌 여러 속성들 중에 하나의 요소가 선택되었다는 것, 다시 말해 '잇꽃'의 다양한 연상성·함축성에 제한이 가해졌음을 의미한다. 만약

[62) 이에 대해 柴田奈美는 명사종지는 'もの' 중심, 서술종지는 'こと' 중심이라는 말로 설명하였다. 柴田奈美, 「名詞止めの働きの研究-發句と俳句」, 『俳句表現の研究』(大學教育出版, 1994), 68~69쪽.

위 하이쿠가 '눈썹솔을/ 연상시키는/ 잇꽃이 핀다(피었다/피어 있네/웃는다/
웃고 있네/예쁘다/예쁘구나)'와 같은 문장구조로 되어 있다 해도 마찬가지다.
이때의 '잇꽃'은 뒤에 어떤 서술어가 오든 일반적인 잇꽃 전체가 아닌, 현재
화자 앞에 놓인 '특수한 꽃' 다시 말해 화자가 경험한 '바로 그 잇꽃'의 의미
를 지닌다.

한편, (14)와 같이 명사종지일 경우 주어 '잇꽃'에 대한 서술어가 생략되
어 화자의 입장과 태도가 유보된 일종의 '판단중지' 상태에 놓이게 되고 독
자는 상상력을 발휘하여 서술어의 공란을 채우고자 할 것이다. 이때 '잇꽃'
은 이미지가 부각되면서 무한한 의미의 확장이 이루어지는 중심점으로 작
용하게 된다. 그리고 서술종지의 경우와는 달리 여기서의 '잇꽃'은 어느 특
정 개체로서의 잇꽃이 아닌 보편성·일반성을 띤 잇꽃을 의미하게 된다. 요
컨대 잇꽃의 상태나 속성에 대한 서술어가 있을 경우는 구체적이고 單數의
성격을 띠는 특정 잇꽃을 말하는 것이 되지만, 서술어 없이 명사 종지로
끝나는 경우는 複數의 성격을 띠는 일반적·보편적인 잇꽃 전체를 말하는
것이 된다.

명사종지의 특성을 좀 더 구체적으로 알아보기 위해 아래와 같은 서술종
지의 예를 들어 보기로 한다.

(15) 田一枚/植て立去る/柳かな
　　(논배미 하나/ 모심고 떠나가는/ 버드나무로다.『오쿠』11)
(16) 語られぬ/湯殿にぬらす/袂かな
　　(默言해야 할/ 유도노에 눈물 적시는/ 옷소매라네.『오쿠』35)

두 예 끝에 붙은 "かな"는 '～로다' '～구나' '～라네'와 같이 영탄을 뜻을
나타내는 조사로 앞의 '버드나무' '옷소매'와 결합하여 서술어로 작용한다.
기행문의 맥락을 떠나 이 하이쿠만 놓고 볼 때 (15)는 '모내기'라는 사건과
이 시기에 흔히 볼 수 있는 '버드나무'를 결합하여 시적 화자의 시선에 포착

된 농촌의 한 풍경을 읊은 것, (16)은 데와(出羽) 지역 3대 산 중 하나로 수행자들에게 靈山靈地로 여겨지는 유도노산에 찾아온 감격을 읊은 것으로 읽을 수 있다.

만일 이 句들이 '버드나무'나 '옷소매'와 같은 명사종지로 끝났다면, 시적 화자 한 개인의 시선에 포착된 '특수한' 대상이 아닌, 길가는 나그네 혹은 성스러운 산을 찾은 수행자 등 누구의 시선에도 감지될 수 있는 대상으로 수용될 것이다. 그리고 그 대상물을 만나게 되는 사건은 화자만의 특별한 경험이 아닌 그곳을 지나는 그 누구라도 가능한 경험을 나타내는 것이 될 것이다. 그러나 '~로다' '~라네'와 같은 영탄성을 띤 서술어로 종결되어 發話 주체-화자-의 느낌과 태도가 담기게 됨으로써 화자 한 개인이 만난 특수한 사물, 특별한 경험을 형상화한 시로 읽히게 되는 것이다.

이처럼 하이쿠의 명사종지법은 설명이나 논리, 서술을 止揚하면서 '열려 있는' 혹은 '미완결' '생략'의 구조를 통해 짧은 시형으로 우주를 담아내는 방법이 된다는 것을 알 수 있다. 우리는 여기서 명사종지의 중심에 해당하는 '사물'과 그 사물이 연상시키는 다양한 이미지, 의미 등이 공란의 상태로 남아 무한대의 '의미공간'으로 확대되어가는 양상이 마치 산수화에서의 '消點'과 유사하다는 것을 발견하게 된다. 산수화에서 소점이란 보통 여백으로 처리되는 부분을 가리키는데, '視點'이 사물을 조망하는 데 있어 '인간적' 시각을 강조하는 말인 것에 대하여 '소점'은 '초월자적' 입장에서 우주만물을 조명하는 시각을 말한다.[63] 소점은 우주적 질서 즉 전체 속으로 개인을 끌어들여, 우주만물과 개체가 혼융되게 하는 회화적 장치인 것이다. 따라서 소점은 '個我性' '自我意識'의 소멸을 전제로 한다.

바로 이 지점이 명사종지법에 담긴 바쇼의 의도를 읽어낼 수 있는 부분

---

63) 회화에서의 '視點'과 '消點'에 관한 것은 朴容淑, 『繪畵의 方法과 構圖』(집문당, 1980), 185~188쪽 ; 신은경, 『風流: 동아시아 美學의 근원』(보고사, 1999), 516~517쪽.

이 아닐까 생각한다. 산수화에서 소점은 보통 어느 한 사물을 중심으로 하여 무한 여백으로 연결되는 양상을 보이는데, 명사종지법의 경우도 명사로 표현된 어떤 특정 사물을 중심으로 주관성과 개아성이 소멸하여 무한의 세계로 융합해 가는 양상을 보여준다. 바쇼는 화자의 주관을 드러내는 서술어를 생략하는 어법을 통해 언술의 이면으로 개아성을 퇴각시킴으로써 무한한 세계로 융합해 들어가는 미감을 창출하려 한 것이라고 본다.

그런데 여기서 한 가지 주목할 점은『오쿠』속 바쇼의 구에서 가장 일반적인 혹은 가장 빈도수가 높은 구 구조는 아래의 예들처럼 'や+명사종지'와 같은 형태로 되어 있다는 사실이다.

(17) 象潟や/雨に西施が/ねぶの花

　　(기사가타여/ 서시의 모습 같은/ 비젖은 자귀꽃.『오쿠』37)

(18) 閑さや/岩にしみ入/蟬の聲

　　(한적함이여/ 바위에 스며드는/ 매미 울음소리.『오쿠』31)

(19) 風流の/初やおくの/田植うた

　　(풍류의/ 시작이로다 오쿠의/ 모내기 노래.『오쿠』13-1)

(17)과 (18)은 첫 다섯 글자-上五- 뒤에, 앞의 예 (13) "世の人の/見付ぬ花や/軒の栗"는 가운데 일곱 글자-中七- 뒤에 "や"가 위치한다. 그리고 드물기는 하지만 (19)의 예처럼 中七의 중간에 위치하여 앞의 上五와의 '句걸치기'64) 형태를 띠는 경우도 있다.

바쇼의 구에서 시기별로 기레지의 빈도수를 조사한 통계에 의하면 우선 전 시기에 걸쳐 가장 출현의 빈도수가 높은 기레지는 "や"이고 '오쿠' 여행이 행해진 1689년에 上五에 36회, 中七에 15회 총 51회로 가장 높은 빈도

---

64) '句걸치기'는 'enjambment'을 번역한 것으로 한 행의 뜻이나 구문이 다음 행에 걸쳐서 이어지는 것을 가리킨다.

수를 보인다.65) 한편 근세·근대·현대의 대표적 하이쿠 시인 芭蕉·子規
·誓子의 구 100개씩을 대상으로 하여, 한 구가 기레지를 중심으로 두 개로
분절이 되는 '二句一章' 형태와 분절이 없는 '一句一章' 형태로 나누어 각
각의 명사 종지의 비율을 조사한 통계에 의하면 바쇼의 경우는 '二句一章'
은 71句로 76%, '一句一章'은 23구로 24%를 차지한다.66) 바쇼의 경우 '二
句一章' 형태가 차지하는 비율 및 이 형태에서의 명사 종지 비율은 다른
하이쿠 시인들67)에 비해 훨씬 높은 수치를 보이는데 이 점은 바쇼 하이쿠
의 문체적 특성을 말해 준다는 점에서 중요한 의미를 지닌다. 이상 이 두
통계를 종합해 보면 'や(上五) +명사종지' 형태가 바쇼 하이쿠의 가장 일반
적인 句構造로서 바쇼 구를 특징짓는 동시에 『오쿠』를 특징짓는 요소라는
것을 알 수 있다.

　'や'는 바쇼의 구뿐만 아니라 일반적으로 하이쿠에 가장 많이 활용되는
것으로 영탄성이 강한 기레지이다. 'や+명사종지'로 이루어진 구는 전반부
에서 영탄성을 띠는 기레지를 통해 화자의 주관이 극대화되고 후반부에서
명사 종지를 통해 개아성 혹은 주관성이 상쇄되는 패턴을 보인다. 예를 들
어 (17)의 경우 구에는 '기사가타'와 '자귀꽃'이라는 두 객체를 중심으로 두
개의 세계가 형성되어 있다. 이 구는 '기사가타는 비에 젖은 자귀꽃 같다'
는 내용을 표현하고 있는데 비에 젖어 오므라든 자귀꽃이 마치 눈살을 찌
푸린 서시의 모습같다고 함으로써 '기사가타≒서시≒자귀꽃'이라는 삼중
의 비유가 형성된다. 첫 5字 구절에 사용된 'や'는 기사가타의 아름다운 광
경을 보고 감격에 북받친 화자의 감정을 드러내는 데 효과적인 장치가 되

---

65)「切字」,『芭蕉必攜』(尾形仂 編,『別冊國文學』No.8, 學燈社, 1980), 131쪽.
66) 柴田奈美,「名詞止めの働きの研究-發句と俳句」,『俳句表現の研究』(大學教育出版, 1994),
　　63~64쪽.
67) 同 통계에 의하면 子規의 경우는 각각 61%/39%, 誓子의 경우는 56%/44%의 비율을 보
　　인다.

고 있다.

　그런데 영탄법을 통한 이같은 주관적 감정의 분출은 句 끝의 명사종지를 통해 그 주관적 색채가 배제되고 급격하게 냉각되는 상태에 이르게 된다. 다시 말해 의미의 초점, 텍스트의 지향점이 놓인 '자귀꽃'은 화자에 의해 기사가타와 서시에 견주어지는 과정을 통해 주관적 색채로 물들게 된 어떤 특정의 꽃이 아닌, 우주만물의 일부로 존재하는 하나의 중립적·객관적인 사물의 속성을 띠게 되는 것이다. 우리는 보통 어떤 진술이나 시각이 '事實'에 입각해 있는 것을 전제로 할 때 '객관적'이라고 하고, 그것이 누군가의 개인적 '감정' '의견' 및 '관점'에 기초를 두고 있음을 전제로 할 때 '주관적'이라고 한다. 이런 의미에서 '기사가타 → 서시'를 거쳐 도달한 자귀꽃의 세계는 명사종지로 처리됨으로써 화자의 주관성을 탈피한 하나의 객관적 사물로 존재하게 되는 것이다.

　위의 예들에서 각 텍스트마다 설정된 두 개의 세계, '기사가타 vs 자귀꽃' '한적함 vs 매미 울음소리' '풍류 vs 모내기 노래' 중 'や'가 붙은 앞부분의 대상은 추상적·관념적이거나 이에 준하는 속성을 지니는 세계이고, 뒤의 대상은 구체적·감각적 속성을 지니는 세계라는 점에 주목할 필요가 있다.

　이질적인 두 세계는 자신이 가진 속성으로 상대에게 영향을 주는 방향으로 상호작용하여 주변이 고요하기 때문에 매미 울음소리가 강조되고, 매미 울음소리로 인해 그 고요함이 더 돋보이는 새로운 세계를 창출한다. '정적을 머금은 소리의 세계' 혹은 '소리를 품고 있는 정적의 세계'가 창출되는 것이다. (19)의 경우도 고상한 풍아의 세계와 卑俗한 모내기의 세계가 상호작용하여 '俗을 품은 풍아의 세계' 혹은 '풍류스러움을 머금은 俗의 세계'가 조성된다. 그리고 이렇듯 새롭게 창출된 세계는 더 이상 바쇼 혹은 시적 화자가 주관적으로 경험한 어느 한 특수한 세계가 아닌 보편의 세계이자 우주만물 본연의 모습인 것이다. 그리하여 위 하이쿠 작품들은 결국 어떤 특수한 사물이 우주의 한 구성물로 존재하게 되는 과정을 형상화한 작품으

로 읽히게 되는 것이다. 바쇼가 'や+명사종지'의 句 구조를 통해 드러내고
자 했던 것도 개아성이 보편성을 띠게 되어 무한의 세계에 융합해 가는 양
상이 아니었나 생각한다.

4.4. 주관성의 방기와 '無心'의 미학

2, 3절에서 본 바와 같이 『오쿠』속 타인의 시구가 탐방의 대상에 대한
정보와 설명을 보충하고 대상의 속성을 구체화하는 구실을 한다면 바쇼의
구는 화자-언술 주체-의 감정을 표현하는 그릇으로서의 작용을 한다는 차
이를 지닌다. 전자의 경우 '객체'에 초점이 맞춰져 있다면, 후자는 '주체'에
초점이 맞춰져 있는 셈이다. 그러나 두 이질적인 운문 그룹 간에는 공통점
도 존재한다. 타인의 시구가 대상에 대해 일어나는 주체-바쇼, 시적 화자-
의 감흥을 위임받아 주체의 주관성이 放棄되도록 하는 작용을 한다면, 주
체의 情을 표현하는 것을 기본 작용으로 하는 바쇼의 구는 명사종지의 세례
를 받음으로써 개아성이 이면으로 퇴각하는 양상을 보인다. 둘 다 시적 주
체의 주관성과 개아성이 뒤로 물러나게 하는 구실을 한다는 공통점을 지니
되, 전자는 '객체를 강조'함으로써 주관성을 방기하는 경우이고 후자는 '주
체를 은닉'함으로써 주관성을 방기하는 양상이라 할 수 있다.

그렇다면 이같은 개인적 체험의 보편화, 주관성의 방기를 통해 얻어지는
美感은 무엇일까. 그것은 초월적 세계로 비약, 융해해 들어가는 초월적 미
감, 즉 '無心'의 미이다. '무심'의 상태는 自由와 無限, 超脫의 경지이며 사
물에 대한 妄念이 소멸된 심적 경지로 자의식, 계산에 의한 판단·분별 작
용, 의지, 주관 등 '我'의 모든 작용이 멈춰졌을 때 경험하게 되는 마음의
상태이다. 무심의 미란 바로 이같은 심적 경지에서 虛靜의 세계를 체험하
는 데서 오는 미감이라 할 수 있다. 결국 바쇼에게 있어 주관성의 방기는
무심의 세계에 이르는 과정이며 양자는 동전의 양면과 같은 관계라 할 수

있다.

하나의 텍스트에서 타인의 시구와 바쇼의 하이쿠, 그리고 산문 서술이
어떻게 상호작용하여 무심의 미감을 형성하는지 예를 들어 살펴보기로 한다.

(20) 이곳 시모츠케 지방의 운간사 뒷산에 붓초 스님이 은거했던 유적이 있다.
언젠가 스님께서 '소나무 숯으로 "사방이라야/ 오 척도 되지 않는/ 풀로 엮은
암자/ 엮을 것도 없었네/ 비만 없었더라면"이라는 와카를 근처 바위에 써 놓
았지요.'라고 말씀하시는 것을 들은 적이 있다. 그 유적을 보려고 운간사로
발길을 옮기자 사람들이 나서서 안내해 주었다. 일행 중에 젊은 사람들이 많
아서 도로가 시끌벅적하게 걸어가는 사이에 어느새 그 절이 있는 산기슭에
도착했다. 산은 정취가 깊어 보이고 계곡을 따라 죽 이어지는 길가에는 소나
무와 삼나무가 우거져 어두컴컴하고 푸른 이끼는 물기를 머금은 채 물방울을
떨어뜨려 음력 4월의 초여름 날씨인데도 아직 오슬오슬 추울 정도이다. 운간
사 10경을 내려다 볼 수 있는 곳에 다리가 있는데 그 다리를 건너 절 문으로
들어섰다. 붓초 스님의 유적은 어디 부근일까 하고 절 뒤편의 험준한 산을
기어 올라갔더니 돌 위에 작은 암자가 바위굴에 기대어 지어져 있었다. 마치
말로만 듣던 妙 禪師의 死關이나 法雲 禪師의 바위 위 암자를 바로 눈앞에
서 보는 것 같다. "딱따구리도/ 암자만은 안 쪼았네/ 울창한 여름 숲."이라고,
그곳에서의 기분을 그대로 읊은 하이쿠 한 수를 암자의 기둥에 걸어 두었다.
(『오쿠』 9)68)

위는 바쇼가 운간사(雲岸寺) 및 그 근처 붓초(佛頂) 스님의 유적을 탐방한
내용을 담은 시삽입형 텍스트이다. 여기에는 바쇼의 禪 수행의 스승이었던

---

68) "当國雲岸寺のおくに, 仏頂和尙山居跡あり. <竪横の五尺にたらぬ草の庵むすぶもくや
し雨なかりせば>と, 松の炭して岩に書付侍りと, いつぞや聞え給ふ. 其跡みんと, 雲岸寺
に杖を曳ば, 人々すゝんで共にいざなひ, 若き人おほく道のほど打さはぎて, おぼえず彼麓
に到る. 山はおくあるけしきにて, 谷道遙に, 松杉黒く苔したゝりて, 卯月の天今猶寒し.
十景盡る所, 橋をわたつて山門に入. さて, かの跡はいづくのほどにやと, 後の山によぢの
ぼれば, 石上の小菴岩窟にむすびかけたり. 妙禪師の死關, 法雲法師の石室を見るがごと
し. <木啄も庵はやぶらず夏木立>と, とりあへぬ一句を柱に殘侍し."

붓초 스님의 와카 全文과 묘 선사·법운 법사에 관한 일화가 引喩 방식으로 인용되어 있고 바쇼 자신의 구가 덧붙어 있다. 앞서도 언급했듯이 『오쿠』에 삽입된 타인의 운문 중 全文이 인용된 것은 사이교 법사와 붓초 스님 두 예뿐이다.

바쇼는 평소 흠모하고 존경하던 붓초 스님의 암자를 보고 깊은 감동을 느끼고 그 감정을 담담한 어조로 서술하고 있다. 『오쿠』의 57개 텍스트를 보면 벅차오르는 감동에 눈물까지 흘리는 모습이 간혹 발견되기도 하지만 전체적으로 볼 때 감정 표출을 자제하는 어조로 서술이 이루어진다. 이렇게 느끼는 이유 중 하나로 산문 서술에 '나'라는 1인칭 주어가 거의 등장하지 않는다는 점을 들 수 있다. 기행문이 수필의 성격을 띠는 1인칭적 문학임에도 바쇼의 경우 산문 서술 전체에 1인칭 주어가 사용된 것은 '予'가 4회, '吾'가 1회로 총 5회에 불과하다. 행동 주체를 나타내는 주어가 없이 행위나 상태를 나타내는 서술부만으로 문장이 구성될 경우, 화자의 존재는 문면에 노출되지 않고 사건 중심으로 서술이 이루어짐으로써 1인칭 주어가 노출되는 경우보다 문장 톤의 주관성이 약화된다. 그 결과로 인용문 밑줄 부분(원문은 주 참고)처럼 1인칭 주체의 행동을 묘사하는 것까지도 객관적 사실의 서술인 것처럼 감지되는 효과를 가져온다. 말하자면 『오쿠』 산문 서술에서 바쇼라고 하는 개인은 문장 이면에 숨어 자신의 존재를 드러내지 않음으로써 철저하게 주관성을 방기하고 있는 것이다.

또한 바쇼는 붓초 스님의 암자를 보고 '돌 위에 작은 암자가 바위굴에 기대어 지어져 있었다'고 객관적인 사실만 간략히 서술했을 뿐 암자에 대한 자세한 묘사는 생략한 채 스님이 자신의 암자를 소재로 하여 읊은 와카를 인용하여 그 외관 묘사를 대신하고 있다. 겨우 비나 가릴 정도의 작은 공간, 그나마 비가 없었으면 엮을 필요도 없는 풀로 된 암자를 직접 대한 바쇼가 깊은 감동과 경이로움을 느꼈을 것임은 말할 나위가 없지만 바쇼는 그같은 주관적 감정을 붓초 스님의 와카에 내맡기고 자신은 문장의 이면으로 물러나 있는 것이다.

　암자의 초라한 외관을 대하고 느낀 깊은 감동은 붓초 스님의 와카에 위임하는 한편 스님의 내면의 숭고함, 즉 도의 경지에 대한 경외심을 표현하는 데는 자신의 하이쿠를 활용하고 있다. 이 하이쿠는 '암자는 깊은 숲에 있고 그곳에는 딱따구리도 많아 여기저기 나무들을 쪼아대는데 미물도 스님의 높은 경지를 아는지 그 암자는 쪼지 않는다'는 내용을 시적으로 함축한 것이다. 여기서 '암자'는 붓초 스님의 거처를 가지고 그 사람 자체를 가리키는 제유법적 표현이고, '딱따구리'는 스님에 대한 바쇼 자신의 존경심을 대신 드러내는 매개물의 구실을 한다. 그러므로 결국 이 구는 스님에 대한 바쇼 자신의 깊은 존경심을 표현한 것으로 이해할 수 있는 것이다.

　이때 '여름 숲'이라는 명사종지법은 이와 같은 화자의 주관성을 탈색시키는 작용을 한다. 화자의 주관성, 즉 '붓초 스님에 대한 경모심'을 전달하는 객관적 상관물인 '딱따구리'와 '암자'는 특정 상황 속에 존재하는 개별적인 사물인데 이 두 사물을 모두 싸안는 사물이자 공간인 '여름 숲'이 명사종지로 처리됨으로써 텍스트의 의미는 '여름 숲'에 집중되기에 이른다. 그리하여 초점은 '딱따구리'와 '암자'로부터 '여름 숲'으로 이동하게 되고 이 사물들은 개아성을 탈피하여 보편성을 얻게 된다. 왜냐면 텍스트의 의미의 초점과 이미지가 '여름 숲'에 집중됨으로써 그 두 개별적 사물들은 돌, 다른 종류의 새들, 꽃, 물 등 '여름 숲'에 존재할 수 있는 수많은 사물들 중 하나가 되어 버리기 때문이다. 그리하여 붓초 스님이라는 특정 인물, 그 사람이 거주했던 특정의 암자는 더 이상 존재하지 않고 '여름 숲'으로 대표되는 무한 공간의 자연 속에 용해되어 버린다.

　'주관성'이라고 하는 것이 행위 주체의 개인적 느낌이나 견해, 평가와 판단을 가리킨다면 이것은 색으로 치면 빨강·노랑·파랑 등의 '有彩色'에 비유할 수 있다. 그렇다면 주관성의 방기와 탈색은 모든 색깔이 빠져나간 '無彩色'에 비유할 수 있다. 그리고 이 무채색의 속성을 띠는 것이 바로 '無心'

의 미감인 것이다.

5. 나가는 말

이 글은 바쇼 문학의 일관된 특징인 '句文 융합'의 양상을 '산운 혼합서술'이라는 범주로 포괄하여 그의 기행문의 결정판이라 할 『오쿠의 좁은 길』을 대상으로 그 구체적 면모를 살핀 것이다. 이 글에서는 '산운 혼합담론'의 유형을 몇 가지로 구분한 뒤 방문 대상별로 『오쿠』를 57개의 텍스트로 분절하여 살핀 결과 시삽입형과 서부가형의 압도적으로 우세하다는 것을 도출하였다. 그리고 이 점은 여행 중 메모한 短文을 토대로 기행문을 집필한다고 하는 바쇼의 특성으로 비추어 볼 때 자연스러운 결론이라 할 수 있다.

또한 이 글은 『오쿠』에 삽입된 운문을 타인의 것과 바쇼(혹은 소라)의 것으로 나누어 각각의 작용과 양상을 살폈다. 두 경우 객체를 강조하든 주체를 은닉하든 결과적으로 화자의 주관성과 개아성을 방기 혹은 탈색시키는 결과를 낳는다는 공통점을 지닌다는 점을 규명하였다. 나아가 이런 장치는 '무심'의 미감을 지향하는 바쇼의 의도를 구현하는 방편이 된다는 점도 살펴보았다.

聯句와 하이카이(俳諧)의 구조적 특성 비교

− 〈城南聯句〉와 '쇼몬 하이카이'(蕉門俳諧)를 중심으로 −

1. 들어가는 말

문학작품은 일반적으로 '어떤 작가나 시인이 자신의 사상과 감정, 의견을 개성적인 언어표현으로 형상화한 것'으로 정의된다. 이런 관점에서 볼 때 복수의 작자가 시간과 공간을 함께 하면서 하나의 작품을 공동 창작한다고 하는 상황은 문학생산의 획기적인 방식이 아닐 수 없다.

텍스트가 생산되는 과정에 2인 이상 복수의 작자가 개입되어 있는 시 양식으로는 唱和詩, 和韻詩, 次韻詩, 酬酌詩, 集句詩, 聯句, 일본의 렌가(連歌)나 하이카이(俳諧) 등이 있다. 창화시는 복수의 시인이 서로 시를 주고받는 형태이고, 차운시는 어떤 사람이 지은 시의 운을 가져와 같은 운을 사용하여 자신의 시를 짓는 것이며, 집구시는 어느 한 시인이 기존의 여러 시인의 시구들을 모아 한 편의 시를 완성하는 형태이다. 이 경우 복수의 작자가 개입되어 있기는 하지만 완성된 한 편의 시의 작자는 한 명이라는 공통점을 지닌다.

이에 비해 연구나 렌가, 하이카이는 복수의 작자가 모여 번갈아 가며 일정한 數의 구를 지어 한 편을 완성하는 형태라는 점에서 앞서의 시 양식들과는 근본적으로 차이를 지닌다. 즉, 하나의 텍스트가 1인의 작자에 의해 이루어진 것이냐 복수의 작자에 의해 이루어진 것이냐의 차이가 있는 것이다.

하이카이(俳諧)는 달리 '렌쿠'(連句)라고도 하는데 여러 사람이 모여 5/7/5字의 上句와 7/7字의 下句를 번갈아 지으며 36구, 100구[1] 등을 완성하는 공동합작의 문학양식이라는 점에서 그 독특성을 찾을 수 있다. 하이카이는 '하이카이노렌가'(俳諧の連歌)를 줄여서 말한 것인데 이는 하이카이가 렌가와 별개의 양식이 아니라 렌가의 한 종류로 출발했다는 것, 그리고 그 근원은 렌가에 있다는 것을 말해 준다. 렌가나 하이카이 한 권을 짓는 데는 복잡하고 까다로운 규칙[2]이 있어 참여자[3]들은 이를 숙지해야 하므로 상당한 수준의 문학적 소양이 없으면 구성원으로 참여할 수가 없다. 하이카이의 첫구를 '홋쿠'(發句)라고 하는데 이것이 독립하여 '하이쿠'(俳句)라는 문학양식이 성립되었다.

漢詩 영역에 있어 聯句 또한 몇 사람이 모여 구를 번갈아 지으면서 한 편의 작품을 완성하는 공동 합작의 문학양식이라는 점에서 하이카이와 공통점을 지닌다. 연구의 최초 작품으로는 보통 漢武帝 때의 <柏梁臺>를 드는데 이 작품은 7언 26구로 되어 있고 1인 1구로 매구마다 押韻을 한 것이다. <백량대> 시 이후 宋 孝武帝의 <華林曲水>, 梁 武帝의 <淸暑殿>, 唐 中宗의 <內殿> 등도 1인 1구 매구 압운의 형식으로 <백량대>를 모방하여 지어진 것들이다. 六朝時代에 들어오면 1인 1구 매구 압운의 '백량체' 외에도 1인 1구 隔句 押韻, 1인 2구 격구 압운, 1인 4구 격구 압운과 같은 다양한 형식이 생겨나게 된다. 연구 창작이 비약적인 발전을 보이는 것은 中唐에 들어와서이다. 이 시기에는 韓愈와 孟郊에 의한 306구의 대작 <城南聯句>와 같은 장편이 출현하기도 했고 참가하는 작자수도 2인~5인

---

1) 이렇게 하여 이루어진 36구, 100구 등의 텍스트를 '卷'이라 부른다.
2) 이를 '시키모쿠'(式目)라 한다.
3) 이를 '렌쥬'(連衆)라 한다.

이 다수를 이루는 가운데 29인이 참여하는 작품도 나타났다.[4] 이 시기에는 한유, 맹교 외에도 白居易·顔眞卿·皎然 등이 연구 작자로 활약했다.

이 글은 공동합작이라는 동질성을 지닌 연구와 하이카이를 비교 검토[5]해 보는 데 목표를 둔다. 구체적으로 2장에서는 두 문학양식을 비교 검토할 수 있는 근거로서 양자가 공통적으로 지니는 특성을 살피고 3장에서는 두 문학양식의 차이를 조명해 보고자 한다. 연구는 韓愈와 孟郊의 공동합작인 <城南聯句>를, 하이카이는 바쇼풍-혹은 쇼몬(蕉門)-하이카이를 대상으로 하고자 한다. '바쇼풍' 또는 '쇼몬'(蕉門)[6]이라는 표현을 사용한 것은 한 권의 하이카이가 여러 사람의 공동합작품이지 바쇼 한 개인의 산물이 아니기 때문이며, 그럼에도 바쇼의 이름을 붙여 '바쇼풍' '쇼몬'이라 할 수 있는 것은 바쇼가 '소쇼'(宗匠)[7]로 참여한 座의 렌쥬(連衆)들이 바쇼와 문학적 교분을 나누거나 작풍·유파상으로 같은 방향을 취하거나 師弟 관계에 놓인 문인들로서 어떤 식으로든 바쇼의 영향권 안에 놓이는 인물들이기 때문이다. 비교 대상으로 <성남연구>와 쇼몬 하이카이를 택한 것은 해당 분야

---

4) 顔眞卿 등이 지은 <登峴山觀李左相石尊>이 그 작품이다. 能勢朝次, 「聯句と連歌」, 『連歌硏究』(能勢朝次著作集7, 京都: 思文閣出版, 1985), 26쪽.

5) 이 두 문학양식은 여러 사람의 공동합작이라는 특이한 공통점으로 인해 그 영향관계가 관심의 대상이 되기도 한다. 렌가는 短連歌와 長連歌-혹은 鎖連歌-로 나뉘는데, 두 사람이 각각 5/7/5의 上句와 7/7의 下句를 지어 하나의 작품을 만드는 短連歌에서 3구 이상을 지어 길게 이어가는 長連歌로 발전하는 과정은 두 가지 관점에서 설명된다. 하나는 5/7/5의 상구에 7/7의 하구를 이어가는 형태로부터 거꾸로 7/7의 구에 5/7/5의 구로 답을 해가는 과정에서 자연발생적으로 생겨나게 되었다고 보는 관점이고, 다른 하나는 중국의 聯句에서 영향을 받아 생겨났다고 보는 관점이다. 자료의 부족으로 長連歌의 발생과 발전에 있어 중국 聯句의 영향의 개입 여부에 대해서는 확언하기 어렵지만 聯句가 鎖連歌의 '발생'에 간여하지는 않았지만 '발달'에는 영향을 끼쳤을 것으로 보는 관점(能勢朝次, 앞의 논문, 4장)이 어느 정도 힘을 얻고 있는 듯하다. 이는 長連歌의 발생은 7/7의 구에 5/7/5의 구를 이어붙이는 시도에서 자연스럽게 이루어진 것이지만 그것이 오늘날의 형식으로 발달·정착되는 과정에는 聯句가 간여했다고 보는 절충안인 셈이다.

6) '바쇼의 문하'라는 뜻.

7) '소쇼'(宗匠)에 대해서는 본서 227쪽 주 6) 참고

의 연구자들이 이들을 각 양식을 대표하는 텍스트로 꼽고 있다는 점도 작용했지만 필자가 여러 텍스트들을 검토한 결과 이들이 연구와 하이카이의 구조적 특성을 뚜렷하게 보여주고 있다고 판단했기 때문이다.8)

2. 연구와 하이카이의 공분모

여러 사람이 모여 한 편의 작품을 완성해 간다는 텍스트 생산 여건은 다음과 같은 몇 가지 문제와 직접적 연관을 지닌다. 첫째는 텍스트 하나의 길이가 자연히 길어지는 결과를 낳게 된다는 것이고 둘째는 화자의 고양된 정서를 표출하는 데 중점이 놓인 순수 서정시와는 거리가 멀어지게 된다는 점이며 셋째는 문학을 창작하는 일에 유희나 놀이의 요소가 크게 강조되는 경향이 있다는 점이다. 이 점은 연구와 하이카이에 공통되는 요소들로서 두 문학양식을 비교할 수 있는 근거가 된다.

2.1. 장편화의 경향

일단 둘 이상이 모여 일정한 형식의 구를 번갈아 지어간다고 하는 형태는 어느 정도 텍스트 분량이 확보되는 것을 말한다. 연구의 경우 2인이 각각 두 구씩 지어 한 수의 절구를 이루어내기도 하고 렌가의 경우도 2구나 3구만으로 이루어지는 短連歌도 있지만 일반적으로 연구는 수십 구, 하이카이는 36구나 100구를 기본으로 한다.

중국이나 우리나라의 경우 排律이나 歌辭처럼 한 사람이 어떤 단위를 계속 반복·중첩시키면서 텍스트의 길이를 늘려가는 시가 양식이 존재해 왔

---

8) 연구의 경우 습작과 유희의 한 형태로 出句와 對句만을 짓는 예가 적지 않았으나 하이카이와의 동이점을 추출하기에는 적합지 않으므로 비교의 대상에서 제외하였다.

으나 일본의 경우는 한 사람이 이처럼 반복에 의해 텍스트 확장을 이루어 가는 방식이 발달되어 있지 않았다. 일본 전통 시가의 역사는 오히려 短篇 化 과정의 역사라고 해도 될 만큼 萬葉歌의 長歌에서 5/7/5/7/7의 短歌 즉 和歌로, 다시 와카의 上句와 下句를 분리하여 나누어 부르는 短連歌 방식이 유행하다가 5/7/5의 구가 하이쿠(俳句)라는 最短詩 형태로 독립하 는 과정을 보인다. 그러므로 일본 시가사에 있어 여러 사람이 5/7/5구와 7/7 구를 번갈아 이어감으로써 텍스트 하나를 완성한다고 하는 것은 시텍스트 의 장편화를 이루는 유일한 방편이라 해도 과언이 아닐 것이다. 중국의 배 율과 한국의 가사가 보여주는 장편화가 어떤 단위의 '반복에 의한 확장'이 라는 성격을 띤다면, 일본 시가의 장편화는 '복수 작자'의 참여에 의한 텍스 트 '분량의 증가'라는 성격을 띤다고 하겠다.

중국의 대표적인 장편시인 排律은 '10구 이상으로 된 律詩'9)로 정의되는 만큼 반복과 중첩이 이루어지는 단위는 동질성을 띠는 두 개의 구 즉 對仗 의 기본이 되는 한 쌍의 구이다. 首聯과 尾聯을 제외한 나머지 구들에 對仗 의 규칙을 부여하면서 텍스트 확장을 이루는 것이다. 두 개의 구는 어휘나 내용뿐만 아니라 문법적으로도 대응되고 있어 '내용+구문'의 병렬은 두 개 의 구를 한 단위로 묶어주는 강력한 힘을 발휘한다. 연구도 크게 보아 복수 의 작자가 참여하는 배율이라고 할 수 있으므로 對偶法이 텍스트 장편화의 기본원리가 된다. 이에 비해 하이카이는 성격이 다른 두 개의 구를 교체해 감으로써 장편화가 이루어지는데 이 두 개의 구는 '쌍'의 개념이 아니므로 대우법과는 무관하다.

텍스트의 장편화가 길이라고 하는 외형적 확장만이 아닌 담고 있는 내용 의 증대를 의미한다고 할 때, 외형적으로 동일하다 해도 한시의 한 구와 일본시의 한 구는 내용상 큰 차이가 있다. 한자는 表意文字이고 일본 가나

---

9) 王力, 『漢語詩律學』 1(송용준 역주, 소명출판, 2005·2007), 57쪽.

는 音節文字이므로 같은 글자수라 해도 그것이 담고 있는 의미의 양은 차
이가 있을 수밖에 없다. 또한 연구와는 달리 하이카이의 경우 한 사람이
앞의 구를 이어받아 새로운 구를 짓는다는 행위는 마에쿠에 대한 연상작용
을 토대로 하는 것이지 앞에서 진술되어온 내용 위에 새로운 내용을 '축적'
하는 개념을 뜻하는 것이 아니므로 외형적인 구의 수의 증가가 내용의 증폭
을 의미한다고 할 수는 없다. 요컨대 하이카이가 공동합작에 따른 장편화의
길을 걷는다 해서 그것이 꼭 '내용'과 '정보'의 증가를 의미하는 것은 아니라
는 점을 전제해야 한다.

2.2. 원심적 경향

장편화에 이어 여러 사람이 모여 하나의 텍스트를 공동 제작한다고 하는
형태는 완성된 텍스트가 순수 서정시와는 거리가 먼 텍스트성을 지니게 하
는 결과를 낳는다는 점을 들 수 있다. 순수 서정이란 어느 한순간의 시인의
고양된 정서를 짧고 함축적인 어구로 농축시키는 문학 형태다. 그러나 연구
와 하이카이 이 두 형태의 문학 양식은 자신의 구를 짓는 과정에서 앞서
지은 구를 깊이 음미하고 감상하는 수용의 과정을 거치게 된다. 前句의 수
용자로부터 자신의 구의 발신자로 끊임없이 변모해 가는 과정이 연구와 하
이카이의 생산 과정인 것이다.

이처럼 시인 또는 시적 화자가 바뀜에 따라 앞구에 표현된 정서 및 텐션
을 이어받아 유지·발전시키기 어려워지게 된다. 서정시는 한 개인의 내면
세계 다시 말해 자의식의 표현이라 할 수 있는데 이처럼 자의식의 주체가
계속 바뀌므로 언어를 통해 형성된 한 시인의 혹은 한 시적 화자의 농밀한
감정의 세계가 일관되게 유지되기 어려워지고 한 '개인'의 내면세계의 표출
이라고 하는 서정시의 본질과는 거리가 멀어지게 되는 것이다.

연구와 하이카이의 제작 과정은 이들이 공통적으로 지니는 '집단성'의 조
건으로 인해 밖으로 끊임없이 원심적 힘을 작용시켜 가는 과정10)이라 할

수 있으며, 이에 반해 서정시는 개인의 내면세계의 표현이라는 점에서 그 창작 과정은 안으로 구심적 힘을 농축해 가는 과정이라 할 수 있다. 이처럼 두 문학양식의 '집단성'은 '개인성'과 상충되기 때문에 순수 서정시로부터 멀어지게 되는 것이다. 이로 인해 연구와 하이카이는 경치나 사물과 같은 외부세계의 대상을 포착하여 그 양태를 서술하고 묘사하는 것에 중점이 두어지는 텍스트성을 띠게 된다. 그리하여 '我'보다는 '物'의 세계를 지향하는 텍스트성을 지니는 경향이 있다.

2.3. 놀이적 요소

복수의 작자가 같은 자리에 모여 번갈아 가며 구를 짓는다고 하는 텍스트 생산 여건은 자연스럽게 유희적·놀이적 성격을 띠게 된다. 물론 모든 문학작품 창작은 그 자체에 놀이적 요소가 포함되어 있다. 무엇인가를 새롭게 만드는 것 자체가 놀이이고, 문학이란 언어로 새로운 것을 만들어내는 것이기 때문이다. 연구나 하이카이처럼 여러 사람이 모여 어떤 규칙하에 상호협력하여 새로운 것을 만들어낸다고 하는 일은 재미나 즐거움만이 아닌 집단의 유대감을 강화하는 효과까지 가져오므로 놀이의 성격은 1인 작가일 때보다 더 배가된다고 할 수 있다. 복수 작자로 인해 놀이성이 배가된다고 하는 점은 연구나 렌가의 발생과정을 보면 더욱 분명하게 드러난다.

聯句는 시를 지음에 있어 '나'가 아닌 다른 사람이 전제되기 때문에 연구를 짓는다는 것은 '자신'과 '타자' 사이의 긴장과 상호협력의 관계를 기반으로 하며 이로 인해 개인의 독자성은 자연히 약화될 수밖에 없다. 그러므로 한 개인이 완결된 작품을 지어 그 작품으로 평가받는 중국의 문학풍토에서 연구는 주류가 될 수 없었고 詩會의 여흥으로 지어지는 2류 문학으로 인식되었다.

---

10) 堀切實, 『表現としての俳諧』(ぺりかん社, 1988), 10쪽.

연구는 君臣 간의 창화의 성격을 띠고 제작되기도 하지만 대개는 정치적
·문학적으로 성향이 비슷한 사람들이 모여 연대감과 유대감을 돈독히 하는
친목의 성격을 띠는 경우가 많았다. 이같은 집단적 모임은 詩才를 연마하
고 여러 사람 앞에서 詩才를 과시·발표하는 기회의 장이 되기도 했고 단순
히 여흥이나 기지를 즐기는 장이 되기도 했다.11) 그러나 연구의 본질은 시
재 연마나 作詩 연습, 시재의 과시보다는 취향이 비슷한 사람들끼리 모여
함께 짓는 데서 즐거움을 느끼고 그 일체감을 함께 맛보는 데 있다고 할
수 있다. 그러므로 자연스럽게 '놀이'로서의 성격을 수반할 수밖에 없는 것
이다.

연구가 일종의 '놀이'로 행해졌다는 것을 말해 주는 한 단서로『詩話總龜』
에 실려 있는 蘇軾의 어린 시절 일화를 들 수 있는데 이 이야기의 내용은
'동생 및 마을사람 몇몇과 어울려 6언의 연구를 지으면서 좌중의 사람들이
박장대소했다'12)는 것이다. 주목할 점은 이 이야기가 '詼諧' 항목에 수록되
어 있다는 것인데 이로 미루어 연구 및 연구를 짓는 일이 일종의 재미있는
일로 인식되었다는 것을 알 수 있다. 또한 연구가 지어졌던 집회의 場13)이
대개 水堂·水亭·池亭·溪館·船中·樓閣 등과 같은 개방 공간이라는 점
도 연구가 지니는 놀이적 성격을 말해주는 요소라 할 수 있다. 연구는 이처
럼 놀이의 성격이 강하기 때문에 유해무익이라는 시각도 있었던 것이다.14)

---

11) 埋田重夫, 「白居易と韓愈の聯句について」, ≪中國詩文論叢≫第2集(東京: 中國詩文研究
會, 1983. 6), 40쪽. 여기서는 唐代의 연구를 대상으로 언급한 것이지만 이같은 사정은 여
타 연구의 보편적 양상으로 보아도 될 것이다.

12) "幼時 里人程建用 楊堯咨 舍弟子由 會學舍中 天雨聯句六言. 程云庭松偃仰如醉 楊云夏雨
淒凉似秋 余云有客高吟擁鼻 子由云無人共喫饅頭. 坐皆絶倒. 今四十餘年矣." 阮閱(宋) 撰,
『詩話總龜』前集 卷四十一「詼諧門上」(北京: 人民文學出版社, 1998). 이 일화는 원래『蘇
軾文集』第六十八卷「記裏舍聯句」條에 수록되어 있다.

13) 埋田重夫, 앞의 논문, 40쪽.

14) 宋의 嚴羽가 그 대표적 예이다. 川合康三, 「韓愈·孟郊 <城南聯句> 初探」, ≪中國文學報≫
第61冊(京都大學大學院文學研究科, 2000. 10), 51쪽.

놀이에 규칙이 있듯, 연구를 짓는 과정에서도 나름의 규칙이 있었을 것이다. 시를 짓기에 앞서, 그 자리에 참석한 사람들의 句作의 순서와 句의 수는 어떻게 할 것이며 총 몇 구를 완성해야 하는가의 문제, 그리고 순번이 돌아왔을 때 구를 완성해야 하는 시간은 얼마로 제한할 것인가의 문제, 또 押韻은 무슨 韻字로 몇 구마다 할 것인가 등에 대한 대강의 계획이 있었을 것이며 이같은 계획이 놀이의 규칙과 같은 구실을 했을 것으로 본다.

하이카이의 경우도 크게 다름이 없다. 복수 작자의 합작품으로서의 하이카이의 기원은 '단렌가'(短連歌)로 거슬러 올라간다.15) 단렌가는 애초부터 와카를 짓는 모임에서 와카 句作의 여흥으로 재미삼아 한 수의 와카를 두 사람이 나누어 부른 데서 발생한 것16)으로 창화의 과정에서 생겨나는 기지와 골계를 그 본질로 한다. 그러므로 단렌가는 기본적으로 앞 사람이 읊은 구를 '질문'으로 하여 다음 사람이 재치있게 '답'을 하는 일종의 機智問答의 성격17)을 띠고 출발했다고 할 수 있다. 지적인 흥미를 가지고 자신이 말을 건넨 것에 대해 상대가 어떻게 응대하고 어떻게 답할 것인가 지켜보는 재미와 즐거움은 1인이 한 수를 완성하는 와카에서는 찾아볼 수 없는 중요한 요소가 되며 이것이 렌가가 가지는 놀이적·유희적 성격을 말해주는 것이다.

5/7/5구에 7/7구로 이어받아 唱和하는 것에서 한 단계 나아가 7/7구에 다시 5/7/5구를 이어가 '죠렌가'(長連歌)가 발생하는 과정에서도 역시 지적인 호기심과 흥미가 큰 작용을 했을 것임은 물론이다. 후시모노(賦物)나 마에쿠즈케(前句付)18)는 렌가에 내포된 이같은 지적 유희성이 최고조로 발휘

---

15) 하이카이가 독립된 문학장르로 정착하게 되는 과정을 보면, 5/7/5/7/7의 句로 이루어진 한 편의 와카를 두 사람이 唱和 형식으로 上句 5/7/5와 下句 7/7로 나누어 부른 데서 短連歌가 발생했고 短連歌의 7/7구에 5/7/5구를 덧붙여가는 식으로 해서 3구 이상의 長連歌가 발생했으며 고상한 표현으로 짓는 기존 렌가에서 벗어나 일상적 소재를 취하여 일상적 언어로 표현하는 하이카이노렌가(俳諧連歌)가 나오게 되었다.

16) 能勢朝次, 앞의 글, 52쪽.

17) 能勢朝次, 앞의 글, 53~55쪽.

된 형태라 할 수 있다. 유희에 규칙이 수반되듯, 렌가에도 세부적인 규칙[19] 과 참가 렌쥬의 역할, 렌가 한 권의 총 句數 등이 정해지고 여타 형식이 다듬어지면서 렌가는 하나의 문학양식으로 정착하게 된 것이다.

3. 연구와 하이카이의 차이

복수의 작자가 하나의 텍스트를 완성해 간다는 독특한 생산방식으로 인 해 위와 같은 특성을 공유하고 있으면서도 두 문학양식은 중국과 일본이라 는 상이한 토양에서 성장한 만큼 문학적 차이 또한 적지 않다. 그중 가장 두드러지는 것은 연구 한 편 혹은 하이카이 한 권 전체와 그것을 구성하는 부분들 간의 관계에서 발견된다. 두 문학양식은 2인 이상 複數의 작자가 모여 時空을 함께 하면서 구를 짓는다는 공통점이 있지만 연구의 경우는 그것이 내용에 있어 일관성과 통일성을 지닌 '한 편의 시'로서의 성격을 지 니는 것에 비해 하이카이의 경우는 그렇지 않다는 차이를 지닌다. 두 시 양식을 면밀히 비교 검토해 본 결과 양자는 '제목' '종결 징표' '텍스트에 일 관성과 규칙성을 부여하는 요소' '완성된 텍스트의 성격'의 측면에서 확연한 차이와 특징을 드러내고 있어 이를 중심으로 논의를 전개하고자 한다.

3.1. 詩題의 유무

(1) 竹影金瑣碎 (孟郊)   대나무 그림자는 금가루처럼 부서지고
　　泉音玉淙琤 (韓愈)   샘물 소리는 옥구슬처럼 낭랑하게 울리네
　　琉璃翦木葉 (愈)   나뭇잎 잘려진 모습은 유리처럼 보이고
　　翡翠開園英 (郊)   정원에 피어 있는 꽃들은 비취와도 같구나

---

18) 이에 대해서는 뒤에서 자세히 서술될 것이다.
19) 이를 '시키모쿠(式目)'라 한다.

流滑隨仄步 (郊)　　길이 미끄러워 몸을 기울인 채 걸으며
搜尋得深行 (愈)　　幽境을 찾아 깊은 곳까지 들어간다
遙岑出寸碧 (愈)　　아득한 산봉우리에 한 마디 푸른 빛 돋아나오니
遠目增雙明 (郊)　　멀리 바라보매 두 눈에 밝음을 더하였네

위는 唐代의 시인 韓愈(768~824)와 孟郊(751~814)의 공동합작인 <城南聯句>20)의 첫 8구를 인용한 것이다. <성남연구>는 1인 2구를 짓고 격구마다 庚韻으로 압운을 하고 있는데 한 사람이 出句를 지으면 다음 사람이 對句와 다음 연의 出句를 짓고, 다시 다음 사람이 앞사람의 출구를 받아 대구와 다음 연의 출구를 지어 내려가 마지막 한 사람이 대구만을 지어 마무리하는 독특한 형식을 취하고 있다. 첫 出句는 맹교가, 마지막 對句는 한유가 마무리 지었다.

제목의 '城南'은 長安의 남쪽 근교로 귀인들의 별장이 모여있던 지역이다.21) 시 안에 묘사된 것이 누구의 별장인지 확실히 알 수는 없지만 이 두 시인은 성남의 어느 별장에 모여 주변의 풍광을 각각 153구씩 지어 총 306구의 장편시로 묘사하였다. 어느 한 곳에 시선을 고정하여 대상을 관찰·감상하는 것이 아니고 안과 밖, 위와 아래, 왼쪽에서 오른쪽, 근거리와 원거리 등으로 시점을 이동시켜 가면서 경물을 묘사하여 동적인 느낌을 주는 것이 특징이다.

1구~4구는 저택 안에서 정원 풍경을 그려내었고 5구~8구는 시적 대상으로부터 주체로 초점을 바꾸어 시적 화자가 별장 밖으로 나와(5~6구) 멀리 산봉우리를 조망하는 모습(7~8구)을 묘사하였다. 제1구와 2구의 竹影과

---

20) 『韓昌黎詩集』, 『漢詩大觀』 3권(韓國學 資料院, 2007).
21) 한유도 만년에 여기에 별장을 짓고 <遊城南十六首>(816년 작) 등을 지었으나 <성남연구>는 그가 江陵에서 소환되어 國子博士의 직에 나아갈 무렵인 806년에 지어진 것이라는 점을 감안할 때 막 長安에 돌아온 한유가 자신의 별장을 갖고 있었는지 의문시되기도 한다. 川合康三, 앞의 글, 61쪽.

泉音, 金과 玉, 瑣碎와 淙琤, 제3구와 4구의 琉璃와 翡翠, 翦과 開, 木葉과 園英은 문법상으로나 의미상으로 완벽한 짝을 이루어 경물의 모습을 생생하게 그려내고 있다. 제5구와 6구, 제7구와 8구도 마찬가지다.

　시 全篇에 걸쳐 이와 같은 對偶法이 長篇의 구를 이어가는 기본 원리로 작용하면서 306개나 되는 句를 하나의 작품으로 응집시키는 데 기여한다. 여기에 더하여 결정적으로 수백여 구가 제각각이 아닌 어느 한 작품의 일부로 인식되게 하는 요소는 바로 <城南聯句>라고 하는 시 '제목'이다.22) 여기서 '성남'은 연구를 짓는 실질적 장소가 되는 동시에 시의 소재나 내용이 이 주변의 자연경관을 중심으로 할 것임을 미리 시사하는 시적 징표가 된다. 즉, 시를 구성하는 개개의 구들은 '성남'과 연관되어 있음을 알려주고 있는 것이다. 그리하여 306개의 구로 이루어진 시적 언술은 통일성을 지닌 하나의 텍스트로 인식될 수 있게 된다. 전체와 부분의 이같은 관계는 아래 하이카이 작품과 비교해 볼 때 더욱 분명해진다.

(2)　1.　市中は物のにほひや夏の月
　　　　　("시중에는 갖가지 냄새가 진동하는구나, 여름날의 달." 凡兆)
　　　2.　あつしあつしと門門の聲
　　　　　("집집마다 더워 더워하는 소리." 芭蕉)
　　　3.　二番草取りも果さず穗に出て
　　　　　("풀 뽑기를 두 번도 하지 않았는데 이삭이 패었구나." 去來)
　　　4.　灰うちたたくうらめ一枚
　　　　　("재를 털어낸 눈퉁멸 한 마리." 兆)
　　　　　(中略)

---

22)　연구에서 개개의 시구들이 제목에 의해 전체의 부분들로 작용하게 되는 대표적 예를 李瀣의 <甲申孟秋十五日 龍山翫月聯句 七十三韻>(『溫溪先生逸稿』 卷之二)에서 찾아볼 수 있다. 146구로 이루어진 장편의 텍스트는 詩作이 이루어진 시간·공간(음력 7월 15일 龍山), 시의 소재(달)와 주제(玩月), 시의 길이(73운, 즉 146구)를 포함하는 시 제목에 의해 각 부분들이 통일성을 지닌 전체로 응집된다.

12. 待人入れし小御門

("문지기가 주인이 기다리는 사람을 안으로 들인다네." 來)

13. 立かかり屛風を倒す女子共

("누가 왔나 엿보던 여자들이 둘러놓은 병풍을 쓰러뜨렸네." 兆)

이는 하이카이집 『도롱이 쓴 원숭이』(『猿蓑』)23)에 수록된 「여름달」(「夏の月」)의 卷24)의 일부분을 발췌한 것이다. 하이카이는 보통 5/7/5의 上句와 7/7의 下句를 교체해 가며 짓게 되는데 5/7/5구인 제1구25)는 여름날 더위 때문에 음식 냄새가 가득 배인 시정의 모습을 묘사하였고, 7/7로 된 제2구26)에서는 홋쿠의 '여름' 이미지를 이어받아 여기저기서 '더워하는 모습'을 구체화하였으며, 제3구27)에서는 앞구의 '더위'를 이어받아 더위 때문에 곡식의 이삭이 빨리 패인 것을 읊었다. 그리고 제4구28)는 앞구의 '곡식 이삭'에서 연상되는 '농촌'의 이미지를 이어받아 시골에서 재에 생선 한 마리를 구워먹는 소박한 식사 모습을 그려내고 있다. 제12구는 안에서 연인을 기다리는 주인을 위해 문을 열어 상대를 들이는 문지기의 모습을 그리고 있고, 제13구는 들어온 사람이 아름다운 여인이라는 설정하에 병풍 안을 엿보려 하다 병풍을 쓰러뜨린 여자들의 모습을 표현하였다.

이로써 알 수 있듯 서로 인접한 구와 구는 연관성을 지니지만 하나 건너뛴 구와는 아무런 연관성을 지니지 않는다. 하이카이를 구성하는 최소 단위

---

23) 바쇼의 제자 去來와 凡兆의 편집으로 1690년에 나온 하이카이집으로 「はつしぐれの卷」「夏の月の卷」「きりぎりすの卷」「梅若莱の卷」 등 4편의 가센(歌仙)이 수록되어 있다. 가센은 36구로 된 하이카이를 가리킨다. 松尾芭蕉, 『芭蕉句集』(大谷篤藏·中村俊定 校注, 東京: 岩波書店, 1962), 383~386쪽.

24) 芭蕉와 그 문하의 凡兆, 去來 이렇게 3인이 모여 읊은 三吟 가센 형식의 하이카이이다.

25) 이를 '홋쿠'(發句)라 한다.

26) 이를 '와키쿠'(脇句)라 한다.

27) 이를 '다이산'(第三)이라 한다.

28) 제4구부터는 별도의 이름이 없는 平句이다.

는 3구로서 이를 각각 A, B, C라 할 때 쓰케쿠(付句) C를 기준으로 바로 앞에 있는 句 B를 마에쿠(前句), C의 앞의 앞에 있는 句 A를 우치코시(打越)라 한다. 인접하는 A와 B, B와 C는 단어나 의미, 분위기, 이미지 등에서 서로 연관성을 지니고 있으나 C와 A는 연관이 없어야 한다. 구와 구의 결합을 가리키는 쓰케아이(付合)에서 쓰케쿠(C)가 우치코시(A)까지 영향을 미치는 것은 피해야 하는 항목 중 하나인 것이다.

앞서 <성남연구>는 임의로 선택한 어느 句라 해도 그들 사이에는 모종의 연관성이 개재해 있다. 그 구들에 담긴 구체적 내용은 다를지라도 '성남'의 풍광과 관계된 것이라는 점에서 하나로 묶일 수 있고 <성남연구>라는 제목이 이러한 구실을 한다는 것을 언급하였다. 이에 비해 위 하이카이에서 제1구와 제12, 13구 사이는 말할 것도 없고 제1구와 3구 사이에도 그 어떠한 연관이 없으며 또 연관이 없을 것이 요구된다. 「여름달」의 경우는 이 가센 작품의 고유한 제목이 아니라 다른 것과 구분하기 위해 홋쿠의 끝부분을 따서 임의로 붙인 유동적 표기일 뿐이며29) 부분이 전체와 의미를 가지게 하는, 다시 말해 부분이 전체 속에서 해석될 수 있는 요소로서 작용하지 않는 것이다. 제12구와 13구를 예로 들어 보아도 제목인 '여름'을 연상시키는 그 어떤 요소도 발견할 수 없다.

렌가나 하이카이에 있어서도 연구의 제목과 비슷한 구실을 하는 것으로 '후시모노'(賦物)라는 것이 있다. 후시모노란 렌가나 하이카이 첫머리에 그 卷의 제목처럼 표기하는 것인데 예를 들어 '白黑'의 후시모노라면 上下의 각구에 흰색 사물과 흑색 사물을 교대로 읊어나가는 것이고 '賦餠花俳諧'라고 하면 '餠'과 '花'에 속하는 사물들을 읊는 것이다. '賦'라는 것은 '구분하여 배치한다'는 뜻으로 내용상으로는 와카(和歌)에 있어서의 '모노노나(物名)'와 비슷하다. 와카에 있어 '모노노나'란 句의 의미와는 무관하게 사

---

29) 따라서 하이카이집 편찬자에 따라 이름이 달라질 수도 있다.

물의 이름을 와카 작품 안에 숨겨서 읊는 것을 가리키며 이로 인해 '가쿠시다이'(隱題)라고 칭해지기도 하는 일종의 언어유희 수법이다.[30] 이것이 賦物連歌(物名連歌)-物名俳諧로 이어진 것으로 볼 수 있다.[31]

그러나 렌가나 하이카이의 '후시모노'는 일견 연구의 제목과 비슷해 보이면서도 그 성격이 매우 다르다.

(3) をのが名の紅葉やとづるこごり鮒
    ("그 이름처럼 붕어 국물 굳은 것이 단풍처럼 물들었구나")[32]
    鍋の中でも鴨はかはいり
    ("냄비 안에서도 오리는 강으로 들어가네")[33]
    鶏やさむふて屋ねにのぼる覽
    ("닭은 추워서 지붕으로 올라가는구나")[34]

위는 '魚鳥'라는 후시모노가 붙어 있는 賦物連歌의 첫 세 구를 인용한 것으로 초기 하이카이집인 『에노코슈』(『犬子集』) 16권에 실려 있다. 후시모

---

30) 예를 들어 『古今和歌集』 10권 「모노노나(物名)」에 'ほととぎす'라는 詞書 다음에 나오는 "來くきほど時過きぬれや待ちわびてあう鳴くなる聲の人をとよむる"라는 작품을 보면 밑줄 "時過" 부분에 해당하는 음은 '도키스'(ときす)이고 이것을 앞 단어 "ほど"(호도)와 함께 읽으면 '호도토기스'가 되어 詞書의 모노노나(物名)를 가리키게 되는 것이다.

31) 加藤定彦, 「過渡期の選集: 『犬子集』の付句を中心に」, 『初期俳諧集』(森川昭·加藤定彦·乾裕幸 校注, 岩波書店, 1991·1995), 601쪽; 「賦物」, 『日本古典文學史 基礎知識』(秋山虔·神保五弥·佐竹昭廣 編, 有斐閣, 1975·1982), 306쪽.

32) 젤라틴 성분이 많은 생선을 끓여 그 국물이 젤 상태가 된 것을 가리킨다. 여기서는 붕어를 가지고 만든 것이므로 그 색깔이 단풍처럼 붉다는 것을 말하였다. 『犬子集』 제16권 「魚鳥」, 『初期俳諧集』(森川昭·加藤定彦·乾裕幸 校注, 岩波書店, 1991·1995), 232쪽.

33) "かはいり"는 물고기·새·육고기 등의 껍질을 삶아 거기에 다시 국물을 넣어 만든 요리인데 음이 '강으로 들어간다'는 뜻의 '川入り'와 같다. 이같은 동음이의어를 '가케고토바'(掛詞)라 한다. 같은 곳.

34) 이 구는 '오리는 추우면 물로 들어가고 닭은 추우면 나무에 올라간다'는 속담에 의거하고 있다. 같은 곳.

노인 '魚鳥'가 作句의 지침과도 같은 구실을 하면서 매 구가 물고기나 새를 소재로 하여 전개될 것임을 시사한다. 첫째 구에서는 '붕어', 둘째 구에서는 '오리', 셋째 구에서는 '닭'이 그 구체적인 사물에 해당한다. 여기서 '魚鳥'는 각 구에서 읊어지는 사물과 인접의 관계에 놓임으로써 구 전체를 通御하는 요소로 작용한다. 이는 연구에서의 '제목'처럼 텍스트 부분들에 일관성과 통일성을 부여하여 전체로 통합되게 한다는 점에서 거의 동일한 기능을 행한다. 다시 말해 연구의 제목과 하이카이의 후시모노는 텍스트 전체와 각 부분들이 유기적 관계를 지니게 하는 요소가 된다는 점에서 공통적이다.

그러나 양자 사이에는 차이도 존재한다. 연구 제목의 경우 부분과 전체뿐만 아니라 부분과 부분, 즉 각 구와 구도 긴밀한 연관을 가지게 하는 지침으로 작용하지만, 후시모노의 경우 부분과 부분이 상호 긴밀한 관계를 지니도록 유도하는 역할을 하지 않는다. 위 '魚鳥'의 경우 후시모노는 첫 구와 둘째 구가 상호 의미작용을 할 수 있도록, 다시 말해 '단풍색으로 굳어진 붕어국물'과 '냄비 안의 오리'가 서로 결합하여 어떤 의미를 형성할 수 있도록 도와주거나 매개 혹은 인도하는 구실을 하지 않는다. 어떤 면에서 賦物連歌나 賦物俳諧의 경우 각 구들은 후시모노에 속한 사물들을 '열거'하는 개념에 가깝다고 할 수 있으며, 후시모노를 설정하여 구를 지어나가는 방식은 텍스트에 통일성을 부여하기 위한 것이라기보다는 문학에서 '유희'나 '재미'를 얻고자 하는 의도가 강하게 반영된 것이라 볼 수 있다.

연구의 제목과 약간의 차이는 있지만 그래도 각 부분들에게 일관성을 부여하는 요소가 있었다는 것은 텍스트를 통일체로 인식하는 시각이 내재해 있음을 말해 주는 부분이다. 그러나 長連歌가 형성되면서 한동안 유행했던 후시모노는 시간이 지남에 따라 점점 형식화, 무용지물화되어 갔다는 점에 주목할 필요가 있다. 헤이안 말기부터 가마쿠라 초기에 걸쳐 햐쿠인(百韻)[35]과 같은 장편양식이 성립되어 가는 무렵에는 후시모노에 해당하는 사물이 각 구마다 읊어졌고 후시모노는 전체 한 권을 통괄하는 역할을 담당했었다. 그러나 무로마치 시대에 들어오면 첫 여덟 구에, 그다음은 처음 세 구에, 그리고 다시 홋쿠 중 주요한 체언을 골라 一座의 소쇼(宗匠)나 슈히 쓰(執筆)36)가 그것을 후시모노로 정하여 懷紙의 첫 부분에 제목처럼 '賦山 河連歌' 등과 같이 표기하는 식으로 홋쿠와만 관련을 갖게 하다가 그마저 도 形骸化되어 결국 사라지게 된 것이다.37)

쇼몬 하이카이에서도 그 흔적을 볼 수 있는데 예를 들어 하이카이집『표 주박』(『ひさご』, 1690年)에 수록된 芭蕉 · 珍(珍)碩 · 曲水가 참여한 三吟38) 의 36구 작품-가센(歌仙)-39) 「벚꽃일까」(「櫻かな」)의 卷40)에 홋쿠가 시작 되는 바로 앞에 붙어 있는 '花見'이라는 단어가 그에 해당한다.

(4) 1. 木のもとに汁も鱠も櫻かな
      ("나무 아래 국물도 생선회도 벚꽃이라네" 翁)
   2. 西日のどかによき天氣なり
      ("지는 해 한가로운 좋은 날씨로다" 珍碩)
   3. 旅人の虱かき行春暮て
      ("나그네, 이가 문 곳 긁으며 걸어가는 봄날 저물고" 曲水)41)

홋쿠는 벚꽃이 흩날려 '꽃놀이'(花見)를 위해 마련된 음식이 꽃잎으로 뒤

---

35) 100구로 이루어진 하이카이를 '햐쿠인'(百韻)이라 한다.
36) '소쇼(宗匠)'란 하이카이의 興行이 이루어지는 '座'의 長을 가리키고 '슈히쓰(執筆)'는 興 行에 관한 것을 기록하는 사람을 가리킨다.
37) 「賦物」,『日本古典文學史 基礎知識』(秋山虔 · 神保五弥 · 佐竹昭廣 編, 有斐閣, 1975 · 1982), 306쪽; 伊地知鐵男,『俳諧大辭典』(明治書院, 1981), 677~678쪽; 加藤定彦, 앞의 논문, 601쪽.
38) 세 사람의 렌쥬(連衆)가 교대로 읊어 36구를 이룬 것을 가리킨다.
39) 36구로 된 하이카이를 '가센'(歌仙)이라 한다.
40) 하이카이에서 제목은 고유의 것이 아니라 다른 것과 구분하기 위해 홋쿠의 어느 부분을 따서 임의로 붙인 유동적인 것이므로 편찬자 · 연구자에 따라 다른 제목이 붙기도 한다.
41)『芭蕉句集』, 360쪽.

덮인 모습을 읊었고 둘째 구는 나무 아래서 꽃놀이한다는 데서 따뜻하고
온화한 날씨를 연상하여 읊었으며 셋째 구에서는 나그네가 걸어가는 장면
을 통해 봄이 지나가고 있음을 읊었다. 이로부터 '花見'이라는 말은 첫 구와
만 관련을 지니는 것으로 후시모노가 형식화된 것임을 알 수 있다. 그러나
대부분의 하이카이 작품에는 이같은 흔적조차도 남아 있지 않으며 후시모
노는 결국 사라지고 만다. 이같은 현상은 連歌나 俳諧 全篇에 일관되는
요소가 필요하지 않다는 것 혹은 일관된 요소에 의한 통일성이나 통제를
거부한다는 것을 반영하는 대목이라 할 수 있다.

3.2. 종결 징표의 유무

연구 한 편을 하나의 완결된 구조물로 인식하게 하는 요소로 제목 외에
'종결 징표'를 들 수 있다. 앞에서 어떤 패턴이 계속 반복되다가 그 기대감
혹은 예측성이 무너지게 될 때 우리는 종결을 감지하게 된다.[42] 시조의 경
우 3·4조의 패턴이 종장에 이르러 3/5/4/3으로 바뀌게 되는 것도 그 한 예
라 할 수 있다. <성남연구>의 경우 주변의 경관, 경물에 대한 묘사가 이어
지다가 제301구에 이르러 다음과 같이 어조가 바뀌게 된다.

(5) 足勝自多詣 (郊)   다리는 튼튼하여 스스로 여기저기 다닐 수 있고
　　心貪敵無勍 (愈)   욕심은 많지만 어떠한 상대도 강하지 않다네
　　始知樂名敎 (愈)   비로소 名敎[43]의 즐거움을 알았으니
　　何用苦拘佇 (郊)   어찌하여 구속을 괴로워할 것인가?
　　畢景任詩趣 (郊)   이제 벼슬살이 끝내고 시적 흥취에 맡기려 하는데
　　焉能守鏗鏗 (愈)   어찌해야 이 기분을 明澄하게 지켜갈 수 있을까?

---

42) 시적 종결에 관한 것은 Barbara H. Smith, *Poetic Closure: A Study of How Poems
　　End*, (University of Chicago Press, 1968).
43) '名敎'란 '명분으로 중심을 삼는 가르침'을 말한다.

주변 경관이나 경물로부터 시적 주체의 내면세계로 묘사의 초점이 이동하여 화자의 심정을 읊조리는 것으로 마무리가 지어지고 있는 것이다. 이렇게 반복패턴이 무너짐으로써 독자는 종결을 감지하고 306개의 구로 이루어진 언술을 하나의 전체로 인식하게 되는 것이다. 만일 한 번 형성된 어떤 패턴이 변화 없이 계속 반복된다면 그 텍스트는 닫힌 구조 혹은 완결된 전체로 인식될 수 없다. 반복성 혹은 예측성이 깨짐으로써 종결을 알리게 되는 것이다.

그러나 앞서 인용한 (2) 「여름달」의 끝 두 구는,

35. 手のひらに虱這はする花のかげ
　　("꽃나무 그늘, 손바닥에서 이가 기어 다닌다." 蕉)
36. がすみうごかぬ晝のねむたさ
　　("안개도 흐르지 않는 봄날 오후의 졸음." 來)

과 같이 제1~34구까지의 패턴을 그대로 유지한 채 끝맺음을 하고 있다. 어떤 패턴의 반복이 종결되었음을 알리는 유일한 징표는 歌仙이 36개의 구로 되어 있다는 텍스트 외적 조건뿐이다. 위의 경우 36번째의 구를 읊었다는 것은 곧 언술이 더 이상 계속되지 않을 것임을 알리는 징표가 된다. 이 구성물을 하나의 텍스트로 규정할 수 있는 근거는 문학적 취향이 비슷한 렌쥬가 모여 시간과 공간을 함께하면서 36구를 지었다는 그 사실 하나뿐이다.

하이카이의 경우 맨 끝구를 '아게쿠'(擧句)라 하여 축하와 평안을 기원하는 기분으로 가볍게 읊조린다는 式目의 규정이 있다. 아게쿠의 앞구는 '꽃'을 읊는 위치[44]이므로 아게쿠는 春季의 한가롭고 평화로운 풍경을 읊는 것이 일반적이다.[45] 그러나, 이것이 하이카이 한 권을 종결시키는 징표는

---

44) 式目에 의하면 어느 특정 소재-주로 '달'과 '꽃'-를 정해진 장소에서 읊게 되어 있는데 이를 '定座'라 한다. '花の定座' '月の定座'와 같은 식으로 나타낸다.

될 수 없다. 하이카이 어느 구에서도 봄날의 평화로운 풍경을 읊을 수 있는
것이고 꼭 아게쿠에서만 등장하는 것은 아니기 때문이다.

3.3. 텍스트에 일관성과 규칙성을 부여하는 요소

제목과 종결 징표 외에 연구를 이루는 개개 구들을 응집하여 완결된 통
일체로 구현하는 또 다른 요소로서 '押韻'을 들 수 있다. 같은 운에 속하는
글자를 선택하여 격구마다 끝에 배치하는 규칙을 일관되게 이어가는 것이
야말로 개개 구의 집합체를 하나의 텍스트로 인식케 하는 중요 요소가 된
다. 연구 창작이 급격히 증가하게 되는 中唐 이후에는 5언에 1인 2구 격구
압운이 가장 일반적인 형식이었는데 <성남연구>는 그 대표적 예라 할 수
있다.

렌가나 하이카이에 있어서도 연구의 韻字처럼 개개의 구에 어떤 일관된
요소를 부여하여 그것들이 통일된 전체의 일부처럼 인식되게 하는 '마에쿠
즈케'(前句付)라는 것이 있다. 7/7 혹은 5/7/5의 구가 미리 주어지고 그것을
실마리로 하여 수수께끼를 풀어가듯 구를 이어가는 것이다.

(6) (前句) 白き物こそ黒くなりけれ
　　　　 ("흰 것이 검게 변했다네.")
　　(付句) ことかけば雪を硯の水にして
　　　　 ("부족하다면 눈을 연적의 물로 해서.")
　　　　 若き時のねはだや忍ぶ姥おうぢ
　　　　 ("늙은 아내의 젊은 시절 피부가 그립구나.")
　　　　 杉原のうら迄書や戀の文
　　　　 ("스기하라 종이46) 안쪽까지 **빽빽**이 쓰여진 사랑의 편지.")

---

45) 乾裕幸, 「連句概說」, 『初期俳諧集』, 568쪽.
46) 杉原 産의 종이. 닥나무를 원료로 하여 만든 얇고 부드러운 종이.

上らうのおかほにかかるみだれ髮
("귀부인의 얼굴에 흘러내린 머리칼.")47)

위의 예에서 보는 것처럼 '흰 것이 검게 변했다'는 7/7자의 마에쿠(前句)에 대하여 5/7/5자의 쓰케쿠(付句)를 이어가는데 마에쿠를 수수께끼 문제로 삼아 흰 것이 검게 변하는 사물이나 현상을 답으로 제시하는 방식으로 전개된다. 첫 번째 쓰케쿠에서는 눈 녹은 물을 연적에 담아 갈았을 때 검은 색으로 변하는 것을 내용으로 하였고, 두 번째 쓰케쿠는 젊은 시절에는 하얗던 아내의 피부가 늙어서는 검게 변해 버렸다는 내용을 담고 있다. 세 번째 구의 경우는 하얀 종이가 빽빽하게 쓰여진 글씨로 인해 검어졌다는 것을 표현하였고, 네 번째 구는 귀부인의 하얀 피부가 흘러내린 머리칼로 검게 덮인 모습을 그려냈다. 위는 150개의 쓰케쿠 중 네 개의 구를 인용한 것인데 나머지 146개의 구도 같은 방식으로 되어 있다.

여기서 마에쿠는 연구의 韻字처럼 개개 구를 지음에 있어 제약 혹은 규칙으로 작용하여 각 구에 통일성과 일관성을 부여한다. 이 경우도 앞서 살핀 후시모노와 개개의 구들처럼 전체와 부분의 관계에 놓이며 마에쿠와 쓰케쿠 간에 인접관계가 성립한다. '눈 녹은 물'이나 '젊은 시절 아내의 피부' '종이' 그리고 '귀부인의 얼굴'은 마에쿠의 '흰 것'에 속하는 사물들의 종류를 나열한 것이고 '연적의 먹물' '늙은 아내의 피부' '종이에 쓰인 글씨' '귀부인의 검은 머리'는 '검은 것'에 속하는 사물들을 나열한 것이므로 이 네 쌍의 사물들과 마에쿠는 인접의 관계에 놓이는 것이다.

그러나 이 네 개의 항목들은 '흰 것'이라는 점에서 등가관계에 놓이기는 하나 이 네 사물들을 포함하는 네 구의 내용들 사이에는 전혀 연관성이 없다. 즉, 이 네 구가 결합하여 어떤 새로운 의미를 형성하는 것이 아니라 비

---

47) 『犬子集』 第17卷 「一句付句百五十句」의 첫 다섯 구(No.2356~2359)를 인용한 것으로 모두 貞德이 지은 것이다.

슷한 내용이 그냥 나열되어 있을 뿐이다. 그러므로 구와 구의 순서를 바꾸어도 전혀 지장이 없다.

이에 비해 연구의 경우는 韻을 포함한 구 전체의 의미와 의미가 서로 관계를 맺으면서 제목에 함축된 주제를 구현해 간다. 앞서의 예 (1) <성남연구>의 첫 네 구 "竹影金瑣碎/泉音玉淙琤/琉璃翦木葉/翡翠開園英"에서 운자가 들어 있는 제2구와 4구는 운뿐만 아니라 의미상으로 긴밀하게 연결되어 정원의 모습을 그려내고 있어 두 구의 순서를 바꾼다 해도 '정원의 모습'을 묘사한다고 하는 '전체 의미' 관점에서는 별 문제가 없다. 그러나 원문 본래의 번역(a)과 2구와 4구의 순서를 바꾼 뒤의 번역(b)을 비교해 보면,

(a) 竹影金瑣碎 (孟郊)　　대나무 그림자는 금가루처럼 부서지고
　　泉音玉淙琤 (韓愈)　　샘물 소리는 옥구슬처럼 낭랑하게 울리네
　　琉璃翦木葉 (愈)　　나뭇잎 잘려진 모습은 유리처럼 보이고
　　翡翠開園英 (郊)　　정원에 피어 있는 꽃들은 비취와도 같구나

(b) 竹影金瑣碎 (孟郊)　　대나무 그림자는 금가루처럼 부서지고
　　翡翠開園英 (郊)　　정원에 피어 있는 꽃들은 비취와도 같구나
　　琉璃翦木葉 (愈)　　나뭇잎 잘려진 모습은 유리처럼 보이고
　　泉音玉淙琤 (韓愈)　　샘물 소리는 옥구슬처럼 낭랑하게 울리네

와 같이 (b)에서는 의미상으로 '대나무'와 '샘물'이라는 자연물이 각각 '비취'와 '유리'라고 하는 광물과 불균형의 짝을 이루게 된다. 또 (a)에서는 竹과 泉, 影과 音, 金과 玉, 瑣碎와 淙琤, 제3구와 4구의 琉璃와 翡翠, 翦과 開, 木葉과 園英이 문법상으로도 완벽한 짝을 이루는 것에 반해, (b)의 경우는 '金'과 '開', '翦'과 '玉', '瑣碎'와 '園英', '木葉'과 '淙琤'이 문법적으로 불균형을 이루게 된다. 결과적으로 '정원의 모습'을 묘사한다고 하는 내용을 전달하는 데는 지장이 없지만 對偶의 균형이 깨지면서 의미 조직에 세부적 균열이 가해지는 것을 발견하게 된다.

요컨대 연구에서의 韻과 하이카이의 마에쿠는 각 부분들에 통일성을 부여한다는 공통점이 있지만, '운'은 부분과 부분의 상호 의미작용에도 긴밀하게 간여하는 반면 '마에쿠'는 텍스트 맨 앞에 놓여 쓰케쿠를 짓는 방법을 알려주는 하나의 샘플로 작용하는 것에 그칠 뿐이다. 그리고 무엇보다도 연구에서의 韻과는 달리 마에쿠즈케는 언어유희의 성격이 강하다는 점에서 큰 차이가 발견된다. 또한 한시에서 押韻은 계속 그 중요성이 유지되는 것에 비해 이 마에쿠즈케는 하이카이에서 더 이상 존속의 의미를 지니지 않게 되고 결국 그 모습을 감추고 만다는 점에 주목할 필요가 있다.

3.4. 완성된 텍스트의 성격: 構造와 構成

이상의 비교에서 드러나듯 하이카이 한 권은 인접한 구와 구가 연상작용에 의해 유사한 분위기나 이미지를 이어가는 連鎖性만이 강조될 뿐 개개 구를 일관된 의미 혹은 주제를 지닌 하나의 통합체로 완결시키는 요소가 발달해 있지 않다는 것을 알 수 있다. 인접한 구와 구를 어떤 방식으로든 관계짓고 그 관계에서 형성되는 미적 효과를 즐기는 것을 목적으로 할 뿐 부분을 결합하여 의미상의 통일체를 이루어 가는 과정에는 관심이 두지 않는 문학 양식인 것이다. 이 점이 복수 작가의 공동합작품이라는 공통점을 지니면서도 하이카이가 연구와 다른 길을 걷게 되는 가장 큰 차이점이라고 볼 수 있다.

연구와 하이카이를 이루는 개개 구들을 '부분'이라 하고 개개 구들로 이루어지는 합성물을 '전체'라 하여 부분과 전체라는 관점에서 이 두 문학양식을 비교해 볼 때 차이는 더욱 분명해진다. 먼저 부분과 부분의 관계를 볼 때 연구의 경우 出句와 對句, 하이카이의 경우 마에쿠와 쓰케쿠 사이에는 분명한 연관성이 존재한다. 그러나 '부분'을 인접한 구가 아닌 임의의 다른 구로 확대해 볼 때 연구의 경우는 그 구들 간에도 연관성이 있고 제목이 이를 가능케 하는 반면, 하이카이에서는 인접해 있는 두 구만 연관성을 지닌다는 점에서 차이가 있다.

다음으로 부분과 전체의 관계를 보면 연구의 경우는 앞서 논한 것처럼 개개의 구가 전체 텍스트와 유기적인 관계에 놓이면서 그물망처럼 얽혀 '의미상으로 통일성을 지닌 완결체'를 이루는 반면, 하이카이의 경우는 의미상으로 어떠한 관련성도 지니지 않는다. 또한 연구의 경우 부분과 부분이 결합하여 단지 통일성을 지닌 전체를 이루는 것으로 끝나지 않고 '전체=부분의 합+α'의 의미를 지닌다. 각 부분에, 그 부분들이 결합하여 상호작용하는데서 형성되는 새로운 의미요소까지 합쳐져 전체를 이루는 것이다. 반면 하이카이의 경우는 '전체=부분의 합'으로 나타낼 수 있는데, 각 부분들은 마치 모래알들이 서로 섞여 있는 것과 같아 그 합은 '모래무더기' 이상의 의미를 지니지 않기 때문이다.

부분과 부분, 부분과 전체가 유기적 관련을 지니면서 어떤 통합된 질서를 드러낼 때 우리는 이를 보통 '構造'라는 말로 칭하는데 연구 한 편은 분명 "構造物'로 규정될 수 있는 요건을 갖추었다고 볼 수 있다. 그러나 36구 혹은 100구로 이루어진 하이카이 한 편은 위에서 언급한 것처럼 모래알들이 섞여 있는 모래무더기에 비유할 수 있어 그 성격이 매우 다르다. 하이카이 한 권은 '의미상으로 완결된 한 편의 시'로서의 성격을 지니지 않으며 개개의 시구가 전체와 연관성을 지니지 않은 채 사슬처럼 연결되어 있어 이를 구조물과 구분하여 '構成物'이라는 말로 나타낼 수 있을 것이다.

이처럼 연구는 전체가 의미상으로 일관성·통일성을 지니는 한 편의 시로서의 성격을 띠는 것에 비해 하이카이는 의미나 주제에 있어 전체의 통일성을 결여했거나 혹은 그것을 지향하지 않는 시, 나아가서는 통일성을 거부하는 시로서의 성격을 띤다는 점에서 큰 차이를 보이는데, 이 차이는 전체 속의 어느 한 부분이 그 맥락을 떠나서도 어느 정도 독립성을 획득한다고 하는 일본 시가의 특성에서 비롯된 것이기도 하다.

중국 시의 경우는 줄거리나 일관된 사상·내용, 배경이나 장면의 설명이

들어 있어 그것이 독자에게 전달되고 납득이 될 때 시로서 인정이 되는 반면, 일본의 전통 시가에서는 이런 요소가 결여돼도 어느 한 사물에 대한 순간적 포착과 영탄이 그대로 한 편의 시로 성립될 수 있었다.[48] 논리를 가지고 길게 부연하거나 묘사하기보다는 어느 한순간의 고양된 정서를 표현하는 것에 더 중점이 주어지므로 시의 길이는 자연히 짧아지고 특정의 주제나 사상, 줄거리를 가지지 않는 시도 얼마든지 존재할 수 있었던 것이다. 만일 정서가 고양된 정점의 순간에 대한 전후 맥락의 설명이 필요한 경우는 詞書를 붙여 그 상황을 보충하였던 것이다. 렌가나 하이카이가 복수 작자의 공동 합작이면서도 한 구 한 구가 한 단위로서 어느 정도 독립성을 지닐 수 있는 것도 이런 맥락에서 이해할 수 있는 것이다.

4. 나가는 말

　연구와 하이카이는 복수의 작자가 하나의 텍스트를 완성해 간다는 독특한 생산방식으로 인해 텍스트 길이가 장편화하는 경향이 있고, 화자의 고양된 정서의 유지 및 표출과는 거리가 멀어지는 원심화 경향을 보이며, 문학을 창작하는 일에 놀이의 요소가 크게 강조된다는 공통성을 지닌다. 이같은 공분모를 지니면서도 詩題의 유무, 압운과 같은 시에 규칙성과 일관성을 부여하는 요소의 유무, 종결 징표의 유무, 완성된 텍스트의 성격 등 여러 면에서 차이가 있다는 점을 살펴보았다. 그리고 '전체의 통일성'이 추구되는 연구와 '부분의 독자성'이 중시되는 하이카이의 특성은 '구조'와 '구성'이라는 말로 변별할 수 있다는 점을 지적하였다. 두 문학 양식 간의 이같은 차이는 중국과 일본의 문학적 전통의 차이와 결부지어 논할 때 더욱

---

48) 鈴木修次, 『中國文學と日本文學』(東京書籍株式會社, 1987·1991), 60~62쪽.

설득력을 얻을 수 있을 것이나 이 글에서는 거기까지 논의하지 못한 한계를 지닌다.

하이카이는 시간이 지나면서 형식을 갖추고 하나의 시장르로 개화·정착된 반면 연구는 존속은 되고 있지만 시의 양식으로 정착·성행하지 않았던 것도, 한 작자의 작품이 완결된 한 편의 작품이 될 것을 요구하여 전체 속에 개인이 용해되는 것을 선호하지 않는 중국의 문학적 전통과 島嶼文化에서 비롯되는 일본인의 집단주의적 성향과도 무관하지 않을 것이다. 그러나 이 글에서는 이런 점 또한 깊이 천착하지 못했으며 이상의 문제점들은 다른 논문을 기약하기로 한다.

蕉風 하이카이의 세계

— 쓰케아이(付合)를 중심으로 —

1. 들어가는 말

이 글은 마쓰오 바쇼의 하이카이(俳諧)[1]의 세계를 조명하는 데 초점을 둔다. 보통 마쓰오 바쇼는 하이쿠(俳句)의 달인으로 각인되어 있지만 하이카이를 빼놓고 그의 작품 세계를 논할 수 없다. 하이쿠는 하이카이의 첫째 구인 홋쿠(發句)[2]가 독립하여 불려진 명칭인데 바쇼의 시대에도 하이카이와는 별도로 홋쿠가 자체적으로 지어지기도 했다. 당시는 홋쿠로 불리던 것이

---

1) 하이카이의 원래 명칭은 하이카이노렌가(俳諧の連歌)로 이름에서도 알 수 있듯 렌가의 일종이었다. 렌가는 와카의 長句(5/7/5)와 短句(7/7)를 나누어 창화하는 형식인데 이때 여흥으로서 비속한 언어를 사용하여 구를 짓기도 했다. 이것이 하이카이노렌가이며 줄여서 하이카이라고 하게 된 것이다. 그 첫째 구를 홋쿠(發句)라고 하는데 이 홋쿠가 독립하여 하이쿠(俳句)로 불리게 되자 메이지 시대 이후 하이쿠나 렌가(連歌)와 구분하기 위해 '렌쿠'(連句)로 불리게 되었다. 현재는 두 가지 모두 並稱이 되고 있으나 이 글에서는 바쇼 시대에 불리던 명칭에 따라 렌쿠 대신 하이카이라는 말을 사용하기로 한다. 그러나 '홋쿠'의 경우는 하이카이의 첫째 구를 가리키므로 독립적으로 지어지는 것까지를 포괄하기 위해 '하이쿠'라는 말로 칭하기로 한다.

2) 두 번째 구는 '와키'(脇), 세 번째 구는 '다이산'(第三), 맨 끝구는 '아게쿠'(擧句)라 하며 나머지는 '히라쿠'(平句)라 한다. 보통 홋쿠는 座에 참여하는 렌쥬(連衆) 중 제1의 손님인 正客이, 와키는 興行의 주최자인 亭主가, 그리고 끝구인 '아게쿠'는 興行에 관한 것을 기록하는 사람인 슈히쓰(執筆)가 짓는다.

메이지(明治) 시대 이후 하이쿠라는 이름으로 보편화된 것이다. 그러나 어디까지나 바쇼의 시대에 문단의 주를 이루었던 것은 하이카이라 할 수 있으며 바쇼의 문학 및 문학론의 중심이 되는 것 역시 하이카이라 할 수 있다.[3]

하이카이는 여러 사람이 모여 시키모쿠(式目)[4]에 따라 5/7/5字의 長句와 7/7字의 短句를 번갈아 지으며[5] 36구, 100구 등을 완성하는 문학양식으로 공동합작의 산물이라는 점에서 그 특이성을 찾아볼 수 있다. 다수에 의한 공동제작이라는 점에서 漢詩 영역에서의 '聯句'나 오늘날 대중예술에서의 콜라보 양식과 매우 흡사하다.[6] 그러나 구 전체를 일관하는 주제나 내용, 유기적 플롯을 갖추고 있지 않다는 점에서 콜라보 양식과는 큰 차이를 보이며 하이카이의 독특성은 바로 여기서 발견된다고 할 수 있다. 전체가 일관된 주제나 내용을 지니지 않는 것은 물론 각각의 구는 그것의 前前句[7]와도 내용·소재상의 연관성을 지니지 않는다. 다만 바로 인접한 구만을 전제로 하여 구가 이어지는 것이다.

하이카이는 이처럼 여러 사람의 공동합작품으로서 앞의 구-마에쿠(前句)-를 전제로 하여 그 뒤에 새로운 구-쓰케쿠(付句)-를 이어감으로써 한 권을 이루는 문학양식이므로 마에쿠에 쓰케쿠를 연결하는 것, 즉 쓰케아이(付合)가 하이카이 양식의 본질적 요소가 된다. 하이카이는 개개의 구를 하

---

3) 바쇼는 '홋쿠는 문인 가운데 나에게 뒤지지 않는 사람들이 많지만 하이카이에 있어서는 老翁이 골수이다'("發句は門人の中、予に劣らぬ句する人多し、俳諧においては老翁が骨髄")라고 하였는데 이 언급으로 미루어 그 당시 이미 홋쿠가 독립적으로 지어지고 있었다는 것, 그리고 바쇼가 하이카이를 자신의 문학의 본령으로 했다는 것을 확인할 수 있다. 『芭蕉句集』(大谷篤藏·中村俊定 校注, 東京: 岩波書店, 1962), 287쪽.

4) 하이카이를 지을 때의 규칙을 가리킨다.

5) 長句 다음에 短句를 이어가는 방식뿐만 아니라 短句가 먼저 주어지고 다음에 長句를 이어가는 방식도 있다.

6) 하이카이와 聯句의 同異點에 대해서는 본서 「聯句와 하이카이의 구조적 특성 비교 연구」 참고.

7) 이를 우치코시(打越)라 한다.

나로 통일하는 일관된 주제나 줄거리가 없다는 것이 특징이다. 그렇다고 개개의 句들이 독립적으로 나열되어 있는 것도 아니다. 36개 혹은 100개의 句가 모여 이루어진 집합체8)는 보통 하이카이 한 '卷'9) 즉 한 篇의 하이카이 텍스트로 인식되며 이것을 가능케 하는 비결이 바로 인접한 구와 구 사이의 쓰케아이인 것이다.

　하이카이의 문학성을 말할 수 있는 것은 바로 이 지점이다. 작자는 앞의 구를 감상하고 자기 나름대로 해석을 하여 그 해석을 토대로 앞구를 이어받아 자신의 구를 짓는 것이다. 그러므로 마에쿠와 쓰케쿠를 연결하는 공통의 고리는 쓰케쿠를 짓는 사람의 마에쿠 수용 과정과 맞물리며 하이카이 한 卷을 완성하는 과정은 하이카이 '興行'에 참여한 렌쥬(連衆)10)가 독자에서 작자로 끊임없이 변신해 가는 과정이라 할 수 있다. 즉, 어떤 句의 의미나 주제 혹은 방향은 그 구를 지은 사람에 의해 '주어지는 것'이 아니라, 그다음 구를 이어가는 사람에 의해 '발견되는 것'이다. 마에쿠에 대한 다양한 해석과 수용의 궤적을 쓰케쿠를 통해 추적해 가는 것에 하이카이 감상의 묘미가 있다.

　다시 말해 하이카이의 문학성은 한 작자의 개성의 산물이라는 점 혹은 일관된 주제, 통일성을 가진 구조물이라는 점에서 찾아지는 것이 아니라 인접 句와의 접점을 새로운 표현으로 구체화하여 계속 이어가는 것에 있다고 할 수 있다. 이처럼 마에쿠에 쓰케쿠를 이어가는 것을 '쓰케아이'(付合)라

---

8) 36개의 구로 이루어진 것을 '가센'(歌仙), 100개의 구로 이루어진 것을 '햐쿠인'(百韻)이라 한다. 초기에는 햐쿠인이 유행했으나 바쇼가 활약하던 시기에는 가센이 선호되었다.

9) 수십 구 이상을 이어가 이루어진 한 편의 텍스트 단위를 '卷'이라 한다.

10) 문학적 성향이나 친분, 유파 면에서 동질성이 있는 사람들이 모여 동일한 시간·장소를 공유하며 정해진 격식-式目-에 따라 하이카이 한 권을 완성하는 것을 '興行'이라 하고 그 座에 참여한 사람들을 '렌쥬(連衆)'라 한다. 혼자서 하이카이를 짓는 경우도 있었는데 이를 '獨吟'이라 하며 連衆의 수에 따라 2인인 경우는 '兩吟', 3인인 경우는 '三吟' 이라 한다.

하는데 이 쓰케아이가 하이카이의 본질적 요소가 되는 만큼 이 분야에 대한 연구는 하이카이의 문학성 규명에 관한 연구의 핵심을 이루어 왔다.

이 글 또한 쓰케아이의 중요성에 초점을 맞추어 바쇼풍 하이카이의 면모를 조명해 보고자 한다. '바쇼풍' 또는 '쇼몬'(蕉門)11)이라는 표현을 사용한 것은 한 권의 하이카이가 여러 사람의 공동합작품이지 바쇼 한 개인의 산물이 아니기 때문이며, 그럼에도 바쇼의 이름을 붙여 '바쇼풍' '쇼몬'이라 할 수 있는 것은 바쇼가 '소쇼'(宗匠)12)로 참여한 座의 렌쥬들이 바쇼와 문학적 교분을 나누거나 作風·유파상으로 같은 방향을 취하거나 師弟 관계에 놓인 문인들로서 어떤 식으로든 바쇼의 영향권 안에 놓이는 인물들이기 때문이다.13)

그러므로 하이카이 제작에 있어 '공동합작' '興行'의 요소는 단지 다수의 작자가 참여하여 시간·공간을 공유하면서 한 편의 작품을 짓는다는 것만을 의미하지 않는다. 이는 일종의 知的 유희를 즐기고자 하는 본능의 소산으로서 텍스트 외적으로는 하이카이 문단 유파의 유대감을 확인하는 계기가 되고 내적으로는 문체나 언어표현의 특성을 형성하는 요인으로 작용하는 것이다.

2. 쇼몬(蕉門) 이전의 쓰케아이(付合) 양상

이제 바쇼풍 하이카이의 쓰케아이의 특성을 알아보기 전에 먼저 바쇼 이

---

11) '바쇼의 문하'라는 뜻.

12) '소쇼'에 대한 설명은 본서 227쪽 주 6) 참고.

13) 그들의 작품에 대하여 판단·비평을 하기도 하고 수정·퇴고에 간여하기도 하며 俳諧集을 편찬할 때 개작과 윤색을 가하기도 하기 때문에 句作에 임하는 태도, 작품의 경향, 언어의 세부적 표현 등에 걸쳐 바쇼의 영향력 안에 있었던 것이다. 『去來抄』나 『三冊子』에 이같은 내용이 빈번하게 발견된다.

전의 유파인 '데이몬'(貞門)과 '단린'(談林)의 쓰케아이의 양상을 구체적 句를 들어 살펴보도록 한다.

2.1. '데이몬'(貞門)의 쓰케아이

'데이몬'은 일반적으로 마쓰나가 데이토쿠(松永貞德, 1571~1654)를 중심으로 하는 하이카이 유파 혹은 작품경향을 가리키지만 넓게는 동시대에 활약한 俳人, 俳風을 포괄하는 호칭이기도 하다. '단린'(談林)이나 蕉風에 대해 '古風'으로 일컬어지며 지역적으로 이세(伊勢)·교토(京都)에서 출발하여 점차 전국적으로 확대되었다. 1624년경부터 1670년대 초반까지 최전성기를 이루었으나 그 이후 새로 일어난 단린파에게 주도권을 뺏기게 된다. 데이몬에 속하는 작자로는 데이토쿠 직계인 安原貞室, 山本西武, 北村季吟, 鷄冠井, 高瀬梅盛 등과 데이토쿠로부터 떨어져 나간 野野口立圃, 松江重賴 등이 있다. 데이몬에서 나온 俳諧集으로는 『犬子集』을 비롯, 『俳諧發句帳』『新增犬筑波集』『鷹筑波集』『新續犬筑波集』 등이 있다.

데이토쿠는 하이카이에 대하여 '처음에는 하이카이와 렌가의 구분이 없었다. 그중 부드러운 말만을 가지고 구를 이어가는 것을 렌가라 하고, 俗言을 기피하지 않고 짓는 구를 하이카이라고 한다'[14] 또는 '하이카이는 햐쿠인(百韻)[15]이면서 하이곤(俳言)을 가지고 짓는 렌가다'[16]라고 정의하였는데 여기서 말하는 '하이곤'이란 와카(和歌)나 렌가(連歌)에서는 사용되지 않는 漢語나 俗語 또는 일상어를 가리킨다. 이로부터 알 수 있듯 데이몬의

---

14) 松永貞德, 『御傘』(1651) 自序, 『俳諧大辭典』(伊地知鐵男, 明治書院, 1981, 494쪽)에서 재인용.

15) '햐쿠인'은 100개의 구를 지어 한 卷으로 완성하는 형식이다. 貞門 시대에는 햐쿠인이 유행했다.

16) 季吟, 『增山井』(1663) 自跋, 乾裕幸의 「連句槪說」, 『初期俳諧集』(森川昭·加藤定彦·乾裕幸 校注, 岩波書店, 1991·1995), 579쪽에서 재인용.

하이카이는 와카나 렌가처럼 고상한 말만 골라 쓰는 것이 아니라 일상어나 한자어, 속어 등 쉬운 표현을 사용하고자 했다는 것을 알 수 있다.

데이몬 하이카이의 쓰케아이는 '모노즈케'(物付)를 특징으로 하는데 모노즈케란 마에쿠(前句)의 '사물'이나 '말'과 有緣性이 있는 것을 가지고 쓰케쿠(付句)를 이어가는 것을 가리킨다. 連歌에서는 마에쿠의 '사물'에 의지하여 쓰케쿠를 짓는 것을 '요리아이즈케'(寄合付), 사물이 아닌 단어나 어휘의 연관성에 따라 구를 이어가는 것을 '고토바즈케'(詞付)라는 말로 구분[17]하기도 했는데 후대에 이르면, 예컨대 바쇼의 제자 무카이 교라이(向井去來) 같은 경우는 이 두 가지를 구분하지 않고 '物付'로 총칭하였고 이것이 데이몬의 쓰케아이 수법을 가리키는 일반적인 말로 사용되고 있다.[18] 모노즈케는 렌가 이래 쓰케아이의 상투적 수법이 되어왔으나 데이몬 하이카이에서 렌가의 그것과 구분하기 위해 緣語나 掛詞[19]의 선택에 참신성을 추구하고 俳言을 사용하면서 데이몬의 전형적인 쓰케아이 수법으로 인식되고 있다. 따라서 知的 언어유희 같은 성격이 강하다.

그러면 데이몬의 초기 하이카이 선집인 『에노코슈』(『犬子集』, 1633)[20]에서 예를 들어 쓰케아이의 구체적 양상을 보도록 한다.

(1) 吟ずる歌や琴にあはする
  (琴에 맞추어 노래를 부른다네.)
  鶯のあたりにうその鳴かはし
  (꾀꼬리 근처에서 피리새 지저귀며 노래를 주고받는다. 重賴)[21]

---

17) 伊地知鐵男, 앞의 책, 751쪽.
18) 그러나 貞門의 쓰케아이 방식을 '物付'라는 명칭으로 부르게 된 유래는 확실하지 않다.
19) '緣語'는 서로 연관성이 있는 말을 가리키고 '掛詞'는 하나의 말로 두 가지 뜻을 나타내는 同音異義語를 가리킨다.
20) 松江重賴 編, 『犬子集』, 『初期俳諧集』.
21) 『犬子集』 제7권 '春'의 1546번. 『犬子集』은 총 15권으로 되어 있는데 1~6권은 發句 모음

마에쿠에서의 '歌'와 '琴'이 唱和하는 것을 이어받아 쓰케쿠에서 '꾀꼬리'
와 '피리새'가 울음소리를 주고받는 것으로 표현했다. 보통 새들이 지저귀는
것을 '우는 것' 또는 '노래 부르는 것'으로 표현하는 관습에 비추어 '歌·琴'
과 '꾀꼬리·피리새' 간의 연관성을 토대로 한 요리아이즈케(寄合付)라 할
수 있다.

(2) あら寒や只正直な冬の空
  (혹독한 추위, 다만 정직한 겨울의 하늘. 重賴)
  やねのつららはさらにさげ針
  (지붕의 고드름 더욱이 실로 매달은 鉛錘의 바늘. 貞德)[22]

重賴의 句는 "首に人の頭巾する比"(머리에 사람들이 두건을 쓸 무렵)이
라는 구[23]의 '두건'을 이어받아 그것을 추위와 연관시켜 읊은 것이다. 여기
서 '正直한 겨울의 하늘'이라는 표현을 쓴 것은 추운 겨울 날씨가 달력에
맞게 운행된다는 의미를 지닌다. 그리고 '頭'와 '正直'은 '정직한 머리에 신
이 머문다'[24]고 하는 속담과도 연결된다.

이에 대해 貞德은 겨울 추위의 상징인 '고드름'을 사용하여 구를 연결하
였다.[25] 이 쓰케쿠에서 눈여겨보아야 할 것은 "さげ針"이다. 이것은 건물의
벽이나 기둥 등의 경사를 측량하는 도구인 '正直'의 부품을 지칭하는 것으
로 앞의 구에 쓰인 '正直'이라는 단어의 이중적 의미를 살린 언어유희적 표

이며 7~15권이 付合이다. 이 선집은 초기의 것이므로 과도기적 양상을 띠어 3인 이상이
모여 3구 이상의 구를 이어가는 일반적 付合의 형태는 4-5예에 불과하며 17자의 長句와
14자의 短句가 한 연을 이루는 예가 대부분이다.

22) 『犬子集』 제10권 '冬', 1695번과 1696번.

23) 貞德의 句를 기준으로 그 앞 重賴의 구를 마에쿠(前句), 그 前前句를 우치코시(打越)라
한다.

24) "正直の頭に神宿る." 정직한 사람은 신이 보호해 준다는 뜻.

25) '고드름'은 '추위'에 대한 緣語이다.

현인 것이다. 또한 '고드름'을 아래로 늘어진 "さげ針"에 비유한 것도 지적할 만하다. 요컨대 '正直'이라는 단어가 지닌 이중적 의미를 살려 연결한 것이 이 쓰케아이의 핵심 포인트라 할 수 있다.

(3) 春の夜に大らつそくをともし置
　　(봄날 밤에 큰 蠟燭 호롱불 밝혀 두고)
　　君と會津し待ねやのうち
　　(그대와 눈짓하고 기다리는 침실 안. 慶友)
　　まん丸な盆のごとくの中にして
　　(둥그런 쟁반처럼 원만한 사이가 되어. 貞繼)26)

이 예에서도 비슷한 양상을 보인다. 慶友의 마에쿠에 쓰인 "會津"의 발음은 '아이즈'로 현재 일본 후쿠시마縣 서부 아이즈 지방27)을 가리키는데 '서로 신호를 주고받는다'는 의미의 '相圖' 또는 '만나다'는 뜻의 '會圖'('合圖')의 발음 또한 '아이즈'이다. 따라서 한 단어에 두 가지 의미를 담는 수사법인 가케코토바(掛詞)로 볼 수 있다. 例示句에서 이 단어가 가나가 아닌 한자로 표기되어 있으면서 '會津' 다음에 'し'를 붙여 '相圖'라는 동사적 의미로 해석할 수 있는 여지를 준 것은 打越句의 소재인 蠟燭(らつそく)이 '會津' 지방의 名産品이라는 점이 고려되었기 때문이다. 또한 한자 '會津'으로 표기하고 이를 '침실'이라는 공간과 연결시킬 수 있는 것은 蠟燭 호롱불이 침실에 잘 어울리는 소재이기 때문일 것이다.

貞繼는 마에쿠에 전제되어 있는 '호롱불을 켜고 기다리는 사람'과 그 '기다림의 대상'이 되는 존재를 부부관계로 파악하여 '쟁반처럼 원만한 사이'로

---

26) 『犬子集』 제11권 '戀', 1823·1824번.
27) 옛날 陸奥岩代國의 郡의 이름이며 이 지방의 주요 도시로는 아이즈와카마쓰(會津若松)가 있다.

이어받고 있다. 여기서 주목할 점은 쓰케쿠에서의 '쟁반'(盆) 또한 '會津'의 명산품 중 하나라는 것이다. 이 예에서 '蠟燭'(らつそく)와 '會津' '盆'과 '會津'은 사물과 사물 간의 有緣性에 따라 구를 이어가는 것, 즉 요리아이즈케 (寄合付)에 해당한다. 이처럼 '아이즈'라는 掛詞的 표현은 詞付, '蠟燭' '盆'과 '會津' 간에 형성되는 有緣性은 寄合付의 성격을 띠며 이 예들로부터 언어유희적 성격이 강한 데이몬 쓰케아이의 특성을 엿볼 수 있다. 아래의 예에서도 같은 양상이 발견된다.

(4) きけば無常ぞ桐壺の卷
    (귀 기울여 들어보니 무상하구나 기리쓰보의 卷이여!)
    鳴そむる更衣の比の郭公
    (옷 바꿔입을 무렵 울기 시작하는 郭公. 重次)28)

마에쿠의 '桐壺の卷'은 『겐지모노가타리』(『源氏物語』) 첫 번째 章의 제목인데 '기리쓰보'(桐壺)는 주인공 히카루 겐지(光源氏)의 생모로서 천자의 무한한 사랑을 받은 후궁이었으나 겐지가 세 살 때 세상을 떠난 인물이다. 기리쓰보는 헤이안(平安) 시대 후궁의 품계 중 '更衣'에 해당한다. 헤이안 시대 궁중에서 天子의 換服을 담당했던 女官의 명칭인 동시에 女御 다음 가는 후궁의 품계를 가리키기도 한다. 쓰케쿠는 '기리쓰보'라는 말에 함축된 '更衣'의 뜻을 '옷을 갈아입는다'29)는 字句的 의미로 전환하여 사용하였다. 일본에서는 옛날에 계절의 변화에 따라 음력 4월 1일과 10월 1일에 옷을 갈아입는 풍속이 있었고 '뻐꾸기(郭公)'라는 새를 소재로 한 것으로 미루어 4월 1일의 환복 행사를 가리키는 것으로 볼 수 있다. 여기서 '更衣' 라는 말은 '옷을 갈아입는다'는 의미와 '궁중에서 天子의 換服을 담당했던

---

28) 『犬子集』 제8권 '夏'의 1602번.
29) 일본에서는 계절의 변화에 따라 음력 4월 1일과 10월 1일에 옷을 갈아입는 풍속이 있었다.

女官의 명칭'으로서의 의미를 이중적으로 포함하는 가케코토바(掛詞)의 구실을 한다.

쓰케쿠에 옷을 갈아입을 무렵 우는 새 '郭公'[30]이 등장하는데 이 새의 異名이 '無常鳥'라는 것을 감안하면 마에쿠의 '無常한 기리쓰보 이야기'를 '郭公'으로 이어받은 것임이 분명해진다. 여기서 '無常'에서 '郭公'으로 이어지는 것은 단어의 有緣性에 의거한 '고토바즈케'(詞付)라 할 수 있고, '桐壺(の卷)'와 '更衣'는 사물과 사물의 연관성에 의거한 '요리아이즈케'(寄合付)라 할 수 있다.

이상의 예에서 보듯 데이몬 쓰케아이는 언어의 유희에서 오는 기발함을 특징으로 한다는 것을 알 수 있다.

2.2. '단린'(談林)의 쓰케아이

'단린파'는 니시야마 소인(西山宗因, 1605~1682)을 수장으로 하는 하이카이 유파 혹은 그 작품 경향을 가리킨다. 이 유파는 貞門에서 蕉風으로 넘어가는 과도기적 특성을 보여주는데 '談林'이라는 명칭은 다시로 쇼이(田代松意)가 편찬한 하이카이 선집 『談林十百韻』의 序에서 스스로를 이렇게 칭한데서 비롯한다. 데이몬의 공적이 렌가 興行의 座에서 여흥에 지나지 않았던 비속한 하이카이를 근세 초기 상공인 계급 조닌(町人)의 교양으로까지 수준을 높인 데 있었다면 단린파는 이를 확실하게 서민생활 가운데 정착시켰으며 답보 상태에 놓였던 데이몬을 대신하여 청신한 기풍과 전에는 볼 수 없었던 대담한 발상으로 하이카이 문단을 풍미했다는 의의를 지닌다. 이에 속하는 문인으로는 西鶴, 松意, 在色, 幽山 등이 있고 대표 작품으로는

---

30) '郭公'은 뻐꾸기로 호토토기스(ほととぎす, 두견새)와는 별개의 새지만 『古今集』 이하 많은 가집에서 郭公과 호토토기스를 같은 새로 취급하여 두견새로 풀이하는 경우가 일반화되어 있다.

西鶴의『生玉萬句』(1673), 문인 9인의 百韻 10편을 모아 출간한『大阪獨吟集』(1675), 松意가 편찬한『談林十百韻』(1675) 등이 있다.

이들은 데이몬의 번쇄함과 단조로움을 타파하는 데 급급한 나머지 내용의 독단과 형식의 미숙이라는 문제점을 낳았다.[31] 그러나 단린파는 바쇼풍 출현의 발판을 마련했다는 점에서 하이카이사의 의의가 있으며 바쇼 또한 '소인(宗因)이 없었다면 우리들의 하이카이는 지금도 데이토쿠(貞德)의 고풍을 모방하는 것에 지나지 않았을 것이다. 소인은 하이카이道의 중흥의 開祖다'[32]라고 하여 은연중에 단린파를 계승한 것을 시사하고 있다.

단린의 쓰케아이는 보통 '고코로즈케'(心付)[33]로 설명되고 있는데 이것은 단어나 사물의 유연성에 의존하지 않고 마에쿠의 句意를 파악하여 그 사리를 밝히고 이치에 맞게 쓰케쿠를 이어가는 것을 특징으로 한다.[34] 이제 단린파의 대표적 하이카이 선집인『談林十百韻』에서 예를 들어 그 쓰케아이의 양상을 살펴보도록 한다.

(5) 傾城をあらそひかねてまくり切
　　(미인을 두고 상대와 대적할 수 없어서 마구 칼부림. 志計)
　　泪の淵をくぐるさいの目
　　(눈물의 심연에 빠지게 한 주사위 놀음. 一朝)
　　勘當や夢もむすばぬ袖枕
　　(절연당하고 옷소매 베개 삼아 잠을 청해도 잠을 이룰 수 없네. 松臼)
　　つよくいさめし分別の月
　　(생각하고 생각한 끝에 호된 충고를 하였으나. 卜尺)

---

31) 伊地知鐵男, 앞의 책, 453쪽.

32) "先師常曰く, '上に宗因なくんば, 我我が俳諧今て貞德が誕をねぶるべし. 宗因はこの道の中興開山なり'となり." 向井去來,『去來抄』「修行」,『連歌論集・能樂論集・俳論集』(伊地知鐵・表章・栗山理一 校注・譯, 小學館, 1973・1989), 495쪽.

33) 이 용어는『僻連抄』『連理秘抄』『筑波問答』등 여러 문헌에 보인다.

34) 伊地知鐵男, 앞의 책, 218쪽.

お盃存じの外の露しぐれ
(뜻밖의 술잔에 초겨울비처럼 흘러내리는 이슬방울. 松意)35)

　志計의 구에서 "傾城"은 '傾城之色'의 준말로 '미인'을 가리킨다. 미인을
두고 상대와 겨루어 패배한 뒤 분풀이로 마구 칼부림을 했다는 내용이다.
이어지는 一朝의 쓰케쿠에서 "さいの目"는 '주사위'를 가리키는데 이 말 안
에 들어 있는 '目'의 의미소로 인해 앞부분의 "泪"(눈물)과 '緣語' 관계 즉
의미가 서로 연관성이 있는 말의 관계에 놓인다. 그리고 마에쿠에서 미인을
두고 겨룬 내기의 종류가 주사위 놀음이었다는 것을 시사한다.
　松臼의 구에서 "勘當"은 '죄를 따진다' '부모 자식, 스승 제자 간의 인연
을 끊는다'는 뜻을 지닌다. 앞 구의 '주사위 놀음'을 이어받아 그 놀음에 빠
져 부모에게 절연 당한 아들의 입장을 표현하였다. 이어지는 卜尺의 구는
아들의 버릇을 가르치려 절연까지 행한 아버지의 심정을 '호된 충고'라는
말로 나타냈다. 이 구에서 "月"의 음은 '쓰키'(つき)인데 이는 '다하다' '끝나
다'의 뜻을 지닌 '盡(つ)き'와 同音異義 관계에 있는 掛詞이다. 앞서 예를
든 데이몬에서도 掛詞에 의거한 句作을 쉽게 볼 수 있었는데 데이몬에서의
그것은 한 단어에 포함된 두 가지 의미가 구와 구에 걸쳐 의미 형성에 작용
하는 것에 비해 단린의 경우는 하나의 句 안에서 작용한다는 차이가 있다.
즉, 데이몬의 경우 掛詞는 구와 구를 이어가는 쓰케아이의 수단으로 사용
되며 단린의 경우는 하나의 句 안에서 그 구의 의미형성에 사용된다는 차이
가 있는 것이다.36)
　松意의 구는 마에쿠의 '충고'를 主君에의 諫言으로 파악하여 간언에도
불구하고 주군이 생각지도 않게 술잔을 내린 것에 감동하여 눈물을 흘린다

---

35) 田代松意 編 『談林十百韻』, 『初期俳諧集』, 「されば爰に」の卷, 15~19번.
36) 이것을 일반화하기 위해서는 더 많은 사례가 검토되어야 하나 이 글에서는 예를 든 것만
　　가지고 언급한 것이다.

는 내용으로 이어받은 것이다. 이 구에서 "露"와 "しぐれ"[37]는 나란히 병치되어 '눈물'이라는 피비유항(tenor)을 구체화하는 비유항(vehicle)으로 작용한다. 여기에 쓰인 수사법은 두 개의 비유항을 병치하여 둘의 상호 복합작용에 의해 숨어 있는 피비유항의 이미지 환기력을 배가시키는 '병치은유'(diaphor)이다.

단린의 경우 구와 구의 쓰케아이 방식은 마에쿠의 句意를 취해서 여기에 새로운 발상을 추가하여 쓰케쿠에서 기발하게 발전시켜 나가는 방식이라는 점에서 데이몬과는 차이를 보인다. 일관된 줄거리라고까지는 말할 수 없지만 어느 면에서 의미상으로 통하는 내용이 이어지는 것이다. 위의 인용 예에서도 '미인을 두고 겨룸 → 내기의 방식이었던 주사위 놀음 → 부모로부터 절연당하고 자신의 행동을 후회 → 충고(부모 입장) → 간언(신하 입장)에도 술을 하사한 주군에 대한 감동'과 같은 식으로 구의 의미가 전개된다. 이에 비해 데이몬의 경우는 마에쿠의 어느 한 단어나 사물에서 쓰케쿠의 발상을 얻는 양상을 보인다.

이제 宗因의 十百韻[38]에서 예를 들어 보기로 한다.

(6) はなれかねともども綱の舟遊び
   (헤어지기 어려워 매어둔 밧줄을 풀고 뱃놀이 간다네)
   川ほど深き思ひなりけり
   (강물처럼 깊은 戀心이로다)
   君とならば此酒樽も呑ほさん
   (그대와 함께라면 이 술잔도 다 들이켜 버릴 것이다)[39]

---

37) '시구레', 늦가을부터 초겨울에 걸쳐 내리는 一過性 비를 가리킨다.
38) 햐쿠인(百韻) 10卷을 가리키므로 총 1000구로 되어 있다. 그래서 宗因千句라고도 한다.
39) 西山宗因, 『西山宗因千句』第十 「花で候」の卷, 9~11번(時代統合情報システム, 俳諧データベース, http://tois.nichibun.ac.jp/)

인용한 句 중 첫 번째 것을 이별에 처한 연인들의 상황으로 보고 둘째 구에서 사랑하는 마음이 강물처럼 깊다는 것을 말했으며 세 번째 구에서는 사랑하는 사람과 함께라면 무엇이든 할 수 있다는 결의를 표현하고 있다. 이 자체로 어떤 줄거리를 말할 수는 없지만 의미상으로 마에쿠에 일관된 내용이 쓰케쿠에도 이어지고 있다. 이처럼 단린의 쓰케아이는 마에쿠의 뜻을 취해서 거기에 새로운 사건이나 내용을 부가하여 발전시켜 나가는 것을 특색으로 한다는 것을 알 수 있다.

마에쿠의 어떤 요소로부터 쓰케쿠의 발상을 얻느냐 하는 점에서 데이몬과 단린은 차이가 있지만 쓰케아이 방식이 모두 '親句'에 속한다는 공통점이 있다. 쓰케아이 방식에는 크게 '親句'에 의한 것과 '疎句'에 의한 것 두 가지로 나눌 수가 있는데 前者는 단어나 의미에 의해 두 句가 긴밀하게 결합되는 방식이며 後者는 분위기나 정취를 계기로 해서 두 구가 배합되는 방식이다. 데이몬과 단린이 '親句'에 속한다면 쇼몬은 '疎句'에 속한다.[40] 이같은 변화의 배경에는 바쇼가 왕성하게 활동한 元祿期(1688~1704) 俳壇의 疎句化 경향이 있었음을 간과할 수 없다.[41]

3. '쇼몬'(蕉門)의 쓰케아이 양상

쇼몬의 쓰케아이 방식을 이해함에 있어 바쇼의 문인이자 제자인 무카이 교라이(向井去來, 1651~1704)가 저술한 『去來抄』[42]와 역시 바쇼의 문인인

---

40) 乾裕幸, 「連句槪說」, 『初期俳諧集』, 571쪽.

41) 阿部正美, 「付合の手法」, 『芭蕉硏究事典』(≪國文學≫ 1994년 3월호, 學燈社), 40쪽.

42) 『去來抄』는 교라이가 스승인 芭蕉로부터 전해 들은 것, 蕉門에서의 각종 論議, 하이카이에 임하는 자세 등을 정리한 俳論書로 1702년에서 1704년 사이에 성립된 것으로 추정된다. 이 책이 간행·유포된 것은 1775년으로 교라이 사후 70년이나 지났기 때문에 정말 교라이의 저술인지 아닌지 의문시되기도 한다.

핫토리 도호(服部土芳, 1657~1730)가 저술한 『三冊子』43)를 출발점으로 삼고자 한다.

(가) 스승께서 말씀하시길, '홋쿠는 옛날부터 다양하게 변모해 왔지만 쓰케쿠(付句)는 세 번 변했다. 옛날에는 모노즈케(物付)를, 그다음에는 고코로즈케(心付)를 주로 했다. 지금은 우쓰리(移り), 히비키(響), 니오이(匂ひ), 구라이(位)를 가지고 前句에 연결하는 것을 좋은 것으로 친다'고 하셨다.44)

(나) 스승께서 말씀하시길, '쓰케아이의 방식은 니오이, 히비키, 오모카게, 우쓰리, 추측 등 형체가 없는 것으로부터 일어난다. 그러므로 마음이 통하지 않는다면 미칠 수 없는 것이다'라고 하셨다.45)

(가)는 『去來抄』에 나오는 구절인데 여기서 '物付'는 貞門風, '心付'는 談林風의 쓰케아이 방식을 말한 것이고, 우쓰리 이하의 것들은 芭蕉風의 방식을 가리켜 말한 것이다. 교라이는 같은 책에서 '어떠한 것을 우쓰리, 히비키, 니오이, 구라이라고 합니까?'라는 제자 보넨(牡年)의 물음에 먼저 스승 바쇼가 예로 든 쓰케쿠를 소개하면서 각각에 대한 설명을 곁들이고 있다. (나)는 『三冊子』의 구절인데 역시 쇼몬의 쓰케아이 방식의 종류를 열거하면서 이런 것들은 형체로 포착할 수 없는 것이고 마에쿠에서 읊어진 것과 마음이 통해야 이해할 수 있는 것이라고 하였다.

그러면 『去來抄』와 『三冊子』에 예시된 句들을 통해 각각의 방식이 쇼

---

43) 바쇼 문인 중 한 사람인 하토리 도호가 저술한 俳論書로 1776년 간행되었다. 「白雙紙」 「赤雙紙」 「わすれみず」 세 부분으로 구성되어 있다.

44) "先師曰 '發句は昔よりさまざま替り侍れど, 付句は三變なり. 昔は付物を專らとす, 中比は心付を專とす, 今は移り・響・匂ひ・位を以て付くるをよしとす.'" 向井去來, 『去來抄』, 503쪽.

45) "師曰く '付といふ筋は, 匂ひ・響・俤・移り・推量などと, 形なきより起る所なり." 服部土芳, 『三冊子』(赤雙紙), 『連歌論集・能樂論集・俳論集』, 577쪽.

몬에서 구체적으로 어떻게 이해되고 있는지 살펴보도록 한다.

(7) 月見よと引起されて恥しき
   (달을 보라고 일으켜 줘서 부끄러웠네.)
   髪あふがする羅の露
   (머리칼에 부채질하게 하는 이의 얇은 옷을 적시는 이슬.)46)

(8) 乗り出して腕に余る春の駒
   (타고 달려도 원기가 남아도는 봄철 망아지.)
   摩耶が高根に雲のかかれる
   (마야山 높은 봉우리에 구름이 걸려 있네.)47)

위는 『三冊子』에 '우쓰리'(移)의 예로 제시된 것들인데 이 책의 저자인 도호는 (7)에 대해 '쓰케쿠는 마에쿠에 묘사된 인물의 부끄러워하는 모습을 옮겨와 연결한 것'이라 설명하고 그 인물을 '궁녀'와 같은 존재라고 말하였다.48) 마에쿠에는 '달을 보라며 일으켜 준 사람'과 '일으켜져서 부끄러워하는 사람'이 존재한다. 쓰케쿠의 작자는 '부끄러워하는' 태도로부터 '귀부인의 고상한 모습'을 연상하고 이 느낌을 쓰케쿠로 옮겨와 '머리칼에 부채질을 하게 하는 모습'으로 바꾸어 표현하였다. 그리고 '누군가에 의해 몸이 일으켜진 것'을 통해 '연약한 몸'을 감지하고 '얇은 옷'으로써 그 연약성과 부드러움을 배가시켰다.

도호는 (8)의 예에 대해서 前句에서 기운이 넘쳐나는 '봄철의 망아지'("春の駒")의 余情이 付句의 '마야산 높은 봉우리'("摩耶が高根")로 옮겨져서 '구름이 걸려 있네'라는 표현으로 전개되어 前句에 호응되도록 연결한

---

46) 『三冊子』(赤雙紙), 585쪽. 前句는 曾良, 付句는 芭蕉가 지은 것이다.
47) 『三冊子』, 585쪽. 前句는 去來, 付句는 野水가 지은 것이다.
48) "前句の樣体を以て付けたるなり. 句は宮女などの体になしたるなり." 같은 곳.

句이다'라고 評하였다.[49] 이 설명에서 '余情'으로 번역한 부분의 원문은 "心の余り"인데 이것은 '前句에서 다 말하지 못한 것, 그래서 마음에 여운이 남아 있는 것'을 의미한다. 그 여운이란 뭔가 '힘차게 솟구치는 모습'을 표현하는 데 있어 '어린 말'만 가지고는 부족하다고 느끼는 데서 오는 아쉬움일 것이다. 그것을 쓰케구에서 마야산 봉우리가 높게 치솟아 있는 모습으로 새롭게 표현함으로써 '솟아오르는 기운'의 이미지를 구체화했다는 의미로 해석할 수 있다. 이 두 예 및 거기에 곁들여진 설명으로부터 도호는 우쓰리를 '마에쿠에서의 余情이 쓰케쿠로 옮겨오는 것'으로 이해하고 있다는 것을 알 수 있다.

(9) 鼬の聲の棚もとの先
　　(족제비 소리 시렁 아래 부근에서 들리네.)
　　箒木はまかぬに生えて茂るなり
　　(대싸리 나무는 심지도 않았는데 무성하게 자랐구나.)[50]

　　이것은 도호가 '니오이'(匂)를 설명하기 위한 예로 제시한 것이다. 도호는 이에 대해 '(쓰케쿠는) 마에쿠의 言外에서 어렴풋이 幽閑寂寂한 정취를 포착하고, 일부러 심지도 않았는데 무성하게 자란 대싸리 나무를 연결하여, 황폐해진 가옥의 모습을 나타낸 것'[51]이라고 하였다. 이 번역에서 '유한적적한 정취'에 해당하는 원문은 "侘びたる匂ひ"인데 '匂ひ'가 '侘びたる'의 수식을 받는다는 점을 고려하면 도호가 말하는 '니오이'란 形體로 드러낼 수 없는 것 또는 말로 나타내기 어려운 어떤 '분위기' '기운' '느낌' '정취'

---

49) "前句の'春の駒'と勇みかけたる心の余り, '摩耶が高根'と移りて, '雲のかかれる'とすすみ
　　かけて, 前句にいひかけて付けたる句なり." 같은 곳.

50) 『三冊子』(赤), 586쪽. 前句는 配力, 付句는 芭蕉가 지은 것이다.

51) "前句に, 言外に侘びたる匂ひ, ほのかに聞き得て, 蒔かぬに茂る箒木と荒れたる宿を付け
　　顯すなり." 같은 곳.

'여운'을 의미한다는 것을 짐작할 수 있다. 그리고 이 말들은 앞 우쓰리의 설명에서 번역어로 사용한 '余情'으로 바꾸어도 지장이 없을 것이다. 그렇다면 마에쿠에서 조성된 '분위기' '느낌' '기색' '정취' '여운' '余情' 등과 '니오이'는 일맥상통하는 것, 다시 말해 같은 지시내용을 달리 표현한 것으로 보아도 무리가 없는 것이다. 요컨대 이런 개념들을 '니오이'라는 말로 총칭할 수 있다는 결론에 이르게 된다.

지금까지 보아온 몇 예들을 통해 '우쓰리'와 '니오이'의 관계 혹은 차이를 짚고 넘어갈 필요가 있다. 교라이의 다음 예는 이 문제를 이해하는 데 필요한 단서를 제공한다.

> (10) 赤人の名はつかれたり初霞
> ('붉은 사람'이라는 이름 잘 붙여졌도다 첫 아침놀. 史邦)
> 鳥も囀る合点なるべし
> (새들도 화답하여 지저귀는 듯. 去來)[52]

마에쿠는 쇼몬의 한 사람인 후미쿠니(史邦)가 새해 첫날 교라이를 방문했을 때 인사로 읊은 구이다. 새해 이른 아침 동쪽에 안개가 끼어있고 막떠오르는 해로 인해 하늘이 붉게 물든 장면을 표현하였는데, 그것을 나라시대의 유명한 歌人인 '야마베노 아카히토'(山部赤人)의 이름이 주는 연상을 살려 '붉은 사람'이라고 이름 붙인 것이 참 적절하다는 내용이다. 아침놀을 '赤人'에 비유한 은유법이라 할 수 있다.

이 쓰케아이에 대하여 교라이는 다음과 같은 설명을 붙이고 있다.

> (다) 스승께서 말씀하시기를 '(이 쓰케아이는) 우쓰리라고도 할 수 있고 니오이라고도 할 수 있다. 작년 한 해 동안 네가 엄격한 지도를 받아 고심한 효과가

---

52) 『去來抄』(赤), 503쪽.

나타나 있다'고 하셨다. 이에 대해 (내가) 설명을 덧붙이자면 마에쿠에서 "つ
かれたり"라고 했기 때문에 쓰케쿠에서 "なるべし"라고 연결한 것이다. 마
에쿠에서 말하고자 했던 것의 여운이 쓰케쿠로 옮겨간 자취를 보는 것이 좋
다. 만일 홋쿠에서 '이름이 재미있구나!'("名は面白や")라고 했다면 와키쿠
(脇)53)는 '새들의 지저귐에도 그런 기색이 역력하다네!'("囀る氣色なりけ
り")라고 해야 할 것이다.54)

　여기서 교라이는 마에쿠의 표현에 따라 쓰케쿠의 표현이 달라져야 한다
는 것을 말하고 있다. (10)에서 마에쿠의 "つかれたり"의 'たり'는 동사의
連用形에 붙어서 그 동작이나 상태가 이미 완료된 것을 나타내는 표현55)
인데 아카히토(赤人)가 과거의 인물이기 때문에 아침놀이 아카히토로 불려
지는 것은 이미 옛날부터 있어왔던 일임을 의미한다. 그리고 새들도 그것
을 이미 알고 있기 때문에 그에 화답하여 지저귀는 듯하다56)고 추측하는
표현 "なるべし"57)를 사용하여 마에쿠에 호응시키고 있다고 파악한 것이
다. 이어서 만일 마에쿠가 '이름이 재미있구나!'라는 감탄 표현58)으로 되어
있다면 쓰케쿠 역시 '새들의 지저귐에도 그런 기색이 역력하다네!'와 같은

---

53) 하이카이의 첫구를 홋쿠(發句), 제2구를 와키(脇)라 한다.
54) "先師曰く, 移りといひ, 匂ひといひ, まことに去年中, 三十棒を受けられたるしるし, とな
　り. 去來釋して曰く, つかれたり, といひ, なるべし, といへるあたり, そのいひ分の匂ひ,
　相うつりゆく所, 見らるべし. もし發句, 名は面白や, とあらば, 脇は, 囀る氣色なりけり,
　といふべし." 『去來抄』, 503~504쪽.
55) 金田一春彦, 『新明解古語辭典』(東京: 三省堂, 1991), 659쪽.
56) 赤人의 시구 중에 "み吉野の象山きさやまの際まの木末こぬれにはここだも騷く鳥の聲
　かも"(요시노의 象山 틈 나뭇가지에서는 수많은 새들이 시끄럽게 지저귀는 소리가 들리
　는구나)가 있는데 쓰케쿠는 이 시를 염두에 두고 지어진 것임을 짐작할 수 있다. 해당
　시는 『萬葉集』 6권(924번)에 수록되어 있다.
57) '-べし'는 현재의 사태에 대하여 어느 정도 확실한 推量이나 推定의 의미를 나타낸다.
　金田一春彦, 앞의 책, 918쪽.
58) '-よ' '-だな'처럼 'や'도 語末에 붙어 감동이나 영탄을 나타낸다. 하이쿠에서의 첫구 뒤에
　붙는 '기레지'(切字)와는 그 성격이 약간 다르다. 같은 책, 1022쪽.

영탄의 느낌이 강한 표현59)으로 응답해야 한다는 것을 말하고 있다. 이 부분은 '내용'의 우쓰리만이 아닌 '어법'의 우쓰리 또한 중요한 것임을 강조한 것이다.

마에쿠와 쓰케쿠간의 호응 문제와 더불어 여기서 주목해야 할 점은 위 쓰케아이에 대하여 바쇼가 '우쓰리'라고도 볼 수 있고 '니오이'라고도 볼 수 있다고 말했다는 내용이다. 바쇼의 언급은 이 둘을 구분하기 어렵다는 의미를 내포하고 있고, 나아가서는 이 둘이 사실상 같은 것임을 시사한 것으로 파악할 수 있다. 이어 교라이는 '마에쿠에서 말하고자 했던 것의 여운이 쓰케쿠로 옮겨가는 것'60)을 보라고 했는데 필자의 번역에서 '여운'에 해당하는 원래 표현이 '니오이'(匂)라는 점을 감안하면 교라이가 이해한 우쓰리란 '마에쿠의 니오이가 쓰케쿠로 옮겨가는 것'이 되는 셈이다.

지금까지의 예로 볼 때 우쓰리나 니오이에 대한 이같은 이해는 비단 교라이뿐만 아니라 쇼몬의 일반적인 이해라는 것을 알 수 있다. 앞서 '말로 다하지 못한 여운이나 余情, 분위기, 느낌, 정취' 등을 '니오이'로 총칭할 수 있다고 했는데 이에 의거한다면 '우쓰리'는 그 니오이를 쓰케쿠로 옮겨와 변화·발전시키는 것이 된다. 그렇다면 니오이와 우쓰리는 동전의 양면과 같은 관계라 할 수 있고 '니오이'라는 '내용물'을 '우쓰리'라는 '수단'으로 운반하는 것이 바로 쓰케아이가 되는 셈이다. 사실 후대의 연구자들도 '匂'나 '移'로 쇼몬의 쓰케아이 전체를 총괄하는 예가 적지 않다.61)

다음 '히비키'(響)에 대하여 교라이는 '물건을 두드리면 울리는 것과 같은

---

59) '-けり'는 상태·존재를 나타내는 말에 붙어서 영탄의 기분이나 느낌을 표현한다. 같은 책, 371쪽.

60) "そのいひ分の匂ひ, 相うつりゆく所."

61) 바쇼풍 쓰케아이를 '우쓰리'로 총괄하는 예로 白石悌三, 「歌仙概説」, 『芭蕉七部集』(白石悌三·上野洋三 校注, 東京 : 岩波書店, 1990, 577쪽)이 있고, '니오이'로 총괄하는 예로 『芭蕉句集』(大谷篤藏·中村俊定 校注, 東京 : 岩波書店, 1962, 289쪽); 『去來抄』(504쪽 頭註1); 阿部正美, 「付合の手法」, 『芭蕉研究事典』(≪國文學≫ 1994년 3월호, 學燈社, 40쪽) 등이 있다.

방식으로 앞의 구에 연결하는 것'62)이라고 하면서 다음과 같은 예를 들고 거기에 설명을 곁들인다.

(11) くれ縁に銀かはらけを打くだき
　　(툇마루에 은술잔을 부딪쳐 깨부수었네.)
　　身ほそき太刀のそるかたを見よ
　　(몸체 가느다란 큰 칼이 휘는 모습을 보라!)

　스승께서는 이 句를 들어 '오른손으로 토기를 부수고 왼손으로 큰 칼에 반동을 주어 휘게 하는 몸짓을 취해서 말하고 있다. 이처럼 句 하나하나마다 다른 趣向이 있기 때문에 모든 것에 대해서 끝까지 다 말하기는 어렵다'고 하셨다.63)

　이 설명만 가지고는 교라이가 히비키를 어떻게 이해하고 있는지 명확하게 알 수는 없다. 그러나 마에쿠의 '은술잔'이 값비싼 것으로 公家의 것이며 그것을 부수는 행위는 出陣의 趣意를 나타내는 것이라고 할 때 이 '은술잔'이 쓰케쿠에 반향을 일으켜 '몸체가 가느다란 칼' 역시 公家의 상징물이 되게 하고 '칼을 휘어보이며 과시하는 듯한 동작을 하는 인물' 또한 자연스럽게 公家의 인물로 인식되게 한다. 그러므로 바쇼도 두 구에 묘사된 인물을 같은 사람으로 파악하여 '오른손' '왼손'으로 대응시켜 말하고 있는 것이다. 이처럼 마에쿠에 묘사된 내용이나 물건, 인물 등과 대등한 연상력을 지닌 소재를 쓰케쿠에 연결하여 두 구에 균형을 이루게 하는 것이 교라이가 이해하는 '히비키'가 아닐까 생각한다.

　이같은 추정은 '響付'에 대한 다음 도호의 예와 설명에서 확인해 볼 수 있다.

---

62) "響きは打てば響くがごとし." 『去來抄』, 504쪽.
63) "先師この句をあげ, 右の手にて土器をうち付け, 左の手にて太刀に反りかけ直す仕方して語り給へり. 一句一句に趣替り侍れば, 悉くいひ盡しがたし." 같은 곳.

(12) 野松に蟬の鳴き立つる聲
　　(들판의 소나무에서 매미 울어대는 소리.)
　　步行荷持手ぶりの人と噺して
　　(짐을 들고 걸으며 빈손으로 가는 사람과 이야기를 나눈다.)

　마에쿠의 '매미 울어대는 소리'라는 말의 울림에서 힘찬 기세를 감지하고 몹시 발걸음을 재촉하는 모습을 매끄럽게 연결시킨 쓰케아이가 매우 훌륭하다.[64]

　마에쿠의 '매미 울어대는 소리'와 쓰케쿠에서 '짐을 들고 빈손으로 앞서 걷는 사람을 부지런히 쫓아가는 사람의 모습'은 둘 다 어떤 '活力'을 연상시 킨다는 점에서 균형과 대등성을 지닌다. 소리와 동작으로써, 바꿔 말하면 청각과 시각으로써 그 활력을 표현하여 마치 이쪽에서 낸 소리가 메아리가 되어 저쪽에서 울려 퍼지는 것과 같은 양상이라 하겠다.

　여기서 주목할 점은 필자 번역의 '쓰케아이'에 해당하는 원문이 "匂ひ"라 는 사실이다. 두 구간에 메아리가 울리는 것 같은 호응 양상을 도호는 '니오 이(匂ひ)'라는 말로 설명하고 있는 것이다. 이 구는 도호가 '響付'를 설명하 기 위한 예로 제시된 것인데 그 響付 양상을 '니오이'라는 말로 바꾸어 설명 했다는 것은 그가 이 두 개념을 동일시하는 것으로 이해할 수 있으며 나아 가서는 '니오이'를 '쓰케아이'를 동일시하고 있는 것으로 파악할 수도 있다. 그렇다면 '니오이'는 쇼몬에 있어 쓰케아이 방법의 한 종류를 가리키는 동 시에 쓰케아이 전체를 총칭하는 말로 이해되지 않았나 하는 앞서의 추측이 좀 더 확실해진다고 하겠다.

　아래는 교라이가 '쓰케쿠의 구라이(位)라는 것은 어떤 것이냐'고 묻는 보 넨(牡年)에게 '구라이란 마에쿠에 표현된 사람이나 사물의 신분 또는 지위

---

64) "前句の「鳴き立つる聲」といひ放したる響に, 勢ひを思ひ入りて, うち急ぐ道行人のふり, 事なく付けたる匂ひ宜し." 『三冊子』, 582쪽. 前句는 浪化, 付句는 芭蕉가 지은 것이다.

를 포착하여 그것에 부응하도록 연결하는 것이며 좋은 구라 할지라도 마에
쿠와 구라이가 호응되지 않으면 조화를 이루지 못한다'65)고 답하면서 스승
의 戀句를 들어서 설명하는 대목이다.

(13) 上置の干菜きざむもうはの空
    (밥 위에 얹을 말린 무잎 다지는 것도 건성건성.)
    馬に出ぬ日は內で戀する
    (말을 타고 나가지 않는 날은 집안에서 사랑의 정을 나눈다.)66)

(쓰케쿠는) 마에쿠의 인물이 누군가의 아내도 아니고 武家나 商工人 집안의
하녀도 아니며 여관이나 客主의 하녀라고 보고 구라이를 규정한 것이다.67)

교라이는 쓰케쿠의 작자-芭蕉-가 마에쿠의 인물의 신분을 여관이나 객
주의 하녀라고 보고 그 사랑의 상대를 마부로 설정하여 쓰케쿠를 지은 것이
라고 설명하고 있다. 바꾸어 말하면 쓰케쿠의 작자가 자신의 구에 '馬夫'를
설정해 넣은 것은 마에쿠에 묘사된 여자의 행동으로부터 구라이를 규정하
고 그에 어울리는 신분으로 부응한 결과라고 할 수 있는 것이다.

교라이가 주로 마에쿠에 묘사된 '인물'의 신분이나 지위에 초점을 맞추어
'구라이'(位) 論을 전개하고 있다면, 도호는 마에쿠에 묘사된 '장소'의 성격
에 초점을 맞추고 있는 점이 눈에 띤다.

(14) 能登の七尾の冬は住みうき
    (노토지역 나나오의 겨울은 살기 힘들구나.)

---

65) "牡年曰く, 付句の位とはいかなる事にや. 去來曰く, 前句の位を知りて付く事なり. たと
   へば, 好句ありとても, 位応ぜざればのらず."『去來抄』, 504쪽.
66) 前句는 野坡, 付句는 芭蕉가 지은 것이다.
67) "前句は人の妻にもあらず, 武家・町屋の下女にもあらず, 宿屋・問屋等の下女なりと見て,
   位を定めたるものなり." 같은 곳.

　　　魚の骨しはぶるまでの老いを見て
　　　(생선의 뼈를 빨아먹는 노인을 보았네.)[68]

　　마에쿠에 읊어진 장소의 位相을 고려하여 이러이러한 일도 있을까 하고 推量
해서 인물의 모습을 부응시킨 것이다.[69]

　　마에쿠에 읊어진 장소는 노토(能登) 반도 이시카와(石川) 縣에 있는 항구
나나오(七尾) 市이다. 쓰케쿠는 '항구'라는 장소의 설정에 부응하도록 '생선'
을 소재로 활용하였다. 이로 볼 때 도호는 '구라이'에 해당하는 '位'를 장소
와 관련된 '位置'의 개념으로 파악하고 있지 않나 생각해 볼 수 있다.[70]
　　이제 쇼몬의 주요 쓰케아이 방식 중 하나인 '오모카게'(俤, 面影)에 대해
서 살펴보자. 아래 인용은 오모카게로 구를 이어간다는 것은 어떠한 것이냐'
고 보넨이 묻자 교라이가 '옛날에는 많은 경우 어떤 일을 직접적으로 이어
갔지만 지금은 그 일을 연상시키는 모습이나 遺風을 가지고 이어간다'[71]고
대답하면서 예를 들어 설명하는 대목이다.

　　(15) 草庵に暫く居てはがうち破り
　　　　(초암에 잠시 머물다가 부수어버렸네. 芭蕉)
　　　　命嬉しき撰集の沙汰
　　　　(살아있다는 것이 기쁜 撰集의 소식. 去來)

　　처음에는 내가 '와카의 깊은 뜻은 알지 못합니다'("和歌の奧儀をしらず候ふ")

---

68) 前句는 凡兆, 付句는 芭蕉가 지은 것이다.

69) "前句の所に位を見込み, さもあるべきと思ひなして, 人の体を付けたるなり."『三冊子』
　　(赤), 586쪽.

70) 도호가『三冊子』에서 位付의 예로 들고 있는 다른 句들에서도 이같은 사실을 확인할
　　수 있다.

71) "昔は, 多くその事を直に付たり. それを俤にて付くるなり."『去來抄』, 506쪽.

라고 쓰케쿠를 지었는데 스승께서 말씀하시기를 '마에쿠를 사이교(西行)나 노인 (能因)[72]이 다다른 경지라고 보는 것이 좋다. 그러나 직접 사이교임을 알 수 있게끔 연결하는 것은 서툰 것이다. 다만 사이교나 노인을 연상시킬 수 있도록 연결하는 것이 좋다'고 하셨다.[73]

마에쿠는 기껏 수고해서 초암을 지어놓고 얼마 살지도 않고 그곳을 버리고 떠나가는 風狂人의 모습을 통해 '한곳에 머물지 않으며'(一所不住) 사물에 집착하지 않는 道心者의 경지를 표현한 것이다. 쓰케쿠는 목숨을 부지하며 살아온 덕에 칙찬집의 소식을 들을 수 있어 기쁘다는 내용이다. 처음 교라이는 마에쿠에 대해 '와카의 깊은 뜻은 알지 못합니다'라고 쓰케쿠를 지었다고 했는데 이는 사이교가 가마쿠라(鎌倉)에서 요리토모(賴朝) 公을 알현할 때 '와카의 오묘한 뜻'을 묻는 그에게 '전혀 알지 못한다'고 대답했다는 고사[74]에 기반을 두고 있다.

애초 교라이가 지은 쓰케쿠는 사이교의 행적을 그대로 답습한 것이기 때문에 바쇼가 이를 지적하여 마에쿠의 내용을 상상을 통해 유추할 수 있도록 우회적으로 표현하는 것이 좋다고 가르친 것이다. 이에 따라 수정된 쓰케쿠에서는 '撰集'이라는 말로써 歌人이었던 사이교나 노인의 행적을 연상할 수 있도록 우회적으로 표현하게 된 것이다. 이처럼 쇼몬에 있어 '오모카게'란 故事나 古歌, 古物語 등에서 소재를 취할 때 직접적으로 그 내용을 드러내기보다는 상상이나 연상을 통해 유추할 수 있는 우회적·간접적 표현이나 말로 전개해 가는 방식을 의미한다고 볼 수 있다.

---

72) 사이교는 헤이안 시대 말기에서 가마쿠라 시대 초기에 활동한 歌人이고, 노인은 헤이안 시대 중기에 활약한 승려이자 歌人이다.

73) "初めは, 「和歌の奧儀をしらず候ふ」と付たり. 先師曰く, 前を西行·能因の境界と見たるがよし. されど, 直に西行と付けむは手づつならん. ただ, 面影にて付くべし, と直し給ひ, いかさま西行·能因の面影ならん, となり." 같은 곳.

74) 『去來抄』, 506쪽, 頭註 三.

이상 『去來抄』와 『三冊子』를 중심으로 移, 匂, 響, 位, 俤 등 쇼몬의 주요 쓰케아이 방식들을 살펴보았다. 이 방식들은 각각 조금씩 차이가 있지만 공통되는 특성을 다음 교라이의 언급을 통해 명확하게 파악할 수 있다.

(라) (a)貞門의 物付, 談林派의 心付에 의한 쓰케아이는 그 연결의 궤적을 분명하게 알 수 있다. (b)그 物付를 버리고 마에쿠의 情75)으로써 구를 이어나가지 않는다고 한다면, 마에쿠의 우쓰리(移り)·니오이(匂ひ)·히비키(響き)에 의거하지 않고 무엇을 단서로 해서 구를 이어갈 수 있을 것인가 잘 생각해 보아야 한다. (c)蕉門의 쓰케쿠는 마에쿠의 情을 그대로 끌어오는 것을 꺼린다. (d) 다만 마에쿠는 어떤 장소의 어떤 인물에 대한 것인가 하는 것을 그 행위나 신분을 잘 파악하여 마에쿠를 떨쳐 버리고 구를 연결해야 한다.76)
(단락 구분은 필자)

여기서 (a)는 쓰케아이의 흐름이 너무 직접적으로 드러나는 것을 貞門·談林의 문제점으로 지적함으로써 어떤 대상이나 사건, 사물, 내용, 인물 등을 간접적·우회적으로 넌지시 암시하여 상상·연상이 가능하도록 구를 이어가는 것이 중요하다는 것을 함축적으로 시사하고 있다. (b)는 마에쿠에 언급된 특정 '단어'나 '사건' '사물'에 의거하는 物付, 마에쿠의 '의미'에 의거하는 心付 대신 마에쿠에서 감지되는 余情, 여운, 분위기, 정취, 느낌을 단서로 하여 구를 이어가야 한다는 것을 말하고 있다. (c)(d)는 마에쿠의 의미를 그대로 쓰케쿠에 옮겨오면 안되고 그것을 떨쳐 버려야 하지만 그렇다고

---

75) 이때 '情'은 '心'과 같으며 '의미'를 뜻한다. 이 대목은 談林派의 쓰케아이를 설명한 부분이다.

76) "去來曰く, 付物にて付け, 心付にて付るは, その付たる道すぢ知れり. 付物をはなれ, 情を ひかず付けんには, 前句の移り·匂ひ·響き無くしては, いづれの所にてか付かんや. 心得べき事なり. 去來曰く, 蕉門の付句は, 前句の情を引き來るを嫌ふ. ただ, 前句は是いかなる場, いかなる人と, その業·その位を能く見定め, 前句をつきはなして付くべし." 『去來抄』, 508쪽.

완전히 마에쿠와 단절되게 하지 말고 마에쿠에서 말해진 것의 이면에 있는 단서를 파악하여 마에쿠에 변화를 주고 발전을 시켜야 한다는 점을 설명한 것이다.

이상을 종합해 볼 때 쇼몬에서 언급되는 다양한 쓰케아이 방식들은 조금씩 차이는 있지만 결국 '니오이'와 '우쓰리'로 압축된다고 할 수 있다. 즉, 쇼몬의 쓰케아이의 특성은 '마에쿠에서 감지되는 니오이를 쓰케쿠로 옮겨와 간접적·우회적인 표현으로 변화·발전시켜 구를 이어가는 것'으로 요약할 수 있다. 여기서 '니오이'는 앞서 언급한 대로 '마에쿠에서 감지되는 余情·여운·분위기·정취·느낌 등을 총괄하는 말이다. '니오이'는 쓰케아이의 '내용물'이고 '우쓰리'는 그 내용물을 운반하는 '수단'의 성격을 띠어 동전의 양면과 같은 양상을 보인다고 할 때, '내용'에 무게를 두어 '니오이'로 쓰케아이 전체를 포괄할 수도 있고, '수단'에 비중을 두어 '우쓰리'로 총괄할 수도 있다. 앞의 인용 중 (9)의 경우, '니오이'로써 쓰케아이 전체를 총괄하는 前者의 예에 해당한다.

그렇다면 나머지 히비키(響), 구라이(位), 오모카게(俤, 面影) 등은 어떻게 이해해야 할 것인가? 교라이와 도호의 설명을 바탕으로 이들을 규정해 보면 '히비키'는 마에쿠에 묘사된 내용이나 물건, 인물 등과 대등한 연상력을 지닌 소재를 쓰케쿠에 연결하여 두 구에 균형을 이루게 하는 것이고, '구라이'는 마에쿠에 표현된 사람이나 사물의 신분 또는 지위를 포착하여 그것에 부응하도록 연결하는 것이다. 그리고 '오모카게'는 故事나 古歌, 古物語 등에서 소재를 취할 때 직접적으로 그 내용을 드러내기보다는 상상이나 연상을 통해 유추할 수 있는 우회적·간접적 표현이나 말로 전개해 가는 방식, 마에쿠의 일을 연상시키는 모습이나 遺風을 가지고 이어가는 것이다. 이로 볼 때 히비키·구라이·오모카게는 마에쿠의 니오이가 쓰케쿠로 옮겨가는 다양한 방식, 즉 우쓰리의 제 측면을 가리키는 것으로 이해할 수 있다.

그렇다면 쇼몬 쓰케아이의 핵심이 되는 '니오이'를 구체적으로 어떻게 설명할 수 있을까 하는 문제를 좀 더 검토해 볼 필요가 있다. 쇼몬에서 '니오이'는 '마에쿠에서 감지되는 余情·여운·분위기·정취·느낌' 등으로 이해된다고 언급한 바 있는데, 이를 오늘날 문학론에서 추상적인 것을 구체화하는 감각적 표상을 뜻하는 '이미지'(image)라는 용어를 통해 접근해 보는 것이 효과적일 듯하다. 이를 위해 앞에서 든 (9)의 예를 다시 인용해 보기로 한다.

> 鼬の聲の棚もとの先
> (족제비 소리 시렁 아래 부근에서 들리네.)
> 箒木はまかぬに生えて茂るなり
> (대싸리 나무는 심지도 않았는데 무성하게 자랐구나.)

이에 대해 도호가 '(쓰케쿠는) 마에쿠의 言外에서 어렴풋이 幽閑寂寂한 정취("侘びたる匂ひ")를 포착하고, 일부러 심지도 않았는데 무성하게 자란 대싸리 나무를 연결하여, 황폐해진 가옥의 모습을 나타낸 것'이라고 평한 것을 앞에서 소개한 바 있다. 여기서 필자가 '정취'로 번역한 것의 원래 표현이 바로 '니오이'며 '幽閑寂寂'은 니오이의 내용에 해당한다. 필자가 '유한적적'으로 번역한 일본어 '와비'(侘び)는 쓸쓸함, 한적함, 간소함, 차분함 및 가난 등의 의미를 내포하는 말이다. 마에쿠의 '부엌 시렁에서 들리는 족제비 소리'는 이러한 추상적 관념을 구체적인 것으로 형상화하는 구실을 한다. 마에쿠에서 '청각적' 체험으로 구현된 '유한적적함'은 쓰케쿠에서 '무성하게 자란 집안의 대싸리 나무'라는 '시각적' 체험으로 이어지면서 그 느낌이 더욱 강화된다. 이처럼 언어에 의해 재현된 감각적 체험의 표상 혹은 어떤 추상적 관념을 떠올리게 하는 사물을 보통 '이미지'라 하며 관념적·추상적인 것을 언어로 구체화한다는 것에 그 본질적 특성이 있다는 점에서 '말로 그려진 그림'(word picture)[77]으로 비유되기도 한다.

---

77) 박철희, 『문학개론』(형설출판사, 1985·1989), 162쪽.

위의 예에서 마에쿠의 '족제비', 정확히 말하면 '부엌에서 들리는 족제비 소리'는 '幽閑寂寂'의 상태를 연상시키는 이미지로 작용한다. 이는 마에쿠에 사용된 단어나 사물을 실마리로 하여 쓰케쿠를 이어가는 데이몬의 쓰케아이와 얼핏 유사해 보인다. 데이몬의 경우 앞에서 든 예 (4)에서 '郭公'의 異稱이 '無常鳥'라는 것을 단서로 구를 이어가는 것을 보았는데 이처럼 마에쿠의 어느 한 단어나 사물과 有緣性을 지닌 것을 쓰케쿠에 배치함으로써 언어유희를 즐기고자 하는 것이 데이몬 쓰케아이의 핵심이다.

그러나 위 예에서 '족제비'는 단순히 그 단어 자체의 독립적 의미만으로 '유한적적'의 이미지를 조성하는 것이 아니라, '부엌의 시렁'이라는 공간적 요소와 어우러져 '유한적적'의 분위기를 조성한다는 점에 주목해야 한다. '족제비'는 인가 근처의 굴에 서식하면서 인가에 나타나 사육하는 닭을 해치기도 성질이 사나운 동물이다. 그런데 이 족제비가 가축을 해쳤다는 내용이 아닌, '부엌의 시렁에서 소리를 낸다'고 설정됨으로써 현재 사람이 살지 않거나 오랫동안 비워둔 집이라는 것이 암시되고 이로부터 '폐가' 혹은 '빈집'이라는 2차 이미지가 조성된다. 그리고 결국 이러한 이미지들은 최종적으로 '유한적적함'이라고 하는 추상적 관념을 환기시킨다.

여기서 '侘びたる匂ひ'를 '와비-幽閑寂寂-라고 하는 니오이'로 번역한다면 도호가 말하는 '니오이'란 마에쿠의 이미지를 통해 마음에 재생되는 추상적 관념이라 할 수 있다. 쓰케쿠의 작자는 이 니오이를 포착하여 '저절로 무성해진 대싸리 나무'라는 이미지로 변화를 주어 구체화한다. '대싸리 나무'는 빗자루를 만드는 식물인데 그게 무성하게 자랐다는 표현과 어우러져 그것을 활용할 사람이 없다는 의미를 추가하게 된다. 그리하여 마에쿠에서 형성된 '유한적적'이라고 하는 니오이가 쓰케쿠에 이어지면서도 새로운 분위기가 연출되는 것이다. 즉, 니오이란 여러 이미지들을 통해 환기되는 추상적 관념이라 할 수 있다.

이처럼 쇼몬의 쓰케아이에 있어 '이미지'는 다른 단어나 사물들과 조합을

이루어 추상적인 관념을 연상시키는 구실을 한다는 점에서 데이몬이나 단
린과 차별화된다. 쇼몬에서 쓰케아이가 이루어지는 과정을 다음과 같이 나
타내 볼 수 있다. 이 과정은 쓰케쿠의 작자가 句作에서 행하는 정신작용의
추이와 맞물린다.

前句의 이미지들에서 연상되는 니오이를 포착 → 그 니오이를 쓰케쿠 句作의
설계도로 삼음 → 그 니오이를 구체화할 수 있는 다른 이미지 모색 → 이미지의
言語化

이때 쓰케쿠에 사용되는 이미지는 마에쿠의 그것과 공통점이 있으면서
도 변화를 주어 마에쿠의 니오이를 강화할 수 있는 景物이나 人物 등 새로
운 소재가 선택된다.

앞서 데이몬과 단린의 쓰케아이를 논할 때, 전자는 마에쿠의 '단어'나 '사
물'과 유연성을 지닌 말을 사용하여 구를 이어가고, 후자의 경우는 마에쿠
의 '의미'에 중점을 두고 구를 이어가는 것을 특징으로 한다고 언급한 바
있다. 바꿔 말하면 데이몬의 경우 마에쿠의 어떤 '단어'(詞)나 '사물'(物)이,
단린의 경우는 마에쿠의 '句意'가 쓰케쿠를 짓는 디딤돌이 된다는 것을 말
한다. 즉, 마에쿠의 어떤 요소로부터 쓰케쿠의 발상을 얻는가 하는 문제에
관계된다. 이러한 맥락에서 쇼몬의 쓰케아이를 말한다면 쓰케쿠의 발상을
얻게 되는 단서는 마에쿠의 '이미지'라 할 수 있다. '이미지'라는 말은 추상
적 관념을 구체화하는 사물로서 감각체험에 기초한 것을 가리키므로 '物
像'[78]이라는 말을 택하여 그 번역어로 삼고자 한다. 단 사전적으로 '눈에
보이는 물체의 생김새나 모습'을 뜻하는 이 말은 주로 시각적 형상에 중점

---

78) 보통 image는 '心象'으로 번역되나 단린파의 쓰케아이를 '고코로즈케'(心付)라 하므로 양
　　자에 공통으로 포함된 '心'이라는 말이 혼란을 야기할 수 있어 이를 피하기 위해 '物像'으
　　로 번역하였다.

을 둔 것이기에 청각, 촉각, 후각 등 다른 감각까지 포괄한 개념으로 확대하
여 사용하고자 한다. 이상의 논의를 토대로 데이몬의 쓰케아이 방식을 '詞
物付'로, 단린의 경우를 '句意付'로, 쇼몬의 쓰케아이 방식을 '物像付'로 규
정하고자 한다.79)

　　그렇다고 천편일률적으로 데이몬은 '詞物付'만, 단린은 '句意付'만, 그리
고 쇼몬에서는 '物像付'만을 고집했다는 의미로 이해해서는 안된다. 바쇼는
데이몬의 모노즈케(物付)에 대해 '지금은 별로 선호되지 않지만 모노즈케로
구를 이어가기 어려운 곳을 산뜻하게 모노즈케로 이어가는 것은 작자의 솜
씨일 것이다'80)라고 하면서 매끄럽게 잘 이루어지는 모노즈케에 대해서는
긍정적으로 평가하고 있다. 교라이 또한 '모노즈케로 구를 이어가는 것은
오늘날 꺼려지고 있지만 그 전후를 고려하여 하이카이 한 卷에 한 두 句
넣는 것은 나름대로 風致가 있을 것이다'라고 하여 모노즈케를 완전히 배제
하지는 않았다.

　　데이몬의 句作에서도 句意付나 物像付가 행해졌고, 단린파의 句에서도
詞物付나 物像付가 발견되며, 쇼몬에서도 句意付나 詞物付가 완전히 배
제된 것은 아니었다. 다만 句作에 있어 어떤 점에 역점을 두느냐 하는 문제
로 이해되어야 할 것이다. 또한 쇼몬 쓰케아이의 성격을 '物像付'로 파악한
다고 해서 쇼몬의 다양한 면모가 이 말 하나로 다 포괄되는 것으로 오해해
서도 안될 것이다.

---

79) 보통 영미의 이미지즘 운동은 하이쿠에서 영향을 받은 것으로 언급되고 있는데 쇼몬의
　　이같은 쓰케아이 기법도 이와 무관하지 않다.

80) "付物にて付くること, 當時嫌ひ侍れど, そのあたりを見合せ, 一卷に一句二句あらんは,
　　また風流なるべし."『去來抄』, 510쪽.

4. 쇼몬의 '物像付'와 리얼리티의 문제

이제 쇼몬의 '物像付'를 '마에쿠의 이미지를 통해 감지되는 니오이를 히비키, 구라이, 오모카게 등의 방식으로 변화를 주면서 쓰케구에 이어가는 것'으로 정의하고 句作에 있어 物像付에 역점이 두어짐에 따라 어떤 문학적 효과가 야기될 수 있는가에 대해 살펴보기로 한다.

쇼몬의 쓰케아이에서 쓰케쿠 句作의 단서가 되는 것은 마에쿠의 이미지들이다. 이미지는 독자-쓰케쿠의 작자-에게 어떤 추상적 관념을 불러일으키고 정서적 반응을 유발하는 매개가 되기 때문에 일반적으로 듣고 맛보고 접촉하고 냄새맡는 등의 감각체험이 가능한 자연경물이나 일반 사물, 인물 등이 그 대상이 되는 경우가 많다.

쇼몬의 物像付는 마에쿠의 이미지들을 통해 어떤 추상적 관념-니오이-을 떠올리고 그것을 이어받아 쓰케쿠에서 다른 이미지로 구체화하는 데 역점을 두는 쓰케아이 방식이므로 어떤 관념에 어울리는 이미지를 찾아내거나 거꾸로 어떤 이미지가 주어졌을 때 그에 상응하는 관념을 유추하는 상상작용이 중시된다. 그러므로 쇼몬 쓰케아이는 마에쿠의 이미지로부터 관념으로 이행해 가는 '抽象化' 과정과 그 관념에 어울리는 다른 이미지를 찾아 그것을 언어로 표현하는 '具象化' 과정의 계속적인 반복이라 할 수 있다. 이 두 과정은 모두 이미지를 매개로 하기 때문에 쇼몬 쓰케아이에서 이미지의 역할은 대단히 크다고 할 수 있다.

쇼몬의 대표적 俳論書라 할 『去來抄』 『三冊子』를 보면 구를 지을 때의 여러 가지 주의사항에 대해서 언급한 대목이 많은데 이를 구를 짓기 전의 단계 즉 '언어로 표현하기 전 단계'와 '언어로 구체화하는 단계'로 구분하여 살펴보도록 한다. 아래의 인용문들은 쓰케쿠를 지을 때를 대상으로 하는 것은 아니지만 쇼몬 쓰케아이의 추상화 과정과 구상화 과정에서의 이미지의 중요성을 이해하는 데 큰 도움을 준다.

(마) 物을 가지고 句를 지을 때는 그것의 본성을 알아야 한다. 그것을 알지 못할 때는 진귀한 사물이나 새로운 말에 마음을 빼앗겨 별개의 사물이 되어 버리고 만다. 마음을 빼앗기는 것은 그 物에 집착하기 때문이다. 이것이 '本意를 잃는다'고 하는 것이다.[81]

(바) 이 구는 처음에 '晩鐘 소리 쓸쓸하지 않도다'로 되어 있었는데 이것은 흥이 깨지는 句이다. 山寺나 가을의 저녁 무렵, 晩鐘 이 모든 것이 다 쓸쓸함의 정점에 있는 것들이다. 그런데도 이따금 들리는 유흥의 소음 속에서 이를 듣고 쓸쓸하지 않다고 하는 것은 자기만의 私的인 느낌일 뿐이다. (중략) 물론 그 전의 句보다 고친 구가 더 낫다고 할 수는 없지만 그 전의 구가 本意를 잃어버린 것과는 다르다.[82]

(사) 다른 유파와 蕉門은 첫째로 句의 착상에 차이가 있는 것으로 보인다. 蕉門은 景이든 情이든 있는 그대로 읊지만 다른 유파는 마음속으로 교묘하게 고안을 해서 읊으려고 한다. 예를 들어 '궁궐의 蓬萊 장식[83]은 밤에는 얇은 옷을 입은 듯하다'와 같은 것들이다. (중략) 그러나 궁궐에는 봉래 장식이 없다. (중략) 이런 句들은 모두 細工을 한 것들이다.[84]

(아) 하이카이는 새로운 趣向을 主旨로 하지만 物의 본성에 어긋나면 안된다.[85]

---

81) "凡そ物を作するに, 本性をしるべし. しらざる時は, 珍物新詞に魂を奪はれて, 外の事になれり. 魂を奪はるるは, その物に著する故なり. 是を本意を失ふといふ."『去來抄』, 455쪽.
82) "この句初めは, '晩鐘のさびしからぬ'といふ句なり. (中略) 是, 殺風景也. 山寺といひ, 秋の夕といひ, 晩鐘とといひ, さびしきことの頂上なり. しかるを, 一端游興騷動の內に聞きて, さびしからずといふは, 一己の私なり. (中略) 勿論, 句勝れずといへども, 本意を失ふ事はあらじ."『去來抄』, 460쪽.
83) 새해 첫날에 소반처럼 생긴 祭器에 쌀을 담고 전복 말린 것, 새우, 다시마, 곶감, 귤, 모자반 등으로 장식한 것을 말한다.
84) "他流と蕉門と, 第一, 案じ處に違ひ有りと見ゆ. 蕉門は景情ともにそのある處を吟ず. 他流は心中に巧まるると見えたり. たとへば, '御蓬來夜はうすものきせつべし'といへるがごとし. (中略) 禁闕に蓬萊なし. (中略) 皆これ細工せらるるなり."『去來抄』, 499쪽.
85) "俳諧は新しき趣を專とすといへども, 物の本性をたがふべからず."『去來抄』, 500쪽.

(마)는 구를 짓기 전에 구의 소재가 되는 사물에 어떻게 접근해야 하는가를 말하고 있다. 교라이는 다른 것에 마음을 빼앗기지 말고 소재가 되는 사물의 본성을 포착하는 것이 중요하다고 했는데 그는 사물이 지닌 본질적 특성을 '本意'라는 말로 나타내고 있다. 이 내용을 하이카이의 쓰케쿠를 짓는 상황에 대입하여 말한다면 마에쿠에 제시된 이미지의 본질을 잘 살펴 니오이, 즉 그 '이미지가 환기하는 추상적 관념'을 포착해야 하는 것으로 설명할 수 있다.

(바) 역시 언어로 구체화하기 前 단계에서 유의해야 할 점을 이야기하고 있다. 句作에 있어 어떤 사물이나 현상에 접했을 때 그 순간의 일시적 상황 및 사물의 일부분만을 보거나 자신의 즉흥적인 느낌을 앞세우면 本意를 잃게 된다는 것, 다시 말해 사물의 본질을 왜곡하게 된다는 것을 강조하고 있다. 이 내용을 쓰케쿠 句作의 상황으로 전이시켜 말한다면 여기서 '소재가 사물'은 마에쿠에 제시된 '이미지'으로 대입시킬 수 있다. 교라이가 말하는 '사물'이 눈앞에 실재하는 것이라면, 物像付의 이미지에 해당하는 사물은 언어로 형상화된 物像이라는 차이가 있다.

(사)는 사물을 句로 옮기는 단계, 즉 언어화하는 단계에서 명심해야 할 것에 대해 이야기하고 있는데 쇼몬에서는 소재를 '있는 그대로 읊는 것'("そのある處を吟ず")을 중시한다고 하였다. 교라이는 예를 든 구가 실제 상황과 일치하지 않는다고 하면서 이런 결과는 사물을 있는 그대로 보지 않고 마음속으로 고안을 하고 겉으로 세공을 가하여 句作을 한 데서 비롯된 것이라 하였다.

(아) 역시 句作에 있어 사물의 본질과 어긋나면 안된다는 점을 지적하고 있다. 인용하지는 않았지만 교라이는 구의 표현이 사물의 본성과 어긋나는 예로 杜甫의 詩 <春望>의 '시절을 느끼매 꽃이 눈물을 뿌리고/이별이 한스러워 새도 놀라는구나'[86]라는 구절을 들었는데, 그 이유는 꽃이란 본래 즐거운 모습을 그 본질로 하는데 눈물을 흘린다고 표현했기 때문이다.

이상의 내용을 간추리면 句作에 있어 언어로 형상화하기 전에는 일단 그 사물의 본성을 잇는 그대로 파악하는 것이 중요하고 언어화하는 단계에서는 私意를 개입시키거나 細工을 가하여 그 본질을 왜곡하거나 변질시키지 않도록 해야 한다는 점을 강조하고 있다. 아래에 인용한 도호의 언급에는 이와 같은 내용이 총괄적으로 집약 설명되어 있다.

(자) (a)스승께서 말씀하시기를, '천지자연의 변화하는 것은 모두 하이카이의 소재가 된다'고 하셨다. (중략) (b)物의 본질이 섬광처럼 간파되거든 아직 그것이 사라지지 않는 동안에 句作을 해야 한다. 또 취향을 句에 표현한다고 하는 일이 있다. 이것은 모두 사물의 경계에 들어가 물의 본질에 대한 느낌이 퇴색하기 전에 그것을 포착해서 그 면모를 철저히 규명하는 일이라고 가르치셨다. (c)句作에 있어서는 자연스럽게 이루어지는 경우("なる") 와 의도적으로 이루는 경우("する")가 있다. 항상 마음속으로 노력하여 사물에 부응하고자 한다면 그 노력하는 마음이 저절로 句로 결실을 맺게 된다. 이에 반해 그 노력을 게을리하는 경우는 저절로 구가 이루어지지 않기 때문에 私意에 의해 구를 짓는 일이 된다.87) (단락 구분은 필자)

(a)에서 '하이카이의 소재'로 번역된 부분의 원문은 "風雅の種"이다. 쇼몬의 글에서는 간혹 와카(和歌)나 렌가(連歌) 등의 시를 총칭해서 '풍아'라는 말로 나타내는 경우가 종종 있다. 그러나 바쇼나 교라이가 활약하던 시대를 감안하면 이때의 '풍아'는 하이카이 및 홋쿠를 가리킨다고 보는 것이 적절하다.

(b)는 언어로 구체화되기 전 단계에서 소재가 되는 사물의 본의를 철저하

---

86) "感時花濺淚 惜別鳥驚心."

87) "師の曰く 乾坤の變は風雅の種なり. (中略) 句作りに師の詞あり. 物の見えたる光, いまだ心に消えざる中にいひとむべし. また趣向を句のふりに振り出だすといふ事あり. 是みなその境に入つて, 物のさめざるうちに取りて姿を究むる教なり."『三冊子』(赤), 551쪽.

게 규명하는 것의 중요성을 말했고 (c)는 파악한 본의를 살려 私意를 개입시키지 말고 자연스럽게 표현하려는 노력의 중요성을 말했다. 여기서 사물의 본질이란 무엇일까 잠시 생각해 볼 필요가 있다. (바)에서 교라이는 예시구의 소재가 된 '가을의 고즈넉한 산사' '저녁 종소리'의 본성을 '쓸쓸함'("さびしさ")으로 파악하고 있다. 그렇다면 쇼몬에서 말하는 사물의 본질-혼이(本意)-이란 어떤 사물에서 환기되는, 또는 어떤 사물로부터 연상되는 '추상적 관념'과 일맥상통하는 것임을 알 수 있다. 그 사물이 눈 앞에 펼쳐진 '실재'의 것이든, 마에쿠에 언어로 재현된 '이미지'이든간에 句作의 발판이 되는 대상을 있는 그대로 관찰하여 거기서 자연스럽게 연상되는 관념-쇼몬의 용어로는 '니오이'-을 감지해 내는 것이 句作의 기초가 된다는 것을 강조하고 있는 것이다. (b)가 구작에 있어 '추상화'의 과정을 말한 것이라면 (c)는 관념을 언어로 그려내는 '구상화'의 과정을 말한 것이라 하겠다.

교라이나 도호가 구를 짓는 데 있어 공통적으로 강조하는 것은 '사물을 있는 그대로 바라보는 것' '사물의 본질을 파악하는 것' '교묘한 언어로 꾸미거나 세공을 가하지 않고 있는 그대로 표현하는 것'으로 집약된다. 주목할 점은 쇼몬의 이같은 생각이 오늘날 문학비평에서 말하는 '리얼리즘'의 정신과 맥이 닿아 있다는 사실이다. 쇼몬의 작자들이 이 용어를 사용한 것도 아니고 의도적으로 리얼리즘을 표방한 것도 아니지만, 그들이 句作에 있어 임하는 태도 및 표현방법은 결국 '리얼리티'를 강조하는 결과로 이어지고 있는 것이다.

리얼리즘은 보통 '寫實主義'로 번역되는데 이때 '實'은 자연이나 사물뿐만 아니라 현실 혹은 인생까지를 포함하는 것으로 문학의 '대상' 혹은 '내용'을 가리킨다. 한편 '寫'는 주관에 의해 대상을 변형시키지 않고 있는 그대로 그려내는 '표현방법'을 가리키는데 쇼몬 하이쿠의 두드러진 특징이라 할 直敍的 묘사는 '寫'의 전형적 방식이라 할 수 있다. 이렇게 볼 때 쇼몬에서 강조하는 句作法이 리얼리즘과 일맥상통하는 부분이 적지 않다는 것은 분명해 보인다.

그러나 바쇼 및 쇼몬의 하이쿠를 리얼리즘 문학으로 규정할 수는 없다. 바쇼의 하이쿠에서 리얼리즘시로 볼 수 있는 것, 다시 말해 시인의 私意와 主觀의 개입이 없이 있는 그대로 대상을 묘사하는 순수한 寫景詩로 볼 수 있는 작품은 얼마 되지 않는다는 사실을 환기할 필요가 있다.[88] 이처럼 바쇼의 하이쿠나 쇼몬에서의 物像付가 리얼리티 강화로 이어지면서도 리얼리즘 문학으로 규정될 수 없는 것은 이 텍스트들은 직서적 표현이 직서로 머물지 않고 문면에 묘사된 것 이상의 것, 다시 말해 문면에 드러나지 않은 다른 의미 혹은 새로운 세계를 창출하기 때문이다. 리얼리즘 논의는 대개 소설을 대상으로 하는 것에 비해 하이쿠는 17자라고 하는 극도의 短型詩 형태로 리얼리티를 구현하게 되므로 시인의 입장에서는 직서적 표현을 통해 그 이상의 것을 담아야 하고 독자의 입장에서는 숨겨진 것을 읽어내야 하는 작업이 요구되는 것이다. 요컨대 전형적인 리얼리즘 문학에서는 언어로 '그린 것'과 '그려진 것'이 '1:1'의 관계를 표방한다면 쇼몬의 하이쿠나 物像付에서는 '1:(1+α)'의 관계가 될 수밖에 없는 것이다.

쇼몬의 物像付를 리얼리즘이나 리얼리티 문제와 연관 지어 설명하고자 한다면 좀 더 깊이 천착하는 별도의 논의가 필요할 것이나 이 글에서는 양자의 연관성을 지적하는 선에서 그치고자 한다.

---

88) 본서 3부 「바쇼 하이쿠에서의 '二物配合'과 '比喩法'의 관련 양상」에서는 기행문 『오쿠의 좁은 길』에 삽입된 구를 대상으로 할 때 50수 중 이에 해당하는 것은 2수에 불과하다는 것을 밝혔다.

쇼몬(蕉門)의
도리아와세론(取合論)의 전개

1. 들어가는 말

마쓰오 바쇼가 일본 문학사에서 차지하는 위치와 영향력은 새삼 언급할 필요가 없다. 그런 만큼 바쇼에 관한 연구는 문학사적 비중을 비롯하여 하이쿠, 하이카이, 하이분(俳文), 기행문 등과 같은 텍스트들은 말할 것도 없고 제자와 여타 문인들과 주고받은 서간들, '不易流行' '造化隨順' '가루미' '호소미' '사비' '와비' 花實·虛實論 등과 같은 문학론, 두보·사이교·장자 등으로부터 받은 영향 관계, 하이카이나 하이쿠의 작법 등 여러 방면에 걸쳐 수많은 연구가 진행되어 왔다. 이 글은 쇼몬의 문학론 중 하이쿠(홋쿠) 작법의 핵심에 놓인다고 여겨지는 '도리아와세'(取合せ) 논의에 초점을 맞추어 쇼몬(蕉門)에서 이 논의가 어떻게 전개되어 왔는가를 살피는 데 목표를 둔다.

도리아와세는 '가케아와세'(掛合せ) '구미아와세'(組合せ)라고도 하며 '二物衝擊' '二物配合'으로 번역되기도 하는데 보통 '이질적인 두 소재 혹은 용어를 조합하여 그 映發에 의해 하이카이적 묘미를 조성하고자 하는 것'[1]

---

1) 日本古典文學大辭典編集委員會 編, 『日本古典文學大辭典』 4卷(東京: 岩波書店, 1984).

또는 '홋쿠의 고안에 있어 소재와 소재를 배합하는 것'[2])으로 이해되고 있다. '도리아와세'의 번역어로는 '二物配合'이 가장 적절하다고 생각하지만 이 글은 쇼몬의 도리아와세론을 살피는 데 중점이 두어지므로 쇼몬에서 사용한 '도리아와세'라는 말을 채택하여 논의를 진행하고자 한다.

'도리아와세'라는 말은 보통 쇼몬에서 주창한 것으로 인식되지만 사실은 繪畵, 茶道, 꽃꽂이 등 일본의 예술 전반에 걸쳐 사용되어 온 용어이다. 문학에서 俳論의 용어로 사용되는 것도 바쇼 및 그 문하에서 처음 비롯된 것은 아니다. 바쇼풍 형성 이전 단린파(談林派)의 한 사람인 오카니시 이쮸(岡西惟中)는 '하이카이는 동떨어진 사물을 배합하여 자연스럽게 말의 有緣性을 이어가면서 上下가 장황하지 않고 그러면서도 하이곤(俳言)이 확실한 것을 좋은 것으로 친다'[3])고 하는 도리아와세론을 피력했다. 여기서는 '단어들 간의 연관성'("言の緣")이 강조되고 있는데 이 점은 곧 二物의 배합이 단어의 有緣性에 의해 이루어진다고 하는 것을 말해 주는 부분이라 하겠다. 이에 비해 쇼몬에서는 단어들 간의 유연성을 드러내 놓고 주장하지는 않았지만 그들이 도리아와세를 설명하는 예로 든 작품들에서도 이 점이 확인되고 있어 쇼몬의 도리아와세론의 전개에 단린파의 영향이 어느 정도 개재해 있음을 짐작케 한다.

2. 바쇼에 있어서의 '도리아와세'의 개념

바쇼가 처음으로 '도리아와세'라는 말을 사용한 것은 그의 나이 29세 되던

---

2) 尾形仂·山下一海·復本一郎 編, 『總合芭蕉事典』(雄山閣, 1982), 177쪽.
3) "俳諧は只そげたる物を取合せ, 自然と言の緣たえず, 上下くだくだしからず, しかも俳言たしかなるをよしとす." 「俳諧或問」(『日本古典文學大辭典』 4卷 '取合せ' 項에서 재인용). 밑줄은 필자. 이하 同.

1672년에 자신의 이름으로 낸 최초의 저작인『조가비놀이』(『貝おほひ』)4)의
한시(判詞)를 통해서다. 이『조가비놀이』는 自他의 홋쿠 60구를 左右 두
편으로 나누어 30번까지 읊고 여기에 바쇼가 각각의 구에 대한 評語 즉 判
詞를 덧붙여 엮은 홋쿠아와세집(發句合集)이다. 여기에 수록된 홋쿠들과 바
쇼의 判詞에는 당시의 하야리우타(流行唄)와 流行語들이 많이 포함되어 있
다5)는 특징을 지닌다.

(1) (左)   さかる猫は氣の毒たんとまたたびや
       (발정난 고양이 몹시도 안쓰럽구나 개다래나무. 信乘母)
   (右 勝) 妻戀のおもひや猫のらうさいけ
       (아내향한 연모의 마음인가 고양이의 氣鬱症. 和正)

위는 해당 句合의 4번 작품들이다. 바쇼는 左句에 대하여 '고양이에 개
다래나무를 배합한 이 구는 희귀한 곡조6)를 언급했는데 이것은 "말에 있어
서의 가다랑이포"7)라고 할 만하다'8)고 하였고 右句에 대해서는 '<고양이

---

4) '貝おほひ'란 상류가정의 婦女의 놀이인데 참가자를 左와 右 두 편으로 나누고 조가비의
   양면을 갈라 제 짝을 찾아서 많이 맞춘 쪽이 이기게 되는 놀이다. 이 조가비놀이는 참가
   자를 左와 右 두 편으로 나누어 구를 짓고 승부를 결정하는 구아와세(句合)와 비슷하기
   때문에 여기서 책의 제목을 따온 것이다.
5) 尾形仂 編,『芭蕉 ハンドブック』(東京: 三省堂, 2002), 15쪽.
6) 이 구에서 "氣の毒たんと"라고 하는 구절은 고우타(小唄)의 말이다. 杉浦正一郎・宮本三
   郎・荻野清 校注,『芭蕉文集』「評語」(東京: 岩波書店, 1959・1962), 255쪽, 주 21번 참고.
7) 여기서 '가다랑이포'(花がつを, 花鰹)라 한 것은 당시 일본 속담에 우리나라 속담 '고양이
   에게 생선 맡긴다'와 같은 '猫に鰹節(고양이에게 가다랑이포)이라는 것이 있었기 때문에
   이것을 반영한 것이다. '말에 있어서의 가다랑이포'라 한 것은 고양이에게 가다랑이포가
   소중하듯, 말에 있어서 가치있고 중요한 것이라는 뜻이다. 즉, '표현의 妙를 얻었다'는 의미
   이며 '言葉の花'와 '花がつを'를 결합한 표현이라 할 수 있다. 위의 책, 255쪽, 주 24번 참고.
8) "猫にまたたびを取つけられたる. 左の句珍らしき. ふしをいひ出られたるは言葉の花が
   つをともいふべけれ共." 여기서 '取つけられたる'는 '取り合わせた'와 같은 의미이다. 같
   은 책, 255쪽.

의 氣鬱症>(<猫のらうさい>)이라고 하는 고우타(小哥)를 "쓰마고이"("妻戀")에 배합한 것은 매우 훌륭한 句作이다'[9]라고 평하면서 右句의 勝으로 판정하였다. 여기서 '배합'은 二物配合 즉 도리아와세를 가리킨다. 이 判詞들에서 바쇼가 직접 '도리아와세란 이런 것이다'라고 언급하지는 않았지만 左句에서의 '고양이'와 '개다래나무', 右句에서의 '고양이의 氣鬱症'과 '妻戀'처럼 두 개의 소재 혹은 사물을 배합하여 구를 짓는 것을 도리아와세라는 말로 칭하고 있음이 드러난다.

이들 구에서 또 한 가지 주목할 것은 도리아와세로서 선택된 두 소재-혹은 사물-가 단어들간의 有緣性을 바탕으로 하고 있다는 사실이다. 左句에서의 '고양이'와 '개다래나무'의 경우 개다래나무는 고양이가 즐겨 먹기 때문에 어떤 병에 딱 맞는 약을 가리켜 '고양이에 개다래나무'라는 속담[10]까지 생겨났다. 그리고 右句에서의 '氣鬱症'("らうさいけ")은 신경쇠약에서 생기는 병으로 여기서는 고양이가 아내에 대한 그리움에 애를 태워 생긴 '戀病'을 가리키는데 이를 고우타(小唄) <고양이의 氣鬱症>과 이중으로 걸치게 하여 同音異義的 효과를 겨냥한 것이다.[11] 그리고 '쓰마고이'("妻戀")란 부부가 서로를 그리워하는 것을 가리키는 말인데 동물에도 사용한다. 이렇게 볼 때 '고양이의 氣鬱症'과 '쓰마고이'("妻戀")는 상호 有緣 관계에 놓인다고 할 수 있다.

아래 인용은 同 句合의 20번 左句로서 이 역시 바쇼가 判詞에서 '도리아와세'이란 말을 사용한 예인데 여기서도 도리아와세가 두 사물 간 단어의 有緣性을 바탕으로 한다는 것을 확인할 수 있다.

---

9) "猫のらうさいといふ小哥を妻戀にとりあはされたるはよい作にや."
10) 「評語」, 앞의 책, 255쪽 주 21번 참고.
11) 같은 책, 255쪽 주 22번 참고.

(2) (左 勝) 鹿をしもうたばや小野が手鐵炮
         (내 손에 있는 鐵炮로 오노山의 사슴을 잡도다)

바쇼는 이 구를 勝으로 판정하고 그 평어에서 '小野'와 '鹿'의 조합이
『겐지모토가타리』(『源氏物語』)[12]에서 온 것임을 지적하고 이 두 가지가
'능숙하게 배합되었다'고 평하였다.[13] 이로써 바쇼가 위 구의 도리아와세를
이루는 두 사물 '鹿'과 '小野'가 서로 有緣性을 지니는 것으로 파악하고 있
었고 이 둘의 배합이 잘 되었기 때문에 勝으로 판정했다는 것을 확인할 수
있다. 두 사물을 나타내는 단어 사이에 연관성이 있다고 하는 것은 그 두
사물이 의미상으로 인접해 있어 거리가 가깝다는 것을 뜻한다.

오늘날 도리아와세를 '二物衝擊'이라는 말로 지칭하는 데서도 알 수 있
듯 '두 소재 간의 단절과 비약이 크면 클수록 발상의 신선함을 야기'[14]하는
것으로 보고 있지만 적어도 바쇼 당시 도리아와세론에 있어서는 二物 사이
의 단어의 '연관성'이 중시되었다는 것을 염두에 두어야 할 것이다. 앞서 언
급한 대로 바쇼와 거의 동시기에 활약한 단린파의 오카니시 이츄의 도리아
와세론에서 두 소재간 단어의 有緣性이 강조되었다는 점도 이와 무관하지
않으며 활동 초기 바쇼의 도리아와세라는 말의 용법에는 단린파의 영향이

---

12) 『源氏物語』 39장 '夕霧'. 이 장은 히카루 겐지의 아들인 '유기리'(夕霧)와 오노산(小野山)의
   산장에서 살고 있는 '오치바노미야(落葉の宮)의 사랑을 중심으로 하는데 산장의 경치나
   두 사람이 주고 받는 와카에 유난히 사슴이 많이 등장한다. 예를 들어 "鹿は垣根のすぐ側に
   立ちどまりながら, 山の田の引き板の音にも驚かず, 濃く色づいた稲などの中に混じって
   鳴くのも, 悲しげである."와 같은 경치 묘사나 사슴이 서럽게 우는 소리를 듣고("鹿のいと
   いたく鳴くを") 유기리가 "里遠み小野のしのはら分けて來て我も鹿こそ聲も惜しまね"라
   는 노래를 짓자 오치바노미야가 "藤衣露けき秋の山人は鹿のなく音に音をぞ添へつる"라
   는 노래로 답하는 것 등에서 '小野'와 '鹿'의 배합이 엿보인다.

13) "左の發句, 小野といふより鹿とつづけられ侍るは, かの紫のちなものひかるお源の物語
   にも, 小野と鹿のけしきを書つらね侍りしより. 尤も能くとりあはされたる成るべし." 杉
   浦正一郎・宮本三郎・荻野淸 校注, 앞의 책, 267쪽.

14) 같은 곳.

개재해 있음을 알 수 있다.

3. 교리쿠(許六)의 도리아와세론

쇼몬의 도리아와세론은 바쇼의 입을 통해 직접 설명되기보다는 주로 제자를 통해 전수되어 왔는데 그의 문인 중 이 문제에 가장 큰 관심을 기울였던 사람은 모리카와 교리쿠(森川許六, 1656~1715)이다. 그는 '홋쿠는 결국 도리아와세의 산물("取合物")이다. 二物을 배합하여 잘 조화시키는 사람이 高手'15)라는 바쇼의 가르침을 토대로 하여 적극적인 도리아와세론을 펼친다. 여기서 '잘 조화를 시킨다'는 말의 원어에 해당하는 '도리하야스'(とりはやす, 取囃)는 교리쿠의 도리아와세론을 이해하는 데 있어 관건이 되기 때문에 자세히 알아볼 필요가 있다. 이 말은 사전적으로는 '여러 사람이 모인 어떤 자리를 중재·주선하여 統御한다'는 뜻을 지니는데 교리쿠의 언급을 인용하면서 그가 이 말을 어떤 맥락에서 어떤 의미로 사용하고 있는지 살펴보도록 한다.

> (3) (나는) 구를 고안할 때는 어떻게 해서든지 도리하야시를 잘한다. 도리하야스 표현을 잘 알고 있기 때문이다. (그러나) 오직 히라쿠(平句)16)에서만 그럴 뿐이다. 『스미다와라』(炭俵)17)나 『베쓰자시키』(別座敷)18)의 하이카이를 한결같이 '새롭다'고 하는 것은 이 도리하야스 표현을 두고 말한 것이다.19)

---

15) "發句は畢竟取合せ物とおもひ侍るべし. 二つ取合せてよくとりはやすを上手と云." 「自得發明辯」, 『俳諧問答』(橫澤三郎 校註, 岩波書店, 1954), 153쪽.

16) 렌가(連歌)나 하이카이(俳諧)에서 제1구인 '홋쿠'(發句), 제2구인 '와키'(脇), 제3구인 '다이산'(第三) 맨 끝구인 '아게쿠'(擧句)를 제외한 나머지 句를 가리킨다.

17) 元祿 7년(1694) 志太野坡·小泉孤屋·池田利牛의 撰으로 이루어진 하이카이 選集이다.

18) 子珊이 編한 하이카이 選集. 1694年(元祿7)刊. 1卷.

교리쿠는 자신이 '도리하야시'에 능하다고 하면서 그것은 도리하야스 표현을 잘 구사하기 때문이라고 하였다. 하지만 히라쿠의 경우만 그럴 뿐이라고 말하면서 도리하야시가 성공한 예로 『스미다와라』와 『베쓰자시키』를 들고 '새로움'("新しみ")을 그 효과로 제시하고 있다. 여기서 필자가 '도리하야스 표현'이라고 번역한 부분에 해당하는 원문은 "とりはやす詞"인데 이 짧은 인용에서 교리쿠가 이 말을 여러 차례 언급한 점에 유의할 필요가 있다. 이 언급만 가지고는 교리쿠가 정확하게 'とりはやす詞'란 말을 어떤 의미로 사용한 것인지는 파악하기 어려우나 두 소재 혹은 사물을 중재 혹은 배합하여 구 전체가 어떤 효과를 지니도록 조절하는 작용을 하는 언어표현을 가리키는 것만은 분명하다.

같은 글에서 교리쿠는 '매화향'("梅が香")에 '淺黃椀'을 배합하여 두 사물의 '도리하야시'가 잘 이루어지도록 가운데 7字句에 다양한 표현20)을 넣어가면서 고심한 끝에 결국

　　(4) 梅が香や客の鼻には淺黃椀
　　　　(매화향이여 나그네의 코에는 연노랑 水盤)

이라는 구를 이루게 되었다21)고 하는 자신의 경험담을 소개하였다. 여기서 교리쿠는 다음과 같이 '도리하야스 표현'을 시사하는 듯한 언급을 한다.

　　(5) (가운데 7字句를) 이것저것 시도해 봤지만 소재나 도리아와세의 사물이 훌
　　　　륭해도 (그것만으로) 홋쿠가 되기 어려운 것은 가운데 7字句에 들어갈 만한

---

19) "予は…案じ侍る時は、如何にもよくとりはやし侍る也. 是とりはやす詞をしりたる故也. 平句猶しか也. 炭俵・別座敷の俳諧專ら新しみといふは, 此とりはやす詞の事也."「自得發明辯」, 『俳諧問答』, 153쪽.

20) 교리쿠의 말로 하면 'とりはやす詞'가 될 것이다.

21)「自得發明辯」, 『俳諧問答』, 154쪽.

말이 확실하게 천지 간에 있기 때문이다.22)

여기서 '가운데 7字句에 들어갈 만한 말'("是中へ入べき言葉")이 바로 '도리하야스 표현'을 가리키는 것으로 볼 수 있으며 예 (4) <매화향>23)의 경우 '나그네 코에는'("客の鼻には")이 '매화향'과 '연노랑 수반'을 연결하는 '도리하야스 표현'이 되는 셈이다. '꽃'과 꽃꽂이 도구인 '수반'은 밀접한 관계에 놓인, 즉 有緣性이 강한 관계라 할 수 있다. 이 연결어의 도움으로 우리는 이 구를 '연노랑 수반에 꽃꽂이가 되어 있는 매화에서 향기가 난다'는 내용으로 읽을 수 있게 되는 것이다.

이어 교리쿠는 다음과 같이 '홋쿠'와 '도리하야시', 그리고 '도리하야스 표현'의 관계를 '수정'의 비유를 들어 설명한다.

(6) 홋쿠를 도리아와세의 산물－取合物－이라고 하는 것은 비유하자면 해와 달빛에 수정을 投影시킬 때 天火와 天水를 얻는 것과 같다. 홋쿠를 짓는다 해도 고안을 하지 않으면 안된다. 해와 달만을 염두에 두어서는 天火와 天水를 얻을 수 없다. 밖에서 수정을 구하여 잘 도리하야시를 해야 水火를 얻는 것과 같다. 수정이 있다 해도 잘 도리하야시 하는 것을 알지 못하면 홋쿠는 이루기 어렵다. (스승의) "나무 그늘 속 아낙네 찻잎따는 소리, 두견새여" 이 구는 두견새와 찻잎따기, 여름과 봄 두 계절의 도리아와세라 하겠는데 여기에 '나무 그늘 속'이라고 도리하야시를 했기 때문에 名句가 될 수 있었다.24)

---

22) "色色において見れ共, 道具・取合物よくて, 發句にならざるは, 是中へ入べき言葉, 慥に天地の間にある故也." 같은 곳. 여기서 道具는 '素材'를 가리킨다.

23) 이 글에서 인용하는 작품들을 구분하기 위해 필자의 번역의 첫구를 따서 제목으로 삼기로 한다.

24) "發句はとり合ものといひけるは, たとへば日月の光に水晶を以て影をうつす時は, 天火天水をうるごとし. 發句せんとおもふ共, 案じずしては出べからず. 日月斗を案じたる共, 天火天水を得る事あるべからず. 外より水晶を求めて, よくとりはやすゆへに, 水火を得たるがごとし. 水晶あり共, よくとりはやす事をしらずば, 發句に成就しがたし. <木がくれて茶つみもきくやほととぎす> 是, 時鳥に茶つみ, 季と季のとり合といへ共, 木がくれて

여기서 교리쿠가 "天火天水"를 어떤 뜻으로 사용했는지는 정확히 알기 어려우나 <나무 그늘 속>의 구에 대한 설명을 통해 해와 달, 수정, 天火天水, 해와 달이 무엇을 비유하는지 그 단서를 찾을 수 있다. 여기서 <나무 그늘 속>의 구는 차나무의 녹음이 우거져 있어 그 안에서 찻잎을 따는 여인네들의 모습은 보이지 않고 말소리만 들리는데 어디선가 두견새가 울고 있는 상황을 읊은 것이다.

'나무 그늘 속'은 찻잎따는 아낙네와 두견새가 함께 있는 공간으로 설정되어 연관성이 없는 두 존재를 연결하는 작용을 한다. 다시 말해 따로따로 존재할 때는 아무 연관성도 없는 두 요소가 '나무 그늘 속'이라는 공간의 매개를 통해 밀접한 관련을 지닌 관계로 변모한다. 그리하여 '두견새'와 '찻잎따는 아낙네'는 상호 영향을 끼쳐 '두견새 소리를 들으며 찻잎따는 아낙네' 혹은 '찻잎따는 아낙네 주변에서 울고 있는 두견새'와 같이 서로의 존재를 머금는 상태로 연상작용을 일으키는 것이다.

교리쿠는 이처럼 '찻잎따기'[25]와 '두견새'를 도리아와세의 두 사물로 보고 '나무 그늘 속'이라는 '도리하야스 표현'을 사용하여 상호 연관을 짓는 것을 '도리하야시'라는 말로 나타내고 있는 것이다. 이로 볼 때 오늘날 도리하야시를 이질적인 두 사물을 '映發시키는 것'[26] 또는 '한 구의 표현에 있어서 主統的 統一作用'[27]으로 설명한 것도 교리쿠의 이해에 토대를 둔 것이라 할 수 있다.

이 句에 대한 교리쿠의 설명을 단서로 하여 水晶의 비유를 분석해 보면 '해와 달'은 구의 '소재'를, '밖에서 수정을 구하여 日月의 빛에 그것을 투영시키는 일'은 二物-日月과 수정의 그림자-이 상호관련성을 갖도록 하는

ととりはやし給ふゆへに, 名句になりれ." 「自得發明辯」, 『俳諧問答』, 154~155쪽.

25) <나무 그늘 속>의 "茶つみ"는 '찻잎을 따는 일'과 '찻잎을 따는 사람'을 동시에 의미한다.

26) 『日本古典文學大辭典』 '取合せ' 항.

27) 尾形仂·山下一海·復本一郎 編, 앞의 책, 177쪽.

것 즉 '도리하야시'를, '수정'은 도리하야시에 필요한 구체적인 언어표현을, 그리고 '天火天水'는 이 일련의 과정에서 얻어진 '훌륭한 句'를 비유한 것으로 볼 수 있다. 그리고 '밖에서 수정을 구한다'는 것은 구의 題材를 '曲輪'- 주제의 범위- 안에서 구하느냐 밖에서 구하느냐를 두고 교라이와 벌인 논쟁28)에서 곡륜의 밖에서 구한다고 하는 자신의 주장을 비유적으로 표현한 것이라 할 수 있다.

한편 교리쿠는 시다 야바(志太野坡)와 주고받은 편지에서도 다음과 같이 쇼몬의 도리아와세론을 이해하는 데 단서가 되는 내용을 언급한다.

(7) 전반적으로 스승의 구는 계절과 계절의 배합으로 이루어진 구가 7, 8할을 차지한다. 나머지 구도 二物을 배합하거나 이야기(物語) 속의 단어 혹은 故事 등을 모두 배합하여 하나의 구에 잘 이어 붙여 융합한 것이다.29)

이 인용 구절에서 '계절과 계절'("季と季")이라는 표현에 주목할 필요가 있다. 이 구절은 두 가지로 해석할 수 있는데 하나는 '상이한 두 계절'로 보는 것이고 또 하나는 '같은 계절'로 보는 것이다. 異季로 볼 경우 하나의 구에 상이한 두 계절을 담는다는 뜻으로 해석할 수 있고 위 인용 구절 바로 앞에서 교리쿠가 예를 든 인용 (6) <나무 그늘 속>에서 봄의 '찻잎따기'("茶つみ")와 여름의 '두견새'("ほととぎす")의 배합이 이에 해당한다. 한편 두 계

---

28) 교라이는 題材를 주제의 범위 내에서 구해야 한다고 보는 입장이고, 교리쿠는 밖에서 구해야 신선함을 얻을 수 있다고 보는 입장이다. 두 사람의 논쟁은 교라이의 「旅寐論」, 『蕉門俳話文集』(神田豊穂, 日本俳書大系 卷4, 日本俳書大系刊行會, 1926)과 『去來抄』「修行」, 『連歌論集·能樂論集·俳論集』(伊地知鐵男·表章·栗山理一 校注·譯, 東京: 小學館, 1973, 498쪽)에서 볼 수 있다.

29) "惣別先師の句は季と季の言葉の取合せたる句十に七つ八つは是にて御座候. 其餘の句も二つ取合せ, あるは物語の言葉又は故事等もみなみな取合て, 一句によく繼目を合せたるものに候." 「雅文せうそこ」, 『蕉門俳話文集』(神田豊穂, 日本俳書大系 卷4, 日本俳書大系刊行會, 1926), 300쪽.

절을 同季로 본다면 같은 계절에 속하는 두 사물을 배합한다는 뜻으로 해석할 수 있다. 그러나 사실상 상이한 두 계절을 배합한다 해도 관습적으로 그중 하나를 '기고'(季語)[30]로 고정화하는 양상이 일반적이다. <나무 그늘 속>의 경우 季語는 '두견새'("ほととぎす")로 고착되어 있다.

그렇다면 異季든 同季든 '계절'을 배합한다는 것은 어떤 의미일까? 여기서 '계절'은 봄, 여름과 같은 계절 자체가 아니라 각 계절에 속하는 時物 특히 '자연물'을 가리키는 말이라고 보는 것이 타당하다. 결국 위 교리쿠의 언급은 異季든 同季든 바쇼의 구에서 자연물과 자연물의 배합으로 이루어진 것이 7, 8할 이상이라는 것을 말하는 것으로 볼 수 있다. 교리쿠는 그 나머지 2, 3할의 구들은 자연물 이외의 사물을 두 가지 배합하거나 이야기 및 고사와 관련된 것들의 배합으로 이루어진 것이라는 것을 말하고 있는데 앞서 든 예들 중 인용 (1)의 <발정난 고양이>에서의 '고양이'와 '개다래나무', (2)의 『겐지모노가타리』에 나오는 '사슴'과 '오노산'의 배합으로 된 구가 이에 해당한다고 할 수 있다. 이 인용 구절은 쇼몬의 도리아와세론에서 배합의 대상이 무엇인가를 말해 주는 중요한 기록이라 할 수 있다.

위 인용들을 토대로 도리아와세를 둘러싼 교리쿠의 이해를 종합하면 '도리하야스' 혹은 그 명사형인 '도리하야시'는 이질적인 두 소재 혹은 사물이 상호 작용하여 조화를 이루게 하는 방법을, '도리하야스詞'는 그런 작용을 하는 언어표현을, 그리고 '도리아와세'는 도리하야스 작용과 도리하야스詞에 기반하여 句를 짓는 것을 가리키는 것이라고 요약할 수 있다. 앞으로 이 글에서 '도리하야시'는 메아리처럼 두 사물이 서로 反響을 일으켜 구에 새로운 여운을 가져오게 하는 방법이라는 의미에서 '두 사물간의 反響作用'-줄여서 '反響作用'-으로, 도리하야스 고토바(詞)는 '연결어'로 번역하여 칭하고자 한다.

---

30) '季語'란 특정 계절과 관련된 단어나 문구 또는 소재를 가리킨다.

이 용어들에 기초하여 앞서 인용한 (4) 교리쿠의 구 <매화향>을 예로 들어 도리아와세 양상을 설명해 보도록 한다. 이 구에서 '매화향'과 '연노랑 수반'이 지니고 있는 의미를 각각 A와 B라 할 때, 이 두 사물 및 그 의미는 '나그네의 코'라는 연결어로 중재됨으로써 서로의 의미 영역에 스며들어가 반향작용을 일으키게 된다. 그리하여 '매화향'은 'A+b', '연노랑 수반'은 'B+a'와 같이 상대 사물의 의미요소를 안에 포함하게 되고 '수반에 꽂혀 있는 매화꽃의 향기'라는 새로운 의미를 창출하게 된다. 결국 이 구는 '수반에 꽂힌 매화의 향기를 맡는다'고 하는 내용을 표현하는 방향으로 도리아와세가 이루어진다고 할 수 있다.

(8) から鮭も空也の瘦も寒の内
    (말린 연어도 수척한 구야僧[31])도 엄동설한 속. 翁)
    角大師井手の蛙の干乾かな
    (쓰노 대사, 우물가의 개구리 미라로다. 許六)

위 작품은 교리쿠가 도리아와세의 예로 든 바쇼의 句와 자신의 句이다.[32] 바쇼의 구에서 '연어'와 '구야僧'의 조합은 바쇼 구의 7, 8할을 차지하는 자연물과 자연물의 배합 이외의 2, 3할에 해당하는 예라 할 수 있다. 성질이 다른 이 두 항은 '마르고 야윈 상태'라는 점에서 공통점을 찾을 수 있고 그같은 동질성을 연상케 하는 것이 '엄동설한'("寒の内")이라는 연결어이다. 季語 '칸노우치'("寒の内")는 24절기 중 小寒부터 立春 前日까지 약 30일간의 가장 추운 기간을 가리키는데 '말린 연어'[33)와 구야僧은 冬季를 대

---

31) 구야(空也)는 헤이안 시대의 승려로 천태종의 일파인 空也派 空也念佛의 祖로 일컬어지는 空也大師(903~972)인데 여기서는 空也僧을 가리킨다. 이들은 구야 대사의 忌日인 11월 13일부터 48일 동안 밤에 징과 표주박을 두드리고 염불을 외우면서 교토 內外를 돌아다닌다. 『松尾芭蕉集』(『日本古典文學全集』 41, 小學館, 1972·1989), 192쪽, 321번 句의 주 1번.
32) 『俳諧問答』 「自得發明辯」, 161쪽.

표하는 時物이라는 점에서 有緣性을 지닌다고 할 수 있다. '空也念佛'이란 음력 11월 13일부터 除夜까지 바리때를 두드리며 염불을 하는 것을 말하는데 구야 대사로부터 시작되었기 때문에 이렇게 불린다. 겨울철에 먹기 위해 내장을 빼고 소금간을 해서 말린 연어나 겨울날 염불을 하고 다닌 탓에 추위에 꽁꽁 얼어붙은 구야僧은 모두 살이 없이 바짝 야윈 모습이라는 점에서 공통적이다. 이같은 有緣 관계에 있는 二物은 '엄동설한'이라는 연결어에 의해 의미상 상호 반향작용을 일으키며 '말린 연어'와 '야윈 구야僧'으로 구체화되는 것이다.

교리쿠의 구에서도 상이한 성질을 지닌 '쓰노 대사'와 '개구리'가 대응되어 있는데 머리에 두 개의 뿔이 나 있고 피골이 상접한 모습으로 묘사되는 쓰노 대사[34]와 미라처럼 되어 버린 개구리는 '흉측하고 바짝 마른 상태'라는 공통점을 지닌다. 이 구는 도리아와세를 이루는 두 요소가 비유관계로 연결되어 쓰노 대사라고 하는 추상적인 피비유항(tenor)을 드러내기 위해 구체적인 이미지를 지닌 '개구리 미라'를 비유항(vehicle)으로 활용하고 있다. 여기서 특이한 점은 'かな'라는 감탄성을 띤 종결조사가 양자를 연관 짓는 매개어 즉 연결어로 작용하고 있다는 사실이다. 바쇼의 구 <말린 연어>의 경우는 '엄동설한' 외에 'も'라고 하는 조사 또한 연결어의 기능을 하고 있다는 점에 주목해야 한다. 'も'는 이 조사가 붙는 말이 앞에 제시된 말과 同類의 성격을 띠는 것을 나타내거나, 동류의 사물을 몇 가지 늘어놓을 때 사용되는 조사이다. 그러므로 이 조사는 '말린 연어'와 '구야승'이 同格의 관계에 놓여 있음을 말해 주는 연결어로 작용하는 것이다.

여기서 주목할 점은 교리쿠가 자신의 구에 대해 바쇼의 구 '야윈 空也僧

---

33) 대표적인 겨울철 식품으로, 연어의 내장을 제거하고 소금간을 하여 말린 것이다.

34) 쓰노 대사는 헤이안 시대 천태종의 승려 元三大師 良源(912~985)을 가리키는데 머리에 두 개의 뿔을 가진 모습으로 묘사된다. 元三大師가 야차와 같은 형상을 하고 악귀나 역병을 물리친다고 전해진다.

에 배합을 하여 지은 구'35)로 설명하고 있다는 사실이다. 이것은 교리쿠가
도리아와세라는 것을 하나의 句 안에서 이루어지는 것만이 아닌, 구와 구
사이에도 적용되는 作句 방법으로 이해하고 있음을 말해 주는 부분이라 하
겠다.

4. 교라이(去來)의 도리아와세론

쇼몬에서 도리아와세에 대해 긍정적 관심을 기울였던 교리쿠와는 달리
무카이 교라이(向井去來, 1651~1704)나 시다 야바(志太野坡, 1662~1740)는
다소 부정적인 입장을 보인다.

> (9) 도리아와세가 아닌 一物句作法에 의한 句는 애를 써도 초심자가 미칠 수
> 없는 것이므로 대개는 도리아와세를 法式인 것처럼 행한다.36)

여기서 一物句作法은 '이치모쓰지다테'(一物仕立て)37)를 번역한 것인데
야바는 도리아와세에 의한 句作보다 一物句作法을 우위에 놓고 있음을 알
수 있다.38)

교라이도 '이것–도리아와세–은 스승께서 홋쿠의 한 면만을 말씀하신 가

---

35) "是空也の瘦の取合にて作る句也."『俳諧問答』「自得發明辯」, 161쪽.

36) "取合せなくて一物仕立候句は 骨折れ初心の及なぬ所に候へば大方取合せを格式のやう
に致し候." 志太野坡,「雅文せうそこ」,『蕉門俳話文集』, 302쪽.

37) 구를 지을 때 두 개의 사물을 배합하지 않고 하나의 사물만을 소재로 하여 짓는 방법.

38) 교라이도 '사물을 배합하면 구를 많이 그리고 빨리 지을 수 있다. 初學者는 이를 염두에
두어야 하지만 높은 수준에 이르면 도리아와세를 하고 안 하고는 문제가 되지 않는다'
("物を取合せて作する時は, 句多く吟速かなり. 初學の人, 是を思ふべし. 功成るに及んで
は, 取合す, 取合せざるの論にあらず"")고 하여 도리아와세를 초학자들이나 관심을 가질
만한 것으로 치부하고 있다. 向井去來,『去來抄』,『連歌論集·能樂論集·俳論集』, 498쪽.

르침이다'39)라고 하면서 하마다 샤도(濱田酒堂, ?~1737)에게 준 바쇼의 가르침을 다음과 같이 소개한다.

> (10) 스승께서는 "홋쿠는 처음부터 막힘없이 술술 말해나가는 것을 上品으로 친다"고 하셨다. 샤도가 말하기를 "스승께서는 '홋쿠는 너(샤도)처럼 두세 개의 사물을 끌어모으는 것이 아니다. 마치 금을 두드려 펴는 것 같이 해야 한다'"고 하셨다.40)

여기서 '금을 두드려 펴는 것처럼 한다'는 것이 가르침의 핵심이라 하겠는데 '금'은 인공이 가해지지 않은 원래의 '금덩어리' 즉 老子가 말하는 '素朴'-'素'는 물들이지 않은 흰 명주, '朴'은 다듬어지지 않은 통나무-41)과 같은 것이라 할 수 있고, '두드려 펴는' 행위는 그것을 용도에 맞게 다듬고 정리하는 것을 의미한다고 볼 수 있다. 다시 말해 바쇼는 이 가르침에서 도리아와세에 필요한 소재나 사물을 '금'에, 그 소재들을 능숙하게 배합하여 반향작용을 일으키도록 하는 것을 '두드려 펴는' 행위에 비유했다고 생각한다.

야바와 교라이의 위의 언급들에 따르면 자칫 바쇼가 도리아와세를 수준이 낮은 작법 또는 초심자나 행하는 것으로 치부한 것처럼 오해하기 쉬우나 우리는 여기서 바쇼의 진의를 파악할 필요가 있다. 도리아와세를 두고 바쇼가 말하고자 한 속뜻은 몇 개 사물을 모으는 것 자체가 중요한 것이 아니라 그것을 '능숙하고' '조화롭게' 배합하는 것, 다시 말해 '二物間 반향작용'이 이루어지도록 하는 일이 중요하다는 것을 일깨우고자 한 것으로 보인다. 앞

---

39) 向井去來, 「旅寐論」, 『蕉門俳話文集』.
40) "先師曰く '發句は頭よりすらすらといひ下し來るを上品とす.' 酒堂曰く '先師, 發句は汝が如く二つ三つ取り集めする物にあらず. ごがねを打ちのべたるが如くなるべし'となり." 이 말은 「旅寐論」에도 나온다.
41) 老子, 『道德經』

서 교리쿠가 '二物을 배합하여 잘 조화를 시키는 사람이 高手'라고 소개한 바쇼의 가르침 역시 이같은 진의를 말해 주는 것이라 할 수 있다.

5. 나가는 말: 쇼몬에서의 도리아와세

지금까지 바쇼 및 그 제자들이 도리아와세를 어떻게 이해하고 있었는가를 살펴보았다. 이들을 종합하여 쇼몬의 도리아와세론을 다음과 같이 요약해 볼 수 있다.

첫째, 쇼몬에서는 도리아와세를 홋쿠의 본질로 이해하고 있었다는 점을 들 수 있다. 교리쿠가 전한 '홋쿠는 결국 도리아와세의 산물("取合物")이라고 한 바쇼의 가르침[42]은 바로 이 점을 명백히 한 것이다. 핫토리 도호(服部土芳) 또한 '홋쿠는 갔다가 돌아오는 마음과 같은 풍미를 지닌다'[43]고 언급한 뒤 이어 '스승께서도 "홋쿠는 도리아와세의 산물이라는 것을 알아야 한다"고 하셨다'[44]고 함으로써 '갔다가 돌아오는 마음'과 '도리아와세'를 동일 선상에서 파악하고 이를 홋쿠의 핵심으로 전하고 있다. 도호는 '갔다가 돌아오는 마음'이 어떠한 것인지 구체적으로 설명하지는 않았지만 메아리처럼 진원지에서 출발한 소리가 반향을 일으키고 다시 진원지로 되돌아오는 성질, 또는 어느 한 쪽으로의 일방통행이 아닌 兩方 혹은 雙方 통행의 성격을 띠는 것을 의미했다고 본다. 그리고 이는 교리쿠가 말하는 '二物間 反響作用' 즉 도리하야시와 흡사하다는 것을 알 수 있다.

둘째, 쇼몬에서 '도리아와세'란 두 소재나 사물을 잘 조합하여 구를 짓는

---

42) 이에 대한 교리쿠의 언급은 주 15번 참고.

43) "發句の事は, 行きて歸る心の味はひなり." 服部土芳, 『三冊子』, 『連歌論集・能樂論集・俳論集』, 592쪽.

44) "先師も發句は取合せ物と知るべし." 같은 곳.

作法을, '도리하야시'란 두 소재간의 反響作用을, 그리고 '도리하야스 고토바'란 두 소재가 반향작용을 일으키도록 돕는 말이나 표현, 즉 연결어를 가리키는 말로 사용되었다.

셋째, 배합이 이루어지는 소재의 數를 볼 때 소재를 둘 셋 모아놓기만한다고 해서 좋은 구가 되기 어렵다는 바쇼의 가르침에 의거하면 꼭 두 개의 사물을 조합하는 것만은 아니라 하겠지만 대개는 두 소재가 주류를 이룬다는 점에서 도리아와세를 '二物配合'으로 번역하는 것이 타당성을 얻게 된다. 또한 도리아와세의 소재는 앞서 인용 (1) <발정난 고양이>에서 보듯 사물이 아닌 당대 유행가나 고우타(小唄)의 제목이나 구절, 혹은 속담이나 故事가 될 수도 있고 인용 (2) <내 손에>에서 보는 것처럼 이야기(物語) 속의 단어가 될 수도 있지만 대개는 사물이나 경치 혹은 자연물이 주를 이룬다는 것도 아울러 기억할 필요가 있다.

넷째, 도리아와세의 예를 든 구들을 보면 대개 二物 중 하나는 '기고'(季語)에 해당한다는 것을 알 수 있다.45) 季語는 주로 어떤 계절의 대표적 사물 특히 자연현상이나 꽃·새·벌레 등의 자연물, 천문·지리·행사·세시풍속·생활 등과 같이 추상어보다는 구체어인 경우가 많다. 앞에서 든 작품들을 예로 들면 <발정난 고양이>(1-左)의 가을철 계어 '개다래나무', <아내향한>(1-右)의 봄철 계어 '고양이 氣鬱症',46) 인용 (2) <내 손에>의 가을철 계어 '사슴', 인용 (6)에 포함된 <나무 그늘 속>의 여름철 계어 '두견새'가 이에 해당한다.

다섯째, 구에 二物이 배치되는 양상을 보면 5/7/5 구성에서 5-7, 5-5, 57-5, 5-75, 7-5와 같이 다양한 패턴을 보인다. 논자에 따라서는 구기레(句

---

45) 반드시 그런 것은 아니다. <말린 연어>의 경우 季語는 이물배합의 대상인 '말린 연어'와 '空也僧'이 아니라 '寒の內'이다.

46) '고양이의 氣鬱症("猫のらうさいけ")은 봄철 계어인 '猫戀'의 子季語이다.

切)나 기레지(切字)와 관계를 짓기도 하나 이것들은 한 句의 통사적 구성에 관한 것이기 때문에 두 소재를 어느 곳에 배치하느냐의 문제와는 전혀 다른 관점이다. 앞에서 인용한 작품들 중 <발정난 고양이>(1-左)와 인용 (4)의 <매화향>은 5-5, 인용 (6) <나무 그늘 속>은 7-5, 인용 (8) <쓰노 대사>와 인용 (2) <내 손에>와 인용 (1-右) <아내향한>은 5-75, 인용 (8)의 <말린 연어>는 5-7의 배열을 보인다.

이 중 인용 (6) <나무 그늘 속>의 예를 들어 설명해 보면 다음과 같다.

木がくれて/茶つみもきくや/ほととぎす
(나무 그늘 속/ 아낙네 찻잎따는 소리/ 두견새여.)

이 바쇼의 구는 '찻잎따기'-혹은 찻잎따는 아낙네[47]-와 '두견새'라는 二物이 中 7字句와 下 5字句에 배치된 경우다. 교리쿠는 "木がくれて"라는 도리하야스 고토바 즉 연결어가 이 구를 名句로 만들었다고 했는데 이 외에도 "も"와 "きくや"도 二物 간의 반향작용을 돕는 연결어 구실을 한다. 이 단어들을 통해 이물배합의 두 사물인 두견새 소리와 찻잎따는 사람들의 말소리를 동시에 듣고 있는 상황을 연상할 수 있기 때문이다.

---

47) "茶つみ"는 찻잎을 따는 '일'과 '사람' 두 가지를 모두 의미한다. 찻잎따는 일은 婦女의 일이다.

바쇼 하이쿠에서의 '二物配合'과 '比喩法'의 관련 양상

1. 도리아와세(取合せ), 二物配合, 비유법

이 글은 본서 「쇼몬(蕉門)의 도리아와세론(取合論)의 전개」에서 논의된 것을 토대로 하여 바쇼의 하이쿠[1]를 조명하는 데 목표를 둔다. 이 글에서 '二物配合'이라는 용어는 쇼몬에서 말하는 '도리아와세'(取合せ)에 대한 번역어로서 이 글은 구체적으로 쇼몬에서 말하는 이 이물배합이 비유법과 밀접한 관련이 있다는 점에 착안하여 의도된 것이다. 쇼몬에서 '도리아와세'는 두 소재나 사물을 잘 조합하여 구를 짓는 句作法을, '도리하야스' 혹은 이의 명사형인 '도리하야시'는 이질적인 두 소재 혹은 사물이 상호 작용하여 조화를 이루게 하는 방법을, 그리고 '도리하야스 고토바'(とりはやす詞)는 두 소재가 조화롭게 상호작용을 일으키도록 돕는 말이나 표현을 가리킨다.[2] 요컨대 쇼몬에서 말하는 도리아와세란, 배합이 이루어지는 두 사물 간의 반

---

1) 하이카이(俳諧)의 첫구를 가리키는 홋쿠(發句)라는 말 대신 하이쿠(俳句)라는 말을 사용하기로 한다. 보통 하이카이를 위한 홋쿠를 '다테쿠'(立句), 하이카이로부터 독립하여 그 자체로 지어진 것을 '지홋쿠'(地發句)라 하는데 이 글에서는 다테쿠로서 지어진 것도 하이카이의 맥락을 떠나 독립된 구로 다루게 되므로 하이쿠라는 말로 통일하고자 한다.
2) 자세한 것은 본서 「쇼몬의 도리아와세론의 전개」 참고.

향작용과 도리하야스 고토바에 기반하여 句를 짓는 것을 가리키는 것이라고 할 수 있다.

이물배합론이 쇼몬의 문학론에서 특히 중요한 의미를 지니는 것은 '홋쿠는 결국 이물배합의 산물("發句は畢竟取合物")'이라는 바쇼의 가르침에서 알 수 있듯 이것이 그들에게 홋쿠(發句)-하이쿠(俳句)-의 본질로 이해되고 있었기 때문이다.[3] 이물배합에 대해서는 쇼몬 이전에도 언급이 있어왔지만 바쇼와 그 문인들에 의해 집중적인 논의가 이루어졌고 쇼몬에서의 이물배합론이라는 것은 사실 위와 같은 바쇼의 가르침에 의거하고 있기 때문에 바쇼의 하이쿠 작법론으로 이해해도 큰 무리가 없다.

한편 비유법은 표현하고자 하는 바를 구체적이고도 생생하게 나타내기 위해 다른 사물을 이끌어 쓰는 수사법이다. 원래 표현하고자 하는 의도 혹은 主旨를 '被비유항'(tenor), 이것을 효과적으로 드러내기 위해 끌어오는 다른 사물을 '비유항'(vehicle)이라 하는데 피비유항은 대개 추상적이고 불확실하고 모호한 개념이며 비유항은 구체적이고 잘 알려진 것이다. 이물배합에서 배합이 이루어지는 두 사물이 상호 반향작용을 일으켜 비유항 또는 피비유항의 구실을 하고 그 결과로 의미의 전이나 확장이 이루어진다는 점에서 비유법과 흡사하다고 보는 것이다. 이 글에서 이물배합론과 비유론의 관련하에 바쇼 하이쿠의 특성을 조명하고자 하는 것은 이 때문이다. 필자가 생각하는 이물배합과 비유법의 관계는 '이물배합=비유법'의 양상이 아니라 이물배합이 일련의 작용과 과정을 거쳐 비유법으로 구체화되는 '이물배합 → 비유법'의 양상이다.

바쇼의 문학세계는 기행문, 일기, 서간, 하이카이, 하이쿠, 하이분(俳文) 등 광범한 영역에 걸쳐 있고 각 영역별로 수많은 연구가 행해져 왔는데 텍스트 자체에 논점을 모아 수사법 혹은 표현법을 집중적으로 분석한 예는

---

3) 앞의 글.

그리 많아 보이지 않는다. 더구나 하이쿠에 국한해서 볼 때 수사법 특히 비유법의 측면에서 접근한 연구는 극히 소수에 불과하다.4) 이 점에서 이누이 히로유키(乾裕幸)와 하루오 시라네(ハルオ シラネ)의 언급은 이 글의 논지와 관련하여 검토해 볼 필요가 있다.

이누이는 하이쿠에서 多用되는 수사법으로 비유를 들고 바쇼의 비유법의 특징은 '피비유항과 비유항5)이 一義的 同一性에 근거해 있는 데이몬(貞門)·단린(談林)과는 달리 多義的 성격 즉 상징성을 근거로 하여 형성'되는 점에 있다고 하였다. 그리고 구에서 피비유항이나 비유항이 생략되는 것은 단린시대에도 이미 많이 발견되는 양상인데 바쇼의 경우 비유항이 독립되어 은유 혹은 풍유를 생산해 낸다고 하였다.6)

시라네는 '바쇼와 일본학'이라는 주제의 대담에서 먼저 서양에서 하이쿠는 사물을 직접 묘사하는 것으로 이해되는 경향이 있음을 지적하고 피비유항이 숨어 있는 은유의 경우 外物에 기탁하여 간접적으로 자신의 심정을 토로하는 '寄物陳思'의 전통 및 어떤 사물의 본질적 특성을 가리키는 '혼죠'(本情)의 문제와 관련이 있음을 시사하였다. 그리고 하이쿠에서의 은유는 보통 서양의 기준으로 말하는 은유와는 달리 구 전체가 숨어 있는 피비유항을 표현하기 위한 비유항의 성격을 띤다고 하면서 이때 혼죠가 피비유항의 구실을 한다고 하였다.7)

비유항이 독립되어 은유를 구성한다고 보는 이누이의 관점이나 구 전체가 비유항의 구실을 한다고 보는 시라네의 관점은 본고에서 후술할 B형 이

---

4) 바쇼 하이쿠에 대한 연구사는 井本農一의 「芭蕉發句研究史」(『芭蕉の文學の研究』, 東京: 角川書店, 1978) 참고.

5) 일본에서는 보통 tenor를 '原義', vehicle을 '喩義'로 번역한다. 그러나 이 글에서는 다른 부분과의 일관성을 위해 피비유항, 비유항이라는 용어로 대치한다.

6) 乾裕幸, 「俳句のレトリック」, 『俳句の現在と古典』(平凡社, 1988), 136～138쪽.

7) 「芭蕉, そして日本學」, 『芭蕉研究事典』(≪國文學≫ 1994년 3월호, 學燈社), 15～17쪽.

물배합의 양상과 유사하나 이들의 비유법 논의와 본고의 논지는 '이물배합'이라는 연결고리를 토대로 하느냐의 여부에 근본적인 차이가 있다고 하겠다. 한편 가와모토(川本皓嗣)는 '일본의 시는 서양만큼 비유의 사용에 열심이지 않고 바쇼는 특히 그렇다'고 한 요시카와(吉川幸次郎)의 의견을 인용하면서 '비유를 바쇼 수사법의 중핵으로 위치지울 수 있는가'하는 의문 제기한 바 있다.8)

이 글에서 바쇼의 구는 산문 서술 속에 삽입된 것을 대상으로 하고자 하는데 그 이유는 이물배합론을 비유법과 연관지어 살핌에 있어 作句 背景이나 동기에 관한 서술을 통해 해당 구의 피비유항을 유추하는 실마리로 삼을 수 있기 때문이다. 이 글에서는 특히 『오쿠의 좁은 길』(『奧の細道』)—이하 여행은 '오쿠'로 기행문은 『오쿠』로 나타냄—에 삽입되어 있는 것을 주 대상으로 하고자 한다. 그리고 앞으로 이 글에서 '도리아와세'는 '二物配合'으로, '도리하야스' 혹은 '도리하야시'는 '二物間 反響作用'으로, 그리고 '도리하야스 고토바'(とりはやす詞)는 '연결어'로 번역하여 사용하고 꼭 필요한 경우에는 원래 표현도 병행하고자 한다.

구체적 논의를 전개하기 전에 먼저 '이물배합'이라는 용어의 사용에 관해서 짚고 넘어갈 사항이 있다. 쇼몬에서는 조합이 이루어지는 소재의 數를 꼭 두 개로 한정한 것은 아니고 '둘 셋'이라 하여 융통성을 부여하고 있지만 두 개의 경우가 다수를 이루기 때문에 이 글에서는 '二物配合'이라는 번역어를 채택한 것이다. 그러므로 경우에 따라 三物配合이라는 말도 사용될 수 있음을 명시하고자 한다.

---

8) 川本皓司, 「發句の文體と表現構造」, 위의 책, 32쪽.

2. 二物配合에 대한 예비적 검토

그러면 이제 바쇼 하이쿠에서의 이물배합과 비유법의 관련 양상을 살피기 위한 예비작업으로 이물배합으로 규정될 수 있는 요건 및 이물배합의 문학적 성격에 대해 알아보기로 한다.

(1) 庭掃いて/出でばや寺に/散る柳
    (뜰 쓸어놓고/ 떠나고 싶네 절간에/ 지는 버들잎, 분절은 필자. 이하 同)9)

위 구에는 '뜰' '절' '버들'이라고 하는 세 사물이 등장하지만 '뜰'은 '절'의 한 부분이므로 '절간의 뜰'과 '지는 버들잎'이라는 두 개의 소재로 압축된다. 그런데 이 두 의미요소는 대등한 비중을 지니는 것이 아니라는 점에 주목해야 한다. '절간의 뜰'은 '버들잎'이 지는 공간으로서의 의미만을 지닐 뿐이다. 따라서 의미의 초점은 '지는 버들잎'에 집중되어 있다고 할 수 있다.

우리는 여기서 '素材'와 '題材'를 구분할 필요가 있다. '소재'가 한 텍스트를 만들어내는 데 필요한 재료를 총체적으로 일컫는 말이라면 '제재'는 소재 중에서 그 텍스트의 '주제'를 구체화하는 데 직접적으로 간여하는 것 다시 말해 主素材를 가리키는 말이라 할 수 있다. 하이쿠의 이물배합을 논할 때 二物은 소재가 아닌 제재의 개념으로 이해해야 하며 이물배합이란 이 두 제재가 상호 반향작용을 일으켜 그것들이 독립적으로 존재할 때 지니는 의미, 그 이상의 새로운 의미를 갖게 되는 것을 가리킨다.

二物에 대한 이해를 토대로 예 (1)을 보면 소재는 두 세 개라 할 수 있으나 제재라고 할 만한 것은 여름의 季語인 '지는 버들잎' 뿐이다. 이 구는

---

9) 『奧の細道』, 『松尾芭蕉集』(井本農一·堀信夫·村松友次 校注·譯, 東京:小學館, 1971). 이하 이 기행문에서 인용된 것의 서지사항은 생략하고 그 외의 작품집에서 인용한 것만 서지사항을 밝히도록 한다. 작품은 편의상 5/7/5 세 단위로 분절하여 인용하였다.

바쇼가 젠쇼사(全昌寺)에서 하룻밤을 묵고 다른 목적지로 가기 위해 서둘러 절을 내려오자 그 절의 젊은 스님들이 구를 청하기에 마침 절의 뜰에 버들잎이 지는 장면이 눈에 들어와 즉흥적으로 읊은 것이다. 이같은 作句 배경은 이 구에서 '절'이나 '뜰'은 '지는 버들잎'이라는 제재를 부각시키는 부수적 소재일 뿐이라는 것을 말해 준다. 그리고 '지는 버들잎'이라는 제재를 중심으로 한 서술이 구를 이루고 있다는 점에서 이물배합이 아닌 '이치 모쓰지다테'(一物仕立て)10) 즉 一物句作法에 의한 句로 볼 수 있다. 이로부터 '텍스트 主旨를 구체화하는 데 직접적으로 간여하는 두 개(경우에 따라서는 세 개)의 제재가 활용되어야 한다'고 하는 이물배합의 첫 번째 요건이 성립한다.

(2) 今日よりや/書付消さん11)/笠の露
　　(오늘부터는/ '동행' 字 지워야겠지/ 삿갓의 이슬)

위 구는 '오쿠' 여행을 함께 떠났던 소라와 이별하게 되는 아쉬움을 표현한 것인데 이 작품을 이해하기 위해서는 먼저 '삿갓의 이슬'("笠の露")에서 '삿갓'과 '이슬'을 二物로 보느냐 一物로 보느냐 하는 문제를 해결해야 한다. 즉 이물배합에 의한 구인가 一物句作法에 의한 구인가의 문제이다. 이에 대한 답은 '이슬'을 한정하는 단어인 '삿갓'을 다른 단어로 바꾸어 봄으로써 실마리를 찾을 수 있다. '국화'나 '마당' 등과 같이 이슬의 속성을 한정할 수 있는 단어를 넣어 '국화의 이슬' '마당의 이슬'로 대치하면 '동행이라는

---

10) 구를 지을 때 두 개의 사물을 배합하지 않고 하나의 사물만을 소재로 하여 짓는 방법.

11) '오쿠' 여행을 떠날 때 바쇼는 제자인 소라(曾良)와 동행했는데 소라가 복통을 일으키는 바람에 바쇼와 헤어져 친척 집으로 가게 되자 그 아쉬운 마음을 이 구에 담아 표현하였다. 原文은 '여행을 떠날 때부터 삿갓에 씌어 있던「同行二人」이라는 문구를 지워야 할까 보다'의 뜻이지만 이렇게 하면 글자 수가 너무 길어져 속뜻을 살려 '동행 字 지워야겠지'라고 번역하였다.

글자를 지워야 한다'고 하는 앞의 맥락과 자연스러운 호응이 이루어지지 않는다. 왜냐면 '동행'이란 함께 길을 가는 것이고 그 글자를 지운다는 것은 혼자 길을 가는 것을 뜻하므로 '국화의 이슬'이나 '마당의 이슬'은 '길을 간다'라는 문맥과 조화를 이루지 못하기 때문이다.

한편 '삿갓'의 경우는 바쇼와 같은 半俗半僧의 존재가 길을 떠나는 데 필수적인 용품이기 때문에 '이슬'을 한정하는 단어로 적격이라 할 수 있다. 그렇다면 '삿갓'과 '이슬'은 서로 호응이 되면서 의미상으로 대등한 무게를 지니는 二物로 이해할 수 있다. 즉, '삿갓의 이슬'이라는 구절에서의 의미의 초점이 주어진 것은 '이슬' 하나가 아니라 '삿갓'과 '이슬' 두 개가 되는 것이다. '이슬' 하나에 무게중심이 놓인다면 '삿갓' 대신 어떤 사물이 와도 구의 의미나 주제에 변화가 없을 것이기 때문이다. 요컨대 이 구는 '삿갓'과 '이슬'이라는 두 題材에 의해 주제가 구축되는 이물배합의 구라 할 수 있다.

이 구는 '이슬'을 일본 시가의 전통에 따라 '눈물'의 비유로 보느냐 아니면 액면 그대로 수증기같이 '작은 물방울'로 보느냐에 따라 그 해석이 달라질 수 있다. 이 두 가지 해석이 다 가능하지만 이 구가 삽입되어 있는 『오쿠』의 맥락을 보면 '떠나가는 이의 슬픔, 남겨진 이의 아쉬움은 마치 민댕기물떼새 한 마리가 지금까지 함께 날던 친구 새와 헤어져 구름 사이를 헤매는 것과 같아서 나도 다음과 같은 구를 짓는다'[12]라고 하는 내용 뒤에 이 하이쿠가 삽입되어 있어 前者의 해석, 즉 이슬을 '눈물'에 대한 비유로 보는 관점을 택하는 것이 좀 더 자연스럽다고 할 수 있다.

'삿갓'과 '이슬'이라는 두 제재가 결합하여 '삿갓의 이슬'이 되면 상호 반향작용을 일으켜 '삿갓을 쓴 사람-나, 바쇼-의 눈물'이라는 새로운 의미가 형성되는데 이것이 비유항으로 작용하고 여기에 「동행」 字 지워야겠지'라는 연결어의 도움이 가해져 '이별의 슬픔'이라는 피비유항이 추출된다. 이처

---

12) "行ものの悲しみ, 殘るもののうらみ, 隻鳧のわかれて雲にまよふがごとし. 予も又 (句)

럼 이물배합은 두 제재의 상호 반향작용으로 새로운 의미가 조성된다고 하는 문학적 특성을 지니게 되며 이때의 새로운 의미가 구의 비유항 혹은 피비유항이 된다. <오늘부터는>13)은 두 제재가 상호 반향작용을 일으켜 조성된 새로운 의미가 비유항이 되는 예인데 경우에 따라서는 피비유항이 되기도 한다.14) 요컨대 '이슬'을 '눈물'로 볼 때 이 구는 '삿갓을 쓴 사람의 눈물'을 비유항, '이별의 슬픔'을 피비유항으로 하는 구로 이해할 수 있다.

이물배합의 요건과 문학적 성격을 알아보기 위해 다른 구를 예로 들어보기로 한다.

(3) 塚も/動けわが泣く/聲は秋の風
　　(무덤도/ 움직여다오 내 울음소리는/ 가을날 바람)

위 구는 바쇼가 '오쿠' 여행길에서 가나자와(金澤)에 이르렀을 때 그 지역의 하이카이 名人이었던 잇쇼(一笑)를 추모하는 하이카이會에서 지은 것으로 이 구에서 '무덤'은 바로 잇쇼의 무덤을 가리킨다. 이 구에는 '무덤' '울음소리' '가을바람'과 같은 소재가 활용되어 있는데 명백하게 '나의 울음소리'가 '가을바람'에 비유되어 'a=b'라는 등식관계를 성립시키고 있다는 점, 다시 말해 二物이 은유를 이루고 있다는 점에서 이 둘을 핵심 소재 즉 제재로 볼 수 있다. '무덤도 움직여다오'라는 구절은 '쓸쓸함' 혹은 '처량함'이라고 하는, '가을바람'과 '나의 울음소리'의 유사성을 확인할 수 있도록 돕는 구실을 하는 '연결어'이다. 그리하여 이 구는 '내 울음소리는 가을날 바람처럼 처량하다'는 비유법을 토대로 하여 잇쇼의 무덤 앞에서 그의 夭折15)을 애

---

13) 하이쿠는 제목이 없으므로 편의상 번역 첫 구절을 따서 제목으로 삼기로 한다.

14) 뒤에 예를 든 (11) <말린 연어도>나 (20) <벼룩과 이>의 경우 二物 혹은 三物이 상호 반향작용을 일으켜 곧바로 피비유항을 형성하는 양상을 보여준다.

15) 잇쇼는 36세의 나이로 요절하였다.

석해하는 심정을 표현한 구로 읽히게 된다. 위 구에서 특기할 사항은 二物 중 하나('나의 울음소리')는 피비유항, 다른 하나('가을바람')는 비유항으로 작용한다는 점이다. 이 점은 문면에 나타나 있는 二物-삿갓과 이슬-이 결합하여 비유항으로 작용하고 이로부터 피비유항-이별의 아쉬움-이 유추되는 (2)의 경우와 차이를 보인다.

이 두 예를 통해 몇 가지 짚고 넘어갈 사항이 있는데 그것은 이물배합에서의 '연결어'의 성격과 '기고'(季語)에 관한 것이다. 먼저 이물배합에서의 연결어는 직유법에서 비유항과 피비유항을 연결하는 '~처럼' '~같이' '~인 듯'과 같은 매개항과는 성격이 전혀 다르다는 점을 인식할 필요가 있다. 직유법의 경우 매개항은 두 항간의 유사성을 드러내는 구실을 하는 것에 비해 이물배합의 연결어는 두 항-二物 즉 두 제재-가 상호 반향작용을 일으키도록 돕는 구실을 한다는 근본적 차이가 있는 것이다. 다음 '기고'의 경우 반드시 그런 것은 아니지만 (2)에서의 '이슬' (3)에서의 '가을바람'과 같이 이물배합의 두 제재 중 하나가 기고에 해당하는 예가 많다고 하는 점을 지적하고자 한다.

우리는 바쇼 하이쿠의 이물배합 양상을 비유론과 관련지어 살피기 위한 예비단계로 몇 개의 하이쿠 텍스트를 분석해 보았는데 그 결과 다음과 같이 이물배합의 조건과 문학적 성격을 제시해 볼 수 있다.

(가) 이물배합의 구로 규정되기 위해서는 텍스트 主旨의 구현에 직접적으로 간여하는 두 개(경우에 따라서는 세 개)의 題材가 있어야 한다. 둘 중 하나는 季語인 경우가 많다.

(나) 이물배합에 의한 구가 모두 비유법과 연결되는 것은 아니나, 대부분의 이물배합은 비유법을 구현하는 직접적 요소가 된다. 이물배합이 비유법으로 구현될 때는 (2)처럼 두 제재가 모두 비유항으로 작용할 수도 있고 (3)처럼 하나는 피비유항, 다른 하나는 비유항으로 작용할 수도 있다.

(다) 이물배합이 비유법으로 이어질 때 비유항과 피비유항이 문면에 드러나 있

어 피비유항을 유추하는 과정이 필요없는 (3)과는 달리 예 (2)와 같은 경우
는 피비유항을 유추하는 과정을 거치게 된다. 이때 두 題材가 상호 반향작용
을 행하여 둘에는 포함되어 있지 않은 의미 α가 부가되어 a+b+α라는 새로운
의미를 조성한다. 그런데 이 새롭게 조성된 의미가 비유항으로 작용하고 다
시 이 비유항으로부터 피비유항이 형성되는 이중의 과정을 거치는 경우(ⅰ)
도 있고 새롭게 조성된 의미가 곧바로 피비유항의 구실을 하는 단일한 양상
을 보이는 경우(ⅱ)도 있다. 즉 (ⅰ)은 두 제재(二物)의 상호작용→새로운
의미형성(비유항)→피비유항, (ⅱ)는 두 제재(二物)의 상호작용→새로운
의미형성(피비유항)의 양상을 띤다.

(라) 두 제재 간의 반향작용을 돕는 연결어는 직유에서 '~처럼' '~인 듯'과 같은,
두 항간의 유사성을 드러내는 매개항과는 그 성격이 다르다.

(마) 하이쿠가 삽입되어 있는 텍스트의 산문적 서술 및 作句 과정이나 배경에
대한 고토바가키는 해당 구의 이물배합 여부, 비유적 표현에 있어서 피비유
항의 파악에 중요한 단서가 될 수 있다.

3. 바쇼 하이쿠에서의 二物配合의 유형과 그 비유적 성격

앞서 이물배합의 요건에서 예 (3)처럼 두 題材 중 하나는 비유법의 피비
유항, 다른 하나가 비유항으로 작용할 수도 있고 (2)처럼 두 제재가 모두
비유항으로 작용할 수도 있다고 했는데 (3)과 같은 유형을 A형, (2)와 같은
유형을 B형으로 구분하여 논의를 전개하고자 한다.

3.1. A형 이물배합

(4) 夏草や/兵どもが/夢の跡
    (여름풀이여/ 그 옛날 무사들의/ 꿈의 자취)

이 구는 바쇼가 히라이즈미(平泉)에 이르러 후지와라 가문이 번창하던
시절의 유적지가 폐허가 되고 특히 비운의 영웅 요시츠네의 자취가 무성한

풀밭으로 변해버린 것을 보고 그 허망함을 읊은 것이다.『오쿠』에서 이때의
상황을 바쇼는 다음과 같이 서술하고 있다.

> 그 옛날 비운의 영웅 요시츠네를 비롯하여 뛰어나고 정의로웠던 무사들이 이
> 다카다치 성 안에서 굳게 버티고 싸웠건만 공명은 한때의 일이 되어 버렸고 그
> 자취는 무성한 풀밭으로 변해 있다.16)

(4)에서는 '여름풀'과 '꿈의 자취'가 이물배합을 이루고 있는데 먼저 각각
의 제재의 성격을 살펴보기로 한다. 먼저 '여름풀'은 폐허가 된 유적지의 일
부이므로 여름풀과 유적지는 부분과 전체의 관계에 놓인다. 그리고 폐허가
된 유적지는 특히 요시츠네와 관련이 있다는 점에서 다시 요시츠네와 '소유
자-소유물'의 관계를 형성한다. '요시츠네 → 요시츠네의 근거지 → 폐허가
된 유적 → 여름풀'로 의미의 전이가 이루어지고 이들은 각각 인접성에 기
초하고 있으므로 환유적 표현으로 볼 수 있다.

한편 '꿈'이라는 단어는 '옛 무사들'("兵ども")과 '자취'("跡") 양쪽에 걸쳐
있음이 눈에 띤다. '옛 무사들의 꿈'으로 해석하면 과거의 영웅적 인물들이
공명을 꿈꾸던 것이 되고, '꿈의 자취'로 해석을 하면 바쇼가 옛날 그들의
영웅적 행적을 회고하며 그것이 다 부질없는 꿈같은 것이 되고 말았다는
것을 서글퍼하는 표현이 된다.

그런데 이 두 제재가 결합하여 '여름풀=꿈의 자취'라는 등식관계를 성립
시킨다는 점에 주목할 필요가 있다. 즉, 二物은 황폐함, 허망함, 무상함이라
는 유사성을 바탕으로 한 은유관계에 놓이는 것이다. 여기서 '무사들'이라는
단어는 양자의 상호 반향작용을 도와 은유관계를 성립시키는 연결어 구실
을 한다. 보통 피비유항은 추상적·관념적이고 덜 알려진 것인 경우가 많고

---

16) "偖も義臣すぐつて此城にこもり, 功名一時の叢となる."

이를 구체적이고 잘 알려진 사물로 대치함으로써 피비유항을 선명하게 부각시키는 효과를 갖게 되는데 위 <여름풀이여>의 경우는 이와 반대로 '여름풀'이라는 구체적 사물이 피비유항이 되고 추상적 성격을 띠는 '꿈의 자취'가 비유항이 되어 있다는 점이 특이하다.

이 글에서는 이같은 형태를 A유형의 이물배합으로 규정하고자 하는데 이 유형의 가장 큰 특징은 二物 즉 구의 주제를 구현하는 두 題材가 문면에 명시되어 하나는 피비유항, 다른 하나는 비유항으로 작용함으로써 비유법을 구현한다는 점이다. 보통 피비유항과 비유항이 '~처럼' '~인 듯'과 같이 양항의 유사성을 드러내는 말로 연결되는 것을 직유, 이런 표현이 숨어 있는 것을 은유라고 하는데 A형 이물배합은 이 두 형태를 다 포함한다. 바쇼의 구뿐만 아니라 대개의 하이쿠에서는 직유보다 은유의 형태가 더 많이 발견된다. 그것은 짧은 시형식의 특성상 생략과 암시가 보편화되어 있어 군더더기가 없는 형태를 취하는 것이 자연스럽기 때문이다. 2장에서 예를 든 (3) <무덤도> 역시 '나의 울음소리=가을바람'이라는 등식관계를 성립시키는 은유의 예라 할 수 있다.

A형 이물배합은 어떤 사물이나 관념-피비유항-의 특성을 드러내기 위해 다른 사물-비유항-을 이용하여 원래 의도한 것을 代置하는 양상을 보이는데 이때 대치를 통해 '의미의 轉移'가 일어난다. 위의 경우 '꿈의 자취'로부터 '여름풀'로 의미가 옮겨가서 폐허가 된 유적지의 황폐함을 효과적으로 드러내게 된다.

여기서 주목할 점은 A형의 경우 의미의 전이를 통해 피비유항이 좀 더 확실하게 파악되는 효과를 지니는 한편 피비유항이 지닌 다양한 속성이 어느 하나로 '단순화'되는 결과를 야기하기도 한다는 사실이다. 위의 예에서 '여름풀'에 내포된 여러 속성이나 의미들이 '꿈의 자취'라는 속성으로 한정됨으로써 단순화, 축소화가 일어나는 것이다.

(5) 雲の峰/いくつ崩れて/月の山
　　(구름 봉우리/ 몇 번이나 무너져/ 달의 산 되었나)

이 구는 바쇼가 '오쿠' 여행 중 갓산(月山)에 올랐을 때 지은 것으로 구름 속에 싸여 신비스러운 느낌을 자아내는 갓산을 읊고 있다. 이때의 정경에 대해서는 『오쿠』에서

　　구름과 안개가 가득한 산의 기운을 느끼며 산속의 얼음과 눈을 밟고 오르기를 80리, 마치 해와 달이 지나는 길에 있는 구름 틈새의 관문에 들어선 게 아닐까 의심스러울 정도였다.[17]

라고 묘사한 것에도 잘 나타나 있다. 갓산을 '月の山'로 표현한 것은 앞의 '雲の峰'과 호응이 되도록 하기 위한 것으로 일종의 언어유희(pun)에 해당한다. 이 구에서는 '구름 봉우리'와 '달의 산'이 이물배합을 이루는데 '구름'과 '달'은 천체물이라는 점에서, '峰'과 '山'은 동일한 성격을 지닌 자연물이라는 점에서 유사성을 지니는 사물로 '비교'가 이루어진다. 여기서 '몇 번이나 무너져'라는 연결어의 작용으로 '구름 봉우리가 달의 산이 되었다'고 하는 의미를 추정할 수 있게 되고 양자 사이의 등가관계가 분명히 드러나게 된다. 그러나 여기서 의미의 초점은 '달의 산'에 맞추어져 있고 '구름 봉우리'는 이의 특성을 부각시키기 위한 사물로 활용되어 있다. 이로부터 피비유항인 '달의 산'과 비유항인 '구름 봉우리' 사이에 의미가 전이가 이루어지게 된다.

'구름 봉우리'로부터 '달의 산'으로 의미의 전이가 이루어짐으로써 피비유항이 더욱 선명한 이미지로 부각되는 효과를 지니지만 한편으로는 피비유항인 '달의 산'이 지닌 다양한 속성을 '구름 봉우리'로 제한하는 단순화의 결과

---

17) "雲霧山氣の中に, 氷雪を踏てのぼる事八里, 更に日月行道の雲關に入かとあやしまれ."

를 초래하기도 한다. 이처럼 A형 이물배합에서 비유가 행해지는 과정은 양자의 '비교→ 대치 및 의미의 전이→ 단순화'의 양상으로 진행된다. 아래의 예는 '감각'의 전이를 통해 '의미'의 전이가 이루어지는 양상을 보여 준다.

(6) 石山の/石より白し/秋の風
   (바위산의/ 바위보다 하이얀/ 가을의 바람)

위 하이쿠의 경우 '바위산'에 '가을바람'이 배합되어 있는데 '가을바람'이라는 청각적 이미지를 '하이얀'이라고 하는 시각적 이미지로 표현하여 공감각의 효과를 부여한 점이 특징적이다. 여기서 '하이얀'은 '바위'와 '가을바람'의 상호 반향작용을 돕는 연결어라 할 수 있다. 피비유항에 해당하는 '가을바람'은 '바위'가 지닌 촉각적 이미지의 속성과 '하이얀'이 지닌 시각적 이미지의 속성을 모두 부여받게 되는데 이 양상은 '(촉각+시각)→ 청각'으로 감각의 전이가 이루어지는 과정과 맞물린다. '가을바람이 바위보다 하얗다'고 하는 비교 표현을 통해 피비유항 '가을바람'은 비유항 '(하얀) 바위'로 대치되는데 이로써 '바위'에 내포된 '단단함'과 '不動性', '하얀' 색에 내포된 '무상함'과 '공허감'의 의미가 '가을바람'으로 옮겨가게 된다. 그리하여 '딱딱한 바위처럼 무정하고 흰색처럼 공허한 가을바람'이라는 비유가 성립된다. 이 역시 두 제재가 문면에 다 나타나 하나는 비유항, 다른 하나는 피비유항의 구실을 하여 비유법이 이루어지는 A형 이물배합이라 하겠다.

(7) 暑き日を/海に入れたり/最上川
   (뜨거운 해를/ 바다에 넣었도다/ 모가미 강물)
(8) 蛤の/ふたみに別れ/行く秋ぞ
   (대합조개가/ 두 몸으로 헤어져/ 가는 가을이어라)

위 두 작품은 앞에서 본 A형 이물배합의 예들과는 다른 양상을 보여준

다. 예 (7)은 강의 수평선으로 해가 지는 장면을 '강이 해를 바다에 넣었다'
고 함으로써 무생물을 생물처럼 표현한 活喩法, 예 (8)은 대합조개의 두
껍질이 벌어지는 것을 인간의 이별에 견준 擬人法에 해당하며 각각 '무생
물 → 생물' '비인간 → 인간'으로 의미가 옮겨간다. (7)에서는 '해'와 '강' (8)
에서는 '대합조개'와 '가을'이 이물배합을 이루는데 두 사물 간의 의미의 轉
移가 행해지도록 돕는 작용을 하는 것이 '바다에 넣었다' '헤어져 간다'고
하는 연결어이다. 이 연결어들로 인해 행위를 할 수 없는 무생물이 행위
주체가 될 수 있는 생물로, 감정이 없는 사물이 감정을 지닌 사람으로 인식
이 되는 것이다. 그러나 한편으로는 '강'과 '대합조개'의 속성이 생물과 인간
으로 축소 혹은 단순화되는 양상으로 이어진다.

예 (4)~(8)은 두 제재가 조응을 이루는 이물배합의 경우만을 대상으로
했는데 바쇼의 하이쿠를 보면 아래와 같은 三物配合의 예에서도 A형의 양
상이 발견된다.

(9) 木のもとに/汁も膾も/櫻かな
　　(나무 아래에/ 국물도 생선회도/ 벚꽃이로다)

이 구에는 '나무' '국물' '생선회' '벚꽃'의 네 소재가 활용되어 있다. 이
중 '나무'는 앞뒤 맥락상 벚나무임이 확실하므로 벚꽃에 종속된 소재로 볼
수 있고 나머지 세 개는 텍스트의 의미형성에 기여하는 소재 즉 題材라 할
수 있다. 이 세 사물이 서로 호응하면서 '벚나무 아래에서의 꽃놀이' 장면을
담은 텍스트로 구현이 되는데 '국물' '생선회'와 '벚꽃' 사이에는 의미의 비
중 면에서 차이를 보인다. 맨 끝의 "かな"는 영탄 혹은 가벼운 의문을 나타
내는 표현이므로 끝 구절은 '벚꽃이로다' 혹은 '벚꽃일거나'와 같은 형태로
번역할 수 있다. 이 구는 '꽃놀이'(花見)를 위해 준비한 국물과 생선회가 때
마침 떨어진 꽃잎에 뒤덮여 마치 꽃처럼 보이는 것을 표현했는데 "かな"를

어느 쪽으로 번역하든 '국물'과 '생선회'를 '벚꽃'에 비유했다는 점에서는 차이가 없다. 결과적으로 이 구는 '벚꽃'을 비유항으로 하여 '국물'과 '생선회'라는 피비유항의 특징을 표현한 것으로 볼 수 있으며 三物配合 A형으로 분류할 수 있다.

(10) 象潟や/雨に西施が/合歡の花
    (기사가타여/ 빗속의 서시 같은/ 자귀나무꽃)

이 하이쿠는 바쇼가 오쿠 여행에서 기사가타에 이르렀을 때 읊은 것으로 『오쿠』에는 '마쓰시마는 웃는 듯하고 기사가타는 우수에 잠긴 듯이 그늘져 있다. 쓸쓸함 위에 서글픔을 더한 듯한 이 지방의 형세는 여인이 슬픔에 젖어 애를 태우고 있는 것처럼 보인다'[18]라는 산문 서술이 있고 그 뒤에 이 시가 배치되어 있다. 위 번역에서 中7자와 下5자를 의미에 따라 분절해 보면 '빗속의, 서시같은 자귀나무꽃'이 된다. 즉 '비에 젖어 꽃잎을 오므린 자귀나무꽃이 이마를 찡그린 서시처럼 보인다'[19]는 내용으로 자귀나무꽃을 서시에 비유한 은유다. 그런데 上5자에 '기사가타여'라는 구절을 둠으로써 그 자귀자무꽃을 '기사가타'에 대응시키고 있다. 그리하여 이 구는 '기사가타 vs (서시 vs 자귀나무꽃)'과 같이 이중의 대응을 이루게 되고 '서시같은 자귀꽃같은 기사가타'라고 하는 은유를 구현한다.

결국 이 구는 기사가타·서시·자귀꽃의 三物配合이 '기사가타'를 최종의 피비유항으로 하는 은유법의 양상을 띠는 예로 규정할 수 있다. 이를 통해 '기사가타'라는 애매모호한 피비유항이 구체적인 이미지를 지닐 수 있게 되

---

18) "松島は笑ふが如く, 象潟はうらむがごとし. 寂しさに悲しみをくはえて, 地勢魂をなやますに似たり."

19) 서시는 어릴 때부터 가슴앓이를 하여 가슴이 아플 때는 미간을 찡그리는 버릇이 있었다고 한다.

는 한편 기사가타에 내포된 여러 성격이 '자귀꽃 같은 성격'으로 축소·단순화되며 다시 '자귀꽃'이 지닌 여러 속성이 '서시 같은 모습'으로 단순화되는 것이다.

이상 A형 이물배합의 특성을 요약하면 다음과 같다. 첫째, 이물배합을 이루는 두 제재가 모두 문면에 드러나 있고 그중 하나는 피비유항 다른 하나는 비유항으로 작용하여 비유법을 완성한다. 둘째, 두 제재 중 피비유항에 의미의 중점이 놓이며 피비유항이 비유항으로 대치되어 의미의 이동이 일어난다. 셋째, 작품을 읽고 해석하는 일은 시인에 의해 고안된 두 제재간의 유사성을 확인하는 과정이라 할 수 있다. 넷째, A형 이물배합은 대치와 의미의 전이를 토대로 한 은유법-직유 포함-의 형태를 띤다. 다섯째, 이로 인해 피비유항을 선명하게 부각시키는 효과가 있지만 한편으로는 피비유항의 속성을 어느 한 면으로 축소·단순화하는 양상을 빚어내기도 한다.

3.2. B형 이물배합

이제 다른 형태의 이물배합 양상을 살펴보기 위해 다음 두 구를 비교해 보기로 한다.

(11) から鮭も/空也の痩も/寒の內
     (말린 연어도/ 수척한 구야승(空也僧)20)도/ 엄동설한 속. 翁)
     角大師/井手の蛙の/干乾かな
     (쓰노 대사/ 우물가 개구리의/ 미라로다. 許六)

---

20) 구야(空也)는 헤이안 시대의 승려로 천태종의 일파인 空也派 空也念佛의 祖로 일컬어지는 空也大師(903~972)인데 여기서는 空也僧을 가리킨다. 이들은 구야 대사의 忌日인 11월 13일부터 48일 동안 밤에 징과 표주박을 두드리고 염불을 외우면서 교토 內外를 돌아다닌다.

이 두 구는 바쇼의 문인 모리카와 교리쿠(森川許六)가 이물배합의 예로 든 바쇼의 句와 자신의 句이다.[21] 교리쿠의 구는 쓰노 대사의 괴이한 외모[22]를 미라처럼 되어 버린 개구리에 비유한 것으로 A형 이물배합에 해당한다. '쓰노 대사'와 '개구리'가 대응되어 있는데 의미의 중점은 피비유항인 '쓰노 대사'에 놓여 있고 이 추상적인 피비유항은 '개구리 미라'라는 구체적 사물로 대치됨으로써 의미의 轉移가 이루어진다. 양자는 '흉측하고 바짝 마른 상태'라는 유사성을 지니며 독자는 쓰노 대사에 관한 정보를 바탕으로 이 유사성을 '확인'하게 된다. 교리쿠의 이 구에는 앞에서 살핀 A형의 특성이 잘 나타나 있다.

이에 비해 바쇼의 구는 A형의 예들과는 매우 상이한 양상을 보여준다. 먼저 시인의 주관이나 상상력의 개입이 없는 直敍의 표현으로 되어 있다는 점이 눈에 띤다. 그러나 '~도'(も)라는 조사를 사이에 두고 두 제재가 나란히 배열되어 있는 형태는 이 조합이 직서 이상의 뭔가 다른 의미를 형성하는 것은 아닐까 하는 암시를 주며 '엄동설한'이라고 하는 연결어는 이같은 추측을 촉진하는 단서가 된다. 전혀 연관성이 없는 '말린 연어'와 '구야승'의 조합이 두 항 자체에는 포함되어 있지 않은 다른 의미를 파생시키는 결과로 이어지고 이것이 작자의 사상과 감정을 보다 효과적으로 나타내는 데 기여할 때 이러한 표현은 比喩法의 영역에 발을 들여놓게 된다.

여기서 한 가지 관심 있게 볼 점은 이 구의 핵심이 '말린 연어'와 '구야승' 간의 유사성을 부각시켜 '말린 연어 같은 구야승'을 표현하고자 하는 데 있는 것이 아니라는 사실이다. '~도'(も)라는 조사는 두 사물 간에 어느 한쪽에 의미의 중점이 두어진 것이 아니라 양자가 서로 대등한 비중을 지니며 병치되어 있음을 말해 주는 징표가 된다. 그리하여 독자는 이 징표를 통해

---

21) 「自得發明辯」, 『俳諧問答』(橫澤三郎 校註, 岩波書店, 1954). 161쪽.
22) 쓰노 대사는 보통 머리에 두 개의 뿔이 나 있고 피골이 상접한 모습으로 묘사된다.

두 제재를 포괄하는 더 큰 의미범주 즉 '(만물이) 추위에 바짝 얼어붙은 겨울 풍경'이라는 새로운 의미를 유추해 낸다. 이때 두 제재는 비유법의 비유항, 그리고 이 둘이 결합하여 형성한 새로운 의미는 피비유항의 성격을 지닌다. 그리고 '엄동설한'이라고 하는 계절적 징표를 지닌 단어는 독자가 비유항으로부터 피비유항을 유추·발견하도록 돕는 구실을 하는 연결어라 할수 있다.

여기서 주목할 점은 비유법을 이해하는 데 있어서의 독자의 역할이다. 교리쿠의 구에서 '쓰노 대사'라고 하는 피비유항과 '개구리 미라'라는 비유항 간의 유사성은 시인에 의해 고안된 것이고 독자는 그것을 '확인'함으로써 비유법의 해석이 완결된다. 반면 바쇼의 구에서는 피비유항이 시인에 의해 의도된 것인지 어떤지 정확히 알 수 없으며 주어진 두 제재와 연결어를 실마리로 하여 독자가 '유추'하는 과정을 거치게 된다. 바쇼의 구가 교리쿠의 구처럼 확연한 비유법으로 느껴지지 않는 것은 이처럼 시인의 고안이 아닌 독자의 개입에 의해 비유법이 완성되기 때문이다.

요컨대 교리쿠의 구의 비유법은 피비유항과 비유항 사이에 '의미의 전이'가 이루어지도록 한 시인의 고안을 독자가 확인함으로써 완성되는 반면 바쇼의 구의 비유법은 독자가 비유항으로부터 피비유항으로 '의미의 확장'을 이루어가는 과정을 통해 완성된다고 할 수 있다. 결국 A형보다 바쇼의 구와 같은 유형이 구의 해석에 있어 독자의 역할이 더 크다고 하겠다. 이런 유형을 B형 이물배합으로 규정하면서 다음 두 예를 통해 B형 안에서의 하위범주를 설정해 보도록 한다.

(12) 汐越や/鶴脛ぬれて/海涼し
　　　(시오코시여/ 학의 다리 물에 젖어/ 바다는 시원타)
(13) よく見れば/薺花咲く/垣根かな
　　　(자세히 보니/ 냉이꽃 피어 있는/ 울타리로다)[23]

텍스트 (12)에서는 '학'과 '바다', (13)에서는 '냉이꽃'과 '울타리'가 이물배합을 이루고 '시오코시'와 '자세히 보니'가 각각 연결어의 구실을 한다. (12)는 바쇼의 '오쿠' 여행 당시 지어진 것24)으로 여기서 '시오코시'는 현재는 육지가 되어 버렸지만 바쇼 당시는 바닷물이 넘어와 기사가타에 들어오는 곳 부근을 가리키는 지명이다. 『오쿠』에는 '북쪽으로 바다를 끼고 파도가 치고 들어오는 곳을 시오코시라고 한다'25)고 설명되어 있다. 이곳의 바닷물은 깊이가 얕기 때문에 학이 내려와 발을 적시고 있는 모습을 보고 이를 '바다는 시원타'라는 말로써 간접적으로 표현한 것이라 하겠다. 독자는 이 구절을 통해 시원한 것은 바다가 아니라 바다에 발을 담그고 있는 '학의 다리'라는 것을 인지하게 된다. 이 구에서 '학'과 '바다'의 두 제재는 상호 반향 작용을 일으켜 '바다 여울물에 서 있는 학'이라는 새로운 의미를 조성한다.

<시오코시여>는 학이 바다 여울물에 시원하게 발을 담그고 서 있는 장면을 표현한 直敍의 구처럼 보이지만 '시오코시'라고 하는 연결어는 이 구가 단순한 직서의 구가 아니라는 것을 시사하는 단서가 된다. 학이 바닷물에 발을 담그고 있는 장면은 바다가 있는 곳 어디서나 볼 수 있는 것이 아니라 특수한 조건-얕은 여울물-에서나 볼 수 있는 광경이라는 것을 시사해 주고 있는 것이다. 여기에 학의 다리가 시원한 것을 바다가 시원하다고 표현한 바쇼의 주관적 해석이 가미되어 (12)는 단순한 직서의 구가 아닌 '어떤 다른 것'을 바꾸어 표현한 구로 읽을 것이 요구된다. 그 '어떤 다른 것'이란 '바다 여울에 서 있는 학'을 비유항으로 하는 피비유항이 되는 셈이며 '시오

---

23) 『續猿蓑』에 실려 있다. 『續猿蓑』는 1698년에 간행된 俳諧集이다.

24) 이 구는 『眞蹟懷紙』에 "腰長や鶴脛ぬれて海涼し"(길기도 하다/ 학의 다리 물에 젖어/ 바다는 시원타)라고 되어 있는데 여기서 '고시다케'(腰長)는 시오코시의 얕은 여울을 가리키며 시오코시의 '고시'(こし, 越)와 동음이의를 이루는 언어유희(pun)의 수법에 기대어 있다.

25) "海北にかまえて, 浪打入る所を汐こしと云."

코시의 여름 풍경'이 이에 해당한다. 즉, 이 구는 여름철 시오코시에서 볼 수 있는 풍경을 읊는 데 핵심이 놓여 있다 하겠고 이를 드러내는 다양한 장면들 중 '학이 얕은 여울에 서 있는 광경'이 선택된 것이라 할 수 있다.

이 구에서 두 제재는 어느 하나에 의미의 비중이 두어지는 것이 아니라 상호 대등한 비중으로 텍스트의 의미화에 기여하는데 주목할 점은 바다에 접해 있는 다른 어떤 곳이라도 가능한 것이 아니라 꼭 '시오코시'여야 한다는 사실이다. 이곳은 학이 내려와 다리를 적실 수 있을 정도의 얕은 여울물이기 때문에 깊은 바닷물을 배경으로 해서는 이와 같은 구가 성립될 수 없는 것이다. 이처럼 이 구는 두 제재가 상호작용하여 의미의 확장을 이루면서도 그것이 '개별화' '특수화'의 방향으로 전개되는 양상을 보인다. '시오코시'라고 하는 고유명사는 이같은 개별화의 방향을 유도하는 요소가 되며 여기에 '학의 다리가 시원'한 것을 '바다가 시원'하다고 표현한 바쇼의 주관적 해석이 가미되어 개별화를 촉진하게 된다.

한편 텍스트 (13)은 1686년에 지어진 것으로 바쇼의 구 중 대표적인 寫景詩로 일컬어지는 작품이다. 이 하이쿠도 (12)처럼 이물배합의 두 제재 '냉이꽃'과 '울타리'가 아무런 유사성도 지니지 않고 대등한 비중을 지니면서 텍스트 의미화에 기여한다. '자세히 보니'라는 연결어의 도움으로 이 두 사물은 한 제재('냉이꽃')와 그것이 존재하는 장소('울타리')를 가리키는 것으로 연관성을 지니게 된다. 이 두 제재는 상호 반향작용을 행하여 '눈에 띠지 않는 한구석에 피어 있는 냉이꽃'을 그려낸 구로 인식된다.

비유법은 표현하고자 하는 바를 구체적이고도 생생하게 나타내기 위해 다른 사물을 이끌어 쓰는 수사법이라 할 수 있는데 이 구에서 '냉이꽃'과 '울타리'라고 하는 사물을 끌어와 나타내고자 하는 것이 과연 다른 어떤 사물이 아닌 꼭 '울타리 아래의 냉이꽃'의 모습인 것일까 하는 점을 생각해 볼 필요가 있다. 냉이꽃은 봄에 피는 꽃으로 크기가 작아 눈에 잘 띠지 않는다. 그래서 평소에는 무심코 지나쳤는데 어느 날 문득 울타리 근처를 보니 거기에 냉이꽃이 피어 있는 것을 보고 그 순간에 느낀 경이로움을 이 구로 표현해 낸 것이다. 이 경이로움은 '자세히 본' 행위의 결과이다. 그렇다면 꼭 냉이꽃이 아니더라도 자세히 보아야만 알 수 있는 조그마한 사물을 예기치 않은 곳에서 발견했을 때도 동일한 경이로움을 느끼게 될 것이다. 결국 이 구는 일상에서 지나치기 쉬운 微物이 지닌 생명의 경이로움, 나아가서는 우주만물의 존재감이라는 主旨를 드러내고자 한 구로 파악할 수 있다.

그러나 이 주지를 드러내는 데 바쇼의 주관적 해석은 개입해 있지 않으며 눈에 보이는 그대로의 장면이 묘사되어 있을 뿐이다. 냉이꽃과 울타리는 우주만물의 한 부분으로서 이 두 제재의 반향작용을 통해 '울타리 밑에 피어 있는 냉이꽃'이라는 새로운 의미가 조성되고 이것이 비유항으로 작용하여 '우주만물의 존재감' '생명의 신비'라고 하는 피비유항이 드러나게 된다. '두 제재→ 비유항→ 피비유항'으로 이어지는 과정은 텍스트의 의미가 '확장'을 이루는 과정이며 이 양상이 텍스트 (12)와는 달리 '보편화'의 방향을 취한다는 특징이 있는 것이다.

(12)의 경우 학이 물에 서 있는 것을 보고 '바다(학의 다리)가 시원하다'고 표현함으로써 바쇼의 私意와 주관이 개입하여 개별화·특수화로 나아가는 반면, (13)의 경우는 한 개인의 私意와 주관성을 넘어선 뒤에 도달하게 되는 '보편의 세계'를 지향하는 것이다. (12)(13)에서 두 제재는 어느 한 쪽으로부터 다른 쪽으로 의미가 이동하는 것이 아니라 두 제재를 포괄하는 더 큰 범주의 의미영역으로 확장된다는 점에서는 동일하나 (12)가 개별화의 방향을 취하는 것과는 달리 (13)은 '생명의 신비감' '우주만물의 존재감'과 같이 보편화의 방향으로 확장이 이루어진다는 차이가 있다.

(12)와 (13)의 형태를 각각 '개별화의 이물배합'(B-①) '보편화의 이물배합'(B-②)으로 구분하여 좀 더 자세히 살펴보기로 한다.

3.2.1. 개별화의 이물배합

(14) あらたうと/青葉若葉の/日の光

　　(장엄하도다/ 녹음과 신록 속의/ 빛나는 日光)

이 하이쿠에서는 '녹음과 신록'과 '日光' 사이에 이물배합이 이루어지는
데 이 한 쌍의 제재중 어느 하나가 다른 하나를 대치하여 의미의 전이가
이루어지는 양상이 아니라 양자가 상호 대등한 비중을 지니면서 상호 작용
하여 그 결과로 두 제재에는 담겨 있지 않은 새로운 의미를 창출해 내는
양상을 보인다.

예 (14)를 이해하는 데 있어 관건이 되는 것은 下5句 "日の光"에 대한
해석이다. 이처럼 '日'과 '光'을 분리하여 해석하면 '햇빛'이 되지만 붙여서
'日光'이라 하면 일본의 地名 '닛코'가 되어 한 단어를 가지고 언어유희의
효과를 노리는 편의 성격을 띠게 된다. 이 구는 바쇼가 '오쿠' 여행 중 닛코
(日光) 도쇼궁(東照宮)을 방문했을 때 지은 것이라는 점을 감안하면 바쇼가
의도적으로 이같은 효과를 노렸다는 것을 의심할 여지가 없다. 『오쿠』에는
이 당시 상황이 다음과 같이 기록되어 있다.

　　지금 이곳 닛코의 도쇼궁 신사에 모셔진 도쿠가와 이에야스 님의 위엄은 천하
에 빛나고 성은은 방방곡곡에 넘쳐서 사농공상의 모든 백성이 안락한 생활을
하는 태평성대를 이루고 있다. 이 성스러운 산에 대해서 더 이상 언급하는 것은
황송하기에 이만 붓을 놓는다.[26]

이 산문 서술에 기대어 위 구를 살펴보면 '햇빛'의 뜻을 지니는 "日の光"
은 '닛코(日光)-도쇼궁-도쿠가와 이에야스'로 이어지는 환유의 사슬을 포

---

26) "今此御光一天にかがやきて, 恩澤八荒にあふれ, 四民安堵の栖穩なり. 猶, 憚多くて筆を
　　さし置ぬ."

괄하고 있다는 것을 알게 된다. "日の光"을 자구대로 '햇빛'으로 보아도 되지만 위 산문 서술로 보아 '닛코'로 해석하는 편이 좀 더 자연스럽다고 하겠다. 그리고 이 산문 서술을 통해 도쿠가와 이에야스가 上5자구 '장엄하도다'라는 감탄을 유도하는 실질적 대상이 된다는 것도 분명해진다. 즉, 바쇼가 이 구를 통해 최종적으로 드러내고자 한 것은 '도쿠가와 이에야스의 공덕과 위엄'인 것이며 이것이 이 구의 피비유항이 된다.

'녹음과 신록' '日光'(햇빛 혹은 닛코)이 각각 독립적으로 존재할 때는 이러한 主旨와 전혀 관련이 없게 느껴진다. 그러나 양자가 상호 반향작용을 일으켜 '녹음과 신록에 둘러싸인 닛코(도쇼궁)'라는 의미를 획득하게 되면 이것이 '도쿠가와 이에야스의 위엄과 공덕'이라는 피비유항을 이끌어 내는 비유항의 구실을 하게 되는 것이다. 그렇다면 비유항과 피비유항 사이에는 어떤 '주체'와 그 주체와 밀접한 연관을 지닌 '장소'의 관계가 성립하게 되며 이는 인접성에 근거한 환유적 표현[27]에 해당한다.

요컨대 이 구는 비유항에 해당하는 '녹음과 신록' '햇빛'(혹은 '닛코')이라는 두 제재만 문면에 나타나 있고 '장엄하도다'라고 하는 연결어의 도움으로 독자가 피비유항을 유추하게 되는 B형에 해당한다고 할 수 있다. '녹음과 신록' '햇빛'(혹은 '닛코')이라는 두 제재가 결합하여 '녹음과 신록 속의 닛코'라는 비유항을 이루고 이로부터 '도쿠가와 이에야스의 위엄과 공덕'이라고 하는 피비유항이 추출되는 것은 어느 하나가 다른 것을 대치함으로써 행해지는 의미의 이동이 아니라 어느 하나로부터 그것을 포괄하는 더 큰 의미범주로의 '확장'이라고 볼 수 있다. 그리고 이 구는 닛코라고 하는 지명을 배경으로 하기에 '日光'(햇빛)이 특별한 의미를 부여받을 수 있다는 점에

---

27) "日の光"을 자구대로 '햇빛'으로 풀이하면 '녹음과 신록 위에 비치는 햇빛'이 비유항이 되어 '햇빛처럼 찬란히 빛나는 도쿠가와 이에야스의 위엄과 공덕'이라는 피비유항이 형성된다. 이 경우 비유항과 피비유항 사이에는 '빛난다'고 하는 유사성이 성립되고 이 구는 유사성을 바탕으로 한 은유적 표현으로 이해할 수도 있다.

서 다른 어떤 장소가 아닌 바로 '닛코'여야 한다는 점을 전제로 한다. 이와 같은 고유명사의 작용에 더하여 녹음·신록·햇빛이 빚어내는 경관을 '장엄하다'고 표현한 바쇼의 주관적 해석이 개입되어 시적 주지 즉 피비유항이 개별화되는 방향으로 의미의 확장을 이루게 되는 것이다. 아래의 예도 비슷한 양상을 보인다.

(15) 五月雨の/降り殘してや/光堂
    (오월 장맛비/ **빼놓고** 내렸구나/ 히카리당은)

이 구에서 이물배합을 이루는 것은 '오월 장맛비'와 '히카리당'이다. 히카리당("光堂")은 히라이즈미(平泉)에 있는 쥬손사(中尊寺)의 佛堂으로 정식 이름은 곤지키당(金色堂)인데 바쇼는 이를 '히카리당'이라고 바꾸어 표현하였다. 그 이유를 살피는 것이 이 구를 이해하는 관건이 된다.

바쇼는 음력 5월 13일 장마철에 이곳을 방문했는데 위 구에서 '장맛비가 히카리당은 **빼놓고** (다른 곳에는) 내렸다'는 것은 방문했을 당시 '비가 오지 않고 해가 뜬 상황[28]이었다는 것을 암묵적으로 나타낸 것이다. 그런데 '곤지키'라는 원래의 이름 대신 빛을 뜻하는 '히카리당'이라 표현한 것은 이 불당이 지닌 상징적 의미[29]를 염두에 두고 이를 '햇빛'에 비유한 것으로 볼 수 있다. 그러므로 '히카리당을 **빼놓고** 비가 내렸다'고 하는 것은 장맛비가 그치고 해가 뜬 상황과 더불어 오랜 세월 장맛비에도 꿋꿋이 견뎌온 히카리

---

28) 『曾良隨行日記』 5月 13日 項目 참고. 『曾良隨行日記』는 『曾良旅日記』(『おくのほそ道: 付 曾良旅日記 奧細道 菅菰抄』, 東京: 岩波書店, 1979)라고도 하는데, 이것은 바쇼의 동북지방 여행에 수행했던 제자 가와이 소라(河合曾良, 1649~1710)가 여행일정과 여러 사건들, 만난 사람들에 대해 날짜별로 상세히 적어 둔 자필 기록이다.

29) 곤지키당에는 紺紙金銀字交書一切經이 보존되어 있는데 이것은 불경의 문구를 金字와 銀字를 교대해가며 書寫한 것이다. 이 寫經事業에는 헤이안 시대의 皇族이나 上級貴族만이 참여할 수 있었다. 바쇼가 곤지키당을 히카리당이라 표현한 것은 金字를 염두에 두었기 때문으로 보여진다.

당의 찬란한 역사를 이중으로 비유하는 셈이 된다. 이런 해석을 가능케 하는 것이 '빼놓고 내렸구나'라고 하는 연결어이다. 이 연결어의 도움으로 '장맛비'와 '히카리당'은 반향작용을 일으켜 서로의 의미에 스며들어가 '장맛비도 피해간 히카리당'이라는 비유항이 형성된다. 그리고 이로부터 '햇빛처럼 빛나는 곤지키당의 유구한 역사'라고 하는 새로운 의미가 창출되며 이것이 피비유항으로 작용하게 된다.

그런데 여기서 '오월 장맛비'와 '히카리당'이라는 연관성이 없는 두 제재와 '(장맛비도) 빼놓고 내렸다'고 하는 연결어를 실마리로 하여 '찬란히 빛나는 히카리당의 유구한 역사'라는 피비유항을 유추해 내는 주체는 독자이다. A형의 경우 피비유항과 비유항 간의 유사성은 작가에 의해 의도된 것이고 그것을 독자가 '확인'해 가는 양상이라면, B형의 경우는 마치 수수께끼의 답을 찾아가듯이 드러나지 않은 작가의 의도를 독자가 '발견'하고 '유추'해 가는 양상이라 할 수 있는 것이다.

대치와 의미의 이동으로 특징지어지는 A형은 피비유항이 축소·단순화되는 경향이 있다고 했는데 이 B형의 경우 피비유항은 두 제재가 포괄하는 의미의 범위보다 더 넓은 범주로 확장된다는 점에서 A형과는 차이가 있다는 점을 앞에서 언급한 바 있다. 그런데 여기서 주목할 점은 독자가 피비유항을 유추해 가는 데 있어 정식 명칭인 곤지키당을 히카리당으로 바꾸어 표현한 바쇼의 私意 혹은 곤지키당에 대한 바쇼의 주관적 해석이 개입해 있다는 사실이다. 즉, 곤지키당에 대한 바쇼 개인의 주관적 시각과 판단에 의해 이 건물에 특별한 의미가 부여되고 독자는 그 동선을 따라가면서 히카리당이라는 이름으로 개별화된 대상을 바라보는 것이다.

(16) 木啄も/庵はやぶらず/夏木立
  (딱따구리도/ 암자는 안 쪼았네/ 여름 나무숲)

위 구는 바쇼가 오쿠 여행 당시 붓초(佛頂) 화상의 유적지가 있는 운간사(雲巖寺)를 방문하여 지은 것이다. '딱따구리'와 '무성한 여름의 숲("夏木立")'이 이물배합을 이루며 이 두 제재는 '(딱따구리도) 암자는 안 쪼았다'라는 연결어의 도움으로 상호 반향작용을 하여 여름날 암자 주변의 풍경을 생생하게 묘사해 내고 있다. 그런데 그 암자는 바쇼가 존경하는 붓초 선사의 遺風이 남아 있는 특정의 암자이다. 따라서 '딱따구리도 그것을 알기에 암자는 안 쪼았다'고 하는 상황 설정에는 붓초 선사에 대한 바쇼의 敬意가 담겨 있다고 볼 수 있다. 이 점이 바로 바쇼의 私意와 주관성이 개입한 부분이다. 결국 이 구는 눈 앞에 펼쳐진 풍경을 있는 그대로 묘사한 寫景의 구로 보이지만 우주만물의 존재감을 드러내기보다는 딱따구리까지도 경의를 표하는 '붓초 선사의 유풍'을 드러내는 데 초점이 맞춰져 있는 구라고 하겠다. 즉, 시적 대상의 보편성보다는 개별성이 강조된 구인 것이다.

    (17) 荒海や/佐渡に横たふ/天の河
        (거친 바다여/ 사도섬에 비껴있는/ 밤하늘 은하수)
    (18) 月清し/遊行のもてる/砂の上
        (달빛 맑도다/ 유교[30] 상인 지고 온/ 모래알의 위)

(17)은 바쇼의 유명구 중 하나로 '사도섬'과 '은하수'가 배합되어 7월 사도섬의 밤 풍경이 묘사되어 있다.[31] 여기서 주목할 것은 '사도섬'이라고 하

---

30) '유교'(遊行)란 불교의 승려들이 포교나 수행을 위해 각지를 돌아다니는 것을 가리킨다.
31) '은하수가 사도섬에 비껴있는 장면'에 대한 묘사를 두고 지리상으로나 이 구를 읊은 날의 날씨로 보거나 7월 사도섬 부근 바다의 조류 등으로 볼 때 실제 상황과 맞지 않는다는 설명이 따라다니곤 한다. 『曾良隨行日記』에 따르면 이 구는 오쿠 여행 당시 7월 7일 밤 佐藤元仙의 집에서 열린 句會에서 발표한 것으로 되어 있다. 그런데 이날은 비가 내렸기 때문에 이 구는 비가 개어 별이 조금 나타났던 7월 4일 무렵 구상을 했거나 혹은 지어 놓았던 것을 이날의 모임에서 발표한 것으로 볼 수 있다. 그리하여 바쇼 연구자들은 이 구를 寫景의 구가 아닌 상상 속의 풍경을 그린 구로 규정하기도 한다.

는 고유명사로 인해 이 구는 초가을 '은하수가 걸쳐 있는 밤바다 풍경'이라
고 하는 보편성을 드러내는 것이 아닌 '사도섬'이라고 하는 특정 장소의 속
성을 강조하는 구가 되고 있다는 점이다. 고유명사란 개별성이 가장 극대화
된 표현이기 때문이다. 구에서 연결어로 작용하는 '거친 바다여'라는 구절은
예로부터 유배지로 유명했던 이 섬의 비극적 역사를 암시하는 표현한 것으
로 시적 대상에 대한 바쇼의 주관성이 강하게 드러난 구절이다.32) 그러므로
이 구는 은하수가 떠 있는 어느 밤바다가 빚어내는 우주의 신비, 우주만물
의 존재양상을 표현한 구라기보다는, 비극적 역사를 지닌 특별한 섬 즉 '사
도섬의 밤 풍경'을 묘사한 구로 수용하게 되는 것이다. 즉, 어떤 존재의 보편
성보다는 개별성이 부각된 구인 것이다.

(18) 역시 '달빛'과 '모래'가 이물배합을 이루어 '달빛에 모래알이 더욱 빛
나는 모습'을 그려내고 있는데 이 구의 핵심은 달빛과 모래가 어우러져 빚
어낸 '일반적'인 밤 풍경의 묘사에 있는 것이 아니라 '유교(遊行) 상인 모래
지고 오기' 풍습33)과 연관된 게히신사(氣比神社) 주변의 밤 풍경의 묘사에
있다는 점에 주목해야 한다. 즉, 특정 지역의 특별한 관습에 근거한 개별화
의 구인 것이다.

---

32) 바쇼와 소라가 이 지역을 방문한 7월 사도섬 부근의 바다는 파도가 세지 않고 온화하기
  때문에 '거친 바다여'라는 구절은 바쇼가 실제 경험한 풍경이라기보다는 이 섬에 얽힌
  비극적 역사를 염두에 두고 주관적으로 해석한 부분이라 하겠다. 사도섬에 관한 것은 바
  쇼의 하이분 「銀河ノ序」(『松尾芭蕉集』, 484쪽)에 자세히 기록되어 있다.

33) 이에 대한 것은『오쿠』에 다음과 같이 서술되어 있다. '옛날에 제2대 유교 상인(遊行上
  人)이 중생을 구원하고자 대원을 세우시고 손수 풀을 베고 흙과 돌을 져 날라다가 웅덩이
  를 메워 물을 마르게 하셨습니다. 그 이래로 이 신사-게히신사(氣比神社)-에 참배하기
  위해 왕래하는 데 고생이 없어졌지요. 그때의 풍습이 지금도 남아 있어서 대대로 유교
  상인이 신전 앞으로 모래를 지고 오십니다. 이 행사를 「유교 상인 모래 지고 오기」라고
  부르고 있습니다.' 이처럼 제2대 유교 상인인 다아 상인(他阿上人, 1237~1319)의 일을
  기념하여 대대로 유교 상인들은 이 지방에 오면 해안의 흰 모래를 신전 앞으로 져 나르는
  의식을 거행하였다. 게히신사는 현 쓰루가시(敦賀市)에 있다.

(19) 山中や/菊は手折らぬ/湯の匂

    (야마나카여/ 국화는 꺾지 않으리/ 온천의 향기)

예 (19)는 '국화'에 '온천'이 배합된 구이다.『오쿠』에는 이 구 앞에,

> 야마나카 온천에 몸을 담그고 온천욕을 했다. 그 효능은 저 유명한 아리마 온천
> 에 못지 않는다고 한다.[34]

고 하는 作句 배경이 서술되어 있다. 이 산문 서술 부분은 바쇼가 야마나카
에서 온천욕을 했다는 것과 그 지역 온천의 효능이 아주 뛰어나다는 것을
말해 주고 있으며 이로부터 왜 제2의 제재로 '국화'가 선택되고 그에 대하여
국화를 꺾지 않겠다고 한 내용이 읊어져 있는지 짐작할 수 있게 된다. 온천
이나 국화 모두 건강에 좋은 효능을 지녔다는 공통점이 있고 이 점에서 두
제재는 대등한 비중을 지닌다. 그러므로 이 구는 '효능이 뛰어난 야마나카
의 온천탕에서 온천욕을 하고 있는 지금 국화까지는 필요가 없다'는 생각을
표현했다고 볼 수 있다.

    이 구는 문면에 드러나 있는 두 제재 '국화'와 '온천'이 '건강'이라고 하는
피비유항을 유추하게 하는 비유항의 구실을 하는데『오쿠』의 산문 서술은
피비유항을 유추할 수 있는 실마리를 제공하며 이때 '야마나카'는 두 비유
항이 상호 반향작용을 일으키도록 돕는 연결어 역할을 한다. 국화와 온천이
라는 비유항이 결합하여 '건강'이라는 개념으로 확장되는 과정에는 '야마나
카'라고 하는 고유명사의 작용이 개입해 있다. 이 구는 다른 지역의 온천이
아닌 바로 뛰어난 효능이 있는 '야마나카'의 온천을 소재로 했다는 점에서
'개별화'의 방향으로 의미의 확장이 이루어진다고 할 수 있다.

---

34) "溫泉に浴す. 其功有明に次と云." 야마나카 온천에 관한 것은 바쇼의 하이분「溫泉ノ頌」
    (『松尾芭蕉集』, 489쪽)에 자세히 서술되어 있다.

여기서 한 가지 특기할 사항은 국화와 온천이라는 비유항들이 피비유항인 '건강'이라는 결과를 야기하는 요인들로 작용한다는 점에서 피비유항과 비유항 사이에는 '원인과 결과'의 관계가 성립한다는 점이다. 요컨대 이 구의 개별화는 환유법에 기반해 있다고 할 수 있다.

환유에 기반한 B형 개별화의 이물배합 양상은 아래와 같은 三物配合에서도 발견된다.

(20) 蚤虱/馬の尿する/枕もと
      (벼룩과 이/ 말이 오줌 누는/ 베개 머리맡)

이 구는 바쇼가 오쿠 여행 중 시토마에(尿前) 관문을 지나면서 지은 것으로 中7자의 '말이 오줌 누는'이라는 구절의 '오줌'(尿)의 발음이 관문의 이름에 포함된 '시토'(しと)와 같기 때문에 이같은 동음이의어를 가지고 재미를 유도한 언어유희라 할 수 있다. 이 구에서는 '벼룩과 이' '말' '베개'가 三物配合을 이루고 있는데 여기서 '오줌을 눈다'고 하는 연결어는 '말'의 속성을 한정하는 구실을 하면서 '벼룩과 이'라는 제재와 상호 호응을 이루게 하고 궁극적으로 '베개 머리맡'이라는 제재의 성격을 결정한다. 여기서 '베개'는 '잠자리'에 대한 제유적 표현이므로 '벼룩과 이' '오줌 누는 말'의 한정을 받는 잠자리는 일반적인 잠자리가 아닌 청결하지도 안락하지도 않은 특수한 잠자리, 즉 '여행길의 숙소'를 나타내는 것으로 볼 수 있다. 즉, 이와 벼룩, 말, 베개 머리맡이라는 세 개의 제재는 '여행길 숙소'를 피비유항으로 하는 비유에서 비유항의 역할을 하는 것이다. 그리고 이 비유항이 '여행길의 숙소'라는 피비유항으로 확장되는 과정에는 환유적 발상이 내재해 있다는 점을 간과할 수 없다. 피비유항과 비유항은 전체와 부분이라고 하는 인접의 관계에 놓여 있는 환유법에 해당하기 때문이다. 그리고 일반적 잠자리가 아닌 여행길이라는 특수한 상황에서 접하게 되는 숙소를 소재로 했다는 점에

서 '개별화'의 방향으로 의미의 확장이 이루어지는 예라 할 수 있다.

이처럼 B-① 그룹으로 분류될 수 있는 구들은 고유명사, 특정 지역, 고유의 풍습, 작자의 私意의 개입 등에 의해 대상의 특수화·개별화가 이루어지고 이로부터 피비유항이 유추되는 양상을 보인다.

3.2.2. 보편화의 이물배합

앞에서 B형 이물배합의 두 하위 유형은 비유항이 결합하여 피비유항으로의 의미의 확장이 이루어질 때 개별화의 방향을 취하느냐 보편화의 방향을 취하느냐 하는 점에서 차이를 지닌다고 언급했다. 앞에서 예를 든 (13) <자세히 보니>는 바쇼의 대표적인 寫景句[35]라 일컬어지는데 이 단편적인 사실에서 알 수 있듯 보편화의 이물배합은 敍景詩 혹은 景物詩로 분류되는 작품들에서 그 전형적인 예들을 찾아볼 수 있다. 寫景詩는 어떤 사물이나 장면을 보이는 그대로 읊은 시로 정의된다는 점에서 直敍를 기본으로 한다고 할 수 있다. 직서란 작자의 주관이나 상상력에 의거하지 않고 있는 그대로 서술하는 것을 뜻하기 때문이다. 비유법은 작자의 상상의 소산이므로 어떤 면에서는 직서와 對가 되는 개념으로 볼 수도 있다. 그러나 일견 직서처럼 보이는 표현이 비유항으로 작용하여 문면에 드러나지 않은 다른 의미-피비유항-를 드러내는 비유법의 면모를 보여 둔다는 점에 이 B-② 형의 특징이 있다 하겠다.

여기서 寫景句, 敍景詩, 景物詩라는 용어에 공통적으로 포함된 '景'은 주로 자연물을 가리키지만 이 글에서 말하는 보편화의 이물배합의 양상은 자연물이나 자연경관만이 아닌 人間事를 대상으로 하는 것까지를 포괄한다.

---

35) 전체 바쇼의 구를 대상으로 하면 어떤 장면이나 상황, 자연물이나 일반 사물 등을 있는 그대로 묘사하는 寫生畵 같은 작품은 그리 많지 않다.

(21) ほととぎす/大竹藪を漏る/月夜

　　(두견새 울음/ 대나무 숲 사이로/ 새나오는 달빛)36)

(22) 浪(波)の間や/小貝にまじる/萩の塵

　　(파도 틈새여/ 작은 조개에 섞인/ 싸리꽃잎들)

　(21)에서는 '두견새'와 '달빛', (22)에서는 '작은 조개'와 '싸리꽃'이 이물배합을 이루는 두 제재가 되며 '대숲'과 '파도 틈새'는 각각 이 두 사물들이 반향작용을 일으키도록 돕는 '연결어' 구실을 한다.

　텍스트 (21)의 경우 '두견새'는 청각, '달빛'은 시각적 이미지로 공감각의 효과를 연출하면서 텍스트의 시적 성질을 강화하는 구실을 한다. 이 구는 '대나무숲 사이로 달빛이 비치는데 숲에서 두견새 울음소리가 들린다'고 하는 여름날의 한 장면을 묘사한 寫景句이다. 텍스트 (22)도 마찬가지다. 이 구는 '오쿠' 여행길에 스루가의 이로 해변에서 이 고장 명물인 마스호 조개를 주우러 갔을 때 읊은 것이다. 연분홍빛 마스호 조개와 연보랏빛 싸리꽃은 같은 계열의 색채감을 보이면서 작고 앙증맞은 외양을 지녔다는 공통점이 있다. 그러나 이 구의 핵심은 양자 사이의 유사성을 강조하여 어느 하나를 다른 것으로 대치하거나 의미의 전이를 유도하는 데 있는 것이 아니라 이 두 제재가 상호 결합하여 빚어내는 더 큰 그림을 발견하고 유추하는 것에 있다. 이 두 제재 또한 시각적 이미지로 시적 효과를 높이고 있지만 파도의 물결 사이사이로 작은 조개와 싸리꽃잎들이 섞여 있는 바닷가의 장면을 직접적으로 묘사한 寫景句37)라는 점에서 (21)과 차이가 없다.

---

36) 『嵯峨日記』 4월 20일 자에 수록된 구이다. 『嵯峨日記』는 바쇼가 元祿4년(1691) 4월 18일 부터 5월 4일까지 교토 嵯峨에 있는 교라이(向井去來)의 落柿舍에 체재했을 때의 句와 文을 수록한 것으로 寶曆3年(1753)에 간행되었다. 『嵯峨日記』(『松尾芭蕉集』, 小學館, 1972·1989).

37) 'や'와 같은 영탄성을 지닌 기레지 사용은 시인의 주관성이 개입된 징표라 할 수 있으나 이는 하이쿠라는 문학양식의 시적 관습에 관계된 것이므로 이 조사의 사용을 두고 이 구가 시인의 주관성의 개입에 의해 이루어진 것이라고 규정하기는 어렵다고 본다.

　그렇다면 '두견새'와 '달', '작은 조개'와 '싸리꽃'의 제재들이 결합하여 빚
어내는 의미의 세계는 어떠한 것일까? '대숲'과 '파도 틈새'라고 하는 연결
어, 그리고 이 句들이 지어지게 된 배경을 설명한 아래와 같은 산문 서술은
이 수수께끼의 답을 찾도록 유도하는 구실을 한다.

　　라쿠시샤(落柿舍)는 옛 주인이 지은 그대로인데 군데군데 무너져 있다. 그러
　나 훌륭했었을 옛 모습보다 지금의 무너진 모습에 더 마음이 이끌린다. 조각을
　한 대들보랑 그림을 그려놓은 벽도 지금은 바람에 부서지고 비에 젖어 파손되어
　있다. 뜰의 기이한 바위와 소나무는 숲처럼 우거진 덩굴풀 속에 파묻혀 있는데
　대숲 앞에 유자나무 한 그루가 있어 꽃향기를 풍기고 있기에 다음과 같이 구를
　지었다.38)

　　이로 해변(種の浜)은 어부의 초가집 몇 채와 고즈넉한 법화종 절이 있을 뿐이
　다. 그 절에서 차를 마시고 술을 데워 마시는 동안 석양 무렵의 쓸쓸한 정취에
　깊은 감동을 느꼈다.39)

　두 인용문 중 위의 것이 (21), 아래의 것이 (22)의 산문 서술 부분인데
이 뒤에 해당 하이쿠 작품들이 이어진다. (21)에 해당하는 산문 서술을 보
면 오랜 시간이 지난 뒤의 현재의 라쿠시샤의 모습과 함께 바위와 소나무가
덩굴풀 속에 파묻혀 있는 뜰의 모습을 묘사함으로써 공간적 요소를 통해
'시간의 흐름'을 표현하고 있다. 라쿠시샤 건물이 '인공물'을 대표한다면 바
위와 소나무, 숲처럼 우거진 덩굴풀과 대숲, 그리고 유자나무가 어우러진

---

38) "落柿舍は昔のあるじの作れるままにして, 處々頹破ス. 中々に作みががれたる昔のさま
　　より, 今のあはれなるさまこそ心とゞまれ 彫せし梁, 畫ル壁も風に破れ, 雨にぬれて, 奇
　　石怪松も萆の下にかくれたるニ, 竹綠の前に柚の木一もと, 花芳しければ, <柚の花や昔し
　　のばん料理の間> <ほととぎす大竹藪をもる月夜>." 『嵯峨日記』4월 20일 자.
39) "浜はわづかなる海士の小家にて, 侘しき法花寺あり. 爰に茶を飮, 酒をあたためて, 夕ぐ
　　れのさびしさ,感に堪たり."

라쿠시샤의 정원은 '자연'을 대표한다. 인공물은 시간의 흐름에 따라 퇴색하고 변모해 가지만 자연은 옛날 그대로 변함이 없다는 사실을 대비시키고 있다. 산문 서술은 <두견새 울음>을 이같은 '變 vs 不變'의 구도 하에 불변하는 자연의 모습을 표현하고자 한 구로 읽게 하는 단서가 된다.

요컨대 이 구는 어느 한 특정의 시간 공간에서 시인이 마주한 '개별적'이고 '특별한' 경험을 표현하는 데 핵심이 있는 것이 아니라 그 이상의 것 즉 '두견새'와 '달빛'이라는 제재를 통해 '자연물의 존재양상'을 드러내는 데 중점이 놓인 구로 읽을 수 있는 것이다. '두견새'와 '달빛'이라는 두 제재가 상호 반향작용을 일으켜 '두견새 우는 어느 달밤'이라는 새로운 의미를 조성하고 이것이 비유항으로 작용하여 '자연의 존재양상'이라고 하는 피비유항을 유추하도록 유도하는 것이다. 두 제재로부터 피비유항으로 의미의 확장이 이루어지는데 이 과정에서 바쇼 개인의 상상력이나 주관적 해석이 배제됨으로써 경험 내용이 개별적이고 특수한 차원에 머물지 않고 '보편화'의 방향을 취하게 된다고 할 수 있다.

(22) <파도 틈새여>에 해당하는 두 번째 산문 서술은 '작은 조개'와 '싸리꽃잎'이라는 두 제재가 결합하여 '두 사물이 섞여 있는 해변가의 풍경'이라는 의미를 조성하고 이것이 '쓸쓸한 가을날의 정취' 혹은 '가을의 계절감'을 드러내기 위한 비유항으로 작용한다는 것을 유추하게 한다. 여기서 '가을날의 정취'나 '가을의 계절감'이 이 구의 피비유항이라 하겠고 비유항으로부터 피비유항으로의 의미의 확장이 어떤 개인의 특수 체험이 아닌 보편화의 방향을 취한다는 점에서 (21)과 같은 양상을 보인다고 하겠다. 그런데 좀 더 면밀히 고찰해 보면 (22)는 '가을의 계절감'이라는 의미 영역을 넘어 더 보편적인 세계, 즉 '지금' '이곳'에 존재하는 자연물의 있는 그대로의 모습 그리고 그들의 생명감의 표현에 초점이 맞춰져 있고 이것이 궁극적인 피비유항을 이룬다는 것을 발견하게 된다

여기서 주목할 점은 (21)이나 (22)에 활용된 제재들이 피비유항을 형성

하는 데 있어 반드시 그 제재들이나 어떤 특정 지역을 대상으로 해야만 하는 것은 아니라는 사실이다. '자연물의 존재양상'이나 '생명감'을 표현하는 데는 꼭 두견이나 달빛, 작은 조개나 싸리꽃이 아니어도 되는 것이다. (21)의 경우 두견새는 밤에 우는 새이므로 달빛과 조화를 이루고, (22)에서 작은 조개와 싸리꽃잎들은 크기가 작아 파도에 휩쓸려 오는 사물이라는 점에서 상호 조화를 이루기 때문에 선택되었을 뿐이다. 즉, 이 텍스트들이 드러내는 것은 어느 개별적인 존재가 지닌 특수성이 아니라 자연현상에 내포된 보편성이다. 자연의 보편적 존재양상은 그 자체로는 막연하고 추상적이고 포착하기 어려운 영역이지만 특별한 자연물을 통해 구체적이고 생생하게 드러날 수 있는 것이다.

우리는 여기서 이 두 작품이 앞에서 예를 든 (14)~(20)과 같은 B형 이물 배합에 속하면서도 두 제재간의 상호 반향작용의 결과로 의미의 확장이 이루어지는 양상에 있어 차이를 보인다는 것을 알 수 있다. (14)~(20)의 텍스트들은 의미의 확장이 개별화의 양상을 띠는 반면 (21)과 (22)는 보편화의 양상을 띤다는 점이다.

앞에서 살펴보았듯이 (14)의 경우 닛코라는 고유명사와 그에 관련된 도쿠가와 이에야스라는 인물, 그리고 이에 대해 바쇼 자신의 私意를 개입시켜 '장엄하다'고 표현한 점, (15)는 金色堂을 '히카리당'(光堂)이라고 바꾸어 표현한 데서 감지되는 바쇼의 주관적 해석, (16)은 붓초 선사에 대한 바쇼 개인의 敬意, (17)과 (19)는 각각 '사도섬'과 '야마나카'라고 하는 특별한 장소 (18)은 유교상인에서 유래된 독특한 풍속, (20)은 일반적인 잠자리가 아닌 '여행길'이라는 특별 상황에서 마주한 숙소 등을 대상으로 함으로써 텍스트의 개별화·특수화를 지향한다.

이에 비해 (21)은 '두견새·달빛 → 어느 여름밤의 풍경(혹은 계절감) →자연물의 존재양상과 생명감'으로, (22)는 '작은 조개·싸리꽃→ 어느 해변가의 가을 풍경(혹은 계절감) → 자연물의 존재양상과 생명감'으로 의미망이

확대되며 이는 곧 특수 사물로부터 보편화로 나아가는 방향을 나타내는 것
이라 할 수 있다.

이상과 같은 개별화와 보편화는 시인의 私意나 주관성의 개입 여부와
직접적으로 연결되어 있다. 개별화는 한 주체의 판단, 분석, 비교, 분별화를
통해 전개되며 보편화는 이같은 정신작용을 넘어서는 데서 도달하게 되는
脫主觀의 세계이다. (21)이나 (22)에는 있는 그대로의 우주만물의 모습이
드러나 있을 뿐 대상에 대한 시인의 개인적 해석이 개입해 있지 않은 것이
다. (21)과 (22)가 자연물을 대상으로 한 것이라면 아래의 예는 人事를 소
재로 한 것이다.

> (23) 海士の屋は/小海老にまじる/いとど哉
>   (어부의 집엔/ 작은 새우에 섞인/ 꼽등이로다)
> (24) こがらしや/頰腫痛む/人の顔
>   (찬바람이여/ 뺨이 부어 아파하는/ 사람들 얼굴)40)

(23)은 1690년 가타타(堅田)에서 지은 것으로 어느 가을날 바닷가 어부의
집의 한 풍경을 묘사한 작품이다. 이 구에서는 '작은 새우'와 '꼽등이'41)가
이물배합을 이루고 있고 '꼽등이'를 통해 가을의 계절감이 표현되고 있다.
크기와 외양이 비슷하지만 사는 곳과 성질이 전혀 다른 두 사물이 비유항을
구성하고 이 비유항으로부터 '어느 어촌 마을의 가을날의 정취'라는 의미로
확대되는데 이것이 1차적인 피비유항으로 작용한다. 이 구에는 작자의 주관
적 해석이나 私的 감정이 개입되어 있지 않으며 눈에 보이는 그대로의 모습

---

40) (23)(24) 모두 같은 해에 지어진 것으로 둘 다『도롱이 쓴 원숭이』(『猿蓑』)에 실려 있다.
  『도롱이 쓴 원숭이』는 向井去來와 野澤凡兆가 편집한 蕉門의 發句·連句集으로 1691년에
  간행되었다.
41) 부엌과 같은 곳에 살고 있는 여치과 곤충으로 등이 굽어 있어 새우귀뚜라미(海老蟋蟀)라
  는 별칭을 지니고 있다.

만이 묘사되어 있어 전형적인 寫景의 구라 할 수 있다.

여기서 작은 새우와 꼽등이는 가을 어촌 마을의 집에서 흔히 볼 수 있는 것들로 새우를 잡아 온 '사람'과 꼽등이가 살고 있는 '부엌'이 상호 반향작용을 일으켜 '人間事'의 한 단면을 드러낸다. 이 구 역시 어떤 특정의 사람이나 사물에 초점이 맞춰진 것이 아니라 가을날 어부집에서 흔히 볼 수 있는 보편적인 광경에 초점이 맞춰져 있는 것이다. 또한 이 구는 가을날의 정취를 표현하는 데서 나아가 '지금' '이곳'에 있는 두 사물-새우와 꼽등이-의 존재양상, 즉 '외양과 크기가 비슷한 두 사물이 뒤섞여 있다'고 하는 존재양상을 묘사함으로써 좀 더 보편화된 세계를 지향한다고 할 수 있다.

(24) 역시 같은 해에 지어진 작품으로 겨울날 감기로 인한 고통 때문에 괴로워하는 사람의 모습을 묘사하였다. 이 구에서는 초겨울의 '찬바람'과 '사람의 얼굴'이라는 이질적인 두 제재가 배합되어 있는데 '뺨이 부어 아파하는'이라는 구절이 이 두 제재로 하여금 상호 반향작용을 일으키도록 돕는 연결어 구실을 하고 있다. 여기서 원문의 '人'이 한 사람인지 여러 사람인지 알 수는 없으나 감기에 걸려 고통스러워하는 어느 한 사람의 개인 사정에 초점이 맞춰진 것이 아니라 누구나 감기에 걸리기 쉬운 겨울철의 한 장면을 그려내는 데 초점이 맞춰져 있다는 것만은 분명하다. (23)과 마찬가지로 여기서 그려진 내용 또한 겨울날에 흔히 볼 수 있는 풍경이라는 보편성을 지니고 있지만 궁극적으로는 사람 또한 우주만물의 한 부분이라는 관점에서 인간의 삶의 단면, 그들의 존재양상을 드러낸 것이라 볼 수 있을 것이다.

이상 살펴본 것처럼 텍스트 (21)과 (22)는 자연의 존재양상을 드러내는 반면 (23)과 (24)는 人間事의 단면을 표현한다는 차이는 있으나 이들은 모두 특수한 개별현상이 아닌 존재의 보편성을 드러내고자 한 것이라는 점에서 공통점을 지닌다. 즉, 이 구들은 자연과 사람을 총괄하는 우주만물의 있는 그대로의 존재양상을 드러내는 데 초점이 맞춰져 있는 것이다. '생명감' '존재감' 자체가 우주만물에 내재해 있는 보편적 요소라 할 수 있으며 이것이 바로 이 구들의 궁극적인 피비유항이 되는 셈이다. 여름날 달밤에 처량한 소리로 우는 두견새, 파도에 밀려와 한데 뒤섞여 있는 작은 조개와 싸리 꽃잎들, 어느 가을날 어부의 집에 한 데 섞여 있는 작은 새우와 꼽등이, 겨울로 접어드는 환절기에 감기가 들어 고생하는 사람들의 모습은 각 계절에 있어 흔히 볼 수 있는 보편적 현상이며 그들의 존재감과 생명감이 시인의 私意나 주관성의 개입없이 그대로 드러나 있는 것이다.

지금까지 바쇼의 하이쿠를 대상으로 하여 이물배합의 유형을 세 가지로 분류하고 각각의 비유법적 성격을 알아보았다. 이제 이 세 유형을 '비유론'의 관점에서 종합해 보기로 한다.

4. 비유론의 관점에서 본 바쇼의 하이쿠

앞장에서 바쇼 하이쿠에서 이물배합이 비유법으로 구체화되는 양상을 피비유항과 비유항이 문면에 명시된 A형과 비유항만 문면에 나타나고 피비유항은 숨어 있는 B형으로 구분하고 B형을 다시 二物 간의 상호작용으로 인한 의미의 확장이 개별화의 방향을 취하느냐 보편화의 방향을 취하느냐에 따라 두 가지로 세분하였다. 이제 이물배합의 양상을 비유론의 관점에서 종합해 보고 그것이 바쇼 하이쿠의 이해에 무엇을 말해주는지를 언급해 보고자 한다.

비유법은 표현하려는 대상을 다른 대상에 빗대어 나타내는 표현법으로 크게 유사성에 기초한 은유 계열과 인접성에 기초한 환유 계열로 분류[42]할

---

42) 여기서 은유 계열, 환유 계열이라는 말을 사용한 것은 협의의 은유법·환유법과 구분하기 위해서다. 비유법이 이처럼 은유와 환유로 이분화하는 관점은 실어증의 유형을 언어 사용의 두 측면 은유(metaphor)·환유(metonymy)와 연결 지어 설명한 야콥슨의 이론에 기반한 것이다. R. Jacobson, "Two Aspects of Language: Metaphor and Metonymy", *European Literary Theories and Practice*, New York: Dell Publishin Co., Inc, 1973.

수 있다. 直喩法과 隱喩法·諷喩法·擬人法·活喩法 등은 은유 계열의 비유법에 해당하고 換喩法·提喩法 등은 환유 계열의 비유법에 해당한다.

앞에서 본 바와 같이 바쇼 하이쿠에서 A형은 비유법 중에서도 직유와 은유, 의인법, 활유법, 공감각적 표현이 두루 발견되어 이물배합이 은유 계열의 비유법으로 구현되는 양상이 우세하다. 이에 비해 B형의 경우는 두 제재의 반향작용으로 의미의 확장을 이루는 형태로 일견 直敍처럼 보이기 때문에 비유법 종류를 특정하기 어려운 면이 있는데 필자는 이 B형이 환유 계열의 비유법을 구현한다고 본다. 제유법이나 협의의 환유법은 모두 인접해 있는 두 사물 중 하나를 가지고 다른 하나를 비유한다고 하는 공통점을 지닌다.43)

B형 이물배합이 환유 계열의 비유법으로 실현된다고 보는 데 있어서는 다음과 같은 내용이 전제되어야 한다. A형은 추상적이고 상대적으로 덜 알려진 피비유항을 구체적이고 잘 알려진 비유항으로 대치하여 피비유항과 비유항 간의 의미의 전이가 이루어지는 비유법이라 하겠는데 이 경우 피비유항을 생생하게 표현하기 위해 특정의 비유항을 활용한 것은 '시인'의 考案이자 문학적 창조라고 할 수 있고 구의 해석이란 시인의 의도에 따라 고안된 피비유항과 비유항 간의 유사성을 독자가 '확인'하는 과정이라 할 수 있다.

이에 비해 B형은 문면에 드러난 두 제재로부터 비유항 혹은 피비유항을 추정해 가는 형태라 할 수 있고 이것은 시인이 낸 수수께끼 문제의 답을 '독자'가 '유추'하고 '발견'해 가는 것과 같은 성격을 띤다. 그렇기 때문에 B형의 경우 피비유항과 비유항의 관계를 살피는 것은 피비유항 ⇄ 비유항과 같이 순환론적 해석의 입장에 설 수밖에 없다. 즉, 독자가 추정하고 유추한

---

43) 환유법은 원인과 결과, 소유자와 소유물, 거주자와 거주지 등과 같이 연관 관계에 있는 경우이고 제유법은 부분과 전체의 관계에 놓인다는 차이가 있다. 직유가 광의의 은유에 포함되듯, 제유와 협의의 환유를 묶어 환유 계열의 비유법으로 범주화할 수 있다.

피비유항을 가지고 다시 비유항과의 관계를 살피는 과정을 거치게 되는 것이다. 이 방법은 시문학 특히 암시와 함축, 생략의 표현이 극대화된 양식인 하이쿠의 속성상 피해가기 어려운 접근 방법이다. 드러난 표현-비유항-을 통해 무엇을 드러내고자 했는가-피비유항-에 대한 직접적 단서나 표지가 없이 어떤 장면이나 상황, 사물을 몇 개의 단어로 연결해 놓은 것 같은 B형의 구를 이해하기 위해서는 이같은 순환적 해석의 방법에 기댈 수밖에 없는 것이다. B형의 이물배합을 '환유 계열'의 비유법과 연관 짓는 시각에는 이같은 배경이 자리하고 있다.

B형 중 '개별화의 이물배합'으로 분류한 (12) <시오코시여>의 예를 들면 '학'과 '바다'라고 하는 두 제재가 결합한 '바다 여울물에 학이 서 있는 장면'이 비유항으로 제시되고 독자는 이로부터 '시오코시의 여름 풍경'이라는 피비유항을 유추하게 되는데 피비유항과 비유항은 전체와 부분의 관계에 놓여 있다. 즉 바닷물이 육지로 들어오는 경계 부근에 있는 '시오코시'의 지리적 특성상, '여울물에 학이 서 있는 장면'은 시오코시가 빚어내는 여러 여름 풍경 중 하나이기 때문에 전체와 부분의 관계가 성립하는 것이다. 구체적으로 이것은 提喩法에 속하지만 전체와 부분 또한 인접관계의 하나라 할 수 있으므로 환유 계열의 비유법으로 분류할 수 있다.

B형의 예들 중 이와 비슷한 것으로 (16) <딱따구리도>의 '딱따구리도 쪼지 않은 암자'와 '붓초 선사의 숭고한 遺風', (17) <거친 바다여>의 '은하수가 비껴있는 밤바다'와 '사도섬의 가을밤 풍경', (18) <달빛 맑도다>의 '달빛에 빛나는 모래'와 '게히신사(氣比神社) 주변의 밤 풍경', (20) <벼룩과 이>의 '벼룩과 이' '말' '베개맡'과 '여행길 숙소'를 들 수 있고 모두 비유항과 피비유항이 부분과 전체의 관계에 놓이는 환유 계열 비유법에 해당한다.

그리고 (14) <장엄하도다>의 '녹음과 신록 속의 닛코(도쇼궁)'과 '도쿠가와 이에야스'는 거주지와 거주자, (15)의 <오월 장맛비>의 '오월 장맛비도 피해간 히카리당'과 '곤지키당의 유구한 역사' (19) <야마나카여>의 '국화와 온천'과 '건강'은 원인과 결과의 관계에 놓인다는 점에서 좁은 의미의 환유법에 해당한다.

한편 '보편화의 이물배합'으로 분류한 것 중 (13) <자세히 보니>의 경우 '냉이가 피어 있는 울타리' (21) <두견새 울음>의 경우 '두견새가 우는 달밤', (22)의 경우 '작은 조개와 싸리꽃잎이 섞여 있는 풍경', (23) <어부의 집>의 경우 '새우와 꼽등이가 뒤섞여 있는 장면', (24) <찬바람이여>의 경우 '찬바람부는 겨울에 얼굴이 부은 사람들'이라고 하는 비유항을 통해 드러내고자 하는 것은 특별한 장소나 사물과 관련된 것이 아니라 모두 '우주 만물의 존재양상'과 '생명감' 그 자체다. 보편화의 이물배합에 속하는 것은 자신의 존재감과 생명감을 드러내는 모든 사물-인간 포함-이 비유항으로 제시될 수 있다는 점에서 부분과 전체의 관계에 입각해 있는 제유법적 양상을 보인다고 할 수 있다.

그러면 A형, B-①형, B-② 세 유형은 『오쿠』에 삽입되어 있는 하이쿠 작품에서 각각 어느 정도의 비율을 차지하고 있을까? 여기에 수록된 바쇼의 구 50편을 본고의 논점에 따라 분류해 보면 一物句作法 즉 '이치모쓰지 다테'(一物仕立て)에 의한 것이 16편, 은유 계열 A형이 11편, 환유 계열 B형 중 B-①이 21편, 그리고 B-②가 2편이다. 이 수치를 볼 때 가장 눈에 띄는 것은 B형 중 보편화의 이물배합으로 분류될 수 있는 B-②가 단 2편에 불과하다는 사실이다. B-②는 直敍에 의한 寫景句의 성격을 띠는데 이 수치는 바쇼를 敍景詩人으로 보기 어렵다는 기존의 견해와 일치한다.[44] 그다음

---

[44] 전체 바쇼의 구를 대상으로 하면 어떤 장면이나 상황, 자연물이나 일반 사물 등을 있는 그대로 묘사하는 寫生畵 같은 작품은 그리 많지 않다. 바쇼 연구자들은 오히려 '그의 시에 그려진 풍경은 사생화가 아닌 상상화에 가깝고 實感實情보다는 心象風景이 1차적인 기반이 된다'(堀切實, 『表現としての俳諧』, 東京: ぺりかん社, 1988, 109쪽)고 평하기도 하고, '바쇼의 敍景句에서조차도 敍景 부분은 적고 오히려 바쇼 자신의 주관-심리상태·시점 등-을 표현하는 것이 큰 비중을 차지한다'(赤羽學, 書評「栗山理一 著, 『芭蕉の俳諧美論』」, ≪連歌俳諧硏究≫ 43, 1972, 34쪽)는 의견을 제시하기도 한다.

주목할 것은 은유 계열 비유법을 구현하는 A형 이물배합보다 환유 계열 비유법을 구현하는 B형 이물배합이 더 큰 비중을 차지하고 특히 B-①이 21편으로 가장 높은 비율을 보인다는 점이다. 이 수치는 이물배합과 비유법의 관련하에서 볼 때 B-①형이 『오쿠』의 텍스트적 성격을 특징짓는 중요한 요소가 된다는 것을 말해 준다.

이물배합이 은유 계열의 비유법으로 구체화되는 A형은 二物 즉 두 제재가 각각 비유항과 피비유항을 구성하고 양항의 유사성이 문면에 뚜렷하게 드러나며 이 유사성을 바탕으로 비유항으로부터 피비유항으로 의미의 전이가 일어나는 양상이다. 그로 인해 피비유항이 생생하게 전달되는 효과를 가져오는 반면 피비유항의 속성 혹은 의미영역이 단순화·축소되는 결과로 이어지기도 한다. 이 경우의 비유법은 시인에 의해 고안된 것이므로 제재에 대한 시인의 주관적 해석과 상상력, 私意가 세 유형 중 가장 크게 개입해 있는 양상이다. 『오쿠』의 이물배합에서 이런 형태는 20%로 一物句作法보다 적은 수치를 보이지만 시인의 주관을 배제함으로써 마주하게 되는 보편성의 세계를 그려내는 B-②형보다는 월등 큰 수치를 나타낸다는 점으로 볼 때 바쇼의 하이쿠 작품은 寫景보다는 敍情에 오히려 근접해 있다고 할 수 있다.

한편 B-①형은 두 제재 혹은 두 제재의 상호작용으로 조성된 새로운 의미가 비유항의 구실을 하고 이로부터 피비유항이 유추되는 형태로 비유항으로부터 피비유항으로의 의미의 확장이 이루어질 때 시인의 주관과 私意가 개입되거나 고유명사가 사용되거나 특정 장소와 상황이 전제됨으로써 개별화의 방향을 취하게 되는 양상이다. 일견 직서처럼 보이지만 여기에 주관성이 혼융되어 있다고 하는 것은 시적 대상에 대한 주체의 심적 거리가 어느 정도 가깝다는 것을 말해 주는 징표가 되며 이같은 양상은 '情景融合'이라는 말로 설명될 수 있다. 私意의 개입이라는 면에서 볼 때 그 정도는 A형> B-①형> B-② 순으로 작아지며 이것은 情의 표출 정도와도 맞물린

다고 할 수 있다. 이에 의거하여 각 유형을 '敍情' '情景融合' '敍景'으로
특징지을 수 있다고 본다.

그러나 B-①형이 『오쿠』를 대표하는 비유법 양상이라 해서 이것을 바쇼
구 전체의 특성으로 간주할 수도 없고 바쇼만의 특징이라고 말할 수도 없
다. 바쇼의 작품 경향은 시기별로 다를 것이며 시대별 문학적 유행이나 하
이쿠 시인에 따라서도 敍情·情景融合·敍景 중 어느 쪽으로 좀 더 기울어
지는 양상을 보일 수 있기 때문이다.

5. 남은 문제

지금까지 바쇼 하이쿠의 이물배합 양상을 일반 비유론과의 관련하에 조
명해 보았다. 이 글에서 규명한 많은 논점들이 기존의 바쇼 연구와 일치하
거나 유사한 부분도 있을 것으로 본다. 그러나 이 글은 쇼몬에서 논의된
이물배합론을 비유법이라는 문학 일반론의 범주로 발전시켰다는 점에서 다
른 바쇼 연구와는 차별화된다.

이제 이 글의 논의를 발전시킬 수 있는 몇 가지 논점들을 제시해 보고자
한다. 먼저 논의 대상을 『오쿠』로부터 바쇼 구 전체로 확장하여 시기별로
어떤 同異點이 있는가를 검토해 보는 작업이 필요하다고 본다. 둘째, 이물
배합 자체의 논의, 이물배합을 비유론의 관점에서 조명하는 문제를 바쇼 아
닌 다른 하이쿠 시인의 경우와 비교해 보는 것도 중요한 논점이 될 수 있을
것이다. 예컨대 한 사물을 다른 사물에 견주는 미다테(見立て)를 빈번히 활
용한 단린파(談林派)의 특성45)을 본고에서의 A형과 연관 지어 설명할 수도
있고, '주관성을 극단적으로 배제한 敍景句'를 특징으로 하는 요사 부손(與

---

45) 『古典文學レトリック事典』(≪國文學: 解釋と敎材の硏究≫ 12月號, 學燈社, 1992), 64쪽.

謝蕪村, 1716~1784)의 작품 세계[46]를 B-②형과 관련지어 볼 수도 있다. 이 같은 비교를 통해 바쇼 하이쿠의 특성을 좀 더 면밀하게 고찰하는 계기가 될 수 있을 것이다. 셋째, 본고의 논점을 하이쿠 전체로 확대하여 일본의 다른 시가 장르 예컨대 와카나 센류와 비교한다든지 우리나라의 시조와 비교함으로써 하이쿠 자체의 특성을 밝히는 데도 일조할 수 있을 것으로 본다.

---

46) 赤羽學, 앞의 글, 34쪽. 요사 부손의 구에 대해서는 '자연에 卽해서 구를 짓는 것이 아니므로 바쇼와 같은 리얼한 것이 아닌 주관적인 세계를 지닌다'고 하는 견해(都川一止, 『芭蕉·蕪村の比較硏究』, 草莖社, 1964, 605~606쪽)도 있으나 그가 말하는 리얼리티는 대상에 대한 경험의 직접성 혹은 실제성 여부에 관한 것이고 赤羽學 및 이 글에서 말하는 寫景·敍景의 문제는 대상을 표현하는 방법에 관한 것이므로 이 둘은 별개의 영역이라 할 수 있다.

찾아보기

초출일람

- 「두보의 시에 나타난 '長安' 그리고 場所愛(토포필리아)」, ≪대동문화연구≫ 112, 성균관대학교 대동문화연구원, 2020.12.

- 「尹善道의 詩文에 있어 儒·道 역학관계 형성의 원천에 관한 연구」, ≪동양학≫ 77, 단국대학교 동양학연구원, 2019.11.

- 「윤선도와 바쇼에 있어 두보의 동일 시구 수용양상 비교」, ≪한국시가연구≫ 47, 한국시가학회, 2019.05.

- 「聯句와 하이카이(俳諧)의 구조적 특성 비교 –<城南聯句>와 '쇼몬 하이카이'(蕉門俳諧)를 중심으로–」, ≪동양학≫ 73, 단국대학교 동양학연구원, 2018.10.

- 「차운시의 상호텍스트적 성격–윤선도의 시를 대상으로–」, ≪동양학≫ 67, 단국대학교 동양학연구원, 2017.04.

- 「윤선도 집구시 연구」, ≪한국문학이론과 비평≫ 74, 한국문학이론과 비평학회, 2017.03.

- 「두보와 윤선도에 있어서의 '집'의 의미작용 비교연구」, ≪시학과 언어학≫ 12, 시학과 언어학회, 2006.12.

- 「윤선도에게 있어서의 '이상향'의 의미작용 연구: 두보와의 비교를 중심으로」, ≪한국언어문학≫ 57, 한국언어문학회, 2006.06.

- 「자아탐구의 여정으로서의 "산중신곡"과 "어부사시사"」, ≪한국문학이론과 비평≫ 21, 한국문학이론과 비평학회, 2003.12.

- 「두보와 '졸'의 문예미학」, ≪동양학≫ 35, 단국대학교 동양학연구원, 2004.02.

- 「슬카지와 와비: 윤선도와 마츠오 바쇼의 미적 세계」, ≪국어국문학≫ 131, 국어국문학회, 2002.09.

- 「윤선도와 바쇼(松尾芭蕉)에 끼친 두보의 영향에 관한 연구」, ≪비교문학≫ 25, 한국비교문학회, 2000.12.

- 「杜甫·尹善道·芭蕉에 있어서의 <隱>의 처세에 관한 비교연구」, ≪한국언어문학≫ 45, 한국언어문학회, 2000.12.

신은경(辛恩卿)

전북 전주 출생
서강대 국어국문학과, 한국학대학원(석사), 서강대대학원(박사)
동경대학 비교문학·비교문화연구실 visiting scholar
하버드대학교 옌칭연구소 visiting scholar
하와이대학교 한국학연구소 visiting scholar
현재 우석대학교 교수

논저
『辭說時調의 詩學的 研究』(開文社, 1992)
『古典詩 다시 읽기』(보고사, 1997)
『風流: 東아시아 美學의 근원』(보고사, 1999)
『한국 고전시가 경계허물기』(보고사, 2010)
『동아시아의 글쓰기 전략』(보고사, 2015)
『서사적 글쓰기와 시가 운용』(보고사, 2015)

두보, 윤선도 그리고 바쇼 : 따로 또 함께

2021년 8월 26일 초판 1쇄 펴냄

저 자 신은경
발행자 김흥국
발행처 도서출판 보고사

책임편집 이소희
표지디자인 손정자

등록 1990년 12월 13일 제6-0429호
주소 경기도 파주시 회동길 337-15 보고사
전화 031-955-9797 **팩스** 02-922-6990
메일 kanapub3@naver.com / bogosabooks@naver.com
http://www.bogosabooks.co.kr

ISBN 979-11-6587-198-7 93810
ⓒ 신은경, 2021

정가 36,000원